A guerra está em nós

MARQUES REBELO

A guerra está em nós

Trilogia *O espelho partido*

Livro 3

© José Maria Dias da Cruz e Maria Cecília Dias da Cruz

Reservam-se os direitos desta edição à
EDITORA JOSÉ OLYMPIO LTDA.
Rua Argentina, 171 – 1º andar – São Cristóvão
20921-380 – Rio de Janeiro, RJ – República Federativa do Brasil
Tel.: (21) 2585-2060   Fax: (21) 2585-2086
Printed in Brazil / Impresso no Brasil

Atendemos pelo Reembolso Postal

ISBN 978-85-03-01034-4

1ª edição publicada em 1968.

Capa: INTERFACE DESIGNERS / SERGIO LIUZZI
Foto de capa: Bert Hardy / Getty Images
Foto de orelha: © Alécio de Andrade, ADAGP, Paris, gentilmente cedida por Patricia Newcomer

Texto revisado segundo o novo Acordo Ortográfico da Língua Portuguesa.

CIP-BRASIL. CATALOGAÇÃO-NA-FONTE
SINDICATO NACIONAL DOS EDITORES DE LIVROS, RJ

	Rebelo, Marques, 1907-1973
R234g	A guerra está em nós / Marques Rebelo. – Rio de Janeiro: José Olympio, 2009.
	-(O espelho partido; 3)
	Sequência de: A mudança
	ISBN 978-85-03-01034-4
	1. Romance brasileiro. I. Título.
09-3422	CDD: 869.93
	CDU: 821.134.3(81)-3

1942-1944

"Todo o seu corpo aparece
subitamente no espelho..."

OLAVO BILAC
Sarças de fogo

"A memória de todo homem
é um espelho de mulheres mortas."

GEORGE MOORE
Memórias da minha vida morta

1942

2 de janeiro

— Ah!
— Para que tanto espanto?! — e ela arregalou os olhos verdes. — Será que acha uma coisa condenável ser atriz?
— Não foi espanto, nem acho nada condenável. Pelo contrário, senhorita!
— Pensei. Mas deixa dessa história de senhorita. É muito pau. Senhorita para mim cheira a velha solteirona. Me chame Maria. Maria Berlini.
— Se consente...
— Eu consinto tudo, quando vem com jeito. Você tem boa cara. Como é o seu nome?
— Eduardo. Mas não julgue muito pela cara.
— Por que parte do corpo você quer então que eu julgue?
— Você é alegre, despachada, folgazã... Eu gosto muito de gente assim.
— Sou precisamente como Deus me fez. Só que poderia ter feito um pouco mais magra. Carregou um pouquinho na mão.
— Discordo. Está na medida justa.
— Na medida justa de um elefantezinho, isso sim!
— Eu já a conhecia.
— É? Donde?
— De um bazar ali na rua do Catete. Faz coisa de uma semana. Você foi comprar bloco e envelope. Eu estava lá fazendo uma cobrança. E apreciei a sua conversa com o caixeiro. Foi engraçada.
— Ah, lembro-me. É um pedaço saliente aquele gajo, mas não passa disso. Eu é que não me recordo de tê-lo visto.
Sabia que mentia, que se exibira bastante para mim, porém fingi acreditar, e adotando a sua feição:

— Estava meio escondido atrás duma grande pilha de papel higiênico.

— Bonito lugar!

E da mesa de jogo chegava um escarcéu divertido — seu Inácio pensara que Tatá estava blefando, fora ver uma aposta alta e o encontrara armado. Miguel batia galhofeiramente nas costas do perdedor:

— Acredite nos meninos, seu Inácio!

O velhote chorava:

— Vá ter sorte no inferno!

E dona Eponina levantou-se:

— Vou providenciar um cafezinho, que está na hora, pessoal.

Maria Berlini levantou-se também:

— Não se arrisque. É uma beberagem mortal! É tudo, menos café. Esta pensão é uma pinoia como já deve ter desconfiado. Nem o café presta.

— Pois eu até que me animei com a ideia. Já estava sentindo falta dum café.

— Então, vamos tomar lá fora. Tem um botequim decentezinho na esquina.

— Bem pensado. Mas vou prevenir os companheiros que já volto.

— Previna. Podemos ir com calma. Essa jogatina nunca acaba antes da uma hora. Eu conheço a escrita.

Ainda não eram onze horas e a rua já estava deserta, adormecida, e eram raras as janelas em que a luz se escoava através das reixas. Maria Berlini deu-me o braço com desembaraço:

— Cavalheiro, conto com a sua proteção.

Sorri. Proteção devia eu pedir a ela, que era bem mais alta e robusta, com uma disposição valente, decidida. E caminhamos. O vira-lata fuçava a lata de lixo. O apito de um guarda-noturno trilava longe. A viração vinha fresca do mar. O botequim estava quase vazio. Era conhecida na casa, dirigiu-se para o reservado no fundo:

— Aqui se fica melhor. — Piscou o olho maliciosa: — Longe das vistas indiscretas...

Sentamo-nos. O garçom, em mangas de camisa, nos acompanhou, limpava o mármore com a toalha:
— Que mandam?
— Que é que você deseja, Maria?
— Café mesmo.
— Vire dois cafés, rapaz.
— Você não se importa que eu file um sanduíche? — e ela fincou os cotovelos na mesa e os seios eram belos, empinados, comprimidos na blusa justa.
— Ora! Quantos quiser.
Comeu o sanduíche de queijo, mirando-o, escolhendo lugar para cada dentada, gozando-o com os olhos. E longe das vistas indiscretas conversamos mais de uma hora.

3 de janeiro

Maria Berlini não mentira quando dissera que não trabalhava, nem estudava. Mas trabalhara pouco depois de chegada ao Rio, com minguados recursos, que se evaporaram como por encanto. A tentativa de entrar para o teatro fracassara. Havia só promessas. Não era fácil como pensara. Mesmo não tinha a menor experiência. Fora estrela estudantil em Guará, isso, porém, era menos que nada! Acabado o dinheiro, não podia viver de brisa! Em oito meses fora sucessivamente chapeleira, caixeira de perfumaria, manicura, para se sustentar. Como chapeleira não aguentara dois meses, que era duro!, das oito da manhã às oito da noite, e quantas vezes mais, sem tirar a cacunda da labuta. Não era possível! As ambições teatrais não haviam esmorecido, e cadê tempo? Conseguira o lugar de balconista numa perfumaria, com ordenado e comissão. Tinha jeito para vender, sabia empurrar mercadoria no freguês. Os cobres melhoravam satisfatoriamente. Mas também lá passara pouco tempo. O horário era praticamente o mesmo, e o trabalho bem mais suave — nunca imaginara que houvesse tantos perfumes e sabonetes neste mundo! Contudo, continuava numa prisão. Não nascera para prisões. Mesmo, como seria possível se encarreirar no teatro, amarrada a um balcão todo o santo dia? Precisava dar um jeito. Arranjou uma vaga de manicura numa barbearia, cujo dono ia muito à perfumaria fazer compras e que se engraçara com ela. Dava conta do recado mal e porcamente, mas os homens não são exigentes com um palmo de cara bonita. Funcionava bastante, ganhava gordas gorjetas, conhecera uma matula de gente, era muito convidada para almoços, jantares, danças e passeios, e tinha folgas — uf, tinha folgas! Quando cismava, nem aparecia na barbearia, ia passear, tomar banho de mar, fazer compras, ficava dormindo... Metera-se num curso dramático, faltava à beça, contudo já havia possibilidades na sua frente — parece que tinha queda para o palco mesmo, pelo menos os professores a animavam. Diabo é que o dono da barbearia nutria tenebrosas intenções a seu respeito e, como ela não desse trela, o mantivesse a distância, fugindo a todas as investidas, passou a persegui-la. Por mais que pudessem duvidar, era donzela então. Não que tivesse muito orgulho disso, mas era. E o homem estava alucinado. Cercava-a por todos os lados, perdera a compostura, punha cara feia para as liberdades dos fregueses, entrou a fazer cenas abertas de ciúme. A situação foi ficando negra, insustentável, um quitute para as companheiras de manicurismo, que eram três e escrachadíssimas. Como já tinha uma legião de conhecimentos, pensava em se transferir para outra barbearia, quando recebeu dois contos duma tia. Era uma tia muito boa, boa como um anjo, que gostava muito dela, com quem se correspondia e que não ignorava as aperturas que passara no Rio. Tendo vendido uma propriedade em Guará, mandara aquele cobrinho para ajudá-la. Cobrinho, nada! Uma dinheirama! E chegava na hora. Outros galos cantariam! Enquanto tivesse cobre — adeus, batente! Recebeu os caraminguás num dia e no outro já não foi à barbearia. O homem ficou furioso, cercara-a na rua, atazanara-a — foi quando ela se mudara para a pensão de dona Eponina — mas acabou desistindo, não sem uma troca de cabeludos palavrões e a intervenção de terceiros. A vida, porém, é assim — nega-se a um para se cair na unha de outro logo adiante, sem a menor vantagem, como uma espécie de castigo.

É que não há quem escape duma boa conversa! Conhecera muita gente, saía cada noite com um, ia levando a vida, despreocupada e divertida, o Carnaval fora uma coisa maluca! — o pé-de-meia rendendo. Numa noite de bailarico, apresentaram-na a um cavalheiro simpático. Não era criança, tinha já as suas cãs, seus dentes postiços, era casado. A mulher andava fora e não se dava bem com ela, insinuara discretamente. Levou-a de volta à pensão, tinha carro, e ficaram longo tempo na porta, de prosa. Era delicado conversando, sabia uma infinidade de coisas, havia viajado o mundo todo, adorava o teatro, beijou-lhe ternamente a mão na despedida, o que lhe pareceu bastante galante. No outro dia apanhou-a, voltearam pela Gávea, jantaram juntos. E passaram a jantar sempre juntos, e cada dia havia um presente — joias, perfumes, blusas, bolsas, vestidos —, mandava-lhe flores e bombons. E cada dia se mostrava ele mais gentil e amoroso — gostaria de ampará-la, de encaminhá-la, de fazê-la feliz! Sentia por ela uma atração, uma ternura que jamais cogitara sentir por alguém. Tinha planos de desquitar-se e dedicar-se inteiramente a ela. E ela se entregara, seduzida, sedução em que entrava um pingo de esperteza:

— Você sabe, não é? quando macaco vê banana...

4 de janeiro

Maria Berlini prosseguiu a sua história já de volta para a pensão, e passava muito de meia-noite, retorno moroso, cheio de paradas, encostando-se às árvores, ou se apoiando ao gradil das casas, e a cada gesto realçando a graça do seu corpo, saudável e exuberante.

Foram dois meses de felicidade e tontura, apenas dois meses, dois meses em que se sentira firme, amparada, segura na terra, sem problemas. Ele era meigo, carinhoso, atenciosíssimo, sempre pronto a satisfazer as suas vontades, tolas ou não. E uma noite lhe dissera que iria a São Paulo, por uma semana, no máximo uma semana, e lamentava não a poder levar, porque era viagem de negócios, negócios importantes e complexos, e não teria um minuto livre sequer para lhe dedicar, mas que no retorno haveriam de fazer uma viagenzinha de recreio para compensar a falta, em Petrópolis, Teresópolis, um lugarzinho assim, fresco e gostoso. Deixara-lhe uns cobres e ela não se importara — negócio é negócio. Mesmo, não gostaria de ir a São Paulo acompanhada. A família dela morava lá; conquanto não pedisse satisfação dos seus atos, evitaria aborrecimentos e encrencas. Mas, passados oito dias, ele não regressou; escreveu-lhe uma carta lamentando não poder cumprir o prometido — os negócios se complicaram e teria que ir urgentemente à Argentina para solvê-los; pretendia liquidar a questão em quinze dias, estava saudosíssimo, haveria de trazer uma porção de presentes. De Buenos Aires recebera outra, e outras, a última dilatando o prazo da demora e implorando que escrevesse diariamente, pois que tais linhas lhe serviriam de imenso alento. E ela cumprira o pedido com assiduidade, candura e confiança — que não se precipitasse, terminasse direito os seus negócios, ela estaria esperando-o com todo o seu amor. E de nada teria desconfiado se não fosse um bom amigo que ele tinha, um amigo do peito, amigo que, de olho nela e como se a lamentasse e prevenisse, lhe explicou muito confidencialmente que ele não havia ido a São Paulo, fora um embuste, tinha ido diretamente à Argentina, para se encontrar com a mulher e os filhos, que lá estavam presos por razões de família. A princípio, duvidara. Não era possível! Julgava-o incapaz de tal sujeira. Nunca escondera que era casado, ela aceitara a situação, mesmo que suas promessas de separação da mulher não fossem perfeitamente verdadeiras, fossem mais uma delicadeza para com ela, por que enganá-la assim? Todavia, a coisa ficou roendo por dentro. E pondo-se a campo para apurá-la, verificou ser pura verdade — a carta de São Paulo não fora posta por ele no correio, entregara-a a alguém para fazê-lo! Doeu-lhe fundo aquilo! — chorou como uma criança. Nunca tivera ilusões a respeito dos homens, nunca! Mas também nunca supusera que pudesse ser vítima de tal deslealdade, de tão inútil e grosseira deslealdade, de tanta falta de respeito. Só havia um remédio — vingar-se! E vingou-se. É burral fazê-lo com o sacrifício do nosso próprio corpo. Mas como sabia que ele sofreria na sua vaidade de homem, na sua vaidade de macho, não titubeou. Precisava feri-lo, empatar com ele, ficar em idênticas condições, dente por dente, olho por olho, não sentir-se humilhada, tapeada, diminuída. Manteve a correspondência, mas espaçou-a. E a cada carta demonstrava maior frieza, maior esquecimento, e insinuava passeios, farras, novas amizades masculinas, até uma boa bebedeira, da qual voltara só no outro dia, e quase carregada, para casa. Ele passou a lhe escrever quase diariamente, desesperado, prometendo sempre chegar breve, e dizendo não compreender a sua atitude, os seus passeios, as suas extravagâncias, acusando-a desesperado, desesperado! E, afinal, dois meses e tanto depois, ele voltou. Era o momento que esperava! Estava para ela! E, em plena rua, apesar de todos os esforços para que ela não falasse alto, não fizesse escândalo, mandara-o plantar batatas, e atirou-lhe nas trombas que dormira com todos os amigos dele, um por um!

— E foi verdade?

— Foi, como não foi?! Pode achar nojento, mas foi e eu não acho. Estávamos quites. Chegou como uma onça, saiu que nem boi manso. Era muito feroz, mas não gostava de escândalos, tinha medo de escândalos. Um cavalheiro tão importante na sociedade não podia aparecer metido em balbúrdias, em trapalhadas. Preferiu engolir a pílula, safado, calado, com a cabeça bem adornada. Sumiu das minhas vistas!

Paramos diante do portão. O pôquer terminara e, na varanda, Tatá e Miguel despediam-se de dona Eponina, que, como era habitual, ganhara. Maria Berlini estendeu-me a mão macia e úmida:

— Te dei todo o mapa da mina, não dei?

— Agradeço a confiança. Nunca recebera uma prova de confiança tão súbita.

— Não foi confiança. Não tenho confiança nos homens.

— Pensei que merecera. Uns não podem pagar sistematicamente por outros.

Maria balançou a flava cabeleira:

— Merece a minha simpatia. Você parece um bom rapaz. (E tinha o mesmo acento de dona Marcionília!) Obrigada pelo san-

duíche e pela companhia. Até nova ordem, eu estou aqui. Quando quiser apareça ou telefone.
— Obrigado. Telefonarei.
E os amigos chegavam. Miguel adiantou-se:
— Puxa! Que tanto vocês conversavam?
Maria Berlini bateu-lhe no ombro camaradamente:
— Banalidades, mancebo. Só banalidades.

5 de janeiro

 Dona Marcionília Peçanha poderia ser canonizada, mas o calendário dos santos, como toda obra de mão humana, é recolta omissa por astuta política ou negligente esquecimento. Morava no Realengo, lecionava em Copacabana, estirão que jamais impediu que, ao meio-dia em ponto, com sol ou chuva, estivesse à frente da sua turma, a primeira primária, cantando ardorosamente, embora sem rigorosa afinação, o Hino Nacional, enquanto a bandeira subia no mastro, alçada compenetradamente por Madalena, a menor aluna da escola e, sem parcialidade, a mais bonitinha também.
 Acreditava no Hino, acreditava na Bandeira, fazia preleções apologéticas, acreditava em Nossa Senhora da Penha, da qual usava a imagem em esmalte balançando contra o peito liso como tábua. Acreditava também no magistério e após quinze anos de função não tivera uma única falta, como não tivera nenhuma promoção. Na verdade, muito ciosa dos seus misteres pedagógicos, não encontrava tempo para frequentar a repartição dirigente e, mesmo que o fizesse, talvez que os modos e a aparência não a ajudassem em nada no labirinto burocrático, com tantas salas, tantos diretores e tantas auxiliares protegidas, garridas normalistas recém-formadas, cheias de ideias novas e de novas modas de penteados e vestidos. Os modos eram obedientes, mas não servis; delicados, mas francos. A aparência completava a dificuldade — magra como cabo de vassoura, corcovada, pardavasca, cabelo encarapinhado, marcada de bexiga, dentuça e vesga ainda por

crueldade da varíola. Mas tal descaso e injustiça não lhe afetavam o ânimo e a diligência, quando muito serviam de tema doméstico, quando o estreito ordenado precisava ser espremido para atender às crescentes necessidades da família — mãe incapaz e dois irmãos malandros — que ela sustentava.

Não fui aluno de dona Marcionília, que lidava exclusivamente com o primeiro ano, o mais trabalhoso, por sinal, pois era o da alfabetização. Quando entramos — eu, Madalena e Emanuel — já tínhamos dois anos da escola da Fábrica de Chitas. Mas como a diretora, maneirosa e regalada, empurrava em cima dela todos os encargos extradidáticos — o copo de leite, o pelotão de saúde, o teatrinho, a caixinha das festas, a distribuição dos passes para bonde e das entradas para a matinê das quintas-feiras no cinema do bairro —, diariamente estava em contato com ela.

Uma segunda-feira o colégio ficou às moscas. Chovera desbragada e ininterruptamente no sábado e no domingo — uma miniatura de dilúvio, com desabamentos e mortes. E na segunda-feira, embora com menos intensão, ainda chovia. Só os alunos que moravam muito na cercania compareceram, três ou quatro para cada turma. A maioria das professoras faltou, mas dona Marcionília não. Chegou encharcada, enlameada, desgrenhada, porém chegou. Para a meninada, uns tantos problemas e exercícios foram passados, sem convicção nem exigência, para matar o tempo. Madalena, está a ver, não fez nenhum, mas Emanuel atirou-se a eles como se deles dependesse a salvação da sua alma. E as professoras presentes, não mais que quatro, se reuniram na sala da diretora a taramelar. Na hora do recreio, o pátio se tornara um lago, o quarto da servente no fundo encontrava-se ilhado, foi dada a ordem de comermos e brincarmos, sem muito barulho, nas salas mesmo. Assim o fizemos. Como as duas salas de frente, ligadas por larga porta, eram as mais espaçosas, ali nos congregamos naturalmente e, sem atendermos à recomendação, passamos de imediato ao alarido e às correrias. Não houve reclamações. O berreiro e as tropelias foram subindo de ponto. O tempo da recreação foi se excedendo, sem que a campainha o desse por terminado.

A conversa na sala da diretora crescia de tom, passou a ser gritada, mas o barulho da criançada impedia compreendê-la. De repente, dona Marcionília saiu apressada da sala, cobrindo a testa com a mão, e dirigiu-se para a sala dos fundos, a menor, a sala do quinto ano, que tinha um reduzido mostruário com aves empalhadas e espécimes minerais. Passados alguns minutos, como não voltasse, imaginei que estivesse doente, com dor de cabeça — apanhara tanta chuva, chegara tão molhada! — e me dirigi para lá, não sei se com vontade de ser útil, já que gostava de dona Marcionília, se por infantil bisbilhotice. Encontrei-a dobrada sobre a mesa, chorando, soluçando convulsivamente. Estaquei surpreendido. Mas avançara demais e, ao tentar retroceder, esbarrei na carteira e ela me viu. Se era feia, com o rosto congestionado e inchado pelo pranto tornava-se horrorosa. Naquela feiura, porém, havia tanto sofrimento, tanta infelicidade, tanta precisão de amparo e amor que quando dei por mim estava em seus braços, estreitado com ânsia contra o peito chato, molhado de lágrimas, sacudido pelo choro que redobrara, e no qual apontou, por fim, a aurora de um sorriso.

Desprendeu-se de mim:

— Sou uma tonta! — Enxugou as lágrimas, levantou-se, afagou-me o queixo, empurrou-me brandamente: — Você é um bom menino. Vá brincar com os colegas.

Dali por diante me cumulou de pequenas dádivas — um livro de histórias de bichos, o copo com o emblema do América, o estojo de madeira para lápis e canetas, e frutas, doces, fatias de bolo, que trazia de casa, envoltas em papel de seda. Em seus olhos eu percebia um brilho diferente, quando me via, um brilho de olhar de cão fiel. E comportava-se comigo, em palavras e gestos evasivos, como se dividíssemos um segredo. Todavia, pouca duração teve a nossa cumplicidade. O fim do ano estava próximo. Vieram as férias e, com elas, papai voltou para sua querida Tijuca. Foi a morte de Cristininha que nos levou para aqueles meses copacabanenses. Deixara em casa um vazio que papai não suportava e que, aos domingos, se apresentava em toda a amplitude, num ir e vir de cômodo para cômodo e na abolição da sesta, que para ele havia sido sempre uma instituição raramente perturbada.

Um amigo de infância, que trabalhava na Construtora Cosmopolita, falara-lhe numa casa que essa companhia construíra em Copacabana para valorizar uns terrenos que loteara lá — uma espécie de chamariz; ninguém quisera comprá-la, nem mesmo alugá-la, não obstante o aluguel convidativo, amedrontados com a solidão da mesma, plantada em pleno areal.

— Sabe, Lena? Estou com vontade de ver essa casa.

Ela adivinhou as razões:

— Por que não?

— Pois vamos.

Em farrancho fomos vê-la um domingo e, pelo meado da semana, as Andorinhas levaram os móveis indispensáveis para a prolongada estada à beira-mar e a nossa simpática casa tijucana, cujo terreno, carinhosamente plantado e cuidado, já era por si só um convite à paz e à sombra, ficou fechada e uma vez por mês papai lá ia abri-la e ventilá-la.

A casa praiana, branca, de janelas azuis, tinha dois andares e uma torre com pára-raios, donde se avistava o mar, as pedras do Arpoador cobertas pelas ondas nos dias de ressaca e o farol da ilha Rasa abrindo mecânico na escuridão o olho luminoso e salvador. Por todos os lados a areia a cercava, areia cujo relevo o vento modificava cada dia, areia que o sol abrasava e que o luar prateava, com pequenos oásis de pitangueiras e cardos, cujos frutos de agreste sabor passaram a ser objeto de disputadas colheitas, apesar da severa condenação de Mariquinhas, que os achava venenosos e causadores de mortais disenterias.

6 de janeiro

Telefonei para Maria Berlini, depois de hesitar muito. Não a encontrei em casa. Tornei a telefonar, e também não. Deixei recado com dona Eponina e Maria me chamou:

— Como vai? Pensei que tinha se esquecido de mim.

— Você é uma pessoa que a gente nunca esquece.
— Mentira, mas obrigada.
— Não é mentira. Eu não minto.
— Mentir às vezes até que é bom...
Fui direto ao assunto:
— Você hoje tem compromisso?
Ela entendeu:
— Infelizmente tenho. Você queria vir cá?
— Sim. Pensava convidá-la para dar uma voltinha.
— É pena, mas hoje é impossível. Já me comprometi. Mas amanhã estou às suas ordens. Serve?
— Se é assim, que posso fazer? Amanhã telefonarei. Desculpe.
— Não é preciso ficar murcho. Que bobagem é essa de desculpa? Telefone mesmo. Telefone cedo. Ficarei à sua espera. Não combinarei nada antes do seu telefonema.
— Está bem. Telefonarei cedo. Até amanhã.

Pousei o fone e senti que não estava bem. Provei uma espécie de despeito, de malogro, de decepção. Arquitetara o encontro um bom par de dias, adiava o convite sempre, temendo não ser atendido e, quando me decidira, fora tudo por água abaixo, e as palavras camaradas que ela dissera não seriam mais que uma maneira amável de ficar livre de um pretendente sem futuro. E no outro dia, de raiva, não telefonei. Acabado o jantar, passei em casa de Tatá e marchamos, como andava sendo praxe, para o chalé das Sampaios. Tatá pegara namoro com a Dulce, depois de terem sido amigos tanto tempo. Mas Afonsina, idílio com altos e baixos, se encontrava resfriada, e, nariz escorrendo, sentindo a friagem, quis se recolher cedo. Despedi-me (ela não me beijou para não me pegar o resfriado), Tatá ficou, muito agarrado com a moreninha, voltei para casa, disposto a ler, e atravessava uma fase de moderada leitura, fase quiçá salutar, propícia à sedimentação de exageros anteriores.

Papai ainda não se recolhera:
— Logo que você saiu telefonaram te procurando.
— Homem ou mulher?

— Moça!
— Não deu o nome?
— Não.

Não sei por que pensei imediatamente em Maria Berlini e o coração bateu, bateu de desejo, de incontido desejo, que seu corpo radioso andava me perseguindo no sono e na vigília. Ah, se fosse! E como não eram nem nove horas, arrisquei. Maria estava e fora ela! Esperara o telefonema combinado — havia por acaso me esquecido? Não! — respondi. — Não me esquecera. Infortunadamente ficara retido no escritório e só àquela hora estava chegando em casa, e ainda para jantar.

Maria lamentou — que pena! Reservara a noite para mim, pensara o dia inteiro nisso. Senti-me tocado, lisonjeado:
— Verdade?
— Verdade, sim. Não se diz somente mentiras nesta vida.

O peito palpitava:
— Se eu chegasse aí daqui por uma hora, você achava tarde?
— Tarde? Venha! Nunca é tarde para amar...

Saí voando. Meu pai fez-me retroceder:
— Vai sair outra vez?
— Vou. Tenho um encontro.

Mariquinhas repuxou os lábios, sardônica, e papai pôs nas palavras um travo de advertência:
— Mas amanhã você não tem trabalho?
— Tenho. Mas não tem importância, papai. Mesmo, vou voltar cedo. Antes da meia-noite estou de volta.

Voltei tarde, tardíssimo, alvorecia. Encontrara Maria Berlini no portão, me esperando.

8 de janeiro

Ontem não escrevi. Faltou luz exatamente quando me dispunha a fazê-lo, e a cada passo mais tempo e esforço me consome o ingrato exercício monacal, como se o cérebro não soubesse coar as ideias, nem filtrar as memórias, como se as palavras esgotadas, inválidas, recusassem a me obedecer e no tinteiro a pena só encontrasse borra. Mas, em contrapartida, constitui uma necessidade — necessidade, ânsia, abandono, sorvedouro — a que me torno mais constante, e levantei-me — que seca! — e colei a cara à vidraça, perscrutei a rua de breu:

— É um toró!

— E não está com jeito de passar tão cedo — acrescentou Luísa, acendendo a vela previdente, que deu aos objetos um contorno vacilante e mortiço e projetou nas paredes umas tristonhas e deformadas sombras chinesas, tão diferentes das alegres figuras que os dedos de Madalena inventavam no quarto tijucano — um coelho com espetadas orelhas, a águia de asas abertas, o carneiro de curvo focinho, a borboleta agitando as alas.

Assim se deu. A chuvarada que começou às primeiras horas da noite, e Felicidade encomendava-se a Santa Bárbara e a São Jerônimo a cada corisco ou ribombo, foi crescendo e pela madrugada dobrou de intensidade.

— Talvez tenha razão. A gente sempre se esquece que o tempo se repete. Estamos na época dos temporais — e tornei à cadeira, esperando que a luz voltasse.

Demorou, mas voltou. Voltou até mais forte, extraordinariamente brilhante, para logo se apagar. Resignei-me:

— Hoje nada feito. Também não se perde muito... — e fui para a cama de lençóis novos, um pouco duros e ásperos.

Não fechei os olhos. A borrasca era violenta demais para conciliar o sono — as árvores vergavam e rangiam como seda rasgada, todas as comportas do céu estavam abertas. A água, impulsionada pelo vento, infiltrava-se pela fresta da janela, escorria em filete pela parede, molhava o tapete e, como Luísa não visse, deixei, indolente, que a mancha líquida se alastrasse como um esboço cartográfico. Felicidade zanzava, agarrada ao rosário, contínuas vezes indo, na escuridão, ver se o ralo da varandinha dava conta da água acumulada. E a chama da vela tremelicava, pipocava. Antes treva do que aquela luz enervante de velório:

— Não acha melhor apagar a vela? Fica gastando inutilmente. Quando se precisar, se acende.

— É — soprou-a e, do morrão, por um momento, veio um cheiro a sebo empestar o ambiente.

— Você imagina o que poderá estar havendo por aí? — foi o pensamento de Luísa, não sei quantos minutos após.

Encontrava-me distante, preso nos braços eróticos de Maria Berlini, confundindo os suores e os gemidos na súbita escuridão de túnel, naquela noite em que o raio estralara e a luz faltara. Retornei aos castos lençóis novos:

— Imagino.

Não imaginava tanto. Desabamentos, inundações, casebres levados de escantilhão pela enxurrada, queda de redes elétricas e três dezenas de mortes! — foi o balanço real que li hoje, pobre cidade desprotegida. Como li que firmou-se um pacto entre vinte e seis nações, pelo qual nenhum dos contratantes concluiria armistício ou paz em separado com o inimigo, acordo tímido, fácil de ser rompido, mas que representava pequena vantagem no tabuleiro — a posição das peças aparentemente unidas como um bloco. E por falar em tabuleiro, não tenho jogado xadrez. Com a falta de Garcia as pedras, que foram um presente de Plácido Martins, cobrem-se de pó, pois a caixa veio sem tampa e sem tampa continuou. Abomino o pó, mas tive preguiça de limpá-la, como se uma molazinha tivesse emperrado na minha inteireza.

9 de janeiro

Disse que hesitei muito antes de telefonar a Maria Berlini. Mas não disse por quê. Era ela uma coisa que se deseja, apenas se deseja, conquanto ardentemente, mas que se teme. Temor confuso em que entravam a disparidade flagrante de portes, que me inferiorizava, a insuficiência dos meus recursos pecuniários e a calculada, deliberada insensibilidade que a vida prematuramente impusera àquela natureza impolida.

10 de janeiro

Quando me viu, Maria Berlini foi ao meu encontro:
— Não o esperava tão pronto. Estava no portão por desfastio. Você veio mais rápido que um pensamento.
— Vim de táxi.
— Ué! Cadê o táxi?
— Apeei na esquina. (8$400, dinheiro pra burro!)
— Por que não parou aqui na porta? — e deu-me a mão.
— Não queria chamar a atenção.
— Se é por minha causa, dispenso. Grande precaução! Que satisfação tenho eu de dar a dona Eponina ou a quem quer que seja? Quem escolhe as minhas companhias sou eu mesma. Agora, quando você vier, eu estarei lá dentro, no quarto, para você ter que bater e me chamar. Mas onde vamos?
— Onde você quiser.
— Vamos ao Leme tomar uns chopes, está conforme?
— Estou. Vamos apanhar um táxi.
— Que táxi? Não tenho pena do dinheiro dos outros, se é gasto comigo. De maneira alguma! Mas você é da minha marca: Miseriolina Bayer. Vamos de bonde mesmo.

O Restaurante e Bar do Leme, desde as peixadas de tio Gastão àquela data, não se modificara apreciavelmente. O rinque de patinação, em frente, é que fora fechado, consumido por um paulatino desinteresse. Eram as mesmas cadeiras e mesinhas com anúncios de cerveja, as mesmas pinturas ingênuas nas paredes, o mesmíssimo aspecto de imensa latada. Só que o exíguo palco, com permanente mas estropiado cenário de jardim, não funcionava mais com artistas de variedades. Ocupava-o, então, a magra musiquinha de quatro figuras — piano como chocalho de lata, miante violino, clarineta, bateria —, figuras avelhantadas e tristes, de roupa no fio e colarinho sujo, desempenhando o mal remunerado labor recreativo, sem alma, sem entusiasmo, mecanicamente, com largos intervalos, como na mais fastidiosa das obrigações. Executavam o *Fumando espero* quando nos sentamos, junto à grade que dava para a avenida Atlântica. E, ao terminarem, as palmas foram chochas e breves, chochidão e brevidade que não os pareceu afetar, como se de todo se sentissem indiferentes ao aplauso e à consideração. Depuseram os instrumentos, acenderam cigarros, não obstante permanecerem no posto, como certos animais em jaulas, enfrentando os fregueses, pouco numerosos, seja dito, com um ar mofino de abnegado desamparo.

— São um pedaço lúgubre esses tipos, não é? — e Maria Berlini mordeu o amendoim.

— É o deprimente, mas nunca compreendido espetáculo dos fracassados. Você já imaginou, porventura, quantos sonhos artísticos, quantas ilusões de glória não povoaram a cabeça de cada um desses pobres-diabos, quando jovens?

Maria cuspiu uma casquinha e fez menção de responder quando os chopes chegaram, transbordantes de espuma rajada de sépia, e ela dedicou-se à bebida:

— Estou com uma sede, mingote! — e virou o copo duma assentada. — Outro, garçom! E duplo! — Lambeu com regalo a fímbria de espuma que se apegara aos lábios: — Você não pode calcular como eu gosto de um chopezinho!

— Pois beba!

— Não precisa me dizer duas vezes.

As rodelas de papelão foram construindo pilha e a ingestão que representavam tornava Maria mais eufórica, mais tagarela, os olhos levemente sanguíneos, cascateante de riso.

11 de janeiro

Os avós paternos, sicilianos, vieram como colonos para uma fazenda de café, em Mococa, mas terminaram na cidade com um empório. Não os conhecera, faleceram antes dela nascer. Vicente, o pai, era irrequieto, impulsivo, doido por um rabo de saia — e um mocetão! Começara no empório com os irmãos. Brigaram, fora chofer de caminhão, estabelecera-se em Guará com um depósito de peças para automóveis, tivera uma olaria, vendera carvão, dormentes para estrada de ferro, abandonara o lar, quando ela ainda engatinhava, por causa duma mulher de circo. A mãe, muito bonita, duma velha família de São Luís do Paraitinga — terra de Osvaldo Cruz! —, tinha cabelinho na venta. Pagou a traição do marido com idêntica moeda e era voz corrente que o seu irmão caçula, agora mecânico em São Paulo, seria filho do coletor federal. Reataram e mudaram-se para a capital, onde o pai se enfiara em mil negócios até se fixar num escritório de corretagem de café, mas, como o sangue era quente de nascença, estava constantemente envolvido em aventuras amorosas, a que a mãe, fingindo fechar os olhos, retribuía com igual número de infidelidades.

No movediço chão daquela casa do Brás, uma coisa era estavel — a saúde da criançada. Não havia doença que os pegasse. Cresceram fortes, independentes, insubordinados. Eram cinco. Cedo, as irmãs e o mano mais velho se casaram, o menor empregou-se numa oficina como aprendiz de mecânico, não aparecendo em casa senão para dormir. Ficou só. Não quisera ficar no curso primário, com as irmãs, prosseguira os estudos, fora boa aluna, apanhava tudo com extrema facilidade, ganhava prêmios, passava todas as férias em Guará, em companhia da tia, e onde começara a se interessar pelo palco e a participar de representações estudantinas. Acabando o curso ginasial, não quisera ir mais adiante, ficava mais tempo em Guará que em São Paulo, tivera uma súcia de namorados, permitindo a muitos deles, por pura curiosidade, excessivas liberalidades, e mandando-os lamber sabão por dá cá aquela palha. Dominada, porém, pela ideia do teatro, acabara vindo para o Rio, decisão à qual os pais não se opuseram e a boa tia calorosamente animou.

12 de janeiro

Maria Berlini debruçou-se na mesa, tomou-me as mãos com olhar amolecido, a cabeça cambaleante, e o desejo crescia em mim:

— Você poderá achar feio e leviano, Eduardo, que eu te conte, na segunda vez que te vejo, estas coisas particulares e nada abonadoras de meus pais, como poderá ter estranhado que no nosso primeiro encontro eu tenha te revelado, com tanta facilidade, uma parte da minha vida com algumas passagens escabrosas e deprimentes para mim. Sou, sei bem, bastante faladeira, e se bebo um pouquinho, fico pior do que vitrola. Mas o caso entre nós foi outro. É que me dá, às vezes, uma vontade danada de falar coisas, coisas que se acumulam em mim, coisas que quero pôr para fora, passar adiante, me livrar delas! Contudo, a gente tem que saber com quem falar as coisas, com quem se abrir, com quem desabafar. Não pode ser com qualquer troca-tintas, com qualquer borra-botas. E "muitas vezes" não o podemos fazer com pessoas que não são nada troca-tintas, nada borra-botas. "Ele", por exemplo, poderia ser tudo, menos um paspalhão! Mas a sua natureza tinha outro estofo. Nunca que ouviria as minhas confidências sem se escandalizar, sem interpretá-las mal, sem querer tirar partido delas. Ora, você caiu no meu goto. Senti de pronto uma grande confiança em você. Neguei-o naquela noite, mas senti. Diga-o com toda a pureza d'alma. Mesmo que te tenha chocado um pouco, você me compreende, não é?

    Retribuí com calor ao aperto das suas mãos e respondi:

— Compreendo, sim.

— Então peça a dolorosa e vamos embora. Os músicos já se foram. Preciso andar.

    Sim, os músicos, sem que eu o percebesse, haviam finalizado o seu programa e desaparecido. Eram poucas as mesinhas ainda ocupadas, os garçons se apressavam em atos de arrumação e limpeza, antes de largarem o serviço, e algumas luzes do fundo haviam sido apagadas. Paguei a despesa e zarpamos. A avenida Atlântica era de perfeita solidão, tão raros os vultos humanos, tão raros os automóveis, tão raras as janelas ainda abertas e iluminadas. E Maria Berlini oscilava e buscava apoio no meu braço e amparava a cabeça no meu ombro, e seu corpo pesava e entontecia:

— Estou tonta, tonta.

— É que bebeu demais.

— Não. Não bebi demais, não. E está bom. Parece que eu estou numa barca, balançando...

E na primeira esquina, parou, desejou estirar-se na areia:

— Vamos, mingote?

Descemos para a praia, ajeitamo-nos na areia, muito colados, o mar era calmo e surdo.

— Parece que está tudo rodando — e fez uma carícia no meu rosto.

Quis empolgá-la. Ela repeliu, lutou, venceu:

— Não! Não! Isso é horrível! Estraga tudo. Hoje não!

Mas deixou-se beijar nos braços, no pescoço, nas orelhas, no colo cheio. Beijou-me também, doce e longamente, como se sonhasse. Depois engolfou no sono, um sono pesado de criança cansada.

13 de janeiro

Cansado, cansado do dia amorfo, abafadiço, trocando pernas pelas ruas, contemplando as crescentes demolições como se houvesse empenho em reformar a cidade, quando apenas se pretendem lucros imobiliários, topando com britadores que trituram os nervos, espiando vitrines sem nada para comprar, folheando livros sem achar nenhum que convidasse, fugindo dos conhecidos e encontrando-os aos montes, importunos como moscardos, tentando ser afetuoso, e até jocoso no breve comentário das trivialidades mundanas, mas me consumindo de aborrecimento e vão desprezo, dia de cafezinho atrás de cafezinho e de cigarro atrás de cigarro, e a garganta arde, queima, reclama, incorrigível. O banho morno e demorado não me recompôs e o imenso desânimo escorre pelo corpo como um óleo fino, que anestesia o tegumento contra os espinhos da cerca que me envolve. Pus uma máscara para jantar, Felicidade coroa a carne com salsa picada para me agradar, homiziei-me depois na poltrona, longe do espelho. O *Repórter Esso* é novena a que Luísa verga as ouças, mais viciada do que contrita — guerra, guerra, guerra! — oblata polvilhada de mensagens estadonovistas, com todo o ranço do estadonovismo dirigido, a que já vamos ficando um pouco insensíveis, como insensíveis se tornam as narinas dos que trabalham num curtume ou num anfiteatro de anatomia. Vera e Lúcio vêm brincar no chão com o carretel de lata, Vera mandando como sempre, Lúcio obediente como servo. Em que se tornarão os nossos filhos — flores ou serpentes, píncaros ou tapetes?

E Gasparini aparece, desafoga o colarinho, explosivo:

— Os japoneses desembarcaram nas Índias Orientais Holandesas!

(— Pior para os holandeses...)

E aparece Aldir:

— Vocês viram o orçamento que Roosevelt apresentou ao Congresso? É o maior registrado na história do mundo!

(— Que dizer do orçamento sentimental que a mim mesmo me apresento?)

E aparece Pérsio Dias:

— Chegou o momento em que toda a América falará de canhões, patrulhas, produção e abastecimento.

(— Chegou o momento em que gostaria de ficar só...)

Mas não fico. Ainda aparece José Nicácio, com hálito carregado de bar, despejando comentários sobre a conferência de chanceleres americanos da qual o Rio vai ser a iminente sede:

— Animadora, animadora... Precisamos de definições.

— Você vai ver a definição da Argentina e do Chile... Uns nazistas! — brada Gasparini, encontrando pé para discutir.

Enroscam-se, deblateram, se contradizem e, afinal, eis-me diante do papel, caneta em punho, a janela entreaberta para a noite incerta. Mas o perfume da loção de Gasparini deixou-me com dor de cabeça.

— Violeta de Parma? — e Luísa sublinhou a pergunta com um sorriso.

— No fundo deve ser...

Digo que vou tomar um analgésico, mas tomo mesmo é um soporífero, como se cometesse um suicídio homeopático.

14 de janeiro

Pus uma máscara para jantar, disse. É um esforço para não quebrar o ovinho de Catarina — o amor é uma casquinha de ovo. Há lições que não se esquecem.

15 de janeiro

Se a fada dos maus destinos o dotou de inteligência, sensibilidade e bom gosto, não o demonstre nunca, porquanto poderá passar por louco e ninguém tem confiança nos loucos.

16 de janeiro

Garcia, que falta ao tabuleiro, está presente em carta. Voltou de Citera o obtuso e teimoso enxadrista, lépido, frívolo e profundo como um novo Montesquieu, que não escrevesse com o olho na posteridade: "A civilização tem caminhado, em estugado passo, neste antigo domínio dos escorpiões, domínio hoje salomonicamente repartido com o funcionalismo, também aracnídeo pela teia que tece em seus processos, mas que medidas exterminadoras, nas quais se incluem o compulsório emparedamento dos respiradouros dos porões e a recomendação de ter o depósito de lenha no meio do galinheiro, prometem assegurar a progressiva hegemonia dos funcionários em detrimento dos escorpionídeos igualmente filhos da maravilhosa criação. Tem caminhado, repita-se — já se instalou um salão de beleza, com todo o complicado aparelhamento que corresponde à mais recente técnica de aprimorar o mulherio, já se admite a paralaxe como processo crítico-literário e já divisei dois ousados portadores de paletós brancos e calças escuras transitando pela rua da Bahia... Porém, não a ponto de alcançar as serpentinas dos fogões. Abatem-se hectares e hectares de florestas para cozinhar o feijão belo-horizontino de cada dia, sacrificam-se acres e acres de matas para passar na chapa o bife coriáceo dos zebus, mas, por mais achas que se queimem —

ó inútil holocausto vegetal! —, as minhas serpentinas não esquentam, negam-se a fornecer um banho condigno cá no nosso ninho alpestre, cujo único calor é proporcionado pelos corações, fornalhas que, dirá você, queimam matrimonialmente em um ano toda a lenha do amor e não dão mais que brasido e depois cinzas nos anos subsequentes, imagem que me faz mentalmente trautear o 'Agora é cinza', fanal melódico de tantas emoções que juntos partilhamos e que Neusa Amarante agora, com a sua bossa, tentando recriá-lo, tão adoravelmente estropia..." "O governador, com óculos ou sem óculos, mas permanentemente carrancudo, lê mal, e em voz gasguita, os discursos que para ele escrevem os plumitivos que assistem o seu gabinete, com modesta remuneração e latentes esperanças. Em vez de ler 'quiçá', leu 'cuíca'... Os áulicos que o ouviam, com ar grave, pois o homem é como coringa que dá cor ao jogo, ficaram mais frios do que minha já referida serpentina. E a ignara oposição, que se esconde em cada peito não aquinhoado com as migalhas do erário estadual, glosa à capucha a silabada que os microfones se encarregaram de irreverente e fielmente reproduzir por todos os recantos do feudo..."

17 de janeiro

Recebo com atraso o alegórico cartão de Boas-festas de Rosa. Continua na Venezuela. Arrumara a vida com o engenheiro lituano, de rosto quadrado e áureos e agressivos caninos, especialista em petróleo, que andara por este Brasil oficialmente pesquisando lençóis, perfurando suspeitas, medíocre e eficiente. Mimi, Florzinha, a família toda torceu o nariz da maneira mais ostensiva e impiedosa — já não era uma criança, sempre fora uma doidivanas! Nunca fora uma doidivanas e, ainda que fosse uma criança, os moralistas mageenses torceriam o virtuoso nariz da mesma forma — respeitáveis seres! —, pois o sangue dos Ibitipocas não corria nas veias dela e sim nas do ex-marido, esmurrador e caloteiro, que não dava notícias da sua existência desde que se transformara em cidadão pernambucano.

Quando menos esperava, Mairones tivera o seu contrato rescindido. A rescisão parecera-lhe muito esquisita, muito suspeita, contudo, nem tentara discuti-la. Embolsara a apreciável indenização, tratara de arranjar serviço e com facilidade obtivera-o na Venezuela. Rosa levou a primogênita, uma mocinha já, pois Roberto de muito estava entregue a Mimi e Florzinha. É uma separação provisória, teria dito sem muita convicção, mas não pensando que seria definitiva pela morte do filho.

Jantamos de despedida, ele dominando satisfatoriamente a língua, ela, ainda passável, a princípio um tanto acanhada, depois mais segura de si, orgulhosa da escolha — uma boa mulher.

— Sabe que ele tem muitos livros publicados no estrangeiro sobre a sua especialidade?

Mairones, grandalhão e circunspecto, avermelhou-se com a lembrança, mas acrescentou imediatamente:

— Ó amigo, não dê ouvidos! São trabalhos sem importância, quase tudo superado, como é da essência da ciência.

— Pois gostaria de conhecê-los.

— Não possuo nenhum exemplar. Saboreemos este belo assado, que é melhor. Está suculento! Minha senhora é uma notável cozinheira!

Não foi o elogio, foi aquele "minha senhora" que botou nas faces de Rosa uma coloração de felicidade:

— Que notável cozinheira, que nada! Diga esta potoca a outro, ao Eduardo não. Ele me conhece há muito tempo.

Perturbou-se, as ditosas cores lhe fugiram, como se a involuntária, impensada lembrança daquele outro tempo pudesse afetar o seu novo senhor. Ele, porém, não ligou, e eu apressei-me a declarar que ela era a única prima de que me sentia honrado pela culinária, pela beleza e pelo caráter.

Voltaram-lhe, rápidas, as cores da satisfação:

— Elas por elas, primo!

— Você não vai me dizer que sou bonito, Rosa...

— Para mim é — respondeu numa tontura.

E, no meio do assado, perguntei ao engenheiro:

— Mas há petróleo mesmo no país?
Respondeu de boca atulhada:
— Se há! Reservas inestimáveis! Só não as acham porque não querem, ou há os que têm polpudos interesses em não querer. Mas eu cumpro o meu dever profissional. Meus relatórios são concludentes — petróleo não falta! Agora se vai ser explorado é que não poderei dizer. Mesmo não é de minha competência. Eu só faço o que é de minha competência. Cada um no seu lugar, não é?
Seis meses depois me chegava uma cartinha dela. Tinham saudades do Brasil, mas estavam bem na Venezuela, Mairones trabalhando que não era graça, mas ganhando infinitamente mais. A filha iria estudar química industrial nos Estados Unidos. Ofereciam, não a casa, mas a barraca cigana, pois seria mais do que provável que o engenheiro fosse dar ainda com os costados em outro país, sempre à cata de petróleo. Por que não iria passar umas férias com eles — finalizava — se a barraca estava às ordens, a terra era simpática e pitoresca e o engenheiro muito meu amigo?

18 de janeiro

Apotegmas literários:
Quem arma o enredo com demasiada facilidade denuncia — gato escondido com o rabo de fora — que não é romancista.
Em literatura há que ter paciência com os nossos fracassos e com o êxito dos confrades.

19 de janeiro

Engrossa ininterruptamente o contingente do Exército do Pará... — milícia inventada pelo boêmio Jaime Ovalle e que o Poeta divulgou com imensa graça. Chegam aos magotes, tangidos pelas dificuldades do meio nordestino que os governos não resolvem, transbordando simpatia, sequiosos de conquistas, encontram sempre um galho onde se pendurar — quem já está facilita a penduração em tácita maçonaria. Nem pegam mais os itas famosos, ameaçados pelos submarinos, vêm de avião, aflitos para chegar. E progridem em igual relação. Mas Osório D'Othon, fruto potiguar que cresceu às margens do Capibaribe, representa um recorde. Há seis meses, ossudo, anêmico e olhiagudo, descia no Aeroporto Santos Dumont, um pouco enjoado, a roupa de caroá levemente amassada. Vinha apadrinhado por Júlio Melo, o que já confere antecipadas divisas na manga da gandola, e trazia de quebra uma carta de apresentação do terrível sociólogo, que vale mais do que uma gazua. Os coestaduanos prestaram-lhe continência, perfilaram-se diante do seu infuso saber. Godofredo Simas abriu-lhe as colunas da sua gazeta criptoestadonovista com não habitual remuneração; Vasco Araújo, compelido por Débora Feijó e pelo romancista acreditado na corte salazarista, convocou-o para consultor literário e folclórico da editora e ameaça-nos com a publicação do seu primeiro livro federal, com capa e vinhetas de Laércio Flores, de quem é parente remoto, um punhado de ensaios sobre o decantado romance do Nordeste e focalizando Júlio Melo, Antenor Palmeiro, Débora Feijó, Gustavo Orlando, Ribamar Lasotti, a falange em suma. "São os do Norte que vêm!" — comenta o má-língua Luís Cruz. E Julião Tavares, com a sua veia sarcástica que não esconde a infinita inveja do sucesso alheio, justo ou imerecido:

— É mais furão do que broca de dentista!

Ontem a carta do sociólogo completou a sua brilhante parábola

— Osório D'Othon foi nomeado para servir no Catete. Seis meses!

20 de janeiro

Anotemos neste dia de São Sebastião, padroeiro que não protege convenientemente os cariocas:

— Não faltava mais nada! A censura agora também inventa escritores — pigarreou Adonias.

— O tempo se encarregará de lançá-los à vala comum.

— Não antes de se aproveitarem da confusão. E o tempo é magano. Se encarregará, outrossim, de lançar à vala comum milhares dos outros...

— Eu inclusive?
— Talvez você fique com uma perninha de fora. A perninha esquerda...
— E o vosso Helmar Feitosa?
— Ficará com os chifres.

O caso é que a historieta do rapazola goiano, desempenado, bonitão e mitômano, impressa à própria custa, era insignificante como um almanaque Cabeça de Leão, insossa como refresco de lima, passaria suavemente despercebida. Mas os sequazes de Lauro Lago enxergaram perigosos intuitos de subversão da ordem na fala dos personagens, gente explorada nos campos da pecuária, e resolveram apreendê-la, encenando simbólicas fogueiras crematórias. Conclusão: o volumezinho, com um campeiro lançando as boleadeiras na capa, teve vantajosa vendagem no fundo das livrarias, e o autor passou a ser considerado escritor, e escritor arrolado entre os perseguidos, como convinha aos interessados. E os interessados estão correndo uma lista de protesto para ser levada ao ditador. Não levantará a inscrição no índex dipiano, sabem plenamente, mas sempre fará onda e o governo não gosta de ondas, quer navegar em perpétua maré mansa, maré de dobradas cervizes. Nicanor de Almeida e Ribamar Lasotti encabeçam as assinaturas, porém o texto do memorial é de Julião Tavares retocado pelos pruridos gramaticais de Gustavo Orlando. E foi esta flor que me trouxe o papel. Recusei a pôr nele o meu autógrafo.

— Você é um mistério — disse Gustavo Orlando, num tom de velada ofensa, fechando a pasta.

Não dei resposta. O romancista é por demais rombudo para atender a certas sutilezas do procedimento humano, como se deduz dos seus romances. É preciso ter uma certa coragem para passar por covarde.

— Você já foi procurado, Adonias?
— Não. Mas seguramente vou assinar... — e sorriu. — Devemos experimentar de tudo.

21 de janeiro

O Banco do Brasil tem mais um guichê para as negociatas: Vivi Taveira.

22 de janeiro

José Nicácio confessa que Gasparini tinha razão quanto à atmosfera da conferência dos chanceleres americanos: na fervente Washington causou assombro o ponto de vista, praticamente unânime, de que o rompimento com o Eixo aumentaria o perigo contra este hemisfério. E a fórmula argentino-chilena era a dourada pílula contemporizadora: "A ruptura, apoiada por todas as nações do continente, será efetuada, por cada uma delas, no momento que julgar oportuno." Uma cambada! Os Estados Unidos têm que apertar as cravelhas... — e José Nicácio fez o gesto ilustrativo, que me recordou o escanifrado Tide afinando os bordões do seu velho violão no perdido cenário das noites suburbanas.

Era uma seta dirigida a Gasparini na esperança de reacender o recente desaguisado palavral. Mas Gasparini, esquecido da discussão, está com a atenção virada para o campeonato em Montevidéu, onde já fomos batidos pela Seleção Argentina:

— Não aguentamos o repuxo! — E completando o palavrão:
— E ainda vamos apanhar dos uruguaios...

23 de janeiro

— Esse general Rommel é infernal! — E temos Gerson Macário, radiante, provocante. (É que o astuto estrategista desfechou espetacular golpe no deserto, retomando em horas o que os ingleses penosamente conquistaram ou reconquistaram.)

Respondo-lhe com frieza, frieza que não vem apenas do tédio que a guerra já me dá:

— São situações de gangorra, nada mais.

Laércio Flores intervém:

— Um dia ela tombará para o lado certo e, aí, adeus viola!
O poeta não se dá por achado:
— É um deus nos acuda! Os bifes acabam entrando pelo mar adentro... E não sei se todos sabem nadar... Em Dunquerque muitos não sabiam...
Desço depois a avenida com Laércio Flores. (Andou ele tentando um aperfeiçoamento com Nicolau, mas arrepiou carreira logo ante as exigências do pintor, que o pôs a desenhar bananas. As bananas saíram muito pouco bananas e Mário Mora, que relatou-me a rápida deserção: — Queria começar pelo fim... E nem sabia pregar o papel na prancheta...)
— É irritante este cabra, não?
Não sei por que defendo Gerson Macário:
— É o que é. Não usa máscara. E não muito carreirista, tome nota.

24 de janeiro

— Estou ficando mais velha, sabe?
— Por enquanto estás ficando menos nova.

25 de janeiro

Os anos vão-se, vamos mastigando mais este como almôndega de seixos e sem saber se chegaremos ao fim dele. E o coração é revolvido e sangra a certas relembranças, sinal de que não está morto. Revolver o coração é revolver o passado, passado que nos volta em quadros desconexos, de desbotadas tintas, e alguns tão desligados dos outros que nem parecem pertencer à nossa vida.

26 de janeiro

A brasa para a sardinha: escrever tudo que lhe acode à cabeça, sem limitações e sem temores, não obstante ser o momento o das limitações e temores, e se esforçando severa e ingentemente para não se confundir com o jornalista, ou pior, com o repórter, eis o caminho que se impõe ao escritor do nosso tempo pluridimensional, porta aberta para um novo mundo, que tanto nos seduz quanto pode nos amedrontar, quando a gasta trilha do entrecho, da anedota espichada, só compraz os retrógrados.

27 de janeiro

A guerra enfada, mas é uma realidade que nos atinge, nos altera, nos equaciona. Temos, portanto, que consignar os seus principais eventos como verdadeiros passos da nossa vida. Smolensk já está na mira dos canhões soviéticos. No deserto africano a coisa é de vida ou morte. Antes, declarou Goebbels, a vitória era um grande e esplendente desejo, hoje é uma triste necessidade. E o Peru iniciou os rompimentos de relações sul-americanas com o Eixo, seguido hoje do Uruguai e do Paraguai. Quando tocará a nossa vez?

28 de janeiro

Mais depressa do que se esperava, já não somos mais neutros. Rompidas hoje as relações diplomáticas com o eixo nazi-nipo-fascista.

Esse danado de Getúlio é matreiro! Depois daquele famigerado discurso de 1º de maio, no Estádio do Vasco, de tendências eixistas e endereço certo, ficou esperando as consequências. As nada veladas ameaças bateram na porta prevista e tiveram a resposta calculada. Nossos caros irmãos do hemisfério Norte conhecem a geografia da guerra. O território brasileiro é demasiado grande para ficar nas costas de alguém, suas reservas minerais incalculáveis, o Nordeste é trampolim para a África e o seu campo de comércio não se pode desprezar... Convocaram a Conferência dos Chanceleres para reafirmarem a doutrina de solidariedade continental, passaram a conversar no balcão dos arrendamentos e permutas — poderemos ter uma siderúrgica, poderemos ter me-

lhores aeroportos, melhores estradas, portos modernamente aparelhados, um combate sistemático à malária. E estreitaram os laços da boa vizinhança.
Silva Vergel espirrou do Ministério.

29 de janeiro

O romancista sergipano é a inocência. E a inocência deve ser perdoada.

30 de janeiro

Os pessimistas:
— "Surgirá dessa guerra um mundo pior" — disse o ex-presidente da Espanha, Alcalá Zamora, ao deixar Buenos Aires, anteontem, após 441 dias de viagem "por todos os mares e todos os oceanos".
E Hitler, de crista caída, falando aos seus títeres: "Neste 30 de janeiro vos asseguro que não sei como terminará este ano. (Também ele!) De tudo que aconteceu na Rússia sou o único responsável" — penitencia-se. (E também nós um pouco por tudo que aconteceu nas nossas Rússias.)

31 de janeiro

O espelho:
— Tenho o pressentimento de que nunca acabarás a tua obra-prima...
— Consola-me o pressentimento de que o mundo não precisará mais de obras-primas.

1º de fevereiro

Cléber Da Veiga é extraordinário. Consegue ser o último dos homens e o último dos oradores.

— Mais vale quem cedo sabuja, que quem cedo madruga — é o que sentenciava Aristóteles a Zé Bernardo, por ter sido bigodeado na pretensão a inspetor das escolas rurais de Campina Verde, duas ou três, se tantas, com esporádicas professoras e chão de terra batida.

3 de fevereiro

A esquadra americana passou à ofensiva no Pacífico: 32 navios japoneses liquidados na batalha de Macassar.
— Onde fica isso? — pergunta Gasparini.
— Perto de Pasárgada — responde Aldir, encostado à treliça, que foi mais uma das suas contribuições decorativas à minha varanda.
E como todos rissem, o esculápio riu também:
— Está me gozando, mestre de obras?
Pérsio, que foi se inteirar da discoteca pública recém-inaugurada pela Secretaria de Educação e Cultura, prestou informes:
— Foram banidos os sambas.
— Isto é uma grossa estupidez! — ruge Gasparini.
— Até certo ponto... Afinal o rádio já nos serve sambas às toneladas.
— Não seja obtuso, rapaz! E os sambas velhos? Não são um patrimônio para se guardar?
Concordo com Gasparini, tanto mais sei, via Mário Mora, que o dinâmico ianque que se assenhoreou da direção da nossa primeira gravadora, sem o menor critério seletivo, mui tranquilamente mandou vender como sucata todas as matrizes que encontrou nas prateleiras e assim lá se foram algumas relíquias no meio do vasto bagulho. Quedo-me, porém, inerte e o escultor prossegue:
— Sempre temos das emissoras as nossas "horas da saudade"...
— Samba nunca é demais! — retruca Gasparini, mas logo curioso: — E como funciona a engenhoca?
— Em cabinas individuais. Com fone nos ouvidos.

— Com fone nos ouvidos?! Não me apanha! Basta o meu estetoscópio. Convenhamos que é chato. Recorda o tempo do rádio de galena. E as orelhas devem ficar ardendo!
— Depende do tamanho... — cutuca Aldir.
Gasparini escancara o riso:
— Este arquiteto das dúzias está ficando muito ousado, não é, Luísa?

E Ataliba apareceu arrastando-se, queixando-se de lumbago e de bronquite e perguntando logo se não haveria uma sessão de baralho. Conheço os olhares clínicos de Gasparini — este nosso amigo está com o pé na cova, é o que dizem os seus. As parcerias foram formadas, Ataliba agarra as cartas com os encarquilhados dedos com que se agarra à vida, eu e Aldir refugiamo-nos na varanda. Quem falou o tempo todo foi ele. Engolfado no meu mutismo, a minha atenção se desgarrava e, por instantes, a sua voz desvanecia, desvanecia até desaparecer, como fogem as transmissões em ondas curtas.

5 de fevereiro

— Para a compreensão dos problemas arquitetônicos me têm valido mais alguns livros de poesia que todos os tratados de arquitetura. (Aldir Tolentino.)
— Por que pensar que escritor social é só aquele que discute salários, que conta as misérias do proletariado?

6 de fevereiro

Compro um livro no sebo somente porque traz uma assinatura em gracioso cursivo: a do desembargador Mascarenhas.
É de Pierre Chessex, *Origine des noms des personnes*, e nele as traças andaram iniciando um festim, as margens estão cobertas de eruditas notações do finado, que fazia da antroponímia o passatempo dos seus celibatários serões, o refrigério para a aridez jurídica. Mas acabei me interessando pelo texto, fértil de suposi-

ções e controvérsias. Eurico significa "poderoso pela lei" — pobre Eurico! Políbio, "o que tem muitos meios de vida"; e Emanuel quer dizer "Deus conosco"!

7 de fevereiro

O armazém fechado é que dava o ar de domingo ao largo do Trapicheiro. O armazém fechado e o sininho de som rachado do Asilo, que convocava para a missa três vezes na manhã.

Emanuel andava muito crente. Não perdia o catecismo das quintas-feiras, preparando-se para a Primeira Comunhão; usava santinhos no pescoço; travava com Madalena devotas discussões sobre mandamentos, pecados veniais, santos e serafins; estarrecia Cristininha e a cozinheira com casos milagrosos de raios fulminando blasfemos.

Mamãe não escondia a satisfação. Não era muito de missa, mas não dormia sem tirar um terço, no oratório do corredor iluminado a azeite. Papai não intervinha. Tio Gastão é quem gozava tanta piedade:

— Tanto fingimento para acabar no inferno!

8 de fevereiro

Apreendida, ontem, na Embaixada alemã, uma estação de rádio clandestina, apreensão que já denota uma certa coragem das autoridades estadonovistas em marchar, contraditoriamente, para o lado das democracias, cambotas que sejam, mas democracias.

Vigiava a saída do porto e os cargueiros iam cair em emboscadas no Atlântico — é a suposição de Adonias, que veio trazer para Luísa um Santo Onofre, pequeno e desbotado, que encontrara fuçando num belchior da praça Onze:

— É engraçadinho, não é? E chama dinheiro.

— Obrigado por ela e por mim... Nós acreditamos muito em mascotes...

— Pelo menos têm algumas. Não custa acrescentar-lhes mais esta que é dada de coração...

9 de fevereiro

Francisco Amaro telefonou-me pedindo que intercedesse junto a Aldir para que fossem enviadas certas plantas de esquadrias, que o tempo urgia. Comuniquei-me com o arquiteto, que me garantiu não ter relaxado — tudo tem seu tempo, o nosso Francisco Amaro é que vive afobado.

....

Censura carnavalesca. Foi proibido o samba *Trabalhar? Eu não, eu não*. Mas sugeriu-se que teria aprovação se substituída a letra por uma exaltação ao trabalho estadonovista. E as emissoras radiofônicas se esbaldam na propagação da graciosa marchinha *O sorriso do presidente*.

10 de fevereiro

Cantares de tio Gastão:

> *Vem cá mulata.*
> *Não vou lá não.*
> *Sou democrata*
> *De coração.*

11 de fevereiro

Após curto assédio a ferro e fogo, sem água e sem víveres, desmantelada, Cingapura rende-se aos japoneses, traulitada que tem a sua compensação: Rzhev, que era o baluarte da linha de inverno alemã, vai sendo reconquistada pelos soviéticos, casa por casa, ou melhor, destroço por destroço.

12 de fevereiro

Não há nada como uma cátedra de Direito Civil (sem concurso) para amansar um fogoso ginete. Foi o que aconteceu com João Herculano, cuja tese, desencargo de consciência completamente inútil, mas profusamente distribuída, tinha dedicatórias patéticas à sacrossanta progenitora e à imaculada esposa, risível oferenda mais pelo ridículo do que pelo desuso e que Délio Porciúncula seguramente não rejeitaria se fosse levado a escrever uma tese por idêntico remorso.

....

Minúcias da organização racional de trabalho: o salário é pago quinzenalmente, e já descontado das contribuições do Instituto de Previdência, em envelope cerrado, dotado de um talão destacável, no qual o empregado assina o recebimento e devolve-o à contabilidade. No pé do envelope há a seguinte advertência: "O quanto você ganha é assunto seu que merece o maior sigilo."

Pinga-Fogo não reage.

14 de fevereiro

Além da humilhação cingapurana, há mais estrume para Gerson Macário se refocilar — a batalha de Dover redundou num dos maiores desastres navais da história britânica. Não conseguiram interceptar a esquadra nazista que saiu de Brest, protegida pela cortina de espesso nevoeiro. As batalhas no mar já não são mais navais, são aeronavais, para amassar o orgulho dos almirantes. As perdas aéreas inglesas foram confessadamente severas. E o mais grave é que a Armada alemã pode, agora, iniciar ofensivas nas rotas aliadas do Atlântico Norte e ocasionar radicais modificações na batalha do Atlântico, visto que as esquadras aliadas, que operam entre a América e a Europa, e cujo poderio já fora pronunciadamente reduzido pelas necessidades da guerra no Extremo Oriente e no Mediterrâneo, terão que destinar importantes unidades para atender ao Atlântico Oriental.

Mas felizmente há o toma lá dá cá, que Gerson não festeja: as forças de Timochenko, que vai se tornando um nome popular, cruzaram a antiga fronteira polonesa e jogaram os alemães de oitenta a cem quilômetros para trás, um bom chute, como classifica o ex-centroavante Gasparini.

15 de fevereiro

Chego à janela. O homem de barrete tricolor se acompanha dum pandeiro, fanhoso:

> *Reconheço meu grande defeito,*
> *mas não há jeito, o destino é quem quer.*
> *Eu enlouqueço se tenho dinheiro*
> *e tudo esqueço se vejo mulher.*
> *Mulher e gaita quem é que não quer?!*

Entramos no Carnaval. Refugo o livro. Assalta-me uma insólita nostalgia.

16 de fevereiro

Se não saísse, estouraria. Telefonei a Gasparini, que não atendeu. Saí. Nas ruas, com tráfego normal, se arrasta chocho e policiado o Carnaval de contadas máscaras e pobres fantasias. Na Cinelândia a ornamentação bole com os nervos, a integridade dos canteiros foi defendida por cercas de arame, os cinemas têm filas na bilheteria, os vendedores ambulantes postam-se, desesperançados, atrás de pilhas de sanduíches sem compradores. Entrevejo dona Jesuína, enorme, de amarelo, e Odilon envergando a idolatrada camisa rubro-negra, o bloco de sujos é quase uma caricatura:

> *Vão acabar com a praça Onze.*
> *Não vai haver mais Escola de Samba,*
> *Não vai...*

Bato em retirada, passeio pelos Jardins de Versalhes em que se transformou o High-Life, que é um reduto de animação, onde predomina uma mocidade mesclada, brusca, algo insolente, tomada duma exibidora ardência carnal. Como sei que dificilmente conhecerei o original, e a guerra alargou ainda mais o fosso da possibilidade, contento-me com a chinfrim contrafação de canteiros e repuxos, de labirintos e Petits Trianons, que faria nojo à exigente Catarina.

Ai, meu Deus, que saudade da Amélia...

Também sinto a maceração da saudade de outros carnavais e outros corpos. A orquestra se esforça, o baterista faz misérias, aproximo-me do estrado, Olinto do Pandeiro lá está, forçudo e malabarístico, e o ritmo acordando o sangue, com tantos glóbulos pagãos, acaba impelindo-me para o pandemônio de éter e fartum, onde me perco e me integro.

Fugindo em vão dos esbarros cegos dos cordões, Laércio Flores baila, anacrônico e solene, com Débora Feijó, contrafeita como se representasse um papel menor que o seu talento. Mário Mora, de camisa amarela, ostenta mulata nova, de tirolesa, a blusa rasgada deixando ver a omoplata como saboneteira.

— Um tanto magrela demais — sopro-lhe ao ouvido no espremer de corpos suados contra o balcão do bufê.

Ele aperta a ponta da orelha com os dedos gordos e peludos:
— É papa-fina!

E o canto de mil vozes desordenadas, que sufoca os tambores e suplanta os metais, parece que o aprova:

Aquilo sim é que era mulher!

Chego em casa com o primeiro sol, cansado, mas aliviado pela elementar catarse.

17 de fevereiro

Flamante mocidade! — recordemos. O Assírio era um encerado deserto de tangos e meia-luz vermelha, onde se pescavam pecados, cancros venéreos e estreitamentos da uretra.
— Que tal a mulher de ontem?

— Muito acadêmica! — classificou Adonias. — Banquei o trouxa. Antes tivesse pegado o bailarino.

Tatá acompanhava a moda com impressionante servilidade. A gravata era de laço infinitesimal. O colarinho justíssimo poderia ter elevador. O chapéu-coco ressurgira por um semestre. As calças tinham a boca tão estreita que precisava estar sem botinas para vesti-las. E o chique das botinas era bico comprido e fino e cano cinza, de camurça.

18 de fevereiro

Folia de amarfalhados bicos vermelhos e verdes, com alguns guizos perdidos e outros irremediavelmente achatados pelas espremeções dos criouléus, a gaforinha de azeviche enxameada de molhados confetes, as sandálias em petição de miséria, os pés cobertos duma lama de asfalto, as unhas dos esborrachados artelhos com leves reminiscências apenas do sensacional esmalte de que se sentira tão orgulhosa, Felicidade ressurge, nesta manhã de Cinzas, também exausta, também purificada.

— Brincou muito? — pergunta-lhe Luísa, risonha diante daquele destroço carnavalesco.

— Me esbaldei! — E num longo e sonoroso suspiro: — Pena é que sejam só quatro dias...

— Mas você aguentaria mais, Felicidade?

— Então não aguentaria, dona Luísa?! — retruca, entre perplexa e ofendida.

19 de fevereiro

Foi posto a pique o primeiro navio brasileiro, o *Buarque*, em águas territoriais dos Estados Unidos.

Esquisito é que o torpedeamento se verificou no dia 16, em pleno Carnaval, e somente hoje o DIP distribuiu à imprensa a comunicação, um pouco lacônica, e notificando apenas uma vítima, esta de nacionalidade venezuelana.

21 de fevereiro

As coisas vão mal... Afundou o *Olinda*, canhoneado com dezoito tiros, em águas norte-americanas. Não houve vítimas, comunica o DIP, com três dias de atraso. Como já aconteceu com o *Buarque*, há uma certa frieza popular, que não sei explicar.

23 de fevereiro

Em Petrópolis, para onde fora residir e recebia a fina flor dos nossos chicharros beletristas, suicidou-se Stefan Zweig com tóxico violento. Tinha 61 anos e não quis ir sozinho, levou a esposa e secretária, que era bela e bastante jovem. Mas deixou carta: "... minha energia está esgotada pelos longos anos de perseguição como um sem-pátria..." — o que não convence, por parte dum escritor que, mesmo secundário, tem um ensaio sobre Freud, e prestando-se a suposições como a de Gasparini, um tanto afônico:
— Não cheira a crime sexual?
Balanço os ombros e ele pergunta:
— Era crânio mesmo?
— Vendia muitíssimo. Vendia como pão quente por este mundo afora.
— Isto eu sei.
— Então, sabe tudo.
— Os jornais estão fazendo um estardalhaço descomunal.
— Um duplo suicídio sempre foi motivo para os corvos crocitarem, que diabo! Será que você nasceu ontem...
— Lá isto é.
— Além do mais, a popularidade que desfrutava Stefan Zweig justificaria plenamente o sensacionalismo da reportagem. Você não se lembra do suicídio do pobre Hermes Fontes?
— Mais ou menos...
— Estou vendo que não se lembra de nada... Pois foi na base de não sei quantos clichês tétricos e uma linguiça redacional quilométrica com minúcias do gênero escabroso. E cá no caso do

Zweig a colônia judaica e o nosso caro Estado Novo entraram na dança macabra também. Afinal, para os judeus era um perseguido da sanha nazista, cujo trágico ato pode ser vantajosamente explorado na luta contra o racismo, e para o DIP é o autor, e muito bem pago, do *Brasil, país do futuro*.

— E não quis esperar pela comprovação da profecia...
— Bem, creio que para tanto teria que ser um outro Matusalém.
Houve uma pausa. E Gasparini forçando o cigarro com uma careta:
— E você leu o livro?
— Assim por alto. Uma bobagem. Mas como o autor é internacional, vale pelo lado publicitário.

24 de fevereiro

Surpreendente visita de Loureiro e Waldete, que andavam escassos de presença e telefone, relegação que ia retribuindo mais por inércia do que por amical ajuste de contas.

Ela, estendendo pulseiras e anéis, muito sofisticada:
— É a montanha que vem a Maomé...
São mentiras convencionais com um substrato de verdade:
— É que tenho andado muito atarantado. Não chego para as encomendas.
— *Idem, ibidem*, com a mesma data. As coisas não andam sopa nada não. Tenho cortado uma volta. Mas como temos uma recepção aqui perto, não quis deixar de dar um pulinho antes cá para ver vocês. Todos fortes? — E Loureiro refestelou-se na poltrona branca de minha exclusividade, o que me agastou um pouco, agastamento que Luísa anotou com uma piscadela. — Ricardo e Zuleica vêm nos apanhar.

Já estranhava a dissociação. O perfume impregnou a minha mão, persistente combinação de incenso e jasmim, que perturbava o cigarro. Só havia um recurso — lavar as mãos.
— Um instantinho.

O sabão ardorosamente esfregado pouco resultou — perfume francês é perfume francês, de garantido fixador. E o assunto inicial da conversa foi, como não poderia deixar de ser, o suicídio de Stefan Zweig. A elegante infiel, com decote adornado de pérolas, estava impressionadíssima:

— Você acha que ele obrigou a mulher a tomar veneno?

— É o que cabe à polícia esclarecer, se é que tem interesse nisso.

— Sim, mas eu queria saber a sua opinião.

Não cutuquemos as cobras com vara curta:

— Não possuo a mínima capacidade policial, querida Waldete.

Ela fez um arzinho impertinente, mas o assunto morreu. Loureiro forçou a porta do seu terreno — negócios, negócios. A fábrica de geladeiras seria uma realidade, mas estava lhe trazendo cabelos brancos, por causa da questão dos compressores, cujas patentes eram embrulhadas.

— O recurso é você usar o cabelo o mais rente possível. Disfarça bastante.

Loureiro deu um suspiro de grande homem de indústria. Espichou as pernas e a baguete branca das meias saltou aos olhos como uma flor-de-lis. E a campainha sonou. Ricardo e Zuleica compareciam. Ele, muito guapo, ela numa elegância que se via logo ser o modelo de Waldete. Demoraram-se minutos — estavam em cima da hora para a tal recepção que oferecia certo banqueiro ligado à Wall Street.

Loureiro, em tom de galhofa:

— Vamos enfrentar o nosso velho Altamirano de Azevedo...

— Vocês ainda acabam sócios...

Ele abraçou-me entre efusivo e sobranceiro:

— Indiretamente já o somos, querido. Negócios são negócios...

26 de fevereiro

Contrastando com a frieza popular, inflamam-se os intelectuais, com eles ou por trás deles, insuflando-os, os homens de esquerda, e os manifestos aparecem. Vamos assinando-os, subscrição que inclui numerosos timoratos. Pretendem tanto atingir o declarado alvo quanto solapar o Estado Novo, subterrâneo movimento que se vem intensificando cada dia.

A moda começou durante a Guerra Civil na Espanha, proliferou após a derrota e perseguição dos republicanos, derrota que coincidia com a imposição da ditadura indígena, e cabe a Marcos Rebich o lançamento da moda. Com reduzido e não esclarecido capital, fundara a revista *Rumos* e nela reunira uma equipe vivaz e assaz corajosa: Gustavo Orlando, Ribamar, Venâncio Neves, Helena, Julião Tavares, Antenor Palmeiro, Euloro Filho, o estouvado José Nicácio, e Mário Mora, auxiliada por flutuantes, e às vezes anônimos colaboradores, muitos deles, por incrível que pareça, gente ligada à situação.

Se a maioria dos redatores trazia a perseguida pinta vermelha, e estava sempre pagando com cadeia a colaboração, havia os que participavam da empreitada por amor à liberdade, mesmo que mínima e envenenada em suas fontes, amor a que estava implícito o desamor ao perigo, corporificado pelo DIP, pela Delegacia de Ordem Política e Social e pelo Tribunal de Segurança, tribunal de exceção, calcado nos moldes da Inquisição, que enfeixa a escória togada dos sacripantas e contra o qual se bate inútil e generosamente o destemor dos raros advogados, como Nicanor de Almeida, que, não medindo consequências, vão até àquela barra — arremedo de justiça e legalidade — defender os acusados de crimes contra a segurança do Estado, crimes cujos processos são confeccionados nas delegacias especiais, por policiais especialíssimos.

Cada dia aparecia um manifesto contra Franco, contra Hitler, contra Salazar, contra Mussolini, contra o martírio dos judeus, contra a prisão de intelectuais paraguaios. E *Rumos*, prenhe de clichês, com chapas vermelhas e novidoso aspecto gráfico, publicava todos em suas páginas consumidíssimas. E publicava reportagens pondo a nu a grã-finagem se locupletando com a guerra, o mercantilismo do esporte profissional, o problema do ferro, do petróleo, do café, das carnes congeladas, furando a censura, e acontecendo, com frequência, ver apreendida a edição, não sem que antes um milhar de exemplares tivesse sido posto em circulação, correndo às escondidas de mão em mão, vendidos a peso de ouro pelos aproveitadores. E com essa atividade, durante quase dois anos, ia minando o campo da ditadura, até que, cansado de apreensões e de deter os redatores responsáveis, o governo fechou a revista.

Todavia, o hábito dos manifestos continuou, e se era impossível estampar alguns na prudente imprensa, eram estes enviados para países livres e aí publicados com destaque. E agora, em face dos acontecimentos que nos atingem, e procurando sacudir a apatia popular, recrudescem em número e veemência, e a maioria deles encontra pronta guarida nos jornais, pois o governo sente o quanto poderão ser inoportunas e perigosas determinadas intransigências e proibições.

....

Fui tomar um cafezinho na cozinha, o gás parece que está escapando, a geladeira ronca, e ao voltar e reler estas linhas, fico imaginando que sentença me dariam os meritíssimos juízes do Tribunal de Segurança, como complemento aos preliminares casculos e coices ministrados pelo zelo dos tiras, se uma salutar diligência da Ordem Política e Social viesse a encontrar os meus papéis e conseguisse decifrar a minha garranchosa grafia.

O recepcionista de plantão, na Casa de Detenção, largou o charuto e o *Jornal dos Esportes* para atender ao reincidente pichador de muros:

— Está vendo aquele que está ali? — e apontava o Cristo, pois havia um crucifixo na parede. — Foi o primeiro comunista e levou porrada pra carimbo!

E, ato contínuo, sentou um formidando pontapé no ventre do preso, que tombou desacordado.

27 de fevereiro

Não foi carimbo o vocábulo que usou o esportivo recepcionista da Casa de Detenção, embora carimbasse com um pontapé o ventre do pichador. Foi palavra mais forte, como diria a decorosa Susana, mais anatômica, como diria o querido Adonias, mais adorável, como diria o insaciável Gerson Macário. Vacilei muito antes de substituí-la, seguro, porém, de que não o fazia por uma concessão. O romancista da espoliação nos carnaubais, verista que nunca assistiu a uma ópera, mas que globalmente as ridiculariza, não titubeava — colocaria a mais chocante. Mormente se não tivesse sido ela a que o carcereiro houvesse empregado.

28 de fevereiro

Dos corolários: Subliterato é um sujeito que pensa que a literatura não existe.

1º de março

Marcos Rebich viera do interior paulista para estudar farmácia. Não frequentou quatro aulas. Sua inclinação era o jornalismo e, depois de várias tentativas avulsas, conseguiu lançar *Rumos*. Fechada esta, e tendo se revelado excelente repórter, engancho-se no matutino *A Nação*, posto na rua com a ajuda do DIP, e com régias folhas de pagamento. O lema era pagar bem! —, lema que Adonias modificava para — subornar bem!
— O que se há de fazer? — desculpava-se o jornalista. — É preciso urgentemente não morrer de fome.

Não afino com Marcos Rebich e evito-o o quanto posso, se bem não me tivesse escusado a participar da sua revista com uma seção inocente, mas permanente, e não levado por qualquer fantasma de fome, pura aquiescência a um convite de que não me soube descartar, tal o jeito com que foi feito. Sua presença é jovial, dinâmica, irônica, mas me constrange. Não sei o que leio nos seus olhos esmeraldinos, que me embaraçam. Talvez um certo cinismo, talvez o seu indisfarçável desprezo pela literatura, o que não é uma recomendação para um jornalista, pelo menos. Em malandra represália, externa pela minha pessoa cuidado e atenção, como se timbrasse em não me perder de vista; não passa por mim sem parar e contar um fato engraçado, porque, como poucos, tem a capacidade de pegar o lado caricato dos acontecimentos e das criaturas.

Vivia de cama e pucarinho com Julião Tavares, a quem se ligara, quando, vindo se matricular na faculdade, se instalara em precária pensão da Glória, foco de extremistas, que a polícia assiduamente vasculhava, mais para mostrar serviço do que para outra coisa. Em véspera de Carnaval, então, era certo deter elementos já fichados que lá encontrasse, como ridícula medida de segurança.

A amizade pegou como fogo em palha seca. Julião, que parecia demonstrar certa ascendência no conúbio, e militando no Partido, procurou doutriná-lo. Enchia-o de boletins, livros, folhetos, conversas infinitas, e em jornais clandestinos, dando vaza às suas fracassadas tendências poéticas, publicara alguns poemas de exaltação revolucionária, assinando neles, pura e simplesmente, o nome do amigo — Marcos! — que se enternecia até as lágrimas, porquanto tinha fáceis as glândulas lacrimais.

Quando da última prisão, Julião saíra das grades diretamente para a casa de Helena, já que Marcos se encontrava na mina de Morro Velho, em serviço de reportagem, que teve alta repercussão. E, entre risos, comendo como um odre, contara a pregação que recebera, na Casa de Detenção, de um major encarregado dos presos políticos, bicho nutrido e sagaz. Lastimava o militar que rapaz tão vantajosamente dotado — simpático, bonitão! — e tão vivo, inteligente, com tão pronta e correntia dialética, oriundo de família tão distinta, se inutilizasse daquela tola maneira, abraçando o comunismo. Só mesmo a cegueira da mocidade, o entusiasmo quixotesco e a falta de conselhos sadios poderiam tê-lo levado a tal doideira! Ele não via que com tais qualidades poderia, quando quisesse, ter um brilhante e vitorioso caminho na sua frente? Não via que era de gente como ele, com pinta de liderança, com saúde e ambição, que o Brasil precisava? Pensasse um pouco. Refletisse. O que ele falava, falava como um pai. Ainda estaria em tempo de aproveitar seu valor e sua juventude. Se persistisse na direção em que ia, é que estaria liquidado em pouco tempo. Não precisava dar exemplos, a Casa de Detenção estava repleta deles... Em vez de líder, seria marginal. Em vez de uma bela posição, teria um chá de cadeia. Ao contar a evangelização policial, Julião imitava o major, na voz e nos gestos, cortando o relato com estridentes gargalhadas. Mas suas pupilas brilhavam com tal fulgor que Helena não se enganara — este malandro está aí, está nos traindo! E participara sua previsão aos companheiros, que não acreditaram — você está sonhando, mulher!

Não se escoaram dois meses e Julião Tavares publicava, numa conceituada revista de economia, finanças e problemas sociais, custeada por empresas internacionais, uma reportagem sobre a história do Partido Comunista no Brasil, muito explorada pela reação. Com peculiar malícia, parecendo oferecer toda a verdade, como competia a um repórter que quisesse mostrar isenção e idoneidade, não fazia mais que desvendar segredos de células e denunciar companheiros. Foi expulso. Fingiu-se surpreso, incompreendido, ferido, caiu nos braços de Marcos, chorando, patético:

— Perdi minha mãe!

E permaneceu dois dias na cama do amigo, alternando fases de arrependimento humilde e de furiosas imprecações. Marcos procurou dirigentes, tentou defendê-lo e com isso também ficou meio marcado. Julião saiu do refúgio para secretário da direção de um cassino com bonito ordenado. Mas não se aguentou mais que dois meses no lugar. Severo com os colegas e despótico com os subalternos, tantas encrencas criou com seu jeito ditatorial que se tornou prontamente incompatível. Pulou dali para um posto diretivo em poderosa organização americana de máquinas de precisão para o serviço público, onde não permaneceu mais do que um trimestre — a mesma severidade e o mesmo despotismo, aliados à incontrolável mania de se meter em tudo, deram com ele na rua. Sua roda já era totalmente outra e começara a se afastar de Marcos, atribuindo isso aos afazeres. E, perdida a colocação, bateu para São Paulo, a convite dum capitalista interessado em organizar um serviço de relações públicas, epidemia que começava a grassar. O capitão de indústria recebeu-o em casa, como a um oráculo, babando-se com a sua atabalhoada cultura, muito baseada na fluência e na audácia. Julião tinha, e tem, uma monstruosa capacidade física. Podia comer e beber a noite inteira, chegando em casa, de madrugada, quase carregado, trocando as pernas, e às oito da manhã estava de pé, fresco como orvalho, vivo como camundongo, dando tranquilamente duro o dia todo nas suas funções. Da intimidade nasceu a sedução. O capitalista era homem esgotado. A esposa, de família de quatrocentos anos, ainda nutria veleidades amorosas. Julião era o jovem cativante, perturbador. O adultério se deu, custando a entrar pelos olhos do marido, mas, afinal, entrou. A ousadia de Julião é para uso público, quando não tem limites, raia pela loucura. Entre quatro paredes, sua indecisão é notória. Nicolau que o diga. Apanhado em flagrante, tentou se fazer passar por inexperiente vítima. Deu certo, que a boa estrela é sua companheira — o industrial primava pela calculada frieza, preferiu abafar o infortúnio. E Julião voltou ao Rio para dentro em pouco partir para os Estados Unidos, a convite, convite que envenenou Marcos Rebich, e com a tarefa de uma série de reportagens sobre o esforço de guerra, reportagens que redundaram excelentes para maior sofrimento do seu ex-amigo.

2 de março

Quando conheci Helena só me acudiu uma imagem — que talhe de palmeira!

3 de março

Não sei se o estalo que o padre Vieira sentiu na cabeça foi no Maranhão. O de Helena foi. Nasceu em Bacabal, saiu normalista em São Luís, em São Luís se casou com um bancário triste, e o adjetivo é dela.

Era linda e ainda o é, malgrado os sofrimentos e torturas que lhe infligiram os defensores da ordem e do progresso. Tec! — o estalo aconteceu — e fez-se a luz. E ela viu que a luz era boa. O marido não achou. Achou que era utopia, loucura, falares escuros e subversivos. Ela não mandou que ele acendesse uma candeia no entendimento — abandonou-o!

— Se você tivesse filhos teria procedido da mesma forma? — perguntaram-lhe.

— Teria! — respondeu.

Toda ela é isto — firmeza e decisão. São Luís era estreita para a sua ação, limitada demais para o seu sonho. Tomou o primeiro ita que passava, aproou no Rio, que não conhecia. Mas em vinte e quatro horas estava íntima da cidade. Gustavo Orlando, que a esperava no cais, encaminhou-a para a célebre pensão da Glória, onde ela incendiou o coração de Mário Mora.

4 de março

Mário Mora era da Paraíba e a vida praieira de Tambaú — coqueirais, jangadas, pescadores, mar de anil e areias infinitas — impregnou a sua alma e nunca deixou de transbordar poeticamente na sua arte. Conterrâneos, que o conheciam, contavam casos mirabolantes de Mora pai: uma vez saíra para buscar pão e passara seis meses longe de casa; outra, saíra para comprar manteiga e nunca mais aparecera.

Com 12 anos Mário Mora já ganhava seu dinheirinho, pintando tabuletas para o comércio e estandartes com santos e anjos para as procissões, porque a sua vocação era a pintura. Todavia, vocação é uma coisa e necessidade é outra, e nem tantas casas comerciais e procissões havia para que se vivesse de tabuletas e estandartes. Sendo de família muito pobre, diplomou-se contador e ingressou, por concurso realizado em Recife, no Banco do Brasil. Lotaram-no em Maceió, onde passou ano e pouco, ligando-se à turminha literária da terra, a turminha vanguardeira em que pontificava Ribamar Lasotti, nome que se espalhava pelo Brasil. Se os livros passaram a encher a solidão do bancário, os pincéis não haviam sido abandonados, mas uns e outros cediam lugar ao hereditário culto do gênero feminino, temperado com muita serenata e bebedeira.

Um político influente, que a ele se afeiçoara, conseguiu que fosse transferido para a Bahia, campo maior para as suas aspirações artísticas. O grande passado baiano o deslumbrou, mas depressa compreendeu o sufocante que era aquele mundo barroco e conservador. Pensou no Rio. Aliás, jamais pensara em outra coisa, e quando, ainda por influência do político amigo, conseguiu uma outra transferência, desta feita para o Recife, ao receber o dinheiro para a passagem, comprou-a para o Rio, nunca mais o banco soube dele, e o gerente de Recife, desesperado, passava cabogramas e cabogramas tendo como assunto aquele funcionário-fantasma.

Ribamar Lasotti, que com o êxito dos seus primeiros romances já havia se promovido à capital federal, levou-o à presença de Vasco Araújo; este se interessou pelo ex-bancário e lhe deu a ganhar as primeiras remunerações federais, por desenhos de capas para as suas brochuras.

O dinheiro era escasso, mas Mário Mora jamais deu importância ao vil metal, e vivia, com o maior otimismo, permanentemente pendurado e em delirantes conquistas amorosas. A pensão da Glória era porto generoso para os bolsos encalacrados — o que não dava em conforto, compensava em complacência.

5 de março

Não demorou muito para que Helena fosse presa e fichada com todos os sacramentos, como não tardou muito mais para que Mário Mora, com sua volubilidade, a trocasse por uma *taxi-girl* de um *dancing* da praça Tiradentes, chinoca desempenada, de olhar amendoado e malares salientes, tão escandalosa na prática do amor que de todos os frequentadores era conhecida pela alcunha de Aninha Berreiro.

E da fichação começou um mau pedaço para a agitadora que, volta e meia, era detida e, após os acontecimentos de 1935, pegou dois anos de colônia correcional, donde saiu arrebentada por uma amebiana crônica.

Ribamar Lasotti recebeu-a em casa, cercou-a de desvelos e a moça se refez. Arranjaram-lhe colocação em São Paulo, mas muito tempo não permaneceu lá. Voltou ao Rio e foi trabalhar no escritório de um militante, advogado de prestígio. Num abrir e fechar de olhos, o causídico Nicanor de Almeida estava embeiçado por aquela moça bonita, inteligente, trabalhadora e corajosa. Foram morar em Botafogo, numa casa cercada de jardim, que estava sempre aberta para os amigos e perseguidos, casa que Gustavo Orlando chamava de Helena Hotel, permanentemente vigiada por elementos da polícia, que Nicanor cumprimentava gentilmente de chapéu.

Certo dia de violenta temperatura, o investigador de plantão foi vítima de um ataque de insolação, caindo na calçada. Helena, por acaso na varanda, presenciou a queda do homem e correu para atendê-lo. Parecia um caso grave, foi conduzido para o interior da casa, medicado e posto em repouso, na própria cama do casal, com gelo na cabeça, até se recuperar. Também nunca mais apareceu para montar guarda. Aparecia como amigo, rebolcava-se nos divãs, participava da mesa, entrava nas discussões, cantava a *Internacional*.

Helena tomou conta dele:

— Olha aqui, Batista, você não me apareça de óculos escuros. É a coisa mais cafajeste que eu conheço!

Quando havia gente demais, Batista saía para buscar cerveja. E acabou trazendo um filho para ela batizar.

6 de março

— É um poema! É um poema! — gritava Godofredo Simas em plena redação, lendo alto uma crônica de José Nicácio sobre crianças sem escola, o que seria uma temeridade não fosse a dose de confuso e metafórico sentimentalismo em que era vazada, e que assim escapava aos olhos de Godofredo e da censura bem pouco versados em poesia, embora também não fossem muito versados em coisas prosaicas.

Mas, fora essas inconsequentes mistificações, *O Combate*, que tinha boa tiragem e manchetes de palmo e meio, não se distinguia por nenhuma luta, salvo na seção esportiva, contra o Vasco, e isso porque o encarregado dela era ardente botafoguense, e contra a Alemanha, por ser discretamente subvencionado pelo Conselho Britânico. Era um jornal do tempo, riquíssimo de notícias de cinema, rádio, modas e esportes, incapaz de tratar de uma questão séria e com censura prévia feita menos pelo censor do DIP, gaúcho, amador de charutos e de corridas de cavalos, que pela diligência dos diretores, mensalmente assíduos à tesouraria daquela repartição, que distribuía matéria paga à imprensa sobre as altas realizações da ditadura e com o indefectível clichê do sorridente ditador.

7 de março

— A cera sobeja enriquece o vigário. (Aristóteles.)
— Getúlio é uma mistura de D. João VI com o marechal Hermes. E não larga mais esta joça! (Luís Cruz.)
— Você precisa ver o calombo que o Assaf arrumou no alto da sinagoga! Está gozadíssimo! Parece uma outra cabeça. (Francisco Amaro, que veio por dois dias para comprar material para as suas obras.)

8 de março

O galo na sinagoga de Assaf foi produto duma batida de caminhão; não sabe guiar, se meteu e — bumba! — entortou um poste defronte do orfanato, comédia que servirá para motejos guarapirenses durante um ano ou mais. Turquinha, por milagre, não está esperando bebê e a criançada vai rija como pau-ferro, consumindo dúzias de sapatos por mês. Mas seu Durvalino teve um ameaço de edema e dona Idalina anda às voltas com as suas dores. Fora essas miudagens, foi impossível conversar com Francisco Amaro. Chegou afobado, recusou hospedagem, alegando não querer nos estorvar.

— É quase uma afronta! — reclamou Luísa. — E faz acreditar que estorvamos se vamos para sua casa.
— Ora, que bobagem!
— Não é bobagem não!
E não aceitou o quartinho que até hoje só recebeu um hóspede — José Nicácio, numa noite de suprema camoeca. Alojou-se em hotel do centro, o que lhe facilitaria os mil negócios na cidade urgentíssimos para resolver:
— Aldir é um caloteiro. Não me entregou ainda o resto das plantas de esquadrias.
— É melhor fazer com calma do que sair porcaria.
— Mas o diabo é que os marceneiros estão de braços cruzados. O dinheiro está correndo... Insista com ele.
— Vou insistir. Mas por que não fica mais uns dias?
— Não posso.
— Que não pode!
— Não posso mesmo. Eu é que sei da minha vida. Uma engrenagem!
— A nossa vida, somos nós que a inventamos.
— Eu sei, mas já que inventei a minha é tocar para o pau.
E hoje passou aqui cinquenta e cinco minutos marcados a relógio, bebeu dois litros d'água, queixando-se do calor saárico, como se Guarapira fosse mais fresca.
— Mas já? — protestou Luísa.
— Estou pregadíssimo e às quatro horas já estarei rodando na estrada, para comer menos sol possível.
— Eu gostaria de saber quando você virá para conversar ou, mais explicitamente, por minha causa... Precisamente a réplica do que eu faço quando vou suportar Guarapira.
Francisco Amaro riu:
— Qualquer dia eu apareço.
— Eu sei como são as suas aparições...

9 de março

O *Queen Mary* encheu a baía e os olhos — é uma cidade cinzenta flutuando! Lá, fora da barra, ficou a pequena esquadra que o protege, e ele mesmo é um paliteiro de canhões antiaéreos.

....

Entrosam-se autoridades americanas e brasileiras para que a nossa produção suba o máximo no mais breve tempo, obviamente nos ramos em que os EUA têm interesse, e mestre Getúlio parece explorar o melhor que pode as circunstâncias, louvado seja Deus...

....

No Pacífico a luta vai atroz e encarniçada. Java caiu na unhas dos nipônicos e as Filipinas estão por um triz!

....

A sede da nossa embaixada em Tóquio foi ocupada pelas forças da polícia civil e militar e os nossos funcionários são tratados como prisioneiros de guerra. O Itamarati responde à altura: terão tratamento equivalente os diplomatas japoneses no nosso país

....

E larguemos a caneta e tomemos um comprimido, que a cabeça dói, lateja mais do que dói.

10 de março

Havia ficado em casa, gripado, febril, e Pérsio é que trouxe a notícia:
— Mais um, sabe?
Estava no mundo da lua:
— Um o quê, homem?
— Um navio, que havia de ser?!
Tratava-se do *Arabutã*, torpedeado três dias antes, a setenta milhas de Newport News. O DIP continuava retardando as comunicações.
— Puxa! que eles estão com apetite. Assim a coisa vai mal. Morreu muita gente?

— O comunicado só fala numa vítima. O enfermeiro de bordo.
— Nesse trem de represália, dentro em pouco estamos na guerra, o que é muito pior para eles.
— Perdidos por um, perdidos por mil.
— Besteira! Alemão é bicho burro mesmo. Não se emenda. Num mundo em que a guerra é o negócio dos negócios, é péssimo negociante em ser o melhor dos soldados.

Gasparini veio mais tarde para dar uma passada de ouvido nos meus pulmões:
— Você tem uns guinchos no lado direito, mas é coisa sem importância. Se não tomar nada ficará bom mais depressa.

E traz novidades: fala-se de espionagem desenfreada. A emissora que apanharam na embaixada alemã não era a única. Havia outras estações clandestinas transmitindo o movimento dos barcos brasileiros e a saída dos comboios aliados que aportavam ao Rio. A polícia andava na pista. Parece que já havia localizado uma, no Silvestre.

Luísa é ingênua:
— Mas de brasileiros? Será possível?!
— Então não pode ser? Você pensa que os brasileiros todos são querubins?
— Os homens todos não são querubins — interrompeu Pérsio. — Pelo contrário, tendem, em geral, para o gênero tinhoso. E onde há um integralista, estará presente o risco de uma traição. Contudo, eu acho que nestes afundamentos a espionagem local não influiu. É boato cretino. Como poderiam saber a posição dum navio brasileiro a quatro mil quilômetros de distância? Nem por telepatia! Só se Deus, que dizem que é baiano, está incluído entre os espiões.
— Eu estou passando o peixe pelo preço que me venderam — defendeu-se Gasparini. — Mas que há espiões aqui, não tenho a menor dúvida.
— Ninguém tem, é claro! — inflama-se o escultor. — Você pensa que a raça dos que assaltaram o Palácio Guanabara para

assassinar o Getúlio porventura foi extinta? Penso até que engrossou. O Quartel-general está cheio de energúmenos condecorados por Hitler. Mas no caso destes navios, nada têm que ver...
— Sim, é improvável — e Gasparini coça a cabeça. — Mas também a espionagem não deve estar restrita ao Rio de Janeiro. Deve estar espalhada pela costa toda. Do Pará, não seria possível?

12 de março

Eurico, por acaso, soube que eu estava malacafento e telefonou:
— Estou muito perreado, mas vou dar um salto aí.
Dissuadi-o: não era nada demais. Um princípio de gripe já rebatido. Viesse com calma.
— Quando vou ter calma?
E veio, e jantou conosco, o paletó puído nos punhos, um dente faltando na frente, fazendo muita festa às crianças, a bondade jorrando a cada gesto.
E lá se foi o *Cairu*, torpedeado próximo de Nova York. Desta vez houve quatorze mortos. O DIP retardou ainda mais a informação. O ataque se deu a 8.
— São sábios os dipianos! Tudo fazem para não alarmar a opinião pública... — acrescentou Eurico com uma finura que já pensava morta nele.

13 de março

A Chefatura de Polícia comunica "que após a notícia do afundamento do *Cairu*, grupos de pessoas exaltadas (*sic*) percorreram as ruas mais centrais da cidade, depredando propriedades de súditos do Eixo". Em Salvador, quando do torpedeamento do *Arabutã*, o povo andou arrancando as placas das ruas que traziam o nome das nações do Eixo, e apedrejando lojas de alemães e italianos.

15 de março

— Somos produtos das nossas glândulas — arrematou Gasparini, convertido numa cascata de suor e atulhando a bocarra com as habilidades confeiteiras de Felicidade —, o resto é má literatura!
— Má literatura!... Essa é fina! Quando você já leu um livro de boa ou má literatura, Gasparini?
— Não seja idiota!
— Desaforo não vale. Diga quando.
Gasparini desmancha-se em estrondosa gargalhada, aquele riso amplo e bom como a sua alma:
— O único romance que li na minha vida foi *O Guarani*. Até o fim, bem entendido. É bom?
— É péssimo, Gasparini!
E Gasparini ri mais.

16 de março

Uma proporção justa: cem páginas lidas dos outros para uma linha nossa escrita.
E não tenho lido tanto quanto deva.

17 de março

Não falta talento ao escritor de *Cadeira de balanço*. Mas talento não é tudo para a literatura. Falta-lhe o poder de densidade mais do que a mim. Tudo nele é esgarço, feito de tintas aguadas, poéticas, anedóticas. Tudo que faz é até rendilhadamente bemfeito, mas ao fim a gente sente que nada ficou dentro de nós, que muito poucas páginas nos proporcionam uma reação, um sobressalto, uma emoção. Demais, parece que o escritor deixou ficar no bico da pena aquela borra de tiques e de truques, onomatopaicos em grande soma, que havia na tinta modernista e que mesmo os plumitivos mais indóceis perceberam que seria melhor deixar depositada no fundo do tinteiro.

18 de março

A literatura aqui não é um fim, é um meio. É preciso, sobretudo, exercitar a coragem de ter pensamentos baratos.

19 de março

E sempre que ele se encontra comigo, e cada vez mais calvo e com as lentes cada vez mais espessas, é para passar animadoras descomposturas, como se eu não tivesse me tornado adulto e livre dono dos meus passos literários:
— Você deve continuar é no caminho de Dulcelina. Aquilo sim. Que saboroso era!
Eu poderia responder:
— Por que você não continua no caminho da Casa do Girassol Vermelho? Aquilo sim é que me comovia.
Mas não respondo, destorço a conversa. Mais do que amizade, respeito é respeito, gratidão é gratidão.

20 de março

As lagartixas! É de noite que elas aparecem nas paredes da varanda. Gosto de vê-las, vorazes, fulminantes no golpe inseticida, e procuro protegê-las contra Luísa, que tem pavor delas, e contra Felicidade, que as considera portadoras de cobreiros.
Donde me veio a vaga superstição de que lagartixa dá sorte?

21 de março

Que é ter sorte?

22 de março

Pérsio aproa de crista murcha: o general MacArthur foi transferido das Filipinas para a Austrália. Lá é que chefiará a resistência americana até que possa atacar e vencer a guerra. Mas os aviões japoneses já começaram a fustigar a costa australiana, o que não é bom sinal.

23 de março

A pousada que Francisco Amaro recusou foi solicitada por Garcia, que veio com a cara-metade de litorina.
— Que tal?
— Esplêndida! Mas me garantiram que são muito frágeis para subir a serra da Mantiqueira. Dentro em pouco não haverá nenhuma em condição.
— Acredito que não somente a serra. Também a manutenção da Central. É um descalabro! Você viu os trens elétricos como já estão? Parece que estiveram na guerra.

E Garcia se mostra como nunca o vi — gordo, bem-disposto, com um ar de segurança e de tranquilidade.
— Sabe duma coisa? Você não parece que casou. Parece que saiu de um sanatório...
— Trato-o a pão-de-ló... — graceja Geralda.
— E bastante água benta, por certo.
— Já faz o seu sinal da cruz...
— É utilíssimo. E filhos?
— Nada por agora.
— Pois isto é que não é muito católico.

24 de março

Morta a filha, Garcia despachou a irmã para o Norte, que lhe seria um tropeço, desfez a casa e instalou-se na pensão da rua Conde de Bonfim, num quarto de frente. Era uma pensão familiar, reputada no bairro, localizada em antigo casarão, com a inconveniência de um único banheiro no primeiro andar, servindo a oito quartos, o que constituía, em certas horas, um problema de resignação e oportunidade e que levara Gasparini a afirmar que a coisa mais perigosa do mundo era uma dor de barriga na pensão de Garcia. Mas os donos caprichavam na comida, abundante e variada, como caprichavam na roupa de cama, de puro linho irlandês, por muamba do dono, aposentado da Marinha Mercante, material orgulhosamente referido como padrão do mais elevado tratamento.

Aos domingos, depois do ajantarado, armava-se uma víspora tradicional, que com raras defecções absorvia os hóspedes, na maioria senhoras viúvas, vivendo de montepios ou de empregos públicos, e Garcia formava no reduzido contingente de desertores.

Nunca pude comprovar, mas era para desconfiar, que as suas sucessivas crises sentimentais fossem florações extemporâneas daquela estufa de fanadas damas. Dado positivo só o de tê-lo visto entrar, num cinema da praça Saenz Peña, reverenciosamente de braço com a encorpada senhora, que me lembrava ter vislumbrado num desvão da sombria sala de entrada da pensão, numa noite em que fora apanhá-lo para a estreia da peça de Natércio Soledade, que foi uma borracheira.

25 de março

A rua Conde de Bonfim era uma das mais cariocas do Rio — cadeiras nas calçadas, fachadas de platibanda, jardins discretos — o doce mau gosto! — e meninas namoradeiras, madressilvas, magnólias, manacás, bolas de vidro nas varandas, sono às nove horas.

Hoje é apenas um caminho de ônibus e bondes, ônibus que descem e sobem espocando fumaça venenosa, bondes que vão para a Muda meio vazios, ou para o Alto da Boa Vista, carregados de visitantes para a Cascatinha. Mas há uma compensação. Felizmente que há. É que as ruas que desapareceram assim não vão embora totalmente. Mudam-se para outras ruas, algumas ruas suburbanas. A rua Dias da Cruz, por exemplo — e Mimi me esperava no portão —, é hoje o que era a rua Conde de Bonfim há vinte anos passados.

26 de março

Há vinte anos passados, aquele lado da avenida, em que o sol bate até as cinco da tarde, era o mais simpático, porque era o menos frequentado. Não tinha o bulício, o vaivém, o rumor, a vida estuante do outro. Faltavam-lhe as montras reluzentes de cobiçadas pedrarias, os bares ressoantes, as *terrasses* animadas, as alas de mirones, de calças boca de sino, chapéu de palha, bengala, sequiosos pelo espetáculo dum palmo de perna feminina. Era mais reservado, mais calado, mais triste, com raras lojas e toldos baixados. À noite, porém, acorria mais gente à sua calçada, gente que demandava os cinemas — o Odeon, o Parisiense, o Palais, o Avenida, com música na sala de espera e calor sufocante na sala de projeção. E, então, perdia o ar especial, ficava tal qual o outro, ambos marcados pela mesma noturna solidão das portas e vitrines cerradas.

27 de março

Tal como Francisco Amaro, há tantos anos passados, o primeiro impulso de Geralda foi o de se defrontar com o mar. E o impacto:
— Faz parar o coração da gente!

28 de março

Geralda trava conhecimento com a cidade, não para de bater rua, chega em casa alagada de suor, carregada de embrulhos.
— Muita balbúrdia?
— Maravilhosa mesmo!
— É que tem andado pelas bordas do prato. Se comesse todo o mingau e visse o fundo dele não acharia tão maravilhosa assim. Por fora bela viola, por dentro pão bolorento, como dizia prima Mariquinhas, que também era muito devota...
Garcia riu, Geralda bispou:

— Imagino que devoção era a dela!...
— Não. Era devota deveras. Um poço de devoção! Mas, voltando à nossa cidade, com todas as suas misérias que cada dia mais se agravam, sem ela sou um pouco como peixe fora d'água. E como bom carioca, vou lhe mostrar umas coisas que os católicos não veem.
— Lá vem heresia!
— Talvez... São umas igrejas.
— Ah!

E carreguei-a para um circuito piedoso com razoável adjutório de revelações — igreja do outeiro da Glória, onde Tabaiá pontificava de opa e risonha hipocrisia, com a sua soberba portada de mármore, sua luminosa barra de azulejos e seu adro de lajedo, miradouro sobre a baía, que Garcia tanto procurara para espairecer nas noites calmosas, tal como o fazia o povo imperial, suprido de farnéis e de violas, nas moitas de plenilúnio; Mãe dos Homens, oitavada, barroca, de uma torre só, predileta de Adonias e em cujo confessionário deixou já toneladas de pecados mortais e veniais sem que demonstrasse equivalente alívio; Carmo, branca e dourada, riquíssima de talha e cuja capela do Noviciado é o melhor legado da sensibilidade do mulherengo mestre Valentim, do qual Geralda nunca ouvira falar, embora fosse seu conterrâneo; Lapa dos Mercadores, pequena e singela, a frontaria em três arcos, quinando com a travessa do Comércio, onde Carmen Miranda viveu a sua infância pobre; igreja do mosteiro de São Bento, as torres com os pináculos em forma de pirâmide quadrangular, grande de três naves, com o Cristo pintado por frei Ricardo do Pilar e em cujo adro Catarina deixou pegadas inapagáveis: sonhos, albores, decisões, confissões de mão dada — que arrepio! —, tendo o mar e a ilha das Cobras por testemunhas.

Geralda persignou-se e ajoelhou-se diante de todos os altares.
— Não está com os joelhos doendo?
— Bobão... — retrucou, afetuosa.
— Não vim te trazer para rezar e sim para te mostrar algumas formas de beleza. Agora vamos à Santa Casa. A capela sob o zimbório vale a pena. Eu tenho acesso fácil. Sou muito amigo da madre.

— E a Candelária, não vai me mostrar?
— Não, minha filhota. É um mastodonte, apenas um mastodonte.
— Então vou pedir ao Garcia que me leve...
— Levará! Um homem encabrestado é capaz de tudo.

Geralda não retrucou, olhou-me apenas com um longo sorriso. E andamos. Num dos corredores da Santa Casa, cujos janelões davam para o jardim interno plantado ao gosto antigo, lá estava, em tamanho natural, escurecido pelo tempo, o retrato do tetravô, solene, narigudo, de calção e espadim, com a informação em letra pintada ao pé do quadro: "Falecido em 20 de junho de 1813, com 81 anos, 3 meses e 15 dias." Geralda não ligou o sobrenome do ex-provedor ao da família que a hospedava. Não dei um pio e fomos no encalço da madre, enrugada como jenipapo, as mãos finas como seda, os óculos azuis.

29 de março

Geralda chegou da missa no largo do Machado, vestido escuro, fechado, mangas compridas. Eram oito horas e, por milagre, me encontrou acordado, lendo o noticiário da guerra, após um passar de olhos pelo suplemento literário. Garcia acompanhou-a e não apenas para lhe mostrar o caminho... Convenho, com os meus botões, que Garcia é um caso perdido. E é a ela que me dirijo:
— Não vai tomar café?
— É claro — respondeu a católica, depositando na beira da mesa o seu livro de missa, encadernado em couro preto.
— Posso vê-lo?
— Como não?

Tratava-se do *Diurnal da mocidade cristã*, em quinta edição, com todo o texto em cercaduras, recheado de santinhos. Durma a que horas durma, e de hábito dorme cedo, às cinco da manhã Geralda está de pé e às seis já papou a sua hóstia. Isto em Belo Horizonte. Aqui o seu diretor espiritual dispensou-a da assiduidade. Bastasse aos domingos o santo sacrifício. Recomendou-lhe,

porém, no Rio, um outro diretor espiritual de emergência, caso sentisse necessidade. Geralda até agora não necessitou:
— Não tenho tido dúvidas.
— Ótimo! É o clima... E onde atende este diretor federal?
— Na igreja de Sant'Ana — respondeu sem se dar por achada.
— Ainda bem que não teve precisão. Sempre é um pouquinho fora de mão para quem mora aqui. Seria bom que o diretor estadual conhecesse melhor cá a capital, pois poderia indicar sucedâneos mais próximos dos necessitados.
— Você ainda acaba no céu. Talvez seja mais bem recebido do que eu. Deus faz dessas artes... No coração dos ímpios é que vai encontrar mais merecimento e amor.
— Isto me alegra muito... — E depositando o *Diurnal* na ponta da mesa: — O seu diretor aprova este missal?
— Como não?
— É um bondoso diretor...
Ela virava o bule de leite pela segunda vez:
— Não percebo a sutileza.
— É que não se trata de sutileza. Muito pelo contrário.
— Fiquei na mesma.
— Coma! Seu mal é fome.
— É o que estou fazendo.
— E você, nada, Garcia?
— Eu tomei café completo antes de ir. Felicidade me serviu.
Sorri da sutileza. E para mostrar que o entendera:
— Tome ao menos um cafezinho agora para forrar um cigarro. Eu acompanharia. Topa?

30 de março

Com a devida licença de Geralda, transcrevemos duas páginas do *Diurnal*:
"Eu vos amo de um amor *de preferência* que vos coloca em meu coração acima de tudo — prazeres, honras, riquezas, vida, tesouros do Céu e da Terra... Nada, nada vale nosso amor!

Eu vos amo, ó meu Deus, com um amor *de complacência* que se alegra e que se compraz em pensar em vossas grandezas, em vossos encantos, em vossas perfeições infinitas!

Eu vos amo, ó meu Deus, com um amor *de união* que só me deixa um desejo, o de vos ser unida no espírito, no coração, na vontade, no tempo e na eternidade toda inteira!

Eu vos amo, ó meu Deus, com um amor *de desejo* que me faz suspirar por vós e que me faz achar longas, bem longas, essas horas que ainda tenho de passar longe do Céu!

Eu vos amo, ó meu Deus, com um amor *de sacrifício* que me leva a consagrar-vos de um modo irrevogável tudo o que sou, tudo o que tenho, tudo o que mais tarde eu poderia ter!

Eu vos amo, ó meu Deus, com um amor *de conformidade* que une minha vontade à vossa, de sorte que só posso querer o que quereis e só posso desejar o que me permitis!

Eu vos amo, ó meu Deus, com um amor *de expansão* que me faz amar a todo o mundo por causa de vós, respeitar a todos por causa de vós, procurar por todos os meios possíveis fazer com que todos vos amem e vos adorem."

— Para que você quer copiar estes trechos? Estou intrigada — disse Geralda ao receber o livro de volta.

— Acho-os primorosos.

31 de março

Os teólogos Adonias e Geralda se entendem às maravilhas, corda e caçamba que por acaso se encontraram para, conjugados, pescar a luz redentora no fundo da cisterna da fé.

— Pecamos cada dia. Nunca estamos puros.

— O meu diretor espiritual...

— Sei que peco, mas acredito na salvação. A salvação está em Cristo...

— A graça concedida a Santa Margarida Maria...

— O sangue do cordeiro...

Intrometo-me na amistosa e enjoativa exibição:

— O reverendo e a canonisa me dão licença? Quantas bundinhas de anjo cabem na ponta de uma agulha?
— Pode blasfemar. Continuo rezando por você todas as noites. Eu e mamãe.
— Não adianta, Geralda — acrescentou o santarrão. — O nosso amigo tem o seu lugarzinho garantido no caldeirão de Pero-Botelho.
— Para que tanto? Por que não acreditar que o inferno seja o mundo em que vivemos?

1º de abril

MacArthur, com seus óculos de explorador e seu perfil à John Barrymore, é um burro total:
— Venceremos ou morreremos! — declara, muito resguardado, em Melbourne.
E José Nicácio às gargalhadas:
— Os generais morrem na cama.
....
Descoberta uma ampla organização de espionagem nazista... Que deve haver, deve. Mas a notícia desta é distribuída pela polícia com fotografias de alguns espiões com caras patibulescas, um deles tido como técnico do Serviço de Radiocomunicações da Marinha, e com um luxo de biografias e pormenores que recordam as que ela mandava publicar a respeito de atividades comunistas. O estilo, então, é o mesmo. E ainda o solerte José Nicácio:
— Não te acode se não serão também forjadas para fazer média junto aos Estados Unidos? Para mim são. E fico com pena desses pobres bodes expiatórios, quando o grosso do rebanho continua enganchado nos postos-chaves do governo e muitos não se lembraram de renunciar às condecorações nazistas que ostentavam no dólmã, como é o caso do nosso general Marco Aurélio, que não perde vez.

2 de abril

Garcia regressou hoje de noturno ao novo habitat, com carga dobrada, embrulhos e mais embrulhos, pois Geralda torrou os caramínguás que tinham nos bazares da cidade:
— A casinha vai ficar uma beleza!
— Com você dentro não precisava mais nada.
— Sedutor...
— Seduzido ficaria melhor dizer. Inteiramente seduzido. Nunca pensei que Garcia encontrasse um diabinho assim.
— Cruz credo!
Não viera a passeio, viera a serviço, os gringos alarmados com o rumo dos negócios no Oriente, com as dificuldades que lhes acarretarão o racionamento da gasolina e a escassez do latão, mas aliviados com mais alguns avanços no seu plano de nacionalização, que acolchoará uma praticamente igual remessa de lucros...
Pagam-no razoavelmente agora, mas como tiram o couro dos funcionários, Garcia não seria uma exceção — passava os dias num corre-corre junto à diretoria, chegava tarde, derreado, para jantar, recolhia-se cedo, com uma preliminar enfiada de bocejos similares aos do operoso Francisco Amaro. Dessa forma, pouco conversamos a sós, parece até que se esquivava à eventualidade e, quando aconteceu, era como se tivesse diante de mim um homem empalhado. E foi da esposa, disponível e conversadeira, que extraí bases para concluir que é um caso perdido, um outro Eurico, com variações, variações geraldianas — doces, cândidas, canônicas, mineiríssimas —, perdição que lhe emprestava um reboco de felicidade conquistada, onde não tem cabimento a menor inquietação, agora e na hora da sua morte, amém.

3 de abril

81 anos, 3 meses e 15 dias... Não, o tataraneto não viverá tanto, embora Luísa, que tem horror à morte, vaticine:
— Com estas orelhas vai viver um pedaço! (É que orelha grande para ela é indício incondicional de longevidade.)

Não, não viverei muito, sinto-o e nem anseio. A vida, sem que seja necessário apregoá-lo, ou denunciá-lo, é enfastiante, dispéptica — se ainda me tocou uma fatia meio transparente da *belle époque*, com um recalcitrante perfume de Fleur d'Amour, sobrou-me o bolo quase inteiro de um mundo conturbado para a minha degustação terrena, bolo de competições, duro como rocha.

Nascido e feito homem na Alfama, entre alecrim e manjerona, o retratado teve outrossim seu mau pedaço — foi espremido pelo Santo Ofício pela aleivosia de ser judeu. Mas, abjurando, salvou o rico pelego, pespegou na sua pessoa outro sobrenome, um sobrenome ostensivamente cristão-novo e acabou no Brasil, para onde vinha de tudo: negociante, próspero, beato, acatado, comparecendo com regulares mensalidades para a subsistência de famílias pobres, forrando escravos, doador do terreno para se construir o asilo de enjeitados.

Também não será próspero o tataraneto que, se não retornou à sinagoga, não se prosternou ao pé da cruz. Apenas um tanto negociante, capaz de defender os pirões, e prudente no gastar, sabendo, por vias do sangue diluído mas ainda alopaticamente semita, amarrar os cordões da bolsa para enfrentar o entrave de dias ameaçadores. E não sei se algum dia ficarei diante do Santo Ofício do meu tempo... diabo é que não terei a coragem de renegar!

4 de abril

Há sonhos que duram oito dias, morrendo da própria intensidade. Gasparini conheceu Cilene, que morava no Grajaú. Um tantinho aloprada. Tinha voz de taquara rachada, mas sua única ambição era ser a rival de Neusa Amarante.

5 de abril

Sodoma, 1917. Tentadora galinha!

6 de abril

Não é possível aprender sem lágrimas, minha filha. Oh, as que eu verti e ainda verto na aprendizagem dos homens! E piores são aquelas que ficam consumidas pelo coração, lá dentro, como chumbo candente. E o sol está tão lindo e a alegria do sol descendo toda num raio que pousa sobre teu livro, minha filha — oh! tu nunca saberás das mágoas que esta luz veio dissipar no coração de teu pai.

7 de abril

Ando com a cabeça oca. Só hoje me lembrei do aniversário de Francisco Amaro, que foi no dia 5. Que é que vou comprar para lhe mandar?

8 de abril

Foi dado como desaparecido o *Cabedelo*. O imediato era cunhado de Ribamar.

9 de abril

— A tenacidade britânica é constatação que lava o peito! A RAF, se continua os ataques na escala atual, dentro de poucas semanas terá lançado sobre a Alemanha um peso em bombas maior do que o jogado pela Luftwaffe sobre as ilhas britânicas desde o início da guerra. (Pérsio, com o seu sangue meio inglês.)
— Levantado o cerco de Leningrado! (José Nicácio entrando, cambaleando, vermelhíssimo, aos berros.)
— Voroshilov alinhou cento e vinte e duas novas divisões na zona de batalha. (Aldir como se tivesse presenciado a operação.)

10 de abril

Conquista:
— "O senhor está muito enganado, cavalheiro!"

11 de abril

A porta! Outro livro publicado sem a chancela de Vasco Araújo, o que significa não ter o jaquetão cortado pelo alfaiate que dita o sucesso editorial, e sem o tempero social que a crítica exige, mais páginas, portanto, para gerar silêncio. E nunca mais escrever contos para evitar o maquinal, que é o despenhadeiro dos escritores.

12 de abril

O editor, muito magnânimo:
— Você terá direito a trinta exemplares.

E com eles sobre a mesa comprida da expedição — como é penoso e vão escrever dedicatórias!

13 de abril

Folheei o livro recém-nascido — a capa até que está vistosa! Mas o estrondo dos canhões que assolam o mundo não permitirá que se ouça os seus vagidos.

14 de abril

Mais conquistas:
— "Se a luz vermelha da varanda estiver acesa, pode entrar."

15 de abril

Dos sofrimentos universais de Cléber Da Veiga:
— Não apenas um dilúvio agora, Adonias. Antes dele, um bom incêndio.

Abro o vespertino sensacionalista: "Diretor de colégio desencaminha alunos."
Tratava-se do velho professor Veloso, incorrigível.

17 de abril

Onda de terrorismo na França com a ascensão de Laval ao poder. Os *maquis* existem mesmo. Gasparini vibra — hosana! Pérsio vibra. José Carlos parece alheio, queixa-se de enxaqueca, há muito não aparece. Susana não compreende nada e faz descambar a conversa para o balé russo do coronel De Basil que está para estrear:
— É o original balé russo!
— Fabricado em Nova York, naturalmente — retruca Gasparini por puro palpite, sustentando contra a moça sua permanente pinima.
— Já sei que é marcação comigo, rapaz. Não lhe dou ouvidos!

18 de abril

Um princípio de vulnerabilidade — Tóquio é pela primeira vez bombardeada pela aviação dos aliados.
Rodrigues passou um dia no Rio e não deixou de telefonar. Radicou-se no sul do Espírito Santo, com uma pequena hidrelétrica, que abastece de energia quinze léguas em derredor. Sempre que vem cá me procura, conta maravilhas — a região é linda! — e insta para que vá passar umas férias com ele. Lá é que havia de escrever — que silêncio, que paz, que panorama!

19 de abril

Julião Tavares, como quem oferta um presente de aniversário, escreve que uma comissão acadêmica, numerosa e solene, foi oferecer a Getúlio as honras da imortalidade; ele negaceou e, entre charuto e sorriso, lembrou que não havia, então, nenhuma vaga;

o impasse foi imediatamente vencido: três imortais disputaram a prioridade do suicídio.

A censura deixou passar e não aporrinhou depois de publicada. Dizem que Getúlio é quem mais ri do anedotário a seu respeito.

20 de abril

Voltamos do balé — "Sílfides", "Paganini", "Baile dos Graduados". Luísa, a iniciada, delirou.
— Veja — cutucou-me Adonias.

A nova senhora Délio Porciúncula, ex-senhorita Anita Saulo Pontes, desce de grená e lamê, maquilada, sorridente, esvoaçante, a escadaria do Municipal. Mal a reconheço. O amor transforma!
— É uma metamorfose, meu caro...

Saulo mantém-se altaneiramente vencido — já não fala em concubinato a respeito dos desquitados que se casam no Uruguai. Não o vi no teatro. Tenho-o encontrado rara e apressadamente.

22 de abril

— Não há como negar. Laval tem peito e coerência. Anunciou sua política de colaboração com Hitler, enodoando os dicionários do mundo com mais um designativo — "colaboracionista". Não sabemos é se são os últimos cartuchos que queima, ou se prevê a reabilitação do poderio hitleriano após os sucessivos e contundentes insucessos confessados publicamente ou não. Mas, em contrapartida, com a sua tomada de posição, fortaleceu o cavalo de pau que é De Gaulle, lá fora, comandando as forças da França Livre, que empunham a bandeira tricolor diferenciada com a cruz de Lorena — discorre Marcos Rebich, boca rasgada e salivosa, fumando sem cessar.
— De Lorena ou não, cruz atrapalha muito — é o que adiciona José Nicácio.

24 de abril

Mussolini estrebucha:
— Fraude e indisciplina no país!
— Começou a reviravolta interna — glosa Luís Cruz, cujas vísceras não andam nada ordeiras.
E Gasparini:
— Este tal de racionamento da gasolina está me saindo um bocado chato. Uma verdadeira mixórdia! Vivo de olho pregado no ponteiro do marcador. E penando para me abastecer... Você sabe o que é câmbio negro?

25 de abril

Outra récita do balé russo. Fica entre a sedução e a degradação. Ermeto Colombo mostra-se agitadíssimo no saguão. E que calor nos balcões!

26 de abril

Na gazeta de Godofredo Simas, um gesto piedoso de Helmar Feitosa — quatro polegadas de coluna, em negrito, registrando a marginalidade da pobre gente que transita em meu livro. Amai para entendê-la!
E me lembro de Catarina:
— Você já reparou que seus personagens não ganham mais de trezentos mil-réis?

27 de abril

Abro *A porta*: "O tempo conserva de preferência aquilo que é um pouco seco." E não sou tão seco assim. Gustavo Orlando tem razão quando lamenta certo sentimentalismo meu, sentimentalismo de impressão, umas certas indiscrições de fácil lirismo, tanto mais deploráveis quanto é sabido que não o tolero nos confrades...

E Francisco Amaro acusa o recebimento do livro em três páginas de cega fidelidade — amai para não entender!

28 de abril

Eurico telefona pelo fim da tarde. Vera é que atende, conversaram alguns minutos disparatados antes que eu tomasse o fone cheirando a manteiga. Leu a "crítica" de Helmar Feitosa — "ótima!" — e reclama que não lhe tenha mandado o livro:
— Papagaio! se não tivesse lido a crítica não saberia que havia saído... Como é?
Podemos ser ingratos por inércia, meu velho — é isso.

30 de abril

Luísa incentivou-me, eu me decidi, telegrafei a Rodrigues que me esperasse. A mala está feita. Amanhã madrugarei para enfrentar destemidamente o sacolejo da Leopoldina, que está caindo aos pedaços, com desastres uns atrás dos outros. É concessão inglesa, prestes a caducar, e não há nenhum interesse em consertar coisa alguma. Como o governo não se mexe para que a concessionária cumpra o contrato, que vá morrendo gente.
Tenho que botar o despertador. O trem sai de manhãzinha — chega quando pode — e não consigo dormir cedo.

3 de maio

Rodrigues plantara-se naqueles pagos sem intenção de deixá-los, e a eles chegara por acaso. Estava no Triângulo Mineiro como engenheiro numa barragem quando a firma construtora o destacou para atender a um cliente capixaba, conceituado chefe político, diretor, e acionista majoritário, de pequena usina elétrica, que desarranjara. Era um homem já idoso mas progressista, que trinta anos atrás resolvera dotar a terra natal dos benefícios da energia elétrica e montara a usina sob a planta e direção duma companhia inglesa, obra que requerera sacrifícios, dado que os correligionários, ora por ser gente casmurra, duvidosa do empreendimento em particular e do progresso em geral, ora por precariedade de recursos, não o acompanharam, como esperava, e ele teve que arcar com a ideia praticamente sozinho.

No princípio o negócio andara bem, todavia o rendimento foi baixando, por desleixo ou incompetência dos responsáveis técnicos, e nos últimos tempos dava prejuízo. Os poucos acionistas, sem dividendos, faziam frequentes alusões à necessidade de se entregar aquilo logo às Empresas Centrais Brasileiras, rótulo sob o qual se escondia uma organização canadense-americana que vinha se assenhoreando de todas as pequenas empresas elétricas da região, deficitárias ou não, unindo-as numa rede única, organizada e potente. O velho Linhares, porém, era cabeçudo — não daria aquela alegria aos gringos; danava-se todo, mas não entregava a rapadura! E, remenda daqui, tapa um buraco dacolá, ia atamancando a situação e os prejuízos. Mas eis que sobrevém um contratempo de maior vulto — os mancais de reserva aparecem com sinais de rachaduras. Na iminência de paralisação, comunica-se, urgente, com os representantes da companhia instaladora. Eles se desculpam por não poderem atendê-lo — é que, com a conflagração, a fábrica inglesa suspendera quaisquer fornecimentos, empenhando-se, toda e exclusivamente, no esforço de guerra para a vitória. Apelara, então, para a firma em que Rodrigues trabalhava, e o engenheiro apareceu para a inspeção. Deslumbrara-se com a beleza do lugar, empolgara-se com a placidez idílica daquele vale, encravado entre abruptos, verdejantes contrafortes, cortado pelo esguio rio de transparente linfa, e, mais ainda, com a neta do ancião, hamadríade morena, inquieta e disponível. E, terminado o exame, expusera a sua opinião ao coronel, que pôs as mãos na cabeça — o que de menor monta lhe parecera fora a avaria dos mancais, facilmente substituíveis ou recuperáveis. Mas as condições gerais da maquinaria eram lamentáveis — de autêntica sucata! Admirava-se como ainda funcionava. E o sistema de açudagem e comportas se encontrava em petição de miséria, a perda d'água era quase total, e a ameaça de uma derrocada, por infiltração progressiva, se fazia manifesta.

O velho Linhares se acabrunhou:

— Para atender a isso tudo é preciso um rio de dinheiro, doutor!

— Acho que é mais necessário um mar de trabalho, coronel.

— É preciso pensar. Minhas economias não são muitas. Tenho outros negócios, que rendem, não vou prejudicá-los canalizando os lucros para este, que só me tem rendido cabelos brancos. Mesmo já não sou novo, moço. Já não tenho a mesma capacidade de trabalho. E esse negócio é como o senhor diz — precisa de um mar de trabalho!

— Pois não pense, coronel. Largue isso de banda. Entregue a usina às Empresas Centrais. Eles lhe pagarão bom preço, não regatearão, querem ter tudo na unha, e o senhor ficará livre e de bem com os seus amigos, que vão receber lucros que nunca tiveram.

Coronel Linhares coçou o queixo:

— É duro!

— Bem, que é duro, eu sei. Compreendo as suas razões. O senhor é homem de lutas. Mas no campo dos monopólios não há comiserações, lembre-se bem. E se o senhor não mete dinheiro e suor neste negócio, a usina para e acaba tendo de entregá-la por um dez réis de mel coado, porque, então, as Empresas apertarão o torniquete. E nem por um capricho o senhor poderá ficar com a usina parada. O senhor não pode abalar seu prestígio político. O senhor tem contratos de fornecimento a cumprir com várias prefeituras em volta, contratos que devem ter multas e cláusulas de rescisão, contratos que as Empresas vão abocanhar de mão beijada, simplesmente estendendo umas poucas léguas de cabos das suas represas mais próximas. Se o senhor não pode, ou não quer enfrentar o problema, o melhor que tem a fazer é passar o negócio adiante, seja duro ou não.

O coronel remexeu-se na cadeira:

— O doutor fala em perder prestígio político. Não perco nada. Quem tem prestígio político agora para perder, seu moço? Getúlio acabou com tudo. Somos uns palhaços, uns bonecos de mola nas mãos dele.

— Isto muda, coronel. É preciso não desesperançar, ir se aguentando, mantendo os correligionários unidos e prontos para o *revertere*.

— Quando mudar, já estou debaixo da terra. Mas não pensemos em política — riu forçado —, "ele" pensa por nós... Mas entregar isso aos gringos, francamente não está nos meus propósitos.

Rodrigues caíra nas graças e na confiança do calejado chefe político. A conversa tomou um rumo mais íntimo. E ao termo dela o negócio estava resolvido — o engenheiro ficava à testa da usina.

Rodrigues tinha umas economias e com elas comprou as ações dos descontentes, muito felizes por decalçarem aquela bota, que lhes impusera o chefe do partido; o resto dos acionistas era gente da família. O coronel, confiante, foi largando os cobres para a reforma e soerguimento da usina. Rodrigues empregou-se a fundo, e, em menos de um ano, o capital começava a render; porém, quando isto se deu, a filha viúva do coronel Linhares já era sogra do engenheiro.

4 de maio

O jornal chega atrasado: Getúlio estava em Petrópolis e desceu para assistir às solenidades do Dia do Trabalho. Quando o automóvel dobrava a esquina da rua Silveira Martins, surgiu um carro particular em sentido contrário, veloz, perigosamente. O motorista presidencial tinha bons reflexos — guinou, escapando ao choque, porém, não evitou o esbarro num poste de sinalização. Populares prestaram assistência, Getúlio saiu com suspeita de fratura, mas, examinado, verificou-se que não passava de forte contusão na região coxofemoral.

No estádio de São Januário, dois mil operários da Companhia Siderúrgica Nacional, que extraíra dos americanos por conta da ponte-aérea de Natal, esperavam por ele com esperançosas faixas: "O Brasil terá, em breve, ferro para sua indústria", "O ferro no Brasil será uma realidade!"

Rodrigues, arguido, assevera que será uma migalha para as nossas necessidades, um punhado de milho que se atira aos pintos. E tem obtusas dúvidas sobre o acidente:
— Não teria sido um atentado frustrado?
O velho Linhares toma a palavra:
— Que estultice, meu filho! Atentado no Brasil, só ao pudor.

5 de maio

Pega-se o Rio sem nenhuma interferência e o rádio anuncia o afundamento do *Parnaíba*, cinco dias antes, nas proximidades da ilha da Trindade, sem declarar o número de vítimas.

Rodrigues mora na usina, que fica retirada uns dez quilômetros da cidade. É um bangalô espaçoso e acachapado, com larga varanda coberta na frente. Já existia como residência do administrador da usina e Rodrigues não fizera mais que pintá-lo de novo, com cores claras e alegres, e circundá-lo de imensos tabuleiros de grama, no meio dos quais espalhara irregulares tufos de vistosas folhagens.

No amassado Ford, guiado pela fidelidade de um ex-capanga, por força das circunstâncias relegado a ocupações mais pacíficas, o coronel Linhares costuma aparecer quase todas as tardes, para ver a neta, que sempre fora a menina dos seus olhos, e os bisnetos, que eram a sua nova fascinação. Minha presença faz com que fique para a janta e para um pedaço da noite. Gosta de uma prosa, tem ainda a inteligência ágil e interessada, militou a vida inteira na oposição, já foi candidato derrotado à governança do estado, e não encobre o seu rancor pelos métodos políticos getulianos:
— Qualquer dia o Baixinho se coroa imperador, com manto de tucano e tudo, e esta cafajestada, que o cerca como um bando de castrados, cai de quatro diante do trono, e ainda oferece a bunda para que o novo monarca sapeque o selo imperial com um pontapé. O Silva Sabichão levará um pontapé mais forte, na condição de Lorde do Selo Privado.
Ri:

— O Silva Vergel é carta fora do baralho. Getúlio já o rifou. Não precisa mais dele.
— Que não precisa? Você é ingênuo, menino! Você não conhece Getúlio. Nesta terra parece que todo o mundo se esforça para não conhecer o Getúlio. Precisa sim. Onde ele vai arranjar um outro sem-vergonha daquela marca, capaz de fazer uma Constituição em duas horas? Agora é que atrapalha um pouco. Então é pôr o bicho na remonta. Fica lá pastando, cobrindo as éguas...

A imagem era engraçada, contudo não me convencia:
— Eu acho que o Silva Vergel não voltaria. Está fulo com o Getúlio. Diz horrores dele na intimidade e seu escritório de advocacia rende mais que uma paróquia.

O coronel Linhares jamais chamava o ex-ministro pelo nome — era só de Silva Sabichão:
— Silva Sabichão não vinha? Você está solto! Vinha a trote largo. Largava tudo. Era só o imperador dar um assobio. Cavalo amestrado é com assobio que se chama, moço!

Justo neste momento era dada a notícia do afundamento. Ao ouvi-la, o velho se agitou:
— Não sei o que esta cáfila está esperando mais! Seis navios no fundo, não sei quantos brasileiros mortos, e é só comunicado, comunicado, comunicado! Por muito menos o palerma do Wenceslau já declarara guerra em 1917.

Tinha certeza de que o coronel se enganava. Somente após o quinto torpedeamento, o do *Macau*, se não me falhava a memória, o governo resolvera declarar guerra à Alemanha. Mas não pensei em corrigi-lo e ele, sacudindo o cigarrinho de palha, prosseguiu:
— Falta de vergonha, de brio, de patriotismo! Cambada de poltrões, de fascistas muito safados! Esperando o quê? Que os alemães venham aqui de aeroplano nos cagar na cabeça?

Não pude conter o riso. E ele voltou:
— Nós devíamos é chorar, menino! Chorar pitangas.

6 de maio

O frio. O grilo sem lareira.

7 de maio

Mais jornais atrasados:
Cléber Da Veiga espicha-se como tênia sobre o racismo, agride, insulta, vocifera, denuncia agentes nacionais, mas com a cautela de não nomear ninguém.

Martins Procópio, *en passant*, no seu prolixo rodapé, fala de *A porta*, em termos brandos e elogiosos, com a visível pretensão de ser equânime. Felizmente não me irrita aplicando seu método atual de crítica, o do confronto ou paralelo, espécie de tricô que precisa de dois fios para tecer a malha do comentário.

A Itália está inteiramente subvertida ao Reich — quem manda é a Gestapo. "Os italianos dispõem apenas de um caminho: tratar de ganhar a guerra ao lado da Alemanha", estampa o jornal que é porta-voz de Hitler.

Os russos, a toda brida, em plena primavera, avançam pelas planícies da Ucrânia.

E os ingleses gostam de Paris — só bombardearam os subúrbios da Cidade-Luz.

8 de maio

A estrada sinuosa atravessando o bambual, com saltos medrosos de pererecas, a correição de formigas, a inumerável nuança dos verdes e das terras, o coro folgazão das saracuras e o ar balsâmico, seco, vivificador, trazem-me ecos de Campina Verde, cuja poeira é tão inesquecível quanto as notas de sonata do seu bilhar.

Doutor Pires sabia de cor os mais famosos trechos dos discursos de Rui, uma de suas venerações. Nabor Montalvão e Aristóteles travavam discussões tremebundas — políticas, religiosas, filosóficas, literárias, filológicas — jamais chegando a uma conclusão ou acordo. Zé Bernardo dividia as mulheres em duas grandes classes: as cascáveis e as cascavéis. Mas já se passara o tempo em que poderia auferir as vantagens de uma parte da sua divisão. Margarida, a impudica!, custou muito a compreender. Afinal compreendeu:

— Ah, esse seu Zé Bernardo é mesmo das Arábias! Não vai atrás dele, não!

Rodrigues ia de botas para proteger-se dos botes ofídicos.

— Há muita cobra por aqui?

— Alguma. Beira de rio, você sabe, é lugar de jararacas. Gostam de umidade. E eu estou sempre me metendo por essas grotas, entrando em charcos, não custa me precaver. Ando sempre de botas no serviço. Mesmo lá em cima, bem na porta da cozinha, logo que chegamos, já matamos uma de respeitável tamanho.

— Jararaca?

— Sim, e de rabinho branco. Por essa razão é que fiz os canteiros bem afastados da casa, e de grama bem rente. Você sabe, é preciso cuidado por causa das crianças. Também foi a única. E estou sempre mandando dar batidas por precaução, e solto galinhas no terreiro dos fundos. Galinha não respeita cobra! Você não pode imaginar como isso andava sujo quando chegamos. O mato quase que engolia a casa. Gente relaxada, puxa! E a maquinaria dava dó! Cheguei a pensar que fosse por sabotagem. Para as Empresas virem em cima depois.

— Talvez não estivesse errado.

— Não. Foi suspeita besta. É que o nosso povo é relaxado mesmo. A ignorância, a exploração, você sabe... Enfim, foi um trabalho danado pôr esta coisa nos eixos. Graças a Deus, consegui! E como é lindo isto! — e Rodrigues parou: — Você não acha?

— Acho.

— Se há paraíso, deve ser assim. Você não pode calcular como eu gosto daqui! Não troco isto por nada neste mundo.

— Estou vendo que você já se reconciliou com o torrão nativo...

— Acho que você labora num erro, sabe? O fato de me sentir feliz aqui não autoriza a crer que aceite o nosso desnivelamento.

Continuamos carniça. Isto aqui é um refúgio, refúgio que a nossa pródiga natureza me ofereceu e que ajudei a prosperar com o meu trabalho, com a minha tenacidade, até com algum desespero. Mas o panorama do Brasil continua o mesmo. Que é a gota d'água desta felicidade no oceano de amargura, de sofrimento e de opróbrio que representamos? Não melhoramos nada. Não pense que um pequeno progresso que os olhos notam à superfície indique melhor saúde nacional. É a mesma lepra. É o mesmo atraso. O mesmo abandono cristão. A mesma desolação! Os mesmos vendilhões.

Vamos vendendo tudo. Veja esse Altamirano de Azevedo, que se capeia com o manto da poesia... É agora o manipulador do truste das areias monazíticas... Entregamos os nossos minerais raros, os nossos minerais estratégicos, e ninguém diz nada. Nem o governo, que é conivente, nem o povo, que está ignorante, arrolhado, amordaçado sob a censura policialesca da ditadura. E esse rio de riqueza, e que não é infinito, que terá fim, escoa tranquilamente por preço vil, sem nenhuma compensação. Estamos nos limiares da Era Atômica e é como se estivéssemos nos primórdios da Idade da Pedra. É dos minerais raros que saltará essa energia nova e portentosa. Nossos depósitos naturais de tais minérios são quase únicos no mundo. E que fazemos? Fechamos os olhos à exploração estrangeira. Entregamos tudo como um território colonial. E o cristal de rocha? Outra riqueza! Matéria básica para a guerra que se trava, e que não fomos nós que ateamos. Temos o melhor cristal do mundo. E que fazemos? Deixamos que uns poucos se enriqueçam e o país, isto é, o povo, nada, absolutamente nada ganha com isso. Não houve Independência, nem houve Abolição. Tudo uma brincadeira! Continuamos colonizados e escravos.

9 de maio

Parece que tudo passou. Parece que não existe esta tarde amolecida de sombras cor de âmbar. Parece que eu a sinto interiormente como a saudade de um tempo remoto. Fico horas esquecidas vendo o capricho das nuvens. Um dragão, um porco, uma cabeça de águia, um homem com barbas... Formam-se mil figuras. Fundem-se, refundem-se, multiplicam-se, condensam-se. Às vezes há a ilusão de que estamos vendo o mar. E o rio corre, manso e delgado ao sol. E há cantos de aves, e as montanhas são azuis na distância. Os cupins espetam os morros. Treme o capim ao capricho do vento. Tremem as árvores. Quando um homem poderá ser tão lindo quanto uma árvore?

10 de maio

Rodrigues tinha seus encargos, que cumpria com sistemático escrúpulo. Nos primeiros dias acompanhei-o à represa, às comportas, à casa de máquinas, ao almoxarifado, à pequena oficina de reparações, ouvindo-lhe as explicações, satisfeito por vê-lo em plena expansão da sua capacidade. Mas depois fiquei em casa, desculpando-me que ia ler, escrever, bolar coisas. O amigo animava:

— Muito bem! Escreva mesmo. Isso aqui é formidável para ventilar as ideias. Tenho a certeza de que você vai escrever coisas ótimas. E quando quiser café é só pedir a Ester. Eu sei que você só escreve entornando cafezinhos. Não faça cerimônia, hem! Você sabe, a casa é sua.

— Não. Não farei.

E trancava-me no escritório para que as crianças não o invadissem, escritório muito arrumado, pois Rodrigues é supinamente ordeiro, regrado, com lugar para tudo. A biblioteca era considerável, na maioria, é óbvio, de livros técnicos, que andei folheando. Mas havia a estante que o engenheiro denomina de seu "recanto recreativo" — miscelânea literária, sociológica, científica e política: Freud, Marx, Lenine, Stalin, Nordau, Bergson, Capistrano, João Soares com o fatal *Senhores e mucamas, Rondônia, O homem, esse desconhecido,* de Carrel, *Os sertões, O livro de São Michel, A retirada de Laguna,* Remarque, Anatole, Renan, Mark Twain, Lobato, Júlio Melo, Castro Alves e muito Eça de Queirós, Stefan Zweig e Somerset Maugham.

11 de maio

Passo o jornal atrasado para a leitura de Rodrigues: A desastrosa batalha de Java ficou atravessada na garganta dos americanos, o que não era para menos. Se com pertinácia afundaram até agora nos mares asiáticos 238 barcos inimigos, dos quais 99 eram de guerra, ansiavam por uma desforra, que só agora foi propiciada. No mar de Coral, ao largo das ilhas Salomão, travou-se a maior batalha aeronaval da guerra, cinco dias de acérrimo combate, no qual os nipônicos perderam 17 unidades e viram lhes escapar o domínio que mantinham. A honra ianque está lavada e o caminho mais limpo para ir em frente.

12 de maio

Apanhei o *Canavial*, de Euloro Filho:
— E você gostou?
— Falaram tanto, que comprei. Não cheguei ao meio. É maçante, não é?
— Sou suspeito, mas é. Em todo caso tem as suas qualidades, as qualidades do tempo.
— Não achei nenhuma. Uma chatura!
— Estive vendo que você também achou *A estrela* bem chatoba. Metade está por abrir.
Rodrigues enrubesceu, todavia não perdeu a linha:
— Não fique zangado, mas não gostei. Parei no meio. Não quer dizer que não o achasse bem escrito. Não. Achei. Você escreve com muita segurança, muita simplicidade, os diálogos muito naturais. E neste romance até que você caprichou. Mas não gostei, sabe? É muito contraditório, um tanto confuso, a personagem parece que tem duas almas. E nem sei por que você gastou seu tempo e talento em escalpelar o ambiente de rádio. Não merecia tanto.
— Jamais tive essa intenção, Rodrigues. Tenho horror ao documentário! O romance não é sobre o rádio, nem pretende escalpelá-lo. O rádio funciona apenas como cenário, já que os romances

precisam dum cenário, não podem se passar no vácuo, no astral, como querem os falsos inimigos do documentário. E escolhi este como poderia ter escolhido outro. A heroína — e forcei o desprezo pela palavra — em vez de cantora poderia ser farmacêutica, modista, funcionária pública, e o ambiente em que ela se movesse poderia ser, portanto, o farmacêutico, o burocrático, o da alta-costura. O importante é o que ela é como ser humano, nada mais. As paixões vicejam em qualquer ambiente, no que diferem bastante dos micróbios... Isso não é uma defesa, note bem! É uma explicação. Se você não gostou do livro, isso não me afeta em absoluto.

— Eu sei que a minha opinião não tem a menor importância, ora! Você sabe que não sou um entendido em literatura. Leio pouca literatura, e sem pretensões críticas. Conheço o meu lugar.

— Não se trata disso, Rodrigues. Não embrulhe as coisas. Você lê como todo mundo lê, critica como todo mundo critica, gosta ou não gosta como todo mundo. A literatura não é feita exclusivamente para entendidos, para especialistas. O campo de leitores pode ser o mais vasto. E você não é obrigado a gostar do que eu escrevo. A amizade não inclui tal obrigação. Se toquei na história foi porque me interessaria saber por que você não gostara, nada mais. Agora sei. Achou confuso, contraditório... São pontos de vista.

— Na verdade achei. E você deve acreditar na minha sinceridade. De *Rua das mulheres* gostei muito.

— E leu todo?

— Li sim, seu danado! Li sim. Não venha com piada.

Dei-lhe uma palmada cordial:

— Ainda bem que você não me escreveu dizendo que havia lido e gostado.

— Eu lá sou bobo!

— Nada bobo!

Mas à noite, na cama, não dormi logo. Se o grilo contribuiu, o pensamento enleou-se longamente no assunto da conversa, intrincado meandro, novelo de muitas pontas, de pontas de tantas grossuras. Não, o que dissera não correspondia à verdade, pelo menos não era toda a necessária verdade. Deploráveis argumentos, talvez ressaibos de escritor ferido... Por mais sérios que sejamos literariamente, será que não nos livramos das frestas da vaidade? E me arrependia de ter mexido na questão, querendo confundir o amigo ao dar com o livro parcialmente aberto. Livro que se dá não é obrigatoriamente para ser lido.

13 de maio

O grilo é um incessante companheiro.

14 de maio

— Você não achou que o que estou construindo aqui é assunto sério?
— Achei.
— Ganhar dinheiro é o que tem menos importância. Importante é saber que se está fazendo alguma coisa para o bem comum, contribuindo para o bem-estar geral, para o progresso coletivo, não é?
— É claro!
— Isto aqui andava ruim, meu nego! Uma tapera. As casas sem um pé de couve, os cabras comidos de vermes, as crianças morrendo como moscas. Todas as semanas fiz vir um médico da cidade para atender as crianças e ensinar as mães como alimentá-las e cuidá-las. Sentei lombrigueiro na cabrada toda. Ficaram outros! E obriguei que plantassem os seus terrenos. Quem não plantasse, eu despedia da usina. Em vez de ficarem aos domingos mandraceando, pegassem na enxada e preparassem suas hortas. Ficaram safados, resmungaram, contudo plantaram — couve, repolho, tomate, milho, mandioca, limoeiros, laranjeiras, o que fosse de comer. Alguns relutaram. Toquei-os na rua! Outros preferiram ir embora a se sujeitarem ao meu despotismo, sabe? A maioria, porém, ficou. E hoje tem outro aspecto. E as casinhas também têm outro aspecto. Você já pode entrar em qualquer delas. E eram

pocilgas! Também quem não tivesse a casinha em condições eu mandava embora sem contemplações. Tive minhas encrencas com os padres, sabe? A igrejinha daqui — até que é bonitinha, não? — funciona só aos domingos, quando vem um reverendo da cidade para oficiar a missa, fazer seus casamentos e batizados, ganhar seu dinheirinho. No resto da semana não pisam aqui... Foram se queixar ao vigário na cidade e ele, que é uma besta, veio falar comigo, metendo a Ester e o coronel Linhares na dança. Não tenho muita paciência com eclesiásticos, mas aguentei firme. Alegou que eu exorbitava. Quem trabalhava a semana inteira não podia trabalhar aos domingos. Que os domingos eram dias sagrados. Fiz ver que pior que trabalho aos domingos era a cachaça. Depois da missa, entravam na cachaça o domingo inteiro, armavam encrencas, houve até mortes, caíam de bêbados, e na segunda-feira o trabalho não rendia. E, afinal, tenho aqui quase cem homens. Pago a cem homens. O trabalho, portanto, tem de ser de cem homens. Não rendiam o de trinta às segundas-feiras! O vigário acabou me deixando em paz e eu pus ordem no lugarejo. Terreno plantado, casas restauradas, guris tratados, lombrigas atacadas, botequim domingo não abre. Mas mandei fazer para eles o campo de futebol que você viu na várzea. Comprei camisas, umas camisas horrorosas! Comprei chuteiras, bolas, passam os domingos em peladas, já convidaram um clube da cidade para jogar aqui. Foi um festão, mas apanharam pra burro.

— Você tem peito! Se em cada vilazinha do Brasil houvesse um homem como você, nossa terra bem que marcharia!

— Ah! me esqueci de contar uma passagem engraçada da conversa com o vigário. Eu perguntei por que razão ele, que mostrava tanto amor por seus paroquianos, não aproveitava a igrejinha como escola — ela que ficava fechada a semana inteira — e não mandava todos os dias um sacristão da paróquia, ou uma filha de Maria para ensinar os cristãozinhos a ler, já que o governo do estado ainda não se lembrara de instalar uma escola rural na zona? Ele embatucou e, por fim, quem abriu a escola fui eu mesmo, aproveitando um armazém velho. Todas as manhãs o caminhão vai buscar a professora na cidade, e leva-a de volta à tarde. Ela não é uma professora extraordinária, mas é bem-intencionada. A garotada vai se desasnando. Bem, outra passagem gozada do vigário: quando a escola já tinha uns três meses de funcionamento, ele me procurou outra vez. Louvou o meu esforço e consultou-me se eu não veria inconveniente de que na escola houvesse também uma aula de catecismo. A gente compra a paz e os aliados às vezes por pouco preço. Respondi que seria ótimo. E às quintas-feiras o caminhão apanha na cidade também uma velha beata de coque, que vem meter caraminholas no coco da meninada. Deixa meter!

15 de maio

A noite invejaria as pupilas de Ester. As moças, que se queimam nas praias, invejariam o natural e quente trigueiro da sua epiderme. As palmeiras invejariam seu porte ereto, as gazelas, o seu pisar, as dançarinas, seu fléxil mover de braços, que deusa não invejaria sua boca de carmim, seus dentes cor de leite?

A voz é rouca, abafada, de sensual falar:

— Não pode calcular a alegria que a sua visita deu ao meu marido.

— Alegria tive eu ao vê-lo bem-disposto, tão feliz, tão integrado à terra, com tantos planos.

Às minhas palavras, ela inclinou a cabeça de lado, como pássaro atento:

— Sim? — e voltando a erguê-la: — Ele, que não é de muitos amigos, o admira muito. Falava constantemente no senhor.

— Creio que pago na mesma moeda a sua amizade.

— Sempre contava as coisas engraçadas que o senhor dizia. Vovô morria de rir!

— Já não conto tantas.

Ester acendeu um sorriso:

— Pois tenho ouvido muitas. E vovô está apaixonado pelo senhor! Não vê como ele pega de galho depois do jantar? Nunca fez isto. Acabava de jantar, dava o suíte, dizendo que velho é feito para dormir cedo.

— É um grande velho o coronel Linhares!
— Anda meio alquebrado.
— Pois não parece.
— Anda. É que o senhor não o conheceu antes. Parecia azougue!
— Ele gosta muito do Rodrigues, não é?
— Imensamente, graças a Deus!

O sol descambava, a varanda recebia-o de chapa, sol de inverno, esplendoroso e tépido, Ester virou a espreguiçadeira para evitá-lo:

— Esta casa foi mal colocada. A fachada devia ser para aquele lado. Não receberia nunca o sol de frente.
— O sol é necessário.
— É. Mas no verão quase não se pode usar esta varanda antes da noite. Pega fogo!
— Mesmo assim é uma linda vivenda, uma vivenda de príncipes.
— O senhor acha?
— Acho.
— É muito triste. Não tem nada aqui, não acontece nada aqui. Preferia morar na cidade.
— Também a cidade é pequena, não tem nada, não acontece nada...
— Sempre é mais movimentada do que este cemitério.
— Cemitério?!
— Também há cemitérios para os vivos.
— Eu penso que os cemitérios estão em nós... O Rodrigues adora este lugar. Para ele nada há mais belo, mais vivo, mais palpitante...
— É a única razão, aliás, por que eu me sujeito a viver aqui, o que não impede que às vezes me sinta desesperada!
— Por que desesperada? A cidade é tão perto que em dois pulos se está lá. Quando estiver cansada desta solidão são só dez minutos de estrada e espairecerá.

Ester fez questão de corrigir:

— Na verdade são trinta minutos, não dez... E olhe que a estrada é boa!

— Foi um modo de falar...

— E como, se nem automóvel temos e de caminhão eu não ando? Não sou carga.

— O coronel tem, é a mesma coisa.

— E pensa que meu marido vai ou me deixa ir?

— Esquisito isso. O Rodrigues é tão liberal, tão compreensivo... e gosta tanto da senhora!

— Para o senhor ver...

— Já manifestou-lhe a vontade de dar uma fugidinha de vez em quando?

— Então, não? Por duas vezes. Fechou a cara. E para mim jamais as coisas precisam chegar ao número três.

— Que razões ele deu para negar?

— Nenhuma! Limitou-se a amarrar a cara.

— Será ciúme?

Ester teve um estremecimento de vaidade:

— Não creio.

— Pois será para crer.

Ester suspirou, suspendeu os braços sobre a cabeça e através da larga cava da manga deixou ver as axilas raspadas e uma nesga de seio. Galos cantavam lá e acolá, o sol era um disco incandescente que os bois contemplavam, do fundo da casa vinha um chiado de frituras. Forcei o longo silêncio:

— Quer dizer que não é feliz aqui?

Fitou-me alguns segundos antes de responder:

— Nunca a gente é feliz quando se sente presa, isolada.

— Isso é uma questão de temperamento. Mas a senhora não está presa! E esse isolamento é provisório, puramente circunstancial. O Rodrigues tem planos. Quer ganhar dinheiro, fazer fortuna, depois, então, sair daqui, meter-se em outros negócios, gozar a vida.

— O que ganha aqui, poderia ganhar em outro lugar, até com mais probabilidades. Já não digo no Rio, em São Paulo ou em Belo

Horizonte, mas em Vitória mesmo, onde fui criada e educada, uma cidade decentezinha e não esse mato aqui. Acho que não vivemos tanto para perdermos a mocidade neste desterro. Afinal, a mocidade é uma só. Meu marido, porém, não compreende isso. É bom, inteligente, honesto, trabalhador. É tudo, mas não compreende. Sou religiosa. Uma esposa deve ser obediente, e eu sou obediente. Vamos tocando...

— Vejo que não tenho palavras para consolá-la...

Levantou-se, deu dois passos, parou, tão moça, tão bela:

— Palavras não consolam.

— A senhora não avalia quanto me entristece vê-la tão jovem, tão bela, com tantas condições para ser feliz, viver assim amargurada, e escondendo a amargura.

— Para que mostrá-la? Para que fazer dois infelizes? Um chega.

— A senhora devia se abrir com o Rodrigues. Ele não poderia se sentir feliz, sabendo-a triste.

Balançou os ombros:

— O melhor sempre é calar nossas decepções.

— Mas a senhora está decepcionada com o seu casamento? Me parece que exagera.

— Não! Não me expliquei bem. Não chega a isso. É que sonhamos muita coisa e a realidade é outra, bem diversa.

— Talvez tenha se casado muito jovem. Os jovens têm muitas ilusões.

— Casei-me na idade em que todas as moças casam por aqui, quando casam. Dezoito anos. Vou fazer 22, e parece que tenho 100. Vazia como se tivesse 100!

— Mas seus filhos não enchem o vazio? Tão fortes, tão lindos, tão engraçadinhos...

— Sei. São umas gracinhas. Orgulho-me imensamente deles. São todo o meu desvelo. Mas há vazios que os filhos nunca enchem. Nem queria tê-los. Foram inevitáveis. Não somos preparadas para evitá-los. A nossa ignorância, a nossa ingenuidade, a família, a religião, tudo enfim coopera para que sejamos mães. E

a gente só devia ser mãe quando sentisse que isso era importante, que isso tinha significação, que estava habilitada para ser mãe. Gratuitamente, não!
— Tem um pouco de razão... Mas me permite uma pergunta? Por que se casou?
— Porque amei meu marido. Ou pensei amar.
— O que me diz é grave, contudo ficará comigo.
— Eu sei que é, mas precisava dizer.
— É estranho que me tenha escolhido para revelar isso. Me conhece tão pouco... (E lembrei-me de Maria Berlini.)
— A gente nunca chega a conhecer ninguém.
Levantei-me, debrucei-me junto a ela, na grade:
— O que inclinou a senhora para o Rodrigues?
— Tudo! Principalmente a idade. Era homem feito, treze anos mais velho do que eu. Sempre gostei de homens mais velhos do que eu. Tinha horror aos rapazolas!
— Teve outro namorado antes?
— Outro? Outros! O senhor nem parece um escritor, um homem experimentado.
— A experiência nunca chega a ser experiência para ninguém.
— Ah, bem! Qual a mocinha que não teve namorados ou ideais? Só se for mentirosa.
— Se eu pudesse aconselhá-la, aconselharia que...
Não pude concluir. A buzina roncou lá embaixo. Rodrigues saltou do caminhão, acenou-nos alegremente, veio subindo o íngreme caminho do bangalô, pisou a varanda, empoeirado, contente, beijando a esposa — eh, morena! — sem reciprocidade.
— Estou pregado! Foi brava a lida. Também, no mais tardar, depois de amanhã estaremos com os postes em Santa Rita do Prado. Então é só estender os fios.
— Que tal Santa Rita do Prado?
— Uma biboca muito vagabunda! Cem casebres, se tanto. Mas que vão ter eletricidade. A minha eletricidade! E o importante é que é caminho para Macugipe, um pouco mais populosa e que

também não é servida de luz elétrica. Vive ainda no regime do lampião, do fifó e do rádio de bateria.
— Que é que estes lugarejos produzem?
Rodrigues pôs-se sério:
— Cachaça. Nossos campos só produzem cachaça.

16 de maio

Pesca-se, pelo rádio, que dois milhões e meio de homens estão avançando sobre Khardov! O marechal Timochenko emprega na formidável ofensiva três mil tanques e 1.500 aviões!! (Que estranho besouro veio bater contra a parede!)

17 de maio

— É uma pena que você vá amanhã. Vamos sentir uma enorme falta. Você sabe, isto aqui é um bocado solitário. Não há ninguém para conversar, só esses capiaus. Ester tem se regalado com as suas histórias!
— Também lamento. Foi um grande descanso esta quinzena aqui. Merecia, aliás. Andava na última lona. E vocês são fidalgos.
— Você devia passar um mês. Um mês no mínimo, sabe?
— Seria um sonho! Mas poderia me dizer quem iria me pagar este mês de vagabundagem? Afinal, meus compromissos no Rio continuam...
— Pagar, não sei. Porém vagabundagem, não! Repousar não é vagabundear. Você precisava dum repouso, duma trégua. Chegou amarelo, chupado, hoje está com outra cara. E você não escreveu bastante aqui?
— Um pouquinho. Li mais do que escrevi. Seu "recanto recreativo" me tentou.
— Tenho algumas coisinhas boas, não é?
— Tem muitas. Devorei novamente *Os Thibault*. Estava sempre para reenfrentar o romance *fleuve*, mas sempre adiando. Também, liquidei-o de uma arrancada! É grande mesmo!

— Mais feliz do que eu. Ainda vou navegando pelo meio. Leio um pedaço, paro. Me esqueço, solicitado por outras leituras ou obrigações. De vez em quando torno a pegar no bicho. É comprido demais!

— Há obras que só podem ser compridas.

— Eu sei! Mas meu tempo de leitura é precário. Tenho que estudar, não se pode deixar de estudar, que esta pinoia de eletricidade progride com a velocidade do raio, e tenho que ter em dia a correspondência da usina, a fiscalização das contas, o controle do almoxarifado, tenho, em suma, uma série de chatices obrigatórias e inadiáveis.

— Pelo visto você tem o belo hábito de largar os livros pelo meio...

— Vá pentear macaco!

— E quando você vai ao Rio?

— Quando for estritamente necessário. Nunca antes.

— Quando fosse, você devia levar a Ester. Ela havia de gostar.

— Não vou senão a negócios. E a negócios, mulher atrapalha, sabe? Não posso dispensar atenção, nem andar com ela atrás de mim por todos os cantos. E eu nunca me demoro mais que quatro, cinco dias no Rio. Isto aqui não pode ficar mais tempo sem a minha presença. É o eterno apólogo da cotovia.

— Deixa disso! Mais alguns dias não haveria diferença alguma. Demoraria mais. Iria lá pra casa. Não vão ficar maravilhosamente, mas também não ficariam mal alojados. Luísa tomaria conta de Ester, sairiam, veriam vitrines. Mulher adora vitrines, movimento...

— E com quem ia deixar as crianças?

— Para que servem as avós?

— Servem exatamente para não ficar com os netos. Estragam-nos com mimos, com sentimentalidades, com tabus. Não! Meu regime é alemão. De disciplina tudesca! E você vê que dá certo. As crianças não aporrinham.

— Neste caso você levaria as crianças. Há de se dar um jeito para acomodar todos.

— Isto é que seria maluquice completa.

— O que eu acho maluquice é você não levar a Ester. Estou de acordo que aqui é formidável, que viajar com as crianças é um disparate, contudo, de vez em quando, a gente deve respirar outros ares, sacudir a mesmice, não permitir que o mofo tome conta da nossa alma, empedernize nossos movimentos.

— Mas quem disse que eu não pretendo levá-la? Tudo tem seu tempo.

— Não sei que tempo!

— Verá. Precisamos ser ordeiros, estabelecermos um plano para a vida, pretendermos atingir uma meta. Nada de improvisações, de resoluções em cima da hora, de falsa agitação. Nada disso! Pretendo levá-la, sim. Mas para uma viagem longa, importante, realmente importante. Pelos Estados Unidos e pela Europa. Pela Europa toda, inclusive Rússia. É preciso conhecer a Rússia, forçar a entrada, ver a grande experiência que lá se realiza. Deixa a guerra acabar.

— E você tem esperança que esta guerra acabe logo?

— Não, não tenho. Vai durar muito. Ainda há muito pano para mangas. Mas há de acabar. Enquanto isso eu ajunto dinheiro, estou ajuntando. Uma viagem como pretendo não se faz com pouca massa. Quero me demorar mesmo. Parar onde me aprouver, o tempo que quiser. Ver um despotismo de coisas, aprender um pedaço!

— Irá ver ruínas! A Europa vai ficar esbandalhada, moribunda.

— Não se engane. Você não é disso. Vai se reconstruir depressa. A capacidade de recuperação daquela gente é inacreditável, sabe? Que foi sempre a Europa senão um rosário de guerras, de destruição, de insânias? E essa irá lhe trazer novos caminhos, outro nexo, outras diretrizes, uma maneira diferente e mais digna de viver, com as primeiras rupturas do *front* capitalista e com as primeiras certezas de que a paz é necessária e a riqueza deve ser comum. Quero ver isso de perto, participar disso, entrosar-me na ressurreição! Um mundo diferente nos espera. Quero aproveitar o que puder para plantar aqui. Temos muito que plantar! Nossa terra é virgem.

— Compreendo. É uma maravilhosa ambição e até comovente para quem nunca demonstrou nenhuma fé no Brasil...
— Mas nunca perdi a fé no homem.
— Sim, nunca perdeu. Só se perde a fé nos homens, quando se perde a fé em nós próprios. Mas que inconveniente há de, enquanto não puder fazer esta longa peregrinação, passar uns dias com Ester no Rio ou em São Paulo?
— Inconveniente nenhum! Dinheiro, como você sabe, cai do céu... Ora, você parece criança! Cada vez que se sai é um rombo no mealheiro. E tenho que economizar. Uma viagem ao Rio não sai barata. Mesmo que se vá para a sua casa, que se tenha algumas facilidades, não fica barato. Temos que comprar roupa para a Ester, pois ela deve se apresentar decentemente, temos que fazer passeios, extravagâncias, temos que trazer presentes para todo mundo, porque a praxe aqui é esta. Enfim, um dinheirão! Compreendeu?
— Não.
— Pois compreenda! O que eu ganho aqui não é tanto quanto você supõe. Nem o coronel Linhares é rico como aparenta. Tenho que apertar os cordões da bolsa.
— E você já conversou com Ester sobre isso?
— Nunca converso com mulheres sobre coisas futuras. Nunca entenderão! Mulher só pensa no minuto que passa... Quando chegar a hora eu mando preparar as malas.
— Os minutos passam depressa. Mormente os da mocidade.
— Estou farejando uma coisa... Para mim a Ester andou conversando com você... não andou? Eu conheço essa morena!

19 de maio

— Você veio com melhor cara — é o agrado de Gasparini, que compareceu para jantar, atraído pela carne assada, o ponto alto de Felicidade.
— Acha?
— Acho. Muito melhor. Você andava bem abatido. E que me diz de lá das brenhas?

— Uma boa pasmaceira. Só grilo e mato.
— Há pessoas engraçadas! São capazes de ir à China, passarem um ano, e voltarem sem contar nada — comentou Luísa.
— Já sei que é comigo... Mas é que não há nada lá mesmo digno de relatar — me defendo. — Só grilo e mato, já disse. Há também leite aos pontapés, mas leite eu não bebo, nem você.
— E o Rodrigues?
— Ajunta dinheiro, Gasparini, e com a maior tenacidade. Se um dia houver Câmara outra vez, estará aqui como deputado tão certo quanto dois e dois são quatro. E vai brilhar.
— É um cabra inteligente e desabusado.
— É obstinado acima de tudo. Sabe uma porção de coisas e sabe concretamente o que quer. Vai botar muita gente no bolso.

20 de maio

1º — O *Prinz Eugen* não pôde iludir o bloqueio britânico. Estava como cobra no buraco, não podia botar a cabeça de fora porque cacete o esperava. Quando procurou escapar do fiorde de Trondheim, recebeu dois torpedos de aviões ingleses patrulheiros que se danou todo! — (Gasparini.)
2º — A batalha de Kharkov transformou-se num verdadeiro sorvedouro das reservas alemãs. — (Manchete do *Diário de Notícias*.)
3º — Gasogênio é uma maxambomba que se coloca atrás dos carros — explica Aldir — como paupérrima solução para o problema da gasolina. Com isso o carvão vegetal passou de nove mil-réis o saco para trinta! Pobres engomadeiras! E tome mais árvores abaixo! Vai ser uma razia.

21 de maio

O asco sempre crescente por Nicolau, cada dia mais glorioso e discutido, me leva a arrancar da saleta, e esconder atrás do armário, o velho retrato pintado na sua melhor fase: 28 de dezembro de 1931 a 3 de janeiro de 1932. Em seu lugar pendurei um desenho de Pérsio Dias. Luísa passou o dia todo sem dar por falta. Talvez jamais tivesse dado, se eu não fizesse menção da substituição.

23 de maio

Enquanto se trava a maior batalha da guerra sino-japonesa, e os chins principiaram a obter vantagens, cederam os alemães aos soviéticos no maior encontro de tanques que já se concebeu; as vanguardas de Timochenko estão à vista de Kharkov, cujos subúrbios são pulverizados pelos canhões de longo alcance. E Rommel tem fôlego de sete gatos — em ousado golpe tornou a atropelar os ingleses, afligente balancê africano que não acaba mais. E procuro me lembrar duma cantiga de tio Gastão:

Balancê, ó balancê!
Balancê de inclinação...

Será assim?

24 de maio

— A capacidade da União Soviética é uma surpresa para o mundo e prova cabal de que o sistema, pouco devassado e muito combatido, tem aspectos positivos. Onde conseguiria ela o infinito e poderoso arsenal que atocha contra o inimigo senão nas suas próprias oficinas, transferidas das cidades atacadas para zonas menos atingidas ou insuspeitáveis, falando-se até em fábricas subterrâneas? Porque, se os Estados Unidos ajudam, é ajuda em escala reduzida, medida a conta-gotas dadas as suas próprias necessidades, e de problemático transporte. Sabe-se até que um grande comboio foi abandonado à sua sorte nos mares gelados, impossíveis de transpor. (Paulo Emiliano, de visita ao Rio.)

— O totalitarismo sempre consegue fabricar armas... (Adonias.)

— No momento, meu amigo, isso não interessa. As democracias aliaram-se aos soviéticos no esforço comum de vencer o nazismo. (Paulo Emiliano.)

E o que diz Paulo Emiliano vem evocar, de certa maneira, o que me disse há tempos Helmar Feitosa, intimamente ligado ao general Marco Aurélio:

— Há muito poderia haver uma frente de desembarque que desconcentrasse o esforço germânico. Por que o retardam? Simplesmente para que se esgotem mutuamente a Alemanha e a Rússia. Os Estados Unidos e a Inglaterra têm um olho na missa e outro no padre... Se é essencial que o nazismo seja derrotado, não menos relevante será, para o regime capitalista, que a Rússia saia capengando do conflito, pois com a demonstração que está dando do seu potencial será seguramente um perigo depois da vitória aliada e é preciso ir fazendo com que ela se depaupere, talada e destruída...

26 de maio

Os submarinos alemães começaram a operar nas águas brasileiras. O *Comandante Lira* tem o casco duro. Torpedos e obuses não conseguiram dar conta dele, nas alturas de Natal. Foi rebocado com uma dúzia de rombos. E o DIP persiste em atrasar os comunicados. O ataque se deu no dia 18.

A roda da livraria Olimpo extravasa a indignação. Gustavo Orlando, Ribamar Lasotti e Antenor Palmeiro encabeçam um manifesto e colhem assinaturas. Helmar Feitosa põe o jamegão trêmulo, acovardado. Gerson Macário nega, terminantemente, o seu — podem dizer ou fazer o que quiserem, mas ficará coerente com seus princípios nazistas. Ribamar o insulta:

— Veado não tem princípios!

O pederasta defende-se:

— Antes ser veado do que burro!

Ribamar investe contra ele, atinge-o na cara com um soco, rolam no chão, antes que intervenham e os apartem.

27 de maio

Consta que aviões da FAB patrulham a costa. Natércio Soledade tem um concunhado aviador que dá detalhes.

28 de maio

Heydrich, que se dava como "o amado protetor da Boêmia e da Moldávia", com toda a probabilidade não ordenará mais monstruosidades — foi vítima dum atentado, o chacal. Rajadas de vingadoras metralhadoras surpreenderam-no numa curva de estrada para Praga e agoniza num hospital.

A repressão vai ser cruel e requintada. A batida aos executores começou sem resultados e sem pistas. É o que se deduz do prêmio de dez milhões de coroas tchecas que a Gestapo oferece pela captura dos que consumaram a limpeza.

30 de maio

Ontem um avião da FAB afundou um submarino do Eixo, a poucos quilômetros da costa, fato que levantou o mais amplo comentário, permitindo que a imaginação popular criasse asas — não era um submarino e sim dez os afundados pelos patrulheiros — e a maior exaltação, fazendo com que, em todo o país, brotassem as manifestações públicas de repulsa, em comícios e passeatas.

Hoje, Natércio Soledade contava a façanha com minudência lapidar e poética. O aviador, ao localizar o periscópio inimigo, descera em voo picado para liquidá-lo sem escapatória e lançara a bomba de tão baixo que não conseguira se livrar da explosão e sofrera avaria no leme, a ponto de constituir outra proeza a sua aterrissagem no Galeão. E a nódoa de óleo ficara como uma grande e orgulhosa flor boiando no mar!

31 de maio

O México declarou guerra ao Eixo. Teve dois navios afundados só... O velho Linhares tem as suas razões — nós já perdemos oito e não decidimos nada, isto é, permanecemos no ponto morto das relações diplomáticas rompidas, mas prendendo espiões que nem sabemos se são espiões, pois a polícia é que se encarrega das prisões e manipula os flagrantes que alguns jornais publicam com aspecto de matéria paga.

1º de junho

Falamos ontem de espiões e ontem mesmo mais alguns foram apanhados com a boca na botija, asseveram. Numa casa do Sumaré, escondida no meio da mata, mantinham permanente vigilância do porto e operavam com uma estação portátil de rádio, de longo alcance. A ser verídico, talvez explicaria que coisas acontecidas no Rio, às vezes em esferas de limitadíssimo acesso, meia hora depois eram notificadas minuciosamente pela Rádio Berlim, com ironia, ameaças ou tom conselheiral, melhor dito, advertente.

A maior parte dos pilhados era de súditos do Eixo, mas havia brasileiros no lote: um capitão da reserva, um estudante de odontologia e um repórter de pouco calado. Godofredo Simas, que gira em redutos policiais, garantiu que com dois arrancos esses três reis magos abriram as pernas e o bico e delataram uma súcia de comparsas espalhados pelos mais diversos setores sociais e administrativos, sem que se saiba que tenham sido molestados, entre eles o camisa-verde Sigismundo Furquim, ex-membro da Câmara dos Quarenta e alto funcionário do Banco do Brasil, e que estivera comprometido na intentona integralista de 1938. Quando da devassa da intentona, Furquim tentou escapulir saltando o muro da residência, ginástica de que as pernas nanicas não seriam capazes, e foi gadanhado, mas acabou não pegando nada, salvo um breve e regalado exílio em Portugal, espécie de repetição daquela história de sapo sabido que rogou que o atirassem no fogo e não na água, pois não sabia nadar... Voltou lampeiro para o banco, recebendo os atrasados.

2 de junho

Contraditoriamente, os jornais estampam o retrato dos bravos cidadãos do Sumaré, ao lado da triste nota do DIP, informando, com o costumeiro atraso, a perda de mais uma unidade mercante, o *Gonçalves Dias*, torpedeado no mar de Caraíbas. Morreram seis tripulantes.

3 de junho

A contradança — agora é Rommel quem bate em retirada!
E cerca de 1.500 aviões, pelo espaço de hora e meia, lançaram toneladas de bombas incendiárias e explosivas contra Colônia, transformando-a na "zona mais devastada do planeta!". Não sabemos, pois os jornais não o disseram, é se a Catedral, com a sua agulha, velha de mil anos, foi reduzida a entulho num segundo de explosão.

4 de junho

Agora tocou a vez de Essen... Dois mil bombardeiros, pelo espaço de três horas, despejaram seu fardo sobre um só objetivo. Mas a luta aqui é mais prosaica. Luta da carestia. Luta da Comissão de Tabelamento — há isso agora!... E como há Comissão de Tabelamento, tem de haver tabelamento. Em consequência, a média com pão e manteiga passou a 600 réis.

5 de junho

Rememoro a conversa com Rodrigues a respeito de *A estrela* e a consequente insônia que provocou com música de grilo. Não basta que, na aparência, tenhamo-nos portado satisfatoriamente. É preciso que também interiormente saibamos suportar com elevação o contrário julgamento alheio, delicado ou ríspido, fundado ou não. No capítulo da criação artística, amor-próprio arranhado é indício malsão. Não é apenas na aparência que devemos nos diferenciar dos Euloros, dos Ribamares, dos Nicolaus e quejandos. Além de criar, é mister aceitar a crítica, sem tugir nem mugir, como outra forma de criação, precária ou não, mas que se abastece na nossa. Das fermentações do nosso cadáver é que surgem mil outras formas de vida, que continuam a vida para a eternidade da vida. Tenhamos a nobreza de ser bom estrume.

6 de junho

Ester me cercava, todavia adivinhando, esquivava-me a ficar a sós com ela. Inútil qualquer conselho. Inútil e metediço. Que valem conselhos? Que experiência tinha eu para ditar procedimentos? É muito fácil, muito cômodo traçar normas, condutas, e deixar o aconselhado sozinho, no meio das suas refregas. Mais alguns dias e eu partiria, tornaria à minha vida. Ester é que ficaria. Nada! Que complicações ao casal poderiam advir das minhas palavras, mesmo sensatas e amigas? Fora providencial a chegada de Rodrigues, quando me resolvia a aconselhá-la. Celestialmente providencial! Duma coisa, porém, estava seguro — nunca mais voltaria a visitar o casal. Lamentava, mas estava decidido. E enquanto não partisse teria que evitar a desencantada esposa. Fiz o que pude, mas chegou o momento em que foi impossível me livrar. Era de noite e ouvia-se vitrola, uma lembrança que trouxera — o *Concerto para piano*, de Schumann, que me enchia de evocações catarinescas. Rodrigues saíra precipitadamente a um chamado da casa das turbinas, não pude me trancar no escritório, retiro que Ester respeitava. Ela, face a face comigo, nas confortáveis poltronas da sala de estar, não teve rodeios:

— Qual o conselho que o senhor pretendia me dar? Não tenho pensado noutra coisa.

Não titubeei:

— É simples. A senhora não é religiosa? Agarre-se com Deus!
E ela foi pronta:
— Na boca de um ateu é pra lá de surpreendente. Mas choveu no molhado. Não tenho feito outra coisa. É horrível que Deus sirva para estas coisas!

7 de junho

Por que me fazem juiz literário? Por que não recuso? Nunca consegui que aceitem o meu critério, que aprovem os meus argumentos, que sejam vitoriosos os candidatos da minha escolha. Parece-me até que atraio para os meus inocentes escolhidos o rancor que desperto em alguns confrades sem o senso do humor e do jogo literário. Se fossem pagos os trabalhos de julgamento, noites e noites perdidas, mergulhado em dezenas de originais — quanta baboseira, meu Deus, quanta literatice! — ainda seria tolerável: um estipêndio de que nos desobrigamos imparcial e honradamente e com tal sentimo-nos de mãos lavadas. Mas a espinhosa tarefa de selecionar e arcar com os aborrecimentos é graciosa, pelo menos até agora.

Acordáramos, Pedro Morais e eu, em apontar certo manuscrito assustador — perto de mil páginas de prosa cerrada! Indiscutivelmente, tratava-se de obra meritória. Em capinado, luxuriante estilo, no qual se vislumbra um pendor euclidense, reatava de certa maneira o fio interrompido do bom matutismo, requeria glossário e não o trazia, literatura sem conflitos, mas que revelava um escritor nato e forte, sem competidor na justa, já que os demais candidatos não iam lá das pernas, tudo muito chocho, pobre e cediço. Não foram de idêntica opinião os outros três membros da comissão julgadora, Gustavo Orlando rosnou até qualquer descabida impertinência sobre o tom fascista que o calhamaço tresandava, e o regionalista anônimo e valioso foi sacrificado por um contista apenas maneiroso e pitoresco.

Decorridos uns meses, quatro talvez, telefonou-me uma dama, dizendo-se prima do autor derrotado, que se chamava Magalhães

Braga, e que era diplomata e se encontrava na Escandinávia. Rogava o favor, em nome dele, de que eu intercedesse junto ao editor para que fossem devolvidos os originais, coisa que o edital não permitia. Falei com Vasco Araújo e ele foi a pérola que se sabe — mandou procurar o catatau. A dama compareceu, magra, esquiva, de luto, e os originais lhe foram entregues.

Ano depois, quem telefona é o próprio Magalhães Braga — voz elétrica, de mil palavras por minuto, cortadas de gargalhadas rascantes, comprimidas, como quem ri de timidez ou nervoso. Combinou um almoço na cidade. Pedro Morais, convidado também, não poderia comparecer por impedimento forense. Detesto almoços deste gênero, mas, na impossibilidade de Pedro Morais, aceitei. Magalhães Braga era um rapaz tendendo a gordo, de densa barba que lhe azulava as faces, óculos de reforçadas lentes e uma simplicidade de modos que não era comum nos seus colegas de carreira. Estava de passagem, iria servir na Bolívia, e temia a altitude de La Paz.

Foi uma hora memorável. Tinha diante de mim, afável, risonho, inteligentíssimo, sabedor de milhares de coisas raras, conhecedor profundo de vários idiomas, garimpador de dicionários, um outro ególatra, um Nicolau das letras, mas infinitamente menos irritante, pelo contrário, macio como seda. Não precisei muito para perceber que, mísero bichinho, viera eu ao mundo para votar no seu livro de contos, e extasiar-me com os seus achados e truques, e que o universo só existia, há milhões e milhões de séculos, para que um dia pudesse nascer, em alguma perdida noruega da Mantiqueira, o escritor Magalhães Braga!

Paixão literária assoberbante, dessas que não recuam diante de nenhum sacrifício ou artificialismo para se satisfazer e produzir, passou-me uma rigorosa sabatina sobre as suas histórias, lisonjeou-se com o conhecimento que comprovou ter eu delas, e decidiu que iria publicá-las, mais tarde, nem que fosse por conta própria, não antes, porém, duma revisão boliviana, revisão que achava indispensável, pois tinha madurado mais e a pesquisa verbal para ele era chave e alicerce. Despediu-se — iria no dia imediato para seu novo posto — deixando um bom lastro de simpatia e ternura, tanto mais que por um momento tocou-me uma corda sensível — conhecera meu pai! Como? Por acaso, havia muitos anos, antes de ir servir no estrangeiro pela primeira vez. Encontraram-se numa exposição de fotografias, entabularam conversa, em poucos minutos da qual soubera que era meu pai, como soubera que Emanuel era seu colega de Ministério. Mas sobre este, inteligentemente, só disse que, embora o quadro do Itamarati fosse reduzido, era frequente o caso de dois colegas nunca se conhecerem.

9 de junho

Assume proporções espantosas a batalha de Sebastopol. E o sepultamento do carrasco Heydrich foi o mais teatralizado e imponente funeral realizado pelo Reich no transcurso da guerra. Himmler, outro prócer da *gang*, encarrega-se do elogio: "o coração de Heydrich sangrava quando se via obrigado a recorrer à força para combater o terrorismo e a sabotagem." E ganhou um número: é o mártir nº 2 do nazismo, porque o nazismo tem mártires!... O nº 1 é Horst Wessel... o efebo.

10 de junho

Garcia chegou de supetão, só, safado da vida — tenho um bruto cagaço de avião! —, por três dias no mais tardar. É que houve um enguiço nos negócios e os diretores pediram socorro.
— Como vai a patroazinha?
— Ótima!
— E de bebê?
— Nada ainda.
— Não é preciso caprichar... E a turma lá, como vai?
— Todos lhe mandaram lembranças. Joaquim Borba está começando outro romance.
— Com as prebendas que tem, acabará no outro século.

11 de junho

— É o nono, meu velho! — disse Garcia. — Já não é brincadeira.
— Sim, é o nono, e o nosso caro governo não move uma palha. Continua fiel ao deixa estar como está para ver como fica, apesar das manifestações populares de desagrado.
Falávamos do *Alegrete*, torpedeado no dia 1º, ao largo da Venezuela, e de que só hoje o DIP dignava-se dar a informação, sem elucidar o número de vítimas.
— Assim, vamos mal.
— Nunca andamos muito melhor.
Garcia sacudiu os ombros com um jeito que não se poderia traduzir por desconsolo:
— Não adianta comentar. Há quanto tempo não jogamos... Vamos a uma partida, quer?
— Vamos. Mas bem que adiantaria comentar. Esvaziaria o peito, tiraria dele muita ganga bruta, muita aflição comprimida.
Fui buscar o tabuleiro e as pedras, sentamo-nos na varanda envidraçada, embebedamo-nos com golpes e contragolpes, baldos de treino. À meia-noite retirou-se, derrotado por causa da teimosia dos gambitos não aceitos — tinha de acordar cedo, que os amados patrões juraram fazer dele um cadáver.
E aqui estou diante deste caderno, a pena rangendo, peca, hostil, pela janela a noite vem a mim — doce, profunda, de palpitantes estrelas, embalsamada do friúme marinho.

12 de junho

Não sou preguiçoso e sei que a pena empunhada é a minha predestinação. Gostaria de escrever muito, trabalhar, produzir, mas que impotência, que dificuldade, que lassitude frequentemente me invadem, que perturbação e dissolvência me causam tantos pequeninos nadas! E é preciso tempo, tempo que falta a Joaquim Borba e que se esfarela em minhas mãos por mais que me rebele e me imponha uma dura disciplina. Quantas horas perco eu em inúteis leituras, entregue a músicas que não mereciam tanto, absorvendo-me pela pintura e pelas aperturas de artistas amigos, preocupando-me com a vida dos amigos e nelas me metendo, e jogando, conversando, conversando, conversando, ou ouvindo, emocionado, as irradiações de futebol?

13 de junho

Foi de Lídice, apurou a Gestapo, que saíram aqueles que mandaram Heydrich para as profundas. E os sicários dele entraram na aldeia — isto foi no dia 10 —, fuzilaram todos os homens, conduziram as mulheres e crianças para os campos de concentração, e, ato contínuo, arrasaram tudo a canhonaços.

Não é a primeira vez que de tal forma exemplarizam as subversões nas terras sob o seu tacão. Mas Lídice tornar-se-á um símbolo, que o mundo não vive sem símbolos.

....

O que se conta dos campos de concentração é indescritível! É a forma nazista de ter mão de obra graciosa. Acabaram com o arcaísmo dispendioso do prisioneiro de guerra. Marcos Rebich, Jacobo de Giorgio e alguns refugiados revelam-me atrocidades que parecem mentira.

....

Garcia bateu asas para o ninho. Não é o ninho antigo.

14 de junho

Afável, reverencioso, boa conversa, a cútis rósea e escariosa, é um imortal e pompeia a honraria por quanta recepção haja. Numa tarde morna e atapetada do Itamarati, onde fora buscar o cômodo passaporte oficial para missão de cultura no Prata, e irá falar sobre Olavo Bilac, estava eu namorando o *gobelin* pendurado na parede, quando se chegou e disse muito sério:

— Gosto muito dessas pinturas. Não me canso de admirá-las quando venho aqui.

15 de junho

— Os imbecis também são úteis. (Délio Porciúncula!!)
— Nunca mentir. Embelezar a verdade com alguma imaginação.
— A simplicidade de Euloro Filho é da mais perigosa, visto que não é mais que egoísmo. (E Gustavo Orlando foi imediatamente contar a ele.)
— A dignidade é um exercício diário, como a mais fatigante e relaxante das ginásticas suecas. Como escrever com dignidade, se não se vive com dignidade?
— Lábios de rosa. (Sabina.)
— Medo de quê?! (*Idem.*)

16 de junho

Conversas da luz vermelha:
"— Estou precisando tanto de um outro vestido para sair, meu anjo..." O cheiro avassalador, nauseabundo, de violeta de Parma, a carnadura lisa, sedosa como pau-marfim. E Maria Confeito, chamava-a eu, só eu. Dos olhos como amêndoas e dos beijos mais doces que as amêndoas. De vez em quando (o homem ante os mistérios!), eu ficava perguntando a mim mesmo por que ela se chamava Maria.

17 de junho

Confeitos de Maria:
— Eu me visto primeiro para agradar os homens, depois para agradar a mim.
— A vida de família é de amargar. Lá em casa, se eu gostasse de vento, as janelas viveriam fechadas.
— Não é por preconceito. É por dor mesmo.

18 de junho

Bombons da imortal Mariquinhas:
— Quando criança custa a falar, deve beber água numa casca de ovo.
— Não basta uma vassoura atrás da porta para a visita ir embora. É preciso que a piaçaba esteja virada para cima.
— Para quebrar mau-olhado não há nada como um vaso de espada-de-são-jorge bem na entrada da casa.

19 de junho

Churchill chegou inesperadamente a Washington. Acredita-se que as conferências do primeiro-ministro com o presidente Roosevelt marcam a segunda fase da guerra, com o início da ofensiva aliada. É que os russos prosperam, penso eu, e se americanos e ingleses não desembarcarem na Europa, em qualquer parte da Europa, e entrarem lestos no salseiro, os soviéticos ganharão sozinhos e o bolo da vitória vai ficar difícil de repartir...

20 de junho

Há grandes providências nacionais! O tradicional Café Suíço, âncora alimentar dos notívagos, foi induzido, pelas reclamações da clientela, a arrancar os velhos ladrilhos do seu piso decorado com o signo que se tornou o símbolo do nazismo... Fala-se, outrossim, duma pensão de comerciários, na rua da Assembleia, que ostenta, no pé da escada, ladrilhos de idêntica indignidade.

23 de junho

As coisas viram nos arcões africanos. Rommel, ontem em retirada, faz um movimento estratégico e manda chumbo no rabo dos ingleses em franca correria. Tobruk se rende sem muita resistência e abre o caminho do Egito. Rommell é promovido a marechal e a Inglaterra geme: "o maior desastre depois da queda de Cingapura"...

25 de junho

Os ingleses misturam cinismo com realidade. Analisam a situação catastrófica da África. Chegam à conclusão de que o fracasso resulta da indecisão, da falta de ousadia e da inferioridade tática.

Churchill, porém, externa o seu otimismo e faz com os dedos, já automáticos, o V da Vitória!

27 de junho

De tanto ler sei de que substância são feitos os sucessos. A glória é uma questão de habilidade.

28 de junho

— Nada mais perigoso que um imbecil alfabetizado! (Luís Cruz.)
— Ainda que teu amigo seja de mel, não lhe lambas o cu. (Aristóteles.)
— Devemos nos preparar para lutar, não para vencer.
— Se morressem todos os bispos, a Igreja continuaria. Assim é a Academia. (Saulo Pontes.)
— Wilde, que pretendia ser a quinta-essência do requinte, não foi mais que o apogeu do mau gosto. (Martins Procópio.)

1º de julho

No delta do Nilo é formada a linha de defesa, inicia-se a batalha decisiva pelo domínio do Egito e temos que torcer para os ingleses que o infestam e o exploram há tantos anos, eis ao que o jogo nos obriga.

Pela primeira vez os americanos entram em combate na África, informa um telegrama meio escondido no abundante noticiário. Que tempo se gasta lendo jornais!

2 de julho

Dá muito marinheiro ianque agora pelas ruas, gingando, deixando um rastro de fumo perfumado. E dois deles diante da maquete do hotel e cassino Quitandinha:
— É um hospital.
— Não. É uma universidade.

3 de julho

Dos supremos:
— A música mais linda do mundo é *O carnaval de Veneza* em solo de ocarina! (Antônio Ramos, 1927.)

4 de julho

Amanhã uma outra cidade adredemente construída para capital será inaugurada — Goiânia.
A publicidade é farta e bem paga. Historia-se o acontecimento, fala-se muito no governador que levou avante a construção, prevê-se um futuro radioso para a nova metrópole em pleno sertão, mas se omite o nome do arquiteto e urbanista. Não nos esqueçamos dele — Atílio Correia Lima.
— É um crânio! — garante-nos Aldir Tolentino.

5 de julho

Passeata de estudantes pelo centro da cidade, ontem, sob aplausos populares, com carros alegóricos, cartazes, bandeiras americanas e inglesas, fogos-de-bengala e muita palhaçada. A polícia manteve-se a distância. Prenderam Helena, mas soltaram logo. O

sinistro major que chefia a polícia perdeu a cartada, ele que se empenhara para que a passeata não saísse. Demitiu-o o Ministro da Justiça, de quem dependia. E Getúlio, sumariamente, demitiu o Ministro e Lauro Lago, que prestigiara o chefe de polícia e que estava criando casos com o Ministro da Guerra!
— Que acha disso? — perguntei a Gasparini.
— Para chatear a ditadura, serve.
— E não te acode que tudo poderá ter sido insuflado pelo próprio governo para ficar à vontade, atribuindo à imposição do povo a necessidade duma decisão? De alguns tiranetes fascistas já se livrou...
— Você está muito maquiavélico!
— E não é assim que se constrói a história? Que estultas formigas são os homens!
E Gasparini, que se refaz de mais uma desilusão sentimental:
— Que estultas mariposas são as mulheres!

6 de julho

Perguntara a Mário Mora:
— E a Aninha Berreiro?
— Troquei por outra menos estrepitosa. Como os bons automóveis, as boas mulheres devem ter o silencioso bem regulado.

7 de julho

A trezentas milhas de Porto Rico torpedearam o *Pedrinhas*, a 26 do mês passado, mas somente hoje se dignaram nos dar conhecimento.

8 de julho

Ainda bem que Rommel, a raposa, encontrou garrucha pela proa — a batalha de El-Alamein terminou adversa à sua lábia. Os norte-americanistas fanáticos, com absoluta certeza, vão inchar o peito — as tropas de Tio Sam estavam na melódia, como se no Oriente não andassem elas com as calças nas mãos.

E por falar em Oriente, um milhão de japoneses estão imobilizados na China, o que é um trabalho limpo. E mortos, já, dois milhões e meio, apregoam os chineses unidos contra o invasor, o que é uma questão de crédito.

....

E chegou a vez da carne fresca faltar na nossa panela. Está escasseando nos açougues, golpe altista evidente, pois boi é que não falta nas invernadas e nos currais, mais boi que gente.

— Não é que falte — defende Loureiro —, é que não há transportes.

— Se do lado de fora estamos na bagunça que se vê, imagine se entrarmos na guerra.

— Mas quem te diz que não estamos na guerra?

— Pensando bem, estamos. O mundo inteiro está. Desdigo o que disse, volto à minha insignificância.

— Você anda muito modesto. Que é que há contigo?

9 de julho

— Que há comigo? Chateação pura e simplesmente. Mas inconfessável. Pelo menos a Loureiro. E ameaças de tonteira. Preciso mudar as lentes.

10 de julho

Oldálio Pereira, Susana, Cléber Da Veiga, Délio Porciúncula estão um suplício! É fugir deles como o diabo da cruz. Mas temos que suportar a moda *made in USA*. Que é que disse o pires para a xícara? Que é que disse o abacaxi para o pêssego? Que é que disse a agulha para o alfinete?

A insuspeita da importação de ditos é infinitamente engrossada pela verve carioca, e há o orgulho nacional de acreditar que todo aquele humorismo de cacaracá é de genuína criação indígena — um autêntico traço de caráter, uma natural e sadia disposição para o otimismo!

12 de julho

Anotações: Na China, os nativos recuperam cidades e cidades. No Cáucaso, o prelúdio da grande batalha que definirá a superioridade soviética ou nazista. No Egito, os ingleses avançam no calcanhar de Rommel. No cabeleireiro fazem misérias com Luísa — por que diabo as mulheres não suportam os cabelos com que nasceram?

14 de julho

De amanhã em diante não circularão automóveis particulares, salvo casos especialíssimos. Não há gasolina... Veremos quem são os especialíssimos e como Loureiro e Ricardo irão se arranjar. E, a propósito de Loureiro, acrescentemos que é desses que sabem muito de negócios mas andam a pé. Pelo menos no que concerne a gado. Afirmou que não há carne porque não há transportes. Marcos Rebich, porém, que só anda a cavalo, retificou-o — não é somente porque não há transportes, é porque também há frigoríficos e estrangeiros.

16 de julho

Piquetes infanto-juvenis, alguns assinalados com rebarbativo rufo de tambores, recolhem pelas portas latas usadas e panelas velhas. Serão transformadas no metal útil que mingua nos estoques. Pirâmides de lataria, algo grotescas, algo ridículas, e imagens do nosso subdesenvolvimento, vão crescendo nas praças e em terrenos baldios. Vera e Lúcio ficaram entusiasmadíssimos, fizeram uma rigorosa coleta doméstica. Uma certa lata de fumo em que eu guardava pregos, parafusos, porcas e arruelas para duvidosa serventia, apesar da minha resistência, não escapou. Transferi a pregaria para uma caixinha de charutos.

— Evitará melhor a ferrugem — diverte-se Aldir.

17 de julho

Lentes novas — tudo velho.

18 de julho

A fisionomia da cidade está mudada — vinte mil carros particulares estão parados nas garagens. Loureiro e Ricardo, já soube, vão instalar gasogênio nas suas viaturas, mas só para constar — conseguiram um fornecimento subterrâneo de gasolina em Nova Iguaçu. Gasparini, que ainda não sabe da marosca, conseguiu uma quota como médico, mas reduzidíssima.

Ataliba telefona com voz de além-túmulo — mal pode se locomover com uma falta de ar danada.

19 de julho

Godofredo Simas é uma caixeta de espantos. Convocou-me, aflitíssimo, para uma empreitada em São Paulo, com passagens, diárias, dez contos pelo trabalho — topa? Topei.

— Então, é tocar fogo na canjica!

A única exigência é que capriche no estilo. Capricharei. A única precaução é, se encontrar Marcos Rebich lá, não abrir o bico. Não abrirei.

20 de julho

A vida cautelosa — primeiro o pé direito. E foi uma experiência nova e palpitante — o avião levou uma enormidade de tempo para descer. Ó triste São Paulo crepuscular! Ó névoa seca!

21 de julho

A morte andara perto, talvez. Que ficará para os meus filhos e possíveis netos de tudo que me cerca? Um quadro feito de musgo e asas de insetos, labor de serão mageense, um espelho redondo e o retrato do imperador, que tanto é o legado de meu avô paterno. Ponhamos de quebra o que eu próprio consegui — alguns quadros cujo valor não sei se os herdeiros compreenderão.

22 de julho

Com quem dou de cara neste segundo e cinzento dia paulistano? Com Marcos Rebich! Postou-se na minha frente, as mãos nas cadeiras, um sorriso muitíssimo moleque:

— Emissário do genial Godofredo Simas?

— Está falando com o próprio — ri.

— É um burro chapado o nosso Godofredo, não concorda?

— Plenamente.

— Pois não nasceu inteiramente assim. O DIP e a Neusa Amarante têm contribuído de maneira calorosa.

— Como soube? Adivinhar, não adivinhava...

— Antes ele convidou José Nicácio, que não aceitou. Não foste o primeiro...

— Percebi.

— Não se precipite. Tem mais. Quando você marcou entrevista ontem com o Rei do Algodão, o secretário de Sua Alteza me delatou. Tenho espias em todas as cortes... A corrupção é generalizada... E me deu o seu endereço, aqui. Você não deixou endereço e telefone?

— Claro que deixei. Tenho que ser encontrado em algum lugar...

— Inepto! Fiquei te esperando na boca da toca.

— Bisonho ficaria melhor.

— Godofredo é um cretino. Aposto que pediu para caprichar no estilo. Acertei?

— Em cheio.
— Vou te dar uma mãozinha. E pegue a sua parte logo. Conselho de amigo! Corre risco de ser sonegada pela rapace Neusa. O Rei do Algodão vai te receber amanhã, não é exato? Está louco para falar... Pois irei contigo. É arrancando dinheiro da alta burguesia que solapamos a dita. Mas hoje, para a noite ser bela e grande, vou te apresentar a ex-proletária Odete. Já fiou muito algodão no Rio. Hoje fia mais fino...

23 de julho

Na dinâmica Pauliceia, o grande orgulho de Odete é não usar porta-seios!

24 de julho

O Rei do Algodão! Apoplético, casca-grossa, embrulhão, dedos curtos e gordos, os joanetes como esporões, português macarrônico, irá lançar uma linha de descaroçadeiras no Nordeste para enfrentar os compradores americanos, ou formar com eles um só exército ante a pressão do qual os plantadores capitularão... Godofredo ganhará uns cinquenta contos com o pregão da novidade, Marcos Rebich deve abiscoitar soma igual — não confessou... E um conselho de Marcos Rebich seguido à risca:
— O que tinha de fazer, já fez. Agora demore o mais que quiser. Mais um dia, menos um dia... O carcamano não tem tanta pressa assim. Diga ao Godofredo que ficou caprichando no estilo... — Tomou-me o braço, enfiou-me na chuvinha: — Agora nós!
Não sei se conhece o final do *Père Goriot*. Provavelmente não. Mas sei que são reais os poderes da sedução. Marcos Rebich os tem inatos, daí seus sucessos e impunidades. Nem tento lutar contra eles naquele mar que não me é familiar, do qual pouco conheço os ventos e as correntezas. Vou como um pequeno, frágil barco por sobre as poças, Marcos no timão da conversa fiada.

25 de julho

Há anos atrás, e era a sua glória e o seu começo de carreira, Odete ganhara o concurso, instituído por uma companhia cinematográfica, para a jovem que tivesse as formas mais próximas de Joan Crawford. O júri foi complacente, não tomando conhecimento de várias carências centimétricas, e houve protestos clamorosos de candidatas prejudicadas. O prêmio era um casaco de peles, de alto preço. Hospedo-me no apartamento de um amigo, na rua Sete de Abril. Às oito da manhã, Odete brotou na minha porta, envergando o prêmio.

....

De tarde, retardado romeiro, fui visitar Mário de Andrade, Papa do Modernismo, apesar do cisma aberto por Oswald, que pretende para si o báculo pontifício, para transformá-lo presumivelmente em porrete de cego, gastando contra o suposto usurpador, pelas redações, cafés, e limitados grupelhos literojuvenis, uma aluvião de piadas, trocadilhos e chacotas, tão agudas algumas quão alfinetes, de resto tão inócuas quanto o xarope de julepo gomoso das boticas de antanho, com seus potes de porcelana, seus boiões de pomada e vidros ornamentais cheios de água colorida.

A profana basílica da rua Lopes Chaves, para onde acode a caudalosa correspondência de todo o Brasil, correspondência religiosa e acompridadamente respondida com uma camaradesca simplicidade, que não esconde certa manhosa política, plantada na aparente quietude de um bairro burguês e familiar, tem claridade e limpeza de alfaia e altar. Os móveis — cadeiras de pé-de-cachimbo, banquetas, cômodas ventrudas, arcas, canapés, genuflexórios, imensos armários de portas de fortaleza — são de jacarandá ou vinhático como os de sacristia antiga. O piano alemão mostra a dentadura sem cárie, sob o retrato pregado na parede de cal, obra e obséquio de Nicolau inspirado e resoluto, um Mário de camisa aberta, amulatado com mão firme e verista, contra um fundo de balões em noite junina de arraial. Os livros, ordenados e escovados, limpos como se nunca tivessem sido manuseados, formam coloridos lambris pelas salas e corredores, e sobre eles os santos coloniais, ante os quais o Poeta, que já fora coroinha e segurara tochas, de opa carmelita, em procissões pelas ladeiras paulistanas, se rende em crença doce e ingênua, ostentam riquezas de talhes e de gestos devotos, lavrados pela sublime intuição de santeiros anônimos, e espiam os visitantes incréus com os seus olhinhos de vidro, parados e espantados como o olhar dos pássaros embalsamados. E ao lado deles, em tolerante promiscuidade, penhores de incomensurável curiosidade, se enfileiram os orixás do culto afro-brasileiro — Exus, Oguns, Xangôs —, máscaras indígenas de festa ou pavor, emplumados apetrechos de guerra e caça, totens, muiraquitãs e os musicais instrumentos da feitiçaria — atabaques, agogôs, ganzás e berimbaus.

Recebeu-me de *robe-de-chambre* adamascado, numa fresca aura de água-de-colônia, o porte imenso, as mãos imensas, o riso grande e bom. Compusera uma pretensa língua brasileira, de que prometia uma gramatiquinha adjutória, mirabolismo de uma artificialidade pachola, inútil e de espaventoso mau gosto em certas nugas, mescla de neologismos, modismos, regionalismos, populismos de todos os quadrantes pátrios, cuja única real serventia era a de irritar a burrice do meio academizante, que contra ele se encarniçava. Nela escrevia tudo, ou quase tudo o que fosse, no que era seguido pelas espalhadas e mais tenras ovelhas do rebanho revolucionário, seguríssimas de que copiando o sestro da sintaxe estavam se equiparando ao mestre inconfundível e generoso. Com ela procurava falar, o que fazia com menor sucesso e fluência, com ela me recebeu, de braços abertos e boca enorme, revirando os olhos de gozo:

— Que gostosura aquela Dulcelina!

Era-lhe grato pelo espontâneo artigo com que saudara o meu livro de estreante, que o turbulento papa cismático considerava uma borracheira, apesar das minhas dúvidas que o tivesse lido, pois, tal como Antenor Palmeiro, é de pouca leitura, fastio que os aproxima de Balzac. Era-lhe grato pelas cartas que me escrevera, testemunhando consideração, mostrando falhas, denunciando facilidades, condenando os cochilos do sentimentalismo, incentivando-me para que fizesse da minha vida uma obra de arte, isto é, desse o sentido total do que prometia. Era-lhe grato pela animada defesa que tomara de *A estrela*, em casa de um escritor mineiro, discussão que chegara ao meu conhecimento, e aos rodapés que, consequentemente, ao livro dedicara, não se preocupando com o final antiagnóstico do romance, bastante inesperado, ressaltava.

Ao acender as luzes, e garoava, saí levando no peito um calor diferente. Compreendia pela primeira vez, veridicamente, que havia oceanos e regatos, que meus olhos jamais poderiam abarcar espaciais horizontes, que minhas águas seriam, quando muito, as de recôndita enseada, longe das grandes linhas de navegação. Compreendia que um homem pode ser mais importante que a sua obra. Compreendia a suprema abnegação de sacrificá-la em prol da chefia de um movimento de renovação e descobrimentos. Compreendia que depositara dentro de mim, propositadamente ou não, um novo fermento. Resta saber se tão transcendente levedura poderá, um dia, transformar-se em pão.

26 de julho

Em plena avenida São João, Jurandir, gordo, mas bem trajado, aparência próspera, saindo de um cinema, anunciou a morte de Zilá — empacotou, meu velho! Tísica. Não era má criatura. Jamais teve forças para negar dinheiro emprestado a Odilon, que abusava e caloteava-a. Misturava amor com secretariado.

Jurandir está em São Paulo como chefe da sucursal. Raramente vai ao Rio e sempre às carreiras, a chamado da direção — fogo, visto, linguiça! Adaptou-se ao ritmo da cidade, tem um círculo de amigos esplêndidos, comprou um carro — agora com esta falta de gasolina é espeto, meu velho! —, faz esporte à vela na represa de Santo Amaro.

— E os seus pais?

— Não quiseram vir nem a pau! Para mim seria melhor. Mas o Rio tem visgo... Eu mesmo custei a me ajeitar aqui. Sol faz muita falta, compadre!

— Mas vão bem?
— Sim, vão fortes. São rijos os velhos! Mas papai já está aposentado. Uma aposentadoria muito vagabunda, mas aposentadoria.
— E a maninha?
— Júlia está uma moça. Com mania de teatro, rádio, essas maluqueiras. Os velhos não podem nem ouvir falar destas coisas. Para eles é mesmo que bacanal! Mas você percebeu a pinta dela, não é? Tanto dá até que fura! Eu não entro na questão... É lá com eles. Se ela quer... E estropiando o ditado: — Cada tempo com seu uso, cada roça com seu fuso, não é?
— É.

27 de julho

De óculos, mamútico, muito avançado! Mas não confundir arquitetura moderna com as coisas que ele faz.

....

O bairrismo paulistano me enerva um pouco. A ufania dos quatrocentos anos, também. Há fatuidades que já caíram em desuso. O mundo hoje caminha para o próximo e chão.

....

— Há frases que me perseguem: "Todos os gêneros de felicidade se assemelham, mas cada infortúnio tem o seu caráter particular."

28 de julho

— Não li e não gostei. (Oswald de Andrade.)
— Os gregos não eram tão gregos assim. (Palavras de Pérsio Dias, que fizeram Mário de Andrade delirar.)
— Rui Barbosa foi o maior equívoco nacional e Euclides da Cunha fez mais estragos no Brasil do que a sífilis!
— Há duas coisas que as mulheres não devem comprar: perfumes e joias. Cabe aos homens oferecer-lhes, porque são eles os beneficiados do odor e da visão. (Odete.)

— Entre as minhas inconfessáveis vergonhas, conta-se a de ter aplaudido Marinetti no Teatro Lírico, em 1926...
— Por que não pôr os pontos nos ii? Somente um parvo, ou um reacionário, não compreenderia o que significava o Movimento Modernista. E, não sendo um parvo, Lobato não o compreendeu. Que o digam os seus ataques à Semana de Arte Moderna e muito especialmente o seu famigerado artigo contra a exposição de Anita Malfatti. E a falsidade racista do Jeca Tatu? (O cavalheiro barbudo cujo nome não consegui apurar.)

29 de julho

Chega de caprichar no estilo! E no guichê da Central:
— Podia me arrumar uma passagem para o noturno de amanhã, moço?
— Não sou moço — responde com rispidez o bilheteiro mostrando-se na janelinha.
— Mas também não é educado — retruco.
O auxiliar empurra o velhote:
— Deixa que eu atendo.
Mas, apesar da atenção, saí com um leito de cima.

30 de julho

Noite de pulgas ferroviárias.

31 de julho

Torpedo no *Tamandaré*. Quatro mortos. No dia 26, próximo da ilha da Trindade.

2 de agosto

A memória, que não me trai, que coordena com minuciosidade fatos e figuras para a minha aura de ficcionista, é frágil para natalícios e números de telefone, falha ou mistério que não consigo decifrar, salvo se, no caso dos telefones, possamos recorrer ao complexo de moleque de recados. E não consigo explicar como me lembrei do aniversário de Garcia quando vinha para casa. Voltei nos calcantes, rumo a uma agência dos Correios. Espero que ao menos receba o telegrama.

....

Düsseldorf virtualmente convertida num mar de chamas. E assim vai se cumprindo com a tenacidade dos buldogues o que o chefe da RAF reafirmou há dias: "A Alemanha será arrasada de um extremo a outro." Quantos inocentes Emanuéis e Glendas não serão imolados!

3 de agosto

Madalena, 1920:

> *Meu alecrim!*
> *Manjericão!*
> *Eu quero ver se tu gostas de mim*
> *ou não!*

— Você não podia cantar mais baixo? — repreendeu Mariquinhas. — Que esganiçada! Parece casa de cômodos!
Madalena parou de varrer o corredor, os cabelos presos por um pano, alpercatas sem meia:
— Será que a gente não pode mais cantar nesta casa?
— Cantar pode. Não pode é berrar!
O canto era a sua mais forte habilidade. Era entoada, apanhava tudo da primeira vez, não havia cantiga nova que lhe escapasse. Já Emanuel tinha o ouvido de pedra. Jamais foi capaz de decorar dois compassos que fossem de uma música. Como conseguiu fazer parte do coro infantil da igreja do Bom Pastor é milagre que não entrava na cabeça de ninguém. Papai não escondia o pasmo:
— Para mim, esses padres, se não são surdos, estão doidos!

4 de agosto

Emanuel tinha outras falhas. Esquecia-se de escovar os dentes, lavava o rosto como gato, orelhinhas sempre suspeitas. Não adiantava ralhar, falar em micróbios, citar deploráveis exemplos de êmulos, como tio Gastão.
Madalena, amante de apodos:
— O filósofo!
Hoje é apenas um nome riscado no almanaque do Itamarati.

5 de agosto

E a noite escura envolveu os olhos de Madalena, para sempre aquietou seus desatinados pensamentos, para sempre emudeceu seus lábios desabridos. A carne transviada e insatisfeita em cera sem mácula se tornou, gélida cera, contornada de cravos e angélicas, arroxeada no entrelaçado dos dedos imóveis no gesto piedoso de desfiar o rosário. E mais roxas, quase negras — pobre sangue pisado! — há, escondidas por flor e túnica de santa, as marcas das grades que a prendiam, grades contra as quais se atirava em insano desespero.

7 de agosto

Os recordes! Resistem os russos na frente meridional ao maior assalto blindado da história! Empregam os alemães vinte divisões e dez mil tanques na conquista do Cáucaso. A ordem de Stalin é dura como o aço das suas armas: "Nem um passo atrás!" E a gravidade da situação se deduz com a exortação da Rádio Moscou para que os aliados abram uma segunda frente.

9 de agosto

Mais recordes: Tanques russos de quarenta toneladas! E 800 réis é quanto cobram por uma laranja, loucura que não entra no bestunto de Felicidade.

10 de agosto

O sociólogo continua triunfalmente confundindo sociologia com saudosismo, Antenor Palmeiro prossegue oferecendo sensacionalismo como romance e Osório D'Othon, brunido pelos ares metropolitanos e palacianos, principia a cortejar a Academia. José Nicácio protesta:

— Principia, uma pistola! Desde que engatinha ele pensa no fardão!

— E vai entrar com apóstrofo, h e tudo! — cospe Gustavo Orlando.

A Academia, não há que negar, preocupa mesmo aqueles que parecem estar mais distantes dela — uma herança coimbrã e praxista de borla e capelo, um remanescente arcadiano do qual não podemos nem talvez devamos nos libertar.

11 de agosto

Ontem de noite faleceu Pedro Ernesto Batista, no ostracismo que a ditadura lhe impôs — seu nome era cortado nos jornais, sua absolvição parecia um ato de benevolência. Nunca se refez da cilada de que foi vítima. O povo se vingou do homicídio — que enterro!

Gasparini foi interno dele, estimava-o, admirava-o — um habilíssimo cirurgião! —, defendia-o, suara a camisa pela sua eleição. Passou para me levar:

— É um dever, homem!

Acompanhamos o féretro a pé, houve discursos que nos aliviaram, sentimos que pagávamos uma dívida.

12 de agosto

Combalida a Inglaterra, exaurida, talada, alastra-se a agitação na Índia, oportunamente e ainda provavelmente insuflada pelo sopro nazista, que tem bochechas de longo alcance. As medidas contra Gandhi serão preventivas e não punitivas, prescrevem os dominadores com uma prudência que não gastaram na colonização — seria rematada loucura botar mais lenha na fogueira, as costas já ardem bastante com as pauladas levadas no Oriente dos desprezados nipônicos. Em retaliação, o chefe hindu, cujo físico lembra o do decrépito Ataliba, ameaça iniciar uma greve de fome, o que para quem se basta com leite de cabra não será difícil, mas que será danoso para o prestígio britânico metido em camisa de onze varas. E me recordo daquele prefeito de Cork, que morreu de inanição pela liberdade da sua indomável Irlanda, a mesma apostólica Irlanda que com inquisitorial ortodoxia conservou, confiscou e incinerou os livros do seu filho James Joyce. Cada dia, propiciando um universal clima antibritânico, o cabo submarino transmitia o boletim médico do lento e teimoso suicida. E quando ele expirou, pele sobre ossos, refratário aos soros que lhe impingiam os algozes, ninguém de bom senso duvidou que os dias da dominação estavam contados e que somente especialíssimas conjunturas poderiam retrasá-la. Doutor Vítor, visceralmente anglófobo, anglofobismo que apenas na guerra de 1914 se atenuara, promovia *meetings* nas casas dos amigos e dos clientes, mais, aliás, contra a coroa do grande império do que pela alforria irlandesa. E o idêntico problema das opressões francesas e portuguesas, este lhe importava três pepinos, e até uma certa simpatia deixava transparecer pelo mundo colonial lusitano, como se representasse ele um pedaço do Brasil lá longe, com a mesma língua, os mesmos costumes e os mesmos hábitos, tão ignorante era da realidade do mundo ultramarino português, ignorância que papai suave e convictamente partilhava.

13 de agosto

Pobres organismos que somos, permeáveis, indefesos, suscetíveis à ação osmótica das paredes familiares e dos anestesiantes muros do amor! Quanto cristal negativo e duro não engastou papai, suave e insensivelmente, no burgalhão do meu inconsciente? Quanta semente de erros não infiltrou tio Gastão, devasso e angelical, no campo da minha formação? Quanta vez não obrei pelo ângulo obtuso e maligno de Mariquinhas, mina de ódios e de ressentimentos? Quantas células, acerbas e contraditórias, de Catarina não ficaram anexadas ao parênquima da minha vocação estética?

14 de agosto

Catarina, ó Catarina, fontana do meu calado e retardado ciúme, neoplasma que me corrói a distância, quantas horas teve este longo dia amargo, sem rumo e sem desabafo!

16 de agosto

O sacrifício de escutar:
— A geringonça está mudando! Pela primeira vez os japoneses estão na defensiva do Pacífico. (Pérsio Dias.)
— Em Stalingrado as perdas alemãs têm sido fantásticas! (Adir Tolentino.)
— Os ingleses dominaram a situação na Índia. Ainda bem! Há misérias que, no ponto em que estamos, convêm ser proteladas. (Gasparini.)
— Se você tivesse dito "procrastinadas" eu te dava um tiro! (Adonias.)

19 de agosto

O povo como que se habituara aos constantes mas espaçados sinistros marítimos, comedidamente notificados, e as manifestações de desagravo assumiam um caráter de não exagerada inconformidade e discurseira, que os comunistas procuravam explorar. Mas o impacto foi brutal, tão brutal e acintoso que o cauteloso Departamento de Imprensa e Propaganda não teve coragem de atrasar ou atenuar a divulgação. O *Baependi*, o *Aníbal Benévolo*, o

Araraquara, o *Arará* e o *Itagiba*, navios de cabotagem, foram, ontem, quase à mesma hora, metralhados e afundados entre Bahia e Sergipe, costas infestadas por cardumes de submersíveis nazistas, que a vigilância aeronaval não conseguiu afugentar.

Não foram cinco navios, foram quinhentos e tantos mortos, na totalidade passageiros — velhos, mulheres e crianças! A indignação pública, que a solerte engrenagem dipiana controlara, abriu as válvulas e enxameou as ruas fremente de revolta.

20 de agosto

Ontem foi um dia agitado. Sacudido o marasmo que a ditadura impunha, o povo reintegrou-se nos seus direitos opinantes. Confirmou-se o elevado número de mortos e os jornais não mais esconderam os detalhes horripilantes — escaleres de náufragos haviam sido atacados pelos piratas; as praias coalhavam-se de corpos mutilados pela ferocidade dos cações; uma criancinha de peito fora encontrada numa caixa de velas, ao sabor das ondas — os pais, que ali a haviam acondicionado, com uma imagem de Nossa Senhora de Nazaré presa ao babeiro, haviam desaparecido; mãe e filha, hirtas, abraçadas, foram encontradas com as pernas meio comidas pelos peixes. Soube-se que a irmã e o cunhado de Maria Berlini, que iria se estabelecer no Norte com uma firma de representações, tinham sido tragados pelo mar. De um genro de Ataliba, militar, não se sabia o paradeiro, e ele, aflito, com a filha traumatizada pelo choque, arrastava-se, mais morto do que vivo, pelo Ministério da Marinha, na esperança de uma notícia tranquilizadora, que não se verificava.

O povo amotinou-se nas ruas e, incorporando-se e entoando o Hino Nacional, invadiu os jardins do Palácio Guanabara, exigindo punição para os culpados. O chefe de polícia tentara falar aos manifestantes no largo da Glória, mas, às primeiras palavras, fora empolgado pela veemência popular, e acabara caminhando à frente deles para o palácio presidencial. Getúlio, improvisando, emocionado, ele a fria cobra oportunista, disse que compreendia o sentimento de pesar e participava da exaltação patriótica do momento. Nada tínhamos feito para que os nossos barcos mercantes, cumprindo percurso pacífico nas linhas do litoral, fossem agredidos e afundados, arrastando no seu bojo centenas de vidas inocentes. E esse crime nefando não haveria de ficar impune!

A promessa foi recebida com uma ovação. E o povaréu volta para o centro da cidade, aglomera-se diante das redações da *Gazeta de Notícias* e do *Meio-Dia*, que pregavam ainda, embora veladamente, a política do Eixo, obriga-os a arriarem o pavilhão nacional, que precavidamente haviam hasteado nas fachadas, e, impulsionado pelas palavras de um orador anônimo, acaba por empastelar as oficinas. Helmar Feitosa, redator-chefe do *Meio-Dia*, escafedeu-se e ninguém sabe onde se esconde. Gerson Macário levou uns encontrões na escada da *Gazeta de Notícias*, onde redigia uma seção mundana. O comércio fecha as portas por imposição popular e vários estabelecimentos comerciais de súditos do Eixo são depredados e incendiados.

Lúcio ficou em polvorosa e queria, a todo transe, que eu o levasse para a rua "para ver a guerra". Em 1917, pela mão de meu pai, assistira o povo depredar e queimar, em análoga represália. Arrombavam as portas, arrancavam as tabuletas, estilhaçavam as vitrines, punham tudo na rua, móveis, estoque e utensílios, tocavam fogo. Consumados tais atos, marchavam para outro estabelecimento, cantando o "Somos da pátria a guarda, fiéis soldados, por ela amados", e ai de quem fosse louro! Corria perigo — pega! pega! — porque ser louro era sinônimo de alemão. Depois da Casa Schultz e do Bar Renânia, foi o Bazar Berlim que virou farofa, e papai catucou tio Gastão:

— A única coisa que ele tinha de boche era o nome.

Tio Gastão quis ver a baderna de perto, sumiu no torvelinho da multidão. Quando reapareceu, e nós prudentemente nos abrigávamos numa soleira de porta, viu-se afanado no seu alfinete de gravata, ferradura de ouro, em que cada cravo era um rubi de duvidosa legitimidade.

— Vejam, que larápios!

— Também há patriotas ladrões, mano! — foi o comentário paterno.

— Valia mais de duzentos mil-réis... — gemeu titio, desconsolado.

De resto, não trazia a consciência muito tranquila. Fora contribuinte duma Liga Brasileira Pró-Germânia, na rua Uruguaiana, fora sócio do Centro Brasileiro de Amigos da Cultura Germânica, participara de quermesses, na Quinta da Boa Vista e no Campo de Santana, em benefício da Cruz Vermelha Alemã, travara acaloradas discussões com doutor Vítor que, perdendo as estribeiras, o chamava de burro, de pascácio, de traidor da civilização. Mamãe se incomodava, acreditava cegamente no médico e amigo e, na cozinha, suspirava pela falta de juízo do cunhado.

22 de agosto

Não houve mais dilações — reuniu-se o que se chama de Ministério e foi declarada a guerra contra a Alemanha, a Itália e o Japão. Assinaram de cruz... Quem declarou mesmo a guerra foi o povo, ou a canalha das ruas, como queiram. No fundo era ao que Getúlio aspirava — ratificar.

23 de agosto

— Veja o mundo em que vivemos... Não é grotesco que uma ditadura forme ao lado das democracias? (Saulo Pontes.)

— Não seria a primeira...

— Não será a última. (Saulo Pontes.)

— Vocês estão muito exigentes. Tudo que cai na rede é peixe. (Pancetti.)

— E não esqueçamos que há democracias que não são suficientemente democratas... (Pedro Morais.)

— Mas indo por este caminho o Brasil acabará voltando ao regime democrata. Rejubilemos. (Jacobo de Giorgio.)

— Deus escreve direito por linhas tortas... (E era a máxima que Mariquinhas tanto aplicava.)
— Não sabia que Deus era alfabetizado. Parecer, não parece. (José Nicácio.)
— Não faltava um coice. (Saulo Pontes.)
— Vocês terão que pegar no pau furado? (Luísa, com ingenuidade.)
— A idade do Pérsio é meio traiçoeira... (Mário Mora, zombeteiro.)
— E não levam em conta os meus olhos? (Pérsio Dias, rindo.)
— Não se iluda, menino. O exame de saúde é severo. Blefarite não exime. (Gasparini, fingindo apreensão.)
— Você com essa sua bela hérnia é que não pegava nada, hem Mário Mora! (Pancetti.)
— Minha idade de Cristo já representa uma boa hérnia, pois, pois. (Mário Mora.)

24 de agosto

Achegas para a história:
A reportagem delatora de Julião Tavares perturbou o formigueiro, mas, aceleradamente, as formigas de cabeça vermelha transferiram a panela, obstruíram canais, abriram outros, e continuaram a agir, atividade aliás que durou pouco. Um acontecimento fez com que o PC, agora novamente se arregimentando, se aglutinando, andasse à matroca: o camarada Bangu, alto dirigente, mas com miolos que as galinhas não invejariam, cometera uma imprudência, única na vida partidária em toda a face da Terra — quando a polícia manjara o seu esconderijo suburbano, mantivera com ela nutrido tiroteio, no qual ninguém morreu mas houve alguns chamuscos, e ao ser apanhado, por fim, sem mais balas no revólver, foi encontrada em seu poder a lista quase completa dos membros da clandestina organização, com endereços, funções e as alcunhas de despistamento. Claro que, 24 horas depois, dirigentes e bases estavam no xilindró "do Oiapoque ao

Chuí", como troçava José Nicácio, e praticamente o PC deixou de existir. Um formicida não teria obrado melhor, a desorientação que lavrou permitiu que Julião Tavares voltasse a trafegar mais ou menos toleradamente entre os ex-camaradas aturdidos, como permitiu até que alguns deles, como Gustavo Orlando, seguissem o exemplo de vários simpatizantes e colaborassem em publicações do DIP. E não houve nenhuma palavra, após o pacto nazi-soviético, selado sem qualquer esclarecimento partidário, que impedisse a turminha literocomunista de ingressar em peso na redação do *Meio-Dia*, fundado especialmente para estipendiar uma propaganda alemã e, para desnortear e forçar simpatias no meio intelectual, lançava quintaferinamente duas páginas literárias e artísticas, ilustradas avulsamente por Mário Mora, e nelas se revezavam Gustavo Orlando, Antenor Palmeiro, Ribamar Lasotti, Venâncio Neves, Helena e *tutti quanti*. Mas quando as hordas hitleristas invadiram a Rússia, foi como se invadissem simultaneamente aquele atravancado segundo andar da rua da Constituição, e não ficou um sequer, muito seguros todos de que haviam comido gambá errado. Foi então que Helmar Feitosa assumiu o cargo de redator-chefe do vespertino e manteve as páginas de letras e artes, com a colaboração dos mais conhecidos artistas, escritores e poetas integralistas e o endosso de Martins Procópio, João Soares e Marcelo Feijó, etílico suíço de quanto movimento reacionário floresça em nossa taba.

Paralelamente ao lançamento do *Meio-Dia*, Godofredo Simas, cuja juventude foi parisiense, punha nas bancas o quinzenário *França Eterna*, no qual 50% do conteúdo procedem do Grande Larousse. Tem tomado muito dinheiro com ele, dinheiro que deixa sistematicamente na roleta ou na bolsa de Neusa Amarante. Altamirano de Azevedo, que comparece invariavelmente com meio palmo de coluna na segunda página, sofre nele como um francês não colaboracionista, e cita Péguy a três por dois. Quando da queda de Paris, Lauro Lago exigiu champanha comemorativo, acolitado por Helmar Feitosa e Altamirano, que botou uma cara lacrimosa:

— A França estava podre!
A explosão de tal júbilo deixou Vasco Araújo um tanto sorumbático como anfitrião. Porque isto se verificou no apartamento do editor, onde se ferrava aos sábados um pôquer amigo, ao qual o despenteado manejador da opinião pública nacional comparecia com relativa assiduidade. Quem me contou o brinde foi Saulo Pontes. Quem o relatou a Saulo Pontes foi Adonias. E quem o pormenorizou a Adonias, como numa corrida de revezamento, foi José Carlos de Oliveira, que estava lá, levado que fora por um parceiro habitual.

25 de agosto

Achegas para uma biografia:
Em 1937 a Juventude Comunista engajara-se na propaganda da candidatura José Américo, pretensamente do Catete mas, na verdade, a espoleta de Getúlio para deflagrar o golpe estadonovista, que já estava na gaveta. Um irmão de José Nicácio percorria o interior alagoano integrando uma caravana estudantil e luzindo nos torneios de oratória. Chegados a Penedo, descendo o São Francisco, já tinham armado o palanque para o discursório e aguardavam no hotel, a expensas da prefeitura local, quando o delegado vai procurá-los — não haveria mais nada! Quê? — espantaram-se. Eram ordens do Rio. O Estado Novo fora proclamado... E sem muitas cerimônias, sob a custódia de um piquete comandado por um sargento de esborrachado nariz, foram remetidos para o Recife, onde ficaram presos um mês num quartel, sem serem ouvidos, e soltos sem nenhuma formalidade.

O pai ainda vivia, embora condenado, mal se arredando do leito, e faleceria até, pouco depois, discrásico e edemaciado. Recebeu-o com cara de poucos amigos:
— Te maltrataram na prisão?
— Não.
— Há. — E ficou por aí.

O rapaz nunca perdoara o pai, acrescenta José Nicácio. O caso foi que, tinha 10 anos, o tio presenteara-o com um carneirinho branco, que era uma beleza. Levara o bichinho para casa. Ao primeiro balido, o pai tomou conhecimento do novo habitante, franziu a testa, não queria bicho no quintal e, insensível às súplicas, mandou passar a faca no carneirinho. Nunca perdoara! E o tio, sertanejo que não admitia desfeitas, cortou com o irmão, nem ao enterro dele foi.

Julião Tavares, ornamento da Juventude, de fogosa eloquência, encontrara-se em idêntica situação na Bahia. Mas o governador baiano, que recebera de braços abertos os senhores estudantes, procedeu um pouco diferentemente do delegado de Penedo — arranjou uns trocados na burra palaciana, deu aos rapazes e mandou-os em frente —, não queria histórias... Eles se meteram por Minas, acabaram no Rio sem que nada lhes acontecesse, menos Julião, que, cauteloso, deixou-se ficar uns dias em Belo Horizonte assuntando a situação.

Em dezembro de 1938, o irmão de José Nicácio desce em Salvador para apanhar a Leste Brasileiro — visitaria a família e desempenharia missão. Levava saco de viagem e mala, a mala pesada de material subversivo — boletins, manifestos, volantes diversos. E na alfândega, contra as praxes, forma-se a bicha para vistoria das bagagens — é que as autoridades, avisadas, andavam fiscalizando entradas e saídas. Viu-se liquidado quando lhe tocou a vez de ficar diante do investigador.

— Que é que você traz aí?

Teve um lampejo! Pegou o saco pelo fundo e entornou-o no chão — sapatos, chinelos, livros, cadernos, roupa suja...

O homem riu:

— Estudante, não é? Bota esta porcaria toda para dentro e vá com Deus.

Saiu com a mala pesada como chumbo, desincumbiu-se do encargo, pegou o trem no mesmo dia — uf! E foi um mês de praia nordestina, com céu azul, mar azul, água de coco.

Volta e aluga, rachando-o com José Nicácio e com um neófito nas hostes da ilegalidade, um quarto de frente na rua Andrade Pertence. Nele promovia reuniões de líderes estudantis e elementos do "pessegueiro", pois assim é que denominava o partido, nele mantinha um mimeógrafo e uma quantidade oscilante, mas sempre ponderável, da produção do mesmo, que elementos para eles inteiramente desconhecidos vinham regularmente apanhar. Certa noite, a janela ficara descuidadamente aberta, e ao voltar de um cinema José Nicácio vê que o quarto fora vasculhado. Ficou gelado — seria a polícia? Mas, só dando por falta de alguma roupa e duma máquina de escrever portátil, convenceu-se de que era um pula-ventana o visitante. E eis que chega o companheiro — estivera antes no quarto, constatara o furto e tinha ido dar queixa no distrito policial; o plantão, que estava sem gente na hora, prometera providenciar no dia seguinte. Pôs as mãos na cabeça:

— Você é um alucinado! Vêm aqui e estamos lixados! E meu irmão?

— Foi dar uma volta. — E o tapado companheiro caiu em si:
— Estamos fritos!

— Ainda não! Vá lá correndo e retire a queixa. Diga que não roubaram nada. Que foi seu companheiro que, sem avisar, levou a máquina e as roupas.

O rapazola saiu voando. O comissário ainda passou-lhe um pito. Mas, por causa das dúvidas, José Nicácio e o irmão deram sumiço a tudo, mimeógrafo para um lado, papelório para outro, um ir e vir durante a madrugada toda e no outro dia, logo pela manhã, largavam o quarto e instalavam-se numa pensão da rua Machado de Assis. Sem apêndice, é lógico! Aquele colega era um espeto!

E na lista do camarada Bangu somente duas células não estavam anotadas, duas células universitárias, que atuavam no Rio, e numa delas os empelicados irmãos tinham função de destaque... Quanto ao mano, stalinista feroz, vive em Maceió, pacato cidadão, à testa dum escritório de representações.

— Trabalhador, decente, uma boa-praça, sabe? Mas nunca quis conhecê-lo por mais que eu insistisse. Achava você muito literato... quá, quá, quá! Um animal!
E tudo isto eu sei há pouco. Quando então apenas desconfiava das suas ligações — calado como um pote.
— Você nasceu com a bunda para a Lua!
— É... Tenho escapado de boas...
— E agora, José?
— Agora ainda não poderemos beber honradamente a nossa cerveja.

26 de agosto

José Nicácio — e isto vai como nótula complementar para os biógrafos — é um destemido provado e comprovado, mas treme como vara verde se tem de espremer um terçol. Quando Gasparini, com mão de magarefe, quis insistir, quase desmaiou no banheiro:
— Vá doer no inferno! Não, chega! Deixa a natureza agir.
A natureza agiu demoradamente. Durante uma semana José Nicácio andou de olho fechado, purgando, mal podendo dormir. E de extrair amígdalas, nem se fale:
— Vou com elas para a cova, umazinha de cada lado!

27 de agosto

"Nosso triunfo é inevitável como o nascer do sol!" — declama o general Marshall com ênfase whitmaniana. E cá, o seu colega Marco Aurélio, tão falastrão, anda com a viola metida no saco. Mas não pensem que esteja quieto — está manobrando por aí. Qualquer dia aparece como o mais lídimo dos democratas, e abiscoita mais algumas condecorações.

29 de agosto

Stalingrado repete a resistência épica de Moscou no ano passado. E Pérsio traz a gravação inglesa da *Sinfonia nº 7* de Chostakovitch, composta durante o cerco de Leningrado. Pelo menos é o que propalam, como se a circunstância conferisse qualidade.

— Fabulosa, não?

— Vamos com calma... Que é que você entende por fabuloso?

A interpelação degenera em vã contenda na qual se mistura tolamente ideologia com arte, desconchavo que grassa sem remédio. E quando ele sai com o disco debaixo do braço, como calmante ponho no prato os *Estudos sinfônicos* de Schumann. Já passava de meia-noite quando prossegui a medicação com a *Sinfonia em si bemol* de Chausson. Luísa piou:

— Você não acha que está um pouco alto?

Os vizinhos que vão bugiar! — foi o que me acudiu replicar. Mas o que fiz foi diminuir o volume.

1º de setembro

Declarado o estado de guerra em todo o país. Várias partes da Constituição deixaram de vigorar por força do decreto-lei ontem assinado.

O ínclito Cléber Da Veiga pode ter espírito uma vez que outra:

— Vão fazer muita diferença...

2 de setembro

A batalha de Stalingrado atingiu extremos de violência jamais observados em toda a guerra e os russos não cedem. Natércio Soledade não é poeta para cantar tal grandeza, mas como poderia deixar escapar a oportunidade de resplender, ele que já tem a sua *Ode ao Spitfire* vertida para o castelhano?

3 de setembro

O DIP não sai dos trilhos com o novo rumo dos acontecimentos e, tão oportuno quanto a musa de Natércio Soledade, promoveu ontem, um grande desfile trabalhista, enxameado de faixas e cartazes, que, como era de se prever, acabou diante do Catete embandeirado em arco. Getúlio, da sacada, sorridente, abanando o braço um tanto mussolinicamente, repetiu, entrecortado de ovações bem regidas, o que dissera com espontaneidade nas escadarias do Guanabara.

Vamos a uma seleção dos dizeres das faixas e cartazes:
"Guerra até a vitória!"
"Honra e liberdade!"
"Glória às tradições cristãs."
"Glória ao Estado nacional."
"Democracia e Justiça."
"Justiça social."
"Abaixo os totalitários!"
"Abaixo a Quinta-coluna!"
"Vitória contra o nazismo."
"Com Vargas sem o nazi-integralismo."
"Queremos um Brasil forte e soberano com Getúlio Vargas à frente."
"União sagrada com o presidente Vargas."
"Agradecemos a Deus a saúde do presidente."

E, sem palavras, um imenso retrato do presidente abria o cortejo monstro, carregado por membros do Sindicato dos Jornalistas Profissionais.

4 de setembro

Black-out parcial no Rio a partir de hoje. Na orla marítima têm de se vedar as frestas de portas e janelas. Cristo, no Corcovado, fica no escuro. O relógio da Mesbla também.

Susana alista-se intrepidamente num curso de samaritanas.

Os preços na feira livre, e Felicidade se horroriza, deram um pulo medonho.

5 de setembro

Detidas mais uma vez, às portas de Stalingrado, as massas blindadas teutônicas, que lançam a destruição e a morte, mas que não conseguem lançar o pânico, a desmoralização. Jacobo de Giorgio conhece a região. Minudente, descreve-a. Aldir pergunta:
— Acha que os nazis passarão?
— Como poderemos saber? Façamos votos que não. Ardentes votos! Se passarem as coisas se complicarão. Irremediavelmente! Liquidarão a indústria de retaguarda dos russos, atingirão a China, ligar-se-ão com os japoneses, dominarão o mundo. — Repete, escandindo as sílabas: Do-mi-na-rão o mun-do!
O ambiente ficou pesado. Um doloroso mal-estar apossou-se dos corações. O jogo seria um escape, mas Jacobo não joga. Apelamos para a música — Hindemith, Bartok, Villa-Lobos, Mignone. Jacobo fecha os olhos para ouvir. José Carlos dorme mesmo.

7 de setembro

Volto da parada, Lúcio queria ver tanques. Cansa muito ser patriota.

8 de setembro

Corto do matutino: "Um grupo de senhoras e senhoritas residentes em Quintino Bocaiúva vem de dar início a uma campanha, no sentido de ser instalado, naquele subúrbio da Central, um abrigo antiaéreo."

9 de setembro

E em 1930. "Um grupo de populares, sob a responsabilidade do cirurgião-dentista Oldálio Pereira, logo nas primeiras explosões, conduziu em triunfo para a redação do *Diário da Noite* uma estatueta de bronze, como troféu de guerra."

10 de setembro

Quando Oldálio Pereira perdeu os gêmeos, e chorava e se lastimava como se estivesse ligado a eles por dilatados anos de amor e convivência, Mariquinhas fez um dos seus últimos diagnósticos: mal-de-sete-dias. Catarina era de opinião que não resistiram aos nomes — Zadir e Zalir.

11 de setembro

Churchill, falando na Câmara dos Comuns, confessou que o governo soviético não está inteiramente satisfeito com o auxílio dos aliados.
Comentário de Marcos Rebich:
— Faz parte do joguinho...
Ficamos de prosa mais de duas horas, hoje, numa mesinha da Brasileira, passarinhando por variados assuntos. Ubíquo, cabreiro, embromador — o que não sabe, adivinha, e sai-se airosamente. Disse divertidos horrores de Julião Tavares:
— Malina criatura!
Achei graça no surpreendente adjetivo. Não poderia adivinhar a razão do meu riso:
— Não é para rir, não, é para chorar. — E repetiu: — Malina criatura!

12 de setembro

Um milhão de homens lançados contra Stalingrado! Mas também os britânicos empregam os "ataques de saturação" — pela sexta vez consecutiva milhares de bombardeiros deixam cair sua carga sobre Düsseldorf. Que poderá restar da cidade?

14 de setembro

Vamos ao cinema, atraídos pelo cartaz em letras garrafais: A MAIOR REPORTAGEM DA GUERRA DESDE A QUEDA DA FRANÇA! 1.000 *LANCASTERS*, OS MAIS PODEROSOS BOMBARDEIROS DO MUNDO DECOLAM PARA A ALEMANHA! BOMBAS DE 2 TONELADAS FAZEM PARTE DO TERRÍVEL CARREGAMENTO! MAIS DE 13.000 TONELADAS DE EXPLOSIVOS CAÍRAM SOBRE A ALEMANHA NOS ÚLTIMOS DIAS! DURANTE 3 HORAS *OS LANCASTERS* SOBREVOARAM BREMEN! INCÊNDIOS DE DOIS QUILÔMETROS DE COMPRIMENTO ALASTRAM-SE PELA CIDADE! BOMBAS IMENSAS DEVASTAM QUARTEIRÕES INTEIROS!

Saímos zonzos dos estouros e do roncar dos motores, sincronização sinistra e dispensável, levando mais uma imagem da angústia, da fúria e da desolação. A luz das ruas baixara de voltagem, os globos estão pintados de preto do lado que dá para o mar. E os músicos de Bremen? — me pergunto. E Emanuel e Glenda? "Uma só morte... o mesmo Inferno e igual Eternidade."

16 de setembro

Revelou-se que mais dois navios foram afundados — o *Barbacena* e o *Piave*, ambos no mar das Caraíbas, o que já não causa sensação. Sensação é Stalingrado, nome que está em todas as bocas, esperança que palpita em cada alma.

17 de setembro

E os dois inocentes, vasculhadoras traças de gafadas bibliotecas, prosseguem, enraivecidos, puristas, alastradíssimos, pelos suplementos acéfalos, a sua polêmica sobre Rui Barbosa!
— E não poderá ser uma fuga? — insinuou o espelho.
— Ora, vá bugiar!

18 de setembro

"Você por acaso fez promessa de não me escrever?" — queixa-se Francisco Amaro com sua letra meio estenográfica. E propõe quesitos bélicos, econômicos, plásticos, poéticos, que o atarantam...
 Querido amigo! Como te explicar certos estados de inação, que necessitariam laudas e laudas, qual autópsia psíquica, quando o próprio estado me tolhe?

20 de setembro

 Em Stalingrado é ordenada a ofensiva de todas as forças de defesa — atacar! atacar! — e o Poeta do 81, não Natércio Soledade, avança com elas, o verso em riste, o sangue em fogo, enquanto eu não arredo o pé da minha apática soleira florida de malmequeres. As famosas tropas siberianas, que salvaram Moscou da derrocada, entraram em ação na grande fortaleza fumegante do Volga e o Poeta do 81, não Natércio Soledade, forma nas suas fileiras, sem elmo e sem couraça, a lira ardente, enquanto não sou mais do que um espantalho, tão imprestável quanto os que Nicolau vende aos ricaços dos Estados Unidos, tomados pelo frenesi de pendurar quadros no *living-room*.

22 de setembro

 É a Primavera, andorinhas, a Primavera! Quem dirá?

24 de setembro

 Avalio o desapontamento de Waldete — deve estar debulhando-se em lágrimas de raiva e decepção, vexame que Loureiro terá de amortizar com muita joia e vestido, e Ricardo com renovados transportes de amor. Uma das relações de que mais ostensivamente se vangloriava era a do conde Edmondo de Robillant, "cavalheiro finíssimo, profundo conhecedor de arte!" e, cá pra nós, um delicioso e estimulante flerte. Pois foi encarcerado na noite passada como espião, espião aliás dos mais vagabundos, e retrato e dados biográficos saíram em todos os jornais.

25 de setembro

— Duzentos tanques deles, ontem, num piscar de olhos, viraram farofa em Stalingrado! (Aldir, eufórico.)
— Duzentos pilas foi quanto me pediram ontem por um termômetro Casela! (Gasparini.)
— Getúlio inventou o trabalhismo e entregou os sindicatos aos seus apaniguados para dominar a massa. Mas atirando no que via, atingiu o que não viu. É o sêmen que gerará o trabalhador como pasta política, como alavanca para a liberação econômica. (Saulo Pontes, em casa de Susana, ao ser lembrada a passeata dos trabalhadores ao Catete.)
— Levará muito tempo... (Um dos Mascarenhas, com o acento reacionário do clã.)
— O sol não tem pressa. (Saulo impedindo qualquer discussão.)

26 de setembro

O *Diário de Notícias*, que sempre andou discretamente às bicadas com a ditadura, iniciará amanhã uma série de entrevistas sob o título "Por que eu deixei de ser integralista". Vai ver, não deixaram... Mas sempre serão salvas as aparências, que o momento é crucial. E tento, de cabeça, fazer uma lista dos prováveis entrevistados, mas por volta do trigésimo sexto me embaralho e abandono o exercício mnemônico. Quando tentávamos, eu e Adonias, estabelecer a relação dos homens que dormiram com Baby Feitosa, paramos confusos em cinquenta e quatro. (Para retemperar a memória, Garcia recomenda a enunciação dos estados da América do Norte por ordem alfabética.)

27 de setembro

Instalaram-se os cursos de defesa passiva. Cléber Da Veiga é uma Susana de calças — inscreveu-se. Em certas esquinas já há tanques de areia que as crianças recebem como esboços de *playgrounds*.

28 de setembro

Vera tem uma amiguinha loura, que mora em frente, e a precocidade da garotinha coloca-me, de mão dada a Elisabete, no proscênio tijucano, personagens de Lilipute, com carambolas, abius, sapotis e balanço na mangueira.

Brincar de comadre era a brincadeira trivial. O mais exaustivo era armar o cenário. Os caixotes eram trazidos do porão para serem mesas, cadeiras, armários, à sombra das árvores do quintal. Cobertores e lençóis, suspensos dos arames para secar roupa lavada com muito anil, faziam de paredes. O fogãozinho de lata, brinquedo de fabricação alemã, era aceso de verdade. Folhas e flores metamorfoseavam-se em manjares, servidos nos aparelhinhos de louça — fabricação francesa — em sequentes visitações, nas quais se falava muito de filhos levados e vadios, sujeitos a infrutíferos corretivos. Madalena não participava da brincadeira sem pintar escandalosamente as faces com papel de seda encarnado, cuja tinta custava a sair, sem equilibrar-se em sapatos de salto alto, que mamãe ou Mariquinhas abandonassem como imprestáveis, assim como não prescindia dos amassados chapéus de plumas e aba larga e de um surrado boá, enrolado no pescoço, cujas pontas manejava com a maior distinção e donaire, numa imitação manifesta da elegante mulher de doutor Vítor. Emanuel ora era pai, ora médico, aplicando injeções nas bonecas, e a seringa era um palito. A Natalina cabia o papel de mãe desnaturada, cuja prole estava sempre em risco de morrer à míngua.

Havia também batizados e casamentos. Batizados das bonecas, com nomes estrambólicos, casamentos meus com Elisabete, e então Emanuel era o padre, oficiando a cerimônia com episcopais liturgias e incompatível latinório. Se Elisabete estivesse se casando de verdade, não o faria com maior emoção e seriedade. O véu da primeira comunhão de Madalena envolvia-lhe a encacheada cabecinha e os olhos de água-marinha perdiam-se, em êxtase, no céu menos azul do que eles. Tremiam os lábios ao dar o sim nupcial. E sinto, ainda agora, pousado na minha, o calor daquela mão, calor de passarinho, melada de caramelo.

29 de setembro

Histórias de Cristininha:
"A formiguinha estava andando, andando, até que cansou e se perdeu. Ela chorava, chorava de fazer dó, e então passou uma lacraia e perguntou a ela onde morava. Ela toda triste disse que não sabia e ela disse para falar com dona aranha. A aranha disse também que não sabia e ela chorou outra vez e até que ela foi andando no mesmo caminho e encontrou a sua casinha."

1º de outubro

Contados nos dedos — e para tão aflitiva operação as nossas mãos servem de ábaco — perfazem 35 dias do assédio a Stalingrado.

2 de outubro

Sempre Stalingrado no alto do noticiário e das preocupações, cidade que antes para nós nem existia e agora é como se defendêssemos o Rio, esta rua, a nossa casa, o futuro, palmo a palmo, tijolo por tijolo, com unhas e dentes.
Os russos romperam as linhas nazistas e atingiram o Don.

5 de outubro

As pirâmides são batizadas. A do largo da Carioca, crescendo a cada hora, chama-se Pirâmide Brasil! Cléber Da Veiga, pernas abertas em cima da lataria, desenfreado, uma estátua equestre sem o cavaleiro, como diz José Nicácio: "Do alto desta pirâmide contemplo quarenta milhões de patriotas desafiando o totalitarismo que é escravidão, mordaça e opróbrio! Sim, gente da minha terra, esta campanha das pirâmides metálicas é, ao mesmo tempo, um repto e uma resposta. Um repto ao civismo dos brasileiros e uma resposta aos inimigos do Brasil!"

6 de outubro

As grandes reformas monetárias: em vez do mil-réis teremos, de novembro em diante, o cruzeiro! O valor permanecerá o mesmo — nenhum! E nunca mais vi correr um vintém! Vintém era moeda do Trapicheiro, alguns ainda com a consumida, pouco perceptível efígie imperial. Cor de chocolate largava nos dedos um fedor ácrido e metálico, mas quanta vez esverdinhado por uma crosta de azinhavre, que a avisada Mariquinhas considerava mortal veneno, intimando que imediatamente fôssemos lavar as mãos. Com vintém se compravam bananas, cocadas, rebuçados, gergelim, folha de papel de seda para os papagaios que se perdiam nos fios da iluminação, com vintém recebia-se o "Deus lhe favoreça" dos cegos e Emanuel, o caridoso, adulava o céu depositando-o nas caixas de esmolas da igreja do Bom Pastor.

7 de outubro

Mais dinheiro para Neusa Amarante sugar — Godofredo Simas conseguiu finalmente uma sinecura nesta casa de orates que é a Prefeitura. Fiel de tesoureiro! Foi a tardia reparação de uma injustiça — era o único dos nossos imbecis que ainda não estava bem colocado. Gustavo Orlando é a inveja gratuita:

— Mais uma safadeza!

E Cilene, de estalo, casou-se com um sujeito riquíssimo, viúvo, trinta anos mais velho, que ficara literalmente siderado por ela, ebúrnea, saltitante, fresca como alface. Soube-o do próprio Gasparini:

— Catraiazinha! Me levou cinco pacotes e me deixou a ver navios!

— Não me tinha dito.

— Vergonha. — E num tom esperançoso: — Mais um cabrão em perspectiva.

11 de outubro

Não há somente a borboleta vindo pousar nos lábios de Aldina adormecida. Há outros milagres volantes, por exemplo, o dos vagalumes neste exíguo quarto do chalé montanhês onde nos refugiamos.

Eram dezesseis, precisamente dezesseis. Enxamearam o teto com sua fria e intermitente luz azul, como estrelas duma nova constelação. Prendemos oito no copo emborcado na mesinha de cabeceira de Luísa e tivemos pela noite adentro a mais maravilhosa das lanternas.

De manhã as estrelinhas estavam mortas.

12 de outubro

A felicidade não é um fim. Mas a alma tem necessidade vital de etapas felizes para se revigorar, assim como o corpo carece de períodos de algidez para sobreviver.

Pinga-Fogo está reduzido a um bagaço, impermeável à salvação.

13 de outubro

Temos tanta matéria utilitária e viscosa para encarar que olvidamos que somos poetas. Aconteceu hoje pela manhã, diante do humilde canteiro. Que emoção funda me sacudiu. Há tantos anos não via um pé de miosótis!

14 de outubro

Fiz uns versos ressumando chuva e melancolia e mostrei-os ao ex-centromédio Antônio Ramos, que na falta de outro se tornara meu confidente literário. Achou-os péssimos (e eram), deslavadamente péssimos:

— Poesia é soneto, caboclo!

E deu-me a ler um, produção sua, *A taça quebrada*, que me perturbou um pouco e que a mim — seu irmão em letras — era comovedoramente dedicado. Muitos anos mais tarde, num sebo, encontrei *A taça quebrada* numa obscura antologia portuguesa. Mas já era tarde para protestar. Por onde andará Antônio Ramos? Por onde andarão Miguel, Guaxupé, Burguês, que tinha os rudes pulsos de um camponês? Por onde andarão Aldina, Doralice, a negra Sabina, Laura, Maria Auxiliadora, que se casou com um cadete? E Elisabete, que terá sido feito dos seus olhos de miosótis?

15 de outubro

Coletânea radiofônica: Torpedeados na costa do Pará o *Lajes* e o *Osório*. Com eles já são dezenove barcos perdidos num total de 82.380 toneladas. Foram tomadas decisões para a abertura da segunda frente, anuncia Roosevelt, mas acentuando que, no momento, não é conveniente declarar como, quando e onde a ofensiva geral contra o inimigo será desfechada. Estão assumindo grande impulso as atividades militares no Pacífico. Atingiu nova fase crítica a batalha de Stalingrado, quando desesperadamente poderosas forças germânicas exercem pressão, mas sempre repelidas.

16 de outubro

A chuva é a carcereira. As árvores parecem verter um verde contínuo e merencório no capim molhado. O córrego, engrossado, mudou a sua música. Friorenta, Luísa enrosca-se na cama como um cachorrinho.

17 de outubro

Rádio: Faleceu de tarde, repentinamente, o cardeal Leme. (Um título me persegue — *A morte chegou para o arcebispo.*)

19 de outubro

Diálogos da montanha:
— Você não quer um picadinho? Está tão gostoso!
— Desconfio de picadinho de hotel.
— Não sabe o que perde.
— Não duvido. Custamos a saber o que perdemos.
— Um pouquinho esotérico.
— O clima favorece.
— E salada?
— Hoje não. Tem azeite pra burro! O cozinheiro calcou na mão. Está tresandando! Azeite português fede mais que bode.
— Que fiteiro você é! Deixe de fita e coma um pouco. Está uma delícia!
— Só com a condição de você comer uma rodela de cebola.
— Engraçadinho! Cebola é muito diferente de azeite. Rrrr!
— Questão de paladar embotado.
— Questão de paladar educado.
— Ora, quem fala! Você não desconfiou que foi comigo que aprendeu a comer, não? Que é que você comia?
— Ovo estrelado, farofa e bife... sem cebola.
— E então!

....

— Tirando os jornais, você quase não tem lido. Os livros que trouxe, e não foram tantos, mal os abriu, e isso não me parece bom sinal.
— Não seja supersticiosa. É falta de disposição apenas. Há tempo de ler e há tempo de deixar os livros fechados, nos espiando como os olhos dos gatos no escuro.
— O que é imagem um tanto bíblica...

— Vá lá! Em compensação, o que não é nada bíblico, tenho matutado à grande. Matutar é fundamental... Assim como filtrar água, encher um silo, selecionar a semente, catar feijão... Um ato fecundo!
— Acredito, não levando em conta o tom de brincadeira para despistar.
— Que despistar! Sou um homem às claras!
— Que usa meia máscara...
— E tenho dormido como se tivesse tomado narcótico. Acho que nunca dormi tanto na minha vida. E é salutar: depura, fortalece, engorda.
— De acordo, pleno acordo, se não é indireta...
— Contudo, não tenho mandriado. Sempre escrevi umas coisinhas.
— Poucas pelo que tenho notado.
— Não é notado, é vigiado, sua guarda-noturna.
— Diurna também.
— Pois está perdendo o seu tempo com a vigilância.
— Mas você não diz que o tempo não se perde, gasta-se? Gasta-se como devia ser gasto o dinheiro...
— Não somente o dinheiro.
— Não me esqueci, acredite.
— Está melhorando... E nem adianta escrever muito. Já devia estar farta de saber. O que vale é escrever, como remédio que para fazer efeito não precisa de grandes doses.
— E está fazendo efeito?
— Exatamente como um remédio. O meu remédio. Elixir ou xarope, não sei, nem importa, mas o meu remédio, maceração das folhas de cada hora, maceração que seu Políbio jamais foi solicitado a aviar na sua lôbrega botica.

....

— Não está se sentindo bem aqui?
— Vou temperando... As montanhas têm qualquer semelhança com os presídios...

— Se quiser voltar, não me importo. É só dizer e num minuto as malas estarão prontas. Eu só me sinto bem quando você está bem, meu filho.
— Cada doente com o seu remédio, não é?
— Cada coração com a sua paz, creio eu.
— Felizes os que creem. Vamos ficando, sabe. Lá ou cá, más fadas há...
— Já me disse isso uma vez.
— Não disse. Li.
— Ih! me desculpe...
— Bela memória!
— Cada qual como Deus o fez.
— Mas sempre é interessante ajudar um pouco a obra de Deus... Tem sido, aliás, o incessante trabalho dos homens.
— Para que gastar ironia comigo? É até covardia.
— Antes fosse ironia!

....

— De uns tempos para cá você parece tão aborrecido, tão enfarado... Me preocupa tanto! Nem queria tocar nisto, porém...
— Seria inútil e você não deve se preocupar. Então não sabe como eu sou?
— Um tiquinho.
— Um mundão!
— Quem me dera!
— Você se engana. Não é aborrecimento nem enfado. É como um esvaziamento, como um pneu furado, como se não tivesse nada dentro de mim.
— Nada?!
— Talvez exagere. Há a tendência de vermos com lente de aumento as nossas próprias complicações. Mas parece que não tenho nada mesmo. Um copo vazio!
— E eu concorro para tal?
— Você?! Não e nunca! Pelo contrário, você é a comporta, a estabilização, a luzerna...
— Que é luzerna?

23 de outubro

Ontem — são os espetáculos gratuitos, como um tombo de bicicleta, um pé de vento levantando a saia duma mulher, um cortejo nupcial com a limusine dos nubentes forrada de cetim cor-de-rosa — realizou-se o primeiro exercício de defesa passiva antiaérea, precedido de renitentes instruções ao povo e para testar o grau de aproveitamento dos inscritos no curso. Extensa área do centro foi delimitada para a coletiva manobra, as sirenes anunciaram, estertóricas e prolongadas, a aproximação de hipotéticos aviões inimigos, escoteiros foram requisitados como convocadas foram as samaritanas com o seu luzido uniforme: Vivi Taveira tinha a elegância de um manequim, Gina Feijó era a compenetrada futilidade, Susana parecia uma barata tonta, as autoridades militares, complacentes, mostraram-se satisfeitas, elogiaram a obediência e a compreensão popular.

Cléber Da Veiga, general à paisana, de um lado para o outro, ordenando, corrigindo, estabelecendo cordões de isolamento, marcialíssimo, suava como chaleira e, dada feita, rompendo a disciplina da sua rígida missão, acenou-me com a ponta dos dedos. Mário Mora, ao meu lado, acompanhava a agitação, pachorrento, o olhar malicioso abarcando tudo, o cigarro babado pendendo do lábio grosso. A certa altura, não se conteve:

— É mesmo um asno completo!

Mas o olho experimentado divisou o corpo esbelto da morena, plantada junto ao oitizeiro qual árvore mais rara e umbrosa, as mãos escondidas nas pregas da saia, a boca como uma posta de carmim.

— Um jambo! Vamos fazer um reconhecimento...

Dois minutos após estava de lero-lero e, pouco depois se afastava na esteira de uma provável conquista, os raros cabelos brilhando esticadíssimos de gomalina.

24 de outubro

— A arte de Villa-Lobos significa a Declaração de Independência musical do Brasil. (Jacobo de Giorgio.)
— Beethoven faz música absoluta, música por dentro e por fora. (*Idem.*)

25 de outubro

Dentro e fora de Stalingrado a iniciativa está com os russos.
— Não param mais! Acabarão em Berlim, esmagando a cobra no buraco dela! — e Ermeto Colombo, num assomo de cólera, esgrime o ar com o punho cerrado.
Tal como Jacobo de Giorgio, já fala fluentemente o português, fluente e velozmente, apenas carregando um pouco nos erres, façanha que admiro e invejo. Já está ensaiando para representar! Mário Mora às voltas, e empolgado, com o elenco, elogia-o:
— Sabe se virar no palco!
— E a espectadora do exercício antiaéreo? — indago.
— Muito mansinha, muito mansinha, mas tirou o rabinho da seringa...
— Logo não "é dos carecas que elas gostam mais..."

27 de outubro

Manchetes: Cedem, na África, as linhas do Eixo em face de impetuosa ofensiva do Oitavo Exército. As unidades siberianas dominam os seus setores na frente de Stalingrado. Chegam os torpedeiros cedidos pelos Estados Unidos à Armada brasileira. Nas ilhas Salomão a luta é intensa.

28 de outubro

A decadência de seu Amílcar (via Pinga-Fogo): de cachaça em cachaça, acabou em Niterói, numa sarjeta. Até roubar, roubou.

29 de outubro

Devíamos perder gente, e não cachorros. Cachorro não fala, não nos atraiçoa, esquece injustiças, não escuma inveja, nem tem medo de Deus.

Fico hesitante — ânsia de amor incorrigível! Diabo seriam as mijadinhas, agora que o apartamento está atapetado, precaução e luxo que não ficaram baratos. Depois... Bem — decido. E entrei na loja. Quando o empregado as colocou no chão para que eu escolhesse (eram quatro), ela caminhou trôpega, desengonçada, alegremente para mim. Era um pouquinho de vida, compridinho, barrigudinho, cor de tabaco, a língua cor-de-rosa. Trouxe-a num saco de papel. Chamar-se-á Doroteia Cabral.

30 de outubro

— Quem não tem filho caça com cão — disse Luísa alisando a salsichinha de calor enrodilhada no regaço.

Pancetti, o materialista:

— Cão tem alma!

Converteu o prêmio de viagem em dinheiro, setenta e dois contos que vai comendo devagar em Campos de Jordão com os pulmões bichados. Veio ver o médico que o assiste, trouxe alguns quadros, de tons cinzentos e tristonhos, como resultantes do seu estado de depressão. Vendeu poucos, os outros distribuiu pelos amigos, dentro da diretiva que lhe foi inculcada pelo mestre polonês que norteou os seus primeiros passos:

— Pinte, pinte sempre, sem se preocupar em vender seus quadros. Um dia seus méritos serão reconhecidos.

Apesar de detentor de um prêmio de viagem, seus méritos ainda não estão reconhecidos senão por um reduzido círculo de entendidos, esta é a realidade. E o que o polonês disse pode ser estendido aos escritores sérios — escrever, escrever, publicar, um dia seus méritos serão reconhecidos. Mas é mais fácil encontrar paredes amigas para pendurar quadros à espera da compreensão do que encontrar editores que se arrisquem — publicar livro custa dinheiro... E livro mofa nas prateleiras.

31 de outubro

A partida está perdida — a frota japonesa retirou-se das ilhas Salomão. José Nicácio empina o copo — Evoé!

1º de novembro

Dia de Todos os Santos e alguns, quem sabe se invocados por Geralda, ajudam a contentar minha latente vaidade que bem andava precisando dum óleo canforado em letra de fôrma — o crítico do *Diário de Notícias* dedica-se nada parcimoniosamente a *A porta*. Tem estirpe, é amável, sensível, fluido, e junta os predicados para mostrar apreço ao contista, não sem deixar de transparecer a simpatia que dispensa ao camarada, no qual ressalta "o claro horror ao metafísico". "A própria morte dos personagens não lhe interessa, senão muito de passagem, como se fosse um episódio da vida deles", escreve (e amanhã é o Dia dos Mortos, e os meus mortos não têm dia!).

2 de novembro

Ensaio, no florista muito embrulhão, a nova ordem monetária:
— Quantos cruzeiros custa a dúzia de agapantos, seu Joaquim?
O português, peludo latagão sobre socos, é velho conhecido:
— Para o "doutoire" custa trinta, mas não sei a cor que têm. Ainda não vi nenhum!

6 de novembro

Os meus mortos reclamam mais mortos. Ontem, Ataliba, metido em vão durante dois dias na tenda de oxigênio, e a necrópole ainda guardava murchos, secos vestígios da saudade dos vivos.

Hoje, Florzinha, de repente, quando tricotava para netos postiços. Foi para os jardins do céu, campos e campos de boninas, mas se esqueceu do velho regador. Quando Mimi irá levá-lo?

7 de novembro

Os epitáfios que não serão gravados: "Aos lançamentos da vida não se aplica o sistema de partidas dobradas" e "Era como a flor mimosa da campina", para os mageenses Renato Ataliba da Silva Nogueira e Florisbela de Lima Rebelo, respectivamente.

8 de novembro

Fogem desordenadamente pelo deserto africano as forças esfrangalhadas de Rommel, raposa de cauda entre as pernas.
A Casa Branca, que não é da serra, anuncia que foi aberta a segunda frente... na África! (Os aliados desembarcaram nas colônias francesas.)
Cria-se o Banco de Sangue. E Adonias posando de faceto:
— É a capitalização da sífilis!

10 de novembro

O gracioso bailado das contradições sem protesto: guerra ao Eixo totalitário da direita e vasta programação de festejos para comemorar os cinco anos da ditadura doméstica, nos mesmos moldes das combatidas, apesar do saiote trabalhista com que se apresenta o dançarino principal.

12 de novembro

A França sofreu ontem a suprema humilhação, tal é a opinião de Saulo Pontes já em paz com a filha e o genro de contrabando. É que levado ao desespero pelo êxito dos aliados, Hitler decretou o fim do governo de Vichy e ordenou que as suas tropas invadissem a zona não ocupada. Laval, provavelmente, será o *quisling* da França, aventam os comentaristas internacionais. E um novo personagem entra em cena apoderando-se dos principais portos africanos do Mediterrâneo — o general Eisenhower.

13 de novembro

De outra preciosidade encontrada no sebo: "A respeito de dentaduras penso ser útil advertir às minhas leitoras que é um grave erro tirá-las para dormir." (*Les grands secrets de beauté et de charme*, por Sarah Xantés.)

14 de novembro

"O quinteto atacante rubro-negro obedecendo a uma cadência harmônica..." — Da crônica esportiva.

"O pincel de Nicolau é batuta segura e consciente — sabe tirar com inexcedível maestria os mais finos acordes dos terras e dos amarelos, sabe conduzir os semitons em vibrante crescendo..." — Da crônica plástica.

"É nos meios-tons, nos *smorzando* que o poeta atinge a sua plenitude melódica..." — Da crônica literária.

"Uma sonata azul-rei era o vestido de Vivi Taveira..." — Da crônica social.

15 de novembro

Conversava-se no fundo da livraria... A Academia tem atitudes surpreendentes. Haja vista quando elegeu o Poeta no primeiro escrutínio e o Poeta formava entre os que mais se destacaram na luta contra o oficialismo literário e mais ridicularizado fora pela crítica da casa.

— E o Poeta pertence à literatura! — acrescenta Ribamar, que não está muito à vontade nela. — E lhe foi poupada a humilhação de solicitar determinados votos.

— Em contrapartida, o Poeta ficou imediatamente acadêmico — grasna Gerson Macário.
— O uso do cristel deixa a bunda torta. — E Gustavo Orlando sabe que Gerson o despreza abertamente: — De maneira que você pode ter esperanças, mancebo!

16 de novembro

— Coca-Cola? Está geladinha...
— Não, obrigado.
— Que nariz torcido! Não gosta?
— Não é que não goste, mas ainda sou do tempo do refresco de caju, Susana.
E ela, que também é:
— Reacionário!

17 de novembro

— Você acha que eu fiz mal em não trazer as crianças? (Eurico, no enterro de Ataliba.)
— Pensei muito. É preferível ser infeliz, mas rico. (Loureiro, no velório de Ataliba.)
— E você é infeliz? (Adonias, irônico, quase invejoso.)
— Loureiro tem razão. Razão ao quadrado. Merda é ser pobre. (Gasparini, a fisionomia cansada pelos dois dias insones junto do amigo, que custou a finar-se.)
— Dois dias e duas pessoas queridas que perdemos! É estranho, não? (Eurico, no velório de Florzinha.)
— Para a morte não há nada estranho. Qualquer dia seremos nós...
— Um atrás do outro será exagero... (Eurico.)
— A polícia andou atrás de Marcos Rebich, mas ele conseguiu escapulir. Acho que foi o Nicanor de Almeida que o safou e escondeu. (José Nicácio.)

— Deploravelmente, a polícia é mal necessário. Mas não confundir polícia com justiça, nem justiça com cesarismo! (Papai a Ataliba, manifestamente florianista, há muitos anos.)

18 de novembro

O senil Pétain dirigiu uma mensagem aos franceses condenando a atitude do almirante Darlan e do general Giraud, que se passaram para os aliados com armas e bagagens: "No momento em que foi atacada, a África Setentrional outorgara ao almirante os poderes necessários para defender a soberania francesa..."
— Pétain está de miolo mole, Darlan é um sacripanta, Laval é uma víbora, e com tais legumes é que se serve a salada francesa regada com azeite italiano e vinagre alemão, desgraçada França! — e Luís Cruz é um homem ferido, cabeça que com toda a lucidez não percebe que a França que ama, que nós amamos, não é esta nem com esta se confunde.

19 de novembro

Proibido de fumar, de tomar café, de tocar em comidas gordurosas, de usar sal — a vida insípida! —, Ataliba ia tenteando as mazelas com um médico do bairro, vizinho de quarteirão, prestimoso e calejado, que o atendeu quando se sentiu mal logo que empurrara o mingau de maisena. A caçula, que morava no Méier, foi chamada e não veio de bom grado, não gostava de deixar as crianças sozinhas com a ama-seca, não tinha a menor paciência para lidar com enfermos:
— Sempre querendo pregar susto na gente à toa, não é, papai?
— Sentia-me muito só, minha filha. Esta empregada é boa moça, mas é pra lá de pamonha, não sabe fazer nada. E o peito dói muito.
— O doutor não te medicou?
— Deu-me uma injeção e mandou que continuasse com as gotas.

— Pois é isto. Ele sabe. Foi uma indisposição. Vai passar logo.
— Não melhorei nada.
— O que você quer é mimo. Feito uma criancinha...
Ataliba tentou sorrir, a crise se agravou — dor e dispneia, dor como se o peito fosse arrebentar, a vista turvada, um formigueiro nos braços.
— As coisas estão ficando pretas, minha filha. Chame o Gasparini depressa. O Gasparini dá jeito. Este médico é um pateta — disse, e foi a sua última fala.
Gasparini não tardou. Encontrou o velho já inconsciente, aplicou-lhe injeções, compressas nos pés intumescidos, providenciou oxigênio, franziu mais o sobrecenho:
— Prepare-se para o pior, minha nega.
Ela pareceu se surpreender:
— Mas é tão grave assim, Gasparini?
— Será que não desconfia? Gravíssimo! Desta não creio que saia. Sinto imenso, mas não sei como possa recuperá-lo. Está em coma.
Ela, de luto fechado, sem pintura, sapatos de entrada baixa, prorrompeu num pranto que somava aflição e remorso:
— Quanta desgraça junta, Deus meu! — Fez uma pausa, mostrou-se expedita: — Não seria bom chamar a Assistência?
— Se chamar o Corpo de Bombeiros dará no mesmo.
— Não quis ofendê-lo.
— Não me ofendi. Mas creio que tenho crédito, como médico e como amigo, para considerar despropositada a ideia.
As lágrimas redobraram. O fétido repentino subiu dos lençóis, Gasparini tirou o paletó, arregaçou as mangas da camisa, paciente, limpou a incontida defecação. E a bala chegou, pesada, pintada de alumínio, para guerrear a inimiga, ficou como um pequeno obelisco ao lado da cama borrifada de água-de-colônia. Gasparini colocou o aparelho no nariz do moribundo, abriu a torneirinha, foi me telefonar:
— O nosso Ataliba vai espichar o pernil, meu caro. Não há nada a fazer. Achava bom você despachar-se pra cá. Só está aqui aquela débil mental que você sabe.

Não perdi um minuto. Na ponta da rua encontro a empregada, lacrimosa, com um monte de recibos do Correio na mão — a viúva do oficial de Marinha já a havia mandado passar telegramas para os irmãos e cunhados. Nenhum deles chegou a tempo para o sepultamento, dois dias depois, no Caju, sob um pálio de urubus. Alguns vieram logo após o inventário — afinal a casa era própria, com um recheio ainda considerável apesar da retalhadura que sofrera com o casamento dos filhos e o falecimento da mulher, e havia um lote em Campo Grande, com pedreira explorável, um outro em Mangaratiba e uma nesga de terra em Magé, da qual Ataliba jamais quisera se desfazer.

Penso no crítico — de que maneira poderei encarar a morte do guarda-livros Ataliba senão como um último e inconsequente episódio contábil da sua existência honrada, diligente e apagada?

20 de novembro

Nem deixáramos Ataliba no seu jazigo de mármore e anjo e Florzinha é que embarca sem aviso e sem tumulto. Mimi é quem conta:

— Estava tricotando uns sapatinhos, de repente, as agulhas pararam, o novelo rolou para o chão, eu olhei, ela enfiou o queixo no peito e estava morta, sem um gemido, sem um estremecimento, sem nada. Morreu como um passarinho!

Passarinho parecia a defunta, passarinhozinho gelado e feio, o nariz bicudo, as patinhas agarrando o rosário, encolhidinho no caixão de chamalote roxo.

Penso no crítico — que foi para mim a morte da velha prima e generosa amiga senão o derradeiro ponto de um prolongado tricô de abnegações e mansos sacrifícios?

21 de novembro

A ínfima luz que vem da encardida luminária no corredor, os conciliábulos, o cheiro rançoso da cera queimando nos tocheiros e o odor enjoativo das angélicas, que provoca reminiscências mortuárias, me mareiam um pouco. Precisava de ar puro. Deixei Loureiro no sofá de medalhão e bamba palhinha, saldo do mobiliário em jacarandá e vinhático dos Ibitipocas, cujos retratos, em imperiais molduras, contemplavam o vulto da finada parenta e conterrânea, e saí para a noite forrada de estrelas, com a fuga do gato no muro, cantos a desoras de galos suburbanos, voos de morcegos e presença de corujas no sapotizeiro. Loureiro tem atos comovedores. Girando em outras e mais altas esferas, que lhe importava Florzinha, gramínea das planícies encravada na Boca do Mato? Mas deu um pulo no velório, esperou o enterro no portão do cemitério, segurou na alça do caixão por alguns metros do percurso de escassos acompanhantes. Surpresa, porém, fora a evaporada Nilza comparecendo com uma coroa para Ataliba: "Sentida e saudosa homenagem da amiga..." O ex-marido não pôde conter o riso:

— Muito distinta... Quem imaginaria, hem?

Sentei-me no banco...

22 de novembro

Sentei-me no banco... A madrugada tornou-o frio como uma lousa. Para ele Florzinha, amparando-me, me levava a fruir o gostoso sol da manhã ou o frescor vesperal embalsamado de resedá:

— Mais um pouco e você virá sozinho.

Duvidava, embora sentisse que melhorava, e ela animosa:

— Cada dia você parece mais desembaraçado, mais firme.

— Ainda sinto dor.

— Dor nervosa, você bem sabe. É preciso vencê-la.

— Tenho me esforçado.

— Não digo que não. Tem. Mas é preciso mais tenacidade, mais persistência, vontade mesmo. Ser perro, perro! Honrar o nosso sangue!

Era o velho orgulho do sangue mageense e blasonado, agora coágulo imóvel nas suas veias azuis.

— Você é um anjo, Florzinha!

— Carregadinho de pecados...

Robertinho se ajeitava ao meu lado, muito homenzinho, conversava a mais não poder, atendia-me com educados ademanes — um jornal, uma revista, os cigarros que esquecera na mesinha de cabeceira. Sempre fora débil, doentio, às voltas com os médicos, tão diferente de Rosa, sanguínea, espadaúda, grandalhona. Esperava por Florzinha no branco jazigo da família.

24 de novembro

O Oitavo Exército não encontra mais resistência alguma no deserto — é faca na manteiga. O território tunisiano está em mãos aliadas assim como Dacar, onde em 1918 a gripe espanhola esperou os marinheiros brasileiros para dizimá-los. Formou-se um anel de aço envolvendo a Alemanha — é a imagem de Débora Feijó, que fez uma surtida aos domínios de Adonias. Fritz, desgastado, lança-lhe um olhar de desdém, torpedo que não atinge o alvo, se perde entre pratos e terrinas. E procuramos Guadalcanal no mapa. Não retemos muito a geografia dos antípodas, graceja Euloro Filho, que acompanhara a escritora. Encontrei — é a mira dos ianques.

26 de novembro

Tout court: Stalingrado completamente livre do cerco alemão!

28 de novembro

Traída mais uma vez a França de Pétain. Hitler deixa de cumprir a promessa de que não ocuparia Toulouse e envia forças para se apossar da importante base.

— Quem faz a Deus, paga ao diabo — é o lugar-comum de Susana.

— Estão pagando... com juros! — ajunta o primo banqueiro, quadrado e nasicórneo, à sombra do *flamboyant* de Marcos Eusébio.
— Tem que se admitir que é base vital para ele. Guerra é guerra.
O financista da família torce a bicanca:
— Lérias!
Não sei que fraqueza me arrastou para o salão vazio e indefectível chá. Florzinha foi evocada.

30 de novembro

Faço uma arrumação e um expurgo nas estantes — quanta poeira há acumulada por trás dos livros! — e Aldir carrega alguns volumes excedentes. Foram descobertas relativamente tardias: George Eliot e Kielland, o norueguês... A letra de Catarina, numa dedicatória, me produz um estremecimento e, por mais que queira resistir, me invade uma imensa saudade.

1º de dezembro

Luísa, a patinha, no lago de tapetes, esmaga de ternura Doroteia, que latiu pela primeira vez.

3 de dezembro

"Rosa da Esperança" ou "Mrs. Miniver" é o mesmo mistifório piegas sobre a guerra, que arranca lágrimas da plateia, e o cenário é a Inglaterra dos bombardeios. A bela Green Garson — e dizem que é ruiva! — sofre muito com aquela maquilada dignidade cinemática que Hollywood padronizou e impinge como produto dos estúdios para o esforço de guerra, esforço psicológico que não esquece a bilheteria. Faço o meu de suportá-lo.
— Que abacaxi! — desabafo na saída.
— Ótima!

— Qual, Luísa, cada vivente com as suas congênitas deficiências. Não aceita um sorvete para completar o opróbrio?
— Claro! E de creme.

4 de dezembro

Conto meus defeitos com provável imparcialidade e faltam-me dedos. É inútil retentar melhorar-me. Morremos como nascemos.

5 de dezembro

E o perigoso é que descubro um leve ar de moralista nas minhas paixões. Isto é mau. Devemos ser morais. Moralistas, não!

7 de dezembro

Batalha de aniquilamento da Wehrmacht na Rússia.
— Fogo neles! — berra José Nicácio, e Doroteia se assusta.
— Parece minha filha mesmo, não é, José Nicácio? As mesmas perninhas curtas... — brinca Luísa.
E as dores costais, que se anunciavam, aparecem mesmo, me impedem certos movimentos — mal vai ela.

8 de dezembro

O bicho-homem é inventivo, está sempre magicando coisas. Existe agora um combustível chamado álcool-motor que, segundo Gasparini, é esplêndido para entupir carburador. Ricardo Viana do Amaral tem-no como outra fonte de lucros para a usina paterna.

9 de dezembro

Só tenho uma vontade — não sair da cama.

10 de dezembro

— Darlan não é flor que se cheire. Não se deve confiar nele. O general Catroux tem carradas de razão quando diz que tê-lo pelas costas é tão arriscado quanto ter um general nazi. (Marcos Rebich, já livre de encrencas.)
— Já sei. É uma espécie de general Marco Aurélio francês...
— Com menos cultura... Com menos cultura... (Marcos Rebich.)

13 de dezembro

E dizer-se que Luísa gosta de Coca-Cola!

15 de dezembro

Cálido, com cigarras que nos remontam a outros estios, dezembro traz lembranças natalinas, desapiedadas algumas.

Era sábado, a casa já havia corrido as fragorosas portas de aço para a rua Gonçalves Dias — a primeira loja nada-além-de-dois-mil-réis que a cidade conhecia e apinhava —, mas os empregados continuavam lá dentro empenhados na azáfama ornamental — festões, grinaldas, coroas, guirlandas e sinos — porque na segunda-feira começaria a semana de vendas de Natal, e Natal, antes de mais nada, é um bom negócio.

No meio da loja, dominando os balcões, erguia-se a enorme árvore artificial. Penduravam-se os enfeites — brinquedos, bolas, estrelas, fios prateados, lampadazinhas elétricas e de cor. Súbito, o curto-circuito — estalo e labareda! O que era celuloide explodiu! O que era papel incandesceu! Em poucos minutos tudo era chama crepitante, brasa, depois cinza.

Os bombeiros vieram, mas não havia água! Queimados ou asfixiados pelos venenosos gases, morreram onze empregados, dos quais oito eram moças. Assim morreu Solange. E quem se lembrará ainda de que ela era bela e amorosa, de que seu riso era fresco e cantante?

16 de dezembro

Os jornais estamparam o mesmo retrato de Solange, busto só, a flor de pano ao peito, a boca pintada em formato de coração, os brincos descomunais caindo até os ombros, e na testa aquele anzol de cabelo, que se chamava pega-rapaz, com o qual ela não pescara, aliás, senão alguns almofadinhas, lambaris astutos, que mordiam a isca para depressa cuspi-la.

Que impressão poderá causar, daqui a cem anos, a alguém que se lembre de folhear estes jornais, o rosto daquela moça, de lábios carnudos e olhos espantados, que morreu queimada?

18 de dezembro

Miguel Torga — eis um escritor que merece atenção. É rústico, aldeão como o melhor Camilo. Vamos mandá-lo a Francisco Amaro como contribuição natalesca. E, para Garcia, *A família de Pascoal Duarte*, de Camilo José Cela, que é um pícaro legítimo, e os pícaros fazem falta.

20 de dezembro

Invadida a Birmânia pelas forças imperiais, oito meses após a derrota lá sofrida. Voltam ao local dos crimes — é o comentário de Gerson Macário, um tanto abatido, a barba por fazer, os punhos puídos, "uma bicha infecta", no enciumado desprezo de Fritz.

24 de dezembro

Bismuto.

25 de dezembro

Assassinado ontem, em Argel, o almirante Darlan. Durante muito tempo apoiou o Eixo. Quando da recente invasão do Norte da África, aderiu sem maiores cerimônias aos Aliados. Nem tudo que cai na rede é peixe...

26 de dezembro

Arrasadora a ofensiva russa na frente central do Don. Em sete dias, cento e quinze quilômetros.
— Como daqui a onde, Gasparini, você que entende de quilometragem? — pergunto para não parecer calado demais.
Gasparini trouxe um perfume francês para Luísa:
— Garantiram que é legítimo. Se não for, lavo as mãos...
Contemplou-me com um aparelho de barba, último modelo, mais seguro e mais prático. Aposentarei o meu — serviu bastante. Irá na sua caixinha metálica para a gaveta das bugigangas sentimentais — foi um presente de papai, quando a barba me saiu entre vermelhidão e espinhas.

27 de dezembro

Mais bismuto. O músculo reclama.

29 de dezembro

Roosevelt determinou todas as honras funerárias para Darlan... — o que pode ser uma nódoa. O assassino foi julgado e fuzilado... — o que pode ser outra. Um fanático, anunciam os telegramas.

31 de dezembro

Hoje será uma noite com amigos, uma noite de paz com a guerra em nós. Talvez nos picará a ausência de Ataliba, mas certo nos adaptaremos a ela como nos acostumamos à ausência de Garcia, cada um morto a seu modo. Eurico telefonou dizendo que chegaria atrasado, porém chegaria. Sinto-me fatigado, a alma pesada, mas vou repousar um pouco e procurarei ser bom hospedeiro. Luísa e Felicidade se esbaldam na cozinha — Gasparini exigiu empadinhas, Adonias intimou um prato de mães-bentas só para ele. As garrafas já se encontram alinhadas no aparador à espera dos consumidores e já pensei até que sejam poucas; não provarei uma gota, o que José Nicácio me agradecerá: estúpido desperdiçar, beber é para quem aprecia! Vera e Lúcio estão assanhadíssimos.

1943

1º de janeiro

Um ano é um ano, é um ano, é um ano, como a consumida rosa de Gertrude Stein. Com mais espinhos, por certo.

3 de janeiro

Vou andando, Adonias talvez queira dar uma volta. O sol não aquece o coração. Enche-me os dias, enche-me as noites, infindáveis, infindáveis, o tantã soturno do desejo e, afinal, é melancólico, burlesco, desconcertante, esse frio bolero. Não sei que possa atenuar o mudo desespero, o carnal desassossego, senão o rir insensato das coisas, dos homens, do sobrenatural.

4 de janeiro

Oldálio Pereira, cujo consultório irradia ácido fênico, está ficando positivamente chato com a mania do espiritismo:
— Você é um bom médium, um médium muito forte. Sem o saber, é claro. Precisava se desenvolver, ser doutrinado...
— Ora, Pereira, vá chacoalhar outro!
— O seu dia chegará... Cada um tem o seu dia. Olhe o João Herculano! Também não acreditava e agora com a morte do filho...
— Mas o que é que tenho de comum com esta besta?
— Seja humilde, amigo!
— (Eis um defeito que realmente pareço não ter.) Não basta a humildade de abrir a boca diante dos teus boticões?

5 de janeiro

E no segundo uísque...
— Uísque para o miocárdio! — bradou Loureiro, já faz tempo.
— E para o gosto também, não é, Maria Berlini?
Ela, de azul, anafada, confirmou com a cabeça:
— É.
E no segundo uísque Loureiro contou o caso estranho, acontecido quando tinha 10 anos. O pai (já falecido) acordara à meia-noite em ponto gritando: "Marina morreu!" Ninguém mais dormiu. Logo de manhã chegava o telegrama. Marina morrera. Era a sua única irmã, sete anos mais velha, que fora passar uns tempos na fazenda de uns parentes em Juparanã. O automóvel em que vinha de uma festa, numa fazendola vizinha tombara numa ribanceira, justamente à meia-noite. Foi a única vítima e os sobreviventes garantiram que ela só teve um grito: "Papai!"

6 de janeiro

Maria Berlini foi uma das vanguardeiras das calcinhas de seda preta com renda. Dava razões.

7 de janeiro

E Vivi Taveira também tinha as suas:
— Acredite, meu querido. Amar não é prático.
Vivi Taveira continua provocante, cheia de dengos, oriundos dum longo e bem-sucedido hábito de seduzir. Brilha na sociedade, forma na primeira linha das elegantes, põe chifres no ministro — amar não é prático.

8 de janeiro

— O retrospecto de 1942 é alvissareiro. Os Aliados, da defensiva, passaram à ofensiva. (Saulo Pontes, uma pitada conselheiral, não nas palavras, mas no modo de dizê-las.)

— São uns heróis os russos! Dignos repetidores da epopeia de *Guerra e paz.* Abriram o ano com tríplices vitórias... (Cléber Da Veiga se insinuando entre os russófilos.)
— O bonde nos custará mais alguns tostões! (Eurico, que tem que contar os dele.)
— O sonho hitleriano de abocanhar as jazidas de petróleo de Baku e ligar-se aos japoneses pela Sibéria transformou-se em pesadelo. (Marcos Rebich.)
— De conformidade com as ordens de Hitler, qualquer unidade que abandone as suas posições sem ordem prévia torna-se passível de severíssimos castigos. Isso quer dizer que já houve insubmissões... (Pérsio Dias, o arguto.)

9 de janeiro

— Os fósforos passaram a dez centavos — previne-me o charuteiro. Faço tilintar os níqueis que faltavam no vidro no balcão:
— Para começo de conversa, não é?

11 de janeiro

Um dos frutos da guerra, o racionamento, que começou para impressionar o povo, acabou sendo o mais rendoso negócio dos ricos. Os açambarcadores se enchem. Os vendeiros tornaram-se insolentes: "É se quiser!..." — e já se sabe que é pelo câmbio negro e com filas de se perder de vista. Luísa desespera-se em pura perda. O dinheiro nunca chega. As empregadas rareiam na casa dos amigos, trocando o serviço doméstico pelo fabril, que rende mais com menos horas de trabalho. As poucas que sobram são relaxadas, desaforadas, ou desajeitadas matutas atraídas da roça pela alta dos ordenados. Ainda bem que Felicidade é uma rocha entre panelas, e se não fosse econômica, quase sovina, estávamos no mato sem cachorro.

13 de janeiro

E o governo concorda com a carestia e eleva o salário mínimo para 300 cruzeiros. Gastai, brasileiros!

14 de janeiro

Realizou-se ontem um exercício de alerta diurno na Zona Norte. Mário Mora, por acaso, presenciou parte da manobra:
— Marcial e familiar...
— E você não atracou nenhuma morena?
— Fracassei. Tentei, mas fracassei. Uma zinha invulnerável!

15 de janeiro

O espelho respondeu na tarde morta:
— Fracasso!
Entrava o samba pelo rádio como um eco, renovando a saleta do passado "na angústia que não posso recordar".

16 de janeiro

O telefone chama com insistência — quem poderia ser àquela hora? Certamente seria engano. Não era — era Francisco Amaro. O carro reinara na estrada, somente naquele momento estava chegando. Sabia que eu estaria acordado, tinha uma coisa muito importante para falar, poderia recebê-lo? Que pergunta! Venha.

17 de janeiro

Meia hora depois Francisco Amaro chegava, se desculpando da chateação que me dava, vindo me importunar tão tarde da noite, mas é que estava aflito, tinha um favor a pedir, e não poderia se demorar mais que um dia. Pretendera chegar cedo, mas a estrada estava intransitável, atolara duas vezes e o diabo do motor enguiçara na subida da serra, tendo ficado parado mais de quatro horas à espera de socorro.

— Você parece pateta, Chico. Quando é que você me importuna? Que é que você quer? Gostaria só que estivesse ao meu alcance.

O assunto era o seguinte: O ginásio local estava caindo de podre e ameaçado de não poder funcionar dentro das novas disposições ministeriais; o proprietário, velho e conceituado professor, não se sentia disposto a fazer uma reforma geral que o colocasse dentro das exigências legais — já se sentia muito doente, muito alquebrado, para enfrentar uma obra de tal monta, que o obrigaria a continuar à testa do estabelecimento, quando era seu propósito irrevogável aposentar-se, pois que quarenta anos de magistério já fora carga bem pesada, que merecia descanso.

Na iminência de a cidade ficar sem o seu tradicional educandário, houve um movimento para adquiri-lo e reformá-lo. Mas tudo teria ficado em acaloradas discussões se Francisco Amaro, apoiado por seu Durvalino, não tivesse se posto à cabeça da coisa e comprado o ginásio, por quanto o velho mestre pediu. Reformar somente o prédio, adaptá-lo às novas exigências, pareceu-lhe, porém, pouco e sempre precário. O terreno era imenso e ótimo, na entrada da cidade, com reservas florestais e até água própria, pura e abundante. O melhor era construir um edifício à altura, uma obra que desse o que falar, que fosse um orgulho para a cidade. Grunberg topou a parada e fizera uma planta monumental, de impecável beleza plástica e duvidoso rigor técnico. Mas a construção de tal projeto requeria, pelo menos, dois anos. E a cidade não poderia ficar privada, durante esse tempo, do seu ginásio. Fazendo uns remendos no caduco casarão, conseguiu do Ministério o funcionamento em caráter provisório e cujo prazo terminara em dezembro. Infelizmente, o vulto do empreendimento e as dificuldades para a aquisição do material, mormente ferro e cimento, sujeitos a homeopáticas cotas, eram tais que antes de um ano seria humanamente impossível terminar a obra. Requereu, portanto, ao Ministério o prolongamento da licença provisória e, quando cuidava que fora atendido, como seria lógico, dadas as ponderáveis razões que apresentara, recebera, pelo inspetor federal lotado no estabelecimento, a alarmante notícia de que a Diretoria do Ensino Secundário, mergulhada no oceano de burocracia e de irrealidade, negara deferimento ao pedido. Pusera as mãos na cabeça — como descascar aquele abacaxi? Discutir com o Ministério levaria tempo e correria o risco de perder, que a imbecilidade na negativa era prova bastante do absurdo critério que o regia. Ir a Belo Horizonte falar com o soba estadual era mais demorado e complicado ainda. O homem era um alucinado, só pensava em mulher e boi zebu, passava semanas fora do palácio, no Rio, em Poços de Caldas, em Araxá, não atendendo a ninguém, e não permitindo que seu secretariado de cabresto tomasse qualquer providência, a mais urgente, inadiável que fosse. O negócio era ir logo direto a Deus — pedir ao Getúlio. O presidente era mais acessível, compreendia certos problemas, sustaria seguramente a bestialidade ministerial. Mas como chegar rápido ao presidente? Não era fácil, nada fácil. Nunca se metera com gente política, vivia no seu canto, tratando dos seus negócios. Foi quando Turquinha se lembrara de mim — era impossível que eu não me desse com alguém importante no DIP...

— Bem, Chico, não posso te garantir nada, porque também não sou nada. Contudo o chefe da Divulgação é pessoa inteligente, esclarecida, e parece me dispensar alguma consideração. Pelo menos até agora não posso me queixar. Continua para comigo tal como no tempo em que era um joão-ninguém. Jamais me viu que não viesse me cumprimentar, trocar dois dedos de prosa, recordar episódios passados, ao contrário de outros, que situados muito abaixo dele na hierarquia estadonovista passaram a me desconhecer como se eu fosse cocô de galinha. Tenho esperança. Vá dormir sossegado, descansar esse lombo. Amanhã iremos falar com ele. Garanto que não precisará ser recebido pelo presidente para resolver seu caso. Se ele quiser, resolverá imediatamente e com um simples telefonema.

Dito e feito. Às duas horas, estávamos no Palácio Tiradentes, onde funciona o DIP, e o velho camarada atendeu-nos tão pronto chegou — não deixava intelectual esperar nem um minuto sequer. Foi falar com o diretor e em dez estava tudo explicado e decidido. Ajeitou a rebelde cabeleira romântica:

— São uns cavalos! Uns analfabetos! Vivem complicando a vida do presidente, criando entraves cretinos à administração, ao progresso, à cultura. São incapazes duma solução, a mais simples, a mais cristalina que seja. Fazem cair tudo em cima das costas do presidente! Não têm a mais elementar noção de equidade, de flexibilidade, de discernimento. É duro governar com uma cambada destas!

E com um gesto instintivo apontou a suprema vítima de tais energúmenos. Era um retrato enorme, retocado, sorridente, o sorriso do otimismo ditatorial, otimística e ditatorialmente colorido — retrato que, em todos os tamanhos e formatos, se pendurava compulsoriamente em todas as repartições federais, estaduais, ou municipais, em todos os quartéis, em todas as escolas, creches, hospitais, bancos, casas de diversões, lojas, bares, botequins, em todas as paredes disponíveis do Brasil.

Uma das secretárias — e havia dezenas! — foi convocada por campainha, serzinho frisado, maquiladíssimo e suficiente, que incontinenti se pôs em contato telefônico com o Ministério da Educação. O ministro não estava. Teria ido à inauguração de mais um retrato ou busto presidencial. Mas o jovem oficial de gabinete, dinâmico e ventilado, compreendia a extensão da iniquidade — eram uns bárbaros! Que fôssemos sem mais tardança à sua presença e sairíamos com a coisa na mão. Daria ordem na portaria para a nossa admissão imediata.

O chefe da Divulgação descansou o fone:

— Tudo arranjado!

Agradecemos e ele acendeu mais um cigarro, fumante inveterado:

— Vocês mandam! — e nos conduziu até a porta do gabinete, abraçou-nos: — O Vasco Araújo me deu o livrinho de histórias que você fez com o Mário Mora. Saborosíssimo! As crianças, lá em casa, adoraram! Um grande artista o Mário Mora! Estive até pensando: por que vocês não tentam fazer uma coisa cá pra nós? Temos uma infinidade de publicações, você sabe, pagamos bem, mas infelizmente a maioria delas deixa muito a desejar. — Abaixou a voz: — Talento não se improvisa... Mas você e o Mário Mora poderiam nos dar uma coisa realmente boa! Episódios da vida do presidente contados para crianças, quem sabe? Não é uma ideia?

— Vou falar com o Mora.
— Sim, fale. Seria ótimo! Pense nisto. E apareça.

Às três horas éramos atendidos pelo oficial de gabinete, gaúcho cativante, loquaz, bem-humorado, particularmente janota. Às quatro saíamos, Francisco Amaro estava servido, veio cá em casa para se despedir de Luísa, e às oito, o motor convenientemente repassado, já se punha a caminho de casa:

— Devo-te mais esta maçada.
— Mais deva e pague com linguiça!

Mercedes é mestra na arte de fazer linguiça, mestra consumada! Francisco Amaro não vem ao Rio sem que me traga farto pacote, nem perde portador para uma remessa, atenção que desperta furiosos ciúmes no glutão Gasparini. Desta vez, falhara. Saíra de supetão, não havia estoque na despensa, nem houvera tempo para a sublime manipulação, que requeria demorados e hiperbólicos cuidados.

18 de janeiro

Francisco Amaro conseguiu sossegar uma hora na espera de Luísa para se despedir, queixando-se, porém, do calor — nefando! — e esvaziando uns três litros d'água de antemão colocados no congelador.

— Dá a impressão que Guarapira é uma Sibéria.

Repeliu o debique:
— De noite é fresquíssima!

— Só se for em sonho.

Recusou o jantar, o que me irritou, foi comer uma peixada num restaurante português da rua da Conceição e, por represália, cuidei não acompanhá-lo, mas acabei aceitando o convite. Dali para a estrada, apressado, como se fosse tirar o pai da forca.

Felicidade, a tonta, cometeu a mancada de oferecer-lhe café. Não bebe café, não pega em baralho, nunca assistiu a um jogo de futebol, não dança, jamais decorou a letra dum samba, odeia Carnaval — curioso brasileiro!

— Você tem escrito? — perguntou, catando espinhas, pois optara por tainha assada com gordas, douradas ovas.

— Vagarosamente, vagarosamente...

— Quando você escreveu depressa?

— Mas agora estou mais lerdo. Mistura de burrice com inapetência.

— E eu? Não consigo alinhavar três palavras! — e entornou meio pichel de vinho verde, rascante, intolerável.

Atiro-me como em fuga:

— Você pode se gabar de escolher coisas repugnantes! À ova de tainha é preferível óleo de fígado de bacalhau. Pelo menos é fortificante.

— Você não sabe o que é bom!

19 de janeiro

O bom, o ideal seria que nunca tivesse escrito nada, pois já me assaltam outras dúvidas antes não articuladas. Ler as ilusões alheias é que é sabedoria.

20 de janeiro

Um avião brasileiro abatido na Paraíba (!) com 28 tiros de metralhadora. "Não se sabe ainda se o ataque partiu de um submarino inimigo, na baía de Mamanguape, ou se da quinta-coluna em terra" — foi o que declarou o ministro da Aeronáutica. Há mais mistérios no céu e na terra... — bem, ao menos não terminemos o shakespeariano chavão.

22 de janeiro

— Mais de meio milhão de mortos tiveram os alemães em dois meses na Rússia! (Gasparini, rejubilante.)
— No princípio dói, depois ajuda a viver... (Gerson Macário, bêbado, na taverna da Lapa.)
— Perde-se a vida, ganha-se a batalha! (De quem é?)

24 de janeiro

"A maior alegria que o homem pode dar a si mesmo é a criação artística." É de Carlos Marx. Talvez não seja verdade. "A literatura estragou as tuas melhores horas de amor." É de Carlos Drummond de Andrade. Talvez seja verdade.

25 de janeiro

Que peso tem um coração vazio!

26 de janeiro

Churchill e Roosevelt reúnem-se em Casablanca e decidem a abertura de uma segunda frente na Europa, promessa outras vezes formulada, mas desta feita para este ano ainda.
— Não é sem tempo, Mãe de Deus! — exclama Susana às voltas com o bule do seu famoso chá.
— É precisamente na hora. Churchill é raposa astuta. Os russos vão se livrando dos nazistas... Já se pressente o caminho para Berlim se abrindo para eles. Ingleses e americanos, ora sócios, ora aliados, têm que dar um golpe juntos para ver se chegam também, do contrário a partilha vai ser complicada... (José Carlos de Oliveira, mais falador do que vem sendo hábito.)

— Não sei onde e como podem desembarcar... Os alemães ainda estão muito fortes e ocupam todas as praias. (O banqueiro da família Mascarenhas, pondo no rosto uma sombra de dúvida.)
— Pela costa balcânica seria mais fácil e seguramente mais proveitoso para Churchill. (Gasparini, repelindo a chávena.)
— Mas como?! (O banqueiro, surpreso.)
— Os militares é que saberão. Eu não sou militar... (Gasparini, levemente agastado com o chá e os modos do banqueiro.)
— Roosevelt é impressionante! Como se mexe! Imagina se não fosse um paralítico! — e Susana é sincera no seu arroubo.
— Se o assunto é sério, Roosevelt não se faz de rogado para sair da Casa Branca, nem há paralisia que o impeça. É o velho apólogo: quem quer, vai; quem não quer, manda. Foi na base do apólogo o seu encontro com o nosso Getúlio em Natal. Precisava, não é? Então veio. (Gasparini.)
— E nele largou a siderurgia em grande escala que nos faltava, concessão que os fundidores americanos não viram com muito bons olhos... (Aldir, arrematando a conversa.)

27 de janeiro

Cerro os olhos e vejo o pequenino vulto preto. Laurinda, a fiel, gorda de velhice, quase cega, veio se arrastando para expirar aos meus pés. O hermético Alexandre, inimigo de invernos, escolheu o canto do fogão para morrer. Morreu durante a noite, dentro da sua carapaça, discretamente, como sempre viveu.

28 de janeiro

Por vezes inspirava dó e vinha por ela um breve e calado respeito. Era quando Lobélia denunciava o esforço para identificar-se com o coração alheio, para participar da amizade, da fraternidade, do interesse humano. Mas a sua secreta natureza era mais pujante. Tudo desfazia, reduzia a nada os gestos forçados, deixava-a mais hostil, infeliz e solitária, após as fracassadas tentativas.

29 de janeiro

Represar as águas do amor em barreiras do mais espesso ódio. Soltá-las por vezes avassalantes, invencíveis, para se transformarem em luas, em estrelas, em harmonias!

30 de janeiro

No bolsão de Stalingrado (leio) resta a tarefa de liquidar os restos das forças invasoras, mais mortas do que vivas. Chama-se a isso — "operação de limpeza".

31 de janeiro

A novidade da RAF são os aviões "mosquitos", rapidíssimos. Funcionam! Por ocasião dos festejos comemorativos da ascensão de Hitler ao poder, o marechal Goering só pôde falar 58 minutos depois da hora marcada...

1º de fevereiro

A chuvarada de ontem à noite alagou o centro da cidade, o que é corriqueiro. Mas em consequência Gasparini apanhou um defluxo. É que se metera no quarto duma manicura e saiu com água pelas canelas.
— Por que não ficou lá, pipocas?
— Você não pode conceber o perfume com que a alucinada se ensopou para me receber. Perfume de barbeiro! Empestava! A enchente ou a morte!
— Onde você levantou a perdiz?
— Naquele salão da rua Rodrigo Silva, perto do consultório.
— Não me diga que anda fazendo as unhas...
— Que unhas! Foi no olho. Às vezes faço a barba lá.
— Temos um outro Mário Mora?

Gasparini mistura riso e espirro. É que Mário Mora só faz a barba em barbeiro, outra mistura pois — preguiça e esbanjamento. E quando não tem gaita, espeta.

— Aposto que o Mário Mora já passou a sua manicura nos peitos... Com perfume e tudo.

— Desconfio.

— E que tal?

— Além de perfumada, sentimentalona. Em todo o caso, deu conta do recado. Mas não é assunto repetível.

2 de fevereiro

Inaugurou-se com gabardines e guarda-chuvas a Feira de Arte Moderna, cuja renda será em benefício do esforço de guerra, e as aquisições do primeiro dia, naturalmente mais concorrido, evidenciam que nem para tão elevado propósito a Arte Moderna move as bolsas.

O Poeta abriu a festa observando que os pintores mais absorvidos até há pouco por sua arte (e poderia ter estendido a poetas e escritores) deixaram-se tocar pelas inquietações e angústias que a agressão nazifascista criou para todos os povos e todos os cidadãos. E exemplificou: "Um grande artista, como Nicolau (para quem posara o célebre retrato cor de banana podre), que vivia todo para o seu sonho de formas e cores, que nunca teve olhos para a política, acaba de pintar o mais interessadamente social dos seus painéis, esse *Último baluarte*, trincheira de guerra em que uma mãe simbólica defende as novas gerações contra o fanatismo agressivo daquele que pensava ter por si o Deus dos exércitos, quando na realidade só tem — ou teve, porque começa a ser batido — os exércitos do Demônio."

A sulfurosa citação fez Adonias, que abomina o Poeta de longa data, menear a cabeça e soprar-me, sabendo que me irrita: — "Deplorável velhinho!" Nicolau, na primeira fila dos ouvintes, já nem se lembrava mais das suas comichões fascistas orais e escritas. Zagalo, que veio especialmente de São Paulo para o acontecimento, pôs a cara dura denunciando a mágoa de não ser nominalmente destacado na falação, por um lapso do Poeta, que não sabe o inimigo que arranjou... Pérsio Dias estava saltitante, organizador que fora da exposição. Por 400 bagarotes arrematei sem contendores a marinha de Pancetti.

3 de fevereiro

Faleceu o filho mais novo do ditador, Getúlio Vargas Filho, por Getulinho chamado tal como as moedinhas de centavos que já não compram coisa alguma e cuja circulação vai se reduzindo à feitura simplória de pulseiras e abotoaduras. Faleceu em São Paulo, onde discretamente residia, estudava ou trabalhava, deixando, em suma, rolar a vidinha com a modéstia das suas xarás de níquel. O noticiário dos jornais, entre o vago e o omisso, e não se sabe até que ponto a censura concorreu para a vagueza e a omissão, favorece o boato duma "misteriosa enfermidade"... bem, circula à boca pequena que levou um tiro no ventre.

Cléber Da Veiga foi mais estúpido do que impiedoso no fundo sombrio da livraria, bastante deserta, convém acentuar:

— Precisava duma esponja de fel... Chupe-a bem chupada!

O imberbe marçano, aço e desconjuntado, parou de alisar as brochuras sem aquisitores no comprido balcão de imbuia. Era novato, com pinta de apático, não conhecia o fracassado e inconformado liberal, olhou-o com admiração. Cléber percebeu a impressão que causara, levantou-se do banquinho assaz incômodo, pavoneou mais a coragem em gestos de centurião no monte do Calvário:

— Para ir aprendendo... Irá chupar outras!

— Isto não lhe desejaria nunca — confessou Gasparini, de noite, os pés em brasa em virtude de uns "malditos sapatos novos".

— É duro perder filho! Duríssimo! O pobre Garcia que o diga.

Talvez não pudesse dizer nada, atravessando presentemente um país de esfumaturas em que as amargas lembranças de outras terras não vêm à tona — o amor cicatriza muita punhalada, embora ofereça as costas para outras não menos brutais... Penso, porém, em papai quando morreu Cristininha — um homem tão seguro de si e quase perdera a cabeça... Um pensamento traz outro: de que maneira suportaria eu um golpe semelhante?

4 de fevereiro

O sepultamento do rapaz foi hoje, concorridíssimo, é claro, mas sem alardes, sem pompas, e chovia. Getúlio portou-se com dignidade. Os chefes de Estado são como profissionais da ribalta — o espetáculo continua! Vai continuar, tem que continuar... Mas diante da cova molhada, o frio comediante não representou o papel de Tartufo — cabeça descoberta, chorava mesmo, silenciosamente.

Espicaçado por curiosidade declaradamente doentia, José Nicácio me tange para os domínios de Susana:

— Vamos ver como se portam os democratas lá naquele cafarnaum.

Um crepe espiritual pousava nas atitudes, cobria todas as palavras — dor de pai é dor de pai! —, e sente-se que, além daquelas paredes refratárias, há uma quase geral pausa respeitosa.

— Me enganei redondamente — disse à saída. — Sejam o que forem, são civilizados. Lenine anda meio esquecido, mas é quem tinha razão: duas coisas deviam ser preservadas e imitadas na burguesia — as boas maneiras e o bom gosto.

— Lenine disse isso?

— Vladimir escreveu!

— Só que o bom gosto da gente Mascarenhas é ostensivamente duvidoso. Está inda em pleno estilo floreal...

— Como as minhas gravatas?

— Exatamente!

— Pois hei de usá-las ainda irrepreensíveis! — riu, suspendendo no ar da noite um copo imaginário. — As gravatas e as meias! E hei de comer suflês, saladas, creme de aspargos, saborear cenoura... um *gentleman* na acepção da palavra!

— Nada de otimismos... A trilha é árdua!

5 de fevereiro

O respeito, como era de se esperar, logo se rompeu com a local monomania de tudo fazer matéria para anedotas e triquestroques. Oldálio Pereira jamais desmente ser ave de tais viveiros galhofeiros e inconsequentes:

— São Pedro enviara memorando a Getúlio convocando-o para o convívio celestial. Getúlio passou uma rasteira no Padre Eterno, acrescentando um "Filho" ao próprio nome e remetendo o memorando para São Paulo...

Oldálio é, antes de mais nada, o grande público de si mesmo, e estremeceu o consultório com o amplo riso alvar. Olhei-o caladamente, quase agressivo. Ele nem desconfiou:

— Boa, não é?
— Vamos, faça logo o que tem a fazer, que estou com pressa.
— No Brasil não há pressa!
— Mas poderia haver forca.

Continuou não compreendendo e ajeitou melhor a toalhinha no meu peito.

7 de fevereiro

Euloro Filho declara à reportagem literária que escreveu seu último romance em um mês — "compor para quem tem paciência, criar para quem tem força". Inocente Euloro!

Os repórteres, aliás, andam muito acesos e, por minha parte, vou respondendo um horror de sandices:

— Tão sórdido quanto o nazismo foi o imperialismo inglês, e não impediu que o gênio de Kipling desse uma obra-prima que nos perturba doidamente.

— Não há problema mais social do que o amor...

— Que pensa da nossa atual literatura? — inquiriu o jornalista de pequeno calado, mas de incrível ousadia.

— É de inspirar terror pânico!

Inda bem que, quando escrevo, via de regra, não sou sandeu.

9 de fevereiro

Mais um cacho de espiões é agarrado pela polícia — propagam os jornais. Controlavam o movimento de aviões americanos que pulavam de Natal para a África.

....

Lavra a discórdia na família do Duce! — exclama Marcos Rebich, recém-saído do cabeleireiro.

É que o conde Ciano já não é ministro do Exterior. Mussolini chamou a si a Pasta. Corre o rumor de que o genro era contrário à política militar.

....

Lavra a discórdia na família literoesquerdista com a chegada de notícias de Antenor Palmeiro, que se raspara, sorrateiramente, para a Argentina. Faz-se de exilado, recebendo pela condição todas as honras de estilo, une-se aos refugiados espanhóis que usufruem incalculáveis regalias nos meios portenhos, dá entrevistas sensacionais, denuncia que há cem escritores apodrecendo nas masmorras da ditadura (e conseguira escapar vestindo-se de padre!), anuncia uma biografia de Luís Carlos Prestes e cada capítulo será imediatamente vertido para o castelhano... golpe que faz Gustavo Orlando empalidecer e não se conter:

— Cabra da peste! Passou a perna em todos...

— Aquela de cem escritores apodrecendo nas masmorras é forte, hem! Não há cem escritores no Brasil...

— Há mil escrevinhadores!

— Vestido de padre tem sua graça...

— Saque! Saque! — urra Ribamar, e, não perdoando o êxito de Antenor, inventa que o romancista, para sair do país, levando o diretor do DIP no bico, prometera pronunciar conferências sobre o Brasil no Prata.

— Como você sabe?

— Tenho meu serviço secreto, o que é que há? Um bom serviço, não acredita? — e era como se tivesse sido pungueado.

É preciso chatear o invejoso:

— Fez muito bem. Merece todos os aplausos. Por que razão o DIP só serve para beneficiar os filhos da puta?

A boca de Ribamar treme, Venâncio Neves aflauta a voz, transborda servilismo:

— Foi bom saber do seu *Intelligence Service* particular. Vou tomar mais cautela nas minhas traficâncias com o Estado Novo...

— Não seria novidade — retruca Ribamar com rudeza.

Venâncio embatuca. E ainda Gustavo Orlando, encolhendo os ombros, arrastando os pés no ladrilho vermelho-sujo da livraria:

— Vai ganhar um dinheirão com a biografia, o danado!

Por picardia, torno a defender o viajante:

— Não é pecado conhecer aquela história do "deem um ponto de apoio e eu levantarei o mundo"... Aprontou a sua alavanca. É humano, meu velho. Humano e inteligente. Cada qual que fabrique a sua... se tem engenho.

Gustavo Orlando aplacou a zanga, girou num trejeito de gozação:

— Que alavanca! Vai levantar este mundo e o outro.

— São os pequeninos ovos de Colombo...

— Pequenino, uma ova! De avestruz.

10 de fevereiro

Mantemos um duelo galante, eu e o râncido Gustavo Orlando. Menos por mútuo temor que por incubado respeito a virtudes possivelmente comuns, literárias ou pessoais. *Verbi gratia*, nas dedicatórias: ele — "com a indignação do G. O."; eu — "Ao velho G., objeto de várias injustiças do..."

E por tocar em dedicatórias, inscrevamos neste tópico a recente e lisboeta de Júlio Melo, na sua letrinha que parece rastro de mosca que conseguiu se safar de um tinteiro: "A E., grande escritor e pior das línguas..."

E assim vamos vivendo.

12 de fevereiro

Com teu amo não jogues as peras — era provérbio que seu Afonso trouxera de Portugal e à risca seguia, evitando muita dor de cabeça. Lauro Lago, todavia, não fazia fé na sabedoria popular e se estrepou. A pendenga até que vinha rendendo, com vitórias parciais ora para um, ora para outro lado, mas acabou com o ministro da Guerra pondo a espada na mesa, aproveitando-se da confusão criada pelos estudantes a que Lauro Lago se opusera. Espada é trunfo forte na mesa do Catete — leva a vaza. Getúlio é mestre no jogo de perde-ganha e, não com a espada, mas com a caneta, cortou o nó górdio. E como não usa, para os auxiliares diretos, o aviso prévio trabalhista que impôs aos brasileiros, foi no Jockey Club. pelo rádio, que o seu porta-voz soube da demissão.

Um minuto após a notícia, metade daqueles que o rodeavam, em alegre contubérnio, já estava espalhada por outras dependências do clube comentando o rabo de arraia. Lauro Lago tomou o automóvel e mandou tocar para o palácio. Iria agradecer ao presidente... — disse. Altamirano, que estava com ele, teve um rasgo nunca visto ou suspeitado:

— Vou contigo... Ficarei no carro te esperando.

Mas Altamirano dá azar. O presidente não recebeu Lauro Lago, que bateu a portinhola do Chevrolet, lívido, furioso:

— Esta ele me paga!

Não sabemos se será ameaça vã ou esquecível. Mas é ameaça, e Altamirano, que é saco-furado, pô-la telefonicamente nos ouvidos de Adonias, de noite, tarde da noite, depois que saiu da residência de Lauro Lago, um velho chalé de Botafogo, aonde acorreram uns contados amigos. Bateram uma chapa, na sala de visitas, o demitido ao centro, tentando fazer *blague*. E Adonias, que me telefonou logo após ter falado com Altamirano:

— Aposto que no instante do magnésio todos, sem exceção, mexeram com a cabeça...

13 de fevereiro

Para o lugar de Lauro Lago foi um desconhecido major, cortês, severo e de poucas palavras. Parece que atuava discreta e madrugadoramente no gabinete do ministro da Guerra, porque o ministro, que às oito da noite está na cama, às cinco da manhã está lá despachando.
E praticamente todos os postos do organismo dipiano foram ocupados por cidadãos de talabarte. As secretárias adaptaram-se fulminantemente aos boldriés.

14 de fevereiro

— Só seria católico no tempo das perseguições nas catacumbas — disse, para fechar conversa, ao camarada esperto, íntimo de Helmar Feitosa, que tinha ares de catequista.
— Ser católico entre nós, pois falo somente do ainda estreito mundo que conheço — adverte o caro Gasparini —, é como empregar capital a 44% de juros ao mês.

15 de fevereiro

A antipatia pode cegar. Não serei injusto com o talento de Helmar Feitosa? Não será a intensa e minuciosa chatura das suas páginas uma corajosa e oportuna resposta, que o tempo marcará, ao brilho fácil dos romances de tese?

17 de fevereiro

Campina Verde, 16 (Do correspondente) — Vítima dum colapso cardíaco, faleceu, ontem, nesta cidade, o poeta Nabor Montalvão. O extinto, que deixa várias obras, destacando-se entre elas o drama lírico *Bárbara Heliodora*, pertencia à Academia Mineira de Letras.
In memoriam, recordemos uma das suas triviais facécias:

— Como vai o amigo com o frio que tem "fazido"?
Não dizia parabéns, dizia "para-choques", como Aristóteles, o bilharista. Epistolarmente, apreciava muito *shake hands*.

18 de fevereiro

A 13 de janeiro de 1941 desapareceu em Zurique James Joyce. O mundo não prestou atenção.

20 de fevereiro

Hollywood prossegue no seu esforço de guerra, gesto que poderia resvalar menos exageradamente para a imbecilidade, embora a imbecilidade seja inclinação intrinsecamente ligada à cinematografia, conclusão com a qual Pérsio Dias não concordaria — negaria de pés juntos!

Luísa escolheu, para triturar meus nervos, *Casei-me com um nazista*. O título já era ameaçador, mas a cinemeira é otimista:

— É capaz de ser boa.

Era merdívora e, à saída, encontramos Mário Mora gastando fatiota nova e alinhadíssima — seu guarda-roupa é irreprochável — num grupinho de comediantes a que serve de ama-seca artística, ajudado por Ermeto Colombo. Veio até nós, irradiando alegria na cara redonda:

— Então?

— Azar dela, não é? — pilheriou Luísa.

— Quem mandou?! — respondeu ele em igual tom.

No grupinho, que nos observava, bispei a morenota — e péssima amadora! — a quem o incentivador teatral andava arrastando a asa.

— Como vão os ensaios? — perguntei num subentendido.

— Em ponto de bala! — retrucou pronta e ardorosamente.

22 de fevereiro

Os segredos de Susana! No esquecido compêndio de francês, a flor, que já não era mais flor, seca, quebradiça, estava chata, esmigalhada, dentro do papel dobrado. E em letrinha infantil: lembrança de O. C. M.

23 de fevereiro

Dentro do *black-out* todos os namorados são pardos.

25 de fevereiro

Pequena recolta peripatética:
— Lobo não come bolo.
— Falar a verdade é difícil. Muito difícil. Para a mocidade ainda mais. O prisma por que vê as coisas favorece as mentirosas, inculpáveis refrações.
— Cada degrau na escada da perfeição equivale a dez na escada do sofrimento. Pinga-Fogo que o diga.

26 de fevereiro

Nova York, 25 (U. P.) — O crítico literário do *The New York Tribune* tece largos e encomiásticos comentários ao romance *Cangaço*, de Euloro Filho, que apareceu recentemente em tradução americana de Isaac Rollemberg na Howell Publishers. A literatura brasileira, ainda quase desconhecida nos Estados Unidos, finaliza o crítico, dá com este vigoroso romance social um exemplo das suas possibilidades e generosas qualidades.

27 de fevereiro

— Há escritores internacionais e escritores universais. Creio que os amigos me dispensarão de dar exemplos. (Saulo Pontes, após uma conferência de Ribamar Lasotti sobre o tema: "O escritor e os problemas do povo".)

— Eu sei que ele é moleque meio afoito, mas que não se meta para o lado de Clotilde, senão vai levar aborrecimento para casa, tão certo como o mar é salgado. Quem avisa, amigo é... (Zuza, na porta do quartel, querendo dar a impressão de que era valente.)

— Cada fase da vida tem a sua infância, neguinho. Com todos os balbucios, deslumbramentos ou chatices da infância... (Maria Berlini, uma tarde no Lido, chupitando vermute, beberagem que me dá dor de cabeça e que ela adora.)

28 de fevereiro

"Só hoje encontro uma folga para rabiscar estas linhas, tão abafada tem sido a minha vida nestes poucos dias em que retornei à terra. O colégio, uma balbúrdia! Estamos de mudança para a parte semiacabada do prédio, e você compreenderá o que é isto. Organização do corpo de professores, horários, matrículas... o diabo! Infelizmente, continuarei lecionando este ano. Inglês para ambos os cursos e espanhol. Não conseguimos professores. Quem é que quer lecionar no interior?

Ainda não pendurei os quadros. Além da dificuldade em localizá-los, não tenho tido tempo. Um minuto sequer. Quanto aos discos que trouxe, mal pude tocá-los, mas a cantata de Prokofiev é maravilhosa! De abafar!

Não deixe de me escrever com frequência. *Perduto è tutto il tempo che in amor non si spende...* Se escrever ao Garcia diga que também o faça. Saudades do velho..." (F. A.)

2 de março

Antes que eu intercedesse, e nem sei quando o faria, tão molengo ando para os, diga-se de passagem, plenamente adiáveis deveres e prazeres da correspondência amical, Francisco Amaro foi atendido. Garcia escreveu-lhe como me presta voluntária conta hoje, e foram quatro folhas de papel do escritório — o forreta! — que devem ter satisfeito o islado guarapirense, islado, convenhamos, por sua livre e espontânea vontade, decisão arriscada, pois as raízes burguesas e municipais, mas esterilizadoras agora pela inexpressão política, que a guilhotina policial incessantemente vigia, vão insensível e traiçoeiramente se consolidando e prendendo ao chão tacanho e sem perspectiva, em que o dinheiro sendo o único escopo, o único prêmio, acaba por se tornar a única mola.

Comigo, Garcia foi menos pródigo, sem chegar a ponto de ser sumário — três folhas... —, e mesclando o que ele cuida ser elevado com aquilo que é realmente chaníssimo, veja-se a que transe nos pode conduzir a ansiada entrega amorosa e a convivência solapante do doce misticismo, que os arroubos da cama não bloqueia... "É decepcionante para você, descobrir eu que a vida só se realiza pelo Amor, que é Fé e Piedade?" — escreve com inútil interrogação. Absolutamente! Seria até para dar parabéns se a descoberta de tal pólvora já não tivesse sido feita na taba, com muito mais oportunidade, por Martins Procópio, há mais de dez anos, descoberta amplamente divulgada, descoberta e divulgamento que Garcia sempre olhara com suspeição. Como descobriu, nos seus um tanto perplexos arcanos, "que não adianta lutar contra a Matéria (com M maiúsculo), mas relegá-la a um plano subalterno" — achado que não difere muito do procedimento de Adonias, véu apodítico que disfarça muita nudez vergonhosa...

E cesta com as três folhas datilografadas, carta que não é de maneira alguma de alforria, mas o confessado escorregão para o báratro aquietador.

3 de março

Avançada de Timochenko que, de durindana em riste, leva tudo de roldão. Atropelada de Montgomery e Patton nos arenais áfricos, cada um por seu lado, disposto a fazer um sanduíche de Afrikakorps, mais gostoso para eles do que a salsicha hamburguesa que pretendem comer depois.

Hitler e Mussolini se encontram na fronteira ítalo-germânica e organizam um plano para intensificar o esforço bélico do Eixo. Que precisam, precisam... O horizonte já se lhes mostra suficientemente turvo.

5 de março

Não sei se dos estetas muito estetas há restrições para a música de Ricardo Strauss, mas que não as haja para o título de uma — *Morte e transfiguração*. Comprei o disco e mandei-o a Garcia.

7 de março

Apesar de Felicidade, toda babados e colares, nem parece que é Carnaval.

8 de março

Madalena mostra as lindas pernas, embora um pouco masculinas, outra vez de Colombina, que era a sua fantasia predileta; Emanuel, de Príncipe Danilo, o petulante bigodinho traçado com rolha queimada; eu de Pierrô, com a carapuça feita duma perna de meia de Mariquinhas, preta e de algodão...

Há razões subterrâneas, se não que me impulsiona a rasgar certas fotografias, quando gosto de guardá-las, revê-las às vezes, tendo duas gavetas repletas?

9 de março

E não é notícia carnavalesca o torpedeamento de mais dois navios mercantes brasileiros nas costas da Bahia — o *Brasil-Lóide*, a 18 de fevereiro, e o *Afonso Pena*, a 2 do corrente, perdas de que só ontem tivemos oficial conhecimento. Mas a picueta de José Nicácio, recebida com amarradas trombas pelos baianos do gru-

po, dois em seis, na fracativa calçada do Amarelinho, sabe a trote:
— Por que não afundam logo a Bahia?
— Não gostaram — comentou Mário Mora depois.
— Mas também não tugiram — anotou o intrépido José Nicácio. — Bom cabrito não berra!
E foram juntos para o High-Life, salvar a noite — não sei se conseguirão.

11 de março

Telegrama de Garcia: "Compreendi." Louvado Deus que ainda tem uma candeia no entendimento, mas vá passando telegramas assim cheirando a cifrado que acaba em cana. E compro outro disco — *Noite transfigurada*, de Schönberg. O ateliê de Mário Mora por um milagre está deserto. Ele, que pinta de colarinho e gravata, sem se sujar, larga os pincéis sobre a banqueta e agradece numa reverência de minueto. Mas passando logo para o bandalho e sambístico:
— Foi uma noite de alucinação!
— *Colored?*
— Da cor do pecado! — e pôs-se a assobiar o samba de Bororó.

13 de março

Artigo de Euloro Filho sobre latifúndios literários, com parágrafo elogioso à minha atividade latifundiária, por suposto, de alguns centímetros quadrados de quintal suburbano. Reli — era elogio mesmo. Se uma jararaca me tivesse beijado, não ficaria mais surpreendido. Mas nem tudo são louros na vida dos escritores... "Romance branco" é acusação tão ignominiosa quanto "trotskista" no jargão de certo grupelho. *A estrela* é um romance branco — escreve da província o malogrado romancista, que decalca Antenor Palmeiro, convencido, por certo, de que eu fico abalado com as suas opiniões.

14 de março

Pagam os alemães um preço enorme pela posse de Kharkov, mas Timochenko toma Viazma a preço baixo, prosseguindo no seu avanço de liberação e envolvimento.

16 de março

O agitado Marcos Rebich pode ser objeto de muita acusação justa ou infundada, como sabemos, mas tachado de dessultório, nunca! Em suas veias parece que não corre sangue, mas tinta de imprensa, e sua ideia fixa, sua razão de ser, o pi da sua vida, nada fácil, é o jornalismo, obsessão que esvaza da sua conversa, toda ela como se fosse a gama falada de um jornal, desde o artigo de fundo, circunspecto ou virulento, até ao *potin* social, picante ou escandaloso. Há duas semanas que se lançou em outra aventura — *Direção*, tabloide com cabeçalho cor de laranja, municiado por escusos capitais, que desistimos de averiguar, tão misteriosos se mostram.

— A única coisa que sei fazer é jornal.

— É a única coisa que você pensa que sabe fazer — foi o remoque de José Nicácio.

Não obstante o remoque, é o precioso ajudante de campo de Marcos Rebich, que congregou outros ex-elementos de *Rumos*, mesmo alguns que não mereciam convocação, porquanto para conseguir seus fins não olha muito, ou nada, o caráter dos companheiros, mostra até uma certa manhosa inclinação pelos mais venais, e por isso mais maleáveis e menos relutantes, e não será para admirar se qualquer dia não venha a cair nos braços de Julião Tavares, se conveniente achar. E na afobada recrutação, pois tudo faz às pressas, meu nome foi lembrado para tarefa suave e não compulsória, uma seção do gênero "perfumaria", como intimamente a considera Marcos Rebich, que satisfizesse, porém, o lado ameno da publicação.

— Qual é a direção do jornal? — quis me enfronhar, na hora do acerto, na cafua da rua 1º de Março, a que chamavam de redação.

— A direção? É melhor não responder — riu Marcos Rebich, em mangas de camisa, as compridas pernas saindo além da mesa estreita, a saliva espumando na comissura dos lábios. — Um jornal só é dirigido até a véspera do seu primeiro número, dizia João do Rio, que tinha tarimba do ofício.

E a comprovação, porventura, do que disse é a sua ida, hoje, a Volta Redonda, a convite oficial, numa caravana que vai verificar o andamento das obras da siderúrgica, que mestre Getúlio arrancou dos americanos, como se arrancasse dente sem anestésico, pois os homens do aço de lá não admitiam com bons olhos a pequenina concorrência. Entre os participantes, figurões alguns da ditadura, o embaixador Caffery, dos Estados Unidos, e um subsecretário de Estado da mesma procedência.

18 de março

Marcos Rebich veio pela primeira vez à minha casa. Negócios... A conversação foi estirada e confusa, cortada de epigramas e reminiscências. Pretendia organizar uma agência distribuidora de artigos aos jornais do interior — e repetiu uma centena de vezes a palavra *copyright* —, artigos bem pagos, assinados pelos *bigs*, alguns à vontade do articulista, outros de assunto encomendado e controlado — e eu estaria ótimo para este controle —, fundaria uma editora, também à margem do jornal, "havia muita coisa importante a traduzir", não seria mau que houvesse um boletim publicitário mensal distribuído à larga, etc., etc... Não compreendi certos segredos, talvez nem fossem segredos, também não se chegou a nenhuma solução positiva. E no transcurso da conversa, na qual gastou um bloco de papel com cifras e rabiscos, levantou-se uma dúzia de vezes para telefonar, sendo a metade para a redação, como se ela pudesse voar ou liquefazer-se na sua ausência. O relógio para Marcos Rebich não existe em termos normais — da minha parte não gosto de atrasar as refeições, dá-me uma fraqueza, um mal-estar, uma infelicidade total. A horas tantas convidei-o para jantar — aceitou sem cerimônias.

— Satã janta conosco — avisou José Nicácio, que participava da tríplice reunião, aplicando o título duma fita em exibição que, segundo várias fontes nada fidedignas, é supinamente engraçada.

— Dá pra todos — retorquiu Luísa, que já percebera que teríamos mais gente à mesa, apelando, de parceria com Felicidade, para alguns enlatados reforços extraordinários. E como o alvoroço culinário chega-me aos ouvidos, sopro a José Nicácio:

— Já sei que teremos palmito e compota de pêssego...
— Tirante o palmito, até que não é mau.

As providências da dona da casa não afetaram Marcos Rebich — nem as notou. É que ele belisca, tendo pela comida um desprezo parecido ao de Nilza Gasparini, só não desagradável. Substitui os alimentos por conversa e fuma nos intervalos dos pratos ou garfadas, nervosamente, quanta vez, após duas tragadas, não esmagando o cigarro no cinzeiro para acender outro logo em seguida.

— E a Siderúrgica?

Ficara impressionadíssimo com o ritmo dos trabalhos:
— Gigantescos! Vamos ter aço mesmo, seu Eduardo!
— E os gringos da comitiva?
— Disfarçados de pigmeus... Bastante suportáveis, de resto.

E ao se despedir:
— Depois falaremos sobre os nossos planos, consolidaremos a coisa. Telefonarei.

Os planos não eram nossos, eram dele. E José Nicácio, que ficou:

— Por hoje basta de Marcos Rebich. Foi uma boa dose. Que se arranje lá na redação. Vamos ouvir uns discos para ventilar o crânio. Você não tem umas coisas novas do Francisco Alves, não?

— Você acha que ele vai telefonar?

— Amanhã nem se lembra de nada. Quer acender muitas fogueiras, sem pensar que não há lenha para todas. Fique descansado. Dá tudo em pantana. Mas, afinal, o papo não foi chato, não é?

— Nada chato. — E virando-me para Luísa: — Que tal achou o nosso Marcos Rebich?
— Encantador! — respondeu ela suavemente.
— Veja como são as mulheres... — riu José Nicácio. — O gozado é que o Marcos não tem sorte com elas.

19 de março

Oldálio Pereira tem o heroísmo no sangue. Terminou o Curso Odontológico de Emergência organizado (em Niterói) pela Diretoria de Saúde do Exército.

21 de março

Sensivelmente acelerada a campanha submarina do Eixo — afirmam os comentaristas internacionais. Será efeito da cafeína que os dois conversadores da fronteira ítalo-germânica decidiram injetar nas veias dos seus comandados?

24 de março

Além-mar, por ser fraca a dose ou por ser falsificada, a cafeína dos maiorais não deu resultado — em plena retirada o Afrikakorps na Tunísia. Gasparini olha o mapa com a atenção dum microbiologista no microscópio:
— Falta pouco, seu Edu! Estão sendo engolidos... Um perfeito trabalho de fagocitose.

26 de março

— É preciso ser muito mau para não ter inimigos.
— Se pintasse com titica de galinha tiraria os mesmos efeitos. (Marcos Eusébio, repetindo Nicolau, a propósito de Zagalo, que por política de boa vizinhança foi convidado para expor em Nova York, homenagem que realmente o ofende.)

28 de março

Investindo pelos bosques inundados e através de pântanos do degelo, os vingadores de Timochenko lá vão! Diabo é que Natércio Soledade nos ameaça com um poema!

29 de março

— Vocês não acham que do jeito que vai a nossa Doroteia será a cachorra mais mal-educada do país? (Adonias.)
— Achamos. (Luísa.)

30 de março

Outra rede de espionagem desarticulada pela polícia... em pista fornecida pelo *Intelligence Service*! Quase todos os componentes eram ex-integralistas e os mais salientes, um oficial da reserva e um ex-jornalista de empastelada gazeta, ao serem gadanhados, atracaram-se com os policiais, pintaram o caneco na delegacia.
— Vão se haver com o Tribunal de Segurança! — esbraveja Natércio Soledade, com um princípio de furúnculo no pescoço.
— Ué! você já admite o Tribunal de Segurança?
— Para alguma coisa "aquilo" tem de servir — defende-se em falso.
— Ah!...
— Você é cínico! Acaba um dia chamando a Gestapo de picolé... — intervém, desabrido, Cléber Da Veiga. Mas, moderando a irritação, apontou o nascente furúnculo: — Não é sem razão que a podriqueira vem a furo.

Natércio não contesta e a coisa fica por aí.

2 de abril

O velho editor meteu-se em altas cavalarias fora do ramo e lá se foi de catrâmbias.

— As árvores morrem de pé! — bradou num assomo serôdio e subliterário.

Mas se os irmãos Alfieri — Ruggero e Randolfo —, de bom sangue toscano, lhanos, alegres, generosos, não tivessem vindo em socorro do colega, bem que o antigo tronco da rua da Quitanda teria tombado e apodrecido, coberto de cogumelos, ao comprido no chão. Os Alfieri, que também tinham oficina gráfica, e mais modernizada, e que além de toda variedade de trabalhos imprimiam livros para quem os procurasse, decidiram tirar o título de editores, que a oportunidade lhes favorecia, e, na bacia das almas, compraram todas as edições do malogrado especulador, encamparam contratos, desafogando-o consideravelmente de estoque e compromissos.

Telefonaram-me, confabulamos, estão entusiasmados, não houve embaraços — cá tenho eu novos editores.

— Vamos mudar a capa de tudo! — resolveram.

E Mário Mora foi requisitado.

3 de abril

Sigismundo Furquim continua, tranquilo, no Banco do Brasil — não sei se é do conhecimento do *Intelligence Service*.

5 de abril

Meticulosa escolha de um livro para o aniversariante Francisco Amaro, menos para agradar ao ofertado do que pelo gosto de vasculhar livrarias, uma das coisas boas e anestesiantes da vida. Decidi por um álbum de Bracque, publicado em Nova York, que tem sido a Meca dos artistas livres europeus, e que não complicaria minhas pitimbadas finanças este mês, tanto mais que quem compra um livro para outrem deve comprar uns três para si. E, a talho de foice, um pensamento bracquiano com vistas aos pobres-diabos: "Há uma arte do povo e a arte para o povo, esta última inventada pelos intelectuais. Não creio que Beethoven e Bach, ao se inspirarem em toadas populares, tenham procurado estabelecer uma hierarquia..." pensamento que me recorda as palavras de Hitler nos primórdios da nazificação da Alemanha: "As obras de arte que não podem ser compreendidas, necessitando de uma série de instruções para defender seus direitos à existência e encontram a estúpida e descabida receptividade dos neuróticos, não mais chegarão facilmente à nação alemã..." E não chegaram...

Que a minha oferenda chegue bem embrulhada às mãos do amigo é meu desejo:

— Faça um embrulho para presente — recomendo ao caixeiro.

Há nas lojas uma nova arte de fazer embrulhos, arte que pela concorrência se aprimora, mercantil refinamento que devemos, em grã-parte, aos recentes refugiados de guerra enveredados assaz vitoriosamente no campo varejista. E entreguei o elegante pacote ao comissário na rua Buenos Aires, cujo andejo escritório tem a escada mais a prumo do mundo.

— Amanhã estará lá, doutor — promete no meio da saleta atulhada de encomendas. (Quanta maneira estranha há de se ganhar o pão!)

7 de abril

As emissoras de Berlim e de Roma admitem a retirada das tropas ítalo-germânicas da África. É que os generais Montgomery e Patton, o de cara quadrada, juntaram os seus exércitos — o sanduíche foi servido com Coca-Cola, acrescentou Pérsio Dias, cuja debilidade pelo refrigerante que os ianques colocaram avassaladoramente no nosso cálido mercado, é flagrante.

— Se esta infame beberagem fosse remédio, vocês não tomavam.

E Aldir, que é um perfeito "Dr. Sabe-tudo":

— Começou como remédio...

— Já não está aqui mais quem falou.

8 de abril

Liquidado pela FAB mais um submersível do Eixo — alemão ou italiano? — nas proximidades do local de afundamento do *Afonso Pena*. E desligo o rádio. As crianças dormem, Luísa saiu para a costureira, que é perto, e tarda, Felicidade já se deve ter recolhido sob a proteção de São Jorge. Uma angústia de angina assalta-me o peito. Dá vontade de chegar à janela e gritar como criança perdida! Mas a poltrona tem pregos como um madeiro com outra forma. Depois, já que não amo o álcool, embebedo-me com música, na espera que se arrasta, e cada disco é como uma hóstia preta que ofereço a nenhum deus.

9 de abril

Um outro aforismo bracquiano: "Não aderir nunca!" (A exclamação é a minha parcela na tradução.) E aspiremos mais música, na noite, como um ópio do qual Luísa, inocentemente, compartilha. E sorvemos, depois, em solidão, o ópio da poesia de Edgard Lee Masters: *Where are Ella, Kate, Mag, Lizzie, and Edith, the tender heart, the simple soul, the loud, the proud, the happy one? — All, all, are sleeping on the hill...*

10 de abril

E a dama misteriosa batia na minha porta e não me assustava. Via-a que chegava, sentava-se ao meu lado, punha-se a sofrer comigo — rapaz, rapaz... Vacilante, não sabia se queria ou não queria, embora as costas doessem muito e a espinha imobilizada me fizesse pensar em mutilações. O relógio repetia a contínua melodia fidalga. As lágrimas rolam materiais e involuntárias, que os nervos se descontrolaram. E ninguém pressente nada, a casa se habituara ao paciente sofrimento do acidentado. Só eu a sabia perto de mim, com as mãos tão frias como um raio de lua, apalpando a minha tibieza ou tédio, convidando para um outro mundo livre de júbilos e cuidados.

12 de abril

Procuro Gasparini no consultório empoeirado.

— Que é que há? — pergunta da porta, ao despachar uma cliente, me vendo espetado numa das suas inconfortáveis cadeiras. — Entre!

— O mesmo de sempre. Mas este senhor não está na minha frente?

— Este senhor espera. Ambos são caronas e para caronas não há hora marcada. Vamos.

O cliente ri, eu me desculpo:

— Sabe com quem está lidando, não é?

Gasparini acelera mais a velocidade do ventilador:

— Aquela vaca não estava se sentindo bem com o vento... Bem, quais são as mágoas?

— Os mesmos troços de sempre, já disse.

— Por que você não sai uns dias? Repousando, se interessando por outras coisas, seria melhor que tomar remédio. Cada dia tenho menos fé em remédio... Já me contento com o diagnóstico...

— Ando meio quebrado.

— Que não seja por isso. Eu empresto. Quanto precisa?

— Não. Obrigado. Prefiro ficar.

— Se é assim, remédios...

Puxa a gaveta das amostras, que é uma mixórdia, escolhe mais pílulas com rápidas e indiferentes leituras de rótulos.

— São também cor-de-rosa?

— Não. Levará umas brancas hoje. A sua prolongada virtude pede calmantes alvíssimos. Toma!

— Graças! Por que não tem aparecido?

— Abafações. Estou com um caso meio pau... Câncer generalizado. Assim como fogo em palha seca. Mas a família não acredita em câncer. Toma como opróbrio. E o médico que se vire... Mas amanhã creio que posso ir.

— Então, até.

— Até, e lembranças a Santa Luísa.

Retrocedo:

— Vem cá. Você não tem aí uma coisa para dormir? Tenho vontade de dormir, mas dormir, dormir...

— Tenho. Para dormir, "dormir, talvez sonhar, quem sabe!".

— E mudando de tom: — Não é má terapêutica. — Remexeu outra vez a gaveta, pescou um tubinho de vidro: — *Voilà*, como dizem os franceses.

— Novamente graças! E meus parabéns pela amostra de cultura. Aquele "sonhar, quem sabe"...

— Não estava certo? — fez, surpreso.

— Por acaso estava.

— Fico muito aliviado...

13 de abril

— Durma com um barulho desses! — chega a voz de Mariquinhas como um despertador.

— Durma-se com um silêncio desses! — digo eu.

Mas com pastilhas amargas durmo! *"All, all, are sleeping, sleeping, sleeping on the hill..."*

15 de abril

Hitler e Mussolini, meio prostrado este pelos reveses externos e complicações intestinais, doido e odioso fanfarrão aquele, conferenciaram durante três dias em Salzburgo, cenário barroco, donde o italiano saiu mais animado. E Gasparini, que somente esta noite apareceu:

— Para a alhada em que se encontram, foi pouco. A coisa não anda sopa não...

— E você vai melhor? — se informou ao chegar.

— Um pouco.

— E dormindo com os comprimidos?

— Como um justo.

— Eis um sono que você não merece.

— Bem, acordo um tanto enfarruscado, um tanto zonzo...
— E como é que queria acordar, ora essa!? Muito lampeiro? Pensa que bromural é água de flor de laranjeira? Mas sempre é melhor a depressão do acordar que a noite em claro. Sono é alimento. Acordas com indigestão... Tome café forte que passa.

16 de abril

Os derivativos:
— No primeiro livro era Eça de Queirós, no segundo era Machado de Assis, no terceiro conseguiu ser ele mesmo. Gustavo Orlando não é muito ambicioso. (Adonias.)
— Aprendi mais arquitetura lendo os poetas do que lendo os arquitetos. (Aldir Tolentino, com variações.)
— A obra de Júlio Melo tem um interesse documental extraordinário, não há que negar. Interesse explorado sem premeditação, por puro instinto, num legítimo linguajar de cantador, que o classifica de imediato como um rapsodo, classificação com a qual ele não está concorde... Se iniciamos um romance dele — e já são doze! — não podemos suspender a leitura, somos arrastados até a última página, e alguns tipos que aponta têm esquemática mas apaixonante vivência. O interesse estético, porém, é nulo, ou, na melhor das hipóteses, rasteiro, fazendo com que não se possa relê-la nem no todo nem em parte. Assim me causa espécie, e até desconfiança, o entusiasmo com que um Mário de Andrade, tão artista, e por conseguinte tão artificioso, ostensiva e polemicamente a enalteça, mesmo pondo-se cautelosa e antecipadamente na defensiva com a afirmação de que a encara como uma "saga nordestina". (Saulo Pontes.)
— Um pouco de política literária, sem dúvida. (Jacobo de Giorgio.)
— Antenor Palmeira, também refratário ao refinamento, sem possuir o mesmo poder de atração, supera-o em dramaticidade, não raro forçada, sacode calculada e ignorantemente certos problemas sociais, que o prudente romancista-embaixador só em

pensar tem cólicas, e besunta todas as cenas com um sensualismo que apanha leitores em tal quantidade que irrita os ciumentos Júlio Melo e Ribamar, muito ciosos do consumo popular. É, porém, primário, elementar, e tem-se a impressão, ao lê-lo, que se está diante dum português em oitocentas palavras, um português básico, para uso de viajantes... "Um analfa", como manga, à sorrelfa, o caprichoso Venâncio Neves, que quase não tem público e remorde-se por isso... (Saulo Pontes.)

17 de abril

Outros derivativos:
— A Polônia foi esbodegada e se faz de mártir. Admitamos os sofrimentos na unha dos sádicos nazistas, como não esqueçamos de que foi a única presa do Reich que, além da Noruega, caiu com bravura. Mas não nos esqueçamos de que quando a Tchecoslováquia estava virtualmente encurralada por Hitler, ela diplomaticamente se recusava a ajudar os tchecos, impedindo ainda que a Rússia, que sempre olhou de revés, enviasse, através do seu território, tropas e aviões de socorro, como também lançava oportunos olhares cobiçosos sobre Teschen, um pedaço altamente carbonífero do país ameaçado, que acabou abocanhando. (Aldir.)
— A verdade é que os sovietes só viriam em auxílio da Tchecoslováquia se a França desse o brado e entrasse na dança. Tinham tratado nesse sentido. E a nossa cara França não entrou... Ajeitou-se com o Fuehrer em Munique, ao lado da Inglaterra. (Gasparini.)
— Da Inglaterra de Chamberlain, não da de Churchill! Quando o pacóvio do guarda-chuva, faminto de paz a qualquer preço, partiu para trair os pactos assumidos pela Inglaterra, foi apupado por alguns compatriotas... (Pérsio Dias.)
— Que seguramente eram uns esquisitões... Pois vale tanto a Inglaterra de um como a de outro. Quando Churchill, na Câmara dos Comuns, começou um discurso contra o papel de Chamberlain em Munique: "Nós sofremos uma derrota total e consumada..."

foi obrigado a parar tal a retumbância e os protestos contra as suas primeiras palavras. (José Nicácio, sóbrio.)

— Nossos inimigos, os franceses e ingleses, são vermes insignificantes. Eu os vi em Munique. (Hitler.)

— Quando em estado de cólera, Hitler perde a razão, rola no chão, morde a borda dos tapetes... (Aldir.)

— O nosso ditador aqui não dá ataques. Quando as coisas não vão a contento, morde o charuto. (Gasparini.)

— Dizem que o general Marco Aurélio, quando tem seus ataques renais, rebola no chão como minhoca. (José Nicácio.)

— O Julião Tavares é que, quando toma no coco, esmurra a cabeça, atira-se contra as paredes... Mas não será nunca um ditador... (Marcos Rebich.)

— Quem sabe?

18 de abril

Batizados em Londres, com que nomes não informam, dois *spitfires* doados à RAF pela Fraternidade do Fole brasileira, na qual me incluo por imposição de Loureiro, que tem na mensal contribuição a sua única despesa de guerra, tudo mais é lucro...

Para cada avião abatido pela RAF os felobolistas pagam cinquenta réis. As promoções, caracterizadas por um emblema oval de diferentes cores, que vão pouco a pouco mais corajosa e ostensivamente sendo postos nas lapelas masculinas ou no peito das damas, dependem de antedeterminado número de aparelhos postos abaixo: Rajada, 1.000; Vendaval, 2.500; Furacão, 5.000; Tornado, 6.500; Fufão, 8.000; até chegar à Ordem do Fole, que são 10.000!

O controle é vago, um tanto inventado e anunciado nos jornais. Mas estou ainda longe de poder ostentar o emblema da Ordem.

19 de abril

Prato do dia, e pomo de discussão, é *O poder soviético*, de Hewlett Johnson, deão de Canterbury — Cantuária, no vernáculo. O rubicundo e algo cavalar arcebispo protestante foi prefaciado em português pelo bispo de Maura, D. Carlos Duarte, cândido chefe da Igreja Brasileira, considerado por Martins Procópio como Belzebu em pessoa, e que vai conquistando adeptos de maneira tão homeopática e combatida que não chegará a abalar, pelo menos neste século, a Igreja de Roma cá nas nossas plagas.

Os comunas, que vão tomando corpo novamente, aferram-se apologicamente ao livro — escrito por um cristão e prefaciado por um católico! — para efetivar a propaganda do regime marxista no numeroso rebanho de Cristo, onde não faltam ovelhas negras nem malhadas.

— Você já leu? — me interpela Venâncio Neves em tom policial.

Tive ganas de negar, mas não o fiz:

— Já dei uma olhadela. Perdoável mistifório.

— Extraordinário! E imparcial! Escrito por um arcebispo...

— Há arcebispos para tudo.

Não tem coragem de me chamar de reacionário, engole em seco e Gustavo Orlando, que é mais exigente e por isso nem sempre visto com bons olhos pela confraria:

— Tem muita conclusão idiota, mas serve.

Os jornais se apresentam salpicados de anúncios — "depoimento sincero, leal, esclarecido e ultrassensível sobre o atual regime soviético".

— Não é tanto — diz Gasparini no salão dos Mascarenhas.

— Cheira a parto com fórceps. Ninguém me dissuade de que o cetro de Sua Majestade está cutucando por trás como parteiro invisível. Deve ser esforço de guerra... Doutra forma o arcebispo anglicano não se aventuraria. Arcebispo nunca é besta.

— Deviam apreender o livro — larga Susana fazendo o sinal da cruz.

— Deixe os livros em paz, Susana!

— Um livro prefaciado pelo bispo de Maura!... — volta a solteirona com ferocidade de púlpito.

— Um bispo é sempre um bispo, pontifica a Santa Madre Igreja...
— Que diz missa em português... — e a filisteia ri debochativamente.
— O que torna condenável a missa não é o idioma em que é rezada. Exatamente como a ópera, não importa a língua em que é cantada — adverte Gasparini com forçada brandura.
E na rua:
— Susana precisava urgentemente ser estuprada. Por que o Pérsio Dias não pratica esta caridade cristã?

20 de abril

O aniversário de Vargas, ontem, foi comemorado muito discretamente. Por causa do seu luto, talvez. E o major diretor do DIP (clichê de perfil) passa a tenente-coronel. Nossos efusivos parabéns!

22 de abril

Adonias foi rompendo pela sala adentro com aspecto diferente. Pudera! — trazia manuscrito debaixo do braço:
— Eis aqui o meu romance!
— Feito na surdina...
— Feito precisamente como deveria ser. Não é literatura para o seu bico, mas não me faz mossa que o leia. Está na ortografia antiga.
— Bem, todo você é antigo...
— Ah! Leia. Ou por outra, mire-se neste espelho.
— Talvez me veja melhor. Meu espelho está partido.
— Sem contar que é de vidro fosco. E cá um conselho, não literário, está visto: será que os Alfieri publicam?
— Quero crer que sim. Estão embalados, querendo originais.
— Eu pago a edição.

— Tanto mais fácil. — E pondo uma farpa naquele miúra indígena: — É lindo ser o Mecenas de si próprio...
— Vá bugiar outro!

Só então o embiocado romancista me passou o catatau — *Limite* — não datilografado, mas naquela caligrafia tombada, uniforme, um pouco gorda, claríssima.

— Mas você não tem cópia?
— Tenho, como não tenho?
— A mão?
— A mão.
— Valha a paciência! Obra de escriba... E quando você quer ir lá?
— Quando você puder. O mais breve possível, é lógico.
— Bem. Poderemos ir amanhã. Eu telefonarei antes acertando. Hoje, se você não fica humilhado, daria uma olhada nele.

23 de abril

Varei a noite lendo e relendo o romance de Adonias, o puro amor literário sobrepondo-se à ternura pelo amigo. Pouco extenso sem ser enxuto, paupérrimo de diálogo sem ser opulento de narrativa, virtuosamente escrito sem revelar um grande estilo, soturno sem ser dramático, é uma desfilada de fantasmas à margem do tempo, fantasmas antigos, de rabona e bandós, fantasmas aflitos, tomados pelo medo, mais calculado que profundo, do abismo e da danação. E todo envolvido numa atmosfera de fifó, com uma linha irônica no meio sobre Floriano Peixoto, a única que nos dá um sinal de vida — descuido, por certo, do autor... É mais um esqueleto do que um corpo, falta-lhe a carne estuante, o sangue que corre, o coração de gente, mas resiste. Resiste e ergue uma barricada no campo das letras, na qual as baionetas de chumbo irão se entortar. Será um outro "romance branco" para os vitoriosos fabricantes de romances sociais — coloridos, por suposto; como será, especialmente, uma lição de seriedade e de convicção no introspectivo para um Helmar Feitosa, para um João Soares, para outros que tais, se forem capazes de compreender e aceitar uma lição de belas-letras. (Agora o sol está batendo, tímido, na janela — é hora de dormir.)

24 de abril

É uma anedota para o serão doméstico: dois personagens de Adonias se encontram, à noite, na porta do cemitério São João Batista.
— Não vai entrar?
— Não. Ainda tenho que assustar umas crianças aqui em Botafogo.

25 de abril

Imposto sobre a renda. Que renda?

26 de abril

Os Alfieri teriam publicado por conta própria o romance de Adonias, mas o precipitado autor, logo de entrada, foi dizendo que pagaria a impressão.

E como já saiu nas coluninhas literárias o próximo aparecimento de *Limite*, Ribamar Lasotti pergunta, muito do alto, mas altura que não esconde um certo medo de concorrência:
— Você leu os originais?
Esmago-o serenamente:
— É claro que li. Magnífico!

28 de abril

As dores apontavam nas costas e respondiam no peito, que eram dois odres. Sentia picadas no corpo todo "como se fosse virar bicho". Tonta, quebrava copos, derramava café, deixava cair talheres e queimar comida, "parecia que tinha tomado um porre

de cachaça". Afinal vieram lágrimas e o pânico da morte. Precisava tirar uma chapa grande da pá, pois aquilo que ela sentia "só podia ser tuberculose". Pá, para Felicidade, é o mesmo que espádua para nós. Luísa não quis incomodar Gasparini, mesmo Felicidade não tem fé nele. Na rua do Catete há uma policlínica de recente atividade — para lá se pôs. O médico era jovem e formal:
— Quantos anos tem?
— Trinta e nove.
— Solteira?
E Felicidade muito triste, baixando os olhos:
— Infelizmente.
Felizmente não era nada — um pouco de histeria —, mas Felicidade não dispensou a chapa. Fizeram-lhe a vontade.

29 de abril

O raio X é um invento maravilhoso! Por ele poderemos, às vezes, saber perfeitamente de que iremos morrer.

1º de maio

Concentração operária na Esplanada do Castelo, 10% espontânea, o resto a gancho, com discurso de Getúlio, no palanque embandeirado, rosado como um camarão cozido. Soletremos alguns cartazes:

"Viva o presidente Getúlio Vargas, o amigo nº 1 do trabalhador brasileiro."

"O Estado Nacional nos deu a legislação social mais adiantada do mundo."

"A lei de férias, aposentadoria, pensão, assistência médica e justiça do trabalho são as grandes leis do grande presidente Getúlio Vargas."

"Com o V da Vitória também se escreve o nome do presidente Vargas."

"Com o nosso Chefe pela Vitória da Democracia."

E a fala do presidente foi no diapasão dos cartazes, como se tivessem saído da mesma pena — cabra ladino e, cá pra nós, simpático pela facilidade com que coloca a bujarrona do seu barco à feição dos ventos dominantes...

2 de maio

Mas lá em cima, nos Estados Unidos, os operários levam — por sabotagem ou oportunismo? — cartazes diferentes para o seu presidente. Ele é solerte e durão: "Os interesses nacionais estão em grave perigo. O país necessita dos serviços dos mineiros tanto quanto das Forças Armadas" — e ordena a ocupação militar de todas as minas de carvão onde os operários se declararam em greve.

— O nosso carvão é ruim como apregoam, Aldir?
— É.
— Porque poderiam depreciá-lo por conveniência como acontece com o petróleo, que o Mairones diz que é bom e farto, mas ninguém quer achá-lo.
— Não. É fracote mesmo. Muito cheio de impurezas. Precisa ser misturado, beneficiado para chegar a teor industrial. Mas pior seria sem ele. — Deu uma parada: — Quem não tem cão, vai caçando com gato, não acha?
— Poderia achar que quem nada tem, Deus o mantém, como dizia seu Afonso.
— Vai atrás disso! Se não tivéssemos nada, quem nos manteria era o demônio!

4 de maio

Não há mais bondinho de tostão. Último abencerrage, a passagem dos Carris Urbanos dobrou para 20 centavos.
— Não precisaria me dizer.
Os primeiros efeitos da bebida eram-lhe sempre de extrema excitação, euforia, transbordamento, ficava muito altruísta, muito defensora de humildes e oprimidos. Depois, arrefecendo a ale-

gria e a bondade, entrava a culpar o pai pelos seus infortúnios e desatinos — ah, Vicente Berlini! é o teu sangue, Vicente Berlini!, exclamava numa latomia. Caía em seguida no campo da meiguice untuosa, da passividade gosmenta, procurando os beijos, fechando os olhos num êxtase imensamente triste, quando então me apiedava dela como nos apiedamos duma criança indefesa. Por fim, o pesado sono a derrubava.

À meia-noite, e falara, falara, e a língua se tornara mais e mais pastosa, não se aguentando sentada, tombou sobre a mesinha virando o copo — precisava de amor.

— Cama e amor! Preciso ser amada!

Levei-a cambaleante, dificilmente, para a pensão. Dona Eponina levantou-se do pôquer:

— Vou dar uma mãozinha... Um minutinho...

Ajudou-me na subida da escada de altos degraus. O quarto, embora espaçoso, era desguarnecido e merencório, e a troncha mesinha de pinho, onde escrevia a fraudulenta correspondência filial, ainda o tornava mais depressivo.

— Esta pequena não tem juízo. É uma flor, mas não tem juízo. De uns tempos pra cá, volta e meia fica neste estado. — Inventava razões: — Aquele homem foi um patife, tadinha!

Maria Berlini caíra de borco, vestida, roncando, a boca entreaberta. Descalçamo-la, apagamos a luz, descemos, e nas narinas trouxe aquele cheiro impenitente de pó de arroz.

— Amanhã ela está nova em folha! — disse dona Eponina.

— Conheço esta gatinha... — acrescentou como se eu também não a conhecesse.

5 de maio

No outro dia Maria Berlini estava lépida como um esquilo, de sapato novo e cabelos lavados:

— Dobro! — e seu Inácio (foi há muito tempo, na pensão de dona Eponina!) empurrou uma pilhazinha aventureira de fichas redondas para o centro da mesa cevada.

Com o repique, caía na esparrela do ardiloso e impiedoso Tatá, que pronta e tranquilamente respondeu:
— Redobro.

Seu Inácio desnorteou-se, vendo-se apanhado no puçá que ele mesmo lançara em águas turvas:
— Você é peludo, rapaz — gemeu, metendo as suas cartas no bagaço sem mostrá-las, enquanto Tatá arrastava o fichame com um gesto gelado de profissional.

Maria Berlini, de longe, percebeu o lance, não suportou aquela traiçoeira facada no papo do péssimo jogador:
— É um bom velho este seu Inácio. Estão se aproveitando dele. Não merecia. Vamos daqui antes que me dê um troço e eu vire esta mesa de pernas para o ar!

Acompanhei-a à praia, aonde a levava a sua indignação — precisava respirar! Ouvi-lhe os reclamos desapropositados:
— A malandragem tem seus limites. Este seu amigo é um zinho muito vivo!
— Mas Tatá não está sendo desonesto, meu anjo. São recursos do jogo.
— Sacanagem é o que é! Pura sacanagem! Jogo sujo! Golpe de malandrim! O velho é um pateta e não tem onde cair morto. Joga para matar o tempo, não vive do baralho. Deviam ver isso.

Tinha a voz sombreada por um traço alcoólico — andara bebendo umas e outras, à tardinha, como confessara. Não ficou muito tempo na praia, ancorou no fundo do conhecido boteco, requereu gim.
— Puro, dona?
— Puríssimo! De acordo com os meus sentimentos... — E para mim: — E você não vai fazer cara feia, entendeu? Estou com uma ardência aqui dentro — batia no peito — que só a bebida acalma.
— Pois beba!
— Fiz um fiasquinho ontem, não foi? — e ria.
— Entornou um pouco além da conta...
— Te dei trabalho?

— Não mais que do costume... Quis enticar com o Tatá, falou, falou, falou pelas tripas do Judas, lamuriou-se como uma perdida, depois arriou, pesada como se tivesse bebido chumbo.
— Coitadinho! Sou um desastre... Mas estava precisando de um laxante para os calundus. A alma da gente precisa de vez em quando de uma boa barrela. Lavar a roupa suja que se acumula cá dentro, eis a questão...
— Tem precisado bastante amiúde.
— Foi aquela linguaruda de dona Eponina quem disse?
— Eu poderia depreender, mas creio que ela não mentiu.
— Exagerou. Gosta de enfestar as coisas... Mas se pudesse bem que me emborrachava todos os dias.
— Ninguém a pode impedir.
Pôs o dedo na boca, fez uma carinha matreira:
— É... Não tinha pensado nisto...
— Não sei que graça você acha em beber de tal maneira.
— Não sei que graça você acha em não beber... — replicou entre medeixes.
— Não sou filho de Vicente Berlini.
— Com família, não! — e gargalhou, sacudindo a cabeça ensolarada.

6 de maio

Durante nove meses Maria Berlini andou com um par de castanholas na bolsa. Não sabia tocar.

7 de maio

Toda a cidade transformada numa grande bicha — estamos no primeiro dia da entrega de talões para o racionamento de gêneros alimentícios imposto pela Coordenação da Mobilização Econômica, recente organismo federal recebido com suspeitas pela nada airosa fama dos seus principais diretores. E o povo acode às filas com chacotas e alacridade de meninos em recreio — as viscerais piadas circulam.

Luísa encarregou-se dos cartões e mofou o seu pedaço na espera:

— Já estava que não me aguentava mais nas pernas — disse desabando na poltrona.

Li os papeluchos com melancólica premonição — quem iria ganhar com aquilo? Os Altamiranos, seguramente.

9 de maio

— É um homem infernal este Getúlio! Não há imbecil ou inimigo que ele não chame para servi-lo, que não distinga com uma posição, lisonjeando a vaidade, a ambição, a ganância. Mas é de um maquiavelismo primário demais essa manobra corruptora. Um dia acabará falando sozinho, ouça o que eu digo. Menos por aquecer víboras contra o seio do que por se livrar sistematicamente de todos os amigos para que eles não cresçam à sua sombra. Tantas vezes vai o cântaro à fonte que um dia lá fica... (Luís Cruz às voltas agora com borboletas.)

10 de maio

Velhas contas de Maria Berlini:

    250$000
    <u>350$000</u>
    400$000

11 de maio

Saio com Luís Pinheiro da casa de saúde, onde Euloro Filho foi operado da vesícula, embora Ribamar Lasotti desconfie de outro mal, pois há doenças que ainda geram pudores. Recupera-se rapidamente e, por milagre, encontrei-o lendo. Lia uma novela policial. Luís Pinheiro chegou depois e demorou-se pouco, estava chovendo, aproveitava meu guarda-chuva. Luís Pinheiro nutria por mim uma especial repulsão, habilmente disfarçada. Agora me estima ligeiramente, aventura-se em módicas confidências pessoais ou literárias. Não será impossível que venha a me amar um dia, como já aconteceu com Venâncio Neves — por um mês! Já de Euloro não espero mais que a sua comezinha urbanidade, a qual retribuo como posso, e a visita que lhe faço é uma prova. É tão vaidoso que nem para odiar tem força. Falou-me, ajeitando-se a todo instante na cama, do pequenino lamaçal em que vive patinhando — mesquinharias de porta de livraria, torpezas que Martins Procópio assaca contra Antenor Palmeiro, falcatruas de Altamirano, os amores de Laércio Flores com a mulher de Helmar Feitosa — cada dia mais apetecível aquela danada da Baby! —, pois tudo isso para ele é literatura.

Luís Pinheiro, que apanhou uma boa parte da lavagem, repuxou os olhos cor de avelã:

— Papagaio! que o nosso Euloro estava com a corda toda. Para mim não lhe tiraram a vesícula. Tiraram outra coisa.

12 de maio

Banida dos discursos do Fuehrer a palavra Vitória. O radar britânico — explica Marcos Rebich — liquidou com a ação dos submarinos nazistas no Atlântico Norte, abrindo um corredor largo e quase sem molestamentos por onde os vastos estoques de armamentos e provisões vão chegando dos Estados Unidos para a Inglaterra. E Churchill desce em Washington para conferenciar com Roosevelt — provavelmente, mais um arrocho para a pretendida invasão da Europa...

14 de maio

Muita questão bizantina foi levantada, enquanto as básicas só de leve se viram afloradas; Cléber Da Veiga encontrou a brecha para ser oficialmente considerado escritor e intrometia-se em todos os debates; o egotismo funcionou consabidamente à solta, marcando seu ápice com a arenga e os apartes de Gina Feijó, cujo róseo romancezinho caiu no goto do público e rapidamente vai em terceira edição; mas, finalmente, foi fundada a Associação Brasileira de Escritores, com a sigla ABDE e ata condigna. E eis-me tesoureiro provisório quase por unanimidade. O Poeta brindou-me, galhofeiro, com o voto contra e aberto — dava-o a Altamirano de Azevedo... —, lembrança que provocou riso na pequena assembleia. Guardo a desconfiança de que é o alçapão por onde escapa — no fundo, por sutis motivos, não gostaria de votar em mim.

Ainda bem que me tocou a cobrança do diminuto gentio beletrístico, provavelmente relaxado no pagar. Desagradável seria se me empurrassem na comissão de estatutos.

15 de maio

Mimi foi levar o regador, quando mais viçosas desabrochavam as flores-de-maio nos vasos e canteiros da Boca do Mato.

16 de maio

Loureiro, que lê tanto as cotações da Bolsa quanto os anúncios funerários, bisou o cavalheirismo comparecendo ao velório, esmeradamente escanhoado e luzindo um terno de tussor de inultrapassável elegância:

— Então perdemos a nossa Mirandolina, hem! — e era como carinhosamente tratava Mimi, que tinha muitas histórias com ele.

— Pois é.

Inteirou-se do desenlace — ela se sentira mal depois do almoço, perdera logo o conhecimento, ao lusco-fusco expirara. agarrada espasmodicamente ao crucifixo de marfim que fora dos Ibitipocas. Acercou-se da essa, contemplou o perfil de palimpsesto, toucado pelo véu religioso e do qual evolava um perfume crespo de nardo:

— Elas não morreram, apagaram-se...

Sim, o sopro de Deus que delas fora o escudo, o guia, a esperança, apagara misericordiosamente sem sofrimento a já trêmula chama que se chamava Mirandolina de Lima Rebelo, derradeiro elo duma orgulhosa cadeia mageense que, vindo para a grande cidade com a derrocada abolicionista e a consequente barafunda republicana, não perdera a contextura rural e senhoril, apenas se atenuara ante as exigências de uma nova ordem social para a qual sorriam com o desdém dos que não se acreditam derrotados.

O piano, com castiçais pregados, ficava ao fundo, negro como um outro caixão, mudo das valsas de Nazaré com que a morta enchia alguns serões, antes do chá sagrado, fornido de biscoitos de polvilho e de araruta, artes fazendeiras por suas próprias mãos elaboradas num ritual de tachos de cobre e colheres de pau, na cozinha de azulejos verdes e imensos armários de vinhático. O opalino *suspension de famille* estava apagado, e Adonias namorava-o:

— Quem ficará com este primor?

Não podia responder-lhe. O inventário de Florzinha ainda se arrastava e Mimi figurava como inventariante. Agora tudo caberia a Rosa, mas Rosa estava longe, talvez nunca volvesse, certamente o velho advogado das solteironas pediria uma procuração e aquele mundo de coisas longa e amadamente acumuladas e conservadas iria se dispersar, cair em mãos estranhas, consumir-se na destruição e no olvido.

— Eu comprava por qualquer preço... — aventou o cobiçador.

— Ficaria como uma luva na minha sala de jantar. Vê se fala com o advogado, escreve a Rosa, qualquer deliberação assim.

— Vou ver — acalmei-o.

Adonias criou coragem:

— Olhe, eu compro os dunquerques também. E compro o oratório do corredor com todos os santos. Não se esqueça.

— Não. Não me esquecerei — e sentia que se o fizesse estava salvando um pedacinho daquele relicário tão ligado a mim pelo sangue e pelo amor.

E Eurico veio postar-se ao lado do caixão e a luz oscilante dos círios emprestava-lhe um ar mefistofélico que jamais poderia ter.

17 de maio

À beira de um outro caixão de largos galões, mal ajambrado, barba crescida, macilento, Pinga-Fogo como que compartilhava a mortal lividez de Madalena, liberta de todo o mal. Seus olhos, empapuçados pelo pranto, não abandonavam a face muda, não decifravam o gélido e rígido enigma, esperando a qualquer instante o milagre da vida retornando, mesmo que fosse para sufocá-lo de mais sofrimento e mais vexames.

19 de maio

Mais um navio do Eixo afundado pela FAB, nas proximidades de Maceió.

....

Exposição de Zagalo no Museu Nacional de Belas-Artes, e desespero, consequente, de Nicolau, que vomita cobras e lagartos do pintor e das pinturas. Luciano Del Prete abre-me os olhos para as sutilezas do israelita escondidas na pureza do desenho econômico, quase rapace. Saulo Pontes quis adquirir uma paisagem de inverno no campo paulista, mas o expositor recusou-se a vendê-la. Aliás, não vende nada da exposição — tudo é da sua coleção particular, desculpa-se com salamaleques, esfregando as mãos quadradas e sábias.

22 de maio

A Coordenação Econômica pôs a pata em vários produtos farmacêuticos, aqueles exatamente de maior valia e necessidade — antibióticos, coagulantes, vacinas, vitaminas. As importações diretas, dificílimas, foram interditadas na Alfândega, reembolsados os importadores, e depois redistribuídas pela engenhoca por preço a seu critério.

As rações às farmácias, pois há cotas, são concedidas mediante copiosa e mandarinesca burocracia, e uma certa firma instalada às pressas na rua 1º de Março — Gasparini é quem sabe e conta — consegue prioridade ou aceleramento para elas, mas cobrando salgadas comissões.

— Não adianta bufar — diz ainda Gasparini. — Ou entram na marmelada ou ficam sem mercadoria.

23 de maio

Retornou a Assunção o general Morinigo, que fardado de macaco de circo, com mais medalhas naturalmente, passou uma semana no Brasil. Veio a convite do seu colega de ditadura — que já formulou outras amistosas convocações continentais — e para o seu país levou várias vantagens na valise e, de lambujem, para proveito pessoal, uma dezena de recentes Obrigações de Guerra, cujo lançamento foi de arromba mas cuja aceitação, se não for obrigatória, não vai.

Com as dádivas, mestre Getúlio estaria aperreando a Argentina, que não se define e dessa forma nos futrica na maciota.

24 de maio

Dissolvida pelos próprios dirigentes a Internacional Comunista — não tem mais sentido desempenhar o seu papel histórico... E, a respeito, iremos conversar com os interessados. Mas que, no afã da dissolução, não arquivem a linda e famosa canção, que tantos e tantos morreram cantando!

25 de maio

— Assentaram contra a Alemanha o golpe aéreo mais terrível até agora, você viu? Mil bombardeiros pesados da RAF despejaram duas mil toneladas de bombas sobre o vale do Ruhr, que é

o coração industrial daquela corja. — E Pérsio Dias se mostra radiante: — Sabe lá o que é isto?
— O que é isto? (E foi só o que Tatá pôde dizer. Se teve resposta, não foi aqui. Quando caiu estava morto.)

27 de maio

Düsseldorf indescritivelmente devastada pelos aviões da RAF. O advérbio é do telegrama.

29 de maio

— Os romances de Gustavo Orlando são duma falta de humanidade desconcertante e asfixiadora até. Só há pessimismo e fel, ninguém se salva neles. (Luís Pinheiro.)
— Não será esta a sua maneira agreste, espinhenta, de não cair no sentimental e piegas?
— Que importa? Exatamente nisto reside a efemeridade com a qual nem sonha... Somente sobrevivem os livros que são piedosos com os homens, que ofereçam a eles uma oportunidade ao menos de perdão e salvação. (Luís Pinheiro.)
— Ribamar Lasotti abusa mais de Iemanjá do que João Soares da Bíblia... (Gustavo Orlando.)

30 de maio

Maria Berlini não conhecia homem que não a desejasse, predisposição que a aliviava de muita preocupação imediata ao mesmo tempo que a perdia. Foi franca, sem ser grosseira, naquele crepúsculo de verão e o sol da praia tornara cor de mel a sua pele:
— Sabe? acabou-se o que era doce. Arranjei um coronel. Coronel no duplo sentido. É um tanto escavacado, um tanto pelancudo, mas cheio da erva e sem compromissos. Cansei de querer pastar no asfalto. Vou tocar corneta em outro quartel. — Perfilou-se gracilmente: — Nasci para prostituta, morrerei prostituta.

Não me chocou a decisão (Maria Berlini me enriquecera a vida com risos, nunca com lágrimas, mas já se tornara um mundo sem surpresas):

— Não sei se dou mancada invocando o sangue de Vicente Berlini.

— Não, não dá — riu.

— Então vá com Deus. Não serei eu quem faça objeções.

— Nem adiantariam. Não faria caso delas. Pensei bem, estou plenamente determinada. Os Berlini têm este mérito. Só queria te prevenir, pois jamais te enganaria, o que não é muito próprio dos Berlini.

— Obrigado...

— Não tem de quê... Sair com decência, sem te ofender.

— Não, não me ofende.

— Sabia que sim. Mas como prostituta confessa, nada me impede de darmos umas voltinhas, quando você quiser. Eu sempre gostaria...

— Nada de voltinhas. Amigos simplesmente.

— Amigos? Está bem... — Pegou-me a mão: — Cansou cá da maluca?

— Bem sabe que não. Mas cada um ao seu dono.

— É lindo! Mas não me venha com esta. Não pega. Clotilde tinha dono...

— Ué! como você sabe disso?

— Segredos de polichinelo. O mundo é pequeno. — Pôs em mim o olhar esmeraldino: — Não fui eu quem foi infiel... Pode não acreditar, mas não fui. Você não merecia. Há homens que merecem alguma coisinha. Para alguma coisa a delicadeza vale.

— Fraquezas... Pode me perdoar?

— Já estava perdoado. A carne é fraca. A sua então!... Contudo foi isso que me decidiu. Sabe que tive a ingenuidade de pensar que poderia viver com você? Você trabalha, eu trabalharia... Não era o sangue de Vicente Berlini que me impulsionava, está visto... Bobagem, criancice era o que era.

— Não daria certo.

— Não me custou nenhuma lágrima ficar convencida disso. Amarrei um bom porre e a mioleira entrou no eixo. Cachaça é um santo remédio! Mas faço questão de repisar que realmente tive ilusões.
— Você é um coração de ouro!
— Sou burra, às vezes, isto é o que sou!
— Nunca burra!
— Deixe de ser galante. Mas no saquinho da saudade guardarei todos os bons momentos. Houve ou não houve bons momentos?
— Maravilhosos!
— Ah!
Foi uma despedida suave e sem queixas, repetição do rompimento com Dagmar. Na verdade nem foi ruptura, foi um afastamento. E aliviado, alforriado, no outro dia, logo cedo, telefonei para Catarina:
— Olá, fulustreca!

31 de maio

— Devo-te as melhores horas da minha vida. As mais negras também. (Catarina bordando um sorriso cominatório.)

1º de junho

Ainda Catarina:
— Seu barquinho de papel poderia ter o nome de *Safo*, aquela que...
Interrompi-a:
— Eu sei! Mas também poderia se chamar *Circe*, a que transformava os amantes em porcos...

3 de junho

Reunião da ABDE para primeira discussão do projeto dos estatutos. Balbúrdia e colisões. Primordialmente um impasse: como caracterizar o escritor para efeitos de inscrição na sociedade?

Venâncio Neves é o primarismo: deve ter livro publicado. E em tal acepção Pedro Morais não poderia ser sócio! Ribamar Lasotti, pretendendo corrigir o confrade, cai em idêntica pacovice: uma comissão secreta julgaria os méritos do candidato... E imagine-se se participasse eu da proposta comissão — não teria dúvidas em distingui-lo com uma bonita bola preta, quando poria tranquilamente bola branca em Antenor Palmeiro, que se ri dos literatos e tão somente quer ser o que é — um autor de grande penetração. Gina Feijó foi o delírio das intervenções disparatadas e Cléber Da Veiga é espaventoso e rasteiro: só deviam ser admitidos aqueles que não compactuassem com as ditaduras. E nesse caso não só os seus recentes amigos da esquerda estariam irremediavelmente impedidos como Gustavo Orlando e eu estaríamos excluídos, colaboradores vilipendiosos e contumazes que éramos da revista do DIP, que, sob a bandeira duma reciprocidade intelectual luso-brasileira, conseguira a colaboração de todos os escritores para uma luxuosa publicação do órgão de propaganda salazarista, menos dele por não considerá-lo escritor.

Afinal o bom senso ditou que seriam sócios da ABDE os "autores de qualquer trabalho intelectual publicado por qualquer meio e que lhes proporcionasse direitos autorais".

Episódio humorístico, à margem do debate, foi o pacto firmado por uns cinco cidadãos das letras, entre os quais galhardamente me incluí, de jamais se candidatarem à Academia. A ideia partiu de um historiador, extremamente elegante e particularmente tímido, que, palpito, teme ser levado a fazê-lo e enfiado no compromisso, que inúmeras vezes timbrou "em ser de honra", teria forças para resistir às solicitações da imortalidade. O fino contista e capaz dicionarista, com a sua exuberante alegria, recusou-se terminantemente a pôr a sua assinatura — "quem disse que eu não quero ser imortal? Quero sim". Houve risos à sua veemente confissão. Gina Feijó — sempre desfrutável! — quis a muque assinar o papel, sabendo muito bem que é expressamente vedada a entrada de mulheres na Academia e sabendo muito mais perfeitamente que, se permissão houvesse, nenhuma outra dama literária teria mais fascinação pela glória oficial, nem mais se bateria para alcançar a vitalícia poltrona.

Não acredito que o documento, guardado pelo Poeta da "pedra no caminho", seja totalmente honrado — o futuro a Deus pertence, segundo uns, ou ao Diabo, segundo outros — e tolo será condenar os perjuros.

4 de junho

— Mais uma voltinha para apertar a arruela, meu caro! — é a conclusão, ai de mim, do animoso Pérsio Dinas, inaugurando uma armação de óculos, de procedência ianque, mais larga, mais escura, imitação tartaruga, que faz pronunciar mais a bicanca de tucano no rosto em lâmina.

Dá-se que os generais De Gaulle, o cara de cavalo, e Giraud reuniram-se em Alger e, após três dias de divergências e desentendimentos muito gauleses, constituíram o Comitê Francês de Resistência Nacional, ficando os dois (!) como presidentes do organismo político sediado na África e que vinha atuando até então de maneira mais clandestina.

— E a exposição do Nicolau, sai ou é bafo? — perguntei, para mudar de assunto, pois o mestre, não suportando a vitoriosa intrusão de Zagalo em seus domínios, andou espalhando pelo alto-falante dos seus alcaguetes que vai expor as novas produções e "mostrar o que é esta tapeação de matéria..."

— Sai, como não sai? Está tudo pronto. Um punhado de coisas ótimas, verdadeiramente ótimas! O homem trabalha como um danado!

— Não basta trabalhar como um danado. É preciso trabalhar com sabedoria. Aliás, uma exposição em cima da outra é bom para se ver a diferença. Ver ou estabelecer...

O escultor, que se faz cada dia mais chegado a Nicolau, sem depreciar o judeu-paulistano, retruca oscilando a ossatura:

— Cada qual no seu galho. A árvore é ramalhuda.

— Embora não sejam macacos.
— Exatamente. Nada de macaquices. Nicolau está tinindo! Você vai entregar a mão à palmatória. Não pode imaginar a violência da sua paleta agora.
— Procurarei encontrar o figurino.
— Figurino tem de haver, que diabo! Há figurino para tudo. As coisas não podem sair do nada.
— Grande novidade! Mas não custa a gente ser humilde e não querer impingir como próprio o figurino que às escondidas se folheia...
— Você está de marcação. Marcação cerrada.
— Não diga isso. Você não entende de futebol.
— Mas entendo de pintura.
— Está começando... E não está começando bem...
— Pode ser que sim. Mas até me convencer do contrário...
— Pode ser que nunca se convença. Acontece muito. Marcos Eusébio está aí como soberbo exemplo.

Pérsio riu:

— Pode tripudiar, que não arredo o pé. O que Nicolau está fazendo é importante, definitivo. Não é, Mário Mora?
— A quem pergunta!...

E o gorducho desperta do seu cismar, alheio que foi ao inútil pingue-pongue:

— É grande o homem!
— Estava sonhando, Casanova?
— E com a morte da bezerra, como diz o ditado.
— Pois grande mesmo é mulher, digo-te eu.
— E a sabedoria fala pela sua boca, como dizem os chineses.

5 de junho

Viverá sempre na minoria, desgraçado!

7 de junho

Coquetel de boa vizinhança, com salgadinhos multicores, refrescos com gosto de sabonete, calor de derreter os untos neste veranico de inverno. Ao pôr o pé na porta já me sinto arrependido:
— É de fufa!
— Para que veio? — e Luísa para como se esperasse ordem de bater em retirada.
— Burrice!
Venâncio Neves, Natércio Soledade e o comediógrafo das chanchadas, no jardim de inverno com móveis de bambu, acreditam formar uma ilha de inteligência naquele poliglótico mar de asnos e sonham secretamente com convites para visitar os Estados Unidos e com traduções nova-iorquinas em tiragens astronômicas.
— Então, chefe, como passa? — e estampa-se no rosto oleoso de Nicolau a felicidade do convite: inicia-se na sociedade. Chovessem canivetes e ali estaria, esforçando-se para vencer o canhestrismo.
O chefe em questão é Guilherme Grunberg, que exibe seu ar enfastiado e exangue:
— Aguentando a chateação... Vou dar o fora logo. Tenho horror a conversa com gringo!
Nicolau não sabe o que responder, esgueira-se, adere aos cineastas que jamais fizeram um filme:
— Então, chefe, o que é que há?
— Estamos empenhados numa retrospectiva do cinema mudo — responde o espinhento. — Talvez o adido cultural nos dê uma ajuda. Seria importantíssimo!
— Claro que seria. Formidável!
Julião Tavares, com o vozeirão que o distingue em qualquer ajuntamento, gruda-se ao *mister* do petróleo. É engraçado, mas a sua graça é feita com mão pesada e local e o *mister* não o compreende, o que não impede de aprovar com a cabeça:
— *Well... Well... Very well!*
Cléber Da Veiga pontifica para o ilustre visitante (da Universidade de Ohio) e para o dono da casa, pondo a mão, com jeito de

familiaridade ou proteção, no ombro da glória nacional que é Marcos Eusébio. Ama as casas de grandes lustres de cristal, de móveis de jacarandá D. João V, autênticos ou não, de espelhos venezianos, prataria espalhada, louça fina, o luxo venha de onde vier e como vier, um majestoso respeito pela ordem sobrenada nas suas entranhas.

— Mais uísque?

— Mais uísque e menos água, rapaz. Está muito pálido. Da minha cor, não. Da cor do Mário Mora, viu? — e José Nicácio puxa o copo da bandeja.

Mário Mora ostenta uma imobilidade de bonzo e o catedrático de pediatria aduz:

— Está sendo muito preconizado ultimamente para as coronárias. Minha sogra...

Ficamos sabendo que a sogra, além de cobaia para o *scotch*, é uma exceção no mundo das sogras:

— Quem cuida das minhas roupas, quem prepara as minhas refeições, quem cataloga os meus papéis é ela...

— Não sei quem é mais insignificante. Se ele, se a sua literatura — diz Ribamar, de Helmar Feitosa, que traz os escassos cabelos resplendentes de brilhantina e com mais um romance na rua, enquanto a esposa procura ávida o fugidio Laércio Flores, já às voltas com novos amores.

E José Nicácio aponta Altamirano de Azevedo:

— Oloroso monturo!

Altamirano, perfumado como ramalhete, olhar alheio, ataca salgadinhos. De repente abre os braços para o ex-senador, a "Patativa do Norte", agora de bico fechado:

— Grande caráter!

O ex-pai da pátria mostrava-se frio, mas Altamirano fingia não perceber:

— Tenho-o procurado por todos os cantos! Preciso falar muito com você.

— Pois tenho estado por aqui mesmo...

Luísa ria discretamente com a senhora do acadêmico, muito cheia de joias, e que voltara da Argentina:

— Você não pode avaliar como estão as peles lá. Baratíssimas! E as lãs, nem se fale!

— Este sujeito é insuportável — diz Adonias de um diplomata que faz da graciosa mulherzinha o pé de cabra da sua retumbante carreira. — Sempre que o vejo tenho ganas de esbofeteá-lo.

— Fôssemos esbofetear os insuportáveis e o mundo viveria de bochechas ardendo...

E numa rodinha de canto, Godofredo Simas — gravata que nem lagarta de palmeira — bebe, mastiga e mente, infatigável.

Quantos milhares de sacos de feijão o povo pagou no câmbio negro para que a senhora Altamirano ostente tão soberbo adereço? Despejo o uísque intragável no florido jarro, a gargalhada do literato da última fornada é tão boçal quanto as páginas que escreve, sinto tristeza e solidão de náufrago. (Catarina, a ausente, era um rebuliço que me acalmava.)

Madame é terrível:

— Matar todos os alemães, esterilizar todas as alemãs! Alemão não é gente!

— Lembre-se que Bach era alemão... — insinua Saulo Pontes.

O espanto da dama é de quem não acredita:

— Oh!...

Sandálias gregas nos pés mestiços, Vivi Taveira, exibindo ainda com prazer a não muito escandalosa novidade do seu amancebamento com o presidente do Banco do Brasil, gostaria de estar nua. Está seminua:

— Alô! — acena com o cigarro.

— Alô! — respondo pensando nos seus barulhentos espasmos.

É incômodo receber de desconhecidos elogios cara a cara, coisa incômoda até para Antenor Palmeiro, que fica vermelhíssimo quando lhe sucede, e que tem enviado do estrangeiro algumas crônicas surpreendentemente boas para desespero de Ribamar, que não as perdoa. Com habilidade refugio-me no trêfego grupo de debutantes, onde se encravou Susana Mascarenhas,

a eterna debutante. São lindas, frescas, vaporosas. Falam uma linguagem estenográfica aos meus ouvidos como se fosse outra língua. Fico um pouco aturdido. Coisa estranha é mulher! Estranha e triste. E, a um olhar, Luísa deslizou e esperou-me na porta.
— Que chatura, querida! Não é possível mais.
— Para que é que você veio? Você não gosta dessas coisas.
— Burrice mesmo, já disse. Fraqueza também.
E não voltamos logo para casa. Ficamos vagando por Copacabana — como está mudando! Parece outro país...

8 de junho

Revolução na Argentina, rápida como corisco e o novo governo, de predominância militar, já prestou juramento como se isto valesse alguma coisa politicamente.
Até que ponto Getúlio saberia dela ou contava com ela? — é o que perguntamos. Melhorará a frente fria? — é o que ignoramos.

10 de junho

Os Alfieri operam os seus prelos que nem bruxos risonhos — saiu o romance de Adonias e até que a capinha, mais imposição que sugestão do autor, de austeros caracteres itálicos e uma cogula negra por vinheta, não ficou má.
— Que seja o último — digo-lhe ao receber o volume cheirando a tipografia.
— Leia a dedicatória, se faz favor.
Li o talhe antigo em desbotada tinta: "Para o seu coração de luz enfermo..."
— Perdoável erro nosológico.
— Veja a numeração. O exemplar número 1 é o seu. Atente à consideração — e tossicou — não literária compreenda-se...
— Deus me livre que fosse! E, como não é, o cavalheiro poderia ter juntado o nome de Luísa...
Adonias deixou cair o veneno de uma verdade profunda:
— Agora nós somos inimigos.

11 de junho

Não falo cousas profundas. Costumo escrever algumas que poucas. Passam despercebidas, o que talvez seja melhor.

12 de junho

— Com a rendição de Pantelaria o Eixo perde uma valiosa posição insular avançada. Têm os Aliados agora um aeródromo e uma bela base naval a noventa quilômetros da Sicília. É fogo ali nas trombas!
— Você sabe onde fica Pantelaria? — pergunto, certo de que a claudicante geografia de Gasparini seria apanhada em flagrante.
— Não! — responde corajosamente.
— Felizmente que com as vísceras alheias você não é tão imprudente.

13 de junho

— Uma ilhota italiana a menos... — provoco.
Gasparini ri:
— Já sei... Lampedusa...
— Mas não sabe onde fica, para variar, não é mesmo?
— Aí é que você se enganou. Sei. Vi no mapa...
— Ora viva!
E na frente oriental predomina a batalha nos ares, com vantagem dos soviéticos, que têm mais aviões do que moscas.
— Com essa os alemães não contavam. Deviam fuzilar quem deu as informações...
— Lindbergh, se não deu, ajudou muito. Camaradazinho errado!
— Como caem os heróis, hem! — pondera pausadamente José Carlos de Oliveira.

14 de junho

Cem metros além do nosso edifício termina a rua, sem saída, em ângulo quase reto com a montanha, que grimpa em súbito aclive. As edificações são poucas neste trecho, poucas e boas, ricas até, com cuidados jardins ou invejáveis parques que se somam à floresta espessa de lianas, fetos, trepadeiras, sarmentos e corimbos. Nos terrenos sem muro a mataria é um prolongamento da floresta — ipês, quaresmeiras, paineiras, umburanas, embaúbas, sapucaias, palmeiras, mangueiras, onde os caburés gargalham noite feita, jaqueiras, jequitibás, socadas de bananeiras cujos cachos Pérsio vai colher antes que os moleques os encontrem nas vadias incursões com atiradeiras e varapaus. Há micos aos bandos, inserindo no bucolismo encantado das manhãs o alvoroço dos guinchos e estrepolias, há gambás solitários, responsáveis por muito galináceo sangrando nos quintais lindantes. Há beija-flores, que são joias volantes, rolinhas com seu ciscar de pluma, sanhaços, cambaxirras, pardais, inconvenientes bem-te-vis. Há vaga-lumes com a lanterninha azulada, guaxupés que em algum oco de pau fabricam o seu mel, içás de gorda bundinha para se fazer pipoca, manjar que não entra na cabeça de Vera e Lúcio, mas que Felicidade defende como saborosíssimo, uma multitude de insetos, certos deles de tão estranha carapaça e coloração, e que enche a noite com desconcertante música de amor ou predação. E há as grandes borboletas de purpurino azul e lento e vigoroso adejar com que se fazem bandejas e cinzeiros para o escasso turismo citadino.

A cem metros do edifício havia, quando chegamos, um barraco escondido numa clareira. Agora são três.

16 de junho

As mães andam de coração apertado, amaldiçoando a guerra, fazendo promessas, catando pistolões. Foi anunciado que o Brasil enviará um corpo expedicionário para os campos de batalha. Dona Idalina é mãe. E Francisco Amaro me escreve contando as aflições da sogra, já que Jorge, o cunhado, está ameaçado de convocação.

17 de junho

1930. Lá se foi o reservista defender a legalidade por decreto. Uma semana em Macaé. Macaé é o mar!

18 de junho

O automático fez tec! sobre a última nota do concerto de Poulenc, claro como uma alvorada.
Acordou:
— É maravilhoso isso!
Tinha o olhar deprimido, afundado na poltrona, a cabeça enterrada no peito. Ela pungia-se com o sofrimento do companheiro. Logo que ele chegara, vira que as coisas não corriam bem. Jantaram sem palavras, quase sem palavras encheram uma hora de música — Turina, Respighi, Poulenc. Encaminhou-se para a vitrola, mordendo o lábio inferior:
— Você não está vendo muito jeito, querido, de se arranjar os negócios, não é? Fala.
— Sim, creio que é melhor perder as esperanças. Ou botar as esperanças noutra tentativa.
— Está abatido por isso?
— É natural, não? Mas não quero consolo, sim? Não gosto de consolo, você sabe. Fico mais irritado, mais aporrinhado. Para quê? Não falemos mais nisso. Se tiver de ser, será. Por mim fiz o que pude, mais não faço. Não sei rastejar. Deixo isso para os outros. Anda, vá trocar de roupa, que a noite está ventosa. Vamos dar uma volta por aí. Um cinema seria bom para ventilar o crânio. Para alguma coisa cinema serve.
— Vamos.

Reacendeu o cigarrinho recalcitrante:

— Você não acha, Luísa, que já estou numa idade em que cansa tomar sempre na cabeça?

— Você fala como se fosse velho.

— Velho não sou, mas também já deixei de ser moço. E não cansa viver sempre arrastando esse falso manto dourado? Que temos nós senão dificuldades, compromissos, dívidas, doenças, chateações?

— Que dívidas?

— É uma maneira de falar.

— Sim, porque dívidas não temos. Aperreados mas não endividados.

— Foi uma força de expressão...

— É. Mas pensei que desta vez iríamos ficar livres das nossas dificuldades, ter uma vida mais folgada. Compreendo o seu desencanto. Mas não há de ser nada.

— A cigana "nos" enganou — sorriu.

— A cigana sempre engana. — E ela riu, guardou o disco: — Vamos esperar. Nem tudo está perdido.

Ele deu dois passos, parou diante do velho espelho:

— Qual!... Está escrito que nunca terei sossego!

Depois que disse ficou um pouco envergonhado, como se tivesse deixado à mostra um sentimento vergonhoso:

— Bobagens! A vida é assim mesmo. Muito para uns, nada para outros.

— E até que para nós não tem sido ingrata...

— Não. Somos ricos de coração... Anda, vamos. Não demore muito. Mas antes de sairmos promova um cafezinho.

— Você não está abusando um pouco, filhote?

— Ah! o Gasparini que vá para os quintos do inferno!

20 de junho

Aumenta na Itália o nervosismo provocado pela ideia de invasão. O Duce, que colhe as amarguras do turumbamba em que se meteu, vê aluir o seu império de papelão. E, segundo fontes do melhor crédito, está um caco, age às apalpadelas, omite-se até, perdeu o cesariano aprumo, emudeceu a falaz arrogância!

22 de junho

Dou uma arrumação — há muito não o fazia e é como um exercício para desenfarruscar o coração — na gaveta dos meus guardados, tabernáculo intocável, no dizer de Luísa, que moteja das minhas manias.

— Você é pateta, querida. Patetinha, para ser mais carinhoso.

— Mas para que guardar tanto badulaque, meu filho?

— Só quem guarda é que sabe. Quem não gosta de guardar não compreende. Não adianta, portanto, tentar explicar. Quando eu morrer você joga tudo fora, está bem?

— Bobo! Quando você morrer... Eu vou morrer antes de você.

— Fique descansada. Vai viver muito. Mas você fala dum jeito como se fosse uma injustiça inominável do destino eu morrer depois.

Luísa limita-se a rir e eu continuo no sentimental labor de reacondicionar minhas quinquilharias. E elas vão surgindo: o chocalho da cascavel morta por Zé Bernardo em Campina Verde; os dentinhos de leite de Vera e Lúcio; o leque de mamãe, em sândalo e madrepérola, que a baronesa de Ibitipoca ostentara nos salões da Corte e cujo perfume esvanecera; o pequeno binóculo que papai não esquecia nas noites de teatro lírico e cujas lentes se embaçaram como que atacadas de catarata; as chamalotadas fitas com as cores belgas e nacionais, que usei enlaçadas no braço na parada escolar da Quinta da Boa Vista, em honra ao rei Alberto, cinco horas de espera sob calor inclemente, que Madalena não suportou, caindo desfalecida; as abotoaduras de tio Gastão em forma de ferraduras, o tosco crucifixo de Mariquinhas, não maior que um dedo e que ela pendurava na cabeceira da cama em estilo floreal; as lunetas de vovô desembargador, esfumadas, retangulares, azinhavradas; as contas soltas da pulseirinha de coral de Cristininha, presente de doutor Vítor quando a batizou...

No fundo da gaveta, a caixinha de charutos. Abro-a com ternura — é a caixinha de papai: a chavezinha do seu caixão, sua carteira de identidade com um retratinho tão carrancudo, seu cartão de visita, seus óculos de leitura, sua aliança de casamento, seu distintivo do América, sua agenda de notas e o maço de telegramas. Desato o barbante puído, releio os pêsames de Assaf, seu Durvalino, Júlio Melo, Oldálio Pereira, o chefe, Cléber Da Veiga, Godofredo Simas, Gustavo Orlando, Euloro Filho, João Soares, Gerson Macário, seu Políbio da farmácia, Manduca, filho do seu Duarte, Helmar Feitosa, João Herculano, seu Camilo, doutor Sansão, a diretoria do América, fregueses da fábrica, parentes longínquos de Magé, tantos, tantos... E, ao cabo, rasguei um por um, como num rito.

23 de junho

A noite inteira fazendo contas, alinhando parcelas, podando ou cortando despesas — o mensal, cuidadoso e sempre precário pressuposto, sem possibilidade de melhora, num insofismável aviso de que a vida pequeno-burguesa se esvazia, baixa de nível, se afunda no proletarismo, repudiando, contudo, as vantagens dele e agarrando-se insensatamente, suicidamente, às formalidades daquela, de moribundas doçuras. É incrível como consigo me equilibrar com o que ganhamos eu e Luísa, sem visíveis relaxamentos, a mesa farta e variada, os amigos bem recebidos, as crianças vestidas, as aparências salvas! A tal ponto que para muitos passo por rico... suposição que nem tento desmentir, que em dadas circunstâncias até estimulo, por saber que ser rico é ainda considerado qualidade. Rico de restrições, isto sim.

24 de junho

Mais um que Getúlio apanha no alçapão com pouco milho — chega o presidente da Bolívia, general Peñaranda, o peito crivado de medalhas, nem sei como encontrará lugar para as condecorações brasileiras com que o carimbarão.
Somos bons hospedeiros.

25 de junho

A imprensa tem desovado um número apreciável de notinhas sobre *Limite*, umas copiando as outras, todas enfocando as mesmas aparências como um relógio de repetição, e que Adonias recebe com falso pouco-caso:
— São os nossos noticiaristas agindo... Já me pregaram um rótulo. Ninguém escapa. É cômodo rotular. Faça o que fizer, morrerei com ele — duas tíbias e uma caveirinha...
— Servem para empurrar o livro. Cada qual útil a seu modo.
— A toleima é combustível precioso num tempo de propulsão obrigatória.
— Se é! Mas crítica mesmo não tem saído, não é assim?
E sem nenhuma falsidão:
— E porventura temos crítica?
— Um arremedo, corrijamos.
Contudo, tem acontecido — ó frágil Adonias! — se exaltar com alguns adjetivos que lhe vêm enfeitar os miolos, e foi assim que, após me mostrar um recorte assinado por João Soares, afrontou-me em sentido pornográfico:
— Conheceu o peso da manjuba?
Tomei-o deliberada e impiedosamente ao pé da letra:
— Manjuba não, espectro de piaba.
E ele gozoso:
— Você é um taful!

26 de junho

Em 1925 gastavam-se muito sínteses como esta: "A vida... oh!..." Era a moda passageira da profundidade reticenciosa. Houve outras modas, anteriores ou posteriores — a da chuva, a da neblina, a do pau-brasil, a do verde-amarelismo. Literatura é assim, não há remédio. E quando dei fé, tinha feito o meu primeiro conto — que conto! Possivelmente taful...

27 de junho

E a comoção do primeiro artigo sobre o meu primeiro livro, com 144 erros tipográficos! Caluda! Devemos ser discretos com as nossas emoções. Admiti-las, mas achar as dos outros por demais exageradas.

29 de junho

Outro coquetel de boa vizinhança na casa do adido cultural dos Estados Unidos. Vamos ter exposição de pintores americanos. Martinho Pacheco, que borboleteia entre o comentário radiofônico e as artes plásticas, com o máximo desplante fez a introdução do bonito catálogo sem ter visto uma única peça! — os quadros não haviam chegado e o impressor não garantia a entrega se não apressassem os originais.

— Louvei-me em fotografias — explica com calmo cinismo.

O genuíno *bourbon servido* não afinava com Laércio Flores — estava enjoado, foi se aliviar no sanitário:

— É uma beberagem da moléstia!

A casa é imensa. Refugio-me na biblioteca severa, vitoriana, com gravuras inglesas de cavalos e um cheiro doce de verniz. Folheio os *Poemas completos* de William Carlos Williams, simples como um regato.

A GUERRA ESTÁ EM NÓS

30 de junho

Fortalezas voadoras vencem a distância de 1.600 quilômetros para devastadores ataques a Livorno. Agora é que o nervosismo vai virar paroxismo!

1º de julho

Terão coragem de bombardear Roma? — é tema que os jornais exploram, entrevistando intelectuais, e que os Mascarenhas põem em pauta.

— Inglês tem coragem para tudo quando está contra a parede! Olhem para o que ele fez na Índia! Olhem para o que ele fez na África do Sul! — previne José Nicácio.

E o salão de Susana é o reflexo da alarmada cristandade nativa. Gasparini, de folga e muito bem-humorado, caprichaa possibilidade para sobressaltar mais aquelas pobres almas devotas:

— Guerra é guerra! Bomba pra frente! E do Vaticano não deixarão pedra sobre pedra. Os bifes são protestantes...

Susana se abastece de persignações. (Foi uma noite divertida.)

2 de julho

Como divertido foi que Garcia tivesse recolocado nos trilhos seu descarrilhado comboio: "Um necessário e recíproco silêncio nos separou por fartos dias, intervalo que tomo a iniciativa de romper. Pelo menos, porém, meu coração já amineirado ficou na escuta, como um bom radioamador, e captou referências excelentes a você (como escritor...) na rodinha caipira daqui, caipira nos modos, não no espírito, catalogável entre os áticos — o que é uma maneira de receber notícias sem ter o receptor diretamente sintonizado... O trabalho é o aranzel de bate-enxuga que me vexa cinquenta vezes por dia, que caleja a sensibilidade, que desnutre a alma já não muito vitaminizada, mas que dá, conquanto apertadamente, para comprar os pirões que o famélico corpo requer para a sua diária subsistência — o peixe morre pela boca... (Há muitos "quês" no parágrafo, mas afinal não sou Gustavo Orlando com aquele santo e exagerado horror a eles, sem que demonstre na sua prosa igual aversão aos advérbios.) É óbvio que enquanto o trabalho me esfarela, enrijece a firma a que estou atrelado — ganha, ganha, ganha! e eu que o diga, pois a mim cabe em grande parte a alinhação dos lucros. A guerra é um ótimo negócio, caro malungo! (Menos para Emanuel, Glenda e Mac Lean...) Nem sei como os Aliados se esforçam tanto para ganhá-la e os nazistas tanto para perdê-la... pois que duma maneira ou de outra será o fim do negócio. Li *The jew in love*, de Ben Hecht, gostei morigeradamente, aconselho que o faça, se não encontrá-lo aí me diga que eu te enviarei o meu exemplar, desencavado aqui mesmo... É um tipo gozado este Ben Hecht, e desculpe se ele anda metido no assunto cinema, ora como argumentista, ora como diretor, e você tem que desculpar mesmo pois Scott Fitzgerald, tão do seu agrado, bem que badalou, e nada venturosamente, pelos estúdios, e o seu Val Lewton outrossim em estúdios se realizou. É um tipo gozado este Ben Hecht, repito: já foi acrobata, violinista e repórter — que sequela!... mas ao cabo é escritor, e escritor de fato, com um pinguinho de Pöe no processo e um pezinho no fantástico... E por tocarmos em fantástico: li *Limite*, e perdão pela aliteração, do nosso nada aliterante Adonias, e não sei francamente se é o fantástico sem fantasmas ou se são os fantasmas sem o fantástico... E difícil é agradecer sem ser hipócrita. E li a derradeira versalhada social do Natércio Soledade — Stalingrado! Stalingrado! ó Troia sem cavalo de pau e sem Helena! — e constatei, estarrecido, a quanto chega o poder poético do carminativo! A cara-metade, fresca, louçã, maravilhosa, é uma vontade inteira a serviço da salvação marital. E na falta de bebês, entrega-se à tarefa de purificar a alma acima mencionada. Vai ganhando terreno na razão direta da minha colite. A colite predispõe ao misticismo — eis um aforismo que Hipócrates assinaria..."

3 de julho

"Já havia posto a carta no correio quando dei conta de que deixara de mencionar certa coisa bastante interessante para o seu *dossier*. De modos que — como dizem aqui — receba estas linhas não como carta mas como pós-escrito daquela que já deve ter chegado às suas mãos. A coisa é a seguinte: a família do sátrapa já se descartou de qualquer convocação guerreira. Arrimo de mãe viúva, insuficiência mitral, olho torto, pé chato, cornos furados, tudo serviu de apelação. Seu devoto correspondente, G."

4 de julho

Fazem parte dos festejos do *Independence Day*: O desencadeamento de esmagadora ofensiva no Pacífico e a consequente apoderação de dois grupos de ilhas perto de Rabaul, cuja localização é preciso consultar no mapa-múndi para Gasparini não me pegar desprevenido; e o cerco de poderosa esquadra nipônica na base de Salamaua, que fica na Nova Guiné.

5 de julho

Bilhete de Francisco Amaro: "Poderia me dizer por que não escreve? Alguma embolia cerebral? Quebrou a mão? Esqueceu o endereço? Carta sua hoje em dia é mais rara do que dourado no rio Guarapira."

6 de julho

Um dia promissor: o Eixo teve 45 aviões derrubados sobre a Sicília. E na frente de Orel, 111 aparelhos e 423 tanques foram destruídos. Não informam qual foi o preço de tais devastações nem sabemos se os números estão muito certos, embora se presuma que não exageradamente arredondados. E eu também lavro os meus tentos: consegui refazer 25 linhas deste meu livro quilométrico — árdua batalha!

7 de julho

Sempre em meu coração... Não aguento mais este azucrinante melado musical de importação. Enlouquece! Pode ter também ação idiotizadora. Veja-se o estado em que ficou Pérsio Dias depois do filme que o divulgou — por mais que se controle o assobio sai e aniquila o gesto criador na argila molhada. E agarro-me ao sambinha de inverno de Lenisa Maier como a um breve:

Quem é que lava a roupa pra você dançar?

8 de julho

Resposta atrasada a Francisco Amaro: "Impossível compreender os garranchos de médico. Não sou farmacêutico. Você não tem máquina? Por que não escreve à máquina?"

9 de julho

Investe a Wehrmacht desesperadamente contra as linhas soviéticas e desesperadamente é batida. As minhas próprias linhas me derrotam.

10 de julho

Devorado pelas chamas o velho Pare Royal, decadente, em regime de concordata e ainda em demanda com a Ordem dos Mínimos de São Francisco de Paula, proprietária do imóvel. A Comissão de Desapropriações da Prefeitura, que tem desapropriado muito, mantinha escritório num dos andares superiores do prédio e do arquivo só restou um monte de cinzas para alívio de Délio Porciúncula, que advogou muita causa malcheirosa de demolição, com a possibilidade de dar galho, um dia. Camarada de sorte!

11 de julho

A Sicília é lá no bico da bota peninsular, mas não deixa de ser Itália. Nela desembarcaram ontem os Aliados. É a primeira etapa da libertação do continente europeu — proclama o general Eisenhower. Gasparini surgiu delirante, sobraçando garrafas, juntou-se a José Nicácio e a Aldir e amarraram um porre monstro.

12 de julho

Como os ventos não andam favoráveis e encrespam a laguna das finanças caseiras, decidira que hoje não receberia ninguém, daria desculpas, passaríamos a noite na rua, talvez fôssemos a um teatro, despesa que afinal não iria desajustar muito mais a já desarrumada pecúnia. Nem sempre adianta decidir — Luísa forçou-me a voltar atrás e o comparecimento foi em massa. Pior, porém, foram os telefonemas! E presente é uma coisa que me deixa sem jeito, não sabendo agradecer, pensando logo em retribuir, as mãos duras para desembrulhá-lo. Ao cabo, foi uma noite agradável, que afugentou muito abantesma interior. Gasparini fez evoluções de porta-bandeira de rancho e Aldir, com improvisada ventarola, acompanhou-o de mestre-sala. Pérsio dignou-se contar anedotas do seu repertório secreto e, portanto, salgadamente impróprias para menores e para Susana, que ora fingia não ouvir, ora não compreender, mas que em dado desfecho não pôde deixar de acompanhar a hilaridade geral, para o que Mário Mora, com uma piscadela, me chamou a atenção — santinha de pau oco... E José Nicácio, que estava em maré alta de comicidade, cantou, dançou, declamou, fez pirueta e imitações, encheu a cara com o refrão: — Até que não gosto de beber, mas dada a festiva oportunidade... No capítulo da cantoria, deliciou o auditório com o famoso *Hino do brasileiro pobre*, que a maioria só conhecia de renome.

Cerrada a porta sobre o último conviva, e Luísa e Felicidade já atacavam a limpeza, não pude me conter:

— Onde você arranjou dinheiro para oferecer tanta coisa? Foi uma orgia romana!
— Fiz um empréstimo.
E pelo riso das duas parece que foi com Felicidade que ela se arrumou.

13 de julho

Deu o tangolomango na macacada! Dez cidades sicilianas caíram num abrir e fechar d'olhos, ante a motilidade das tropas aliadas.

14 de julho

Resposta ainda mais atrasada a Garcia: "Você se lembra daquelas tias, Celina e Flora, em Combray? Se não se recorda, recorra ao *Du coté de chez Swann*. Encontram-se logo no princípio. Pois aqui vai uma paráfrase do jeitão delas — 'Há certos trechos de cartas que não nos convencem...'"

15 de julho

Para os interessados, transcrevemos a letra do *Hino do brasileiro pobre*:

> *Do Norte, das florestas amazônicas,*
> *Ao Sul, onde a coxilha a vista encanta,*
> *A terra brasileira, à luz dos trópicos,*
> *É como um coração que bate e canta.*
>
> *Operários, Marinheiros,*
> *Estudantes, Funcionários e Soldados.*
> *Já sofremos mil reveses*
> *Já cansamos desta vida de explorados.*

*Punhos cerrados,
Levantados,
Protestemos.*

*Abaixo os mercenários e facínoras,
Lacaios dos patrões capitalistas.
Lutemos contra todos os tiranos
Vendidos às nações imperialistas.*

*Soldados, Operários, Marinheiros,
Erguendo à luz do sol sanguínea flâmula.
Tornemos o Brasil dos Brasileiros.*

*Vem camarada
Libertador
Para o fragor da barricada.*

*O verso, o canto, o braço e o fuzil
Pelo nosso
Brasil.*

16 de julho

O patriotismo das pirâmides não ficou apenas no alumínio — amassadas panelas, frigideiras, conchas, caçarolas! A borracha é preciosa! E nessa voz, 230 toneladas foram rapidamente arrecadadas nas escolas. Dei os pregos com a contribuição involuntária — por iniciativa de Vera, a metida, lá se foi o meu velho tapete do chuveiro, cujo uso Doroteia compartilha de maneira diferente e amoniacal.

— Estava velho! — defende-se a menina. — E Luísa deixou. Eu pedi a Luísa.

— Tinha graça que não pedisse — acalmei.

E Luísa já se prontificou a trazer um estrado de madeira da loja de ferragens.
— Faço votos que a pátria não precise de pinho.
Luísa riu e Vera não compreendeu.

18 de julho

O Oitavo Exército, nas planícies da Catânia, vai como faca em manteiga. — Em Feltre realizou-se o décimo terceiro encontro de Hitler e Mussolini, que precisa, urgente, de um estimulante... — Com um pequeno séquito, Getúlio percorreu a cidade, inteirando-se de necessidades, fiscalizando melhoramentos, prometendo muitos outros, distribuindo sorrisos. — Falhou o adjutório que pretendia, na ilusão de ser fácil.

20 de julho

Pela primeira vez na história — e como Susana deve ter arregalado os olhos com o que para ela é sacrilégio! — a Cidade Eterna foi bombardeada. O alarme aéreo foi dado, mas as defesas não responderam ao nutrido fogo que descia do céu, sem que o Santo Padre pudesse impedi-lo milagrosamente com as suas rezas e o seu báculo secular. Mas os Aliados estão sabendo o que fazem — limitaram-se ao grande susto católico e a destruir as linhas férreas e os objetivos militares nos subúrbios da cidade, o que a cristandade nunca impediu, muito crente da sua segurança divina e política. Tomemos, pois, o ataque como um aviso nada celestial, mas aviso, e no qual morreram 166 pessoas, entre elas o comandante da polícia fascista — um bom aviso.

21 de julho

O velho amigo é quem diz com propriedade — a vida é de cabeça baixa.

22 de julho

Saio tarde da casa de Loureiro, que, milagreiro amigo, resolveu fácil e tranquilamente o meu aperto, quando tanto relutara em procurá-lo mais uma vez para me socorrer. Dou com Mário Mora plantado diante duma espetacular vivenda em evidente atitude de espera:
— Uai! você por aqui?
— Os comandos atacam de madrugada!

24 de julho

A queda de Palermo, sem reação, com os habitantes famintos recebendo os invasores entre alas de regozijo, dividiu a Sicília em duas zonas, mas um colapso de morte atinge a resistência da parte ocidental da ilha. — Os russos já se enfiaram pelas defesas externas de Orel. — Jorge Assaf, escreve-me Francisco Amaro, foi chamado para servir num Batalhão de Caçadores, em Juiz de Fora. Dona Idalina não se conforma com aquela mochila na prole e Assaf anda zonzo com as lamúrias da mulher.

26 de julho

De nada serviu ao Duce a conversa com Hitler... Depois de sofrer o desacato duma reunião do Grande Conselho Fascista, quando é aprovada, por dilatada maioria, uma resolução exigindo a restauração da monarquia constitucional com um Parlamento democrático, foi chamado ao Palácio Real, destituído sumariamente do cargo e conduzido preso para um posto policial, como um reles meliante! Caiu ignominiosamente, sem um gesto de reação, poltrão e senil. Não se disparou um tiro para salvá-lo... E o marechal Badoglio, velha múmia que sobrara da outra guerra, foi desenterrado e encarregado de formar um governo apartidário.

28 de julho

Um alívio! Os Alfieri são criaturas compreensivas, acessíveis. Casualmente externei minha situação embaraçosa e, de moto próprio, vão adiantar sobre a publicação dos meus livros o que fiquei devendo a Loureiro. E, como se não bastasse, irão me encarregar dumas revisões de traduções de que necessitam, relativamente bem remuneradas — um alívio!

— Vejam como são as coisas — disse a Luísa, depois de havê-lo feito aos meus botões. — Se tivesse ido antes a eles...

Não que me constranja socorrer-me de Loureiro. Não. É pessoa aberta, quase generosa, principalmente muito leal com os amigos. Se relutei em procurá-lo para restabelecer minha solvência, sabendo que me atenderia prontamente, é porque tenho para mim que os pobres não devem ficar devendo favores aos ricos... Pelo menos se esforçarem para não ficar devendo.

Gustavo Orlando é sábio a seu modo:

— Não consinta nunca que um rico te pague o almoço, o lanche, a passagem de bonde... Passe na frente e pague, doa o que doer ao bolso.

E é rico. Por parte da esposa, bem entendido, e talvez por isso é que sabe o que diz.

29 de julho

"Rumo a Tóquio! Rumo a Berlim! Não permitiremos que fique de pé o menor vestígio do fascismo!" — são promessas de Roosevelt, cujo estado físico denuncia apreciável desgaste.

No que tange a erradicar o fascismo, tenho minhas dúvidas, que a erva é daninha. Pelo menos vai ser difícil. Que o hábito é uma segunda natureza, pode ser rifão de seu Afonso, mas quem negará que seja uma terrível verdade?

30 de julho

Sem precedentes a gravidade da situação interna da Itália: greve geral em Milão, Veneza e Brescia; manifestações hostis em Taranto, Bari e Foggia; ocupadas pelos alemães, Trieste, Fiume e Pola. E o Duce foi conduzido para lugar ignorado.

— É o que nós chamamos de cu de boi formado... — e Gasparini reflete na face a troça pura. — Se a coisa aperta, vem parente meu nadando até aqui...

— Mais engraxates...
— Mais Nicolaus!

31 de julho

Em Milão a multidão enfurecida assaltou as prisões e pôs em liberdade centenas de presos políticos (o que aqui também, sem enfurecimentos, como conclusão duma divertida e carnavalesca passeata, dentro perfeitamente da mentalidade nacional, poderia ser feito, e até com prêmios para quem acertasse o número de pessoas libertadas).

2 de agosto

Longa carta a Garcia como presente de aniversário. Em todas as linhas fui doutrinário, em nenhuma me confesso, veraz com freio e carinhoso sem ilusões. Pensei presenteá-lo também com um aforismo, que retribuiria o seu: Nada mais frágil que uma amizade de vinte anos. Mas, em tempo, refuguei. — Longa carta a Francisco Amaro. Que dona Idalina se acalme: se tivermos de enviar um corpo expedicionário, o que politicamente é muito hábil, chegará no fim do regabofe, creio, os nazistas já estão pela bola sete, e o risco será mínimo. — Longa conversa com Adonias, com períodos de altercação. Sente-se magoado — e quem o diria! — com a campanha de silêncio em torno do seu romance. Sente-se magoado e não guarda discrição: queixa-se e, no embalo da queixa, inventa. Parece que nasceu ontem o novel romancista — o que é que esperava? O que tinha de receber, já recebeu — as notas incolores e catalogantes com que brindam os neófitos, mormente um neófito de respeito como é o seu caso. Mais, não! Os donos da literatura, e ele sabe, dosam o aplauso, cerceiam a opinião dos suplementos, controlam o êxito. Como imaginou que pudesse escapar ao torniquete?! Agora é esperar o tempo e as revisões que o tempo impõe. E o aflito escritor não se conforma... — E inconformado me encontro diante do meu caminho literário, só que não me denuncio, não me queixo nem pública nem intimamente, busco forças mergulhando nas minhas páginas da madrugada, refrigero-me com alguns oásis no deserto do noticiarismo, espero, espero... — E Roosevelt e Churchill estabelecem condições para afastar a Itália da guerra...

4 de agosto

O celibatário doutor Pires, esquecido na instância serrana, casou-se com a morte na semana passada e somente hoje tive conhecimento. Foi passar a eterna noite nupcial no alto do morro, entre goivos e carrapichos, ao lado de Zé Bernardo, ao lado de Nabor Montalvão, ao lado de tantos que, com sua justiça terrestre, absolveu ou condenou.

5 de agosto

Há o *Cemitério marinho*, de Valéry, pélago hermético e escuro, que zomba dos escafandristas entre os quais Gerson Macário esfalfadora e ingloriamente se incluiu, e há o *Cemitério do coração*, intraduzível, que levo para onde vou, que guardo no pensamento, e só eu sei o caminho para encontrar o seu portão sem chave. Nele estão enterrados, mas não esquecidos, nunca deixo crescer o capim nas minhas sepulturas, tio Gastão, Cristininha, seu Silva e o seu corcel, mamãe e as suas rosas, Solange, Madalena, papai, Tabaiá, Mariquinhas, Plácido Martins — tão plácido! —, dona Carlota, Roberto, Hebe, Tatá, a fiel Laurinha, Emanuel e Glenda como personagens do morro dos ventos uivantes, doutor Vítor, Mac Lean, desembargador Mascarenhas, Florzinha, que se chamava Florisbela de Lima Rebelo, Ataliba, que se chamava Renato Ataliba da Silva Nogueira, Mimi, que se chamava Mirandolina, e por último doutor Pires, como estão, em covas mais distantes, seu Duarte, Alarico do Monte, Antunes, Zé Bernardo e Nabor Montalvão, cada um com o seu coração intacto, cada um com o seu insubstituível epitáfio.

6 de agosto

Sem trocar um tiro, as populações italianas se entregam. Os derradeiros fascistas ostensivos tornam-se prudentes, calados, jururus. O paradeiro de Mussolini permanece um enigma. Terão dado cabo do pobre-diabo?

8 de agosto

Torpedeado o *Bagé* na costa de Sergipe, precisamente na foz do rio Real. Era a melhor unidade da esfrangalhada frota mercante brasileira. Quantos mortos? Não sei.

9 de agosto

A roupa à marinheira, de espinhento sarjão, era uma novidade do Parc Royal. Mais tarde haveria as imitações, mas até então era um lançamento exclusivo do maior e melhor magazine do Brasil, como ele orgulhosamente se anunciava, dédalo de balcões, estantes, vitrinas, prateleiras, fregueses e empregados, que me fascinava e perturbava. Tio Gastão foi quem a identificou — marinheiro inglês. Passando a vista pelos pequenos manequins de olhos desmesuradamente abertos e brilhantes, quem a escolheu foi mamãe, que se fazia acompanhar do cunhado, muito prestativo para tais encargos e que optava por um fato à caçadora.

— Este cinto para criança é um bocado complicado — advertiu mamãe.
— Mas enfiar esta joça pela cabeça não fica atrás, Lena.
— Mas não tem botão. Criança perde muito botão...
Tio Gastão se rendeu cavalheirescamente:
— Lá isso é.
Experimentei a roupa diante do imenso espelho no reservado com passadeira vermelha; tinha como moldura um dragão que se espichava todo em fauce, garras, asas e cauda para abarcar o cristal.
— A calça está um pouquinho comprida... — observou mamãe.
— Sim, está com um jeito de Judas. Um Judas naval... — pilheriou tio Gastão sacudindo no chão a cinza do Vanila, de enjoativa fumaça.
O caixeiro lusitano, de cabelos pretíssimos e ultraempomadados, era todo atenções:
— Suspendemos, madama. Suspendemos. O senhor seu marido tem toda razão.
Mamãe ruborizou-se:
— Não é meu marido. É meu cunhado.
O caixeiro dobrou o espinhaço, pediu mil desculpas e enredou-se mais:
— Pois era para se jurar, madama. O menino é a cara do doutor...
Tio Gastão cofiou o bigode encerado, com ar magano:
— A roca aí fia mais fino. Primeiramente porque não sou doutor...
Mamãe, como pitanga já, bateu-lhe no antebraço com o leque japonês, e num fio de voz:
— Não seja saliente!
Titio estancou, foi se sentar no mocho carmesim, lá acabou o cigarro.
— Que deseja mais, madama? — curvava-se o vendedor.
— É só — e mamãe mostrava-se ainda um tanto aflita.

— Pois então vamos tirar a notinha, madama. Depois de amanhã, sem falta, entregaremos. O menino vai ficar catita! Um rico fato!

O calor despencava. Fomos lanchar na Cavé. Mamãe relutara, mas meu desejo venceu-a — andava maluco por sorvete de pistache, uma descoberta sápida, recendente, de um verde de parra molhada:

— Ah, mamãe!...

— Está bem. Não precisa fazer esta cara. Vamos. — E confiou ao cunhado: — Que o garçom não confunda o nosso parentesco...

— Que posso fazer? De bestiagas anda o mundo cheio.

Mamãe abriu a sombrinha, suspendeu a saia para subir a calçada — a bota branca de vinte botões apareceu em toda a sua elegância:

— Você não pode imaginar como eu fico com uma coisa dessas.

— Ora, Lena, que bobagem! — tranquilizou tio Gastão. E rindo: — E até que este guri parece comigo mesmo...

— Você não se enxerga!

— E não parece?! Olha o nariz de batata. Olha a testa de Rui Barbosa...

— Vocês todos têm o mesmo focinho — e mamãe deixou-se envolver pelo alegre tom do cunhado.

— Alto lá! Focinho, não! Diga *facies*. É bonito e científico.

10 de agosto

A roupa à marinheira, com a calça devidamente ajustada pelo pesponto do contramestre, tinha um bolsinho na altura do coração, no qual se guardava o apito pendente de um trançado de seda que a gola com galões escondia, apito de suave trinado — tem um grão de ervilha dentro, averiguou seu Políbio, muito meticuloso — que me transformou em cansativo canário nas manhãs bucólicas do Campo de Santana com cutias e pavões, ou nas tardes entusias-

madas do América com arquibancadas repletas de palhetas e paletós brancos.
— Chega de tanto apito! — ralhava meu pai.
— Pior do que grilo — arriscou Ataliba.
— Lena estava doida de hospício quando escolheu esta roupa. E dizer-se que eu fui cúmplice! — reclamava tio Gastão.
Aos protestos, sossegava para voltar pouco depois com incontida teimosia. Também não durou muito. Perdeu-se ou foi confiscado pelos ouvidos importunados? Sei lá! Mas não senti demasiado a sua perda. E foi o único instrumento que toquei na vida.

11 de agosto

— Você perdeu uma boa! Foi de rebimbar o malho! O time está uma máquina. Azeitadinha, azeitadinha... — e Gasparini rompeu, tostado da soalheira, de casaco no braço, transpirando por todos os poros, regalado da vida. — O América vencera o Vasco, e já o sabia pelo rádio.
— Azeitadinha, azeitadinha, mas engolimos três gols...
— A zero é que não podia ser. Sempre é preciso adoçar o bico dos chepas... — e Gasparini atirou-se no sofá. — Nossa! que sede!
— Que é que você quer?
— Uma *bier*. E bem gelada! Você tem?
— Claro que tenho.
— Pois, então, vire.
Luísa foi providenciar:
— Satisfeito, hem!...
Gasparini espojou-se no sofá:
— A vida tem coisas boas, morena!
Jacobo de Giorgio, que chegara instantes após a transmissão do jogo com um punhado de livros para mim — *Diário de um sedutor*, de Kierkegaard, *Pedro Camenzind*, de Hesse, *A senhorita Júlia*, de Strindberg —, franziu mais o cenho para o entusiasmo do renitente torcedor, Gasparini torceu a cara para o gratuito ini-

migo do futebol, mas rapidamente se toleraram e se entrosaram com uma alegria comum — a queda de Mussolini.
— Miserável! — e Jacobo rangia os dentes.
Gasparini se alastrou com a garganta já molhada:
— O homem caiu como uma banana podre! Aliás, não tinha tutano o energúmeno. Nunca passou de um charlatão de feira, de um cocô enfeitado... E o outro bandido, com formiga no rabo, não vai durar muito. Ainda está com algum vento, o tarado, mas vai para o diabo com bigodinho e tudo! Ele e a sua caterva! — Ingeriu mais cerveja: — Quanto a este baixinho aqui é que vai ser mais demorado o desmonte. Tal como o do morro do Castelo, devagar e sempre... Está resistindo ainda o manganão, porque é como um líquido: toma a forma do vaso que o contém. O nosso vaso tem a forma de penico... Penico sem tampa! Mas o penico vai rachar, ora se vai! Não há penico que sempre dure... — Fez uma pausa e sem gesticulação: — É uma invenção do Exército. Os generais, uns querem comer os outros. Para travar a gula nada como um *tertius* civil... Mas quando a turma dos canhões vir que é bananeira que já deu cacho, toca o facão! Bananeira é planta mole...

13 de agosto

A fábrica de petróleo sintético, muletas da motorização do Reich, foi pelos ares. Os pilotos americanos tanto esquadrinharam que bisparam as camufladas chaminés, tocaram bomba e foi uma razia!
Gasolina sintética... Como a conseguiriam? Sendo o petróleo um hidrocarboneto poderiam... E, com a incógnita, renasce uma admiração paterna — a química alemã, motivo de amplas e acaloradas discussões entre ele, seu Políbio e doutor Vítor, que jamais se rendia à evidência. Quando chegavam as partidas de anilinas da Alemanha, papai, no almoxarifado da pequena fábrica tijucana, se babava todo. Sopesava os vidros, examinava-os contra a luz, relia os rótulos, chamava Ataliba, que largava o que estivesse fazendo:

— Veja que maravilha! Isso não desmerece ao sol, resiste aos ácidos acético, clorídrico e sulfúrico! Pode experimentar.
Ataliba escusava-se, admitia, muito acoelhado:
— Produto superior...
E papai com ar de desânimo:
— Quando chegaremos a fabricá-las? Mesmo ordinárias, acho que nem daqui a um século!
Ataliba tinha o nítido pendor para ser um eco do velho amigo:
— É como você diz, Nhonhô. Nem daqui a um século!

14 de agosto

— Na guerra não são os direitos que contam, mas a vitória! Não vos apiedeis! Atuai brutalmente! Oitenta milhões de pessoas devem obter aquilo que é do seu direito! O mais forte tem razão... Sede duros e implacáveis! Revigorai-vos contra todo o sinal de compaixão! (Hitler, 1939.)
— Não me interessa, absolutamente, o que acontece a um russo ou a um tcheco... (Heinrich Himmler, 1942.)

15 de agosto

Leio a poesia do jovem amigo paranaense, ora lírica, ora epigramática, bastante contida sempre, embebo-me dela, tiro de um verso terminal uma variante que poderia ser um ex-libris, o meu: Eternamente tarde! Isto: Eternamente tarde!

16 de agosto

— É o falso estilo, o bonito cacaracá. (Adonias, de Gustavo Orlando.)
— É a empulhação, a mistificação regada com água benta. (Gustavo Orlando, de *Limite*.)

17 de agosto

Catarina baixa no terreiro. Removera o verniz das unhas, que doíam com a descascação, e surgiram as esbranquiçadas lúnulas.
— Anemia?
— Que nada! Mulatice...
E como se ia ela nos States com a sua tão facilmente identificável epiderme? Mistério...

18 de agosto

Folgam os costados nazistas da ininterrupta paulada aérea — concentrados sobre a Itália os ataques da aviação aliada, que estraga muito, mas amedronta muito mais. E o nosso querido América festeja mais um aniversário. A data passou um tanto despercebida dos desportistas em geral. Gasparini, porém, não forma entre os desportistas em geral — é um estremecido amante. E lá veio com garrafa de champanha debaixo do braço:
— É francês, meu velho... É seco! Bote no gelo. Vamos comemorar.
Bebi meia taça, Luísa nem tanto, o comemorador enxugou-a toda, muito litúrgico, lambendo os beiços. Às voltas tantas contou que tinha visto Nilza na rua:
— Ia num trinque danado. Aquela descarada vai longe... Você não viu o retrato dela no último número da *Sombra*? Numa recepção de embaixada...
Sombra é a revista da grã-finagem. Bem-feita, aliás, dentro do seu espírito mundanista, reverenciando as artes e a literatura, abrindo para elas as melhores páginas, remunerando os colaboradores de maneira condigna e surpreendente.
— Não. Não reparei.
— Pois lá está, fulgurando! Engraçado é que me contaram que ela agora anda se ensaiando de decoradora... — Riu: — Decoradora aquela cafajeste, aquela bunda-suja!
— Sinal dos tempos...

19 de agosto

O marechal Badoglio decretou luto nacional pela perda da Sicília, tão regionalista e tão universal!
— Dagora em diante vai passar os dias decretando bandeira a meio pau... — e já se sabe que a graçola é de Gasparini.

21 de agosto

Os homens devem ser severos consigo mesmos. Praticar somente as pequenas baixezas.

22 de agosto

As esperanças de um feliz campeonato para o América ficaram muito estremecidas. Gasparini chegou safado da vida — o Madureira vencera por 4 x 3...
— Fui dar com os costados lá em caixa-pregos para assistir a esta vergonheira!
— Está ficando uma espécie de tradição rubra vencer os grandes e apanhar dos pequenos...
— Que tradição! Você está com ovo! Precisa ir mais aos jogos para falar, seu torcida de rádio. Aquele beque gringo estava vendido. Era só ver como ele ia na bola.
— Sinal dos tempos...
— Agora tudo para você é sinal dos tempos. Muda a chapa!
— E parece que é... Não mudo não.
A venalidade dos profissionais da pelota foi largamente ventilada. Gasparini, bisturi afiado, disseca a do zagueiro com a habilidade, mas não com a frieza, dos legistas.
— E ninguém pode dizer nada — concluiu. — Sabe despistar, o marreco. Lance difícil, lance quase impossível, ele salva...
— Pois é assim que se trabalha...
— Você é satânico. Na medicina, sabe, está dando muito zagueiro gringo. Só que não intervêm nos lances difíceis... Deixaram os ditos para os trouxas como eu.

23 de agosto

Novos sapatos para Lúcio, o Rei da Topada. É impressionante!

24 de agosto

No DIP saiu o major, promovido a tenente-coronel, e para substituí-lo foi o capitão, fátuo, mendaz e metido a literato.
José Nicácio:
— O DIP está baixando de patente. Acaba dirigido por um anspeçada.

25 de agosto

— Mais vale ter um bom padrinho que acordar cedo. (Aristóteles, de Campina Verde.)
— A bom entendedor duzentas palavras bastam. (*Idem.*)
— Gol!! Gol do América!!!
— O inferno está cheio de indiferentes. (Martins Procópio.)
— É sócio do ministro. Sim! O Altamirano é muito mais velhaco do que você pensa, meu anjo! (Loureiro.)
— O Altamirano é safadíssimo! É mais safado do que eu! (Oswald de Andrade, e risada geral.)
— Ando numa sinuca infernal, meu irmão! Não sei como irei pagar as minhas dívidas de guerra. (Antônio Augusto.)
— Ontem, seu Luís Pinheiro, mais uma vez falei em público, de improviso, sobre coisas de pintura. Mais uma vez não disse o que queria, dizendo quase tudo que não queria.
— E afinal não tem culpa de não ter a inteligência privilegiada de Emanuel. (Mamãe.)
— Não acredito e lamento não ter ouvido. Você sabe que eu sou pela escola antiga, mas sempre me interessam esses problemas. Devemos estar a dar das opiniões, e você é um homem sério. (Luís Pinheiro, muito hipócrita.)

27 de agosto

Espatifou-se contra a Escola Naval um avião que rumava para São Paulo. Daí se possa concluir que se a Escola inutilizou estúpida e cabeçudamente uma das ilhas mais lindas e históricas da Guanabara, o aeroporto, colado a ela, que influi ao longo da pista com a sua sombra e numa das cabeceiras com a sua massa hedionda, não foi bem localizado, conforme tanto se discutiu e inutilmente. Morreu o arquiteto e urbanista Atílio Correia Lima, autor do plano de Goiânia, que está funcionando. Morreu pouco distante da Estação de Hidraviões, que era traço seu. Havia um bispo no meio dos mortos. Aldir ficou sucumbido, não pelo bispo mas pelo amigo:

— Era um dos poucos que não se entregaram às aparências modernísticas e revolucionárias. Muito ao contrário, reagia. Sabia onde tinha o nariz. Você não pode calcular como avaliava um detalhe, como não se deixava dominar pela plástica ou se iludir por ela. Quanta vez recorri a ele nos meus tropeços e recebendo sempre a indicação calma, a solução precisa. Tinha máximas: Nunca despreze o que já se conseguiu de bom... Inovar não é destruir, é saber continuar...

— Faço-as minhas.

— Grunberg dizia que o único defeito dele era acreditar em aviação... Grunberg tem horror a avião. Voar, diz ainda, é para passarinho. E em avião não põe o pé nem amarrado.

José Nicácio coloca a sua peninha anticlerical:

— Voar não é perigoso. Perigoso é padre a bordo. Avião com padre dentro é morte certa. Para segurança humana, e coerência ideológica, padre só devia viajar em carro de boi. E olhe lá!

29 de agosto

— Êêêêêê! — berrou Gasparini, levantando os punhos cerrados na tarde de sonhos, ao trilado que punha termo à peleja, incorporando-se como nota diferente ao Améééééérica!, que explodiu em parte da assistência, acompanhado de bombas e foguetes.

O combalido torcedor reaprumava-se, reencontrava-se — o peito lavado! Inferiorizado em dois jogadores expulsos de campo, inferiorizado no placar, com um juiz que dava por paus e por pedras na partida algo brusca, o América, em eletrizante virada, surpreendeu o Botafogo no gramado deste. A vitória pouco adianta para o título, a deslocação na tabela é condição irreversível, contudo foi uma vitória. É bom ganhar, reafirmar um prestígio, sustentar uma tradição de lutador...

Viemos devagar, a pé, por um largo trecho do percurso, antes de apanharmos a condução, ruminando o contentamento dos tentos marcados, sentindo percorrer o corpo um calor de plenitude, que uma pequena multidão compartilhava. As palmeiras não buliam os leques no jardim do Asilo, andorinhas iam e vinham, cigarras trissavam, o bondinho do Pão de Açúcar deslizava tão sereno na sua descida, a enseada era um espelho azul, a rendilhada cúspide espetava o céu de cristal — a tarde era linda! Linda e evocadora. Trazia na sua magia a presença de outras tardes de inverno, tardes triunfantes da rua Campos Sales, límpidas, caleidoscópicas, amenas, papai me dando a mão quente e macia no atropelo da saída...

Gasparini quebrou o encanto:
— Vamos tomar uns chopes no Bar Sereia?

30 de agosto

Foi um impulso duro, mas teve de ser:
— Você não gosta de mim, para que esta farsa? Dê seu livro a outro.

Não me arrependo.

31 de agosto

Encontro com Ribamar Lasotti num elevador. Tem novo romance em confecção. Deve ser meia-confecção como está ficando uso nas casas de roupas para homem. Encontro com Antônio

Augusto — camisa esporte, sapato sem meia, menos dois dentes. Tem novo samba: *Cada dia é uma lágrima que choro...*

5 de setembro

Quatro dias de depressão e inércia, tomado da vontade de ficar quieto no meu canto num chorar sem lágrimas como cão machucado, e hoje volto aos meus papéis catalisantes com uma anotação cômica.

João Herculano visitou Saulo Pontes, a propósito de questões judiciais em que se empenham por lados opostos, e estranhou a alentada discoteca cuja metódica e catalogada ordenação não se ressentiu da falta de Anita:

— Que fortuna inútil você gasta, meu amigo. O rádio toca isso tudo!

6 de setembro

Badoglio que vá arriando a bandeira tricolor... Invadido pelos Aliados o território italiano. O Oitavo Exército atravessou, sem maiores hostilidades, o estreito de Messina, águas em que Ulisses velejou.

8 de setembro

Papai gostaria de ter visto — o barão do Rio Branco foi reverenciado com um monumento em solene inauguração. Pena que seja obra de carregação. Os escultores modernos ainda não são lembrados para encargos oficiais.

— Não podem imaginar o dinheirão que custou esta besteira! Pela metade do preço poderia ser feita uma coisa decente. O local é ótimo — diz Pérsio Dias, que se meteu num concurso promovido pelo Ministério do Trabalho e nem classificado foi.

Joaquim Borba, que veio rápido ao Rio em caráter funcional, é malicioso:

— Não esculhambem muito. Pode ser que um dia passe a ser considerado obra-prima... Este negócio de arte está sempre sofrendo revisões...

9 de setembro

Incondicional a rendição da Itália, como era de se prever. O armistício foi assinado no dia 3 no QG dos Aliados, na Sicília — a porta do inferno dos antigos.

Gasparini telefonou combinando comemoração:

— Os ossos do velho devem estar pulando de contentes dentro do túmulo!

Combinou, mas pouco depois descombinou:

— Preso, velho... Veja que azar! O sacana de um cliente rico lembrou-se de cair com erisipela. E não está bem não. Erisipela de rico deixa a gente tonto! O inventário, você sabe... Estão acesos os herdeiros. Acesos como milhafres, só você vendo. Defenderei o velhote até o último cartucho terapêutico!

10 de setembro

Nápoles tomada pelos anglo-americanos. Frota gigantesca, de mais de 3.000 unidades de todos os tipos, transportou os invasores armados até os dentes. (Gosto do nome de uma nova arma: bazuca! Por que seu Durvalino não batiza com ele uma das suas novilhas?) Os alemães resistem.

11 de setembro

Resistem os alemães. Se Nápoles caiu em poder dos Aliados, num abrir e fechar d'olhos ocuparam eles Roma, Milão, Turim, Gênova, Spezia, Trieste, o passo de Bremen, a Riviera, todo o Norte da Itália e a Córsega. E vai ser parada dura desalojá-los.

12 de setembro

I — A poça d'água, na sarjeta, é um olho sujo que só vê a amendoeira. II — Paro diante da vitrina da joalheria, colmeia de abelhas de ouro, pérola e diamante, abelhas incapazes de qualquer mel, vergonha das colmeias. III — "Por muito que se recuse, deixa sempre algum gosto a paixão que a gente inspira" — o que foi, ou pode ser, frase de Catarina. IV — As tristezas também envelhecem.

13 de setembro

Luís Pinheiro — que clarividência para as coisas consagradas!

15 de setembro

Transmitiu a Rádio Berlim — e os jornais reproduziram — que o sumido Mussolini foi libertado do hotel onde se encontrava recluso, no Gran Sasso, pico das serranias dos Abruzzos, estabelecimento a que só é possível chegar pelo trem aéreo. Uma proeza! Proeza de espionagem e de ação. Localizado o pobre-diabo, desceram os pára-quedistas alemães na plataforma do cume, que tem 500 metros quadrados, e dominaram a guarda de carabineiros que custodiava o preso. Não ofereceu ela a menor resistência.

16 de setembro

Benito voltou à cena com um patente atestado de miolo mole e por trás dele está, ainda mais patente, a insuflação do seu libertador. Trouxe a tisana com que pretende salvar o incurável partido: deu-lhe forma republicana, cortou todos os vínculos com a casa real... Na sua senil tontice não desconfia que está completamente desmoralizado na Itália, que ninguém levantará um dedo por sua carcaça e por suas ideias, miserando boneco de mola nas garras de Hitler, que vende mais caro a derrota, doido furioso que é.

18 de setembro

O móvel da conversa foi o rapto de Mussolini, que entusiasma alguns pacóvios pelo aspecto rocambolesco, e muita asneira foi dita. Na hora do conhaque, antecipadamente muito gabado, uma raridade francesa que provinha da adega de Ricardo, consumado conhecedor, na sala de estar, com quadros abomináveis, uma fabulosa natureza-morta de Marcos Eusébio inclusive (Zuleica não gosta de deformações), e toneladas de cortinas sangue-de-boi brigando com tapetes cor de jaca, foi que Loureiro falou de Júlia:

— Você precisa conhecê-la, meu velho. É uma pequena esplêndida! Viva, alegre, boêmia... Um pouco chata, às vezes, com certas atitudes, digamos, interesseiras... Mas passa logo. Vou te apresentá-la. Merece apresentação.

— Que apito toca?

— Trabalha num escritório de advocacia, mas é vagamente teatral. Estuda no Conservatório Dramático.

— Não aprenderá muita coisa... Júlia de quê?

— Tovar. Júlia Tovar.

— Tá bem. Vamos a ela.

— Olhe, amanhã mesmo, sabe! — e marcou a apresentação para as cinco, no decrépito bar do Palace, reduto vesperal de chamuscadas mariposas. — Você pode?

Pensei, repensei — podia. Descombinaria o encontro com Ribamar e Gustavo Orlando para planejamento duma proposta nitidamente política que pretendem empurrar na ABDE, caceteação perfeitamente atrasável.

— Bem, então, às cinco, mas na batata, ouviu? Não darei bolo não. Vou telefonar para ela, de manhã, combinando. Ela topará, eu sei. Você vai ficar encantado.

19 de setembro

Fiquei encantado. Júlia, um pouquinho atrasada, um pouquinho gorda, veio com um vestidinho de xadrez, a carnação mate, os lábios grossos pela pintura transbordante, os olhos escuros e buliçosos por trás dos cílios pingando rímel:

— Olá, Loureiro, como vai esta bizarria?

Fiquei encantado. Tratava-se de Júlia Matos, irmã de Jurandir. E apertei-lhe a mão, efusivo, antes que Loureiro fizesse a supérflua apresentação:

— Que prazer! Há quantos anos, hem! Bem que se diz que até as pedras se encontram.

— Mas não sou pedra, veja bem. Pareço mais gelatina. Gelatina de mulher.

— O que é um bom doce...

— Há quem goste, felizmente... Mas pensei que não me reconhecesse. Mudei bastante e só nos vimos uma vez.

— Mudou quase nada. E o que é bom não se esquece.

— Contudo, não se procura, não é? Mas os livros que me deu estão guardados. Os que me deu e os que comprei...

— Que diabo! Vocês se conheciam? — e Loureiro mostrava-se decepcionado.

— Que espanto! Acha que seria impossível?

— Não. Você conhece todo mundo!

— Todo o meu mundinho, corrija. Conheci-a quando era menina. É irmã dum velho amigo. — E para ela: — Como vai o Jurandir?

— Sempre em São Paulo. Muito lorde por sinal.

— Sim. Anda prosperando, e não me escondeu. Estive com ele lá uma vez. Até perguntei por você.

— Não. Ele não é de esconder. Pelo contrário, bastante gabola. Deu boas notícias minhas?

— Como não havia de dar?

— Está melhorando.

— E os velhos? Fortes?

— Com os achaques da idade, mas bem-dispostos. Mamãe sempre no batente caseiro e papai agora está aposentado.

— Eu soube. E ainda muito ranzinzas com as suas tendências artísticas? O Jurandir me contou.

— O Jurandir é um saco-roto.
— Mas que gosta imensamente de você. E está francamente do seu lado no caso.
— Eu sei. Tinha graça que não estivesse!
— Mas eu perguntei se os velhos estão ainda muito ranzinzas. Você não respondeu.
— Já entraram na linha do ramo vento. Custaram, mas entraram. Claro que tive de apelar para um emprego que fosse me dando a liberdade... Fui saindo de fininho... Mas ainda estou no emprego.
— O Jurandir achava que você acabaria pondo-os no bolso.
— O Jura enfesta as minhas possibilidades. Aliás, enfesta tudo. Por enquanto o que consegui realmente foi um nome de guerra...
— Não deixa de ser alguma coisa...
— Para que ironia?
E Loureiro pigarreou:
— Estou vendo que estou sobrando.
Júlia deu-lhe um fingido beliscão no braço:
— Que ciúme mais fora de propósito! Não tem vergonha de ser assim não? Que amigo!
— Se os homens soubessem de que é capaz um amigo, só teriam inimigos!
— Isto é muito filosófico, mas eu estou com a garganta seca. Sequíssima! Não achava uma boa lembrança pedir um coquetel para mim?
— Nunca vi ninguém matar a sede com coquetéis, enfim... que é que você quer?
— Um martíni doce.
Loureiro não se conteve:
— Se pedisse um purgante ficaria mais bem servida.
— Não gostaria de contrariar, mas...
— Peça ao menos um martíni seco, mulherzinha!
— Vá lá!
Gostava de beber, conhecia dezenas de marcas de cachaça — Pitu, Morena, Crioula, Miçoroca, divinas! Saboreava a bebida em

pequenos goles, observando o fundo do cálice, dando uma espécie de suspiro quando terminava. Tinha os dedos macios e aristocráticos e deploráveis anéis de fantasia.

20 de setembro

Loureiro nos deixou. Tinha um imprevisto compromisso com Ricardo e Zuleica, andam cada dia mais ostensivamente ligados, e Waldete, que fora ao cabeleireiro — não sai de cabeleireiros, manicuras, pedicuros, institutos de beleza —, o esperava na porta do Jockey.

À maneira de despedida, afagou Júlia com excessiva intimidade:

— Está na hora de zarpar. Também não faço falta, não é?

A capetinha, repelindo o insinuante gesto, rebateu:

— Você sempre faz falta. Mas não se envaideça por isso. Por mais chato que seja um cristão, sempre encontra quem o aprecie.

— Não há pé doente que não encontre um chinelo velho, não é?

— Deve ser. E vá pela sombra! Mas satisfaça a dolorosa antes. Quem já viu escritor pagar a despesa em mesa de comerciante?

Quis protestar, impedir, Loureiro, porém, já metera a pelega na mão do garçom, sem esperar o troco:

— Eu não te disse que ela era espertinha, às vezes?

— Não nasci para comer mosca — rebateu ela.

— Você não devia ter feito isto! — repreendi-a quando Loureiro saiu. — Sou muito amigo de Loureiro. Uma velha amizade. Nunca tivemos um estremecimento. É muito correto, muito prestativo e nada unha de fome.

— E pensa que eu não sabia? Estou farta de saber. Fiz de propósito. Ele precisa levar uns contravapores de vez em quando para entrar na linha. Está convencido que dinheiro é tudo, que dinheiro compra tudo. Não compra não. E queria brilhar para você à minha custa. Também não brilha não! É abuso, desaforo, me diminui. Passar pelo que não sou, só se eu quiser...

Não traía o companheiro, admitindo as razões da moça — compreendo. Mas, por outro lado, ela fora desmedidamente casca-grossa.

— Acho que você carregou demais na mão. Pelo que ele realmente vale, mereceria mais tolerância. Uma boa-praça!

— Talvez... Mas aposto a minha cabeça que ele te convidou para o encontro. Queria se exibir... Um conquistador...

— Perdoemos as presunções dos homens...

— Perdoemos também as das mulheres. E capítulo encerrado.

Saímos, a noite tombava veludosa e morna, o tráfego se atravancava ao longo da avenida, envolvia-a em densas nuvens de fumaça, numa congesta polifonia de motores e buzinas apressadas, passos e pregões.

— Para onde vai você?

— Vou para casa. Mas a esta hora, condução é mortal! Enerva. Tenho que fazer hora. Você não tem carro...

— É. Sou desmotorizado. Mas fico com você.

— Não te atrapalha?

— Absolutamente. Pelo contrário, me agrada muito. Você não pode calcular a alegria que tive em revê-la. Foi como se... bem, nem sei o que dizer!

Júlia riu:

— Muito emocionante! — Deu uma paradinha: — Poderíamos ter ficado no bar, não é?

— É. Se quiser, podemos voltar.

— Não. Vamos girar. É melhor. Faz bem às pernas.

— Estou por tudo. Onde você mora?

— Agora estamos em Todos os Santos. Continuo suburbana. Por fora, bela viola... por dentro, pão bolorento...

— É um lugarzinho simpático, sossegado.

— Que simpático! Que sossegado! Muito arigó. Mas você sabe como é seu Joaquim...

— Só o conheço de ouvir falar. Da boca de Jurandir, é claro.

— É uma grande figura! — e amparou-se no meu braço para cruzar o sinal.

21 de setembro

Releio o que escrevi ontem e não me escapou aquela "polifonia de motores e buzinas", que soará mal ao maestro Magalhães Braga, inimigo de melodias vulgares. Não me escapou, mas não a corto como calosidade espúria e indigna de um aluno de estilística. A expurgar, teria que não me restringir à desafinada imagem musical. Há outras desafinações menos evidentes e nada atonais, no diálogo que esquematizei, e que não passarão em branco a um ouvido severo. Mas me sinto sem forças para tentá-lo. Que fique, portanto, a má composição como isca para os pulverizantes críticos musicais — é um risco que se corre. E acorde mais firme, para o hino de Vitória que esperamos cantar, é a reconquista de Smolensk, logo após que Kiev voltou a ser regida pela batuta soviética.

22 de setembro

Há sempre uma primavera esperando em cada esquina do coração mais ocupado. (No bonde, no parque, no automóvel.)

23 de setembro

A corografia pátria se altera em sentido benéfico, sem aumentar substancialmente o currículo escolar. Além do Acre, que foi uma pechincha feita pelo barão do Rio Branco, temos hoje novos territórios: Amapá, Guaporé, Rio Branco, Ponta Porã, saídos da sanção ditatorial, secionamento que os levará fatalmente a estados — quantas estrelas caberão, um dia, na nossa bandeira de ideação astronômica e positivista?

24 de setembro

Com vistas ao dia 21 p.p.: Como se aprende a escrever? Escrevendo. É do padre Vieira.

25 de setembro

Telefonei, convidei, Júlia aceitou, encontramo-nos no reservado da Casa Hime, de escolhida freguesia. A luz do sol ainda gritava, espremida na moldura das portas, quando ela apareceu numa delas e, como se saltasse dum quadro, veio, radiante, odorante, risonha, com o mesmo vestidinho de xadrez, a mesma bolsa, os mesmos anéis:

— Não falei que dava o fora mais cedo? Eu saio a hora que quero...

— Os patrões são frouxos?

— Nada! Considerações...

Não se sentou, despencou-se na cadeira:

— Vim voando!

— Topa uns chopes?

— Claro! Só não gosto mesmo é de água... Água dá sapinho...

— Pois não se avexe.

— E você?

— Eu tomarei um refresco. De quê, eis a questão...

— Oh! — franziu o nariz: — Nem um chopinho?

— Não aprecio muito bebidas, mas um pode ser.

— Não ficará zangado se pedir um sanduíche? Tenho loucura por sanduíches!

— Quantos quiser.

Quis três. Antes de consumi-los, abria-os, espiava o presunto com olho guloso e avaliador, ajeitava-o com a ponta dos dedos.

Apurou-se que, concluído o curso primário, muito matado, não se interessou pelo ginasial e, como os pais não a forçassem, mofou uns tempos em casa sem saber o que fazer, até que se meteu numa escola de datilografia em Madureira. Seis meses depois recebia o certificado de datilógrafa, embora se achasse bastante caolha; agora, porém, com a prática, tudo é prática, batucava com bastante desembaraço. O curso era de três meses, mas máquina de escrever parecia-lhe mais difícil do que piano, e mesmo a escola, num sobrado caindo de velho, era pretexto para trocar pernas na rua todos os dias. As aulas não duravam mais que uma hora, mas para todos efeitos, em casa, começavam às três e acabavam às sete!

26 de setembro

— Mas esta história de teatro, como é?
Ah! Sempre tivera atração. Até que não fora a muitos espetáculos, os pais eram pobres, não frequentavam essas coisas, e também não tinha companhia — morava longe, sabe como é. Mas gostava tanto de cinema, ouvia tanta novela no rádio... Os pais, porém, deram o contra com a maior ferocidade! Era como se ela quisesse entrar para o Mangue... E começou a sua lutinha. O certificado datilográfico é que lhe valeu, veja! Arranjou um emprego, uma porcaria de emprego. Aí os queridos pais não se opuseram — trabalhar era o lema da família! O pobre do Jurandir aos 13 anos já estava empregado numa venda... Mas pouco demorou-se no tal emprego. É que foi fazer um teste na rádio e não fora aprovada, mas como passara a faltar escandalosamente ao escritório para comparecer aos auditórios, acabou sendo posta no olho da rua com todos os sacramentos. Nada disse em casa, pois com facilidade obteve outro — o que ainda hoje conservava. Também acabou com os auditórios e com os corredores das rádios — não davam futuro! Ficara aliás um tanto escabriada — as cantadas foram numerosas e houve algumas tentativas de apalpações... Mas como a coisa de ser atriz ficara roendo por dentro, foi procurar matrícula no Conservatório Dramático por sugestão dum rapaz que conhecera na Rádio Metrópole e que, como ela, fora recusado. Não aceitaram por não ter idade. Enquanto esperava, continuou batendo na máquina — os advogados eram simpáticos, não pagavam muito, mas eram simpáticos. Há pouco mais de um ano matriculara-se afinal. Mas, fora o nome de guerra, nada conseguira. Já pensara até em largar o Conservatório. Enche um bocado!

27 de setembro

Diazinho abstruso! Felicidade, que já andava meio malacafenta, amanheceu queixando-se de dores na altura do diafragma, logo depois lançou boa golfada de bílis e para a cama tornou, em pranto, agarrando-se aos céus, acreditando sinceramente que ia morrer. Gasparini, telefonado, responde: — Cólica de fígado. Vai com as urinas... De tarde passo aí. — Luísa foi para a cozinha preparar o almoço das crianças e o telegrama que chega para acabar de perturbar a manhã — a 4ª Vara da Fazenda Pública me convocava urgente com ameaça de cobrança executiva... Luísa põe, alarmada, as mãos na cabeça — que será? Só poderia ser engano — não me lembrava de nenhuma dívida, de nenhuma prestação olvidada, não era avalista de ninguém... Mas tremi — há tantas leis que não sabemos qual, mesmo inocentemente, poderemos andar burlando... E lá compareci, humilde e temeroso. O servidor da Justiça atendeu do alto da sua importância, sabe que está tratando com um caloteiro — era a falta dum imposto na compra do apartamento. Não! — protesto. Pagáramos tudo. O serventuário mostra, inflexível, o processo de ensebada capa — devia e tinha cinco dias de prazo, nada mais que cinco dias... (E para o colega judicial: — Essa gente é como São Tomé. Só vendo...) Fui procurar o despachante. É a afobação em figura de gente, mas é eficiente. E ele categórico e animador: — Foi tudo pago. Não sou cretino. Eles é que são umas bestas! Vamos lá que eu deslindo esta marosca! Voltamos ao cartório, ele levou os documentos comprobatórios — estava tudo em perfeita ordem... O escrivão desceu da altivez executiva para a desculpa envergonhada: — Foi um lapso, vejam só... Deixaram de anotar na ficha... Era mancada de funcionário novo, uns ignorantões, uns desleixados! Nomeiam qualquer um agora, meus amigos, nomeiam qualquer um... Já não havia mais gente como antigamente... Desculpássemos... Que podemos fazer senão desculpar? Respiro, mas sinto-me descadeirado. No bonde encontro-me com Ermeto Colombo, calças de veludo verde-garrafa, jaqueta cor de pulga. Conta-me detalhes do

Levante do Gueto de Varsóvia chegados a ele por familiares — são de estarrecer! E Luísa pifara a repartição. E Gasparini apareceu:
— Essa sua negra está precisando é de macho!

28 de setembro

Percebeu-se que Júlia não gostava de ficar de perfil, pois o narizinho denunciava-se em toda a sua mesquinhez. Percebeu-se que os tornozelos eram um pouco finos e as panturrilhas um pouquinho grossas. Percebeu-se que espelho exercia insopitável atração.

30 de setembro

Telefonei, convidei, Júlia aceitou — oba! —, fomos almoçar num restaurante meio lusitano do Mercado. As barcas apitavam, surdamente, ao atracar, os mergulhões se agitavam à volta dos barcos de pesca, a maresia era forte, dos lados do Aeroporto chegava, de tempos em tempos, o roncar de motores. Fora pintado o restaurante e o cheiro a tinta ainda levemente perdurava, mal dominado pela maresia.
— Te incomoda?
— A mim, não. É gozado. Tem cheiro de novo. Dizem que espalhando bacias d'água no chão o cheiro de tinta é absorvido.
— Não sei. Nunca experimentei.
Os guardanapos armados em volta dos copos pareciam alvíssimas e engomadas opalandas.
— Gosta de peixe?
— Até que não é mau, embora seja prato caseiro. Seu Joaquim não passa sem o seu peixinho carregado no azeite. Sexta e domingo, então, é aquela água!
— Vamos pedir à brasileira.
— Boas falas! Tem bastante camarão, não tem? Sou louca por camarão! Mas sem muita pimenta. Pimenta provoca espinha.

— Não estou a par dessa virtude. Mas será com pouca pimenta. Muita não gosto.
— Será permitida uma abrideira? — riu.
— Será, conquanto calhe mais tradicionalmente com feijoada...
— Suspendo?
— Depende da consciência...
— Suspendo!
Vieram os talheres, e ela:
— Esta joça de faca para peixe é meio indigesta, não é?
— Olha, talher para peixe não é requinte desprezível não. Tem as suas razões. Assim como copo para beber água. Balde, lata de ervilhas, casca de coco, tudo serviria, mas você não acha que...
— Acho!
Pigmaleão, embalado, disse:
— Não use muitos anéis e nenhum desses, ouviu? Use um só, verdadeiro, simples...
— Uma aliança, por exemplo...
— Talvez uma aliança. Ficou zangada?
— Neca! É preciso aprender.
— Acredite que é uma boa lição.
— Acredito — e, submissa, retirou os anéis, manejou o talher com uns laivos canhestros de distinção.

2 de outubro

Com tarja preta: Torpedeado à luz do dia, no litoral de Alagoas, o *Itapagé*. Trinta mortos.

3 de outubro

E expira Paulo Prado, que conheci em São Paulo, polido, retraído, rico e viajado e que, muito moço, na Europa, privara com Eça de Queirós. Em recôndita homenagem folheio o *Retrato do Brasil*, a que João Herculano atribui eficaz ação psicológica sobre os intelectuais novos. Paulo Prado foi um fotógrafo triste — a sua objetiva, porventura, estivesse embaciada pela garoa.

4 de outubro

Escasseia a carne verde nos açougues, o que deixa Felicidade que nem barata tonta, como se fora culpada do descalabro, e não é fácil escolher palavras para apaziguá-la. Carne é assunto de exportação — os soldados de todas as frentes, os marinheiros de todos os mares, os operários dos arsenais, ou a malta que engorda com os lucros estonteantes da guerra, precisam das proteínas e da hemoglobina pascentadas com o nosso capim-gordura. Mas como nós, os brasileiros, também necessitamos, temos na mesa razoável fartura de um substitutivo, a presuntada, rósea massa adocicada e enjoativa, cuja maior quantidade procede dos Estados Unidos. E de bolachas ainda nos inundam os americanos, já que o trigo nos é escasso, e de beterraba enlatada dum roxo eclesiástico!

Vera é infensa a beterraba.

5 de outubro

Carta de Garcia em cima da perna: "Estou na bica para ser proprietário, seguindo o exemplo dos precavidos amigos da ladeira... Encontrei uma casa aqui, feia mas sedutora. É espaçosa, de bom material, algo sensacional e arrepiante no banheiro, com jardim na frente, ao ínfimo gosto do jardinismo local, e maior terreno atrás, já plantado com árvores frutíferas e entre elas um pé de cajá-manga que tem a sua grandeza. As pedras na fachada é que são um bocado funestas — dão-lhe um ar de fortaleza sem canhões. Onde escrevi *casa*, leia *palacete*... Geralda ficou encantada. O negócio é forte para as minhas disponibilidades, mas o proprietário enrascou-se todo em especulações outras e abre facilidades, pois tem premências. Iremos ficar de orçamento apertado, mas vou meter os peitos!"

6 de outubro

— Por que não escrevem sobre meu livro? (Adonias.)
— Sempre saiu alguma coisa. Gerson Macário, João Soares, Saulo Pontes... Martins Procópio! Há outros autores mais esquecidos...
— Gerson Macário é um bestalhão! (Adonias.)
— Ingrato!
— Não falta ao artista brasileiro uma justa noção do ritmo e da medida, criadores da harmonia, mas sofremos neste momento uma estranha e lamentável crise de consciência artística. (Mário Mora.)
— Arte é uma geometria fantástica. (Jacobo de Giorgio.)

7 de outubro

Os alemães, que se retraíram para Roma, têm passo de ganso mas não têm gansos capitolinos que os alertem, e vão batendo em retirada ante as tropas do general Clark, que marcha para as sete colinas certo de que todos os caminhos vão dar a Roma. — E a frase no quadro-negro que deslumbrava Madalena: "Roma me tem amor!" Natalina, apesar do espevitamento, custou a perceber.

8 de outubro

Uma boa cartada do blefador Getúlio no seu discurso em Uruguaiana: "A mobilização do Brasil para a guerra é assunto que está sendo cuidadosamente estudado pelos técnicos militares."

9 de outubro

— Que tal se metêssemos um cassino amanhã?
— Era de abafar!
— Pois está convidada.
— Você me leva em casa depois? Olha que é longe...
— É claro.

— Não se acanhe. Se houver inconveniente, eu resolvo. Tenho uma colega que mora no Catete. Já dormi lá várias vezes. Mamãe não se importa. Tenho até roupas lá. Para mim, penso que seria mais prático.
— Pois que seja. Mais prático é. E acha que devo convidar sua amiga?
— Não precisa. Ela me dá a chave. Já saí sem ela outras vezes. É de boa paz. Tem os seus arranjos de contrabando com um dos advogados. Ele é casado. Todo mundo é casado!
— Os senhores seus patrões passam as secretárias todas pelas armas?
— A insinuação tem cabimento... Não. Há exceções. Toda regra tem exceções.
Apanhei-a na porta do apartamento da amiga. Ostentava um vestido de grande e redondo decote, que mostrava demais o colo, vestido cor de coral, jeca, jeca, furiosamente jeca, e brincos enormes.
— Exageradinhos, hem!
— Estão na moda.
— Muitas vezes a melhor moda é fugir dela.
— Tomarei nota...
— Não fará mal. Oscar Wilde dizia que o homem verdadeiramente na moda, isto é, verdadeiramente elegante, era aquele que passava por Piccadilly sem se fazer notar. E era um *dandy*!
— Já li um livro dele.
— Gostou?
— Gostei.
— Tiradas e paradoxos agradam muito... Não teve bom fim.
— Eu sei.
— Trata-se duma cultura!
— Tenho a minha culturazinha, que é que há? — riu. — Olhe, já assisti a uma peça dele também.
— A do leque da *lady*?
— Acertou na pinta.
— Por amadores, aposto!

— Ganhou — e ela riu mais. — No Orfeão Português.
— Com palmas e flores.
— Acertou outra vez. Com palmas e flores!
Abrigamo-nos numa mesa do fundo, mesa pequena, discreta, florida, para dois lugares. Fizemos algumas incursões, muito abalroadas, pela exígua pista de dança, quando os corpos se colavam mesmo que não quiséssemos.
— Que perfume é esse que você pôs?
— Não é bom?
— É.
— Filei da amiga. *Arpège.* É francês legítimo!
— Parece que o advogado gasta...
— Sim, larga seus tico-ticos...
— Um pouco mais que tico-ticos, creio. Mas quando filar perfume, file menos. Seja discreta no perfumar-se. Não se transforme num gambá ao contrário...
— Tomarei nota, cavalheiro...
Mas Júlia Tovar não é dançarina. Acabamos por nos contentar com o *show* semi-internacional e com a conversa no escurinho, fluxo e refluxo de bagatelas e confissões, as mãos por vezes se encontrando. Êmula de Maria Berlini, a bebida punha-a em progressivo estado de loquela e ternura. No táxi tombou a cabeça sobre meu ombro, terna, sonolenta, um hálito que faria inveja a José Nicácio.

Apurou-se que os namorados foram muitos. Importantes: o corretor de seguros, que tinha motocicleta; o major, que se dava mal com a esposa; o dentista, que vivia com uma mulher mais velha do que ele e que o ajudara na formatura e na instalação custosa do consultório. Conhecera o corretor em fila de ônibus, o major numa praia da ilha do Governador onde fora banhar-se com uma companheira, o cirurgião-dentista numa esquina, aceitando a carona de automóvel, pois pegava muitas caronas.

— O que é muito feio, sabe?
— Não sei por quê.
— Feio e sintomático...

O corretor só falava em corretagens, guiava a moto como a cara dele, certa vez que ia na garupa quase fora atirada num atoleiro — era burro e ciumento. O major era burrinho, formalizado e poltrão — a mulher fazia dele gato e sapato, gastava os tubos, traía-o sem a menor cerimônia, e ele amarrado por causa dos filhos! O dentista era um lixo de submissão à amásia! Não dava sorte com namorados — todos que lhe apareciam eram escravizados, engajados, comprometidos. Tivera um noivo, um velho, viúvo, cuja filha mais moça era da idade dela, veja que gaiato! Morava na rua do Riachuelo, num bom apartamento próprio, dava-se como capitalista, financiador de construções, mas o que fazia mesmo era emprestar dinheiro a juros de tirar o couro. Os pais não viram com maus olhos o casamento, apesar da imensa diferença de idade — era pessoa sensata, experiente, endinheirada, capaz de garanti-la... Só Jurandir é que achou uma vergonha! Acabou rompendo o compromisso — não suportava o jeito do velho querer tomar conta dela, dar-lhe conselhos, fiscalizá-la, agarrá-la... Deu um esbregue, atirou a aliança na rua, ele abaixara-se e apanhara-a... um nojo! Os pais não disseram nada, parece até que já estavam vendo que aquele enlace não dava certo. O velho é que ainda teve a coragem de ir procurar o pai, mas seu Joaquim escorou a conversa e o ex-futuro genro saiu conformado. Pouco depois soubera que se casara com uma garota — gostava de franguinhas...

10 de outubro

A vida imortal de Luís Carlos Prestes vai tendo avassalador sucesso em toda a América de fala espanhola e chegaram aqui, escondidos, uns contados exemplares que andam de mão em mão, na dos admiradores para apregoar qualidades que Antenor Palmeiro não tem ou não demonstra; na dos detratores para denunciar defeitos que não diminuem o invulgar mérito do livro. Pode ter erros biográficos, toponímicos, onomásticos, cronológicos, pode ser, sob certos pontos, apressado e jornalístico, mas é uma exaltação que tem função. Dupla, aliás — trabalha para o bravo que o farisaísmo encarcerou e trabalha para o biógrafo, cujo renome, de tabela, correrá mundo com botas de sete léguas, indiferente ao vão desespero daqueles que não tiveram coragem para tanto, ou que não souberam encontrar o mapa da mina, quando ele estava bem na ponta do nariz... Antenor Palmeiro não é só inteligente, é esperto, e a esperteza fere mais que a inteligência. Ribamar não consegue calar o amargor de tal triaga e nos oferece um espetáculo mais ridículo do que torpe.

12 de outubro

Recebo e leio de arrancada o novo romance de Gustavo Orlando. Seco, lapidar, *A cachorra* se chama. Não acredito no seu sucesso, isto é, será um sucesso muito relativo. Um livro para raros, e Gustavo Orlando nunca foi um raro...

13 de outubro

São manchas, algumas de bonita cor, o que eu escrevo e acumulo neste livro caudaloso, manchas soltas, sem contato, sem relação, sem unidade, ilhotas dum arquipélago entre sentimental e maledicente, dirão muitos leitores traídos pela ótica.

Perdão! Deem um passo atrás, um ou dois, e cerrem os olhos, tal como fazem os admiradores de pintura com um tique de ostentação. E, com surpresa, verão que os interstícios são ilusórios, pura habilidade do artista familiarizado com o pincel do pontilhismo, que as manchas, longe de se repelirem, se fundem coesamente num quadro só — o painel que eu desejo! Poderá não ser magistral, sim, poderá, mas isso é outra coisa.

14 de outubro

Foi preso no Paraná um padre espião de má catadura. E Gasparini: — Mas todos os padres não são espiões de Deus?

Desfez-se oficialmente o nada que restava do Eixo Roma-Berlim. E Badoglio, o amnésico: — Não haverá paz na Itália enquanto um só alemão se encontrar em nosso solo...

Julião Tavares escreve longo e ditirâmbico artigo sobre o 50º aniversário de Mário de Andrade, que foi no dia 9 com comemorações aquém do merecimento. E José Nicácio: — Que eu saiba, Judas não deu um pio na mesa da Ceia.

16 de outubro

Para minha estupefação, uma considerável assistência me esperava no Centro Israelita de Niterói, o que me deu alento e era para pensar piedosa e perdoativamente na sede de público que tem um Antenor Palmeiro, um Ribamar Lasotti, um Júlio Melo. E mais estímulo me trouxe o fato de noventa por cento dela consistir de jovens de ambos os sexos. Iria iniciar uma série de palestras sobre música, quatro ao todo, e uma por semana, dentro de um ciclo de divulgação cultural e no qual Débora Feijó discorreria sobre literatura, Mário Mora sobre pintura e Ermeto Colombo sobre teatro. Dois rapazes, há poucos dias, me apareceram, modestos, corteses, mas persuasivos. Apresentaram-se como estudantes e encarregados do setor cultural do Centro. Gostariam de sacudir a moçada que frequentava a sede para recrear-se com o pingue-pongue, o xadrez e a dança — era pouco e iníquo. Tinham planos e contavam comigo.

— Está bem — acedi sem muita convicção.

E lá fui com alguns discos demoradamente escolhidos. Falava, tocava-os, ilustrando assim de maneira amena e convincente as minhas alegações musicais. Deu certo. Houve atenção na assistência, uma certa gravidade até, certas vezes quebrada por alguma pícara referência facilmente compreendida. É que não perdi ocasião — como se pode fustigar alegre e sub-repticiamente a ditadura falando sobre música!

Mário Mora estava presente e disse:

— Lavraste um tento! Vou trazer reproduções para as minhas palestras. Dizem mais do que mil palavras.
Fiquei satisfeito e Mário Mora na barca:
— Você reparou como havia algumas garotas lindas?
— Reparei. Apesar de louras...
— Apesar de louras! Mas um tanto maltratadas.
— Você quer dizer: não iniciadas...
— Bem, na música já começaram a ser... — riu.
— Na pintura começarão amanhã...
— Depois de amanhã — corrigiu. — O futuro nos pertence...
O futuro nos pertence era o título dum romance dipiano que estava ilustrando às gargalhadas — é impagável!

17 de outubro

Recuso! A severidade dos concursos só é mesmo terrível quando é contra nós, mas basta de comissões julgadoras! Nada mais doloroso, mais humilhante para a dignidade literária, mais desencorajante que se presenciar a fria consumação duma injustiça. E principalmente inútil, pois, como bem diz Nicolau, "quem ganha prêmio é boi". Godofredo Simas ficou pouco amolado com a recusa, coçou a cabeça, alvitrou Adonias:
— Revelou-se um escritor de mão cheia. Acha que ele topa?
— Embora ele fique muito contente com o conceito que lhe faz, pior a emenda do que o soneto, meu velho. O ínclito Adonias Ferraz detesta estas chateações.
— Vocês são de morte!
— Por que não convida o Ribamar Lasotti? É uma glória nacional, e gosta de média, de nome no jornal...
— Ele é um preguiçoso, não vai ler nada!
— O que não impede de votar...
— Eis uma grande verdade. Grande e prática. Vamos a ele! Você é um anjo! — e partiu pressuroso, como ratazana pelada por uma panelada de água fervendo.

Quanto irá ganhar na trapizonga, não sei. Que vai, vai. Não prega prego sem estopa, ah, não prega. Que ganhe, que ganhe muito! — é meu desejo. Tenho uma certa indulgente ternura por este decrépito amante à mercê do duro coração de Neusa. Lembra-me Zuza, escravo dos caprichos pré-prostitucionais de Clotilde.

18 de outubro

— Você é um anjo! — foi exatamente o que disse Júlia ao receber o vestido de presente, um vestido para a noite. — Que lindeza!
— Repare que não é cor de coral.
— Entendi.
— Repare que o decote não vai até o umbigo...
— Ah! entendi.
— Sempre assim.
— Na medida do possível.

O entendimento é coisa que se afina como um violino, um violão, uma guitarra. Júlia já deu fim aos anéis de quinquilharia, aos brincos escandalosos, já não examina o interior dos sanduíches, já manipula os talheres com precisão, o dedo mindinho menos levantado.

19 de outubro

Os professores, porém, sofrem reparos, reparos motivados pelas diferenças de idade, pois cada geração tem os seus modos de falar, de pensar, de agir, coisas para as quais os professores não atentam muito.
— Estou no mato sem cachorro!
— Quá-quá-quá! Que é que você disse?
— Estou no mato sem cachorro.
— Quá-quá-quá! Não se usa mais isso não! Vovó é que dizia coisas assim: Tira o cavalo da chuva... Deixa estar, jacaré, que a lagoa há de secar... Vá amolar o boi...

— Há outra ainda: Vá pentear macacos! Vá lamber sabão!
— Ficou chateado?
— Não. Vou procurar me atualizar...
— Talvez te possa ser útil.
— Não duvido. E como poderia dizer agora que estou no mato sem cachorro?
— Estou numa sinuca de bico.
— Já sabia esta, Júlia.
— Então por que não empregou?
— Reflexo condicionado...
— Não há como a gente ser sabichão, não é? Tem resposta, e desculpa, para tudo.

21 de outubro

Com bucólicos ornatos de Laércio Flores, outro livro do Sociólogo nos balcões, muito bem enfarpelado por Vasco Araújo, que o adora, cercando os lançamentos do pupilo com cuidados de porcelana e barulhosa girândola publicitária.

O Sociólogo, meus amigos, não é um sociólogo, é um saudosista e daí seu lusitanismo ser, talvez, menos esperteza do que acentuada herança sebastianista adoçada com a nostalgia dos banguês. A rapaziada que vem surgindo no campo da matéria, severa e compenetrada, inimiga dos fogos de artifício, vai, sem dó como é próprio dos iniciados, colocando-o no devido lugar, coisa que o Sociólogo ainda não percebeu, tomando como prestígio de mestre algumas esporádicas citações e algumas irônicas barretadas. Mas como o estilo é torneado e elegante, parente próximo do de Joaquim Nabuco, lê-lo constitui um ameno deleite, amenidade de largas tiragens e pingues direitos autorais, que permitem ao estilista uma serenidade meio patriarcal na chácara onde espera, com modos fidalgos, e muita prataria antiga, e muitos azulejos coloniais, e muito jacarandá espalhado pelas salas, os visitantes para incensá-los. Menos deleite é suportar o seu egocentrismo.

(E quantos cigarros queimei para escrever estas linhas? Ah, escrever é trabalho de grilheta!)

22 de outubro

O jovem poeta alagoano diz: — O estilismo de Nabuco é uma lorota que necessita de urgente revisão. Não passou daquela página sobre Massangana, assim como aquele concerto de Tchaikovski que começa como Bach, uns seis compassos não mais, prosseguindo e acabando como Offenbach. Mas tem sido o enfatuado figurino para os artigos de fundo de tudo quanto é jornalista de fraque e *plastron* que ainda anda por aí. E que dizer dos seus *Pensées détachées*? Masturbações de um Maricá pedante. Não basta escrever em francês para posar de Pascal. Pode-se reprisar o *Monsieur Homais*...

O jovem escritor, piauiense e engajado, acrescenta: — O seu ardor abolicionista só se verificou depois que vendeu os escravos que herdara... E tome nota: advogado do diabo, nunca defendeu o Brasil internacionalmente, que o Brasil não levasse na cacunda. Caprichou em ser a antítese do barão do Rio Branco. E como esbanjava em recepções! O marajá de Kapurtala era pinto perto dele! A verba extraordinária de representação na embaixada de Washington era astronômica. Gastava como um senhor de engenho em prostíbulo. Só que o dinheiro não saía do seu bolsinho...

23 de outubro

Júlia enumera a prole do avô bairrista — já delfino, como dizia a mãe — e que se espalhara pelo Brasil: Pedro, Eulálio, Rosilda, Nair, Adamantino, Mauricélia, Bento, Ursulina, Carolina, Olgéria, formando o orgulhoso acróstico — PERNAMBUCO! Alguns morreram: Pedro, sangrado numa volante, Rosilda, Ursulina. Carolina é dona Carola. Tio Bento é um amor! Tinha ficha de comunista, deu umas facadas na amante, comeu cinco anos de detenção, e visitá-lo com frutas e bolos era encargo mensal de dona

Carola. Mauricélia é a criatura mais burra do mundo! Burra, pão-dura, linguaruda! O marido enriquecera, morava em Icaraí numa baita casa, nem queria saber que havia irmãos.

24 de outubro

Com vistas ao jovem poeta alagoano, mordaz e ambicioso, registre-se um trecho de conversa de Jacobo de Giorgio, que me acudiu:

— Offenbach regeu o cancã que Paris dançou entre 1850 e 1870, época da remodelação da cidade e dos fabulosos lucros imobiliários que dela advieram, das especulações da Bolsa e dos banqueiros, dos grandes jornais e das grandes cocotes, como participante embriagado e espectador cínico da orgia. Na sua música, mais do que em Cimarosa ou em Rossini, há um reflexo do espírito que informa *A cartuxa de Parma*. E a abertura do *Orfeu desce aos infernos* não pode faltar numa antologia musical realmente representativa e equânime.

Foi na casa de Saulo Pontes, que balançava a cabeça como boi de presépio e com humildade confessou não ter a peça na sua discoteca — uma lacuna!

25 de outubro

A balança que o espelho aferiu. Num prato, qualidades tão profundas que ninguém as descobre, ai de mim! No outro, defeitos tão vulgares que ninguém os perdoa, ai dos outros!

26 de outubro

— Não é maravilhoso que Deus tenha feito os dias de primavera? — foi a primeira frase de Júlia, involuntária talvez, no jardim onde as fúcsias pendiam como de imperiais orelhas.

— Não posso garantir que Deus seja o autor dos dias primaveris, mas faço a justiça de não acusá-lo de ser o criador dos dias chuvosos.

— Acredita verdadeiramente no que está dizendo?
— Creio que sim...
— Não tem certeza? É descorçoante.
— Somente os lorpas têm certezas. Acreditas em Deus, Júlia?
— Com restrições, meu bem — e corou.
— Não difere de mim, portanto... E sabe duma coisa? Você é linda!
— Não. Sou boa — e a cor voltou ao natural.
Uma resposta lembra outra.
— O que sentiu de novo, após a conversão? — perguntou Luís Cruz.
— Foi a presença de Deus neste objeto — respondeu Martins Procópio apanhando da mesa um cinzeiro.
Tem um certo encanto.

27 de outubro

Pérsio Dias, assanhadíssimo, trouxe o falado "Manifesto Mineiro", obra gráfica roceira, data de 24, em Belo Horizonte. Assinam-no alguns brilhantes homens de letras, alguns juristas ilustres, muitos ex-militares da política, que o golpe de 37 colocou inconsolavelmente no ostracismo, e conhecidos todos além das fronteiras mineiras. Corre de mão em mão pelo Brasil inteiro, suponho, e é bom que assim seja, despertando consciências adormecidas, fomentando o assanhamento cívico de que Pérsio foi prova — bandarilha no cachaço da ditadura, principalmente uma advertência às disposições getulianas de manipular a sua permanência a qualquer preço. Mas não fosse a vitória da Democracia, que se desenha nos campos de batalha e que faz Getúlio ir escorregando matreiramente para ela, afrouxando de caso pensado os dispositivos policialescos de que se cerca, não teriam os signatários coragem bastante para lançá-lo, não nos iludamos. Foram, porém, oportuníssimos, perturbarão o chefe do governo, obrigá-lo-ão a rebolar, e não tenhamos dúvidas de que irá se virar.

Reli-o com atenção, assinalando o que tem de inócuo e precioso: o tom formalista e jurídico-liberal, o ranço superado de elite, as tiradas subliterárias... Catei os nomes de Joaquim Borba e Paulo Emiliano — não estavam.
— Quem te deu isto? — perguntei.
— Julião Tavares. Está alucinado por aí.
— Mau sinal...

28 de outubro

Volto de Niterói, e a barca com um cheiro a vômito e a banana podre jogara bastante ao passar diante da barra, e a aproximação das semiapagadas luzes do Rio, fúlgidas e imensuráveis no meu coração, é muda e arraigada certeza de segurança e amor. Volto com a traqueia ardendo, os brônquios irritados, cansado, pedindo aspirina e cama, mas satisfeito da missão cumprida frente a uma assistência que engrossou para satisfação dos dois jovens organizadores. Foram mais palavras escorrendo, não perfeitas, mas fluidas, e mais discos selecionados no imenso salão de alto pé-direito e luz amarela e tristonha; foram mais perguntas, que a mocidade, confiada e interessada, com tantos olhos azuis, pergunta muito, e mais solerte solapação na ditadura entre uma música e outra — humílimo herói da resistência, encorajado pelas circunstâncias nacionais...

29 de outubro

Orografia juliana — inicia-se a escalada dos seios no escuro cinematográfico, promíscuo e abafado. O corpo, com todos os seus vales e escarpas, vai, demulcente, vergando para o meu lado como galho com passarinho.

30 de outubro

Mais mortos no mar. O *Campos* foi ao fundo na costa de São Paulo. A coisa aconteceu no dia 23.

31 de outubro

Na altura de Cabo Frio, o Catalina PRV-1 afundou o submarino que presumivelmente torpedeara o *Campos*. O corsário estava tranquilamente à tona, com os seus homens apanhando sol, secando roupas. No combate travado, um dos tripulantes do avião foi atingido por 26 estilhaços...

1º de novembro

A grata manchete de Todos os Santos — Fogem em completa desordem os alemães na Rússia. — Na bula da panaceia Júlia devia constar: demulcente, antiflogística, hematopoética. E quanto ao modo de usar, como deverei tomá-la: em gotas ou em colheradas? — Arre! que doses de ditadura tomamos nós sem perceber?

2 de novembro

Adonias telefonou de véspera para fazermos *ensemble* a peregrinação cemiterial...
— É uma honra, Adonias Ferraz...
Ele sabe o que encerra de perfídia chamá-lo pelo nome todo como se fosse um personagem dostoievskiano:
— Deixa de ser besta! Às duas?
— Às duas.
— No portão da esquerda.
— Minhas congratulações pela escolha. É um portão estreito...
Há muito não saíamos juntos. Pontualmente apareceu, de preto, um fino chapéu de feltro de larga aba quebrada na frente, sombreando-lhe o rosto, emprestando aos malares estranha modelagem de cigano.
— Um bocado a caráter... Mais um toque e teríamos um defunto tipo 1920.
— Digamos, decentemente trajado.

Dei uma olhada na minha modesta indumentária — calça duma cor, paletó doutra, complementando-se e harmonizando-se com a camisa, com a gravata, com os sapatos.
— Não me considero indecentemente vestido.
— Um pouco *tecnicolor*.
— Vá!... Entendo muito mais de cores que você.
Descobriu-se ao transpormos o portão, fomos diretos à lousa de Tabaiá. Lírios espetados nas jardineiras já esperavam os nossos agapantos como de outras vezes.
— São saudades matinais... — E Adonias zomba: — Ainda dorme...
Sou cabeçudo a respeito:
— Um dia acordará. E eclipsará com a sua novelazinha esquecida os astros da oportunidade e do tambor. Como conseguem ser grandes certos pequeninos escritores desapercebidos!
— Que surpresa teria no céu ao sabê-lo! Mandaria tocar todos os sinos, acender todas as estrelas!
— Já achas que ele está no céu?
— Não merecia um longo purgatório. Deve ter sido perdoado da sua intrujice. Deus ama e perdoa os pecadores malandros.
— Defende a sua sardinha?
— Você talvez um dia o será. Deus revela certa carinhosa preferência por aqueles que o negam. E não haverá alma mais acadêmica no reino do céu.
— Se é para aguentar você também na eternidade, agradeço a atenção, mas dispenso-a.
— Aguentar-nos-emos...
Paramos no suntuoso jazigo da baronesa para agapantos em maior escala por parte do sobrinho e uma oração um tanto mascada.
— Pagando o seu imposto de herdeiro, não é? Barato...
Adonias riu:
— Rezo pelo fracasso da artista...
— O que não te impede de guardar as obras que saíram do pincel da aluna de colégio de irmãs. Como um Louvre às avessas. Menos hipocrisia! Lixo com aquilo tudo!

— Têm um certo encanto infantil. Os primitivos estão muito valorizados...
— Merda para os primitivos!
— *Amém!* Mas deixemos em paz as veleidades da baronesa.
— Que esteta de borra!

O retorcido túmulo dos pais de Adonias tinha o friúme das coisas esquecidas e os lábios do filho nada pródigo foram mais sinceros nos seus padre-nossos. Persignou-se e encaminhamo-nos para o carneiro familiar, de que Emanuel não partilhara, limpo, simples, singeleza que Adonias em várias oportunidades já louvara. Não sobravam muitas flores nas suas mãos:

— Era uma alma boa e pura o seu pai. A pureza, pelo menos, não te foi transmitida. Vou rezar por ele.
— Não creio que precise.

Adonias, sorrindo, não insistiu. Com os dedos delicados, que o argolão antigo mais enobrecia, espalhou as flores que restavam, tirando efeitos com uma graça de decorador que quisesse fazer passar o arranjo como uma ordem natural.

Susana foi vista. Vista foi Baby Feitosa, com gorda braçada de cravos vermelhos, pisando o difícil calçamento de uma quadra com a leveza de Diana. A quilha de um barco mortuário se afunda numa onda de mármore. A esfinge de granito não propõe nenhum enigma aos visitantes. Adonias sente-se cansado:

— Por hoje chega, não? Estou com os pés doendo.
— Chega.
— Deixemos em paz os meus personagens, como você diz.
— Consola-te. Seus fantasmas são universais. Os homens de carne e osso dos seus colegas de romance é que não existem.

Brilhou no rosto de Adonias um sorriso de satisfação. Recolocou o chapéu e cruzamos o portão principal entre alas de barricas de esmolas. O guarda, com seu apito, é uma inutilidade — a rua está intransitável.

— Vamos para a rua Voluntários. Lá será mais fácil pegar condução.

O velho sobrado comoveu-o — parou para contemplá-lo. Os mastins de louça, encarapitados no alto dos pilares do portão, rosnavam inutilmente para os intrusos. As roseiras maltratadas alinhavam-se ao longo da varanda que a nodosa mangueira agasalhava. O repuxo estava seco.

— Abandonado — gemeu. — Abandonado como um sapato velho. — Deu alguns passos: — Outro dia, na rua da Assembleia, vi você com uma garota. Ia alegrinho. Um *divertissement*?

— Nunca se sabe.

— Vi-a de relance. Você me desculpe, mas achei-a parecida com o general Marco Aurélio...

— Assim também não! — Fiz uma pausa: — É irmã do Jurandir.

— Que Jurandir? Aquele seu colega baloeiro que foi para São Paulo?

— Sim. Mas nunca foi baloeiro. Um pouco prosa é possível.

— Fundo meloso...

— Nem toda gente pode ter a sua estirpe. E você fala como se os ascendentes do Fritz constassem do Almanaque de Gotha.

— Sabe, vou botar aquele calhorda no olho da rua. Está ficando um completo estafermo. Não tolero mais.

Surgiu um bonde meio vazio.

— Vamos?

— Vamos.

3 de novembro

Se Júlia acredita em Deus com algumas restrições, não guarda nenhuma para Nossa Senhora da Penha — devota e penitente, só não muito penitente porque há degraus demais na escadaria do santuário. É preciso traçar-lhe um perfil de dona Marcionília Peçanha, sua colega de devoção.

4 de novembro

— Vamos?
— Vamos.
Adonias ficou na ponta do banco, como tácito aviso de que as passagens sairiam dos seus níqueis — é fértil em tais pequeninos gestos de amor e cortesia. O perfil de mago não se coaduna com o chapéu, requereria um turbante, vivamente colorido, que exaltasse as sobrancelhas circunflexas, que ressaltasse no nariz a agressividade das aves carniceiras. O alfinete de gravata, em jade e prata patinada, tem o cabalístico simbolismo do seu estilo. As meias de fio de escócia, pretas, caras, importadas, têm baguete branca, um tiquinho pelintras como insubmerso vestígio das passadas noites de cabaré com luz vermelha, absinto e tangos argentinos, nos quais Tatá se exibia com a floreada perfeição dos caixeiros e dos rufiões.

E Adonias disse como se viesse de um longo e profundo pensar:

— No fundo você gosta do meu romance. Gosta e gosta muito! Sabe o que ele significa como forma, propósito e devir. Estou escrevendo outro com mais sombras, mais misticismos e mais fantasmas. Gostará mais ainda. Gostará, odiando! A inveja é o imediato produto da admiração impotente. E eu tenho o que você procura... luz na treva!

5 de novembro

Da luz na treva:
— Eu morro de não morrer! (Adonias citando Santa Teresa de Jesus no impróprio reduto dos Mascarenhas.)
— O corpo é para pecar, a alma é para salvar. (O mesmo cozinhando uma ressaca, os olhos no buraco, a língua saburrosa.)
— As orações que verdadeiramente desafogam são aquelas que podemos improvisar na hora, como a poesia. (O mesmo, num banco de jardim público.)

— Deus impõe-se! Só um espírito eterno pode criar coisas eternas. (O mesmo, empunhando uma escova de dentes.)
— É pela angústia que alcançamos a libertação. Levados nos seus braços é que vamos cair nos braços de Deus. (O mesmo, caindo de bêbado.)
Adonias abafa a casquinada:
— O Belo é difícil, como disse Platão...
Saulo Pontes, numa doçura de Nazareno:
— A Arte é coisa mental, como disse Da Vinci...
— Que esgrimistas!
— "Sua palavra é um gume florentino" — cita-me Saulo.
— "Para meu metro desejo outra grandeza: criticar os pequenos é vileza" — cito-lhe de volta.
— Olha lá o Dentuço! — aponta Adonias que não traga o Poeta e por outro apodo não o trata. — Parece que quer comer o quadro. Estará pensando que o capim é verdadeiro?
O Poeta, corcovado, quase cola a bicanca na tela onde o jegue azul mastiga margaridas no capinzal enquanto o par de noivos se abraça no portão do chalé. Avanço, enlaço-o carinhosamente:
— Então, está gostando?
— Uma delícia, não é?
— (Para que contrariá-lo?) É. Folguei muito em vê-lo.
— Ah! Tem estado com o Pedro Morais? (que o trata de tio).
— De longe em longe.
— Quando temos novo livro?
— Sei lá! Ando muito burro.
Ele mistura riso e tosse. E volto. E Adonias me recebe com o beiço franzido do desdém:
— Que maravilhoso instantâneo do chaleirismo! Pena não haver um fotógrafo aqui para perpetuá-lo. Seria mais um documento para os "Arquivos Implacáveis".
E eis que, na sala cheia de fumo, chega o arquivista, atrasado, afobado, distribuindo sorrisos e apertos de mão, apanhando, oportuníssimo, autógrafos para um exemplar do catálogo.
Adonias me puxou pelo braço:

— Vamos sair daqui, do contrário não escaparemos.
— Será mesmo que você quer escapar, modestíssima criatura?
— É chato.
— Se não quer se comprometer com a posteridade, por que veio cá? Mesmo, não adianta fugir. Deus sabe...
— Laércio é bom camarada. Foi por isso.
— Exatamente. E então não tem desculpa a escapatória. Mesmo, já disse: Deus sabe...

Mas escapamos, abrigando-nos num canto. O embaixador de Portugal, romancista de araque e interessado direto na importação de produtos dos seus vinhedos, reparte-se entre o Sociólogo e Altamirano, a concha da gentileza diplomática ora pendendo para um lado, ora pendendo para o outro. O Sociólogo é o cortesão altivo — há cortesões altivos. Altamirano é o perdigueiro das traficâncias — está sempre farejando, tentando levantar codornas lucrativas, lambendo os caçadores. E a embaixatriz, airosa, formosíssima, sorridente, mas com uma ponta de enfado, ouve o madrigal de salão do poeta e negocista. Vivi Taveira, desenvolta, frescal, rebrilhante de pedrarias, vem e liberta-a numa simulação de beijoca:

— Ó caríssima embaixatriz, que grata alegria!
— O mesmo digo-lhe eu. Que se passou? Não a vi na Legação de Cuba.
— Foi impossível. Inteiramente impossível! Tive uma enxaqueca atroz. Verdadeiramente atroz!
— Que lástima, pobrezinha. Mas já está rija, pois, pois.
— Como um botão de rosa... — e o sorriso procurava sê-lo.

E Martinho Pacheco, as pálpebras cada dia mais empapuçadas, pontifica para a presumível normalista, com o olhar inequívoco de quem quer levá-la para a cama:

— Onirismo, minha filha? É a doutrina da pintura que estritamente não deseja mais que exprimir os estados d'alma, os sonhos, e até o inconsciente.

Débora Feijó, abatida, cor de cera, discreta está. Discretíssimo, Mário Mora. Mas Gina Feijó, podre de chique, fingia que admirava e entendia tudo com gritinhos, frases, requebros d'olhos e passos para a frente e para trás, diante das peças, numa engraçada quadrilha. O brilho das suas evoluções, porém, foi, no melhor da festa, empanado pela chegada do marido, que deu vexame — bêbado como gambá, Marcelo.

6 de novembro

Loureiro e Ricardo Viana do Amaral, que nababescamente se locupletaram com os processos escusos da ditadura, são entusiastas do "Manifesto Mineiro"...

— O Altamirano está solidário com ele — declara-me o primeiro, olvidado das velhas animosidades, esquecido de que Altamirano sempre acendeu uma vela a Deus e outra ao Diabo, íntimo de Lauro Lago, sócio de vários asseclas de Getúlio e adversário local e poético do Estado Novo...

— Julião Tavares... Altamirano... Mau sinal...

Revida:

— Qualquer soldado serve para ganhar a batalha!

— E depois de ganha, vocês, como sempre, lucrarão.

7 de novembro

— É muito ruim, atualmente, a situação do samba, e não por falta de sambistas, mas, evidentemente, pela má compreensão de alguns deles que começaram a fabricar seus sambas como certos literatos fabricam literatura, isto é, na matança e com o olho no êxito fácil, que certas autoridades subvencionam. O samba-patrioteiro, por exemplo, não é uma monstruosidade? — são palavras que me ficam da rápida conversa com Martinho Pacheco, lutando contra a dentadura, os cabelos pintados cor de cobra, o cigarro babado.

8 de novembro

— Sem exagerar, o máximo que rendeu o "Manifesto Mineiro" até agora foi a aposentadoria, pelo famoso 177, dos signatários que exerciam cargos públicos ou correlatos, pois não era oportuno prender ninguém neste momento dos acontecimentos... A hora é de concórdia... (José Nicácio.)
— Não importa. É questão de paciência. Um dia serão aquinhoados pelo próprio Getúlio, não se surpreendam. Não há posição mais rendosa neste país do que ser adversário do Maquiavel de São Borja. (Aldir Tolentino.)
— Todos, não! (Pérsio Dias.)
— Falo em termos de maioria. (Aldir Tolentino.)
— Ou um dia ganharão na Justiça e ficarão ricos. Ricos e dignificados. É o heroísmo barato...
— Eu estou com os signatários. (Gasparini.)
— Eu também. (José Carlos de Oliveira.)

10 de novembro

— Vamos?
— Vamos.
A exposição de Laércio Flores, precedida de intenso bimbalhar, é uma borracheira primitivista e onírica, cheirando a Chagall como se jabá pudesse cheirar a violeta. Nicolau, presente muito a contragosto, desfila diante daquilo, carrancudo, tapando o nariz com um lenço hipotético: — É... É... É... — maneira muito pessoal de dizer: — Não! Não! Não! E o expositor, amável, vivaz, de cravo na lapela, gasta com insistência aquela chocalheira e lubrificada modéstia que é a forma mais translúcida de súcuba e sombria vaidade:
— São manquitolagens de um joão-ninguém... Coisas de um pobre fracassado... O único cabeça-chata que não venceu na capital...

Vasco Araújo, engordando a olhos vistos, enfiou o cartãozinho pioneiro num dos guachos de mais bizarra coloração — boi laranjo voando sobre o bueiro apagado e menino fazendo pipi atrás do catulé. O Sociólogo, que veio do famoso retiro espiritual colher as anuais aclamações federais, foi quem abriu o catálogo com generalidades que tanto servem para a lúdica exibição quanto para um livrinho de trovas sertanejas, e acompanhou o editor pespegando o seu cartão de visitas (em alto-relevo) com a magnitude de quem condecora o peito de um herói, ou melhor, como quem, na condição de autoridade suprema em tudo, concede o *brevet* àquela espécie de aviação.

Feijó agarrou-se, num tropeção, à pesada cortina da entrada e, embrulhado nela como numa bandeira, lá se foi ao chão, onde ficou se debatendo como peixe em rede.

— Poça! que pifão! — não se conteve o gravador gaúcho, novato na praça e cheio de talento.

— É um magistrado — esclareceu laconicamente Saulo, que não anda muito feliz nas suas causas.

— E a mulherzinha é guapa.

— E inteligente apesar das aparências.

Puxei o relógio — epa! — e saímos daquela estufa de concessões e convencionalismos, onde mesmo as flores verdadeiras se deixavam abafar e desvanecer. A noite descia com um resto de sangue e ouro no poente, uma umidade luxuriosa de harém errava no ar imóvel, mergulhamos na suada correnteza humana de cujo calor Adonias tanto se divorciava, pois a piedade cristã tem seus punhos de renda. Deixei-o na porta do alfaiate, que esperava por ele, fui para a esquina onde Júlia esperava por mim. Diante da fluorescente vitrina, qual ingênuo manequim que dela se tivesse evadido, encontrei-a brigando com a fivela do cinto que não se ajustava ao ilhó.

— Que atraso foi este? Você não é disso...

— Me desculpe! Fui a uma exposição. Muita gente, conversa com um, conversa com outro... sabe como é.

— Que tal a exposição? — perguntou como se as frequentasse.
— Não há tatu que resista!
Ela gargalhou perdidamente:
— Mais uma para a coleção!

11 de novembro

Sexto aniversário, ontem, do regime, e não se sabe se o tempo voa como andorinha ou se tem andar de tartaruga. Mas para comemorar a nossa indecisão, entre outros atos publicitários, inaugura-se o novo Ministério da Fazenda com obesas colunas greco-romanas e cinzeiros de bronze imensos e de suspeitosas tendências marajoaras.

— Devem ser piras para incinerar a inflação — caçoa Aldir.

Mas Getúlio — garantem — falou sério, após percorrer o edifício e satisfeito com a inspeção:

— No meu governo não mais serão feitas coisas como o Ministério da Educação.

Não é animadora a perspectiva, reforçada pela constatação de que o novo prédio foi construído mais depressa e por muito menor preço. E, pondo pingos nos iii, o novo edifício público, se é grotesco por fora, funciona bastante bem por dentro, espaçoso, luminoso, ventilado e com circulação, lição que escapará, fatalmente, aos arquitetos da concepção dita funcional, que se preocupam mais com o bom gosto das linhas externas e com a aplicação bastante experimental de novos materiais do que com a finalidade do imóvel.

E se falou sério sobre arquitetura governamental, ele, o mestre de obras do regime, foi irônico, no discurso inaugural, com os assinantes do "Manifesto Mineiro", que tachou de "leguleios em férias", provocando sorrisos e jocosos comentários.

12 de novembro

Aumento dos vencimentos dos funcionários civis e militares. Os militares levam vantagens.

— É, o dinheiro já estava curto — disse Luísa, animada. Não sei se o decreto está incluído entre as festividades de aniversário ou foi mera coincidência.

13 de novembro

O humílimo herói da resistência, na sua terceira exibição niteroiense, não colocou nenhuma indireta à ditadura. Havia dois tiras na seleta assistência, atraídos por uma denúncia, e que não conseguiu localizar por mais que esquadrinhasse. Perderam seu tempo os coitados, salvo se gostaram de Bruckner, Humperdinck, Florent Schmitt, ou das saxofonices de Krenek: "Joãozinho está tocando..." — tudo é lucro!

É que alguém, na entrada, chamando-o à porta, informara-o da confrangedora presença — o próprio denunciante, quem sabe? É lindo prestar-se dois serviços...

Pinga-Fogo é que lá estava, muito compenetrado, na primeira fila:

— Que lindas músicas! — Mas reclamou: — Você é um danado! Por que não me avisou? Teria vindo a todas. Foi por acaso que soube lendo um jornal da terra no barbeiro.

E levou o conferencista até as barcas. Conversar com Pinga-Fogo é como conversar com gente que já morreu.

14 de novembro

O colecionador: Vá ver se eu estou lá fora. Teu mal é sono. A cavalo dado não se olha o dente. Duro com duro não faz bom muro. Aguenta, Filipe!

O guarda-roupa de Júlia: Tererê resolve. Vai saindo de fininho. Nem te ligo. Já vai tarde. O que eu quero é movimento.

16 de novembro

Livro que saia, e que obtenha repercussão, é como vara em formigueiro — assanha as formigas que La Fontaine não fabularizou. Ribamar Lasotti, que sofrera o êxito continental de Antenor Palmeiro com *A vida imortal de Luís Carlos Prestes*, não suportou a consagração nacional que vai tendo *A cachorra*, fardo insuportável para a sua carcaça sensível, e — *presto!* — empenha-se em outro romance que há de recolocá-lo no vértice da onda. A ação passa-se, já se sabe, tão fartamente foi divulgada nas seções de novidades e mexericos literários, num cortiço do Recife, um novo ambiente que retratará, porquanto, pena que não se repete, dos mocambos já nos dera a sua contribuição em outras obras consagradas. Nele morre pela sua arte um violinista cafuso, biscateiro do cais. A empedernida sociedade de usineiros e filhos de usineiros que leva vida descuidada, devassa e inimiga da beleza — e que festeja tanto o romancista nas suas passagens pelo Recife — repele a virtuosidade do pária, mas os seus companheiros de miséria ouvem-no com devoção e enlevo. Precisava, contudo, o romancista ilustrar o talento do artista e a finura nata dos ouvintes com uma peça de grandeza imortal e aí é que a porca torcia o rabo, pois Ribamar é uma enciclopédia da ignorância. Mas o que lhe falta em conhecimentos sobra-lhe em vivacidade, e não iria se afogar em tão pouca água. E — *prestíssimo!* — telefonou ao prestativo Luís Cruz, que gosta de música depois do jantar, pedindo que lhe ditasse uns nomes de peças de violino, "mas de grande valor"... Luís Cruz tentou tirar o corpo fora e recomendou que se entendesse com Saulo Pontes, que tinha muito mais autoridade do que ele em tal assunto. O romancista, porém, retrucou que teria certo acanhamento em fazê-lo, dado que sempre hostilizara um pouco o inveterado melômano por sua posição ideológica, e solicitou o favor de apurar a dificuldade para ele — "gostava de escrever os seus livros bem certinhos". Luís Cruz providenciou e recebeu de Saulo Pontes a indicação de que famosas peças para violino seriam as chaconas de Bach e disso deu imediato conhecimento ao romancista, soletrando pelo telefone um pouco perfidamente: C de cavalo, H de hipócrita, A de asno e assim por diante, atendendo a que o homem de letras jamais ouvira falar em chaconas.

O violinista do cortiço recifense está por esta altura deliciando os seus companheiros de infortúnio social, entre os quais se encontrarão seguramente algumas prostitutas de coração boníssimo, que pagarão sentimentalmente com o corpo as alegrias que o artista da rabeca lhes proporcionará, com uma chacona bachiana, que juramos será grafada "A Chacona", como se fosse uma outra *Cabocla do Caxangá* de mais elevado coturno. A isto chamam eles de "documentário".

17 de novembro

Allegro ma non troppo. Nicolau foi escolhido para ilustrar uma edição luxuosa das *Memórias póstumas de Brás Cubas* para cem bibliófilos que se organizaram em clube. A escolha já mostra que podem ser cem, mas não são bibliófilos, porquanto Nicolau pode ser tudo o que quiserem, menos ilustrador. Mas como é trabalhador desalmado em um mês aprontou todas as ilustrações, que serão umas cinquenta, e em ponta-seca, pois descobriu a ponta-seca o nosso Cristóvão Colombo plástico. E como é do seu hábito, antes de entregar a mercadoria encomendada, faz uma exposição doméstica para amigos, fregueses e curiosos, da mesma maneira com que certas noivas desfrutáveis exibem antes da boda o enxoval nupcial rico de peças íntimas, rendas valencianas e frufrus. Deu-se que Mário Mora, que poderá não ser nada, mas é ilustrador, reparou em certo detalhe da cena do almocreve — mostrava ela, ao fundo, uma paisagem sáfara com alguns cardos espinhentos como se o licenciado viajasse numa caatinga. Delicadamente, maneirosamente insinuou ao improvisado Dürer que o jovem personagem machadiano vinha de Coimbra e que bem férteis eram as margens do Mondego. Nicolau saltou — que Coimbra coisa nenhuma! tinha lido o livro, que diabo! Mário Mora insistiu suavemente — também ele o lera, e várias vezes... Nicolau fincou pé, mais teimoso do que o jumento do licenciado. Mário Mora permaneceu docemente firme, pois quer bem ao pintor e realmen-

te o admira. Nicolau decidiu buscar o livro, folheou-o como as pessoas que desprezam os livros — era Coimbra...
— É — rosnou desconcertado. — É... Mas não tem importância, ora pinhões! Ilustração é assim. O ilustrador faz o que entende. O importante é a qualidade.

Mas, apesar da liberdade criadora, temos certeza de que a chapa será inutilizada e os mandacarus esperarão por um romance nordestino — não faltará ocasião.

18 de novembro

Infelizmente para os namorados, e cada dia mais se ama em público num animador sinal de desrecalque, vão ser atenuadas as medidas do *black-out*, já parcial. Será permitida, de hoje em diante, a iluminação normal dos prédios da orla marítima, transformada bélica e estrategicamente num imenso *rendez-vous*.
— Não aproveitamos muito a praia — brinca Júlia.
E Mário Mora está inconsolável:
— Por estas e outras é que esta terra não progride!

19 de novembro

Como sutil adendo ao que ontem se escreveu: Longe de mim ser contra galicismos, anglicanismos, estrangeirismos enfim. Se não abuso deles é por pura ignorância. Não vejo neles nenhum abastardamento do idioma, nenhum indício de corrupção. A língua deve ter porosidade bastante para permitir a introdução de elementos exóticos, sangue novo, que a agita e vivifica. Mas tenho nutrido horror pelo tal "fazer amor". Copular, afinal, castiça e dicionarizada, não é palavra feia. E mesmo o mais chulo dos verbos com que o povo correntemente exprime a ação de amar é preferível ao eufemismo boboca, gálico suponho.

21 de novembro

— Como vai a filha do general Marco Aurélio? (Adonias.)
— Seios em forma de pera como aquelas peças de Satie. (Mário Mora, a quem Júlia foi apresentada.)
— "O mundo começava nos seios de Jandira..."

22 de novembro

— Vamos?
— Vamos.
Quantas horas perdemos de amor, de leitura e de composição, como se nossa vida não tivesse limite! Quantas! Mas fui. Era um novo barzinho à beira-mar, que se abria com toldo listrado, cadeiras niqueladas e extravagantes cinzeiros, mas as moscas eram as velhas, gordas e venerandas coproprietárias dos bares vizinhos, atraídas pela novidade, voejando como em viagem de turismo. José Nicácio pediu um chope duplo. Poderia tê-lo acompanhado na pedida, não no tamanho, contentando-me com um pequeno, mas, por um pique de hostilidade, decidi-me por um guaraná e José Nicácio não ligou.

Arquivemos o que foi dito de aproveitável ao longo de dez conscienciosos chopes duplos, enquanto o sedento brincava com as rodelas de papelão:
— Ouve o que te digo: Getúlio vai começar a forçar a democratização do país. Haverá eleições. Será candidato e, claro, será eleito, pois tem a massa do pão na mão. O continuísmo, portanto... Para teu governo: vai ser apoiado pelos comunistas... Não precisa me olhar com esta cara — vai! Iremos, meu caro, presenciar grandes acontecimentos! Você se lembra do Febrônio? "Revelarei grandes peixes mansos e um imenso lambari..." Foi um gênio poético incompreendido!

23 de novembro

O sucesso das palestras, por mais lacunosas que tenham sido as minhas, apesar das muletas e artimanhas que usei, atravessou a baía. Vamos repeti-las num grêmio judaico da praça 11, mais antigo e de corpo social mais numeroso e próspero. Não nos fizemos de rogados, Débora, Mário Mora e eu — sentimos que há uma sede de contatos, um campo virgem ansiando por plantio. Semeadores do asfalto, lá estaremos acudindo à convocação. Só que a tarefa de convidar-nos não coube a dois jovens, mas a duas mocinhas. Uma, gordota, sardenta, vendendo saúde, outra, magra, clorótica, de diáfana beleza, ambas, porém, entusiasmadíssimas. Cercaram-me na saída do Centro, acompanharam-me ao Rio, com imensas sacolas e um calor de noviciado, entabulamos as coisas na travessia. O ritmo na praça 11 vai ser mais apressado, um ritmo que deve ter ficado dos extintos tamborins que a povoaram — dia sim, dia não, estarei bisando discos e falação.

— Arriscaremos umas piadas antiditatoriais?

As mocinhas em uníssono, num hálito de molho tártaro:

— Como não?

E a gorda:

— Fiscalizaremos a entrada. Conhecemos todos os sócios. Estranho que apareça, nós saberemos.

Apossa-me uma perdoável sensação de utilidade.

24 de novembro

Pesadíssimo ataque aéreo contra Berlim, que as diláceradas asas do arrogante Goering não mais podem convenientemente proteger. Centenas de bombardeiros gigantescos, milhares de petardos mastodônticos. A famosa avenida das tílias, ponto de encontro dos amantes, donairoso passeio dos elegantes e dos potentados, larga passarela onde desfilavam, entre aclamações, as tropas, as águias e as bandeiras vitoriosas em tantas guerras, privada foi de muitas das mais belas, frondosas e seculares. E também um elevado número de berlinenses não mais desfrutará da sombra das que restam.

25 de novembro

Algumas perguntas de Niterói:
— O que acha de Chostakovitch?
— O que acha de Katchaturian?
— O que acha de Kabalevski?
(É duro estremecer ilusões juvenis criadas pelas asas da propaganda.)

26 de novembro

Da varanda observo Pérsio, o suor a escorrer-lhe pelo rosto, ora lúcido, ora desorientado, mas teimoso sempre, as mãos sujas do barro ingrato com que procura criar a beleza e a vida mais duradoura do que a vida.

Vagarosa, vagarosamente é que se vai dando forma nestas páginas sem pressa à estátua do homem pequeno que sou eu, limitado, insatisfeito, às vezes perplexo, outras esmagado. Cada dia uma bolinha de barro, mínima, insignificante, mal amassada, cada dia uma, barro ou lama, que redime as mãos impuras, que leva à noite do coração um pequeno raio de sol.

27 de novembro

— Toda a forma de grandeza é uma limitação. (De um escrito de Plácido Martins.)
— A mais penosa limitação que a sociedade exige do indivíduo é a da sua agressividade, que ele é obrigado a reprimir. (Pedro Morais.)
— Não se trata de expulsar o sentimento, mas sim de circunscrever o seu domínio. O afetivismo é um perigo pela submissão das forças a uma orientação afetiva. (Jacobo de Giorgio.)

28 de novembro

Duas respostas, nada musicais, da praça 11:
— Hitler queimou em praça pública os livros de Freud, Schnitzler, Gide e Proust... uma fogueira de estrelas! Na URSS foram cortados das bibliotecas com Tolstoi e Dostoievski de quebra. Lamentavelmente as incinerações têm as suas confusas gamas...
— A partir do momento em que os dirigentes nazistas, com a sua bestialidade, decidiram que as artes plásticas, a literatura, a imprensa, o rádio, o teatro e o cinema deviam servir exclusivamente aos fins de propaganda do novo regime e à sua exótica filosofia, veio a inevitável decadência germânica, pois o substitutivo, por mais ariano que se mostrasse, era um regresso que não levava a nada. Igual procedimento soviético aviltou a liberdade criadora, que atingira na Rússia imortais alturas, mas não abalou de início o impulso de elevação do povo, em miserável estágio encontrado. O abismo tem as suas contradições.

30 de novembro

A filatelia e a sedução do desconhecido — Madagascar!

1º de dezembro

Levanto os olhos da página emaranhada, o fiel espelho reproduz, zombeteiro, a pilha de livros que cresce quanto mais a desbasto, como trepadeira que se alastra quanto mais a podamos, pipa furada que jamais mitiga a sede. Para que enredar-me em tanta frança alheia, para que embeber-me de tanto conhecimento graúdo ou miúdo, de tantas técnicas, tantos problemas, tantas hipóteses, tantas incertezas? Ribamar é que é feliz, feliz como o foi Tatá, que Deus o tenha — a cabeça limpa qual desguarnecida casa que ainda não foi habitada. Tentei continuar a ler, os olhos se turvam, as frases pareceram-me sem nexo. E desembrulho o bombom, o tênue barulho do papel desperta Doroteia, que levanta o focinho, farejando, o olhar pedinte. Não me comovo, atiro o papel na cesta e ela, desiludida, lambeu a barriga, coçou a anca, voltou a se espichar, confundindo-se com o tapete. Acendo o cigarro, pego a caneta.

3 de dezembro

1) Cavaleiros da távola-redonda, para os decisivos e talvez últimos golpes do mavórtico carteio, reúnem-se em Teerã, onde o tifo é endêmico e os tapetes lindíssimos, os três grandes e eméritos jogadores: Churchill, o do charuto, o do V da Vitória, e que no meio da safarrascada encontra tempo para ditar ensaios de literatura clássica e trechos de memórias; Roosevelt, o das pernas entrevadas e mãos de aço; e Stalin, o do geórgico bigodão. (Guardamos uma ordem alfabética ao nomear a trinca de eventuais parceiros para evitar suscetibilidades ou desconfianças — é a única lição que, a rigor, nos ministram os catálogos telefônicos.)

2) A vida com telefone domiciliar pode não ser melhor, mas evidentemente é mais cômoda. Júlia, todavia, não é muito atingida pelo estorvo, pois tem o aparelho do escritório que funciona como coisa sua mesmo, e, ela é quem diz, casa é praticamente para dormir. Nem sempre, ajuntemos com absoluto conhecimento de causa, porquanto o apartamento da amiga no Catete tem prestado relevantes serviços.

3) Relevante serviço é o que não está prestando a Telefônica. Instalação de aparelho, objeto ora de utilidade, ora de suplício, é matéria que entrou também em regime de racionamento, e racionamento severo. Para dar um ar de decência há filas gerais e filas preferenciais, diversidade que me escapa, pois necessidade tanto pode ter um médico quanto um namorado, tudo pura questão de ponto de vista. A companhia vantajosamente concessionária, organização cuja potência amplamente comprovada arrepia muito cabelo nacionalista e se faz alvo das mais cabeludas pragas por parte de assinantes e pretendentes a tal, não pode atender às solicitações a que o contrato obriga, contrato que, por sinal, tem

a sua celebridade no capítulo da advocacia administrativa. Não há material, defende-se, esquecendo-se que isso pode ser levado à conta de incúria. O material vinha todo do estrangeiro, acrescenta como desculpa, e as fábricas lá de fora estão totalmente empenhadas em produção bélica para a salvaguarda da Democracia, da qual seus diretores e principais acionistas, todos lá de fora também, são intemeratos defensores. Sim, a desculpa pode não ser esfarrapada, pode convencer certos pescoços de fácil curvatura, mas não teria sido inteligente, e até mais lucrativo, se a digna concessionária tivesse instalado aqui por estas tabas, além dos seus rendosos postes e fios, algumas fábricas de material, dado que a mão de obra nativa é paga a meia pataca e a escamoteação dos dividendos uma brincadeira para tão sagazes, experimentados e protegidos exploradores coloniais?

4 de dezembro

Em Bardias os nazistas confessadamente executaram cem mil judeus — cem mil! Homens, mulheres, velhos e crianças, sem distinção e com variados requintes de crueldade — cem mil! Arredondaram a conta por periclitante jactância ou enraivecida represália de quem se sente perdido? É possível. Mas menos vinte ou menos trinta que fossem os imolados à sua sanha racista não altera o fato — as estatísticas são sempre um pouco aproximativas, sem que deixemos de nos louvar nelas se nos convém. É como quando explodimos: — "Com mil demônios!" Podem ser só 999, mas na cólera de que estamos possuídos ninguém notará a diferença — não será um grama a menos de pólvora ou dinamite que deixará de levar pelos ares o paiol. De qualquer sorte, não é uma novidade a dantesca matança. Em todos os desgraçados lugares que invadiram assim obraram. Na Polônia chegaram a exterminar milhões de israelitas, e da revolta do gueto de Varsóvia, cujos épicos momentos pouco a pouco é que nos chegam ao conhecimento, não permitiram escapar nem um piolho. Contudo, registremos a chacina; será aviso para os incautos, lembrete para os esquecidos ou passaporte para a desgraça — nunca sabemos muito fluidamente o futuro que nos espera. Como registremos ilustrativamente o vômito de Ermeto Colombo, bastante à vontade já no manejo do idioma: — "Curtiam a pele dos cadáveres para confeccionar cúpulas de abajures e encadernações de livros." Imagino que funambulesco quebra-luz forneceria o capacíssimo ator, com tantas rugas e aquele gilvaz que vai do queixo à orelha, deteriorações que tão meticulosos cuidados exigem na hora da cênica maquilação. Talvez que para o cafarnaum de Rosenberg — o filósofo do nacional-socialismo! — seria melhor aproveitado se não tivesse escapado a tempo — rugas encadernando rugas.

6 de dezembro

De mãos dadas na tarde desmaiada em que as criaturas e as coisas se desfazem, acode-me um verso de Raul de Leoni: "Nós, incautos e efêmeros passantes..." E Júlia quer saber:
— Que estrela tão brilhante é aquela?
(Vésper é um diamante que Vivi Taveira jamais possuirá!)
— Não acredita que cada um tenha a sua estrela?
(Que lhe poderia dizer de Luísa?)

7 de dezembro

Silo peculiar, quem sabe se mal construído, com fendas invisíveis e irremovíveis de escape, só retenho grãos avulsos e heterogêneos das colheitas:
"Vais pelo meu braço, grávida, de bonde..." — Oswald de Andrade.
"Luzes do Cambuci pelas noites de crime..." — Mário de Andrade.
"Sei que cruz infernal prendeu-te os braços e o teu suspiro como foi profundo!" — Cruz e Souza.
"Na mão de Deus, na sua mão direita..." — Antero de Quental.

"Banham-na antigas águas delirantes, azuis, caleidoscópicas, amenas..." — Raul de Leoni.

"Nesses dias azuis ali vividos, elas azuis, azuis sempre lá estavam, azuis do azul dos céus de azul vestidas..." — Alberto de Oliveira.

"E límpida, sem mácula, alvacenta, a lua a estrada solitária banha." — Raimundo Correia.

9 de dezembro

Agora que a noite caiu, a cidade é verdadeiramente bela, duma beleza por onde ainda perpassa o perfume dos últimos jasmineiros. O manto noturno esconde, misericordioso e estrelado, a chaga degradante das favelas, que proliferam pelos morros como colônias de cogumelos.

10 de dezembro

Hilmar Feitosa brilha no I Congresso Brasileiro de Economia e a opinião de Cléber Da Veiga é de que acabará ministro. — Os chineses reconquistam suas cidades. É que comunistas e não comunistas se unem para liquidar o invasor nipônico. — A Turquia vai entrar na meleca. Pode mobilizar dois milhões de homens... Já vai tarde, como diz Júlia.

11 de dezembro

Obstinado aprendiz do amor, borrifado de varonil água-de-colônia, oferta de Catarina que já está no finzinho, marcho para a aula noturna e estival, com presunções a professor. Júlia tem as costas tostadas pelo sol da praia, toda a manhã na praia (sem mim) — o que se pode aprender com o túrbido sol!

12 de dezembro

As lições:

— Eu sei pela sua cara que você não gostou do meu vestido novo, do meu sapato amarelinho...

— A perspicácia já é inclinação favorável...

— Ah, deixe de gracetas para meu lado! Como se aprende a ter bom gosto?

Respondo-lhe como já respondi a Gasparini a propósito de gravatas:

— Ou se nasce sabendo, ou se leva uns quarenta anos para aprender.

— Ah, então falta muito!

— Mas perguntando sempre ajuda um pouco a encurtar o tempo.

13 de dezembro

Carta de Francisco Amaro: "É inacreditável que este ano vá terminando sem que você tenha conseguido jeito de vir aqui. Dois dias que fossem. Tempo, cá pra nós, acho que houve, e de preguiça ninguém em sã consciência poderá acusá-lo. Não veio por estar achando Guarapira muito chata, se é que não sou eu. No entanto, a sua vinda teria sido triplamente proveitosa: pela fuga à rotina que refrescaria sua cabeça, pela alegria que nos proporcionaria e pelo ajutório que poderia me dar. Em tanta encrenca vou me metendo que, às vezes, fico zonzo e gostaria de ouvir a sua opinião e com ela cobrar alento ou acertar a bússola. É que as coisas se vão bem por um lado, negócios rendendo, indústrias funcionando sem mãos a medir, por outro se complicam pela própria natureza da expansão além das previsões e dos sonhos, e é impossível controlar tudo. Só tenho uma cabeça, duas mãos e duas pernas. Fui obrigado a empurrar papai como diretor duma nova empresa — de sacaria —, embora refugasse, alegando velhice e cansaço, o que não é descabido. Assaf ficou à testa doutra — uma fábrica de pregos... E assim por diante, em postos menores, mobilizando a família. E em consequência das responsabilidades crescentes, e do tumulto que elas geram, não sobra um tempinho para leitura, para ouvir música, para escrever, para nada, nada! Ando num prego doido! — prego que não é produto específico da fábrica deles. Mas não há somente o prego, há também o pau. E o pau é que Jorge nos comunica que irá para o Rio. Já está de mochila pronta, à espera da ordem de embarque. Para a Vila Militar, supõe. Dali, acreditam ele e os outros convocados, o rumo será a guerra, e o ânimo não é dos mais heroicos. Dona Idalina, com o choque, foi para a cama. E se já não ia muito satisfatoriamente de saúde, como você sabe, agora está de causar justas apreensões..."

Imediatamente respondo: "Também este ano você não veio cá, salvo em janeiro, e a negócio. Por minha causa, não. Só vem a negócio e sempre às carreiras, como se o mundo fosse acabar ou se um minuto longe de Guarapira correspondesse a um século de inépcias, descalabros, atrasos, prejuízos incalculáveis ou roubos nas suas empresas reunidas e multiplicantes. Esquecendo que ninguém faz falta, como supõem certos patetas, que viemos ao mundo sem que de nós precisasse e dele partimos sem que ele se acabe, o que a história, mesmo nas suas páginas mais insossas, tem comprovado sobeja e incontroversamente. E esquecendo por cima que arejar a cabeça não é receita somente recomendável para os escritores, mesmo de segunda ordem como este seu criado, mas principalmente para os astros da mercância, como você, e, portanto, dois dias que fossem à beira-mar far-lhe-iam muito bem. E veja a diferença das nossas viagens! Aí vou para ver você e acidentalmente opinar sobre problemas seus e, verdade seja dita, quase nunca prevalece a minha opinião, tão sensata sob certos aspectos — donde a isca que lançou não pega a piaba astuta que sou eu. Se tal acontecesse com Garcia, até que estava certo e desculpado. Ele não é mais do que um pobre funcionário dependente, algo escravo. Mas você, não. Você, glorioso guarapirense, não tem patrões — tem subalternos, para não dizer escravos, o que talvez fosse forte para alma tão sensível quanto a sua. Você é um capitalista! Um capitalista progressista, como se diz agora, mas um capitalista! Pelo que constato, porém, está mais escravizado aos seus empreendimentos, ou ambições, porventura excitantes, do que Garcia aos seus exploradores de britânica sanguinidade. Eis uma verdade cristalina, meu caro, que devia ouvir há muito tempo se até agora não tivesse respeitado o seu começo de surdez, que aliás categoricamente nega. Apesar de tudo, parabéns de coração pelas novas e seguramente promissoras indústrias! Na sacaria mando com urgência fazer um saco bem grande para enfiar os momentos de ócio, que são os únicos em que podemos livremente pensar, se é que o pensador latino está certo, e enfiar ainda o *'Perduto è tutto il tempo che in amor non se spende',* que não passa de resquício literário. Na fábrica de pregos mande, não menos urgentemente, forjar três bem avantajados e resistentes para se crucificar. O morro da pedreira dará um bom calvário, que a cidade comovidamente contemplará. Para o bom ladrão já terá o Assaf. Para o mau, a escolha será mais difícil, tantos candidatos locais vejo em perspectiva, mas poderá solucionar a questão pelo sorteio ou pela rigorosa seleção. O DASP aqui está praticando com muito êxito este último método, que sempre atenua o lindo hábito nacional do pistolão. Quanto à requisição da família para o bom andamento das empresas é uma fatalidade econômica e sentimental filha dos mais cristãos princípios do direito natural e até que eu me admirava de tardar em terra de tão acendrada fé. Seu Durvalino, Assaf, o irmão de Assaf — competentíssimo! —, os sobrinhos de seu Durvalino, seus dignos primos por conseguinte, tinham de entrar na gesta do progresso guarapirense mais dia, menos dia. É a velha e nobre oligarquia, que não poderia deixar de surgir. Que espaçoso ar de livre empresa irá se gozar em Guarapira daqui a uns poucos anos! Ai de quem não for um Amaro, por uma gota de sangue sequer! E sobre o marcial parágrafo em que entra Jorge, cabe limitar duas possibilidades de volta: gloriosa ou neurótica. Mas se não retornar, liberto ficará de tanta coisa aborrecida, Guarapira e o seu progresso inclusive, a presidência duma fiação ou a árdua gerência duma fábrica de manteiga, que acho até injusto pessoa tão jovem merecer o gozo de tão alto prêmio. Abraços carinhosos em dona Idalina que jamais compreenderá por que os Jorges partem para a guerra sem que nenhuma santa os defenda. N.B.: Quanto ao número de pernas, convém recontar."

14 de dezembro

Do silo:
"Estava no caixão como num leito..." — Luís Delfino.
"Rosa d'amor, rosa purpúrea e bela, quem entre goivos te esfolhou na campa?..." — Almeida Garrett.
"Tinha adquirido uma alma. E uma nova poesia desceu do céu, subiu do mar, cantou na estrada." — Manuel Bandeira.
"Sinto que, à luz do luar nas folhas, cheira este ar da noite àquela espádua linda!" — Alberto de Oliveira.
"E enfim, nestes cansados pensamentos, passo esta vida vã, que sempre dura." — Camões.

15 de dezembro

Morreu Fats Waller.

16 de dezembro

Encontrado frio (sei-o hoje), fulminado por colapso cardíaco, numa cabine de trem — *"An' let that two-nineteen train pacify my min'"* — o corpanzil de Thomas "Fats" Waller, irmão de cor, filho do Harlem e que no Harlem será enterrado: "... as trevas não serão escuras para ti e a noite será iluminada como o dia..." — irmão longínquo, irmão legítimo, irmão que nunca vi senão no cinema, cuja morte recebo com uma tristeza que não sei como transmitir, tristeza calada, tão funda que não permite lamentação a outrem, tão imensa que não cabe lágrimas — é que não temos lágrimas para a nossa própria morte! Seu dedilhar prodigioso, seu *swing* gigantesco, sua incomparável vitalidade, seu invencível e saboroso humor estão incorporados ao meu ser assim como *Black and Blue*, peça de resistência do repertório de Satchmo: *What Did I Do to Be So...* — salmo e dança, será sempre a minha canção de inconformada nostalgia e velada revolta.

E não sei por que misteriosos lios ligo a sua vida boêmia e descuidada à de Mário Mora, com quem tinha fisicamente alguma semelhança, que o venerava como um arcanjo do piano, do órgão, do canto e da composição, debaixo de cujas asas sonoras sentia-se ninado, protegido e purificado. Mas idolatria mesmo, integral, fanática, agnóstica, tem-na por Louis Armstrong, cujo pistão não se sabe se é riso ou dor, mas é magia! Mário Mora é criatura de procedimentos perturbadores; infiel dos infiéis, na carteira guarda dois retratos — o da sua mãe, que não vê há muitos anos, e o do genial trompetista!

Se o coração pode ser uma carteira — e na verdade o que não pode ser um coração? —, tenho nele a imagem de Fats Waller, que carregarei pela vida afora, como a de um santo ateu. Os discos que legou são minhas hóstias.

17 de dezembro

De outras imensas e inconsoláveis tristezas:
— Vai-se mais um ano e o nosso América não foi campeão... — lamuria Gasparini coçando a cabeça.
— Enquanto houver campeonatos, haverá esperanças...
— É de doer!

18 de dezembro

Mais lições:
— Eu gosto de você como de uma coisa.
— Que coisa, Júlia?
— Um vestido, um sapato novo...
— Não sendo iguais aos que você comprou outro dia...
— Apostava a minha cabeça que você iria dizer isso!

— Água mole em pedra dura...
— ... tanto dá até que fura. Pobrezinho! Outra máxima do tempo da vovó...

19 de dezembro

Entre os grandes feitos de Júlia conta-se o de ter recitado "O pequenino morto" na festa da escola pública!

20 de dezembro

— Não há mais sombra de dúvida que enviaremos um contingente para a guerra. Puxa, que já não foi sem tempo! Parecia que estávamos na Guerra dos Cem Anos! (José Nicácio.)
— A ocasião foi bem escolhida. Será um lindo presente de Natal para o povo...
— O irmão de Turquinha já foi mandado do batalhão de Juiz de Fora para o Rio... (Luísa.)
— E não porque os técnicos militares tenham estudado cuidadosamente a possibilidade da remessa, como arengou o Chuchu no Sul para a peonada. É que o nosso caro Brasil não podia ficar atrás do México... (Gasparini.)
— Está na cara que Getúlio cozinhou o ragu o mais que pôde, vamos ser decentes. É cozinheiro malandro... (Pérsio Dias.)
— É plausível.
— Malandríssimo! Cozinha a fogo brando, sem sal, sem gordura, sem cebola, sem pimenta, sem nada. É como aquela história do soldado que fazia sopa de pedra... (Gasparini, irritado.)
— Quanto mais no fim, melhor. Para que morrer mais brasileiros? Nos navios afundados já morreram bastante. Quando chegarem lá, podem dar meia-volta volver, sem disparar um tiro. E já é motivo suficiente para entrarmos numa fatia de bolo. (Pérsio, sem se perturbar.)
— Acho que não conhece a história do leão repartindo a presa... (Gasparini.)

— Você hoje está citando muito as histórias da carochinha...
— É estranho que não goste de histórias da carochinha, você que não escreve outra coisa! Mas poderei citar a fisiologia: nos caberá uma fatia do bolo fecal... (Gasparini.)
— Tenho minhas objeções quanto ao meia-volta volver, Pérsio. O cozido ainda vai render. Se vai! Alemão é bicho tinhoso! (Aldir.)
— Pelo ouvido e cheirado vocês estão ficando é getulistas... Basta mandar uns bestas para a guerra para... (Gasparini.)
— O Jorge Assaf não é besta não. É até um rapaz muito esperto. (Luísa, que não compreendeu, interrompendo-o.)
Houve risos. E Gasparini:
— Não, aluada. É um Napoleão! O Napoleão de Guarapira.

21 de dezembro

Quando temos novo livro? — foi o que me perguntou o Poeta, pergunta vulgar como um bom-dia. Para que mais livros? — pergunto ao espelho nesta noite retrátil. É o teu fadário — responde-me ele, olhando para a imagem tão linda no oratório. Terás que escrevê-los sempre, matando-te para superá-los. E ao cabo? — pergunto-lhe ainda como quem espera salvar-se. Serás triturado — responde, seco, sem piedade.

22 de dezembro

E tiro do silo:
"Astro! engoliu-te o temporal do Norte!"

23 de dezembro

Reconheço a atração que Júlia exerce sobre mim e entrego-me a ela inteiramente sem resguardo e sem cautela. Poderá ser um abismo, mas parece-me céu aberto. É ênfase e continuação do prazer inconstante. Conduz-me ao sonho que sempre foi o meu alimento, lembra-me por vezes Aldina, pelo mulatismo dos gestos, pelo modo despachado, decidido, pelos seios túmidos, pelos braços com veiazinhas escorrendo como riozinhos no mapa de um país inexplorado.

— Fica mais um pouco. É tão cedo... (Como poderia dizer: nunca será bastante.)

— Não posso, macaco.

— Que não pode!...

— Verdade. Estou em cima da hora. Você não sabe que os únicos homens que não esperam pelas mulheres são os cabeleireiros?

Voltou num atraso monstro para o encontro no bar do Itajubá, pompeando cabelos espichados, tapando um olho à Verônica Lake.

— Você está espantosa, menina!

— Dá para assustar? — gargalhou.

— Não chega a tanto...

E Loureiro no terceiro *scotch*:

— Eu gostaria de saber o que é que as mulheres têm dentro da cabeça! Miolo não é.

— Na verdade, nada — respondeu-lhe Júlia. — Nada, nada. Não defendo o meu sexo. Abomino as mulheres. São insuportáveis. Que delícia se só houvesse homens no mundo, não é?

— Não vejo delícia nenhuma nisto! — saltou Loureiro.

— Você não vê porque, aliás, não vê nada. É um grande cego! Mas como é possível conversar com uma mulher, quando se é normal? É concebível imaginar coisa mais mesquinha, mais tola?

— E não conversamos com você?

— Eu não valho! Eu não sou mulher. Sou meio homem...

— O que você é, é maluca — concluiu Loureiro.

— Vamos, maluca. Vamos ao cinema — propus para ficar sozinho com ela. — A sessão das seis ainda poderemos apanhar.

— Eis uma ideia sensata. — E levantando-se: — Fique-te pra aí, Loureiro.

— E por acaso eu iria me meter em cinema num sábado? Deixo isso para os suburbanos.

— Pisou no meu calo — e Júlia fez uma careta.

24 de dezembro

Bilhete de Francisco Amaro: "Sua carta expressa não chegou mais depressa por isso, inútil dispêndio de franquia, nem parece que conhece o nosso correio. Nem me porá em brios! — outra prova de ignorância. Quanto aos seus mordazes comentários, a eles já estou acostumado. E um feliz Natal para vocês. O nosso meio estragado. Dona Idalina — e quem o diria! — não se conforma com o destino de Jorge. Está prostradíssima e acende velas mil a Santa Rita dos Impossíveis. Em todo caso teremos consoada. Pena é que você e Luísa não estejam aqui para o peru..."

(Francisco Amaro e Turquinha acreditam em ceia de Natal.)

25 de dezembro

— Vamos?
— Não.
Luísa, depois do almoço, convidava para ir às compras de Natal. Era sábado e ainda se estava a alguns dias dele — evitar-se-iam atropelos, acoteveladas e barafundas nas lojas, que prolongavam o expediente para facilitar a clientela. E como houvesse uma lista de presentes laboriosamente organizada, mas sujeita a variações, insistiu:
— Se eu comprar tolices?
— Não tem importância. O Menino Jesus perdoará.
— Nem para carregar os embrulhos?
— Não serão tantos que não os possa trazer.
— Além de mártir, carregadora — riu.
Doroteia latia em desesperada despedida. A porta do elevador rangeu como freio sem óleo. Atraco-me ao livro, mas o pensamento é tomado logo pela convergência de imagens de outro tempo — sempre o outro tempo, que não cerra jamais as suas comportas!

26 de dezembro

Carta de Garcia: "Para levar nossos votos de glorioso Natal e Feliz Ano-Novo a vocês, queridos dindinhos, escrevo com os dedos doloridos e os olhos um tanto injetados, arranhando como se tivessem areia, de tanta escrevinhação mercatória, que entrava pela madrugada sem o consolo de nenhuma cotovia. Mas a gratificação, se tomarmos como base a moda da casa, foi compensadora — *jingle bells!* —, e houve um apreciável aumento no ordenado, fora dos tradicionais hábitos da mesma — *jingle bells!* E tais surpresas fizeram com que encarasse a trabalheira mais cor-de-rosamente. Uma e outra adição às apertadas finanças do casal serão convenientemente aplicadas na diminuição do débito que o dito afrontosamente contraiu com o palacete... E nele já estamos instalados, como sabe, e vocês não vieram para a solene inauguração, ato comovente, com jantar adequado e a competente entronização de um Coração de Jesus, que irá abominar abertamente; não é que a cavalo dado não se olhem os dentes, não, mas foi dádiva da sogra, não quero histórias com sogra, e, acima de tudo, Mãe é Mãe nesta e em outras Minas Gerais! Para contrabalançar, e na melhor parede do pseudoescritório, honrei o capeta na sua pessoa, pendurando o retrato do pincel de Ismailovich, demasiado parecido para ser bom, como adverte Mário Mora, mas que tem merecido elogios gerais dos visitantes, não tão exigentes quanto o erótico artista nosso amigo. É que também não poderia ficar atrás do castelão Francisco Amaro, que tem no átrio do palácio guarapirense, para assombro municipal, a sua cabeça da lavra de Pérsio (soube por viajantes!), nobre e sem olhos como a de um imperador romano — Nero, Calígula, Vespasiano? Além do aludido *portrait* há outros ornamentos plásticos devidamente espalhados, destacando-se uma paisagem sabarense de Guignard, cada dia bebendo mais, que brilharia na mais exigente pinacoteca. O mobiliário é que está ainda meio fubica, reconheço, mas tempo virá em que ostentará decente recheio. A doadora do Coração de Jesus possui alguns móveis antigos, a que não dá importância, e pela descrição parecem ser coisa de encher as medidas — já foi resolvida a remoção deles, muito breve, para cá, e o início dum ambiente mais de acordo com os meus anseios. O palacete, é preciso dizer pois que talvez comova seu coração de pedra, tem um quarto chamado por Geralda de 'o quarto do Eduardo', assim como os seus barões de Ibitipoca tinham 'o quarto do imperador', que se a história não mente só lá dormiu uma noite! Estou certo de que você dormirá uma noite aqui no seu para justificar ao menos a antecipada denominação... E Geralda manda dizer que rezou um tríduo em sua intenção..."

Imediatamente respondo: "Positivamente, você e o abastado industrial Francisco Amaro têm partes com os irmãos siameses, sempre melhor que tê-las com os gatos siameses, que são a última invenção do asnal esteta Marcos Eusébio e, é óbvio, ter já prometido, com avaselinada unção, uma cria da próxima ninhada a Susana, que é a Gata Borralheira do seu próprio salão. Ambos exibem, sem o mínimo pudor, em tela ou argila modelada, o seu inimigo mais íntimo, conquanto não o mais perigoso. Ambos demonstram pelo Natal o cálido parvoísmo, que o pintado e esculpido já conseguiu, em parte, vencer. Ambos se sentem confessadamente ditosos com os seus progressos materiais, resultantes de irrecuperáveis horas de atraso mental. E ambos se queixam em suas mensagens natalescas da minha ausência. Ele, de não ir comer o seu peru, seguramente mais apimentado do que acarajé de baiana, pois o insensato usa pimenta até em limonada. Você, de não ir inaugurar a sua residência. Se a ele, como resposta, passei da defensiva para o ataque, como aconselham os mais experimentados técnicos do futebol, esporte, aliás, que ele desconhece por completo, a você informo que a carta-convite não me chegou às mãos e, se chegasse, comunicaria a minha impossibilidade por motivos de alta relevância, que fugiriam ao entendimento do conspícuo industrial — 'uma estrela aparece, nova, no velho engaste azul do firmamento'... mas fique sossegado que qualquer dia aí brotarei para ver o meu quarto, como irromperei em Guarapira para ver de perto o patriarca dos zebus, da manteiga, da fiação, da sacaria, da pedagogia, dos pregos, etc., etc. — você sabia que o aloprado teve a petulância de abrir uma fábrica de pregos? A respeito da parecença do retrato, você labora em erro, melhor dito, omitiu uma vírgula e o resto do discurso. O que o nosso inveterado D. Juan disse foi: 'demasiado parecido, para ser bom precisava ser pintura'... E, a talho de foice, 'fazer pintura' tem sido o ingente drama de Mário Mora — sabe qual é a cidade dos seus sonhos, ouve a voz dos muezins no alto das suas torres e o arrulhar dos seus pombos, divisa o recorte das suas catedrais e da mastreação dos barcos surtos no seu porto, sente nas narinas, trazido pelo vento, o perfume das suas mulheres e das suas flores, mas não encontrou ainda o caminho para chegar a elas. Em referência aos móveis antigos, invejo-o, mas permita-me avisar que não se exceda para não se confundir com um vulgar Adonias. Quanto ao Coração de Jesus, acredito que seja pasmoso, mas acredito que será em direção a ele que, mascarado pela chacota, marchará o seu coração sem que — juro! — veja nenhuma inferioridade nisso. Nem inferioridade, nem fraqueza. Até com sublimidade e grandeza, querendo comungar de corpo e alma com o seu amor terreno, Francisco Amaro, que é verdadeiramente incréu, casou-se com padre — e ouviu, de fraque, uma imorredoura prédica sobre a indissolubilidade conjugal — batiza os filhos, concordará em crismá-los e já está com alguns em regime de catecismo para a Primeira Comunhão! — tais são as malhas amorosas do ramo matrimonial... N.B.: Diga a Geralda que em retribuição vou consagrar-lhe o próximo tríduo carnavalesco..."

27 de dezembro

Uma citação irreprimível: "Sei que somente o pensamento me pertence..." É de Goethe.

28 de dezembro

Martins Procópio, em rodapé gordo como hipopótamo, dá o balanço literário anual, que é paupérrimo. Independentemente, porém, da indigência, e agravando a confusão, usa dois pesos e duas medidas e não por dolo, mas por unilateralismo de enfoque como se a contabilidade pudesse ser zarolha e isenta de fiscalização, falha que um Ataliba não perdoaria. Usa também o esquecimento, quando, então, se torna passível de reprovação, porquanto um guarda-livros deve ter o seu diário escrupulosa e rigorosamente em dia. E quando aborda o título Poesia é como se, saudosista e amantético da pena de pato, renovasse o jogo do disparate, patusco passatempo dos salões dos nossos avós, tão parcos de divertimentos que missa já chegava a ser dominical entretenimento. E, a modo de conclusão, avisa que vai abandonar a crítica militante de livros para se dedicar, avulsamente, à "crítica de ideias..." Teremo-las boas!

E é lastimável e melancólica a deserção, quando o exército da crítica se compõe cada vez de menos soldados, mal passa agora de um pelotão. Bem ou mal, com venda ou com luneta, deslizante ou aos trancos e barrancos, Martins Procópio foi uma força atuante e constante, que mormente no conturbado período do Modernismo desempenhou, corajosa, tenaz, martelante, um papel construtivo que não poderá ser olvidado, salvo absoluta má-fé ou obtusidade.

Há tronos a que não cabe dizer: rei morto, rei posto. Mas os jornais têm as suas tradições. Essa, porventura, seria uma. Quem irá substituí-lo no domingueiro emplastro de pé de página?

29 de dezembro

Nomeado o general Mascarenhas de Morais comandante da Força Expedicionária... Não sei quem seja.

30 de dezembro

O empertigado e impoluto varão, que só chama Getúlio de "O Homem!", foi quem o recebeu na Academia com todas as galas do lugar-comum, após uma trama subterrânea muito do seu proceder. Mas o que a florida assistência ouviu foi uma releitura... (Lauro Lago, no ostracismo, com o sarcasmo de que é dotado, conta coisas pícaras em fundo de livraria.) Antes fizera questão fechada de ler o discurso para "O Homem", na intimidade do palácio, que tanto o fascina, que pisa com frequência para depositar na bandeja da portaria oportunos cartões de visita. Getúlio acedera, risonho — soberano que gosta de ter os seus bufões. O varão antes de tudo é um forte! — o que são palavras textuais de Lauro Lago. E apareceu de fardão e comendas! Fardão surrado, é verdade, o fardão da sua posse, velho de trinta anos, com o ouro dos bordados já um tanto enegrecido, mas com a promessa de envergar um novo na cerimônia, promessa que cumpriu orgulhosamente. De pé diante do "Homem", com a voz cava, os cabelos pintados de insólita tintura, o fura-bolos funcionando muito, e a cada palavra parando para a devida aprovação, já que o solitário ouvinte é o máximo censor, ou para íntima aferição do êxito oratório, deflagrou seus elogios recipiendários, dolorosamente partejados, pois escrever para ele, mesmo em se tratando de tão honrosa missão, é terrível suplício. "O Homem" ria à socapa, animando o espartilhado orador — muito bem! muito bem! E a peça foi aprovada...

31 de dezembro

Os amigos.

1944

1º de janeiro

À maneira de dedicatória: Com o caderno que, novo em folha, hoje se inicia, vou prosseguindo neste romance, Luísa, manancial que desce do eternal e escondido Trapicheiro, vegetal abside que guarda o eco de tanto grito infantil, à procura de um mar que não sei como será, nem sei onde fica — calmo ou proceloso, próximo ou distante? É o meu rio! Lentamente vai rolando, indiferente às pedras, engrossado por imprevisíveis afluentes, aproveitando-se de aguaceiros e chuviscos, evaporando-se, em certos momentos, ao sol das largas estiagens, em outros chupado pela esponja de areias subalternas, mas crescendo sempre. Poderá não chegar a ser um Amazonas, poderá, mas terá mais volume que o Guandu. Se tiver calor, banhe-se nele, nua, sem temor de peraus, traiçoeiras correntezas ou serpentes flutuantes, e a escura cor provém do lodo ao fundo. Se tiver sede, beba da sua água, as mãos em concha. É água pura, não duvide — a Arte é um filtro.

2 de janeiro

Os amigos. Chegaram um a um, cada qual em consonância com o seu relógio, como se o horário fosse assunto estritamente particular, como se não houvesse conveniência nem tempo, só espaço e eu um desmiolado invertebrado que acreditava em ponteiros: Adonias, Gasparini, Aldir, Pérsio, José Carlos, Mário Mora. Mas sempre chegaram e houve um apêndice carinhosamente recebido: Jorge Assaf, que conseguira licença no quartel do Realengo, onde se encontra como boi nos currais do matadouro, e a geral curiosidade por tal espécimen crivou-o de perguntas, que respondeu com todas as deficiências pessoais e guarapirenses — tem tanta noção da guerra e do que o espera além-mar quanto eu de mecânica celeste. Militarmente destituído da suntuosa cabeleira, com que pretendia empolgar a libido das suas jovens conterrâneas, liberto da celulite que a ociosidade acumulava, teso e corado, queixou-se da boia da caserna, contra a qual quase todos os conscritos se revoltam, cheia de vitaminas, de leite, de geleias, de molho de tomate, dietética de guerra, muito americanizada.

— Bem, meu filho, tem que se habituar. Lá você não poderá ter o seu feijão. Cozinha de campanha europeia não é cozinha de dona Idalina... (Lembrei-me de Vivi Taveira a respeito do amor.)

— Feijão não é prático.

Há os que compreendem com rapidez:

— Brasileiro tem complexo de feijão — diz Aldir. — Sem a nacional gororoba é como pescado fora d'água.

— Enquanto não perdê-lo, não poderá aspirar a nada na escala universal. Absolutamente nada! É o que derrota os nossos futebolistas na estranja, pobres coitados, escravos de tabus alimentares! — adverte Pérsio Dias.

— Mas que é bom, é... — arrulha Mário Mora, que morre por uma feijoada.

— Quais são os pitéus hoje? — quis saber Gasparini, na entrada, aperitivo palavral para aguçar a gula.

Luísa cantou o cardápio como os garções lusitanos, de guardanapo no peludo antebraço, das extintas casas de pasto com palmeirinhas na porta:

— Empadinhas, lombinho de porco, arroz de forno, farofa de ovo, linguiça do Francisco Amaro...

— Chega! Está conforme. E de linguiça, Francisco Amaro mandou muitos metros?

— Metros morais...

— Gostei dos metros morais! Vamos a umas abrideiras?

Beberam a valer os amigos e dois deles já vieram com um chumbinho na asa. Pérsio refugiou-se uma hora no banheiro. Que se passava? — alarmamo-nos. Ainda bem que não fechara a porta. Foi encontrado dormindo sentado no vaso, as calças caídas sobre os sapatos, a coprolítica fedentina envenenando, que operação difícil obrigá-lo a limpar o rabo! Mário Mora vomitou as tripas pela janela — é o fígado! delicadíssimo fígado, que as amebas devastam beneficiadas por um relaxado e intermitente tratamento. José Carlos ficou mais calado, mais abstrato, afundado no divã, a halitose dominada pelos comes e bebes. Quem sabe se não foi pela halitose que Lenisa Maier o abandonou? Pum! pum! pum! — são tiros à meia-noite em ponto. Tiros, foguetes, cabeças-denegro, Doroteia em pânico, e há buzinas também, como longínquas sirenes e remotos acordes do Hino Nacional em algum rádio. Gasparini explode em patadas pela sala:

— Mais um! Mais um!

— Menos um! Menos um! — parece responder o espelho, senciente e preciso.

Júlia despediu-se com mão mole e nariz torcido na tarde fosca, abafada. Iria passar a noite num cassino com a amiga do apartamento e os amigos da amiga, dormiria com ela, tomaria um pifão monstro! O ciúme embebeda como álcool, não adianta nada a minha abstemia. Embebeda, deforma, cria fantasmas, corrói. Imagino a orgia no cassino, os sexos se colando no frenesi do samba e do *swing* com dedinho levantado, mãos nos seios e nas coxas de Júlia, que quando bebia ficava lânguida, vencida como Maria Berlini — o vingativo consentimento, a traição!

Encontrei-a hoje. O rosto não guarda vestígio das horas dissolutas. Nada diz, nada pergunto — o medo recíproco da ruptura.

3 de janeiro

Os amigos. Foram em menor número na véspera de Natal, bem menor. Havia compromissos familiares e não familiares, porém, de igual sorte, irremovíveis; Adonias batera-se para Petrópolis a cear hipocritamente com uma corrugada tia, que é o que lhe resta da horda materna, não sem antes, pela manhã, ter mandado por Fritz um broche de crisólitos para Luísa e um monte de brinque-

dos para as crianças; só apareceram Gasparini e José Nicácio, mas o telefone não cessou — Susana, Saulo, Eurico, Francisco Amaro...
Não vieram de mãos abanando os dois bravos, trouxeram presentes, e Luísa foi a mais generosamente agraciada — um púcaro de porcelana, velho, chinês, que Gasparini desencantou num antiquário e que não deve ter ficado barato, uma original caixa de talco, que José Nicácio ofereceu com uma curvatura donairosa de gentil-homem. Mas, ao centro da mesa, esplendia, como cornucópia de flores e frutos, latas e garrafas, a custosa cesta que trazia o cartão em alto-relevo de Loureiro. Gasparini não se conteve:
— Este larápio rouba o país dia e noite, devia ser enforcado, mas sabe ser cavalheiro, caramba!
Loureiro e Ricardo já são consócios de Altamirano em várias empresas, nas quais o capital ianque gira forte e majoritário. Visitam-se também, almoçam juntos nos grandes restaurantes da cidade, jogam alto, frequentam os desfiles de modas e as páginas sociais da *Sombra*.
— Você não tem pejo de lidar com tal traste? — interroguei-o com um lastro de condenação.
— Em negócios não se pode ter dessas vergonhas — defendeu-se. — Negócios são negócios! Se eu não entrar neles, outros entrarão...
Como troca com Ricardo de esposas, jogo que não impede o acesso deles aos mais finos salões, nem abalou as nossas relações, não me adianta mais insistir — negócios são negócios!
— Vamos beber com método? — propôs Gasparini.
— Que método? — inquiriu José Nicácio.
— Só vinho branco. Para a noite da Missa do Galo é um bocado adequado e chique!
— Há para tanto?
— Há sim. Eu já dei uma olhada na cozinha.
— É verdade. Há doze garrafas, metade na geladeira — comuniquei. — Acho que dá.
— Você comprou tudo isso?!
— Não. Presente do Ricardo...

— Upa! Então não deve ser nacional.
— Não. Chileno.
— Menos mal... Vinho nacional dá azia até em bicarbonato.
— Estamos melhorando... Estamos melhorando... — intervém Gasparini ferido nos seus pruridos nacionalistas. — Dentro de dez anos estaremos com vinhos magníficos.
— Você é otimista! — gargalhou José Nicácio.
— Não, velho. Você é que é burro. Vamos melhorar a produção sim. E melhorar muitíssimo. Você não sabe o que é a indústria vinícola. Só depende de paciência. E o tempo é o único veículo da paciência.
— Ora, bosta para a paciência! Vamos ao vinho chileno.

Beberam com método oito garrafas, pegaram-se em discussão umas outras tantas vezes, saíram cambaleando na madrugada:
— Até outro ano, mano!
— Já estamos nele — ri-me.
— Este não vale mais. O outro!

Júlia despediu-se com má vontade:
— Vou passar a noite em casa. Há ceia para os motrucos amigos do papai e ele não admite que se arrede o pé. Bacalhau, castanhas e vinho tinto. A mesma besteira de sempre. Odeio o Natal! Odeio esta comédia de família!

4 de janeiro

Jorge Assaf permanece como minhoca verde-oliva rabichando na terra infértil do Realengo e os gaviões partiram ontem para revoar em céus de fogo. Sim, partiram os aviadores brasileiros rumo à Itália. Formarão o 1º Grupo de Caça. Haverá outros grupos, entende-se.

5 de janeiro

Joaquim Borba, conforme previa, continua emperrado no seu segundo romance — é o que me confirma, coçando a cabeça, em rápida visita ao Rio, acompanhando, com sacrossanta resignação, um alto dignitário montanhês na sua áulica e mensal peregrinação ao Catete, Meca federal das ambições administrativas, dignitário que precisa de permanente secretário à sua cola porquanto não consegue rascunhar um simples telegrama. A burocracia rouba-lhe tempo, o jornal em que faz um bico rouba também algum, e, mais que tudo, as aulas que dá num ginásio estadual e num curso vestibular, pois, muito responsável, gosta de prepará-las, nada faz de improviso. E um romance não se improvisa.

Já o escritor gaúcho, encorajado pela acolhida da estreia, em terceira edição, joga outro romance às feras, como Adonias Ferraz e Gustavo Orlando, e às gráceis avezinhas da Bibliothèque Rose, que não desejam outro alpiste — *Melodia distante*.

— Não é melodia, é melado, melado de rapadura! — bufa Adonias, mais feroz depois de ter livro publicado, ó inimigos!

É um pouco verdade, e para se lamentar, pois tem talento narrativo, finura nos retratos, diálogos corridos, é limpinho na confecção, sabe o que sejam ponto-e-vírgula, reticências, travessão, e manja de letras anglo-americanas, o que não deixa de ser honrado conteúdo de baú literário, tão vazio entre os seus mais destacados pares. Mas quando declara, tímido, aos jornalistas que "o que quer é escrever histórias", está precisamente dizendo o que um escritor, a esta altura, não deve pretender. E da animosidade de Adonias aqui vão mais palavras de concorrente esfaqueado pelo êxito contrário:

— Cada época tem o Macedo que merece.

— Calma, ilustre escritor! Preserve o fígado para o seu uísque. Não gaste em vão seus epigramas. Não te tirará um único leitor...

— É, mas depois quer entrar para a literatura. Eu conheço esses caras muito bem. Olhe o Ribamar! Olhe o Antenor Palmeiro!

— A literatura tem muitas portas. Até as cemiteriais... E a noite prossegue...

6 de janeiro

E a noite vai adiantada, outra noite, calmosa, caborjeira, carioca, voluptuoso e azulado útero do qual nunca acabo de sair, nunca! Dispenso o lençol com resquícios aromais de gaveta de cedro, estico-me, músculos e nervos extenuados pelas horas inglórias, o zéfiro, que roçou a adormecida clorofila e as aconchegadas penas nos ninhos, franqueia a janela, desliza nas paredes, lambe as nádegas do desenho a *crayon*, afaga-me os pés, de unhas tosadas, o que os torna mais leves para as improfícuas ou sequiosas caminhadas nos gabinetes, nas alcovas, no asfalto sob sol ou chuva, ó minúsculo Aquiles! Cerro os olhos, que repetem míopes retinas paternas, tombo na súbita cegueira sem bengala branca, câmara escura onde as chapas da memória se revelam por ação de estranhos ácidos, onde a realidade e a irrealidade se entrelaçam quando os neurônios não de todo sucumbem à tóxica tenaz da fadiga.

Os tentáculos de Morfeu não me arrastaram para a sua núbia caverna, como se certa espécie de cansaço formasse uma provisória resistência ao abraço constritor.

Há um momento, imprevisível, mais ou menos dilatado, antes do sono, em que a imaginação toma uma volúvel densidade, que nenhum ludião demarca, ora afundando como chumbo no aranhoso pélago da ilusão, ora boiando como cortiça no mucol dos míseros e contraditórios atos cotidianos, ou, ascendendo na iridescente atmosfera sonial, gravita em volta do farol do sexo insone como mariposa sem asas...

7 de janeiro

— Tresloucada mariposa, queima-te em lâmpada apagada... (O espelho.)

8 de janeiro

A cabeça e o rabo da jararaca. Há cartões de racionamento de açúcar e Luísa foi buscá-los para que, pelo menos, não seja amargo o café de cada dia como tem sido duro o bife que mal dá. E haverá impostos sobre lucros extraordinários...

9 de janeiro

Verona, sempre lembrado cenário de tragédia shakespeariana, prestou-se a sê-lo duma cena de *grand-guignol* — o fuzilamento de treze prisioneiros de alto gabarito, por crime de alta traição, seja o de terem votado, a 24 de julho do ano passado, a ordem do dia do Grande Conselho Fascista de Roma, que pôs fim ao já esbagaçado poder de Mussolini, cassação, portanto, que não honra muito os rebelados. Entre eles, o conde Ciano, que durante movimentados anos foi um belo exemplo de genro, carreirismo já florescendo aqui com menos guapice e provavelmente menos risco.

A notícia divulgada foi em primeira mão pela rádio de Berlim, com antena dirigida para o Brasil, e com os peculiares requintes dos nazistas, que açularam o destronado e gagá Duce contra os seus ex-comparsas. Gasparini põe fora conhecimentos de algibeira:

— A vaca da Edda largou-o para ficar com o paizoca... Não vai ter pai muito tempo, a bêbada! — e relembrou os porres da ilustre dama, quando aqui esteve de passeio, com uma severidade de quem fosse inimigo do copo.

E os russos vão, em giganteia avançada, em direção à Rumânia. E pisam território polonês. E deste a Berlim, pelas famigeradas planícies, será um passo, alguns passos, com os quais Carlos Drummond de Andrade acerta o seu: "Um dia chegarei, ponta de lança, com o russo em Berlim."

Susana não gosta da poesia e airosamente o declara, ela que tanto admira o "I-Juca-Pirama". A célebre pedra no meio do caminho do itabirano quebrou irremediavelmente o seu frágil telhado de Filha de Maria. A musa de Carlos Drummond, aliás, cria animosidades com engraçada prontidão. Natércio Soledade é outro que não o suporta por causa daquele "sol de vidro", que não lhe entrou no coco.

10 de janeiro

Júlia, que se mostrava embezerrada, voltou às boas como quem aceita um destino. Jogara eu na defesa, espaçando os encontros, diminuindo a duração deles, quando o desejo era exatamente o contrário, fingindo não tomar conhecimento da sua ostensiva dor-de-corno.
Há um samba para o Carnaval que vem a calhar. Um bom samba, aliás, para um Carnaval que não promete muito:

Covarde sei que me podem chamar...

E havia aquele pontinho negro e suspeito no lado de um incisivo:
— Precisa ir ao dentista, morena. Nunca relaxar!
Foi. Não era cárie, era tártaro. Anda fumando demais, o que é contagiante, posso garantir.

11 de janeiro

Invenção do homem, o olho verde é mágico ao lado do dial. Sábio e mecânico, dilatando-se ou contraindo-se conforme a oscilação da onda, espia a emoção esparramada na poltrona listrada, que precisa de uma nova reforma, sempre protelada. Sem desafinar, a sensibilidade deixa a terra ensanguentada, paira nas altas, encantadoras estrelas — ancoradouro e aprisco! — misturada com o fumo que Gasparini, num ataque de incoerência profissional, aconselhou abolir, após uma inspeção nas veias das minhas pernas.
— E, depois, os nervos como ficarão sem a nicotina, você poderá me dizer?
— Tem razão. O freguês sempre tem razão. — Mas, muito viciosa e esculapiamente, não querendo entregar de todo a rapadura: — Então fume um cigarrinho mais fraco. Os seus turcos são muito fortes.

— Por que você não consome bebidinhas mais fracas?
Esmerou na gaifona cínica:
— Faça o que eu digo e não o que eu faço... Como os reverendos.
— É muito católico para o meu gosto. Quando as pernas estiverem podres, pode ser que eu me converta...
— Neste galope acabará num neurologista.
— Por que não diz logo psiquiatra?
— É que ando me enfronhando no uso dos eufemismos...

12 de janeiro

Acode-me uma definição do falecido Zé Bernardo: o homem é uma máquina de fazer bosta.
Não gosto de definições, mas gosto de me definir. A contradição pode ser um sistema.

13 de janeiro

Anotar é uma maneira de sentir. Sentir é um modo de viver.
Anoto que cristal de rocha é fonte de lucros estratosféricos e, lógico, Altamirano, Loureiro e Ricardo estão na crista das exportações, das quais Godofredo Simas pega as lambujens e quireras para largar no pano verde e no colo moreno de Neusa Amarante, insaciáveis.
Anoto da conversa de Nicanor de Almeida:
— Os campos, que dão o alimento, se esvaziam na mão escravocrata dos ruralistas e latifundiários e as fábricas de utilidades ou quinquilharias se multiplicam nas grandes cidades com salários mais altos, desequilíbrio que gerará mil desequilíbrios futuros, sem que nenhuma medida se pleiteie para evitá-los ou minorá-los e tais desajustes serão as alavancas da esquerda, dadas de mão beijada pela direita, ah, ah, ah! Mestre Getúlio criou o trabalhismo urbano, muito bem! Mas seu sangue de fazendeiro impede-o de estendê-lo ao homem do campo, o que seria a verdadeira Abolição e um entrave de muitos anos ao avanço esquerdista.

Anoto que morreu mais um acadêmico e os candidatos se assanham, o cambalacho campeia, o caradurismo se aprimora, os trunfos sociais saem das mangas do paletó, todas as energias são atiradas no jogo. Quem não tiver tutano, não se meta no vale-tudo, que o candidato, antes de mais nada, tem que ser um forte! A glória é uma conquista exaustiva.

14 de janeiro

— Você já reparou a incurável predisposição que têm os médicos pela Academia? — e Pedro Morais, em quem há muito tempo não punha os olhos, saboreia o seu charuto. — Já chega a ser volúpia... "volúpia ardente, remorso vão..."

15 de janeiro

A burleta do primeiro chá bebericado pelo novo imortal, mais afeiçoado ao chimarrão, teve cenas inesquecíveis de confusão e correria. A do elevador acadêmico foi uma. Espécie de gaiola de ferro esmaltado, não dá o arcaico mecanismo para mais que três passageiros, não sendo gordos. Na gata-parida que se formou à portinhola de sanfona, dizem que houve empurrões, paletós puxados, calos pisados, impertinências trocadas, antes que dois mais ousados e mais fortes tomassem posição ao lado do poderoso confrade para a breve ascensão ao andar superior, onde se instala a birosca das torradas. O ditador, como é dos ditadores, se coloca acima de qualquer ridículo. E ainda bem que se limita, no trêfego campo das letras, a ingressar na Ilustre Companhia sem outro intuito que o de amealhar maior poder e honraria, decisão que tomou até meio empurrado e que talvez o tenha decepcionado com a não unanimidade da votação — nem tudo podem os mandachuvas. Desgraçado seria se doutrinasse suseranamente sobre literatura como o fizeram os seus congêneres mais virulentos e convictos: Hitler, Mussolini e Stalin. O máximo a que se tem abalado a sua política cultural é proibir certos livros considerados perigosos ao regime que preside, não puramente fascista ao modo do baraço e cutelo, mas fascistoide, isto é, um totalitarismo com açúcar mascavinho, com funcho, com essência de baunilha, com azeite-de-dendê...

E o Poeta confessou:

— É deixá-lo. Os tiranos passam, a Academia fica.

16 de janeiro

Nem tudo, felizmente, é ancilose no ronceiro e tradicional cenáculo, que Machado de Assis montou com o seu gênio literário e burocrático, escravo da ordem tanto nas letras quanto no convívio humano. Há momentos em que o sangue se agita lá dentro, alguns fatigados músculos se movimentam, alguns cérebros têm belos lampejos, proporcionando aos mais aferrados e contumazes detratores uma trégua de simpatia, uma fímbria de esperança em melhores dias, que outros já houve. A láurea concedida à poetisa Lenisa Pinto foi um de tais momentos — prêmio arrancado ao plenário pelos esclarecidos da casa, em sessões tumultuosas, em que até insultos foram trocados no calor das argumentações e das paixões. Vitória apertada, mas vitória, que faria volver ao justo anonimato o pútrido nefelibata, remanescente das polainas e do monóculo, que um punhado de acadêmicos mais encoscorados teimava em antepor às ousadias poéticas de Lenisa Pinto. E na sessão solene da entrega dos prêmios, nada polpudos, a que a elegante dama compareceu mais elegante do que nunca, um dos que votaram contra ela, despoético jurisconsulto arrastado por peculiares compromissos de confraria, gasto leão dos salões de 1910, não pôde conter o serôdio entusiasmo e caduca galanteria, como se publicamente desse a imortal mão à palmatória:

— Que perfil! Que cabelos! Que donaire! Realmente premiamos a Beleza!

Outro momento, mais significativo e animador, foi aquele em que o todo-poderoso Getúlio, em fase preliminar de candidato, apareceu para um chá quinta-feirino, como quem apalpa uma sedutora e vigiada virgem. Na acolhedora biblioteca, onde lhe mostravam, entre preciosidades bibliográficas e salamaleques, a primeira edição d'*Os Lusíadas,* que guardam a sete chaves, achou oportuno anunciar que estava para assinar o Estatuto do Português, pelo qual não haveria mais diferença entre um lusitano e um brasileiro, indiscriminação que não isentava nem a Presidência da República. Houve um silêncio mortal e constrangido entre os imortais presentes e que não eram poucos, quebrado por uma única voz, a do luminar da obstetrícia e da oratória e parlamentar congelado que, em primeira viagem a Portugal, ao pisar o Terreiro do Paço, ajoelhara-se teatralmente para beijar o chão luso:

— É a restituição, presidente!

Aquele Grito do Ipiranga às avessas ainda tornou mais denso o silêncio em volta do ditador, que se houve com habilidade para sair dele. E, sagaz, até hoje não assinou o Estatuto, nem acreditamos que jamais o faça — sejam louvados os imortais!

17 de janeiro

Que temporal!

18 de janeiro

E na Argentina, que terremoto!

— Afortunada terra a nossa, imensa e toda de solo velho, quieto, consolidado! — ufana-se Aldir.

San Juan, que fica na encosta dos Andes, praticamente foi riscada do mapa — um montão de escombros! Um montão de escombros, como acontece amiúde com as infelizes cidades chilenas. E 5 mil mortos, 10 mil feridos, 20 mil desaparecidos... A piedade continental se movimenta, aprestam-se socorros e auxílios, correspondem-se as Chancelarias — que catástrofe!

— Quando a Natureza é que faz mortos e estragos, então, os ternos corações oficiais se enlutam, clamam aos céus, banham-se nas lágrimas da filantropia... — volta Aldir. — Mas em que batalha da guerra na Europa, guerra do mínimo de liberdade contra a total opressão, olhe bem!, não morreram 5 mil combatentes e 10 mil não ficaram estropiados? Quantas cidades, sob a chuva das bombas, não ficaram tão destruídas quanto a pobre vizinha da cordilheira? No entanto, esses governos sul-americanos e centro-americanos, em quase totalidade, tão caudilhescos são, aceitaram o extermínio e a destruição como fatos que não lhes dissessem respeito, acontecimentos em que não pudessem intervir, salvo por literários e cautelosos protestos, e quando arrastados para a guerra pelo binômio Wall Street-Departamento de Estado, a que estão umbilicalmente amarrados, sempre encontraram jeito, apoiando-se nos seus tratados e compêndios de Direito Internacional, para uma definição cheia de reticências e precauções. A própria Argentina, ferida agora, tão rica, tão poderosa, não se decide — quer é vender a sua carne, o seu trigo, a sua lã... Vivemos isolados na América do Sul, falando outro idioma, respirando outros ideais. Não há congresso internacional em que não tenhamos todos os países sul-americanos pela proa, e com os da América Central de contrapeso, como se temessem o Brasil. Dá a impressão até que esta situação é fomentada nos bastidores pelos Estados Unidos, que não veriam com bons olhos um outro gigante continental crescer, prosperar, fazer-lhe sombra, ameaçar-lhe a hegemonia.

— Pensando bem — digo —, Getúlio vai se redimindo com a esperteza de enviar nossa modesta contribuição militar. Custou, mas não se omitiu e pôs assim o pezinho matreiro na Democracia. José Nicácio tem razão...

19 de janeiro

Esfarelam-se as defesas alemãs na Itália, esfarelam-se as tropas invasoras na frente russa, esfarelam-se os aviões e submarinos nazistas, esfarelam-se as baterias antiaéreas na Alemanha, esfarelam-se as conquistas nipônicas no Pacífico e na China, esfarelam-se certos andaimes estadonovistas — uma difusa e satisfatória conjugação do verbo esfarelar.

Outra manobra altista para juntar-se à coleção: desapareceu a cerveja no mercado, o que não me afeta, porém Gasparini é tomado da mais estertórica exasperação:
— Safados! Não se esquecem de nada.
— Mas eu tenho duas guardadinhas aqui para o compadre.
Abre-se o sorriso:
— Ora bem... Ora muito bem... Não percamos tempo. O calor está de morte!
E de garganta molhada e ânimo refrescado, relatou o empréstimo que José Carlos lhe fizera de tarde:
— Cinco pacotes! Não bobeei, sabe? Dei o contra. Foi chato, mas dei o contra. Já tem o seu pendurado na minha corda. Não sou varal — parei! Ia meter tudo nos cassinos, eu o conheço de outros carnavais. O meu, não!
— Que cara ele fez?
— É cabra sarado. Não estrilou. Saiu para apanhar outro paca. Otários não faltam. Eu que o diga. Mas cair três vezes já seria exagerado, não é mesmo?
— Um Tatá redivivo.
— Mas Tatá pagava.
— Com algumas teias de aranha, vamos ser justos com a sua memória.
— É. Era moroso... Parente de tartaruga... Ficou te devendo algum?
— As dívidas morais se enterram com os defuntos insolváveis, como diria o desembargador Mascarenhas.
— Aquela vaca!
— Que jogava gamão!
— Era descompassada a velha vaca. Jogar é mais deprimente do que tocar bandolim.
— Ou fazer paciência...
— Paciência é mais que deprimente. É a própria ignomínia! Legítimo onanismo.
— Quem é aquela dona maneirosa e vaporosa que você levava, hoje, de reboque? — perguntou, quando ficamos sós na sala.

— Uma nova aquisição, como diria o Mário Mora.
— Arrumando sarna para se coçar?
— Quem sabe? É envolvente.
— Sinapismo também é envolvente... Mortalha, *idem*. Onde a adquiriu?
— No atacado do Loureiro.
— Donde se deduz que deve ser assunto de alto bordo.
— Puro engano. Modesto. É irmã do Jurandir.
— Daquele mequetrefe?! Não sabia que tinha irmã. Mas então você já a conhecia, como é isso?
— Novo engano de alma, ledo e cego. Em verdade não a conhecia. Vi-a uma única vez. Quando era garota.
— Continua sendo, pelo que reparei. E como foi a história? Desembrulhe-a, puxa! — E depois de ouvi-la: — Romântico! Emocionante! Bom proveito! — refreou o entusiasmo: — Mas, cá pelos meus cálculos, a aquisição foi feita há uns cinco meses, e você não me disse nada, que negócio é este?
— Falta de oportunidade.
— Aceito em homenagem à velha amizade. Mas não seria para engolir. Você se queixa do Garcia, mas faz iguais. E por falar nele, tem sabido notícias?
— Não. Depois do Natal não me escreveu. Mas reveja a identidade que externou. Foi falta de oportunidade mesmo. Acontece, não é?
— Sim. E nas melhores famílias.

20 de janeiro

Carta de Francisco Amaro: "Esforçado Champollion da roça, sem nenhuma pedra de Roseta a meu favor, consegui decifrar a sua acompridada epístola de Natal em caracteres hieroglíficos, e me pergunto por que raio do diabo não me escreve à máquina, o que me pouparia tempo e paciência, coisas de que estou precisando bastante. Refleti demoradamente sobre certos dizeres. Debaixo da brincadeira, que vai da meninil à voltairiana, esconde-se a tão conhecida e ferina farpa eduardina, acaso moralista ou praxista, sei lá! Acha que fiz mal em chamar os parentes próximos e afins para os meus negócios? Recontei as pernas. São duas sim. E você acha que com este único par, embora até hoje livre da ameaça de varizes, e nisso não vai nenhuma indireta, poderia estar presente ao mesmo tempo em múltiplos lugares, que requerem comando e fiscalização?..."

Resposta: "Parentes são os dentes, conceituava a venerável Mariquinhas, que Deus haja. Conceito magistral, por certo, cimentado em larga experiência. Confesso, porém, a bem da verdade, que era muito contraditória a pensadora mageense, porquanto para ela, na vida prática, primeiro os parentes, segundo os parentes e terceiro ninguém. E daí, num passe de jurisprudência, abonando-me em circunspecto autor, apresso-me a declarar que não fez mal em chamá-los para os seus negócios. Fez o inevitável, nem tão farto é o material humano de confiança aí para se aproveitar no comando e na fiscalização, embora pudesse tentá-la, de lanterna na mão como é da lenda grega — quando menos se espera... O mal virá depois, exatamente como o tédio conjugal, que não é menos amor ou desamor, mas tédio puro e simples, oriundo da morte da curiosidade que é o sal da vida. E se me afigura que virá sob o perigoso invólucro da oligarquia, que é como tiririca nas plantações ou aftosa nos rebanhos, para usar uma imagem mais acorde com a dinastia do seu Durvalino. Todavia, fique sossegado por agora e atire-se aos empreendimentos com a ambição de um bandeirante de roupa de couro e pesado arcabuz. Muita água correrá sob a bonita ponte guarapirana antes da verificação do mal, que no campo político já deu em pantana, em 1930, mas que ressuscitará, parece, no crescente parque da indústria. Pode se dar até que os seus olhos terrenos não cheguem a vê-lo, pelo menos nas suas formas mais funestas, o que será mais uma graça que Santa Rita concederá a um filho da sua dileta Guarapira."

21 de janeiro

Visita intempestiva de Marcos Rebich, na tarde quentíssima, alegando que tinha muita coisa importante para conversar comigo. Colarinho desabotoado, a gravata com o laço frouxo, demorou-se perto de duas horas, demonstrando uma sempiterna indiferença pelas prospecções amicais de Doroteia, que acabou humildemente desistindo, mas como Luísa não se encontrava presente o procedimento não contou pontos contra. Juncou o cinzeiro de cigarros americanos mal fumados, utilizou o telefone meia dúzia de vezes, pois sua insopitável atração é telefone. Não havia nada importante para conversar comigo ou ao aparelho. Verdade que em dada brecha, muito superficialmente, insuflou a necessidade duma reunião de escritores para a formação duma frente democrática, cuja recepção foi um tanto fria da minha parte, daí talvez ter se retraído e ficado nas generalidades. Mas que força tenho eu junto à confraria para me pôr à testa de tal iniciativa? Bateu na porta errada — o máximo que poderia conseguir de mim era que aderisse ao movimento, encabeçado por outro.

Contudo, deixou no fundo da minha gamela que a redemocratização do país estava caminhando a passos largos e a habilidade mandava que se aceitasse o Getúlio democrata — seria o encontro da fome com a vontade de comer, da maneira mais digestiva. Getúlio já mexia os pauzinhos nos bastidores em tal sentido.

22 de janeiro

Recaída, diagnostiquei. Recaída grave! Júlia aparecera decotada quase até o umbigo, dando o calor como esfarrapada desculpa.

— Para que se mostra tanto, morena? Essa exibição é o supra-sumo do rastaquerismo. A distinção não é um luxo de retrógrados, é a própria elegância, repito para os seus ouvidos moucos, ou rebeldes. Você já se moderara tanto... Agora temos que começar tudo de novo...

Tentou gracejar:

— Mostrar-se enquanto se é nova. Depois, contas e borralho, como dizia minha avó. Lembre-se que eu tenho 20 anos. Vinte aninhos!

— Não, não me esqueci. Tenho boa memória. Mas com 20 anos pode-se ter um pouquinho de discernimento, admitir-se o comedimento. E você se orgulha da mocidade como se ela constituísse um atributo moral. Está enganada, muito enganada. Não constitui.

— E por acaso é moral um velho gostar de uma garota, ou vice-versa? — replicou, abespinhada, para imediatamente se arrepender: — Você não é velho. Você é ranzinza, o que é pinta de velho chato.

— Não adiantam remendos, Júlia. Mas engana-se quando julga que sou velho. Ainda não o sou. A nossa diferença de idade é que é considerável. Quase podia ser minha filha. E a diferença de idade costuma abrir um caldeirão de incompreensões, de choques, de represálias, de falsas afirmações... a tal luta das gerações. Daí...

— Disse besteira, me arrependi, não me massacre. Eu gosto de você assim como você é. Juro! Nunca apreciei rapazolas.

— Pensa que gosta, isso é que é.

Não se defendeu mais. Abreviamos a tarde, uma chocha despedida. O calor escorria como lesma. Fiquei enjoado, cheguei em casa moído como se tivesse levado uma sova de pau, defequei diarreicamente.

23 de janeiro

Poderia ter acabado tudo ontem, sem maiores amarguras, sem remorsos, como outros impulsos tiveram fim, limpa e facilmente como se calca o botão de um interruptor. Não acabei. A falta de discernimento, que imputara à jovem Júlia, faz parte outrossim da minha velha bagagem, e em mais alta voltagem, o que traz o perigo da autoeletrocussão. Às cinco horas fui apanhá-la na porta do escritório, que é em edifício sujo e movimentado. Veio com o vestido fatal, mas, adepta de remendos, aplicara-lhe um, em forma de debrum, que diminuíra o decote, tornando-o passável. Nada foi dito, nem perguntado. É assim que a vida segue por mútuos atalhos de covardia.

24 de janeiro

Tivemos uma agitada noite de amigos, Doroteia recebendo-os com escarcéu, Luísa muito solícita, muito presenteada, brincando de esconder a idade, ou de diminuí-la. Houve bolo com velinhas, todas escarlates, em forma de coroa, e Felicidade caprichou, porque Vera e Lúcio não compreendem aniversário sem bolo com velinhas e a competente cantoria, que os insidiosos costumes norte-americanos nos impingiram com letra traduzida. Escusei-me decorosamente de participar do coro, mas participei das palmas que remataram a levemente compenetrada sopração das pequeninas chamas simbólicas, integrado naquele mundo que era o meu mundo, sólido, firme, sem erupções, esqueleto da minha carne, carne do meu sustento, rica de rara hemoglobina. O pensamento, porém, escoou quantas vezes para as areias movediças de Júlia, traiçoeiras areias com traiçoeiras miragens, como me foge agora na boca rosicler da madrugada. José Carlos — teria conseguido o dinheiro? — quis jogar. Jogou-se e perdi, não me doendo, excepcionalmente, o prejuízo, o que causou estranheza a Gasparini:

— Que tarântula te mordeu hoje?

Somos feitos de dois pedaços como os valetes de baralho.

25 de janeiro

Cartaz de cinema, ou a nostalgia da *belle époque:* "Aquilo sim era vida!"

— Anima-se?

Não era um convite, era uma sutil imposição. Não resisti:

— Vá lá! Vai ser mais uma pachouchada, mas vamos. Merece. Ontem o dia foi cheio.

— O dia, não. A noite — retrucou Luísa.

Sim, o apartamento ficara pequeno, repleto. As altas pilhas de sanduíches duraram minutos. O bolo desapareceu como por encanto. Tememos até que as provisões festivas não dessem para a concorrência famélica, mas sempre há o expediente das latas de patê, e de salsichas, há a fiambrada que nos empurram, no momento, os frigoríficos de Chicago, e Felicidade, indo ao botequim reforçar as bebidas, trouxe, além dos refrigerantes, algumas aplaudidas garrafas de cerveja, extraídas do escamoteador pela força do seu insinuante paparico, o que me fez lembrar certa consideração de Júlia:

— Duma boa conversa ninguém se livra!

Cumprimentei umas cinco pessoas entre a sala de espera e o salão de projeção. E Luísa:

— Você conhece gente, hem!

— Nunca se sabe se para o bem, se para o mal...

E Nilza lá estava. Penteadíssima, irrepreensível no vestido de linho estampado, de largas cavas, fazendo-se acompanhar do distinto cavalheiro de calva cor-de-rosa, muito atencioso com ela, que recebia as atenções com ar majestático — a rainha e o seu escudeiro! Fingiu não nos ver.

— Que bestinha! — soprou Luísa.

— Não se precipite. É um caso a estudar.

26 de janeiro

Quebram os russos a "linha fortificada mais sólida da Europa", como a qualificavam os próprios nazistas, entre Leningrado e o lago Ilmen, e marcham em massa num assombroso Espaço de Ninguém. Hitler, que já decretou três dias de luto nacional pelo desastre de Stalingrado, bem poderia bisar a homenagem fúnebre. — É como se Délio Porciúncula tivesse lido Goethe: "Mas como, patife falaz, dás-te bem com todo mundo?"

27 de janeiro

Silva Vergel — vejam com que autoridade! — espalha pelos amigos as provas da preguiça getuliana, da sua indiferença pelas coisas do Estado — e exibe um decreto forjado por ele, inteiramente absurdo, mas obedecendo a todos os artifícios jurídicos e governamentais, e que o presidente assinara tranquilamente, sem ler.

Não é uma vingança por sua exclusão do poder — garante Lauro Lago, tabelião bem pouco categorizado —, é a vingança do que Getúlio lhe fizera quando do incidente com o senador gaúcho. Homem destrambelhado o senador! Plantara-se na porta do Ministério à espera do ministro — iria quebrar-lhe a cara. Silva Vergel, de calças nas mãos, não arredara pé do gabinete, apesar de todas as garantias dos seus incensadores. O tempo urgia, e o senador firme no saguão para esbofeteá-lo. Puseram um revólver na mão de Silva Vergel, que aceitou, mas não se decidiu a enfrentar o inimigo. Afinal correram a Getúlio, para que houvesse uma solução condigna — que ele chamasse o senador, dissuadisse-o da agressão escandalosa e inútil. Getúlio não o fez, como se sentisse certo prazer e conveniência em ver humilhado o seu futuro e expedito fazedor de decretos-leis e Constituições. Ouviu calado, de braços cruzados nas costas, limitou-se a perguntar:

— Mas o Correia disse que iria esbofetear o Silva Vergel? (Correia era o senador, que faleceu pouco depois.)

— Disse.

— Então, esbofeteia mesmo.

28 de janeiro

Vera e Lúcio acordaram de pescoço inchado e duro, numa engraçada parecença com sapo. Caxumba, é claro. Felicidade, porém, garante que é "inchaço de cobreiro" e, com os foros de autoridade doméstica que vai adquirindo, preconiza defumações e rezas. Telefono a Gasparini:

— Que faço?

— Passe Iodex e deixe o barco correr. Depois darei um vistaço. Demorada e delicadamente esfrego a negra pomada nos doloridos pescoços — que bela porcaria! —, enrolo-os em tiras de velhas toalhas felpudas, lembro-me das caxumbas no Trapicheiro — Madalena ficara monstruosa de chamarem gente para ver, Mariquinhas exercera toda a sua tirania e, exorbitando a gana profilática, nenhuma narina escapava à sua matinal besuntadela com óleo gomenolado, preventivo do crupe... Pelo visto o iodado e lambuzado tratamento do doutor Vítor não caiu em dessuetude. Alguma coisa permanece...

29 de janeiro

— O mundo toma outra dimensão — foi o que disse a Geralda no adro da igrejinha da Glória, que tanto amo, que tanto me emociona de doçura e passado, naquela sentimental maratona pelos recantos do Rio que os turistas não visitam muito, pois o que se entende por turismo aqui é Copacabana e cassinos com os seus *shows* de malandros e baianas e infectos sambas patrioteiros. — Deus, como um gás, tem que expandir-se para ocupá-lo, tomar nova forma necessariamente. E para isso o catolicismo tem que deixar encostadas nas morrinhentas sacristias as vestes imaculadas e as asas de papelão, tem que despir-se do falso e cômodo poético, desprezar novenas e bentinhos e ir para a rua, para a fábrica, para a praça de esportes, para a praia, para as favelas, para o comício, travar a sua luta corporal. Se tiver que ficar nu para melhor lutar, que fique nu! O mundo anda todo desnudo agora, dançando a música da metralha e da pancadaria. Servir a Deus ganhou outro sentido, que só os maus católicos, os burros, ou os reacionários empedernidos da Igreja não compreendem. Uma mulher pode servir melhor a Deus, hoje, no *trottoir* do que no Carmelo, compreende?

Pondo os olhos na tarde que se desfazia, nada respondeu, pareceu não compreender. Talvez eu tivesse exigido muito.

30 de janeiro

Não sei se durará muito o idiotismo higiênico, mas Adonias deu agora para sair, quase diariamente, depois do tardio jantar, mais beliscado do que comido, para facilitar o quilo... Lá vamos. Fígaro, Nástia Modas, O.K., Alcazar, Adonias caminha devagar metendo a catana na literatura dos colegas mais famosos, e Boutique, Deauville, Wonder Bar, sardas, iídiche, antiquários, lâmpadas fluorescentes, Taverne Bleu. A loura cheira a pecado. O caniche pisa com elegância de manequim. Cravinski é o mago do penteado! Coca-Cola? Oh! *I'm very tired.* Saulo Pontes acena de um ônibus, chora a orquestra cigana, Solange é uma saudade que cruza o coração como um relâmpago. Não procuremos na areia ainda quente do dia abrasador os passos do menino ou a marca do corpo do adolescente. Estamos em Copacabana, e só o Armazém Nossa Senhora da Paz resiste, como um baluarte heroico, à terrível invasão!

31 de janeiro

Morre Jean Giraudoux de uremia. Assim, assim. Por que ele me evoca Catarina?

1º de fevereiro

Depois de três semanas o rodapé, que durante cerca de duas décadas pertenceu a Martins Procópio, ressurgiu com novo titular: Lucas Barros, grumete abonado pelo capitão de longo curso, que trocou o brigue crítico, vencedor de tantos mares literários, pela piroga de pensador, fluvial e cristã. Professor de História, de inclinação católica não muito marcante, Lucas Barros é jovem, severo, intuitivo e tem dentes afiados, arreganhando-os logo na apresentação, e muita canela se encolheu temerosa da dentada. Veio há pouco do Norte, onde se destacara na imprensa, e não mostra trazer nenhum ranço provinciano a olho nu, salvo a indumentária. Está um pouco aturdido com a claridade federal, nota-se, mas isso é natural e passa, nem se recomenda um período acomodativo de óculos escuros. Frequenta discretamente as rodas das livrarias e cafés, o que é bom sinal, mas comparece com assiduidade às tertúlias literomusicais de Saulo Pontes, o que já não é tão recomendável. Três perigos, pelo menos, encontrará lá, e contra os quais precisará urgentemente se vacinar: a presença enxundiosa, salaz e envolvente de Altamirano de Azevedo, o exacerbante e inextricável radicalismo católico do dono da casa e a lúcida acidez crítica de Jacobo de Giorgio, para a qual não vale nenhum bicarbonato de fabricação nacional — o estágio engatinhante da cultura nacional não merece o uso desmedido da guilhotina, mas uma certa tolerância para tanto pescoço mole. E de bicarbonato precisará agora Jacobo de Giorgio, bicarbonato e proteção, pois se levanta contra ele uma nuvem tão negra que não será menos do que tromba-d'água.

2 de fevereiro

Só ela, a doida, grita revoltada, da janela do apartamento para a praça de imensas figueiras, contra os meninos que alvejam os pássaros.

3 de fevereiro

— Os americanos ocuparam as ilhas Marshall, quer dizer, perdem os japoneses o maior aeródromo do arquipélago. É de grão em grão que a galinha enche o papo — e Pérsio espicha-se, cansado, no divã.
— Como de bolinha em bolinha de barro você vai dando corpo às suas esculturas...
— Como de palavra em palavra vai dando substância e forma aos seus escritos.
— Que escritos! Como de beijo em beijo vamos construindo as nossas prisões.

4 de fevereiro

— São coisas que me pungem, mas... O senhor acha que "me" seja possível acusar mamãe como faz Eurilena? (Lenarico, que já tem buço e o arzinho petulante da geração.)
— Minha filha, eu acho que você é meio maluca!... (Papai.)
— Tenho pensado muito no que você diz a respeito de João Herculano. Acho que vou entregar minha mão à palmatória. Pelo menos já estou achando o homem bastante antipático. (Francisco Amaro a Garcia, há muito tempo.)
— Foi Altamirano quem chegou? Que quadrilha! (De Oswald de Andrade, em São Paulo.)
— És a criatura mais sórdida, mais miserável que há neste mundo. Está ouvindo? (Lobélia.)
— Gosto de ti com todos os teus defeitos! (Luísa.)
— Azar seu! (Júlia.)

5 de fevereiro

Seria para pensar que Júlia só é mesmo persistente na falta de persistência, porém, na verdade, é insofrida. Está em férias, mas não voltará para o Conservatório Dramático, a que faltava mais do que comparecia e por onde Maria Berlini também anonimamente passara:
— Não adianta. Não ensinam nada, puro lero-lero, e não há entusiasmo, não há estímulo, uma chateação que só vendo!
Não a dissuadi — há males que vêm pra bem. Mas imediatamente insinuou que Mário Mora poderia dar-lhe uma oportunidade na sua escola de comediantes:
— Não dá diploma, mas prepara de fato um ator. Foi você mesmo quem disse. Tá?
— Vou falar com ele.
— Quando?
— Logo que puder.
— Ele não está na China, que diabo!

— Mas anda escasso.
— Que escasso! Está circulando muito fresco por aí. Você fala de um jeito como se eu estivesse pedindo um absurdo, ou como se não estivesse disposto a se incomodar por minha causa.
— Você não pode imaginar como é injusta com tal impertinência.
— Injusta?! Pois fale logo...
— Injusta, sim. Mas falarei.
Esta bela conversa foi ontem. Mário Mora alugou uma sala no Edifício Odeon para sede de Os Comediantes, onde é encontrável quase o dia inteiro, e se a porta está cerrada, não duvidem que esteja na prática das suas lubricidades. Fui hoje lá. O animador estudava um cenário, largou a prancheta:
— Vamos ver. Nunca é demais experimentar vocações. Traga a deusa cá. De onde menos se espera...
— Não acredito em milagres...
— O amor opera milagres!
Fui buscar lã para aquecer pruridos artísticos, quase saí tosquiado. Apareceu Sigismundo Furquim, amante de uma amadora oxigenada e bronca e muito protetor do grupo. Apareceu e foi interpelando-me, ameaçador:
— Que merda foi aquela que disse de mim no pasquim do Godofredo?
— Não leu? Precisamente o que merecia um filho da puta da sua marca.
Levantou o braço, o murro passou-me de raspão, devolvi-lhe uma bolachada, ampla e sonora, em plena cara. Engalfinhamo-nos, cadeiras rolaram, o telefone caiu, a prancheta tombou com estrondo. Mário Mora não nos apartou, o pincel na mão, entre perplexo e gozador. Quem o fez foi Ermeto Colombo, grandalhão, metido num deslumbrante paletó de belbutina:
— Cavalheiros! Cavalheiros!
Ainda houve um safanão da parte do traidor e um pontapé da minha, pontapé no vácuo — mas apartados estávamos e ele, meio amarrotado, escafedeu-se pelo corredor. Apanhei os óculos

que tinham ido parar debaixo duma estante. A armação ficou meio torta — um pequeno prejuízo.

— Não bastam os que ele deu à pátria. Ainda temos este. Bem, vamos a uma ótica para consertar.

— Foi uma grande cena... — riu Mário Mora.

— Uma pífia comédia, melhor seria dizer. Digna de um picadeiro.

6 de fevereiro

Domingo. Chuva e enchente.

7 de fevereiro

Algumas vezes os escritores que abusam de contar as suas vidas têm os seus embaraços. Mas relato a Júlia, numa noite de libertação, a história de Sabina. Júlia, insaciável, exige sempre mais minúcias. Desfaço-me de algumas como de tesouros:

— Pé ante pé, ela vinha no escuro. O assoalho estalava...

8 de fevereiro

Era um jogo difícil. Pé ante pé, abafando a respiração, silencioso como o mais matreiro dos gatos, eu ia direto ao maço de cigarros sobre a mesinha de cabeceira onde a lâmpada de leitura é como o pescoço de um cisne. Papai, de olhos fechados, finge que dorme. Não explico como descobri esse seu hábito, que hoje também é meu. E caminho. O chão estala? Eu paro. Estou certo de que ele acompanha todos os meus movimentos, com a mesma segurança de quem tivesse os olhos abertos. Sei — e como sei? — que ele sabe que eu, só eu!, não ignoro o seu hábito. E caminho para o maço, contornando o obstáculo da cadeira, pulando o obstáculo dos chinelos, e tiro um, dois, três cigarros, conforme a quantidade encontrada, sempre obedecendo ao critério "de que ele não dê por falta". Nunca deu por falta... E a vinda, com os cigarros na mão, que irei fumar no quarto, debruçado sobre os romances, que são nicotina mais forte, é tão lenta e hábil quanto a ida. Na mesa do almoço, no outro dia, nos olhamos como dois inocentes.

9 de fevereiro

— Como pano de amostra foi fraco. Parecia boneco de corda com a corda quebrada... Mas talvez com o tempo... Estamos aqui para orientar, ensinar, amalgamar, aproveitar... — informou Mário Mora do teste de Júlia, que não presenciei como manda a ética e uma vaga esperteza.

E ela, felicíssima:

— Fui muito bem! Fiz tudo que eles me mandaram com o maior desembaraço. Agora, sim, irei para a frente.

Assim é a vida. Ribamar Lasotti não é menos otimista a respeito de si mesmo.

10 de fevereiro

— Os nazistas são demoníacos! Lançaram mão, na frente oriental, das mesmas táticas de Stalingrado, de saudosa memória, ah! ah! ah! Com o fito de prolongar a resistência e permitir que as linhas de retaguarda se consolidem, enterram os tanques e os canhões para formar casamatas e brecar a ofensiva. Vendem caro a fubeca! (Cléber Da Veiga.)

— Mas Stalingrado não era também na frente oriental? (Venâncio Neves, baixo, no meu ouvido.)

— O uísque canadense serve plenamente para o gasto. (Marcelo Feijó, pausado, voz grossa, como se proferisse uma sentença.)

— As tropas que vão para o *front* fizeram uma demonstração em Gericinó. Usaram fardas e equipamentos modernos. (Pérsio Dias.)

— Imaginemos Jorge Assaf no meio do ensaio geral...

11 de fevereiro

Ecos da malfadada entrevista em que chamei Sigismundo Furquim de energúmeno:
— Qual a coisa que mais o irrita? (Oh, como são sensacionais as entrevistas!)
— Que me peçam cigarros.
— Tem algum ideal? — voltou o sutil bigodinho.
— O de nunca sair de casa.
— Ah! Ah! Ah! — desmanchava-se o lápis taquigráfico.

12 de fevereiro

Saímos sempre um pouco derrotados dos nossos pugilatos.

13 de fevereiro

Que me entrego à atração de Júlia inteiramente sem resguardo e sem cautela, escrevi alhures e fui um pouco exagerado, talvez por um impulso literário, compreensível e perdoável. Se, em evidente intimidade, enfrento qualquer lugar público com ela, haja o que houver, não vou além das minhas construídas limitações. É que poderia ser abismo, escrevi também, e verdade é. Cautela, coração! Podemos sair derrotados das nossas cegas vitórias.

14 de fevereiro

A razão tem limitações que o coração desconhece.

15 de fevereiro

Está na moda a Churrascaria Gaúcha, imenso galpão coberto de zinco, para os lados do Calabouço. Há sanfonas, em rancheiras e chimarritas, dando fundo ao bruaá, há paisagens pampianas pintadas nas paredes com pincéis primários, os churrasqueadores fazem o seu serviço ao pé do braseiro, de chapelão de aba larga, lenço no pescoço e bombachas — medonhamente típica.

Quando Adonias encasqueta com uma coisa, o melhor é fazer-lhe logo a vontade, pois fica pior do que sarna — lá fomos. Não foi fácil conseguirmos mesa — apinhadíssima. Os maxilares trituravam com vigor, havia um acre olor a cebola, o tratamento por tu vem de todos os lados sob o calor de forno, que os ares da barra não minoram.

— Um povão e não conheço ninguém...

— A cidade muda, meu velho. Não se esqueça. São levas e levas de invasores ávidos da conquista federal. Nós, os cariocas, vamos nos diluindo, diluindo... Acabaremos como minoria populacional, pois minoria de mando e poder já somos...

— Como tem gaúcho nesta terra!

— E não aprendem!

— Deve haver muito aderente também. Os camaleões abundam. Mesmo assim, que exagero! Aflige.

— Você veio porque quis...

— É preciso conhecer para julgar. *Noblesse oblige...*

O julgamento não tardou, diante do monte de alcatra sangrenta, malpassada, como uma placenta:

— Infecto! — e deixou tudo acintosamente no prato. — Não sou leão para comer carne crua.

— A farofinha de ovo não está má.

— Não vim aqui para me entupir de farofinha de ovo, por Deus!

— De bananeiras só se pode exigir bananas, tâmaras, não. Duvido que encontre outras coisas. São pratos da casa, isto é, os pratos dos frequentadores da casa.

— É o que vamos ver. — Chamou o garçom: — Vem cá, rapaz! Você não tem nada que se coma, não?

O rapaz, de ampla cabeleira, mostrou-se confuso, o pobre cardápio na mão engordurada; Adonias, guloso, comia-o com os olhos — pobre Fritz! Acabaram se entendendo — seria servido um frango no espeto:

— O doutor vai gostar. Está tenrinho, tenrinho! Uma especialidade!
— Não cante de galo antes do tempo, rapaz! E, para esperar, mais chopes! — e Adonias, sossegado, virou-se para a literatura, que é atualmente a sua fome maior: — Você tem passado uma vista no que tem saído? É de estarrecer!
— Alguma coisa escapa.
— Estranha bondade a sua! Não escapa nada. Tudo é lixo! Assim como essas nojentas muxibas que servem aqui.
— E que têm apreciadores...
— Há gosto para tudo. Hiena só come carne fesandê, e quanto mais fesandê, mais saborosa lhe parece.
— *A cachorra* de Gustavo Orlando tem muitos méritos. (Adonias deu um muxoxo.) Contraria a extroversão do grupo nordestino em que se entrosavam suas obras anteriores. Nada de panorâmico! A sua projeção agora é vertical. Não dá importância à seca como elemento descritivo, mas à sua consequência no coração das pobres criaturas...
Adonias interrompeu-me, aborrecido:
— Não li, nem lerei.
— É um direito que lhe assiste. Mas, macacos me mordam, se você já não o leu. Leu, gostou, invejou... Eu te conheço...
— Você anda intoxicado pela leitura dos suplementos. Aquilo pega! Pega como gonorreia! A gentinha que os domina exerce a sua ditadura literária da mesma maneira que o Chuchu exerce a dele. Troca elogios, cria mitos, inventa reputações e glórias, aniquila os rebeldes, pinta o diabo! Para quem não for da panelinha, o silêncio. À camorra do silêncio responde-se com silenciosa atividade. Estou empenhado no meu segundo romance, que vai chatear bastante estes merdas todos. Já escrevi três páginas.
— Muito bem. Em quanto tempo?
— Em dois meses... — e fez uma cara digna, muito semelhante à postiça dignidade de Altamirano falando dos destinos da pátria.
— É um bom ritmo.
— Eu sei que não é zombaria. Você escreve devagar. É o que te salva.

16 de fevereiro

A morte recorreu à embolia cerebral e, encomendado por frei Filipe do Salvador a quem caceteava muito com escrúpulos e ínfimas questões teológicas, foi inumado no Caju o poetastro católico, que Julião Tavares crismara de Poeta Maldito de Nossa Senhora e que Adonias odiava com todas as veras do coração.

— Era tão mofino, tão esmirradinho que nem para adubo servirá — e Helena, mais gorda e mais bela, arreganhou os dentes sensuais.

— Bosta sempre é adubo! — retrucou Nicanor de Almeida, pouco afeito às musas e muito menos às musas cristãs.

Fedia a sacristia o finado cultor delas, tinha mesmo um ar ratoneiro e subserviente de sacristão calejado no ofício. Despacharam-no conforme predeterminara, embora secretamente confiasse que não desencarnaria tão cedo, em burel de franciscano — humilde até no caixão! Diariamente comungava; domingo, carregando o missal gordo de santinhos colado ao encarquilhado peito como um escudo, se esbaldava de fé — começava com missa das seis, na sua paróquia do Engenho Velho, às oito estava contrito em Santo Antônio, às dez engrossava no mosteiro de São Bento as calosidades dos joelhos e, em jejum até aí, almoçava com os frades, mas, de tarde, papava ainda uma novena, um rosário, uma guarda ao Santíssimo em templo indeterminado. No Carnaval fazia retiro e todas as semanas colaborava em *A Cruz* para calado desespero de Martins Procópio, que dirigia nela a edificante página literária.

Era médico, mas não exercia tal sacerdócio; chorando miséria, sujinho, sempre com a barba por fazer, órbitas cavadas, terçóis famosos e o hálito pestilencial, dedicava-se à burocracia, chefe de seção no Ministério da Agricultura, responsável pelo extermínio de várias pragas agrícolas, inutilmente pelo que se sabe. Filho de Carangola, para Carangola se bateu quando formado sem gosto e sem brilho, segundo informação de Luís Cruz, que foi seu colega de turma. Abriu consultório, perdeu clientes, não infundiu respeito, troçavam dele nas boticas linguarudas, em menos de um ano deu nos calcanhares para o Rio, já convertido, pois o insucesso clínico rapidamente o tornara cativo para a fé. A conversão abriu-lhe a veia poética e foram uns trinta anos de clorótica sangria mística. Contava-se que a sua conversão se verificara à hora do Ângelus, quando voltava de ver um enfermo mais incauto, dos últimos que medicou às canhas. Vinha solancando em lombo de mula quando deparou com um burro na borda da estrada. Sofreou a alimária, contemplou longamente a triste carniça, virou-se para o guia, que respeitosamente parara ao seu lado:

— Não somos nada, meu irmão. Não somos nada!

E, picando a mula, enfiou-se pelo caminho de Deus.

17 de fevereiro

Variação nº 1 sobre o tema do velho atropelado em fevereiro de 1937: O surdo baque não saiu dos meus ouvidos. Era um velho — vi que era um velho. Como saco malcheio tombou no asfalto molhado — chuviscava. Foi às seis horas da tarde, precisamente às seis horas, e as luzes ainda se achavam apagadas. Em vão procurei a notícia nos jornais — nenhuma notícia. Nenhuma, e estava morto!

18 de fevereiro

Ermeto Colombo assume proporções extraordinárias aos olhos excitados de Júlia. Como se fosse visto com uma lente de aumento. E Mário Mora é o mestre sem falhas — até a sua impontualidade foi perdoada, ou melhor, transformada em encantadora singularidade de caráter. É preciso suportar com pachorra a mais recente discípula de Talma — tudo me diz que a fervura passa.

19 de fevereiro

Um hiato na aprendizagem artística de Júlia — as aulas fecharam-se para o Carnaval, Mário Mora promete as delícias dos salões do Bola Preta a uma dócil aluna de etiópica epiderme,

Ermeto Colombo, nervoso, preocupadíssimo com o travesti com braceletes, africanas e *aigrettes* para o baile do Teatro Fênix, de reputada fama no gênero andrógino e que polariza para a entrada uma misturada ala de admiradores e vaiadores, e Ermeto Colombo se coloca acima dos apupos como um incompreendido.

— Onde vai passar o Carnaval? — perguntara Júlia, como se não quisesse nada, visceral pescadora de águas turvas.

— Com você — respondi.

Ela, não contando com a resposta, ficou meio desarmada.

Mas uma artista em formação sempre tem recursos para sair dum aperto em pleno palco. Recompôs-se:

— E quais os seus planos, poderia dizer?

— Simples. Simples e baratos. High-Life as quatro noites.

Pareceu respirar:

— Está valendo! É mesmo de arromba! — E com um pingo de preocupação: — Mas não tenho fantasia...

— Acha que precisa? Saia e blusa, leves, velhas, e estará bem e à vontade para enfrentar a tourada. Você não já foi lá?

— Claro!

— Pois então sabe que estará bem.

— Ah! tenho uma blusinha de linha que está a calhar. E um saiote plissado... da pontinha!

— Gênero coxas de fora, não é?

— Gênero belezas de fora, ficaria mais preciso dizer...

Às dez horas fui apanhá-la no apartamento da amiga. Apareceu com um *over-all* de cetineta azul-ferrete, confecção carnavalesca de um magazine popular, jeitosozinho afinal.

20 de fevereiro

A vida precavida — aprovisionei-me de cupões para sanduíches e cerveja, que o atropelo e a espremeção nos guichês e nos balcões do bufê são sempre tremendos. Transpirávamos! Sim, uma rodada de iniciação e reconhecimento pelo salão térreo, no empurra-empurra, e o suor escorria, abundante, benéfico, desintoxicante, as espáduas de Júlia se tornando um ímã de sedução, molhado e quente.

Dentro do High-Life, cuja ornamentação só é faustosa ou original nos anúncios dos jornais, pálidas reminiscências dos adjetivais pufes com que as grandes sociedades descreviam seus préstitos alegóricos, o reverso das ruas policiadas e marcadas pela guerra — animação! — como se num ambiente fechado os sentimentos se transformassem, reapossassem do perseguido e compressado espírito saturnal, comungassem, rédeas soltas, na esconjurada religião da folia!

*Com pandeiro ou sem pandeiro,
eu brinco!*

Quem não tinha pandeiro batia em um hipotético, genialmente fabricado de riso e ilusão, no delirante torvelinho, fazendo reviver um ritornelo do passado — tristezas não pagam dívidas! O gorducho de romano, logo à entrada, me saúda num gesto anticonsular de velho conhecido — olá, bichão! Respondo-lhe com um maçônico aceno — sempre firmes! Há tipos que só encontramos no High-Life, porfiando às vezes na mesma fantasia, que mais os singulariza; durante todo o ano desaparecem da nossa vista como se morassem em outra cidade, ou como vivessem enfurnados e somente no Carnaval se soltassem.

*Com dinheiro ou sem dinheiro,
eu brinco!*

Não tinha muito, mas o bastante para a condigna municiação das quatro noites maiores, e Godofredo Simas concorrera com o convite, muito disputado na redação e válido para os quatro bailes.

O teto estremece com o sapatear no andar de cima, mas, se há perigo dum desabamento, ninguém o pressente e as paredes vibram como num tremor de terra. *Ninguém ensaiou...* — canta-

va-se num berreiro, pela milésima vez. Não, ninguém precisava ensaiar — Carnaval é uma coisa carioca que levamos decorada dentro do corpo, do berço ao túmulo.
Como dormi feliz!

21 de fevereiro

Feliz dormi. Desperto de corpo moído, as juntas coladas pela goma do exercício inusitado, mas a alma está leve, o coração lavado e, à noite, sinto-me lépido e pronto para outra incursão carnavalesca.

— Parece que viu passarinho verde — é a doce insinuação, enquanto me preparo para sair.

Não respondo, precavido, perigoso é o duelo das palavras. "O verdadeiro amor se conserva sempre igual, mesmo se lhe conceda ou se lhe recuse tudo" — é garantia goethiana. Apresso a indumentária e a noite é minha.

22 de fevereiro

A noite é minha e grande! Saímos com as luzes apagadas nas ruas úmidas, a aurora tardando, os galos amiudando os cocorocós, os faróis dos automóveis, de impacientes buzinas, criando estranhos jogos de luz nas fachadas dormidas, nos gradis, nas tabuletas, inventando grotescas sombras para os passantes. Para que esperar condução àquela hora, sabidamente diminuída e superlotada? Fomos a pé para o apartamento da amiga, que ficava próximo. Fomos devagar. Chilreio de pardais invisíveis nos oitis, vozes alcoolizadas, renitentes cantos de foliões inconformados, pandeiros, casais se abraçam suados em antecipada cópula, o gato, que remexia a lata de lixo, foge, para, foge mais. Tomando o braço de Júlia com um vago cheiro a lança-perfume, renovo o braço de Aldina — a mesma tepidez, a mesma sedosidade, os mesmos estremecimentos, a mesma perturbação —, o prazer é a saudade do prazer.

23 de fevereiro

A alegria de fazer a barba. A alegria do bigode aparado. A alegria de cortar as unhas dos pés!

24 de fevereiro

De Garcia: "O Carnaval não será, positivamente, festa para o espírito belo-horizontino, e com o horizonte cinzento que nos cobre, ainda perde mais a animação. Antecipadamente falavam do seu fracasso este ano, e creio que assim sucedeu. Sem que dele nos chegassem rumores, passamo-lo em rigoroso retiro domiciliar com pretensões a espiritual e, da minha parte, dediquei-me exclusivamente à leitura de obras profanas, *A cachorra* inclusive, que me parece notável, a verdadeira entrada de Gustavo Orlando nos ambicionados céus da literatura. Mas tal retiro não impediu que, nesta Quarta-feira de Cinzas, Geralda fosse fazer a sua cruzinha de cinza absolutória na testa não estreita e bastante gentil, convenhamos. E não contente, me carregou, entanguido, maldesperto e com jejum, quando o sol nem havia raiado e o orvalho da madrugada ainda caía sobre as árvores e as calçadas do bairro. Ao som do harmônio com rachada voz de cornamusa, incinerei-me por farras de que não participei nem em pensamento, veja a força da mulherzinha que tenho! E foi imposição tão *sui generis* que ainda com cheiro de incenso nas narinas e na roupa e ecos do sinistro latinório nos ouvidos — o fatal *Memento, homo, quia pulvis es et in pulverem reverteris*, que procuro atenuar com João de Deus: *Não se é só pó no fim de tanta mágoa* —, mas já com o estômago forrado de café ralo, mau pão e bom requeijão, aqui estou te escrevendo para relatá-la. A religião é triste, irmão, além de madrugadora! A umidade que cobria árvores e calçadas, lá fora, invadia invisivelmente a nave, de tristíssimos ladrilhos, tristíssimas imagens e tristíssimos vitrais, não era amornada ao menos pelas velas nos tristíssimos altares com tristíssimas flores de papel a enfeiá-los mais, subia pelos joelhos, ia esfriar o coração que pedia calor.

E a liturgia é gélida, irmão! Os gestos e a impostação da voz dos sacerdotes, as genuflexões e campainhadas dos coroinhas, as contorções imitativas das beatas da primeira fila, mais próximas de Deus com véus pretos e tristíssimos rosários, tudo é tremendamente maquinal e burocrático. E a igreja estava cheia, tristissimamente cheia! E por que atendeste à imposição? — poderias perguntar como irmão, como homem e como romancista. Não é hábil recusar — responderia com doçura nazarena. Nada hábil. A vida pode nos ensinar a ser experientes. Creio que aprendi um pouco, aluno semiletrado, mas sofrido. Para que fomentar questiúnculas domésticas? Para que ser discorde se a vida é breve? Para que ofender ilusões que não nos atingem? Evite os espinhos e o caminho será de rosas... E é o que eu faço... Faço e confesso, o que pode ser até um trocadilho."

25 de fevereiro

Leite mais caro. Não bebo leite.

26 de fevereiro

Na Birmânia os Aliados contêm a desesperada contraofensiva nipônica. Várias unidades de superfície são incorporadas à Armada. Vendedor: Estados Unidos, em suaves prestações. — E crescem nos Estados Unidos os dólares de exportação — milhões, milhões! "Se comprássemos com eles maquinaria para renovar o nosso parque industrial, ou para implantar novas indústrias, ficaríamos livres de muita exploração futura, seria um bom impulso para a nossa liberação econômica — pondera Rodrigues, de passeio pelo Rio. — Mas até agora os magnatas têm matreiramente engazopado os nossos governantes, conseguindo imobilizar tais milhões, alegando não poderem fornecer equipamentos fabris por estarem empenhados na guerra até a raiz dos cabelos. E fornecem apenas alguns alimentos enlatados e alguns objetos de matéria plástica, que fazem a delícia da caboclada..." O economista Hilmar

Feitosa não é de idêntica opinião... "Os Estados Unidos são nossos amigos..." — diz. E Altamirano, Loureiro e Ricardo Viana do Amaral não discordam dele.

27 de fevereiro

Rodrigues está mais forte, mais batalhador, mais animoso, com uma visão da verdadeira conjuntura que falta um pouco a Francisco Amaro. Veio arrumar meios de fazer crescer uma indústria de aproveitamento — na Natureza nada se perde, meu compadre, tudo se aproveita! É lição que não devemos esquecer.

Os pimpolhos vão bem, Ester vai bem, embora sempre desejosa de se arrancar daquele ermo, o que dá motivo para alguns beicinhos de menina mimada; ela poderá ter razões, mas é impossível por enquanto — planos são planos! —, não pode sair do mato de mãos abanando, e, para compensá-la, na verdade para tapeá-la, estancou virilmente seu pendor para a paternidade — chega de meninos!

Alguns ditos:

— Tenho comido da banda podre com as tais Empresas Centrais "Brasileiras", sabe? Fui cutucar a onça com vara curta... Em todo caso, estou me aguentando no caíque. Pelo menos a mão elas não me abocanharam. Ainda posso distribuir muita banana com ela. São algo platônicas, mas são bananas.

— É uma maluqueira! e o governo não toma a mínima providência. Deixa correr o marfim. Nem tem muita força para tal, convenhamos. Os frigoríficos ou são estrangeiros, ou dependem do estrangeiro... Amarrados como molho de cana! Mas a brincadeira é que do jeito que estão exportando carne vão acabar com o nosso rebanho bovino. E depois?

— E por falar em dizimação, dentro de pouco tempo o Brasil não terá uma única árvore. Esse tal de gasogênio, então, tem sido uma desgraça. É só meter o machado em pau para fazer carvão e não se replanta uma!

— Os Estados Unidos têm dois pesos e duas medidas. Estão pagando nossa borracha a dezoito cruzeiros o quilo. Sabe por quanto compram a borracha da Bolívia? Oitenta cruzeiros! São gozados! Precisam de borracha como precisam de ar, mas impõem o preço!... E nós engolimos o sapo...
— A cachaça é a maconha legal.

28 de fevereiro

Lembrete:
— Como vai o coronel Linhares? — perguntei.
— Farejando coisas no ar... — respondeu Rodrigues. E feliz da vida.

29 de fevereiro

Para um ano bissexto, um poeta bissexto unanimemente catalogado e consagrado: Pedro Morais. Há um tempão não o procurava, não que os nossos laços de amizade tenham afrouxado, nem que a admiração que lhe voto haja diminuído — é que nossas trajetórias vão tomando rumos diferentes, ele caminhando cada vez mais deliberadamente para a constelação da Balança e, à raiz disso, sua informação literária, tão diserta e seletiva, tão distante do diletantismo, vai se desatualizando, e as intimidades se animam ou arrefecem a par de interesses comuns, eis uma pura verdade. O antiquado elevador, que lembrava mais uma gaiola para aprisionar o pássaro Roca, lentamente me levou, rangendo, solavancando, aos seus domínios jurídicos, dominadores de sótãos e telhados antigos, onde brotam raquíticas samambaias por capricho do vento. Encontrei-o de ventarola em punho, abanando, algo caricatamente, a cara enrugada de cágado:
— Não morre este ano!
— Nem faz parte dos meus planos...
— Nem dos meus! E feliz de quem tem planos... — Envolveu-me num amplexo de tabaco e espírito-de-verbena: — Acabava justamente de ler o que o João Soares escreveu sobre você.

— João Soares?!
— O próprio!
— Não vi.
— Saiu no *Comentário*. Polpudas páginas, mais engomadas do que aquelas camisas de peito duro de saudosa memória.
— Camisa de peito duro era o supremo requinte do tio Gastão! *Comentário* é uma revista trimensal publicada em São Paulo, com todo o jeitão paulistano — fria, bem encadernada, sobranceira, dessorando superioridade e provincialismo.
— Falou mal?
— Falou bem. Muito bem — e riu, mostrando os dentes de roedor com manchas de nicotina.

Li o amidoado artigo com a velocidade que me é peculiar — duas páginas, quase três, de prosa cerrada em tipo miúdo, sem nenhuma novidade, com os chavões, que já me enfastiam, a respeito dos meus ambientes prediletos, e com algumas alfinetadas, que não teriam passado despercebidas ao arguto Pedro Morais, alfinetadas que não invalidavam a manifesta vontade de publicamente elogiar. E por que tão espontaneamente João Soares me elogia, numa quadra em que me esquecer, tornar-me mais secundário do que sou, é quase ato de profilaxia e bom-tom de gregos e baianos? Mordo, desconfiado, intrigado, o polegar — que carne haverá debaixo daquele angu? De pronto, não atino. E, arquivando o problema para futuras conjeturas e averiguações, devolvo a revista à consciente desordem da mesa de mogno, vasta e vitoriana, onde, entre pilhas de autos, de jornais e de livros de Direito, se afoga o retrato da dama de ondulada madeixa e veludosos olhos meridionais, que Ticiano tomaria para modelo:
— Que é que acha da situação?
— Singramos num mar de trampa, em que todos se emporcalham fartamente, inclusive os que estão na praia espiando, apanhados pela marola. Mestre Getúlio, de olho no astrolábio, quer virar o leme quantos graus necessite para permanecer no alto da gávea, qualquer mar lhe serve desde que comande a embarcação. Não sei se conseguirá, tudo é possível, o tempo é de imprevistos.

Mas os astutos mineiros, que têm a nostalgia do poder, que em má hora lhes foi tirado das mãos habituadas à malícia do cigarrinho de palha, conspiram com menos romantismo que os Inconfidentes da sua adorável Vila Rica.
Mostrei-me surpreso:
— Não sabia nada desta coisa de mineiros conspirando...
Pedro Morais pareceu-me arrependido do que havia dito — em boca fechada não entra mosquito... Distorceu a conversa:
— E o nosso prezado Francisco Amaro tem dado notícias? Nunca mais me apareceu... Parece que se esqueceu de mim, o ingrato.

Delicadamente embarquei na canoa que me oferecia, pintada com as cores da ingenuidade que estão no pincel ou brocha de todos nós, e a tarde se escoou, mas seria lícito incorporá-lo, com ressaibos de descrença, ao batalhão dos que duvidam de mim.

1º de março

Morre mais um acadêmico, varão de largo passado e compulsado memorialista. E a batalha, para preenchimento da outra vaga, prossegue. O voto do velho medalhão, gotoso e surdo, era difícil. O velho, porém, tinha uma brecha — era beato. E o esperto candidato flechou o confessor, barbadinho reputado no púlpito como um êmulo de Mont'Alverne, e o voto já está seguro, para desespero dos adversários.

2 de março

Variação nº 2 sobre o tema do velho atropelado em fevereiro de 1937: Foi ao lusco-fusco e as luzes permaneciam apagadas. O baque surdo continuou nos meus ouvidos. Procurei a notícia do acidente nos jornais — nem uma linha! E ele estava morto. Morto! Era um velho e caiu como saco malcheio no asfalto molhado, rente ao meio-fio.

3 de março

O colecionador:
"Espera um pouco, em breve repousarás também." (Goethe.)

4 de março

O atrasado epitáfio:
"*E bem que diferente em traje e porte,
Catarina dos seus se reconhece.*"

Santa Rita Durão, *Caramuru*.

5 de março

Compassos da opereta sul-americana: Os Estados Unidos advertiram a Argentina a respeito da sua complicada situação interna, onde as tendências nazistas davam cartas sob o manto da neutralidade. Mesmo com razão — ouço de Saulo Pontes, num acesso de liberalismo — é uma intromissão. Logo depois fracassa a nova rebelião, como sempre fardada, e a farda que usam é de figurino germânico. E vêm os Estados Unidos, hoje, e suspendem as relações diplomáticas, a força do dólar substituindo a da libra...
"*A única coisa a fazer é tocar um tango argentino.*"

6 de março

Caía a chuva lá fora, fina, manhosa, uma frialdade de necrotério subia pelos pés e, quando o bonde virava na curva, parecia que entrava pelo salão, de minguada frequência, com todo o fragor das suas ferragens. O violino era da mais desafinada tristeza, o bandônion gemebundo, o contrabaixo funéreo, o gringo, de melena e costeletas, não tinha mais voz, se é que a teve, mas cantava, fechando os olhos viciosos num êxtase profissional e fatigado:

*Pero una noche de Reyes,
cuando a mi hogar regresaba,
comprobé que me engañaba
con el amigo más fiel...*

À luz ora vermelha ora violeta do cabaré da Lapa, Tatá esmerava-se nas figurações milongueiras com a louraça bunduda e sorvada, sob o irônico sorriso de Adonias, em mesa de pista, champanha aberto, colete branco e gravata-borboleta:

— Capenga não forma...

Miguel godera desabridamente a mulher de Tatá:

— Que taioba cutuba tem a marafona que Tatá arrecadou... De rebimba o malho!

Adonias mirou-o com translúcida repulsa:

— Ela tem dono por uma noite, mas tem. Respeite a propriedade! Tanto mais que o proprietário, mesmo eventual, é seu parceiro.

— É muito moral, muito bonito, reverendo, mas este pelintra respeitará a minha propriedade?

— Nada de tergiversações! Que importa o que os outros façam? Importa é o que nós, decentemente, devemos fazer.

Adonias dera às palavras o tom de irritada asperidade, que comumente usava com Miguel, e este, sem covardia, embatucou — sentia-se meio calhorda. O tango terminara com chochas palmas. Tatá trouxe a bruaca pela mão. Era a única mulher na mesa, sentou-se pesadamente, fazendo chocalhar o vasilhame, Adonias caprichou no cavalheirismo:

— Não quer mais uma taça?

Ela, a pobre falena, tinha um bom lote de dentes postiços, largos, escuros, como teclas de piano muito surradas:

— Pode entornar! Que frio mais sacana! É bom para esquentar, não é?

Miguel sorriu. Adonias não perdeu a linha; com gesto de perfeito *gentleman* encheu a taça:

— À sua saúde, minha amiga.

A friorenta, absolutamente insensível às gentilezas, entornou a bebida na goela como se a entornasse num funil, estendeu a taça enxuta:
— Mais uma talagada não fazia mal, não é?
— Pelo contrário! — e Adonias pediu outra botelha.
Miguel segredou-me:
— Dá gosto ver como os araras tratam a putada!... É como tratar burro a pão de ló...
A mulher liquidou outra taça duma assentada, procurou o lenço entre os seios para servir de guardanapo. A orquestra recomeçou — mais tango! Era o *Fumando espero*... Tatá empertigou-se, e abotoando o jaquetão:
— Vamos dar outra virada?
A dona aceitou como um autômato:
— É bom para esquentar.
— Se esta vaca não tem esquentamento, não tem nada! — soltou Miguel, quando o par entrou em ação no quadrilátero para as danças.
A mulata, lá de longe, farejou a mesa perdulária, piscou-me. Piscou-me, veio se chegando, sapato de lamê, vestido cor de abóbora:
— Está sozinho, bem?
— Como vê...
— Não quer uma companhia agradável? — e o que a enfeava era o nariz por demais esborrachado.
Consultei Adonias com o olhar — era o dono da despesa; ele, com o olhar amolecido já pela contínua libação, aquiesceu. A mulata abancou-se com um requebro de gata, a aliança brilhando na mão esquerda, os braços arrepiados, a boca pintada só no meio, em forma de coração:
— Com licença.
— Como é o seu nome?
— Dorothy.
Adonias riu:

— Um bonito nome!
Não demorou muito para que ela confessasse que se chamava mesmo Iracema — Iracema Maria de Jesus.

7 de março

— Tenho escritório aqui pertinho... — brincou Dorothy, beliscando-me o braço, temerosa de perder o freguês algo esquivo.
— Não é muito chique, mas porém...
Estávamos na rua já, a vontade não era nenhuma, contudo anuí:
— Vamos vê-lo.
— É bom para aprender o caminho.
Despedi-me de Adonias, cambaleante, mas digno. Ela encolheu-se no casaquinho de flanela, os braços cruzados no peito, as mãos enfiadas nas axilas, defendia os sapatos das poças — era uma figurinha gentil assim, menina, franzina, desamparada. A chuva estiara, os agueiros deixavam tombar grossas, espaçadas gotas, o asfalto rebrilhava, as luzes pareciam mais intensas, o bigodudo latagão de tamancos lavava o ladrilho da bitácula, um padeiro temporão empurrava a sua carrocinha com estrépito pelos paralelepípedos. Ela parou, a porta estava encostada:
— É aqui, bem.
Era na rua Morais e Vale, pouco depois da apaixonante igreja de azulejos na frontaria, sobrado antigo e estreito, bafiento e meio derrocado, de escada carunchosa e mortiça lâmpada pespegada no alto do teto coberto de picumã. As baratas nem fugiam, gordas, familiares, o ressonar de gargarejo vinha do fundo do corredor cheirando a mijo.
— Esta polaca é um martírio! Ronca mais do que uma porca — e Dorothy deu volta à chave perra, enferrujada, desproporcionalmente grande: — Não repare, bem.
A escuridão nos recebeu impregnada de perfume barato. Acendeu o abajur de cabeceira, que iluminou o quarto, débil como lamparina de santo. As chinelinhas eram de salto alto e arminho, casal de acanhados coelhinhos ao lado da cama de rotundos tra-

vesseiros e adamascada colcha cor de ovo, o biombo de chitão escondia a bacia do ofício. O São Jorge de barro, está visto, não defendia muito.

— Você mora aqui?

— Que pergunta! Adonde havia de morar?

— Poderia morar em outro lugar, ué.

— Eu? Que fedúcia! Pra pagar este cômodo já me amofino à beça!

Sobre o criado-mudo, um pouco machucado, o retrato do crioulinho de olhos espantados de sagui:

— É filho?

— É meu sobrinho. Sobrinho e afilhado. É um diabrete! Mora em Além-Paraíba. Eu sou de Além-Paraíba. Filho da minha irmã mais velha. — E com um leve orgulho familiar: — Ela é casada. No juiz e no padre.

— Eu conheço Além-Paraíba. O rio ali é bonito.

Não disse nada — um suspiro apenas. Libertou-se do vestido, libertou-se da combinação de sedinha. Ao tirar o *soutien* os seios caíram lassos, compridos, de quem já amamentara e muito, tão diversos dos túmidos, empinados, arrogantes seios de Maria Berlini, que tivera compromisso naquela noite, compromisso não explicado claramente, espinho que me picara, que me levara como consolo ou antídoto ao encontro dos companheiros para aquela noitada árida e insossa, espinho que me feria ainda mais agudamente na desolação daquele quarto mercenário e atravancado. Servil, marcado pelo uso, o corpo se estendia como se fosse de chocolate, um chocolate áspero, anguloso, que não me apetecia. Puxei conversa:

— Você come aqui?

— Que come! Aqui não tem cozinha, bem. Só cômodos. Como numa pensão da travessa do Mosqueira. Sabe aonde é, não sabe?

— Sei.

Afofou o travesseiro rebelde na sua empanzinação:

— Nós chamamos ela de Sopa Dura. É duma galega safada como ela só! Já andou na vida também.

— Há quanto tempo você está nesta vida?
— Que perguntador! — riu. — Só fazendo as contas... Pareceu contar, mentalmente: — Quatro. — E corrigiu logo: — Quatro aqui. É puxado!
— Se é! E antes?
— Antes era de bóbis. Por amor... Mas por que você quis saber?
— Por bobagem.
— Vamos fazer bobagem, vamos, queridinho? — e encostou-se mais numa tentativa afrodisíaca, o triângulo azeviche do púbis roçando qual escova de pelo raso.

Os músculos estavam moles, a lembrança de Maria Berlini com seu pente de fogo me relaxava. O pente, a colina ventral, a boca esmagadora... Dorothy era humilde e traquejada — quatro anos valem muito.

— Às vezes acontece, meu bem... Você está cansado, bebeu muito, não foi? Bebida estrangeira dá na fraqueza, toda gente sabe. Não há de ser nada, não fique encabulado.

Bebera pouquíssimo, não estava encabulado, mas o estômago comprimia-se em vômitos secos, vesti-me com aflição, doido para ganhar a rua, sentir sobre mim a altura do céu, aspirar o frescor reabilitante da madrugada que rompia. Ela não queria receber.

— Você não fez nada, bem. Fica para outro dia. Não sou polaca!

E de nada adiantou aprender o caminho — nunca mais vi Dorothy, nunca mais!

8 de março

Foi como se cometesse um ato de delação, pois não omiti o nome de Pedro Morais, pelo contrário, fi-lo logo de saída. Às primeiras palavras já me arrependia, mas não podia voltar atrás. Relatei a Saulo Pontes, ainda bem que sozinho, o pouco que o velho amigo inadvertidamente deixara escapar da conspirata dos mineiros, da qual poderia ser partícipe federal e, por mais branda que venha se mostrando a Gestapo estadonovista, conspiração sempre é conspiração, prato para o governo se servir e os tiras se fartarem. Saulo, que não sabia de nada, demonstrou indisfarçável ressentimento pela ignorância em que se encontrava, ele um ferrenho e público inimigo da ditadura, ele que ajudara a distribuir o "Manifesto Mineiro", embora não muito capaz de entrar de corpo inteiro num movimento revolucionário — mais palavras do que ação; com ronha policial, tentou extorquir minúcias, sacudiu a cabeça um par de vezes, duvidando, mas os olhos, que podem ser espelhos, reluziam com brilho ultriz. Despedi-me, profundamente infeliz por ter batido com a língua nos dentes, não sabendo que destino poderia ter a minha vaga informação, sentindo-me digno de Emanuel, o contumaz delator colegial. Noite de arrependimento, lentamente dissipado com cigarros sem conta e infinitas formulações autoperdoativas na antemanhã.

9 de março

Volto para casa com o título da fita martelando na cabeça: *Em cada coração um pecado...* Para os pecados, penitências. Quais as minhas?

10 de março

Conspiração de mineiros... Que mineiros? Improvável que sejam os signatários do "Manifesto Mineiro", muito manjados e bastante bisonhos, bastante literários, no mau sentido, claramente de elite, quando muito, núcleo potencial de um partido futuro, com penetração nas camadas mais frustradas da classe média, reacionário com vestes democratizantes; a parte que poderão ter agora é indireta — abriram uma oportuna picada para os destemidos, com mais afiados e dispostos machados, derrubar a mata estadonovista, já cheia de erva-de-passarinho e paus bichados. Talvez um punhado de jovens verdadeiramente idealistas, insuflados por conceitos maiores, apesar da desconfiança que guardo pelos que politicamente se apregoam idealistas. Talvez um grupo mais funesto do que o cevado rebanho estadonovista — récua de ressentidos, de vencidos em 30 e 32, malta de escravocratas desalojados da mudança, cambada de retrógrados coronéis e de bacharéis, filhos de coronéis, unindo-se, manhosos e experimentados nas suspensas lutas de campanário. E Pedro Morais? Muito antigetulista, muito apegado a brasões, a estirpe e a valores antigos — éticos e cívicos! — de duvidoso quilate, será capaz de discernir?

11 de março

Um general, é claro, assume o governo da Argentina — Farrell — e não se sabe se com o beneplácito de Tio Sam.

— Só posso lhe assegurar que tem cara de cavalo — adianta-me Marcos Rebich, veja-se o que são os comentaristas internacionais.

— E por falar em general, que andará tramando, tão calado, o nosso incorrigível Marco Aurélio? Em estado de pública tagarelação sempre é menos nocivo.

— Tramando contra Vargas — respondem-me. — Pró ou contra, Vargas é a sua ideia fixa, pois Vargas simboliza o poder que ambiciona noite e dia.

E daí penso nos mineiros.

12 de março

A vizinha ingrata. Todos os dias deveria agradecer a Deus os bens que não merece.

13 de março

Que a experiência não melhora ninguém poderia ser uma tese, na pior das hipóteses literárias. Júlio Melo, com mais de dez romances publicados e consagrados, seria um exemplo. Mas não é pela força do exemplo, está visto, que o mundo mantém a sua marcha. E temos mais um *best-seller* do romancista-embaixador, inaugurando a *saison* em retumbante estilo, publicitário — Vasco

Araújo, generoso e ingênuo, não poupa incenso para turibular o semideus, alheio à mágoa, ou ao rancor, de muitos coeditados, o que valeu de Gustavo Orlando o seguinte comentário:

— Imagine-se um fabricante de sabões que, tendo na sua linha de produtos uns vinte sabonetes de perfumes diferentes, só fizesse propaganda do seu preferido sabonete de cravo! Pois, incrível que pareça, é o caso de Vasco Araújo. O seu ideal é que o mundo leitor se ensaboe, única e exclusivamente, com o patchuli de Júlio Melo... Bem fez o Antenor Palmeiro que mudou de editor, não importando que menos famoso, afinal, editores e costureiros são questão de moda. Eu é que estou amarrado, não posso dar o pira.

— Por que não?

— Compromissos morais — escarrou vagamente, chupando o cigarrinho amassado.

Natércio Soledade enfiou a sua colher de pau:

— Antenor é esperto como rato. Deu o fora antes que o seu barco editorial soçobrasse. A glória de Júlio Melo é mais devastadora do que torpedo.

— Sabe administrar os seus interesses — ponderou Gustavo Orlando. E arrematando com amargor: — Não deixa de ser uma arte.

14 de março

Releio o que escrevi no dia 10. Não corto, mas presumo que está tudo errado. Errado e palerma. Pelo menos não há conspiração nenhuma, Pedro Morais está sendo ludibriado ou está vendo miragens. Nicanor de Almeida sabe. E Helena, unhas vermelhíssimas, acendendo o cigarrilho:

— Mineiro não faz revolução. Aproveita a dos outros.

15 de março

Porto Alegre, 14 (Nacional) — Constituiu um extraordinário êxito a estreia, hoje, na Rádio Farroupilha, da popular estrela radiofônica Maria Berlini, desempenhando o principal papel da peça *O coração não tem fronteiras*, calcada num famoso romance de Ribamar Lasotti, e uma das mais altas realizações do radioteatro brasileiro.

16 de março

Num ímpeto de inocente saudade, no qual sub-reptícia se insere a areia do perdido Leme, colchão deslizante e rangente que ficava, pulverulento, agarrado à nossa carne, falo ternamente de Maria Berlini, vitoriosa nos pampas com sua gritaria sentimentaloide — tardia vitória! — E Júlia, furibunda, não se contém:

— Por que você vem falar isto a mim? Que tenho eu com as suas falecidas, se é que são falecidas.

— Gosto de falar das pessoas que estimo com as pessoas que estimo. O resto é candonga.

— Estimar aquela velha coroca, pelancuda, indecente! Não me faça rir!

— Não sou palhaço. — E, boiadeiro do asfalto, manejo o aguilhão, do contrário estou perdido: — Estimo, sim, e já foi um pitéu! Não havia homem que não andasse atrás dela como doido!

Baixa a fervura sob a fisgada:

— Que me importa.

Fui malabarista:

— Que tenha sido um pitéu? Não parece. E é o fim de todas as mulheres, e mais rápido para aquelas que não são excepcionalmente belas, mas que são demasiadamente vaidosas...

— Eu tenho uma raiva quando você diz isso! — fez quase chorosa.

— Isso o quê? — e realmente não compreendia.

— Você sabe. Não se faça de bobo!

— Eis uma coisa de que ninguém pode me acusar. Nunca me faço de bobo. Às vezes sou bobo mesmo. Mas sabe de uma coisa? Bom humor faz falta. Conserva os nervos, dilata a juventude... Mau humor envelhece...

— Você me acha um estupor, um estrepe, uma chata, não acha? Por que não me larga? Não iria morrer por isto.

— Não se morre por tão pouco... Mas acho você só mal-educada. O resto passa...

— Ah!

— Bê! E educação faz falta. Muita falta. Promove simpatias... Ajuda a viver.

— Vive muito bem... É muito simpatizado... — casquinou. — Sempre passado para trás... — Parece que se arrependeu: — Você mesmo é quem diz.

— Não desdigo. Mas pelo menos não me desespero.

— Desespera comigo!

— Não! Absolutamente! Exalto-me algumas vezes, isso sim. Exatamente por ter pena de você.

— Não preciso que ninguém tenha pena de mim! — pulou.

— Pois devia querer. Você é uma criança perdida no bosque. Precisa que alguém te procure, antes que os lobos te comam.

Havia uma certa ternura na minha voz, a ternura com que falara de Maria Berlini. E o resto da tarde foi sereno, como a própria tarde.

17 de março

Os elos! No Mediterrâneo, os aviadores brasileiros — "Senta a pua!" — já estão se batendo ao lado dos colegas americanos. No Rio Grande do Norte, a senhora Roosevelt, dentuça e metida, faz uma visita de inspeção à base americana de Parnamerim...

— Volta Redonda foi pouco. Poderíamos ter arrancado no mínimo mais duas siderúrgicas! Getúlio dormiu no ponto. Natal vale muito mais... (Aldir.)

— Os todo-poderosos donos do aço nos Estados Unidos espernearam para consentir naquela, do tamanho de um ovo. Muita voz no Senado se levantou contra. Aquele Senado é uma merda! Roosevelt teve que parlamentar um bocado com senadores e magnatas para soltar a nossa usininha. (Gasparini.)

— Mas precisam. (José Carlos, obtuso e seco para começar o jogo.)
— Olhe a borracha... Também precisam, mas nos impingem o preço que querem. Força econômica é força econômica, rapaz! (Gasparini baralhando as cartas com uma pachorra desesperante.)

18 de março

Bilhete de Roosevelt à Finlândia: "Quanto mais tempo permanecer ao lado da Alemanha, tanto maiores serão os infortúnios e os sofrimentos que terão de sobrevir."
Bilhete de Júlia com o aviso:
— Abra em casa.
Abri: "Sou estúpida mesmo. Produto de cortiço. Mas gosto de você com toda a minha estupidez."

19 de março

É um tolo. Mas é um tolo grave. Grave, bem-apessoado, de distinta família. Irá longe!

20 de março

Ponho um bilhetinho na mão de Júlia, ao me despedir:
— Para ler em casa.
— Não pode ser no ônibus? — riu.
— Pode. E pode até rasgar no ônibus.
— Não farei jamais o que você faz com os meus... — adivinhou.
— É tesouro inútil. Jamais resgatarei tal espécie de promissória, pode estar certa.
— Percebi. Que bonita ideia você faz de mim!
— Chega de conversa. O ônibus já vai.
— Quando a conversa não interessa... — e subiu para o veículo sem olhar para trás.
Fiquei plantado na calçada como árvore sem raízes.

21 de março

Voltou submissa, de vestido novo, garrido e verânico, falando capitosamente em suas aulas — o que Mário Mora dissera, o que Ermeto Colombo aconselhara, citações não muito fiéis, ao modo de quem, não compreendendo bem, torce o que ouve para fortalecer seus próprios e ciosos pontos de vista.

Afinal, abordou o bilhete:

— Farei força para acreditar. Se escrever duas vezes assim, acreditarei mesmo. De qualquer maneira foi lindo! — e a voz era de quem representava de ingênua.

Não dei muita corda — compreendera ela as minhas linhas da mesma forma como compreendera as preleções dos mestres.

22 de março

Marcos Rebich disserta: Toda a Hungria foi ocupada ontem pelos alemães e a ordem expedida foi na hora exata em que por Hitler era recebido o títere imposto por ele para regê-la — um almirante, para maior gaiatice, dum país que não tem mar nem esquadra... um almirante de água doce... Mas é ocupação tipo chuva-no-molhado... porquanto tal operação significa apenas um aumento das guarnições teutas existentes no território magiar, através do qual os nazistas têm trânsito livre desde 1941.

Creio que é isso — não compreendi bem, a atenção a léguas de distância. Em Todos os Santos, mais precisamente.

23 de março

Hitler ameaça a Rumânia e a Bulgária com os raios de Júpiter: "Se não quiserem ter sorte idêntica à da Hungria, devem abandonar toda a ideia de paz em separado."

Cabeça no lugar, compreendo melhor a explicação de José Nicácio: Cem mil nazistas avançam pela Hungria a toda brida. O súbito golpe de Hitler tem por objetivo reforçar a trombicada linha balcânica, diante da invasão da Bessarábia pelos soviéticos.

24 de março

Carta sucinta e aflita de Francisco Amaro, rogando que eu lhe desculpe a desalmada aporrinhação, mas que veja o emperrado, tartarugal trâmite de certo papel no Ministério da Educação e do qual necessita prementemente. Baldados têm sido suas cartas e telegramas reclamando solução — não dão pelota!
Lá iremos, hoje, sem falta, saber as razões da demora. Preliminarmente, como viandante que se mune de farnel, faço uma relação mental dos trunfos pessoais de que poderei lançar mão para resolver o impasse, lista, aliás, bastante animadora. Há duas alavancas mágicas que facilitam a nossa vida: o pistolão e o jeitinho. Usaremos as duas.

25 de março

Do emperro burocrático — obstruir é o verbo dos fracassados.

26 de março

Arqueólogo noturno, faço as minhas pacientes escavações, pena na mão qual picareta rombuda de tanta tentativa. Descubro que as esquadrias externas da nossa casa no Trapicheiro, com bolas de vidro na varanda, eram de granito, que a pia do banheiro era de louça com florezinhas roxas, a torneira representando um golfinho, e que o assoalho era de pinho-de-riga, lindo nos seus veios, fresco, sempre aromal e escrupulosamente lavado aos sábados com água e sabão. Acho as descobertas importantíssimas!

27 de março

Nunca mais vi Dorothy. Nunca mais vi o luso Vicente Ortigão. Nunca mais vi Doralice. Nunca mais vi Aldina!
Assim são os caminhos que aprendemos.

28 de março

E o resto da tarde foi sereno como a própria tarde, tarde de brisa mole, glauca, desmaiada. Pelos caminhos bucólicos da Gávea, de escondidas fachadas antigas e rumor d'água correndo, nos perdemos. As mãos procuram as mãos, os lábios não se cansam de beijar, nem os olhos se cansam de encontrar. Que pássaro é aquele, castanho e cinza? Não sei. Que inseto é aquele, de antenas de jade? Não sei. A sarapintada borboleta é pequenina e tonta. Contemplo a árvore. Não é uma árvore, é um repuxo verde!

29 de março

Sempre as descobertas! Há uma posição, incômoda se prolongada, comprimindo o fofo travesseiro entre o antebraço e a cabeça, na qual posso ouvir, no silente côncavo da noite, misterioso e ampliado, o surdo bater do coração — do meu coração! Pena não ser cardiologista! Pena não ser um Stendhal!

31 de março

Telegrama de Francisco Amaro: "Papel chegou. Milhões de agradecimentos." São as pequeninas vitórias minhas.

1º de abril

Fiquei plantado na calçada como árvore sem raízes — pobre paisano! Em marcha batida, numa ensaiada exibição de passarela, desfilam no centro da cidade os soldados da Força Expedicionária Brasileira, não sei se todos ou apenas a nata deles, envergando o uniforme de campanha, verde-oliva, folgado, prático, estudadamente ajustado às armas e aos movimentos da guerra que hoje se faz, e que lhes dá o aspecto de soldados estrangeiros.

— Como estão pimpões! — exclama a velha de anacrônicos bandós.

— Pimponíssimos! — retifica a neta no tom zombeteiro com que os netos ridicularizam o vocabulário dos avós.
— Onde foram arranjar tantos mocetões louros e sanguíneos? — perguntou, sinceramente intrigado, o cavalheiro de pasta e fumo na lapela.
— Em Santa Catarina — respondeu o prestimoso camarada sem chapéu. — Sangue alemão... Até é engraçado, não é?
Jorge Assaf lá se encontrava, vi-o de relancina, garboso, estufando o peito, gozando os aplausos como um ator — insondáveis são os efeitos dos tambores e das palmas. Lá se encontrava, e não me viu — seus olhos, expelindo chispas heroicas, só podiam ver a sua própria e marcial pessoa.
— Sinto-me comovido, orgulhoso dos nossos pracinhas! — declama Cléber Da Veiga já fora da idade das convocações.
— Escolheram um dia simbólico para a passeata... — casquinou o incorrigível Gerson Macário, na porta da livraria Olimpo, em apreciável estado etílico, sem que houvesse revides.
— É um filho duma égua, mas pelo menos não vira a casaca como tantos que conhecemos! — rosnou Gustavo Orlando.
Cléber sentiu-se atingido e, estrategicamente, desguiou.

2 de abril

Júlia veio de mansinho:
— O que é apócope?
— Apócope? Por que não perguntou ao Mário Mora logo na hora?
— Ah, danadinho! Como é que você sabe que foi na aula dele?
— Adivinhei um pouco.
— Vá adivinhando muito que acaba tomando o bonde errado!
— Mas por que não perguntou? Professor é para ensinar e não saber não é vergonha. Morre-se aprendendo.
— Prefiro ficar ignorante, mas viva.
— Ainda não respondeu.
— Tinha muita gente...

— E quis passar por sabida... Você precisa ler *O plebiscito*.
— Que história é essa?! Boa coisa não é...
— Sabia que não sabia. E é muito boa, saiba de antemão! Vou te dar o livro. Presente de Páscoa.
— Preferia outra coisa.
— Já sei. Um dicionário!
— Ah, vai amolar o boi!

3 de abril

O morro é que sabe:

Leva meu coração que ele é teu.
Leva que está pesando em meu peito...

4 de abril

Rataplã! — Os soviéticos avançam na Rumânia. Rataplã-plã-plã! — e anuncia-se outra exibição dos nossos soldados expedicionários, como se fosse um corpo de baile e não uma milícia fadada à total ou parcial dizimação, pura maquinação da guerra psicológica para empolgar as massas e suavizar a partida, que deve estar próxima.

Não afino com a denominação que lhes deram — pracinhas... Cheira a falso, a sentimentaloide. Cheira, não — soa.

5 de abril

Ao segundo gole da bebidinha inofensiva, diante do mar, Júlia fez o sorriso mais magano:
— Li *O plebiscito*. É engraçadíssimo! Quase morri de rir! Mas me diga uma coisa: você já viu no dicionário o que é apócope?
— Depois disso, você precisa conhecer urgentemente *A vingança da porta*.
— *A vingança da porca*?!...

— Não! *A vingança da porta.* É uma poesia. Vou te arranjar o livro.
— Acabarei com uma biblioteca...
— E bem que precisa!

6 de abril

Falamos, páginas atrás, de certa nuvem negra e aziaga que se levantava ameaçadora sobre a desprevenida cabeça de Jacobo de Giorgio, afeito às ciladas civilizadas, urdidas nos gabinetes e salões, e das quais se safou, mas vulnerável à tocaia indígena, tramada detrás dos tocos da floresta espessa... E não foi erro meteorológico — conhecemos a espécie de eletricidade de que se satura a nossa atmosfera temperamental, propensa a descarregar-se em furiosa primitividade tropical, numa antevisão do fim do mundo, para depois volver, exausta e satisfeita, à irresponsável inocência das coisas sem memória. Os cúmulos-nimbos avolumaram-se, o temporal está aí. Saiu em *Direção*, que tem a bússola meio doida, um artigo contra ele. Fala em aventureiro e traidor, é soez e mal escrito. Autor: Ribamar Lasotti. Não condenemos o romancista engajado pela iniciativa de um ataque que prevemos ser maciço — foi apenas a espoleta que poderia caber a outrem no sorteio da máfia, apenas a espoleta. No dia seguinte, no jornal de Godofredo Simas, mais um raio fecal, falando em quinta-coluna e totalitarismo clerical, assinado por Venâncio Flôres que, em estado normal, é incapaz de matar uma mosca. E imediata e concomitantemente, Julião Tavares, com a facúndia da calúnia que lhe é visceral, e o aplaudido comediógrafo das chanchadas semipornográficas atiram suas granadas de mão, granadas à base de fósforo, o fósforo da meia-verdade ou da meia-mentira, de terríveis efeitos incendiários e propagadores. E a honra de Jacobo pega fogo qual espantalho incendiado, e em outras publicações, aqui e fora daqui, se acendem fogueiras crematórias, cuja chama sobe, aniquilante, malgrado o esforço de alguns bombeiros improvisados, que saíram com as suas frouxas mangueiras em socorro do queimado vivo.

— "Abril é o mais cruel dos meses..." — tenta gracejar o atingido em casa de Saulo Pontes, cuja indignação é sincera e veemente e que procura arregimentar extintores. Mas termina por extravasar a sua raiva, que percebe impotente, rilhando os dentes de javali acuado: — Canalhas!

7 de abril

Sexta-feira da Paixão. Paixão!

8 de abril

Sábado de Aleluia. Onze mil mortos nos dois últimos bombardeamentos de Berlim, onze mil mortos sem nenhuma possibilidade de ressurreição.

— Olhem bem que não são as onze mil virgens! — frisa, muito sério, copo na mão, José Nicácio.

Cauteloso, Ribbentrop instalou-se em Viena, e outros líderes, com igual prudência, armaram tenda em Munique, menos visada presentemente.

— Quem tem cu, tem medo! — e Gasparini ri às bandeiras despregadas. — Bomba não traz destinatário certo.

Aldir alça o copo:

— Morte aos Judas!

— Estás muito cristão...

E realizando a maior operação de cerco desde Stalingrado, o Terceiro Exército da Ucrânia marcha contra Odessa — Aleluia! Aleluia!

— É preciso comemorar, minha gente! — reclama José Nicácio. — Comemorar condignamente! As circunstâncias exigem, como é que é?

— Apoiado! Muito bem! Bravíssimo! — urram Gasparini e Aldir, como se aclamassem um orador.

Combina-se a farra coletiva, um pouco imprecisa, um pouco ao deus-dará — o negócio é sair, sair e muito beber.

— Convoquemos Adonias!
— Convoquemos coisa nenhuma! Aquilo é um chato!
— Aliás de galochas — acrescenta Pérsio.
— E você não nos dá a honra da sua insuperável companhia, Luísa? — galanteia José Nicácio.
— Sair? Vocês são malucos! Eu vou é dormir, que é melhor. Comemorar na cama.
— Que é lugar quente.
— Também é preciso comemorar na cama! — grita Gasparini já de caveira cheia.
— Indecente! — ri Luísa.
— Inteiramente de acordo — emenda José Nicácio. — Um verdadeiro bandalho! Indigno do seio da família brasileira!
— Aliás sacrossanto! — ajunta Pérsio.

Malandro não insiste — era a sopa no mel! A turma que vá para onde quiser — Júlia terá a sua condigna *Mi-carême!* Havíamos traçado um programa discreto. Agora poderia ser ampliado ao bel-prazer. Para alguma coisa serve a guerra.

....

A amiga do apartamento, de roupão e papelotes, cheia de momices, é conivente como uma caftina:
— Entre, ela está no quarto. Saiu do banho agorinha mesmo.

Entro, sorrateiro. A luz é fraca, amarela, triste. Júlia, mal envolvida na felpuda toalha, sentada na ponta da cama, faz deslizar o pente pelos cabelos, nem levanta a cabeça. É uma nova versão do "Banco de Susana". Afinal, pressente-me:
— Oh! — E suspendendo a toalha para esconder o colo nu: — Tão cedo! Sai. Deixe eu me vestir.
— Posso ficar espiando?
— Pode uma pistola! Que saliência! Que atrevimento!
— Modere-se... Modere-se...
— Modere-se uma brisa! Vá lá para a sala! Lugar de visita é na sala.

Fui ficando. Às dez horas, a amiga saiu. O automobilista buzinava lá embaixo musicalmente:

— Não esqueça a chave, hem! — Piscou um olho: — Fiquem direitinhos!
— Se não ficar, vai ter! — ameaçou Júlia.
Ainda não estava vestida, o *peignoir* emprestado, os chinelos emprestados — para que sair? Aleluia! Aleluia!

9 de abril

— Vai sair, meu filho?
Além da guerra, a literatura serve para coonestar escapatórias:
— Vou dar um giro por aí para refrescar o bestunto. Tenho escrito para burro! Sinto a cabeça que nem uma papa.
— Não é o que tenho visto. Anda numa boa calaçaria.
— Calaceiro eu?! Nunca trabalhei tanto! De virar o fio! — e havia na contestação um tico de verdade.
— Volta cedo?
— Não sei. Depende dos acontecimentos...
— Estou com vontade de meter um cinema.
— Bom proveito!
Júlia me esperava fresca, emundada, como se tivesse saído de um banho lustral. O sorriso enchia a boca:
— O senhor por aqui?
A companheira ainda dormia, tendo deixado na sala, pelo sofá, pelo *étagère*, pelas cadeiras, vestígios do seu tardio desvestir. O convite para o quarto era tácito, invencível. Fechou-se a porta à chave e com isso fechou-se a via de acesso ao domingo pascal.

10 de abril

Apregoam os americanos a maior vitória aeronaval da história. Teria sido conseguida nas ilhas Palau — 46 navios afundados, 214 aviões destruídos (tudo do Japão). A mania dos recordes talvez seja mistura de esportividade e infantilismo.

11 de abril

Da Numerologia moderna: 444 canhões soviéticos saudaram ribombantes a queda de Odessa!
A queda de Júlia foi saudada em silêncio.

12 de abril

Não nos vangloriemos de catedráticos do amor, ciência vária e especiosa. A jactância é de péssimo gosto e a verdade deve ficar, acima de tudo, no seu alto lugar — quando muito bons livres-docentes, com larga prática de desilusões e insucessos. E há alunas que ajudam.

13 de abril

O monarca Vítor Emanuel, que vez por outra dá um ar da sua real graça, cede à pressão dos liberais, que dobraram o cangote no tempo do *fascio*, mas que agora se mostram diligentíssimos e patriotíssimos, e afasta-se dos negócios públicos, como se algum dia tivesse estado neles. Afasta-se e nomeado foi o príncipe Humberto para a alta condição de lugar-tenente do Reino! — o que é mais uma inútil concessão à ópera.

E mais Numerologia: durante 14 horas consecutivas, 500 superbombardeiros americanos martelaram as fábricas, já meio desmanteladas, de aviões nazistas.

O tecnológico Aldir, sempre atento:

— Os alemães utilizaram o jato como elemento de propulsão. Utilizaram tarde, felizmente. Mas vai ser uma revolução!

Peço informações, recebo-as, não as assimilo convenientemente, espicaço os seus conhecimentos:

— E esta coisa maluca de bomba V-1 e bomba V-2?

— É o começo do mundo teleguiado. Uma conquista imensurável, mas um perigo a mais, igualmente imensurável.

E Aldir discorre prolixamente, feliz como peixe n'água. Não pesco nada.

14 de abril

Tenho procurado Jacobo de Giorgio. Procurado como quem visita um doente de ferida aberta, de difícil cicatrização. Procurado, exaltado seus escritos, pedido conselhos e indicações, distraído-o com o relato de casos facetos da paróquia literária, com a caricatura verbal dos mais ridículos e enfeitados personagens da comédia beletrística. É o apoio mais pronto que lhe posso oferecer. A moenda que o tritura espreme cada dia com mais crueldade e vigor, qual sucuri gigantesca. E a lista dos que o atacam aumenta celeremente em razão geométrica à dos que o defendem. É que aos interessados diretos na sua destruição se aliam os poltrões, aqueles que temem a cáfila que tenta transformá-lo em paçoca. Na desenfreada ofensiva, vale tudo! Todas as vaidades feridas pela sua finura de crítico se levantam com ferocidade de hiena, seus méritos e conhecimentos são negados, suas falhas são enegrecidas, suas origens postas em dúvida, suas palavras deturpadas, sua probidade estraçalhada, e pede-se a sua expulsão do país como indesejável.

Por mais que disfarce, Jacobo externa a cada instante o desespero de quem fosse agredido simultaneamente por sicários e por sombras.

15 de abril

— Vejam o que são as circunstâncias... Estou formando ao lado de Marcos Rebich! Bem diz aquele sábio que para ganhar a guerra temos que admitir o numérico e não o qualitativo. Qualquer soldado serve...

Em todas as acusações Julião põe carradas de rancor, rancor próximo do ódio, irreprimível, fica verde, espuma:

— O Marcos tem a quem sair ordinário! Conheço aquela gentalha. Lidei com ela de perto. Que quarteto! O irmão mais velho, processado e condenado em São Paulo por peculato, não se emenda e está sempre se refugiando na Argentina — adora tango, o velhaco... O outro, de nome obsceno, era especialista em títulos protestados e em cheques sem fundo. O terceiro andou envolvido em incêndios propositais e em falências fraudulentas — é o "Incendiário de Araçatuba"! E a irmã berruguenta e pernóstica é vigarista consumada — onde bota a pata, sai trampolinagem. É um *pedigree*!

José Nicácio não é pessoa de ouvir calado:

— Ora, Julião, o que é que tem o cu com as calças? Seu irmão mais velho é uma boa praça, seu irmão mais moço é mais discreto do que uma pedra, e você saiu um linguarudo.

Julião empalidece. O estremecimento com os irmãos é público e notório, oriundo do inventário paterno. Empalidece, mas nada retruca. Por agora o que o empolga é a guerra. A guerra contra Jacobo de Giorgio. Saulo Pontes deixa-se arrastar pela correnteza, murmura ao ouvido de Cléber Da Veiga:

— O roto falando do esfarrapado...

— Não ouvi nada... — responde Cléber sobre quem Julião exerce escancarada atração.

16 de abril

Getúlio é floridamente recepcionado na ABI, quando nova sede se inaugura, grandiosa, até bonita, e para a construção da qual muito concorreu com favores e decretos-leis de aparente mão beijada, amigo que se diz dos jornalistas, como amigo se alardeia dos artistas, para quem já concedeu uma lei de cobrança de direitos autorais, que é um maná para a sociedade que a executa. Fez discurso e recebeu discursos, tudo sobre o papel da Imprensa! E o que aqui sucintamente se anota não é uma efeméride — é uma autópsia. Que poder-se-á esperar de cadáveres vivos?

17 de abril

O salão de Susana, que já só vivia de expedientes e baixos truques sociais e pseudoculturais, parece que vai fechar para balanço, como opinou o gracioso José Nicácio após o bafafá. Agarrou-se ela com unhas e dentes ao caso Jacobo — que, como diz o aludido humorista, é o caso Dreyfus dos pobres —, certa de que revitalizaria os serões de tão pouco comparecimento e moribunda conversação. Duma inocência que toca a imbecilidade, forjou o pueril plano de discutir a questão, em sessão aberta, com imparcialidade e elevação! Convocou gente com insistência e pretendeu transformar o ambiente das suas desenxabidas torradas em tribunal, com hipotéticos promotores, advogados, juízes e corpo de jurados. Falhou ou, como disse ainda José Nicácio, caiu de quatro! Os contendores, indiferentes à nobreza das togas e aos sagrados princípios do Direito, rapidamente se azedaram, como acontece com as discussões sobre futebol. Palavras, só cabíveis na boca dos moleques da rua e nas inscrições de privadas, foram ouvidas naquelas recatadas paredes.

O incrível acontece. Gasparini não fora convidado. Susana o estima muito, considera-o "um doce", socorre-se da sua medicina toda vez que as suas mazelas não requerem a assistência de um grande nome, mas positivamente não o considera um intelectual. Gasparini, porém, estava com José Nicácio e com este apareceu para ver a bagunça que sairia. E a bagunça saiu e foi ele que a desencadeou. Ora, até que o arrojado facultativo não vai à missa de Jacobo. Enjoou-se, porém, com a vileza do que assacavam contra o ausente bode expiatório de tantos complexos recalcados:

— Vocês não chegam ao chulé do Jacobo, isto é o que é!

Ribamar Lasotti rebateu:

— Você é um ignorante!

— Ignorante é você, seu pulha, seu merda, seu veado duma figa!

O romancista tentou devolver-lhe as ofensas e Gasparini uivou:

— Se abrir mais a boca vou te quebrar os cornos, seu filho-duma-puta!

Ribamar simulou reagir e Gasparini, sem titubear, desfechou-lhe tal murraça nas trombas que o atirou fora, na varanda, ensanguentado e nocauteado. Susana caiu para outro lado com um faniquito. A velhota aloprada lembrou-se de gritar:

— Aqui-del-rei!
Houve risos. Os Mascarenhas petrificados estavam. Gasparini ainda deu uns encontrões complementares na turma anti-Jacobo e Ribamar foi levado, nos braços dos partidários, para a farmácia mais próxima. Na farmácia não puderam fazer grande coisa, tiveram que chamar mesmo a Assistência — estava com o nariz quebrado.

18 de abril

Virtualmente internado todo o corpo diplomático em Londres. Suspenso o inviolável direito de correspondência aos 43 representantes estrangeiros ali sediados.
— Não há memória de tão severas medidas em qualquer parte do mundo desde o Congresso de Viena, em 1815! — assevera Jacobo de Giorgio.
— Não é preciso ser muito arguto para se concluir que estamos em véspera de grandes acontecimentos! — diz pausado, meio acaciano, Saulo Pontes.
E com isto houve uma trégua no *affaire* Jacobo, que tem sido o prato dos serões naquela casa austera.

19 de abril

Aniversário de S. M. Getúlio I, o sorridente. Luminárias.

20 de abril

Resisto bravamente ao filme *O fantasma da Ópera*, que está fazendo um sucessão e que empolgou o asinino Oldálio Pereira:
— Não, morena. Tem dó!
— Todo mundo diz que é ótima.
— Mais uma razão para não ir. — Acode-me a brincadeira de Jurandir e seu Valença e exercito-a: — "O fantópera da Asma"!
Júlia ri:
— Essa é fina!

Explico-lhe a origem do jogo, dou-lhe exemplos, recebidos com colegial hilaridade e encômios ao gênio galhofeiro de Jurandir, acabo por perguntar pelo irmão. Não tem sabido dele, passa dois, três meses sem escrever:

— Rico é assim. Não dá notícias. — Mas corrige: — Não esquece, porém, de mandar a mesada. Com pontualidade inglesa. — Põe-se séria: — Sem ela a vida lá em casa seria apertada.

— É uma boa-praça!

— Sempre gostou de você. Te admirava muito. Achava você um tipo batata, uma pessoa com quem se podia contar.

Vem um leve remorso:

— Que sabe ele da sua vida?

— Que é que pode saber? Quase não me vê. — Fez uma pausa: — Talvez adivinhe. Jurandir não é boboca.

21 de abril

Não vou visitar Ribamar. Conserte o nariz e o caráter. É muito safado! Levou seu corretivo, não sei, porém, se dará frutos. Em contrapartida promovi, neste ex-feriado, uma macarronada monstro em homenagem a Gasparini, amigo exemplar e denotado torcedor do América. — Já Susana é bom caráter e tachá-lo de adamantino não seria adjetivar demais. Se não deu inteira razão a Gasparini, perdoou-o totalmente. Os Mascarenhas é que o acham um selvagem! Mais ainda — um doido perigosíssimo!

22 de abril

Sebastopol aguarda a hora final da sua libertação. — Algemado estarei?

23 de abril

Eurico, o sumido, telefona: tem andado muito abafado e por tal razão é que não aparece; ganhara uma boa gratificação depois do balanço e comprara uma bicicleta, agora só ia à praia peda-

lando — era um ótimo exercício; Eurilena estivera doente — amigdalite, amigdalite puntácea — mas já arribara e não queria fazer operação; Lenarico brilhava no colégio, o primeiro da classe, o ídolo dos professores!
Penso suspeitosamente em Emanuel. Guardo uma pergunta para Gasparini: — Há amigdalite puntácea?

24 de abril

Criado o Fundo Monetário Internacional. Preciso saber que geringonça é esta. Muleta ou cutelo? Hilmar Feitosa, o economista, será inquirido com as devidas ressalvas.

25 de abril

Os ecos da peidorrada:
— Você não é amigo do tal Jacobo de Giorgio? — pergunta Júlia.
— Sou — e fiquei de orelha em pé.
— Que grossa encrenca é esta em que ele está metido?

27 de abril

Jacobo de Giorgio delirou com o punhetaço de Gasparini.
— Canalhas!
Mas não adianta rilhar os dentes, raivoso, sofrido. São terríveis os adversários, com ou sem as fuças amassadas — reconhece-lhes a força, sente-se algo impotente! Expulso é que não será, os papéis de naturalização estão em ordem, há amigos graúdos se mexendo — nem só inimigos têm os homens. Mas só passará o fogaréu desmoralizador por exaustão quando o capim seco do campo for todo queimado. Ainda falta um restinho da abjeta coivara.
— Canalhas! — insiste.
Emagreceu, é uma pilha de nervos, mais agressivo se torna, reação talvez salutar e que me provoca ainda mais a vontade de agradá-lo, de prestigiá-lo, de ostensivamente citá-lo.

28 de abril

Ajustáramos o coquetel na embaixada, Júlia adorou o convite e apareceu vibrantíssima com um cogumelo amarelo na cabeça.
— Santo Deus, que troço estranho!
— Estás aí para dar o teco? Coquetel é com chapéu.
— Não ponho dúvidas. Mas este está um bocado extravagante.
— Tiro? — e olhava-me desconsolada.
— Não — decidi, tomado de frouxidão.
— É emprestado... Achei-o tão bacana — sussurrou.
— Talvez não seja tão feio — enterneci-me.
Quem acreditará que Júlia tem cheiro de azeitona verde?

29 de abril

Aproximadamente 50 milhões de pessoas, que se encontravam nas ilhas Britânicas, ficaram isoladas do mundo exterior à primeira hora de hoje, quando todas as viagens para o estrangeiro foram suspensas por força de um dos mais drásticos decretos promulgados pelo governo inglês contra a espionagem.
— Antes já todos os serviços diplomáticos, sem exceção, haviam sido rigorosamente postos em isolamento. São indícios de que se aproxima, afinal, a hora da invasão da Fortaleza de Hitler — e quem o diz é Marcos Rebich com uma agitação de repórter.
— Parecia que nunca mais se resolviam! — e Godofredo Simas gesticula, encostado à mesa da redação.
— Houve um atraso obrigatório e um atraso proposital... Mas agora chegou a hora da onça beber água.
— O mundo é complicado!
— Complicadíssimo!

30 de abril

Mais um abril de guerra se encerra. (Guerra no mundo e guerra em nós — reflete o espelho.) A qualquer momento pode ser a invasão — a qualquer momento! E isso já é mais do que alento.

1º de maio

Getúlio, por própria iniciativa, altera a praxe do Dia do Trabalhador e fala de São Paulo, o estádio do Pacaembu repleto, porquanto após a falação havia futebol com os portões abertos — muda-se o cenário, mas, como a falta de imaginação dos funcionários da propaganda é um fato, o cardápio é o mesmo.

"A luta pela emancipação do país está iniciada com a indústria de base..." — anuncia com os microfones ligados para todo o Brasil. Não chega a ser embuste, não é realmente, apenas exagero, afinal um forninho em Volta Redonda, arrancado às duras penas, como se diz em linguagem turfista, não seria motivo para roncar grosso. E melhor fora que ficasse calado — para que a precipitação de falar em emancipações? Quem brinca com fogo, amanhece queimado — é dito sempre lembrado de Mariquinhas, adotando variante menos diurética e mais compatível com a sua escrupulosa limpeza de linguagem. A guerra está no finzinho — o rabinho do porco é o mais difícil de esfolar, mas acaba por ser esfolado. E, serenados os canhões, não nos iludamos, vão se voltar contra nós, nova e quase imediatamente, ávidos dos mercados que voluntariamente abandonaram pelo mercado mais rico e próximo da guerra, os trustes internacionais tão terríveis quanto os canhões, que são, aliás, uma invenção deles — que petulância é esta sul-americana de pensar em emancipação econômica?

Em todo caso, descontada a imprudência, é uma boa pedida, uma pedida que colocará Getúlio simpático em certas áreas que até agora lhe têm sido hostis. Se pega... E há ainda a mirabolante mágica de tirar o escondido petróleo da algibeira do colete. De tal prestidigitador tudo se pode esperar para permanecer no palco, conquanto duvidemos de que os secretos arrendatários do teatro deixem-no funcionar com mágicas desse tipo no programa.

2 de maio

O circunspecto Saulo Pontes:
— O futebol é o ópio do povo.
Que Gasparini não o ouça!

3 de maio

Durante 42 horas, 7 mil aviões derramaram sobre a Europa ocupada 8 mil toneladas de bombas de mortífero poder. Tal lençol de chamas, implacável e desmoralizante, é nitente preparação do terreno para a invasão, avalancha de que ninguém mais tem dúvidas. Mas o mais positivo sinal de que as coisas vão isotropicamente mal para os nazistas é o fato de a Espanha, que já vinha se esquivando às conversações hitlerianas, oferecer garantias aos Estados Unidos e à Inglaterra! O general Franco, com a sua cara de turco, concordou em expulsar agentes do Eixo, com o fechamento do consulado alemão em Tânger, a última agência de informações que ainda tinha o Reich na África, como concordou com a libertação dos navios italianos internados em águas hispânicas e em submeter à arbitragem o caso dos vasos de guerra italianos igualmente internados!
— O que não se sabe é o preço que cobrou... — adverte Aldir.
— Mas tudo faz crer que o franquismo perdurará... E assim as democracias sustentarão um totalitarismo tão cruel e deprimente quanto o que vão derrubar, tudo por querer frear o colosso das estepes, que vai sair muito engrandecido da atual refrega. É impressionante a vileza do xadrez político!

4 de maio

Como exibo gravata preta, Marcelo Feijó (de gravata escocesa) me interpela, o olhar amolecido pela pinga:
— Perdeu alguém?
— Algumas ilusões — respondo.

5 de maio

— Morre uma ilusão? Nascem duas... (O espelho.)

6 de maio

— Que tem a mulher do Hilmar Feitosa?
— Eu disse que era uma gastralgia, com ameaça de gastrectasia.
— E ela está com isso mesmo, Gasparini?
— Não. Ela não tem nada. Absolutamente nada. É puro chiquê. Quem não faz nada, inventa achaques. Mas se eu dissesse que não tinha nada, ela não acreditaria, me acharia uma besta chapada e iria imediatamente a um colega, que lhe arranjaria uma doença qualquer e me descascaria por cima. Doenças não faltam e colegas espertos também... Colegas e economistas...
— E escritores...
— Exatamente. Mas, voltando à vaca-fria, prendi-a com a gastralgia e a ameaça de gastrectasia para reforçar. Preconizei para a elegante e sensível dama uma dieta inócua, porém complicadinha, o que, para desocupados crônicos, sempre é um servicinho. Receitei-lhe uns remédios que não servem para nada, mas que não matam e que são caros. Remédio caro é ótimo! Ela, aliás, já me informou que está melhor... A leitura das bulas, que é um belo vício dos doentes imaginários, deve ter ajudado bastante. Meu velho, boa garrucha não nega fogo!
— Charlatão!
— Não, mil vezes não! Defesa da minha reputação. Nem precisa fazer esta cara sardônica. Não estou traindo meu juramento profissional. Caso incurável eu afronto. Você sabe que eu afronto. Mas das frescuras eu me defendo.

7 de maio

Tenho lido pouco, que o tempo se tornou estreito para a leitura, mas o pouco é de tal qualidade que compensa. E quando digo "lido", entende-se que o "relido" está incluso. Reler é a sabedoria de quem lê.

8 de maio

— "Senhorita Júlia!" — brinco, tomando o braço encasacado. A aluna, que na História do Teatro não chegou ainda a Strindberg e cujo aproveitamento me parece modesto, não compreendeu:
— Ex...
Na longa espera, conversara com Ermeto Colombo sobre a dramaturgia moderna. Conversara é um modo de dizer — torrencial e feminil, fazendo-me invejar o nível médio da cultura europeia, mal me deixara encaixar uns míseros monossílabos. Concluí que maravilhoso seria escrever uma peça da qual não se tirasse nenhuma moralidade!

9 de maio

Artilharia ligeira:
— Há o telescópio, o microscópio, o periscópio, e há o Martins Procópio, com o qual a gente não vê nada. (Gustavo Orlando.)
— Não esqueçamos o retoscópio com o qual a gente vê o Gerson Macário. (José Nicácio.)
— Osório D'Othon anuncia uma biografia de Vargas... Tenho o palpite que não chegará a publicá-la... (Débora Feijó.)
— Que sutileza gasta o Adonias Ferraz para não dizer nada! (Ribamar Lasotti.)
— O amor que Antenor Palmeiro dispensa à vida literária é exatamente proporcional ao seu desamor pela literatura. Pode-se por aí avaliar o quanto é imenso! (João Soares.)

— O Antenor Palmeiro está dando bananas para vocês. Frondosíssimas bananas! (Luís Cruz.)

— Júlio Melo me escreve estranhando não responder aos constantes ataques do subcrítico no seu rodapé de asnices. Será possível que ainda não se compreenda bem que há certas pessoas sem o direito de resposta? (Lucas Barros.)

10 de maio

Menos um baluarte — Sebastopol tomada de assalto! Também de assalto foi tomado o coração de Pérsio Dias — menos um paroquiano. Aldir, o "dr. Sabe-Tudo", é o único da roda que conhece a gentil assaltante. Um biscuí! — garante.

11 de maio

Carta de Francisco Amaro: "Até já é sem-vergonhice minha reclamar o seu sumiço, sumiço que Turquinha já toma como afronta. Se Guarapira é penosa para a sua exigente pessoa, bem poderia telefonar ou escrever. Mas a ojeriza telefônica impede e pegar na pena você não se digna para uma linha que seja, por meses e meses, perdi a conta, estendendo aos amigos o desprezo pelo indigno povoado. Não creio que precise me pôr de joelhos aos seus gloriosos pés para merecer notícias suas, que só me chegam pelos jornais. Convenhamos que seria exagerado. E Luísa, como vai ela? A luta aqui tem sido bravia, há dias que fico quase maluco. Papai faz o que pode, mas não pode muito, você sabe, e Assaf atrapalha mais do que ajuda. Mas ao fim e ao cabo, vamos tocando o bonde e em casa a criançada vai forte, sem precisar de remédios, como é de sua mania, e isto é o que mais se deseja. O novo pavilhão da fábrica de algodão ficou pronto. Está bem, sem ter ficado cem por cento, mas perto do que se fazia aqui está ótimo! Estou agora pretendendo construir um grupo de casas operárias; como queria que ficasse uma obra decente, escrevi ao Aldir que prometeu cuidar da planta. Pediu detalhes, que mandei. Ele te disse alguma coisa? Sabe se está fazendo? Desculpe a aporrinhação, mas indague como se fosse curiosidade sua. Comprei uma batelada de livros, mas não li praticamente nenhum. E Jorge, tem aparecido? Tem ideia de quando é que ele vai? Dona Idalina continua chorando como bezerra desmamada. Garcia me escreveu, contou umas lorotas, mas parece que de filho até agora nada."

Resposta: "Sua indócil carta de 2 chegou a 11, oh! admiráveis serviços postais! Antes de mais nada repudiemos em toda a linha a sua invencionice — o complacente coração de Turquinha, que o nobre Assaf tão belamente burilou e ornou dos mais resplendentes dotes morais e possivelmente cívicos, jamais tomaria como afronta a minha ausência, mesmo longa, desta cidade que tem como apanágio a cultura, o trabalho e a honradez dos seus ditosos filhos! Conheço este caráter impoluto, esta alma sem jaça, mãe amantíssima e esposa exemplar! Seria incapaz de admitir como afronta aquilo que não é mais do que impossibilidade reconhecível até por idiotas. E, dito isso, apresento meus parabéns efusivos pela saúde da criançada, que redunda em economia na farmácia, pelo novo pavilhão e pelas casas operárias. Aldir me falou por alto nelas, nada mais disse, também não perguntei, mas quero crer que esteja trabalhando no projeto com a sua proverbial e competente lentidão. Vou sondar a quantas anda a encomenda e disfarçadamente apertá-lo para que te escreva e assim serene o seu aflito peito de industrial progressista. Jorge não tem dado as caras, nem sei em que pé anda a partida dos nossos heróis — são segredos militares! Mas do jeito que vamos, devem comparecer para a parada da vitória, o que seria melhor para os brasileiros em geral e para as donas Idalinas em particular. Se Garcia, que não me tem escrito, tome nota, ainda não pôde apresentar ao registro civil um herdeiro das suas qualidades e dos seus pobres bens terrenos, não creio que seja por deficiência varonil, como da sua entrelinha se deduz. Para ser-se macho não é obrigatório ostentar meia dúzia de filhos, até que há muito machão estéril! Quanto às notícias minhas que dão os jornais, não são precisamente as que eu gostaria ou mereço, mas também não dou o menor passo para modificá-las."

13 de maio

Lido pouco, mas amado muito!

14 de maio

Como homenagem às Forças Expedicionárias, uma partida internacional de futebol! Resultado: brasileiros 6, uruguaios 1...
Aldir, que não é um fervoroso frequentador de arquibancadas, considera:
— Talvez não se trate duma tarde inspirada das cores verde e amarela, mas duma gentileza do nosso inimigo nº 1 futebolístico. Não custa ser cavalheiro no campo esportivo, quando quem vai para o campo de batalha é o adversário.
Já Gasparini olha as coisas do mundo do futebol com óculos de baeta preta:
— Comemos a bola!

15 de maio

Dou uma vistoria na gaveta das fotografias. Há um envelope dedicado a Gasparini. Lá está no time colegial, dentes à mostra, taludo, pescoço taurino, ajoelhado, meias caídas, as chuteiras amarradas com atilhos suplementares — não comia a bola... Mas conscienciosa e infatigavelmente não parava um instante, correndo o campo todo, entrando com cavalar vigor nos adversários, reclamando dos companheiros a apatia, o medo, as pixotadas, reclamando do juiz faltas reais e imaginárias, enguiçando com os bandeirinhas, enguiçando com assistentes, indo às vias de fato com os desabusados. Lá está no ambulatório da rua General Severiano, onde funcionara como vacinador, cantando quanta vacinanda desse trela. Lá está, riso franco e avental acima dos joelhos, encostado a uma palmeira do Hospital São Sebastião, de que foi interno por dois anos e ídolo das freiras! Lá está no biotério do Instituto de Manguinhos, com uma enorme seringa, em atitude frascária de quem vai enfiá-la no cu de um colega. Lá está, numa praia de Paquetá, sorriso malandro, atracado inconvenientemente a Nilza, então apenas uma aventura no mundo da enfermagem. E, com o perdão da anáfora, lá está no jardim do Trapicheiro, alegre sempre, sustentando Vera, que deixava de engatinhar.

16 de maio

Outra exposição de Laércio Flores, seja, a insistência do falso primitivo com coloração poética. Cerca, modesto, os visitantes:
— Perdoem o pobre cabeça-chata...
É a sua enjoada maneira de não esconder a vaidade. Martinho Pacheco finge admirar muito. O embaixador, britanicamente elegante e cuja única obra em trinta anos de atividade intelectual e glorioso nome é um manual de coquetéis, com ilustrações de Picabea, nostálgico da sua querida Londres, passeia pela sala o seu encantador *spleen*. Mário Mora pendura nos lábios grossos um sorriso de bonzo, lança olhares nada furtivos ao exuberante colo de Gina Feijó, radiosa como uma estrela. Venâncio Neves tomou nota:
— Entra na quinta semana a ofensiva aérea de pré-invasão...
Nicolau, presente, desanca Zagalo. Júlia arrulha nos meus ouvidos:
— Parece desenho de criança, não é?
Reassumo a cadeira de professor:
— Vou te explicar...

17 de maio

— Cansada da explicação?
— Não. Maravilhada!
— Ou exagerada, ou hipócrita.
Júlia ri. Mais fáceis e deleitosas de explicar, e mais prontamente assimiláveis, em lições sem horário e sem sineta, são as posições descritas com requintada e litúrgica minúcia no imortal Kama Sutra, com margem a inumeráveis variações pessoais, dependen-

tes exclusivamente de engenho e arte de cada um. A cama turca, no apartamento da amiga, adaptado sem-cerimônias às exigências didáticas, é quadro-negro perfeito, que não necessita de esponja para apagar o teorema demonstrado com incandescente giz e se passar a outro mais eroticamente intrincado.

18 de maio

A esportiva homenagem prestada no Rio repetiu-se em São Paulo — brasileiros 4 a 0! —, como se fosse a disputa, com turno e returno, dum torneio de amor continental e repúdio ao niponazi-fascismo. Quando executam os hinos, a assistência fica de pé, comungando patriotismo e fraternidade.

19 de maio

Para que passe a grandiosa avenida Presidente Vargas, primeiramente derrubaram a igreja da Imaculada Conceição e a de São Domingos; nem os católicos reclamaram muito, nem a Cúria, eles crentes de que se tratava de progresso, véu para tanto descalabro, ela satisfeita com os bagarotes das desapropriações, no fundo, um dez réis de mel coado. Agora, pouco adiante, outras duas velhas igrejas desaparecem vítimas dum vandalismo que poderia ser evitado: a de São Pedro Apóstolo, redondinha, com paredes largas de dois metros, argamassadas a óleo de baleia, e a do Bom Jesus do Calvário, duas vezes secular e que muito aparece nas *Memórias de um sargento de milícias*.

Não adianta reclamar contra a transformação grosseira e desnecessária da fisionomia da cidade, da minha cidade — os poderes são surdos. Vou de passo triste para as ruínas como quem visita um morto. Vou sozinho. Os operários arfam no meio da caliça. O montículo de tijolos parece um túmulo. Bom Jesus do Calvário, perdoai! A escada de pedra que conduz à torre do sino, curiosa obra de alvenaria, escada livre, ousadamente suspensa sobre o vácuo, guarda ainda a marca dos pés dos sineiros que, através dos anos, por ela subiram. Sólida, granítica, destemerosa, resiste ainda como um protesto! Mas os operários não param.

20 de maio

Visita-nos novamente o Original Ballet Russe, do coronel De Basil, que tem muitos fãs na praça. Gerson Macário é exigente:
— Não é tão original assim...
Mário Mora fixa-se nos cenários:
— Estão uns farrapos... Farrapos da *belle époque*...
Ermeto Colombo é entendido:
— É o academicismo móvel...
Júlia acha tudo lindo, maravilhoso, e já quer trocar o teatro pelo bailado. Nem penso em argumentar — Catarina está dançando na minha retina sem música e sem véus.

21 de maio

Era uma dança antiga a que dançávamos, dança que os novos pés, iconoclastas, expulsaram a chutes dos salões — nem há mais salões! Azul era o vestido de tule no joelho, azul era o véu que mal escondia o colo perfumado, a flauta em fioraturas, e no alado rodopio íamos como se no céu bailássemos.

Ofegante parou, nos olhos a revelação que me escapava — Catarina, Catarina!

22 de maio

— Lucas Barros é indigesto... Haja pepsina! (Saulo Pontes.)
— Não está agradando muito como crítico porque não se coloca a serviço de nenhum partido, ou de um grupo, que por sua vez o apoiaria... Não faz parte da tradicional contradança, ou melhor, dança ao som da sua própria requinta... (Adonias.)
— Tire a máscara! Você diz isso porque ele te elogiou. Tivesse te baixado o pau e você estaria bufando no grupinho dos descontentes. (José Nicácio, provocador.)
— E você é mal-agradecido. Outro dia ele te chamou de vibrante jornalista... (Adonias.)

23 de maio

Morre João Alphonsus em Belo Horizonte. Não foi surpresa — estava condenado; mas feriu-me o laconismo do noticiário. Reconhecido apenas pelos raros, tal como seu pai, viveu apagado na corrida literária, que requer caradurismo e audácia. Quando começará a sua vida de grande escritor?

24 de maio

Outro e grande desfile da Força Expedicionária ao compasso, entre marcial e suburbano, do "Nós somos da pátria a guarda..." O entusiasmo popular tem crescido a cada aparição, mas Adonias reprova:

— Já está ficando chato... É uma mania nacional repetir as coisas até à sensaboria, à vulgaridade, até torná-las vazias, insuportáveis!

— Não será manobra psicológica para elevar a moral do povo, para animá-lo, para prepará-lo para a partida dos seus soldados?

— Que psicológica! Bestialógica, isso sim! Se saírem mais duas vezes ninguém parará para vê-los. Ninguém! E acabarão motivo de piada.

Mário Mora já soltara uma:

— São as loucuras de maio...

25 de maio

Outra palestra comprida com Ermeto Colombo, que anda muito ligado a Gerson Macário, descobrindo nele um grande talento de teatrólogo:

— Sutil, muito sutil... Capaz de abordar grandes temas. O que precisa é ser orientado. Não ter teatrólogos é um sério problema do atual teatro brasileiro. E já os teve. Não admiráveis, mas bem superiores aos que medram por aí. Os melhores escritores não se interessam, como se o teatro os diminuísse. É urgente despertar-lhes o interesse. Urgentíssimo! É inadmissível apelar-se somente para os autores estrangeiros se quisermos peças de qualidade.

Mostrou-se horrorizado com o que acontece a Jacobo de Giorgio e, sem que se atreva a dizê-lo, teme que a borrasca de lama e enxofre acabe alcançando-o também. Indiretamente dissuadi-o e telefonei a Jacobo perguntando-lhe, disfarçadamente, se tem visto Ermeto Colombo.

— Não — respondeu. — Há quase um mês que não o vejo. Não tem aparecido. Acho que está muito ocupado.

— Com o teatro ou com outra coisa?

— Provavelmente com outra coisa...

26 de maio

Comecei a noite com Cab Calloway, Dinah Washington e Billie Holiday — grave, atenta, Luísa escuta e fuma. Terminei-a sob os olmos de Eugênio O'Neill, o *hi-de-ho* de Cab me perseguindo.

27 de maio

Na Itália as vitórias prosseguem malgrado a teimosia germânica aliada à insânia de Hitler. — O general Eisenhower inspeciona as forças de invasão na Inglaterra, o que é um aviso para os nazistas. Mas pode-se confiar no general americano, que jogava rúgbi? — E o soldado raso Jorge Assaf apareceu com modos de quem veio obrigado por pito guarapirense. Está mais corado, mais nutrido, músculos e não gordura, que a dieta americanizada do quartel vai apresentando concretos resultados para humilhante decepção dos másculos defensores do feijão com farinha. Mas quem quiser saber de alguma coisa do batalhão, pergunte a outro. E sobre isto as opiniões se dividem: Luísa acha que é atraso mental; Gasparini afirma que é um caso de autodefesa e Aldir, endossando Gasparini, considera tal desinteresse como uma das características da geração.

28 de maio

Para Lúcio, que passa o dia inspecionando a geladeira, a fruteira, as latas de biscoitos, comer é um prazer — gosta de tudo; para Vera, que não gosta de nada, um mortal sacrifício, e só pelo temor, de castigo ou ralhação, raspa o prato já frugalmente abastecido — pudesse e largaria tudo quase sem tocar. Ele é lerdo, caladão, ensimesmado; ela, a lambisgoia, é tagarela, movediça, arreliante; mas um imponderável denominador comum, que não vem do sangue, que não vem da educação, nem de métodos pedagógicos, composto até de aparentes contradições, os une e iguala, impondo-lhes múltiplos reflexos peculiares, condicionando-os para certas idênticas reações. — Claro que cada geração tem as suas marcas estabilizadoras. Mas os impactos, agora, temos que reconhecer, vão sendo infinitamente mais brutais, mais complexos e mais acelerados, quando a natureza humana, no fundo, é a mesma. Que pensar da resistência de panelas iguais, ou quase iguais, se tivessem de suportar pressões diferentes? — E assim poderei entender o procedimento infantil de Vera e Lúcio? Óbvio que não. Falta-me uma experiência geral, além dum tato particular. Em suas cabecinhas se agita um milhar de coisas que a minha meninice não conheceu, não enfrentou, um milhar de coisas conflituosas inventadas ou fomentadas pelos adultos. — E talvez uma dolorosa verdade: os filhos são problemas que não gostamos de resolver.

29 de maio

Comecei a noite com Lamartine Babo, Sinval Silva, Ataulfo Alves, Ismael Silva, Nássara e Wilson Batista — noite de integração da qual Luísa participa, cantarolando. Terminei-a com Alfieri — Orestes, Orestes!

30 de maio

De Garcia: "... A morte bem podia ser sem sofrimento. João Alphonsus sofreu, e sofreu muito! Éramos bons camaradas; as cidades menores como que aproximam mais os homens. Herdara, do precedente espasmo, a cicatriz de um esgar sarcástico no canto da boca, frequentava a roda com intervalos determinados pelas obrigações funcionais e das periódicas e obrigatórias andanças pelo interior, muita vez léguas e léguas em lombo de besta, trazia boa safra de apontamentos para a sua literatura de pouco deságue no pântano federal. Um recolhedor de pedras preciosas por lapidar. E como as lapidava!"

31 de maio

Penso bastante para responder: "As cidades menores também aproximam mais os homens de Deus!"

1º de junho

Não me furto ao repórter, que desembaraçadamente elogia:

— O senhor tem um apartamento muito agradável. Que sossego! Esse Rio é surpreendente! Parece que estamos na serra, em plena Petrópolis...

— Bem, a ladeira é de montanha...

— Sim, é puxadinha. Mas não me amedrontou. Tenho boas pernas.

Jornalista também, embora apagado, sem vocação, nem entusiasmo, mas sabedor da miséria que ganham e das dificuldades que encontram, tomo como ponto de honra a eles não me negar. Alguns convenhamos que abusam, reduzindo o trabalho de entrevistadores a deixar uma lista de perguntas que, de meu punho, respondo, e até cavucando, matéria que estampam depois com a garantia dos seus nomes e, quanta vez, sem ao menos um modesto e pundonoroso nariz de cera do signatário.

É pachola, elétrico e com o mérito da pontualidade o rapaz, lutando com a mecha castanha que a todo instante invade os seus olhos inquietos e simpáticos. Veio saber o que acho da invasão.
— Da invasão? Que posso achar?
— Modéstia...
— Verdade. Quem teve a ideia de lhe mandar me procurar?
— O secretário da redação. Me deu uma relação de escritores. Estou começando pelo senhor...
— É muita honra...
— Honra foi a minha conhecê-lo pessoalmente. Conhecia-o muito de nome.

E respondo num chorrilho de besteiras, naturalmente, besteiras otimistas, porém, respondo — não perdeu seu tempo o jovem colega "que-só-me-conhecia-de-nome", como seria a piada de Adonias, muito pouco requerido pela reportagem, se eu lhe contasse o caso.
— Doroteia Cabral? Que graça! Onde foi arranjar esse nome?

Cauteloso, evito comunicar que considero homens e cães num mesmo plano de estima e respeito, respeito que começa pelo nome:
— Homenagem a uma personagem, também canina, do Antônio de Alcântara Machado.
— Ah!

Pela exclamação constato que o açodado informador do público não sabe quem é Antônio de Alcântara Machado. Não faz um mês, e outro, mais apático, mais esquálido, mais apoucado, desconhecia quem fosse Stendhal, e tive de ditar o nome letra por letra... Quem é que estes jornalistas conhecem?

2 de junho

O transatlântico *Serpa Pinto*, habitual do nosso cais, onde é invariavelmente recebido pela colônia lusa com lágrimas de cortar o coração, foi interceptado — um tiro de canhão e sinais luminosos — por um submarino nazista, alta hora da noite, em pleno oceano. Revistado, esperou ordem de Berlim para prosseguir viagem, e não esperou pouco. A ordem, afinal, veio... Viva Portugal! E viva Salazar!

3 de junho

Ouvido de Lucas Barros:
— Toda obra de arte há de ser essencialmente socrática, isto é, conter mais questões do que respostas.
— Duros tempos em que a biografia se rebaixa até um Zweig, em que o romance chega à falsificação de um Cronin!
— Da minha ação de crítico gostaria que, pelo menos, uma lição fosse transmitida: a de que a crítica não é adjetivo, mas só interpretação e julgamento. Entre nós, a luta mais forte que um crítico tem de sustentar é a luta contra o adjetivo. Gastam-se aqui tantos e tantos adjetivos que eles acabam perdendo todo o seu valor e a sua significação.

4 de junho

Quebradas as defesas alemãs ao sul de Roma. Os Aliados já avistam a olho nu a Catedral de São Pedro.
— Afinal não é uma arquitetura lá para que se diga!

6 de junho

INVADIDA A FRANÇA!

7 de junho

Na baralhada das lacônicas notícias: o desembarque se faz ao longo de 100 milhas da costa normanda. A confusão me toma — milha inglesa, milha marítima, milha náutica, a nossa velha milha? Aldir, esfuziante, esclarece:
— Milha inglesa, romancista!
— Quanto mede uma bendita milha inglesa, sabichão?
— 1.609 metros.
São 160.900 metros de liberdade abertos no coração! Gasparini é um colegial feliz a se espojar no asnático:

— *Libertas quae sera tamen!*
Nas ruas, vibrante, jubiloso, carnavalesco, o povo se solta pelos 160.900 metros de comportas rompidas. Um desaguar de esperanças! Uma enchente de bandeiras! Um dilúvio de discursos!
— Se não fosse naquele dia, teria sido hoje, Júlia!
— Engraçadinho!

8 de junho

Os alemães vão deixando Cherburgo, cujo porto se estorce sob o canhoneio. E sabe-se que existe um novo dia e uma hora para se incorporar ao Tempo — Dia D, Hora H!

9 de junho

A guerra, que já enfastiava Adonias, voltou a empolgá-lo. Aparece encapotado, garrafa de uísque debaixo do braço:
— Copos e gelo, morena! — grita para Luísa. — Água não. Vai puro. Água dá sapinho!
Seu entusiasmo contagia. É uma alegria ouvi-lo falar em "cabeceiras-de-ponte". Faz questão de se inteirar das últimas radiofônicas. O telegrama é extremamente simpático: "... as forças de libertação estão a 148 quilômetros de Paris." Um pulo! José Carlos é sensato:
— Não vai ser rápido. Alemão é duro na queda...
Adonias não toma o menor conhecimento do alegado, nem ao menos emite o seu conhecido olhar de compaixão. Mas o pequeno espasmo me estremece o peito — será que ainda numa reviravolta... Não!
— Não chame o azar, José Carlos!
Falei de corda em casa de enforcado — o inveterado jogador gemeu:
— Já está comigo. Tenho andado numa caguira... Não acerto uma!

10 de junho

Lídice! Exatamente há dois anos a pequena aldeia tcheca foi arrasada pelos nazistas duma maneira que Átila não faria melhor — tijolo ou vida, nada ficou de pé. E será inaugurada, no estado do Rio, a Lídice brasileira, pérola que se junta ao colar de Lídices que se vai enfiando no mundo — há Lídices nos Estados Unidos, no México, em Cuba, na União Sul-Africana, no Canadá... Haverá discursos e haverá demagogia. Não importa — acima de tudo haverá amor! Que posso mandar eu, se impossível é a minha presença? Uma rosa! Rosa branca, anônima, sem espinhos, de imarcescível perfume — rosa do meu Trapicheiro!

11 de junho

Rosa que sobrou do vendaval, rosa murcha, rosa sofrida, é Susana, sob o halo do quebra-luz de seda e franjas, espetadinha na conversadeira de peroba-rosa e desgastado estofo florido, provavelmente a última conversadeira existente no Rio de Janeiro e que Adonias inveja como um desvairado. Deu um pulinho de passarito assustado, atirou-se para mim:

— Você! (Era um grito de gratidão que se traduzia: — Não me abandonou!)

Como seria possível? — os meus elos não se quebram facilmente, de duro e inoxidável metal. Na passeata sem destino, o ar da noite refrescando os pensamentos turvos, fui me virando insensivelmente para o desfeito salão, mas permanente estuário de amizade. O gradil é alto e inviolável — parei —, era ali o portão do mundo antigo... Entrei, abafando a sineta, como um bom gatuno, um gatuno que não viesse roubar, mas oferecer, surpreendi-a:

— Você!

Não passou um minuto:

— A nossa França salva!

Por encanto da fada Morgana, seus pruridos nazistas, fomentados pela parentela, se esvaeceram. Crê que tudo voltará ao que era dantes, uma França intacta, que a educou mental e costureiramente, com o que tinha de mais fesandê, tornará a reinar nas suas ideias e nos seus vestidos, perfumará seus lenços e suas mãos, que nunca trabalharam.

— A sua França morreu, querida! — gostaria de lhe gritar e bem alto. Mas contenho-me — há almas incorrigíveis. Susana morrerá como nasceu, deliciando-se com os romances de Feuillet, inebriando-se com as poesias de Paul Fort, embalando-se com as melodias de Chaminade. E limito-me a abraçá-la com ternura: — Pois é... Custou, mas foi!

Há lágrimas nervosas, furtivas, logo enxutas. É que chegam Mascarenhas — o banqueiro, o corretor, o diplomata, que na linguagem do clã é o *ataché* —, como que atraídos pelo visitante noturno, como que a chamado da sineta, que para eles badalou qual misterioso alarme contra incêndio. Moram em frente, ao lado, pelas redondezas, formam um arrecife protetor à volta da célula-máter.

O banqueiro está inquieto:

— Se os Aliados não avançarem a todo o pano, os comunistas chegam primeiro e conquistarão a Europa!

— Mas os russos estão entre os Aliados — cutuco-o.

Faz um ar esperto:

— Nós sabemos como...

O *ataché* cofia o bigodinho e sorri, como se denunciando silenciosamente daquele segredo de Estado a que somente os diplomatas de carreira, com a sua desgastada maçonaria, têm acesso. O corretor exclama sem quê nem para quê:

— Batalha do Riachuelo!

Susana sabe — afinal! — da minha ojeriza a chá. Propõe um refresco de carambola — fruta do seu quintal, que ainda tem caramboleiras. A luz se apaga repentinamente e o *ataché* acende o isqueiro florentino, suspende-o como um ridículo archote:

— *C'est la lumière...*

É o surrealismo!

12 de junho

Contemplo a curva da perna, depilada, roliça, de Júlia, estirada no sofazinho numa posição cafajeste, prostibular, curva que a meia finíssima acentua voluptuosamente. Soprou a fumaça para o alto:
— Que está pensando?
— Pensando coisas...
— Devia pensar em mim.
— Estou pensando em você...
— Eu sou uma coisa?
— Uma coisa linda.
Pensava, corajosamente, que o trepidante frescor da mocidade pode se confundir com a inteligência.

13 de junho

Se Maria Berlini, a provinciana, sempre foi a ignorância a caminho da cultura, com todos os conflitos e malogros que gera tal trajetória, Júlia, a suburbana, é a vibrante incultura a caminho de mais incultura, com todas as arrogâncias que surtem da empreitada, estrumadas por um temperamento de ventoinha. E isso é magicação desta hora da noite, noite escura, sem estrelas, longe dela. Diante da sua nudez de 20 anos, com a marca redondinha de um furúnculo na espádua, muita coragem analítica pode se subverter, que a carne delirante se superpõe aos pensamentos, soterra crítica e lógica.

14 de junho

Escreve Garcia: "... Invadido o continente! o Velho e, a rigor, o único a que me sinto indissoluvelmente ligado. Se fosse de beber, teria tomado um pifão homérico. Não tomei. Mas até agora me senti embebedado e incapaz de comunicar-lhe a minha emoção. Estas linhas demonstram, portanto, que volto do aturdimento ao estado normal. E o cônego X, da intimidade eclesiástica de Geralda, e seu guia espiritual intermitente, não ficou indiferente ao histórico acontecimento; rabiscou uma coisa que poderia ser batizada, em pia pouco ortodoxa, de 'ode em prosa', deu-lhe um título genial: '*Deo gratias!*' — e, prestes, enviou-a a uma redação declaradamente católica como se as outras não o fossem nesta terra beata. O jornal publicou com razoável destaque, e cercadura de bolotinhas, a poética prosa canonical, porém, sacrilegamente, em vez de cônego X, pôs conexo X. O cônego, com santa beatitude, dirigiu missiva ao jornal, agradecendo a publicação e rogando mansamente a retificação. Retificaram: em vez de conexo X, puseram córrego X..."

Escreve Rodrigues: "... A sua entrevista na *Flama*, cheia de perfídias, indiretas e diretíssimas, proporcionou-me gostosas risadas, secundadas pelas do seu fã incondicional, coronel Linhares. Está tudo ótimo, menos aquela imagem com catódios. Ou você se enredou, ou eu não capisquei. Ester diz que compreendeu. Não acredito..."

15 de junho

Telefonema noturno, anônimo, algo insultante. Creio reconhecer a disfarçada voz feminina, deposito suave e melancolicamente o fone no gancho. É o tributo que pagamos pelo mal que não fizemos. E remergulhemos na delicadeza de Fauré. É uma sonata na qual a graça e a alma schumanianamente se entrelaçam.

16 de junho

1. Superfortalezas B-29 atacaram afrontosamente Tóquio à luz do dia. Eis um golpe ousado e que abriria campo a saudáveis deduções derrotistas, se o fanatismo japonês não fosse intransponível barreira ao derrotismo.

2. Loureiro, Waldete, Ricardo e Zuleica ainda não se cansaram de brincar de quatro-cantos do amor.

3. Tenho, além de outros, um traço comum com Lucas Barros — toda discussão literária me perturba.

17 de junho

Das evasões:
— Macuco é uma delícia! Não há carne mais rica, mais saborosa, mas também — nossa! — não há caça mais arisca e perigosa. Vem no pio, mas quando menos se espera, em vez de macuco, o que vem é onça enganada. Macuco é guloseima de pintada, ah, ah, ah!... (O falecido Zé Bernardo, caçador nas horas vagas.)

18 de junho

Bosta-restante:
1. Como perdoar Ricardo Strauss pela felonia de aceitar o nazismo? Só apelando para a senilidade, como já o fizemos para Knut Hamsun.
2. Assim como ainda não quebrou nenhum dos ornatos com que Baby (nascida Siqueira Passos) lhe enfeitou a cabeça, não me consta que Helmar Feitosa tenha queimado o peito com a comenda fascista, de turística categoria, agora escondidinha no fundo da acovardada gaveta. Também não consta que o mesmo acontecesse ao general Marco Aurélio com a condecoração de Hitler; imune a queimaduras de tal espécie, apenas não a ostenta mais por compreensível decoro — a Democracia parece querer trazer ao seu redil a ovelha desgarrada.
3. General Marco Aurélio! José Nicácio tira deduções nada esotéricas — Getúlio que se avenha...

19 de junho

§ Pérsio Dias, por conta do amor, que sempre subverte, ainda encontra tempo para estudar Edgar Varese em raras e precárias gravações, em incipiente bibliografia. Aldir Tolentino leva o compositor na brincadeira — acabará aproveitando bala dundum como instrumento solista... Não nos precipitemos. Alguma coisa pode ser válida nas invenções de Varese — temos que ouvi-lo ainda. Mas o substrato é cristalinamente circunstancial.

§ Raciocinando bem, Salvador Dalí é um Varese da pintura. Tem o virtuosismo das balas de alteia — ri ainda Aldir, que nunca chega a ser cáustico.

20 de junho

São Luís, 19 (Nacional) — O governo do estado acaba de oferecer o fardão acadêmico ao escritor Martins Procópio, recentemente eleito para a Academia Brasileira de Letras.

21 de junho

— Considero perfeitamente justo que Martins Procópio tivesse pretendido o fardão acadêmico. Traz vantagens, especialmente as mundanas, e é humano pretender vantagens, mormente se não são vergonhosas, como é o caso. Como considero justo que a Academia quisesse tê-lo sentado numa das suas poltronas azuis e Luís XV. É um grande e indiscutível valor, honra qualquer instituição, e a Academia, muito ciosa da sua sapiência e onipotência sai evidentemente valorizada. Lembrem-se de que a Academia nunca negou guarida às grandes figuras das nossas letras no passado. Salvo uns três ou quatro, e por motivos estritamente acidentais, todas elas morreram "imortais". Atualmente é que um grande número de valores está fora. A luta modernista é que contribuiu de uma parte para o afastamento, e de outra para o retraimento. Os modernistas precisavam de um alvo para os seus ataques e não havia melhor do que a Academia com as suas reduzidas tradições e alguns reconhecidos estafermos. Agora tudo se conserta. Nem há mais Modernismo... Os inimigos de ontem acabarão entrando. Se não todos, a maioria. O Poeta não entrou? E Júlio Melo? E dois ou três maiorais do Modernismo? (O equânime Saulo Pontes.)

— Maiorais de terceira categoria... Como certa classe de reservistas.

— O Dentuço nasceu acadêmico... (Adonias.)

— A Academia não derrota ninguém. Apenas escolhe, entre os candidatos, aquele que interessa na oportunidade. (O criptoacadêmico João Soares.)
— E com que discernimento escolhe!... (Adonias.)
— Saulo disse bem. Entrar para a Academia não é uma fraqueza. É uma etapa de certas carreiras. (João Herculano.)
— Sempre é uma concessão... (Luís Cruz, esforçando-se para não ser rude.)
— Usar o fardão é usar fantasia sem Carnaval. (Pedro Morais.)
— O que é mais pernicioso na Academia é o seu espírito de academia. As academias, queiram ou não queiram, são sarcófagos. Não adianta, portanto, melhorar o defunto, abrir as janelas de vez em quando para ventilar as paredes e os tapetes. Continuará sarcófago. E o nosso Martins Procópio sabe disso. (O poeta e homem de negócios Altamirano de Azevedo.)
— Um dia você estará lá embalsamado... (Adonias.)
— Nunca! (Altamirano, fingindo indignação.)

22 de junho

Das encrencadas finanças de Cléber Da Veiga — se uma camisinha de seda para a mulher custa setecentos cruzeiros, quanto não custarão as da amante?

23 de junho

O pai de Gina Feijó, cada dia mais bonita, aposentou-se no Ministério da Viação, onde fingiu obstinadamente que trabalhou durante 35 anos! Acérrimo partidário da moralidade pública e privada, levanta a voz de fagote:
— É por causa da corrupção, meu jovem amigo, que este país está perdido!

24 de junho

Godofredo Simas, que não se liberta de Neusa Amarante, cada dia mais degradante e estúpida, é homem de manias, de periódicas obsessões, importunando toda a gente com as suas auras. Cultura, agora, é a sua descoberta, o seu cavalo de batalha, o combustível dos seus minutos. E para comprovar que a coisa não é da boca para fora, lançou uma campanha cultural no seu diário: uma exposição de pintores modernos, um ciclo de conferências a cargo de vários consagrados chicarros e concursos literários com distinguida comissão julgadora, que não deixa por menos de dez membros! Com a mão generosa, que aponta a salvação pela cultura, ele mesmo rascunha, febril, apressado, o espaventoso anúncio de página inteira: *haverão* prêmios... Rascunhou, mandou para a oficina e foi publicado.

25 de junho

Nuanças da marcha insensível, mas acelerada, da incultura para mais incultura: Júlia trocou o sorvete de coco pelo *sundae*, o caldo de cana pelo *ice-cream soda*, o café com leite pelo *milk-shake*, o guaraná ou o mate gelado pela Coca-Cola, e masca chiclete, e não diz "Está bem", diz OK! E há ainda *hobby, trailer, short, spot-light...*

26 de junho

Outro telefonema anônimo. Outra voz, desta feita masculina, mas efeminada, que ainda creio reconhecer, o mesmo tipo de insulto. Não me ofende, mas deixa travo nauseante — de que é capaz um ser humano!
Luísa levanta a cabeça da costura. Confirmo:
— *La même chose.*
Mozart acalma, neutraliza, redime. É um trio galante, esplendoroso, concertante, que Jacobo de Giorgio me ofereceu, com mil recomendações.

27 de junho

I — O caro América brilhou no Torneio Municipal, que José Nicácio chama de Torneio Caça-níqueis e do qual não assisti a nenhuma partida — passava o tempo delas com Júlia, a rubro-negra! Gasparini, porém, se mostra abatido, inconsolável:
— É o azar! Azar do miúdo! Por um pontinho só... Vê o que significa perder um pontinho!
II — Caiu "oficialmente" Cherburgo — é o que nos comunicam os telegramas de todas as agências. Custou! Marquemos um tento para José Carlos — o caminho pela França não vai ser mole não... O espelho ri:
— O João Soares é que bota aspas em tudo...

28 de junho

A imagística das manchetes: Caen encerrada num gigantesco quebra-nozes de aço! (Malherbe sacode-se no seu túmulo.)

29 de junho

Os lúcidos, inclusive o espelho:
— No fundo, Jacobo de Giorgio bancou o holandês, que pagou pelo que não fez.
— Funcionou como abscesso de fixação!
— Repetiu-se a guerra de Espanha sob outra faceta... Campo de ensaios, espaço para tomada de forças... Por baixo estava o assédio à ditadura...
— Manobras parciais e experimentais para uma futura ação conjunta...
— E, a par da minação do campo ditatorial, feria-se de morte um desafeto, pelo menos encurralava-se a fera que andava muito brava... Dois proveitos num só saco!

30 de junho

Os lúdicos:
— Você não acha o meu pezinho muito bem-feitinho, muito bonitinho?
— Os pavões fazem a mesma referência aos seus.
— Tira o dedo!
— Soldado, capitão, ladrão. Soldado, capitão, ladrão...
— Você acaba furando o meu umbigo!
— Sem-jeito mandou lembranças...
— Que cicatrizinha é esta, bem?
— Palpitante vestígio duma adenite.
— Que é adenite?
— Vou te comprar um dicionário!
— Nosso reencontro não parece um conto de fadas?
— Mude o a.
— Ah, deixe de implicância! Meu nariz é bem engraçadinho!...
— Vira...
— Assim estou bem.
— Amo, logo insisto!

1º de julho

Em consequência da invasão, ou como se fizesse parte do plano dela — objetivo atingido! —, amaina a tempestade sobre Jacobo de Giorgio, cuja rajada inicial, sabe-se agora, proveio de São Paulo e na qual a ciumeira literária, entre feminil e pederástica, funcionou como ponderável agente. As derradeiras fustigadas vêm dos estados, onde as coisas chegam e se acabam com atraso, e um prato como o que a metrópole oferecia tinha que render para os comilões antropofágicos. Julião Tavares, guerrilheiro de primeira linha na perseguição, já pouco se incomoda com o móvel da sua recente fúria; vira-se para outras bandas, com os olhos duros de chacal, e prepara-se para nova liça, na qual despenderá a mesma infatigável e cruel atividade.

— As palavras que gasta e os métodos que emprega são dignos da Gestapo... — é o comentário de Nicanor de Almeida.
— Não há nada mais sinistramente sintomático do que o riso de quem não sabe rir... — é o comentário de Helena.
— Mas ambos os comentaristas estiveram junto dele no *affaire* Jacobo... — é o comentário de Lucas Barros.

Franzino e tinhoso, Lucas Barros entrou na briga ao lado do atacado, distribuindo croques à vontade; como não seria para menos, houve revide e levou as suas chamuscadas — desencavaram, em estranhos arquivos, grosseiras acusações de velho jesuitismo e, já que as ferroadas lhe tocaram diretamente a carne agreste, respondeu, valente, com raivosos pontapés, o que acabou constituindo desaguisado à parte e cujos rancores vamos ver como o tempo removerá, pois não perdoamos, mas esquecemos.

Seduz-me a paixão que Lucas Barros põe em suas lutas.

2 de julho

Hoje, na abertura do campeonato, que começa tarde e vai fatal e insensatamente acabar nos rigores estivais de dezembro, o América venceu o Flamengo. Dois a um só, mas venceu, escrita que tem uma certa regularidade desesperante para a suficiência rubro-negra. Gasparini, que compareceu à vitória e meteu lá as suas cervejas, não se emenda:
— Este ano vai ser nosso! Perdemos o Torneio Municipal por uma bobeira. Não vai se repetir. O time está uma navalha!
— O começo é bom, mas falta exatamente o resto... O páreo é duro. Não temos tesouraria, não temos comissão de compras... Clube pequeno não aguenta o repuxo!
— E o América é pequeno por acaso?!
— É grande no nosso coração, Gasparini. Infinitamente grande. E basta, não é?

Gasparini ficou comovido, talvez pela ação das cervejas:
— É. Você tem coisas de poeta!

(E você tem coisas de santo... — poderia ter dito. Não disse, ah! o que sinto no peito e não posso dizer...) E esmaguei o cigarro no cinzeiro, ato que raramente pratico. E poderia ter ido ao jogo, isto é, poderia ter passado a tarde com Júlia em recôndito colóquio. Não passei e a razão não sei explicar.

3 de julho

Estabelecem-se normas para evitar as manobras altistas... Esperemos por elas... De nossa humilde parte, antecipadamente, estabelecemos as que podemos de molde a não estourar o modesto orçamento. No mês que findou, houve *deficit*... Não para assustar, não, mas o suficiente para servir de aviso — cautela, homem! Ficar devendo contraria os meus princípios, põe-me doente, infelicíssimo — certamente uma inferioridade, como já acentuou José Nicácio, um homem tranquilo diante dos seus credores. Se não fosse uma pequena reserva que tínhamos no banco, de que Loureiro e Ricardo se tornaram grandes acionistas e eminências pardas, estaríamos fritos! A providência é procurar aumentar a minha receita, pois economia doméstica tem os seus limites, e certas restrições eu não suporto. O que faço não rende muito e não sei fazer muita coisa, um bem reconhecido entrave, que me impede de forçar certas portas. Mesmo assim há possibilidades, algumas janelas abertas, como é do agrado dos pula-ventanas. Diabo é que trabalhar mais significa ler menos, escrever menos, pensar menos, amar menos, em suma, viver menos a vida que deliberada e corajosamente escolhi e que decididamente defendo. Mas que se há de fazer? *Pauvresse oblige...*

— Está errado! — rosna o espelho, que há muito não dava sinal da sua graça.

— O francês ou a triste decisão? — retruco, e ele se fecha em copas.

4 de julho

Mesa farta, variada e aberta a quem chega — é um princípio do Trapicheiro e da Bíblia, que Luísa esposou alegremente.

5 de julho

Nesta data histórica para o revolucionarismo nacional, e há dúvidas se os 18 do Forte eram 19 ou 11, tivemos a visita de Pérsio com a noivinha para a devida apresentação da donzela, donzelíssima de quatro costados logo se viu, ato que já se fazia demorar, e merecia reparos, ora sérios, ora jocosos, dado que o noivo era parte integrante e destacada da nossa grei.

Comparecer só com o prometido — soube-se — já foi árdua batalha travada pela moça no seio da sua honrada e preceituosa família, e notado foi um certo orgulho de Pérsio, inteiramente babão, por linhagem tão severa, que, num momento de perseguições políticas, das quais não esteve ausente a voz dos bacamartes, trocara a virtuosa Goiás pela esbórnia carioca, na qual honestamente se arrumara. Violeta se chama e aparenta o retraimento da própria flor, embora corporalmente mais se identifique com a angélica. Retraimento, látea brancura, carinha de anjo, que bem pode esconder um demônio, um gentil demônio do ciúme e do exclusivismo marital, digamos, assim como Júlia esconde o capeta da sensualidade que é sob um rostinho de querubim mestiço. Procurando com os olhos constantemente o amado, não disse bolacha nas três horas de sofá e recato, mas aprovou muito com a cabeça inocentemente penteada, como se obedecesse a suave mola, conquanto visivelmente enfastiada com aquelas confusas conversas sobre assuntos que não lhe eram comuns, nem alcançava, não que fosse apoucada, mas porque em outro círculo de ideias e usanças se formara. Recusou o que se lhe ofereceu para beber e comer com a cautelosa delicadeza de quem escapa à cicuta, estremeceu e ruborizou-se a certos crespos vocábulos de uso corrente na nossa tertúlia e somos os primeiros a admitir que "a morte do desembargador", anedota contada por Gasparini, com adequada, mas dispensável gesticulação, fugia à limpeza requerida por uma casta candidata ao himeneu e à sadia procriação. Não acredito que repita a visita — a exigência social foi cumprida; garanto até que depois do casório, ainda não marcado, encontrará matrimoniais pretextos para não mais aparecer, nem permitir que o esposo compareça sozinho a tal antro de deboche e perdição.

Quando escrevemos que Violeta não disse bolacha, exageramos. Abriu a boca de fino corte umas poucas vezes e, na oportunidade, revelou uma sensatez de 18 anos de clausura burguesa aliada a uma passional determinação.

— Que acharam da garota? — perguntou Pérsio, de noite, quando apareceu movido pela curiosidade, ele que tem estado tão ausente que nem parece que mora ao lado.

E foram louvores, só louvores, que é o que desejam os namorados.

6 de julho

Louvores, só louvores, e Pérsio ouviu-os pregado na poltrona, caladamente enchendo as formas da sua vida futura, repentina e sonhadoramente arquitetada, com o concreto desejado, sem duvidar um segundo da exatidão dos próprios cálculos. Mas não somente os namorados desejam o louvaminheiro cimento para levantar seus castelos de ilusões. Ah, os escritores! Vejamos Adonias, o indomável Adonias Ferraz, nodoso tronco se erguendo no matupá literário. Basta o mais disúrico elogio a seu fantasmal romance para que sua face mude de cor e, atento, os lábios comprimidos num desdém que não é desdém, receba inefavelmente o capilé como a mais inocente das debutantes. E ai do imprudente cristão que interromper o doce fluir — saberá na carne o que é o fogo das fúrias se soltando! Vejamos o Poeta — o menor encômio embala-o como a bebê no berço, mas à mais leve restrição em porco-espinho se metamorfoseia, e como são agrestes os seus espinhos! Gasparini provara o pico deles certa vez. Com o ar mais natural, tivera a malfeliz ideia de chamar a atenção para a forma "neurona", que o Poeta empregara na tradução de um livro de divulgação científica — vê a que são obrigados os poetas para viver! — quando a forma corrente no corpo médico brasileiro era neurônio. Foi um deus nos acuda!

— Ignorante! — gritou o Poeta. — Ignorante! — tornou a gritar. — O certo é neurona, fique sabendo! Banana para os médicos! Eles que digam as besteiras que quiserem!
Gasparini não reagiu. Disse depois:
— Que destampatório mais bobo! O velhinho está ficando com os parafusos mal regulados...

7 de julho

Na livraria Olimpo:
— É a derrocada! Vocês leram? O marechal Rundstedt, que era o comandante em chefe dos exércitos alemães, foi substituído por outro marechal de campo, um tal de Von Kluge. (Ribamar Lasotti.)
— Marechal Von Kluge? Nunca ouvi falar... (Venâncio Neves.)
— Nunca a Alemanha teve tantos marechais de campo... (Natércio Soledade.)
— Sem clarins... (Gustavo Orlando.)
— O mundo dá muitas voltas, mas gira mesmo é da direita para a esquerda... (Ribamar Lasotti.)
— Tem certeza? (Gustavo Orlando.)

8 de julho

Verdadeira rasoura no coração da já bastante massacrada maquinaria bélica nazista e 2.600 aviões, de todos os tipos, entraram em ação, levantando voo da Itália. "Senta a pua!" é o grito de guerra que levamos escrito nas nossas asas — haveria um brasileirinho entre eles? — Cabe um parêntesis: maquinária ou maquinaria?... — E voltou a ser atacado o território metropolitano japonês. O velho atlas entrou em função. Se Gasparini aparecer, estarei prevenido...

9 de julho

Com referência ao que se anotou em 16 de maio, conceituemos: o verdadeiro artista se distingue pela mais orgulhosa e calada modéstia.

10 de julho

Embora pareça inacreditável, podemos subjugar a vaidade. Dou conta dos meus limites — o que é uma força.

11 de julho

Atendendo naturalmente aos anseios do banqueiro Mascarenhas, homem de visão, abrindo sucursais suburbanas da sua casa de agiotagem, o general Montgomery, que usa boina e brilhou na África, vai conquistando uma cadeia de cidades e pontos fortificados da Normandia, com o olho em Berlim... Talvez lá chegue primeiro, havendo, porém, dois óbices: do seu lado os alemães não têm passado sebo nas canelas, e do lado oriental os moscovitas vão desabalados, exatamente porque os alemães vão passando sebo nas canelas... — Calha uma remembrança machadiana, que pode render muita exploração: "Meus pensamentos sempre foram um tanto moscovitas..." Se a citação, feita de memória, não é precisa, ficará por conta das que mestre Machado usou em falso. — E cabe ademais uma consideração de Mário Mora, pintando pouco e amando muito: — O largo do Machado é mais conhecido do que a rua Machado de Assis...

12 de julho

Júlia presenteou-me com uma gravata, gravata estrangeira, cara, horrenda, uma urutu de seda pura. Só pude disfarçar a decepção repreendendo-a brandamente:

— Para que você foi gastar seu dinheiro?

Aniversário é chato. No velho Trapicheiro, ao tempo de mamãe, havia roupa nova e jantar melhorado, mas como a comida, em abundância e variedade, era costume familiar, só se notava mesmo na sobremesa; sob o império de Mariquinhas passava em branca nuvem. Foi Luísa quem inaugurou a era das comemorações. Pensei em escapar à tonteira que me toma com a casa congestionada e congratulatória — Eurico gasta a repulsiva unção de quem comparece ao nascimento do Menino Jesus, Gasparini é uma multidão vociferante e gesticulante, Aldir ri mais alto do que um regimento, José Nicácio é o gaiato e palrador peripatetismo que espalha cinza por todos os cinzeiros e fora deles. Doroteia porta-se como uma alucinada — mas acabei por aceitar o sacrifício e não sei como Felicidade pôde fazer tantos pastéis, tantos croquetes, tantas empadinhas!

No meio da alegria, a gotícula de pus: mais um telefonema. Estava perto e atendi. Para que identificar vozes de cloaca? Foi a mesmíssima reação — colocar mansamente o fone no gancho, voltar ao consolador convívio da bulha fraterna e leal. Mas a cara que meu pai me legou não foi plasmada para a impassividade — as bochechas ganham uma tristeza de cão maltratado. Os amigos estão muito eufóricos para perceberem e apenas Luísa, a distraída, é solerte:

— Foi?
— Sim. Um presente às avessas...

13 de julho

Mulher não sabe escolher gravatas. Catarina era exceção. Não sei se integrou-se à regra — a vida americana é capaz de tudo, Catarina Braddock! E temos uma Sant'Ana entre os presentes. Logicamente de Adonias, que não compareceu ao rega-bofe noturno, nem telefonou. Veio hoje, solitário, ainda trazendo vestígios de formidanda ressaca.

— Me desculpe a ausência. Não me senti bem ontem, sabe...
— Nem precisaria dizer...

Preciosa de ouro e talhe, a imagem é linda. Catei lugar para colocá-la condignamente, terminei por encontrar — ficará na mesinha do telefone vigilando minhas conversas, perdoando as vozes de cloaca.

— Não tenho palavras para agradecer. É uma maravilha, Adonias! Século XVIII?

— XVII se me faz favor!

— Perdoe a ignorância. Onde encontrou-a?

— Há segredos que não posso revelar...

Luísa extasiava-se. É linda! E com quem se parece?

14 de julho

As normas para conter as manobras altistas... A partir de 17, não haverá distribuição de carne verde às segundas, quartas e sextas-feiras, e Felicidade põe as mãos na cabeça:

— Cruz, credo! Pé de pato, mangalô três vezes!

Bem, para contrabalançar, irão vender feijão mais barato... E vem água à boca — há quase trinta anos não como mangalô!

15 de julho

Mangalô! Palavra encantada, sabor nunca esquecido, resume a nostalgia das coisas que passaram.

16 de julho

O governo anda muito ativo... Promulgada a Lei de Mobilização Industrial. Considerados de interesse nacional, e equiparados aos de interesse militar, hum, hum, os estabelecimentos de produção de fio natural ou sintético, malharias ou de acabamento têxtil...

— Impressiona...

— Alarma! Debaixo deste angu tem carne, e carne gorda... Os tubarões estão soltos! Francisco Amaro, nas águas deles, vai se encher.

— Ficará em boas mãos, Aldir Tolentino.
— Concordo! Mas por falar em mãos e tecidos, estávamos com o comércio de panos, na África do Sul, todo nas nossas. Milhões de metros! Dinheiro a rodo! Freguesia batata! Pois já estamos perdendo terreno. As reclamações choveram. Sabe que andavam fazendo? Mandavam peças com cinco metros da fazenda escolhida, para capear, e o resto do mais ordinário algodãozinho!
— Falta de fiscalização.
— Que fiscalização! Falta de consciência! Falta de vergonha!
— Brasileiro é assim. Não tem traquejo. Vai demorar. A ética é produto de longa aprendizagem...
— Não é só brasileiro, não. Há muito sírio no meio. O comércio de tecidos está infestado deles.
— Não é a primeira. O Marcos Rebich me contou que começavam a vender algodão em fardo, em alta escala, para os tecelões da Inglaterra, mercado que não tem tamanho, mesmo em guerra, imagine-se depois da guerra. Não demoraram em pôr calhaus dentro dos fardos para pesar mais... Os bifes pagavam por quilo... Quando os compradores jogavam os fardos nas máquinas para limpar a fibra, os calhaus funcionavam quebrando as ferragens todas... Fleumaticamente, pediram aos exportadores que cobrassem o peso das pedras, mas não as remetessem... Era negócio. Ficava mais barato que consertar máquinas... E assim procediam, é óbvio, porque estavam precisando do algodão. Passando, porém, a não precisar, adeus, compras! E vai se abrir um claro nas exportações, e muita grana que vinha para cá voltará a encher as burras egípcias, americanas, sei lá!
— O caminho deste nosso querido Brasilzinho vai ser um caminho bem longo!...
— Mas creio que um dia chegaremos.
— É preciso lutar. Às vezes duvido. É preciso ter muita força, muita tenacidade para vencer a estupidez, a cupidez, a ignorância.
— É o lastro que nos sobra da vida colonial, meu velho.

17 de julho

— Se o povo me ordena que continue neste cargo e nesta guerra, tenho tão pouco direito a retirar-me como o que tem o soldado de abandonar o posto na linha de batalha... — Roosevelt, candidato ao quarto período presidencial.

— É uma página de figurino para Getúlio... — Adonias.

— Que ele vai ver com muita atenção... — Saulo Pontes, afônico.

— Somando o tempo que ele já está no poder dá uns quatro períodos presidenciais... — Délio Porciúncula, que já visita o sogro postiço.

— Nossos soldados honrarão a farda dos nossos maiores... — Getúlio.

— Os soldados, acredito, o oficialato é que duvido... O grosso dos oficiais que vai partir é da reserva, os da ativa estão se arrumando por aqui mesmo... — José Carlos de Oliveira.

— Então, temos no Rio, em cura de repouso, a famosa senhora Chiang Kai-shek!... — José Nicácio.

— Dizem que tem uma alergia de guerra...

— Uma ladra! — diagnostica Gasparini.

— Uma dona muito bacana! — é a opinião de Júlia.

18 de julho

Doroteia começou a se coçar a todo instante e freneticamente.

— Será pulga?

— Não acredito. No banho não sai nenhuma.

— Mas você tem dado banho? Ela está meio fedorenta. Não está sentindo?

— Claro que tenho dado! De quinze em quinze dias como o Moacir recomendou. Com aquele sabonete de enxofre.

— Que diabo será?

Fui fazer uma inspeção e lá estava um começo de pelada, que o pelo rente disfarçava. Achei que era sarna e, aflito, consulto

Moacir Trindade por telefone. Não precisava examiná-la, respondeu — era eczema. E que o atacasse de rijo, do contrário teria panos para mangas! Prescreveu drágeas e pomadas e severa dieta — sem dieta nada feito! —, e Luísa ficou sem graça, pois nada negava à gulodice canina, furtando-se às repisadas determinações do veterinário e amigo, que ilustrara a proibição: cachorro é como peixe, morre pela boca...

Se passar as pomadas era um sacrifício e Doroteia procurava escapulir, refugiar-se sob os móveis, a ingestão das drágeas foi uma pequena tragédia. Devolvia-as prontamente, forçando vômitos, inventando tosses, fazendo olhos de mártir. Perdi a paciência:

— Pela boca não vai. Só pela bunda!

As crianças caíram na gargalhada, Luísa implorou paciência, coitada da bichinha! — Doroteia acabou engolindo-as. Quem não engoliu a medicação foi Felicidade, cuja obtusidade é crescente:

— Este mundo está virado! Quem já viu cachorro tomar remédio de gente!

— Umas rezas davam jeito, não é, Felicidade?

— E não havera de dar? — e estorcia a risada párvoa.

— Há remédios para cachorros, para gatos e para burros. Quando você ficar doente já sabe qual deve tomar...

Na hora das drágeas, e Doroteia sabe exatamente quando é, se escafede, precisamos catá-la por escusos esconderijos, engabelá-la. E o sofá, as poltronas, os tapetes já estão carimbados pela pomada cor de açafrão. Felicidade bufa e Luísa, conciliadora, toma a seu cargo a limpeza das carimbações. Mas Doroteia vai se recompondo — o mau cheiro diminui, a coceira também.

19 de julho

Se Luísa se senta, Doroteia se senta. Se Luísa se levanta, Doroteia se levanta. Onde vai Luísa, vai Doroteia atrás, como se fosse a sua sombra. Provoca riso, enternece. Mas há os que não amam os cães. Piedade para eles!

20 de julho

Gina Feijó deleita o seu vasto público, rapidamente recrutado entre os leitores de Delly e Ardel, e infinitamente mais a si própria, com um outro romance — *A normalista*. É a agridoce historieta duma futura professora do sertão carioca, por onde a autora nunca transitou, escrita por mão e miolo de jardim de infância da zona Sul, com ilustrações dum jovem artista paulista, que Gina está lançando! De um belga, barbaças e escalafobético, que baixou na praça tangido pela aventura, e que Gina tomou sob a sua bela proteção — um verdadeiro gênio! —, é o vitral que ilumina multicolormente de arte e orgulho a sala de estar da romancista, em estilo moderno e já com uns dez retratos dela assinados pelos mais variados pincéis — uma parada a caráter das principais personagens que ela criou para a imortalidade no seu romance de estreia, vitral de que Ribamar Lasotti — um bárbaro! — debocha com secreta inveja. Lamentavelmente, a artística ideia autopromocional não é inédita no Rio, essa babilônia de surpresas, coisa que, parece, Gina ignora, tão aeramente vive. Um teatrólogo da velha guarda, atualmente escorraçado dos palcos, tem no saguão do seu palacete em estilo francês um outro vitral (artista italiano!) com os personagens da comédia semicaipira que marcou época aí por volta de 1919. De qualquer sorte, temo pela integridade da nova obra de arte. Marcelo Feijó, quando no meio dos seus famosos pileques, costuma ficar agitado, dizer palavrões, atirar coisas... Toda cautela é pouca!

21 de julho

Rebentou uma revolução na Alemanha, o que assanha muito os ânimos do serão. Hitler escapa pela segunda vez de ser eliminado, ao explodir uma bomba no seu quartel-general. Ficou apenas levemente queimado e recebeu contusões por causa do atropelo.

— Camarada peludo! — e Gasparini faz figa com a mão.

Aldir, com a habitual perícia, manipula o dial e apreende, da emissora de Berlim, o informe de que a conspiração fracassou totalmente e os principais cabeças, e outros, foram fuzilados ou se suicidaram...
— Aqui, na polícia, também já usaram muito este golpe do suicídio... — é a apreciação de José Nicácio.
— Não tem importância o fracasso — conclui Aldir. — Dá ao mundo a real situação do nazismo expirante. Caótica! Já não se entendem mais...

22 de julho

O noticiário sobre a fracassada revolta se aprimora: O marechal de campo Rundstedt foi eliminado; como, não sabemos. Mas a Prússia rebelou-se — sabe-se por outras vias — e Berlim está em estado de sítio... — O nosso *Vital de Oliveira* foi torpedeado. Não houve mortos. — E Júlia apareceu muito comunista: — *Tovarich!*

23 de julho

Não se põem dúvidas na noite sem jogo e sem música: brecadas as veleidades da rebelião antinazista, realmente anti-Hitler, muito mal tramada por fanáticos e empedernidos nazistas de ontem, que muito prussianamente tentam bater na conhecida tecla — impedir que a luta pelo nazismo desencadeada e que Hitler quer desvairadamente prosseguir, tenha seu ponto final dentro de território alemão. Armistício, deposição de armas, paz, tudo é adversidade lá para fora das fronteiras, de maneira que o povo sagrado não presencie a humilhação e, depois, a ele possam ser contadas as coisas do jeito que convém, transformando-o em vítima apunhalada pelas costas, preparando-o para uma desforra. Mas desta vez não vai ser assim e são os moscovitas, com as suas perigosas ideias, que não irão consentir no golpe. Os moscovitas e Hitler, inconscientemente ligado a eles. Cego para admitir o estratagema, acreditando no milagre alemão, ele que nem alemão é, evidenciando-se um suicida em potencial, faz uma limpeza em regra, não olhando pescoço. Não nos preocupemos com as pretensas injustiças da degola feroz — nazista nunca é inocente, triste teorema facilmente demonstrável. Vejamos aqui que não chegamos a tanto, por razões que não interessa explicar: somos ou não somos cúmplices da ditadura que nos corrói? Que fizemos, como povo, para impedir? Que fizeram os políticos profissionais de tão rasteiro nível?

É a derrota, já antevista, do nazismo que faz, na verdade, surgir ondas subterrâneas de descontentamento e manobras, ainda informes, de restauração democrática. Na melhor das hipóteses, portanto, a pusilanimidade, a conivência, a acoelhação e a esperteza barata devem sofrer seus castigos e pela própria mão dos tiranos e carrascos que a elas induziram. Estoicamente espero o que me cabe.

24 de julho

Como remorso facilmente sufocável: a crítica, mesmo risonha ou caricata, àqueles que nos rodeiam, ou que cruzam a nossa trajetória, pode ser uma fuga dos nossos problemas sem visível solução.

25 de julho

Observação espelhal, possivelmente judiciosa: — Você é uma personalidade em clave de OU!

26 de julho

Hitler, o insano, prossegue nas drásticas medidas depuradoras — mais cabeças fora do pescoço, cabeças, aliás, nada sensatas, pois acreditaram nele, ou, se não acreditaram, se aproveitaram, o que vem dar na mesma. E expediu decreto mobilizando todos os recursos no país e nos territórios ocupados, já não tão ocupados, note-se... e este decreto converte Goering, o bufão, em virtual ditador do Reich, preferência possivelmente arrancada pelo próprio gorducho, cuja sede de poder e rapinagem é insaciável. Assim, a tragédia nazista se reduzindo à farsada, os taumaturgos, que ameaçaram céus e terras, em pobres palhaços esfrangalhados. E os ventos que lá sopram vão, queiram ou não queiram os meteorologistas, sacudir as árvores aqui, prova de que o mundo hoje é uma floresta só. Muitos centuriões já andam cabisbaixos, cumprimentando cachorro na rua, e democracia e liberdade são palavras que já voltam a ter consumação consumação que em certas bocas têm especial sabor e encanto. Mas os efeitos da prolongada falta de uso de uma e de outra vão se fazer sentir por muito tempo na ordem restaurada, não tenhamos dúvidas, que andar com sapatos apertados deixa calos, e pedicuros não se improvisam, nem os calicidas operam milagres.

27 de julho

O secretário de Estado Cordell Hull declara que a República Argentina desertou da causa aliada e, consequentemente, desfechou poderosos golpes em toda a organização interamericana — eis o tema que Natércio Soledade tentou parvamente trazer à discussão. Ninguém lhe deu ouvidos. As pejadas estantes da livraria Olimpo, sem muito freguês àquela hora vesperal, continuaram presenciando o destempero literário do grupinho. Outra notícia continental, a de que Antenor Palmeiro tem romance publicado no México, é motivo para a efervescência algo purgativa. Gustavo Orlando gagueja sobre a desimportância do romance — logo o pior é que foram traduzir! Venâncio Neves nivela-os todos no mesmo desamor — é difícil saber qual é o menos mau! Ribamar Lasotti se mexe como se atacado por um enxame de vespas. Eta classe desunida!

28 de julho

— O Brasil perdeu ontem uma grande figura de jurista. Grande e singular. Há outras, mas Clóvis Beviláqua pode ser tomado como um símbolo, pelo cunho brasileiro com que sempre acolchoou seu pensamento fortalecido no positivismo. (João

Herculano, atendendo à reportagem, depois de segurar na alça do caixão.)

— Morreu pobre, numa casa pobre, onde lavrara a maior desordem. As galinhas andavam à solta, pondo ovos e chocando-os sobre livros e códigos, emporcalhando tudo. (Saulo Pontes.)

— Morreu pobre, quando os fabricantes de jurisprudência estão ricos, milionários! (Délio Porciúncula, querendo agradar o sogro.)

— Era gozadíssimo! Uma vez deu luminoso parecer defendendo um cliente e na outra semana deu outro, tão magistral quanto, defendendo o adversário na questão, e tudo por um dez réis de mel coado. Alguém o advertiu. Não tem importância, respondeu, bonacheirão. Quem ama o Direito, ri-se da Justiça. Os julgamentos independem dos pareceres. As togas julgam com seus bestuntos, seus nada pulcros arminhos, seus interesses ocasionais, suas paixões. Se decidissem aos dados, haveria toda a possibilidade de as sentenças serem mais justas. (Marcelo Feijó.)

— Amava a mulher, que, merecendo tutela, era quem o tutelava. Por uma intriga, em que ela era a mola, nunca mais pôs os pés na Academia. (Cléber Da Veiga.)

29 de julho

Gosto da aférese de Felicidade, que veio, com a inocente sem-cerimônia que lhe é peculiar, interromper os meus cismares:
— Conteceu uma coisa danada, seu doutor...
— Que foi?
Não gosto tanto da conclusão:
— O fubá sumiu!
— Também o fubá? Qualquer dia a gente acaba comendo palha! — E lembrando-me que não como fubá, insosso demais para o meu gosto: — E como vai ser a comida da cachorra?
Nova aférese:
— Inda tem um pouquinho. Pra hoje e amanhã dá.
— *All right.*

— Quê?!
— Está bem, Felicidade. Está bem. É isso. Fique tranquila. Vou providenciar.

E quem não fica tranquilo sou eu, com aquilo roncando na cabeça. A solução é telefonar para Eurico sabendo se ele, que vive fariscando tudo, pode dar um jeito de arranjar fubá em Niterói. Telefono — podia, ficasse eu descansado.

— Quantos quilos?
— Quantos você puder carregar, sem sacrifício... — e era como se tirasse do meu peito um peso imenso.
— Que sacrifício! Vou arranjar uns cinco. Cinco quilos é fubá pra burro! Depois, se precisar, eu arranjo mais. Não há problema. -- E tem requintes: — Mimoso ou grosso?
— Qualquer um serve. É para comida da cachorrinha.
— Ah! Vai mimoso. Fubá mimoso é melhor. Mais delicado. Qualquer dia até vou pegar um angu aí. Angu sem caroço...
— Ótimo! Angu de caroço aqui não pega. E a meninada, como vai?
— Vai legal. Tudo em paz.

Em paz! Como é vaga a noção de paz... E, pensando bem, eu só procuro o velho Pinga-Fogo quando preciso... Quando preciso, por exemplo, de tentear a minha paz... Uma outra Júlia, mais prestativa, mais ingênua, indubitavelmente mais fiel...

30 de julho

Luísa extasiava-se com a Sant'Ana — é linda! E com quem se parece? Mas, por mais que quebremos a cabeça, que nos esfalfemos, não conseguimos identificar. Talvez que, de repente, um dia...

Encontrar parecenças é um jogo para as noites sem amigos, que as há, noites tecidas com um fio longo e forte como a eternidade. Jogo burlesco, cheio de risadas a cada achado: a chaleira nova de alumínio, baixa e bojuda, parece-se com Getúlio e por Getúlio é chamada; a cafeteira, amassada e de curto bico, lembra Susana; a cadeira estofada, os pés meio espalhados, é Altamirano escrito e escarrado; o Santo Antônio, de procedência mageense, é a cara de Natércio Soledade; basta olhar Doroteia de perfil para se ver que ela tem parentesco com o rapaz da portaria...

31 de julho

— Cheirinho de cachorro é bom. É como cheirinho de criança pequena. (Luísa.)
— Bicho dá trabalho. (Júlia.)
— Homem também...

1º de agosto

"Garcia, meu velho: Para começo de conversa, levado pela nímia consideração que só deveríamos ter para com o cabuloso, mas insubstituível gênero feminino, proverbial inimigo do calendário sem que a inimizade o vacine contra os estragos do mesmo, faço questão fechada de fingir que não sei quantos anos faz você amanhã, dia do sapientíssimo Santo Afonso, nascido Liguori, abnegado instrutor do povo e preclaro doutor da Igreja! E, dito isso, sem mais delongas, descarrego no seu samburá em forma de coração e ainda não furado pelo pontaço dos decênios por mim não denunciados, as carinhosas felicitações de todos nós cá do solar, saudosos do contumaz aniversariante e da sua excelentíssima senhora — a mão e a luva, para darmos um toque machadiano à nossa insossa prosa epistolar —, casal que parece não querer mais nada com a metrópole, a qual tem o mártir São Sebastião, com todas as suas flechas, como idôneo fiador e advogado na corte celestial, do contrário já teria repetido o pedido sempre ansiosamente esperado de hospedagem, quando não para os debates profícuos da amizade, pelo menos para os embates anestesiantes do xadrez, cujo tabuleiro anda coberto de pó, já que os comensais e jograis das salas minhas não dispõem de calma para o jogo da voluptuosa estratégia a leite de pato. E, fora de brincadeira, quando aparecem? Será que a provecta e progressista firma não comissionaria mais o funcionário pé-de-boi para um estágio fiscalizador na sucursal carioca? Será que não sentem necessidade de umas férias diante do mar, que salga a carne, desaltera a vista e alarga o pensamento com a sua imensidão atlântica? Aí é que não podemos ir tão cedo, eu e Luísa, embora tanto desejássemos, presos a certas obrigações tão locais e mesquinhas, que irritam, obrigações que irritam também e sobremaneira o atuoso Francisco Amaro, tão preso a Guarapira como se aquele lugarejo fosse provido de parafusos, que só poderiam ser sentimentais. Mas sendo impraticável ir aí, beneficiar-me de ventilados ares serranos, sou obrigado por toda esta semana a ir a Petrópolis, que é serra também, revistar arquivos municipais e estaduais à cata de dados para uma obra solicitada, não muito rendosa, é fácil de deduzir, todavia sempre serão algumas moedas que entram na arca para serem tragadas vorazmente pelo custeio crescente cá da caravela, que em estilo menos poético poderíamos chamar de caíque. Que diz? Que diz da última etapa do nazi-nipo-fascismo (ativo, hem!) sobre a face do planeta? Que diz do franquismo e do salazarismo remanescentes? Como se agacharão para permanecer na excrescência que são? Que diz da fermentação democrática pequeno-burguesa que lavra nas raízes do pindobal com mais macacos do que cocos? Que diz dos galeios getulianos para a perpetuidade no poder, dobrando-se maleável às exigências mais frontais de um novo estado de coisas, escudando-se arteiramente no ato de fazer participar a Nação com tropas para o esmagamento do totalitarismo da direita, em que oportunamente se atrelara e se anichara? Mas, pelos cornos da lua, basta de perguntas! perguntas que nem poderão ser respondidas em carta e que nem sei como as fiz, perguntas que requerem entre nós um longo *tête-à-tête*, crivado de interpelações, como nas conversas de namorados, e de variações, como nas boas pautas musicais. E como falei em namorados, informo que Pérsio Dias ao amor se entregou como qualquer mortal e, qual mosquinha na doce teia, debate-se em róseos devaneios, e só deseja o convívio amado, tanto assim que sumiu praticamente do areópago aqui, onde sua voz era ouvida e acatada, e que a deusa que o conduzirá ao tálamo é habitante do Rio Comprido e tem os cabelos curtos, como curtas mostra ter as rédeas com que conterá o fogoso ginete da escultura moderna. E quem não tem contenção é este seu criado e amigo, mas eis outra proposição que merece confidencial parlatório e não escrita *currente calamo*, como diria o finado desembargador Mascarenhas, de sorte que reticências... E como a escrita já vai comprida, a manhã adiantada e ainda quero pôr hoje estas linhas no correio, por aqui estaco, mas avisando que amanhã continuarei, porquanto há coisa mais para contar. Com o afeto do..."

2 de agosto

"Garcia, Garcia!: Conforme ontem prometi, aqui me encontro no remate do que a pressa me impedira. Com o pandemônio que é o nosso correio, pode se dar que esta segunda parte da aniversarial missiva chegue antes da primeira, todavia a um fino exegeta de Proust a possível inversão do mistifório não será impedimento à compreensão, tanto mais que ao exemplar contabilista bilíngue, cuja competência a indústria nacionalizada reconhece em vida com remunerações para não morrer de fome, a ordem das parcelas não altera o lucro dos patrões. Espero que o dia 2 tenha sido festivo, com a presença da confraria local e cheio de presentes. Na ocasião em que selava a primeira parte desta carta, selava também com os pavorosos selos nacionais, que envergonham o mais descarado filatelista, um livro para você, contribuição da tribo da ladeira à sua corbelha natalícia e cultural e que, para cuidado puramente moral, partiu sob registro, que me custou 15 minutos de fila. É o recém-aparecido *The leaning tower*, de Katherine Anne Porter, adianto aqui. Não será obra profunda, diria o escafandrista de tigelas Adonias Ferraz se o lesse, mas, tão bem escrito, sacudiu muita fibra recôndita e folgaria que você partilhasse da minha emoção. E é penoso considerar o vazio que penetra a literatura brasileira, que andou tão viçosa por alguns anos, incapaz atualmente de fornecer uma obra que seja para presentearmos amigos sensíveis, como se um simum de estupidez varresse todos os botões, como se o cansaço tivesse tomado conta de todas as penas promissoras, como se as belas-letras não merecessem mais do que oportunismo, balcão e sublimada ignorância. É claro que a poesia, assunto livresco de mais reduzida consideração editorial, ainda mantém o fulgor já tradicional com os velhos e alguns novos poetas — os cogumelos, como os classifica o botânico Adonias Ferraz, infenso às flores do Parnaso. Mas uns e outros, de tão contados, já pertencem naturalmente à sua vigilante biblioteca, e oferecê-los seria assim como arriscarmo-nos a chover no molhado. (Quando Euloro Filho se casou, reconhecido como dorminhoco, recebeu dez despertadores de presente.) E a esterilidade ficcional me enerva, me atucana, faz-me dar com a língua nos dentes, você sabe como sou, e esta incontinência me cria, a cada heroica manifestação, um círculo menor de simpatia e um outro, paralelo, de intransponível xiquexique, porquanto o comercialismo, o arrivismo e a bestidade vigente não impedem que os autores se acreditem intocáveis e se zanguem com aquilo que consideram desairosos comentários à sua traficância. (Bem — é provável que tenham razão... defendem a pele...) E dou conta que minha caneta é alígera. Tomo-a para relatar fatos concretos e definidos e ela se perde por quanto vagabundo atalho encontre. Não! Vamos aos fatos. Alto lá! Não há fatos... há pedidos. 1º — Ando com a mania de santos velhos, e quanto mais velhos melhor. Se você, que cheira tudo, encontrar alguns aí, desgarrados dos oratórios, pois o comum dos católicos e reverendos é não dar valor às coisas belas da fé, aprece-os e me comunique. Se baratos, toparei — e isto, para quem chorou dificuldades, poderá a você parecer engraçado. Não é. Acredito que poderei, sem grande dispêndio, fazer um patrimônio até considerável, e, em hora de vacas magras, vender algumas peças. Óbvio é que agora de nada me valeria a revenda — a cotação deles não é muita, dado o número restrito de admiradores. Raciocino em termos de futuro. E, então, o dito futuro não pertenceria somente a Deus, mas também aos seus santos. 2º — No princípio da avenida Amazonas, que é o Amazonas das avenidas, há uma lojinha que vende pedras semipreciosas a varejo e a atacado, lojinha judaica que você conhece, pois lá fomos, comboiados por Paulo Emiliano, cujo perfil tem seu quê de israelita. A seu gosto escolha uma dúzia sortida de berilos, hematitas, turmalinas, águas-marinhas, etc. e tal, de regular tamanho, melhor dito, dum tamanho e duma forma de lapidação que dê sensacionalmente na vista dum neófito. Compre, diga quanto é, que logo remeterei a importância, e você mande o pacote pelo primeiro portador (que nem precisa ser de confiança...). Razão da aquisição: tenho recebido uma boa cópia de visitas de estrangeiros, americanos sobretudo, do ramo cultural, que aparecem por cá às pencas e, quando americanos, comem de tudo, bebem de tudo, gostam de tudo, tomam muitos apontamentos e deixam real simpatia. E todos muito encantados ficam com as pedrarias de Luísa, todas da módica procedência acima mencionada. Terei o prazer de regalá-los com as aludidas, como uma recordação do Brasil para as suas respectivas madamas, certo do sucesso da oferenda. Agradeço antecipadamente a paulificação que lhe darei e por aqui me fico, muito fiel e devotado..."

4 de agosto

(Petrópolis, constipado.) Sabido é que JB refugiou-se aqui, com certa publicidade, roxo que sempre foi por uma publicidadezinha, num bonito chalé entre hortênsias, cloendros e cedrinhos, onde pretende, em isolamento e meditação, terminar seus dias de incompreendido, mas não recusando jamais uma entrevista de cautelosos subentendidos, enojado com a ditadura, ele que sempre se mostrou o mais ditatorial dos nossos escritores, incapaz de admitir o menor avanço em arte. Menos sabida é a verdadeira razão de tanta repulsa democrática: não foi chamado a participar da situação, ele o escritor do Velho Regímen, mas fantasiado de camelô do pragmatismo ianque, ele que tinha tantas ideias próprias sobre a exploração da riqueza do subsolo com a ajuda do capital de Wall Street, principiando por suas terras em

Minas Gerais e Espírito Santo, e lançara vários opúsculos sobre o assunto, ele a enciclopédia da literatura, do comércio, da indústria, da agricultura, da política, das finanças e da moral, quando ajustados aos seus interesses. Não foi chamado, não foi ouvido nem cheirado, por mais que badalasse a sua sonora campainha, acolitado por um grupo fanático de admiradores do seu estilo e do seu civismo, e o ostracismo dói mais do que panarício.

Se é humorístico que A. tenha, durante trinta anos, guardado as tolas e torrenciais cartas que lhe enviara JB, é doloroso que A. tivesse consentido que fossem publicadas em volume, pois, então, nada de JB fica mesmo de pé.

Não, não é fácil envelhecer, isto é, abdicar cada dia. Garcia é exceção, embora que, uma vez ou outra, empaque em conceitos e postulados que já não nos pertencem, pois a vida é uma corrida de estafeta, sem fita de chegada, e temos que passar o bastão na nossa vez...

5 de agosto

Branco e frio lençol, fria e branca solidão, cheirando a mofo. Vãs pesquisas, pensamentos desencorajantes, mosquitos impertinentes, cabides fantasmais.

— Desagradável hotel! — desabafo.

E o espelho, primo irmão do meu, sem a nobreza dele, salpicado de ferrugem, retruca-me no mesmo tom:

— Desagradável hóspede!

6 de agosto

Encontro matinal com os jornais do Rio na saleta do hotel, de devastado mobiliário imperial e o desirmanado dunquerque, preto e de espelho, é tão nobre e elegante que dá vontade de propor a compra ao hoteleiro teuto-brasileiro: Caiu Florença, poupada pelas bombas! Os alemães destruíram cinco ou seis pontes que atravessavam o Arno, mas a ponte Vecchia, onde Dante esperava Beatriz na estampa de barbeiro, que a minha infância admirou, foi encontrada intacta e somente algumas casas que havia de ambos os lados dela se acham destruídas... "Sobre a ponte do Amo inda perduram algumas relíquias..." — ó bardo prenotador! — A vitória tem preço alto — na França as forças aliadas já perderam 1.110.148 homens entre mortos, feridos e desaparecidos, e saboreio a minuciosa e conscienciosa centena a esta hora seguramente alterada... — Hitler prepara uma desesperada intensificação do expurgo no exército nazista — sentenças de morte generalizadas... e como ele sabe generalizar! — João Herculano vai correr universidades americanas — voltará com outra armação de óculos, já sei... — E o América experimenta um centroavante vindo do interior com fama de goleador...

Encontro vesperal com JB na praça D. Afonso, recanto, em imitação, de estância de águas minerais francesa no fim do século, imagem tantas vezes reproduzida nas revistas estrangeiras que vovô desembargador colecionara e que os netos estraçalharam. Apertado num paletó cor de mostarda, o cachecol de seda creme escondendo o pescoço, traz na carinha de mico a marca dum barbeado azedume. Não pode ficar com as mãos abanando — está adaptando a *Ilíada* para a infância brasileira, (— Vai ser muito útil!), assim como já adaptou o *D. Quixote* (— E foi utilíssimo!). Chupa a pastilha de hortelã, que recuso altivamente, e, como ama a provocação, baixa a lenha na ditadura, certo de que pertenço à andaimaria dela e, mais certo ainda de que as árvores da praça não têm ouvidos, termina:

— O céu está negro. A trovoada não tarda. Aqui estaremos alerta ao primeiro trovão. Acudiremos de arma na mão se for preciso! O canalha vai ver o china-seco! (O canalha é Getúlio.)

Não dou bola. Olho o céu — nuvens brancas, lentas e solenes. Ele sorri — sabe que os getulistas estão amedrontados... Põe mais fogo na canjica:

— E ninguém escapará ao castigo! Ninguém! Onde se enfiarem, iremos desentocá-los a pau!

Não se digna indagar a que veio o forasteiro — só ele existe. Como adaptará, ó pobres leitores juvenis, o retorno do errático Aquiles, portando maravilhosas armas forjadas pelo deus do fogo e do metal?

7 de agosto

Ainda bem que a comida do hotelete é boa e caseira, com quiabo, quibebe e farofa de torresmo estalando, com ensopados de chuchu, de vagens e de mandioquinha, a salada fresca como se acabasse de ser colhida, na horta ao fundo, e as folhas, dum tenro verde, guardassem o refrigerante orvalho da manhã — o trivial das mesas brasileiras já não muito encontradiço, pela falta de gêneros e de empregadas do velho tempo, pela displicência das novas donas-de-casa empenhadas no trabalho fora do lar, pelo aporte da indústria alimentícia de recente expansão, que inunda de anúncios tentadores as páginas das revistas, e do modismo internacional culinário, que alonga e enfeita o cardápio, mas deturpa e esmaga o paladar regional. E almoça-se cedo como se estivéssemos na roça. Satisfeito, espicho-me na cadeira de vime da varanda, que tem três degraus para o jardim antigo, recolhido entre altos muros manchados de limo, ainda com margaridas, beijinhos, brincos-de-princesa, goelas-de-leão, cristas-de-galo, que fariam a delícia de Mimi e Florzinha. Os arquivos fadigam — onde estava com a cabeça quando aceitei a tarefa... Fadigam e desorientam, tantas são as lacunas e encruzilhadas. Contudo, uma surpresa revitalizadora me estava reservada no compulsar as poeirentas páginas roídas pela traça e pelo tempo — encontrei passos de ancestrais nos primórdios da cidade. Não muitos, nem importantes, mas passos das suas caminhadas, passos que não foram perdidos e que ecoavam orgulhosamente no meu coração. E, mais tarde, o barão de Ibitipoca possuíra mansão de veraneio junto ao Palácio Rio Negro, desejoso de ficar ao pé do trono e mais prestamente servi-lo, posse que se perdeu com o querelado inventário em dias republicanos... Revejo o casarão bem conservado pelos novos proprietários, com a fila de chorões subindo até o morro onde há uma nascente — poderia ser meu... E respira a cidade ainda um ar imperial, que me enternece. Imperial e germanizado, que os novos nomes de bairros, nomes brasileiros, impostos pela revolta do povo e em desagravo aos torpedeamentos, substituindo os que lhes deram os colonizadores — Westfália, Bingen, Palatinado — e mais a voz de Lenisa Meier, no rádio, agora, não conseguem quebrar:

> *Junta tudo que é teu,*
> *teu amor, teus trapinhos...*
> *Junta tudo que é teu*
> *e saia do meu caminho...*

Os caminhos! Se todos vão dar a Roma, há um que vai dar a Petrópolis... É a correção que me acode quando deparo com Júlia Tovar na minha frente, chapeuzinho a três pancadas, mantô rodado, vasta bolsa de couro de jacaré. Acode-me e largo:
— Você por aqui?!
— Dei uma fuguinha... Não gostou, *darling*?
— Não há outro remédio, *baby*...
— Ah! ingratidão!

8 de agosto

Passeio com Júlia, friorenta apesar do mantô e da *écharpe*, uns fiapos de ruço erram nos morros baixos, prendem-se nas árvores dos parques residenciais, silenciosos, solitários e úmidos.
— Você não trouxe uma coisa, boneca... Luvas!
— Uma mancadazinha.
— A propriedade depende de um lento, persistente aprender e exercitar...
— Não! Tenho-as! Comprei-as no Cavanelas — lindas! lindas! Foi esquecimento sim. Pensei que estivessem no bolso do mantô. Na subida da serra já dera pela falta. — Esboçou um sorriso: — Voltar para apanhá-las seria exagero, não lhe parece?
— Também se aprende a não esquecer. A propriedade é mais complexa do que se supõe...

Passou a língua nos lábios que o batom defendia do frio, achegou-se num meneio de gata, do seu corpo transfere-se um

calor brando e confortante de lareira que queimasse lenha aromática:
— Você também é complexo...
— Não. Sou vulgar. As criaturas vulgares são mais meticulosas, mais aptas para aprender, assimilam com menos relutância é humilhação as lições...
— A carapuça não me serve.
— Não há chapeleiro com o número da sua carapuça. Tem que ser feita de encomenda.
— Você às vezes parece que me odeia!
— O amor não pode sempre se mostrar delicado. Há glândulas e falta de educação para atrapalhar.
— É outra carapuça?
— Não. Falo de mim também.
— Mas eu não sou delicada para você? Delicada e compreensiva?
— Você?!
— Ponha a mão na consciência.
— Só rindo!
Parou um instante:
— Me diga uma coisa: você achou chato que eu aparecesse aqui sem te prevenir?
— De modo algum. Achei bom... E nem me pegaria em flagrante... Percebeu?
Júlia mudou de assunto:
— Quero voltar de trem. Pode ser?
— Voltará de trem com todas as fagulhas. Um perigo para o mantô...
Contemplando fachadas e jardins, enternecendo-me com velhas telhas e beirais, vagamos ao léu das ruas que encontrávamos à nossa frente nos bairros melhores; deserta está, a maior parte das moradias cerradas pela gente veranista, que não sobe no inverno. O canalizado rio fazia uma curva após a pequena comporta — apontei:
— Este é o famoso Palácio de Cristal! Fez furor!

— No tempo da vovó...
— No tempo da vovó.

Rimo-nos da apodrecida almanjarra cor de chocolate ralo, arruinado pavilhão que meu pai conhecera no vigor da festiva glória — ó valsas e quadrilhas olvidadas! Passamos pela casa que poderia ter sido minha:

— Ei-la!

Há um indisfarçável orgulho em mostrá-la — sólida, harmoniosa, preservada, os vidros muito azuis e muito vermelhos nos caixilhos, os singelos lampiões na subida da escada, a balaustrada da comprida varanda, de trabalhada madeira, pintada de novo com o mais ridente verde.

— Não é cativante?

Tem uma pergunta digna de Catarina:

— O passado te fascina, não é?

— O passado já foi presente, minha querida... Vê se compreende...

— Compreendo.

— Pode-se ter saudade de tudo. Até de um tango!

O carro passava, desmantelado, vazio, vagaroso, as pilecas de cabeça baixa e pelo arrepiado, o cocheiro embrulhado na pelerine no fio — um completo destroço!

— Vamos dar uma volta? Gostaria tanto de andar de carro!... Nunca andei.

Que me deu para negar? Não sei. Mas neguei:

— Hoje não.

Pagamos pelas gratuitas imprudências... Foi uma brusca mudança. Desmanchou-se o ar simpático que irradiava, um ar de colegial em gazeta, o semblante tornou-se insolente:

— Por que não, poderia dizer?

— Veio aqui para brigar?

— Vim para me divertir.

— E não estava se divertindo?

Cresceu a voz, relampejou os olhos:

— Por que não quis passear de carro? É o que eu queria saber. Tem vergonha de ser visto cá com a mocoronga? — E casquinou: — Vergonha ou medo?
Era preciso quebrar a castanha:
— Nem uma coisa, nem outra. Não fui porque não queria! E quando não quero, nada me obriga! Nada, nem ninguém!
Foi uma discussão que rendeu, que chegou ignobilmente ao desmesurado azedo, o que em outras não havia acontecido. Os raros transeuntes percebiam, olhavam de soslaio; se acompanhados, entreolhavam-se, comentavam com palavras surdas e gestos discretos; uma pessoa chegou à janela, retirou-se logo ao olhar colérico de Júlia.
— Que papelão! Parece uma lavadeira...
— Escapei de ser! E roupa suja eu mesmo lavo na frente de qualquer um! Estou me borrando para os outros! Para falar o que tenho de falar, não escolho hora nem lugar! É verso e é verdade!
— E ouve também, poetisa...
— Poetisa é a vovozinha!
Recusou-se a jantar, só aplacou na hora do trem:
— Onde é a porcaria desta estação?
— Chame um carro e mande tocar pra lá.
— É o que vou fazer. Nasci sozinha.
Acabei, porém, levando-a; fomos a pé e sem palavras, meti-a no vagão às moscas e, então, ela disse baixo, rilhando os dentes:
— Se tivesse um revólver, eu te matava!
Disse e não seria bravata. Dei-lhe as costas. Perambulei, jantei tarde e foi uma noite infeliz, mas sem remorsos.

9 de agosto

Os manjares comoventes e apaziguantes — sopa de alho-poró!

10 de agosto

Luísa remete-me a carta de Francisco Amaro: "Escrevo numa corrida. Sabe o que me aconteceu hoje? Comprei uma sitioca. Tudo no peito ou no impulso. O camarada estava apertado — meio jogador. Pequena entrada, para desapertá-lo, e tenho promissórias até a consumação dos séculos. Se você quiser um lugar decente para repousar os ossos e escrever com calma e bucolismo, a casinha lá está vazia e às ordens. Claro que estava um tanto podre e suja como pau de galinheiro, mas com uma boa limpeza e uns sopapos de barro ficará plenamente habitável. Não tem uma única árvore em volta, como é do uso cá dessas bandas, mas as terá ao seu tempo. Fica à saída da cidade, pouco adiante da pedreira, num alto. Passa lá o ribeirão Tico-tico e a água, portanto, é abundante. Sabe por que comprei e para quê? Para industrializar aquilo. Tem um alambique parado (tudo muito primário, mas gostoso!) e cana para uns 70 mil litros. Pode até ser mais, com um pouquinho de técnica — o ex-dono era um atrasadão. Se o trem correr direitinho, é possível que já no ano que vem eu contrate os serviços do insigne Aldir Tolentino para fazer umas coisas bonitas por lá, inclusive pedirei que batize a nossa cachaça, que tudo farei para ser mais famosa que a *caña* do Paraguai. 'Aristocrata' está bem? Depois de amanhã sairei para São Paulo, por dois dias só, e nem passarei no Rio — vou direto. Como não passarei na volta, pois a história da compra do sítio me atrasou a viagem..."

Está maluco!

11 de agosto

Nos arredores de Paris as vanguardas norte-americanas. (*O Jornal.*)

Está sendo estudada a proibição de qualquer aumento de preços. (*Diário de Notícias.*)

O presidente aclamado em São Paulo! (*A Manhã.*)

12 de agosto

Duas horas e oito cigarros impacientes para obter uma ligação. Júlia, afinal, me ouve no escritório, mas ouve mal:
— Fale mais alto! Está um barulho danado na linha.

Suspendo a voz: iria para Guarapira, tinha assuntos a resolver com Francisco Amaro, coisa de três a quatro dias no mais, aproveitava estar a meio caminho. Estava avisando para que ela não desse outra fugidinha e batesse com o nariz na porta...
— Está bem. Vai hoje?
— Não. Vou amanhã. Para hoje não consegui passagem.
— Boa viagem... — e desligou.

Não adianta gastar mais duas horas para dizer-lhe uns desaforos. Mas a vontade fica-me roendo por dentro — desaforada!

14 de agosto

— Está maluco? Que invenção de sitioca e cachaça é esta? Não é suficiente a enrascada em que se enfiou e ainda quer mais sarna para se coçar?
— Que vai dar dor de cabeça, vai. Provavelmente muita...
— Para quem não gosta de tomar remédios é imprudência.
— Mas me divertirá um pouco, que diabo! Tenho direito. Não é só trabalhar! Aos sábados e domingos posso me meter lá no sítio, descansar a cabeça...
— Carregando pedras? Para isto já tem a fazenda dos zebus.
— É do velho.
— O que é dele é teu, deixa de subterfúgios! Comigo não pegam!
— Não gosto de cheiro de boi...
— Prefere o da cachaça.
— *Voilà!*
— *Voilà* coisa nenhuma! Besteira grossa! Desmedida! Você não desconfia que está ficando de uma ambição digna de porrada?!
— E os filhos?
— Desculpa idiota! Com o que você já tem e com o que ain-

da vai herdar, irá deixá-los mais do que protegidos. Como príncipes! Deixar mais do que isto é burrice crassa. Muito dinheiro atrapalha. Você escapou por mero acaso... E é preciso pensar que você também tem direito de viver, de fazer as coisas que gosta, ou não fazer nada. Não pensa nisto?

— Sou um animal!

— Ainda há salvação, ainda há salvação...

Não havia — palavras a um mouco. Francisco Amaro não largaria nada, arranjaria mais empresas, acumularia aborrecimentos e lucros, e porventura prejuízos, insaciavelmente pretendendo amparar a família, como se depois de morto ainda quisesse dominá-la. Mas a minha testada estava varrida, tentara o que pudera — que se produza cachaça!

— Cachaça é mercadoria vil, não é?

Vem uma pena por tanto desvio de rota:

— Que é que arranjou em São Paulo?

— Um motor diesel para a sitioca. Em segunda mão. E um distribuidor para a cachaça... Lá em São Paulo vende-se cachaça que não é graça! "Aristocrata", acha você bom nome?

— Ponha "Plebeia". Ficará melhor.

— Não porei água para desdobrá-la, nem pimenta-do-reino para arder, não ajuntarei melaço para adoçá-la, nem sabão para fazer gola... Uma cachaça decente!

— Em suma, enfeitará a merda, pobre Pedro Malazarte!

— Eu te irrito muito?

— Não. Me dá dó vê-lo perder a vida... a única que lhe foi dada!

Mudou de assunto:

— Papai está liquidado, não está?

— Está.

— Acha que viveu inutilmente?

Condoo-me:

— Todos nós vivemos um pouco inutilmente, Francisco Amaro.

15 de agosto

Seu Durvalino se afunda no mar temeroso — tumor maligno no mediastino, constatado, sem que o socorra a custosa aparelhagem especializada de que o Hospital de Guarapira, em estilo moderno, não fosse Francisco Amaro seu diligente provedor, é orgulhoso e único possuidor entre vinte cidades em volta, o que transforma Guarapira em Meca dos cancerosos da região. Contudo, ainda procura ser útil, conferindo, com paciência bovina e cabeça intacta para as quatro operações e para os macetes comerciais, as contas da fábrica de sacos sob a sua responsabilidade.

— Estou por um triz, meu amigo... Qualquer dia estico a canela...

— Que é que está dizendo, seu Durvalino! O senhor vai enterrar nós todos... É metal de outra têmpera!

— Vá pregar esta peta a outro... Banana podre é o que sou. Já pensei em chamar padre...

— Chame. Ele vai achar muita graça... Poderão jogar escopa...

Parece que se ausenta:

— Tenho que estar em paz com a minha alma, meu filho.

— E mais essa! De que é que o senhor tem a se arrepender? Sua vida foi sempre um livro aberto.

— Eu é que sei!... Eu é que sei!...

....

Salim Assaf, que passou a registradora do armarinho aos cuidados do caixeiro mais antigo — vinte anos de balcão, ali no duro! —, deu para usar gravata — é como a insígnia do seu cargo diretor e, se tem a cabeça mais dura do que os pregos que fabrica, muito dinheiro amolece até ferro e já aludiu à possibilidade de construir uma casa moderna, uma casa como a do genro e com o recheio tão modernizado quanto a casca! Como, porém, a cópia exata vexa um pouco e dará pasto a mexericos e zombarias no Café Rui Barbosa e no bilhar do Totonho Dutra, pensa em contratar os serviços de um outro arquiteto:

— É preciso variar, fazer balacete bonito!

E atira-se com mais fervor ao pôquer no clube de que foi feito diretor social...

....

Dona Idalina quer lá saber de casa moderna! — a que tem está muito boa. Quer é o filho de volta, são e salvo, coberto de medalhas. E, na espera, entrega-se intensa e inconsolavelmente à dor. Mas, auscultando-a com justeza, constata-se que a maior parte dela advém da esclerose cerebral, que somente os parentes não percebem, Francisco Amaro inclusive — sua saúde de ferro não admite doença nos outros, tudo invenção, nosomania!

....

Turquinha engorda. Seu bom sangue árabe arrasta-la-á para a enxúndia se não tomar cuidado. Não toma.

16 de agosto

Na biblioteca de Francisco Amaro, bonita, severa, com macio divã para possíveis devaneios, mas devassada demais para meu feitio, há livros e livros por abrir.

— Falta tempo! Chego em casa estrompado, você sabe como é a minha toada o dia inteiro... Mesmo assim nunca deixo de ler alguns minutos, na cama, antes de dormir. Alguns minutos é um modo de dizer. Leio uma hora, ou quase uma hora. Bastante pouco todavia, apenas para não me emburrecer de todo. Domingo é que consigo ler mais. Venho cá para a biblioteca, tranco-me... se não me trancar torna-se impossível, que é um entra e sai de crianças e de Turquinha... Os livros, porém, se acumulam, esperando vez.

— Eu vi.

— Mas pelo menos não deixo de os comprar... Já é alguma coisa, não? Se todos comprassem como eu compro, ninguém poderia se queixar do mercado...

— E sabe que tem melhorado?

— Sei. E eu coopero muito... — e reacendeu o cachimbo.

— E não tem escrito nada?

— Nada! É melancólico, mas nada!

— É pena. Seria bom que se esforçasse. Está lhe fazendo falta.
— Estou conformado.
— Não se iluda. Dia virá que sentirá muito... Para que abrir campo ao arrependimento? Escrever faz falta. Imagine-se um peixe que decidisse não nadar...
— Não. Que peixe sou eu! Estou conformado, já disse. — Bateu com o cachimbo na palma da mão: — Afinal, nunca passei de um amador. Talvez mais bem-dotado e mais bem-intencionado que o comum dos amadores, porém, amador.
— Sabe que não. Apenas está atravessando uma fase de esterilidade. Acontece, mas passa. Vai ver.
— Escritor que não escreve, não é escritor, creio eu...
— E você pensa que eu escrevo muito? Está enganado!
— O suficiente para ser um escritor. Nem é preciso mais. Ser escriba é outra coisa.
— Seria preciso, sim. E eu escrevo pouquíssimo. Com que dificuldade, meu velho!... Como custa a sair qualquer bobagem da minha pena... É um sacrifício! Mas eu me esforço. É o que você precisa fazer — esforçar-se... Acaba saindo. Que alívio ao cabo!... Você compreenderá a alegria das galinhas quando botam um ovo....
— Meu oveiro está murcho... — riu. — Ou melhor, não sou galinha...
— És um cavalo, isto sim é que és! Se matando por nada. Pois o que você faz por sua fortuna e por esta cidade é muito, mas acaba não sendo nada. Seu destino seria outro e você cada dia torce mais o seu destino. Um obstinado! Mas ainda é tempo de arrepiar carreira, Francisco Amaro!
— Já estou enterrado, Eduardo. Já estou enterrado. Agora é continuar assim até a morte chegar mesmo.

17 de agosto

O façanhudo general Patton a 56 quilômetros de Paris! Falta-me Aldir para lhe perguntar:
— Daqui a onde, você que sabe tudo?

Mas ouço queixas do enciclopédico arquiteto e são do dono da casa:

— Vote! que o Aldir enerva um cristão! Não adianta reclamar. Por mais que peça, implore, escreva, telegrafe, telefone, não dá a mínima. O mais que consigo são promessas... Sabe que ainda não me mandou os detalhes das esquadrias do cinema? É para a gente ficar desesperada!

É preciso defender os ausentes:

— Paciência, Francisco Amaro! Paciência! O Aldir é moroso por absoluta deliberação. O que se faz com consciência, com escrúpulo, com competência, com responsabilidade, enfim, forçosamente tem que ser demorado.

— Mas assim também é demais! — e Francisco Amaro já está meio dobrado. — Oito meses!...

— A perfeição não marca hora para nada.

18 de agosto

Afugento a ideia sub-reptícia — não! Deixemos Júlia Tovar com os seus calundus — nada de telefonar! —, o tempo ainda é o melhor saponificador de corações. Tomo a mãozinha de Patrícia, a tagarela, e vamos visitar o ginásio, como um navio branco ancorado no parque, fruto de um transe visionário de Francisco Amaro e que tantos aborrecimentos já lhe deu. É belo! Há coisas belas e há coisas exatas — a Beleza não é necessariamente a Verdade.

19 de agosto

Já estão em Versalhes... Dentro em pouco estarão em Paris... E eu faço a reduzida mala para voltar ao meu campo de batalhas perdidas. É depois do almoço, com tanta pimenta que a boca ainda me arde. Francisco Amaro rompe pelo quarto como rojão:

— Santo Deus! que pressa é esta? Você passa um tempão sem vir aqui e já quer voltar? Não! Não admito! Fique mais uns dias. Tem de ficar!

A voz é de afogado pedindo socorro. Decido-me pela clemência:
— Vá lá!... Ficarei mais uns dois dias.
— Só?!
— Mais não posso. Também tenho as minhas obrigações, o que é que há? Só acabar a obrinha de encomenda já não é brincadeira...
— Por que não acaba aqui?
— E eu posso com quase todas as notas lá em casa? Não tem cabimento! E agora tenho que cancelar a passagem marcada. Não vou perdê-la, não é? Nem tão rico estou que me permita ao luxo...
— Isto não é problema. Vamos à Estação Rodoviária.

A Estação Rodoviária, ao lado da miserável e vergonhosa cadeia, calamidade arquitetônica que Francisco Amaro com todo o seu prestígio não conseguiu vetar, é recente e admiradíssima benfeitoria urbana.
— Mas venha cá... você ia agora no ônibus das duas sem me dizer nada?
— Disse-o à Turquinha. Quando você soubesse já estaria longe...
— Enganou-se, é claro! Ela me preveniu a tempo. Mas ia? Que te deu na cabeça?
— Não foi na cabeça, foi no coração... Nostalgia...
— Vá catar piolhos com a tua nostalgia! Anda! vamos transferir a passagem. Depois temos muito que conversar.
— Para aturdir?
— Talvez.
— Onde?
— Na fábrica.
— Que fábrica?

Riu:
— Na de pregos, está satisfeito?

Acompanho-o no fordeco, muito maltratado, que usa por medida de economia, nunca que botará gasogênio no seu Buick — um trambolho! Desviando das bicicletas operárias, dirigimo-nos

para a fábrica de tecidos, em cujo escritório entronizou-se um Sagrado Coração, tão recente quanto a Estação Rodoviária. Já havia troçado no mesmo dia em que cheguei:
— Ideia sua?
— Deixa de ser besta! Ideia de Turquinha. Anda muito beata. Ela e dona Idalina. Desde que o Jorge se foi, vivemos neste clima de incenso. Engulo, sabe?
— Coração bondoso é assim. Vai se transformando em avestruz... E dá dinheiro para as obras pias do culto vigário, não dá?
Não responde. O barulho matraqueado dos teares antiquados era o fundo da conversa como é agora:
— Tomara que acabe esta maldita guerra e Jorge volte. Acha que acabará logo?
— Está nas vascas, você bem sabe. Mas não a amaldiçoe. Não fosse ela e não grassaria em Guarapira a constatável prosperidade...
— E você acha que ele volta? Muitas vezes no último minutinho... Bala não tem endereço...
— Acho. Seria azar demais. Nem todas as guerras terminam como *Nada de novo na frente ocidental*... Mas a guerra está em nós, Francisco Amaro.
— Sim, mas com ele aqui dona Idalina sossegava, Turquinha sossegava, as coisas tomavam melhor jeito.
— E você teria mais um dirigente tribal, não é? Exatamente quando seu Durvalino perde o leme...
Fez uma cara de mofa:
— Você por acaso quer vir? Ganhar dinheiro, ganha-se...
— Não! Nem que fossem milhões... Quero é ficar fiel à minha *demi*vagabundagem, única possibilidade de criação compatível com as minhas forças e disposições, com meu ideal e meu lema: Liberdade nunca tardia... Repito, Francisco Amaro: horrenda, fera, ingente e temerosa, a guerra está em nós. Não se esqueça!

20 de agosto

Não se esqueça! "Se tivesse um revólver, eu te mataria!" Não, não me esquecerei.

21 de agosto

— Maria Clementina! Oito vezes oito! Depressa! Oito vezes oito! Maria Clementina, que é a mais linda das irmãs, espreme o pequenino cérebro avesso à multiplicação. Turquinha brande o chinelo como uma batuta:
— Menina burra! Oito vezes oito! Responda!

A criançada decora a tabuada na base da gritaria, de se ouvir a léguas, e do chinelo de Turquinha, pedagogia doméstica e supletiva algo deprimente, mas é saliva perdida querer convencê-la do contrário e que o grupo escolar, por mais precário que seja, saberá dar conta mais suave e eficientemente do recado. Interrompo a sessão escolar:
— Me diga uma coisa, professora, mas não minta.
— Que é? — e já começa a rir.
— É sério. Brincadeira tem vez. Você já leu um livro?
— Engraçadinho!
— Não é resposta. Leu?
— Os dois de Francisco — e ria-se perdidamente.
— Isto quando você era noiva. Assim não é vantagem. Noiva é como turco, faz qualquer negócio. Quero saber antes e depois...
— Ora, não seja impertinente, Eduardo!...
— Não fuja. Leu?
— Li! Li!
— Você não tem vergonha de mentir na frente das crianças?
— Li! Juro que li!
— Você não lê, seu marido não escreve... Que dupla! E olha, quando falar com as visitas, deixa de coçar o nariz. É muito feio!
— Você tirou o dia hoje? Que homenzinho implicante!

Mercedes passa abraçada à tripa para a manufaturação da sua famosa linguiça, gigantesca e convulsa serpente transparente que esconde o farto seio mulato:

— Menos pimenta, se faz favor!

Mercedes mostra a dentuça em que luz um canino de ouro:

— Não ponho quase nada...

— Se você fosse cozinhar no inferno, o capeta protestaria.

— Cruz-credo!

Turquinha abandona a refrega aritmética, as meninas desaparecem, céleres, antes que a mãe se arrependa, levando cadernos e lousas, cujo rangente manejo me arrepia horrivelmente. Vamos para a varanda — as sombras se alongam. O sol tarja de descambado ouro o morro do cemitério, minguado, barrento, vai o rio lento como lesma, o gavião solta seu grito áspero, guloso dos pintos da vizinha, pousa no galho do abacateiro carregado.

— É o primeiro que vejo desde que cheguei.

— Aparecem de vez em quando. Andaram sumidos uns tempos.

— Xô, bicho danado! — espanta Mercedes, sacudindo o avental.

A ave voa. Turquinha inicia a lengalenga com que me pegou várias vezes e já enfastia:

— Você acha que o Jorge volta?

— Por que não vai voltar? Até é agouro... Vocês só pensam nisso...

— Deus te ouça! Se não voltar, mamãe não suportará. Está um bagaço como você tem visto. Eu fiz até uma promessa para que ele volte.

— Que promessa?

— É segredo.

— Ah!

— Você não acredita...

— Que importância tem a minha incredulidade? Em que poderá obstar? Faço até votos de que seja atendida.

— Deus existe, Eduardo!

— Não faço objeção, Turquinha... ora essa! Fé é assunto que não se discute. Mormente entre amigos. E tire este negócio fúnebre da cabeça! O Jorge vai voltar. Vai voltar, vai dirigir uma fábrica, vai ter automóvel, vai casar, vai ter dezenas de filhos como é ponto de honra aqui...
— Você leva tudo na brincadeira...
— Não é brincadeira, Turquinha. É a pura expressão da verdade. Da mais inescrutável verdade!

22 de agosto

Há dois anos que estamos na guerra — dois! E há comemorações. Festeja-se tudo, eis uma constatação melancólica. É como gastronomia no dizer de José Nicácio, e convém reproduzir o diálogo travado em casa de Adonias, há muito tempo!
— Come-se tudo! Há quem goste de tanajuras, de gafanhotos, de camundongos, de vermes, de cobras...
— De buchada de bode...
— Nossa! É preferível a morte.
— De queijo Camembert...
José Nicácio protesta, veementíssimo:
— Não! Queijo Camembert é ótimo! Sensacional!
— Come-se tudo, meu caro... Come-se tudo...
Reproduzi-o para Francisco Amaro, que ri, sacudindo o pesado serão. A noite é fria, seu Durvalino passa mal — terrível dispneia. A passagem está no bolso:
— Amanhã me vou, Francisco Amaro. Lamento não poder ficar mais. Se alguma coisa dependesse de mim, é claro que ficaria.
— Eu compreendo.

24 de agosto

Saí por quatro dias, acabei ficando vinte e um, como se o tempo nada valesse, seja, continuo o mesmo pródigo das horas — das únicas que me foram dadas. Júlia, que não gasta melhor as suas, me recebeu de cara amarrada, maneira de prolongar a agressividade telefônica, inócua atitude que não me corrigirá. Pus meus desaforos na arca das inutilidades e tentei amansá-la, falando-lhe do êxito das pesquisas petropolitanas e do apoio que Francisco Amaro precisava — não se convenceu. Levei a questão para a galhofa, que pode esconder a verdade:

— A ausência é um mal necessário...

Não adiantou. Desabrida, respondeu:

— Quem está presente é quem vale!

Ando em fase de desfalecimento, inércia que às vezes momentaneamente me ataca, caracterizando-se pelo famoso "tédio à controvérsia" — é deixar correr o marfim.

....

A Rumânia rendeu-se aos Aliados. Em Paris, os *maquisards* se levantaram e expulsaram os alemães, deixando limpo o terreno para os libertadores.

— Com atraso... Com atraso... — balbucia Marcos Rebich.

25 de agosto

Entraram em Paris os tanques norte-americanos! (*Correio da Manhã*.)

26 de agosto

Fui ver Júlia. Permanece amuada, olhando mais para as vitrinas do que para mim. Deu a entender que tem se divertido à grande...

— Ah, é?! Pois então continue folgando! — e deixei-a plantada em plena rua Gonçalves Dias.

27 de agosto

Encontrei apreciável correspondência, cuidadosamente empilhada por Luísa — que mundo de boletins, convites, participações, catálogos, impressos, revistecas —, tudo na cesta sem o menor remorso! E cartas de Garcia, de Rodrigues, de Rosa, do coleguinha santista, do professor de Ohio — como se escreve! Não respondo a ninguém — tem tempo! —, possivelmente compreenderão. E livros — quantos estreantes! e quase todos poetas —, poesia a jorro! Não agradeci a nenhum — é uma descortesia, que não se coaduna com minha vida literária, mas não me sinto com disposição agora para fazê-lo, mesmo não pude lê-los, folheei-os apenas. E a propósito de tais remessas, Gustavo Orlando já me confessou:

— Não agradeço a ninguém! São uns chatos! Se pegam uma linhazinha nossa, de mera formalidade, um lugar-comum da delicadeza, correm a publicá-la nos jornais, ou pespegam-na na orelha do próximo livro. Uns chatos!

Ribamar Lasotti é mais astucioso, tem a sua diplomacia:

— Quando recebo um livro, imediatamente agradeço e informo que vou lê-lo com a maior atenção e brevidade... Assim não preciso dar nenhuma opinião, nem pensar mais no cabra, que nunca cobra a prometida leitura...

28 de agosto

O espaço doméstico, atualmente, é diminuto, com tendência para o micrométrico sob o pretexto do funcional, quando, no âmago da questão, está a vil ganância da construção civil praticamente em mãos de aventureiros e agiotas; livro ocupa lugar e a quantidade deles vai se tornando avassaladora, invadindo o apartamento todo, onde não há canto ou vão em que não se tenha embutido uma estante, o que empresta ao lar, como pilheria Gasparini, um aspecto amedrontadoramente cultural. Necessário se faz um periódico expurgo, sem sombra de sentimentalidade, que abre vaga para os que incessantemente vêm. Poderia chamar um livreiro amigo e vender bateladas deles — e é extraordinário que venham nos comprar, em grosso, livros que ninguém comprará, mesmo a preços irrisórios nos escaparates dos sebos! — mas repugna-me rasgar a página da dedicatória de toneladas de ofertas, mesmo quando é transparente a desprezível lábia com que é escrita. Tenho me livrado da sobrecarga, abastecendo muito amigo, especialmente Pinga-Fogo, que carrega o que lhe der como um mau trapeiro, pois não há mister que não exija finura. Acudiu-me, porém, hoje uma ideia mais por atacado — doar o excesso à lacunosa biblioteca do Ginásio de Guarapira, deixando tal livralhada sob a guarda de Francisco Amaro com as dedicatórias intactas, e na previsão de que ficará intocável, porquanto a rapaziada cada dia evidencia mais horror ao livro. E vamos escrever logo a Francisco Amaro sobre a doação em estilo presente de grego... Mas, tomado pela vontade de me cansar fisicamente, em vez de epístola, enfrento de imediato a seleção, secundado por Doroteia, que cheira conscienciosamente todos os volumes, à medida que os vou empilhando contra a parede do estreito corredor.

Luísa, de camisola de dormir, aparece e protesta, brejeira:

— Está difícil de passar...

— Tenha calma, iaiá! Amanhã, ou depois, sai tudo. Depende de arranjar uns caixões. Acha que na venda poderei encontrar?

— Só perguntando.

— É precisamente o que vou fazer...

Foi beber água, voltou para a cama. A noite já ia adiantada, e ainda havia joio naquele trigal de papel impresso. Embora fatigado, as costas doendo, enchi-me de energia — era preciso terminar!

Terminava, quando Lúcio choramingou. Fui ver e Doroteia acompanhou-me — era um leve pesadelo. Descobrira-se, ajeitei o cobertor, resolvi dar uma olhada em Vera — dormia profundamente e, no quarto, sentia-se uma noção de ordem, que não havia no do irmão. Pensando seriamente no antagonismo, com a cadelinha aos meus pés, fiquei muito tempo na poltrona da sala ainda por reestofar — preciso conversar com Gasparini. (Um relógio bate cinco pancadas na vizinhança.)

29 de agosto

De Gaulle, indiscutível chefe da resistência francesa, possuído da mística de Joana d'Arc, em invólucro de Cyrano, foi alvejado duas vezes, ao que se supõe por oficiais alemães deixados em Paris para o expresso desiderato. De ambas escapou ileso — o peludo! A primeira tentativa deu-se na rua, vindo os disparos de não identificadas janelas e soteias, e a segunda verificou-se quando assistia ao *Te-Deum* na Notre-Dame pela liberação de Paris, e os tiros foram meio abafados pelo órgão... Mas de onde vieram?

30 de agosto

De qualquer parte da bela Itália, um cartão-postal, nada belo, de Jorge Assaf, na sua dolorosa caligrafia: "Tudo bem." Teria graça que a censura militar consentisse noutra opinião.

Luísa é ingênua:

— Não se esqueceu...

31 de agosto

A guerra está em nós. E serei bom soldado?

1º de setembro

Verdun caiu... É um nome antigo, pungente na boca de Blanche, heroico na voz de doutor Vítor, alternando-se de dono nos comunicados da frente de batalha, nome corrente nos serões do Trapicheiro, nome que é para mim, hoje, um sinônimo de longa, entrincheirada e inútil mortandade.

2 de setembro

Uma semana justa sem procurar Júlia Tovar, que não deu o braço a torcer. Mais uma vez tudo poderia ter acabado, talvez na melhor hora. Não acabou, o coração é assim disparatado — fui vê-la hoje. Vestido novo e alegre recepção:
— Pensei que tivesse viajado...
— Não seja boba! Você tem se excedido em bobice.
— Não sou boba! Tenho amor-próprio...
— Guarde-o para ocasiões também mais próprias. O seu traço fundamental é a perseverante falta de propriedade...
— Você gosta é de espezinhar. Parece um sátiro!
— Nada mais injusto e mentiroso. Mas não gosto que ninguém monte em mim. Monte ou queira montar, o que no fundo tanto faz. Não sou cavalo! E quando quiser me matar, não use revólver, use palavras. Palavras também me matam.
— Como se as suas não envenenassem!...

3 de setembro

Não compreendo — as coisas pareciam que estavam melhorando, a tensão policialesca afrouxando, algumas almas democráticas pondo as manguinhas de fora... Marcos Rebich, porém, queixando-se da impertinência da censura dipiana, que era para endoudecer! fechou o seu panfleto semanal, que tinha público, embora não tivesse anunciantes, sempre mais cautelosos do que os leitores, e autoexilou-se no Chile, tudo a toque de caixa, e a polícia não pôs nenhuma dificuldade à sua saída.
José Nicácio apareceu:
— Estou em *chômage*.
— Que troço estranho o fechamento agora da revista, hem! Assim, de uma hora para outra...
— Que de uma hora para outra! Então você não sabia que o DIP estava apertando muito as cravelhas? Já não conseguiam nem papel... Um buraco! Não davam guia para os fornecedores. Um velho truque...

— Por isso é que acho estranho. Exatamente quando a situação parecia mudar de rumo... Não compreendo.
— Isto é o Brasil, meu caro! — Apela para o trocadilho: — E como poderemos comemorar o meu estado novo?
— Com um trio de Mozart, recém-adquirido, está bem?
— Não poderíamos acompanhá-lo de uísque? Formaríamos um brilhante quarteto...
— Pode ser, como não pode!
A intragável bebida serena a alma de José Nicácio como um bálsamo, uma nova ambrosia. E volto, tentando ser diligente:
— Por que não fala com o Godofredo? Pode ser que ele te arranje uma beirada no jornal.
— É duro aguentar o Godofredo! Mentiroso, idiota e vigarista. É muita titica num saco só.
— Bem, não precisa se excitar. Falei por pura solidariedade. E como o Marcos Rebich se foi? Nunca ouvi dizer que tivesse dinheiro.
— Esconde o leite...
— Brincadeira!
— Antes fosse. Não foi de algibeira vazia, caro patureba. — Gasta o jargão da ilegalidade: — E ele tem os seus contatos... Em Santiago irá para a casa de um camarada que já exerceu cargo na Embaixada chilena aqui, pessoa excelente, extremamente prestativa... não terá maiores despesas. Aliás, não ficará muito tempo à sombra dos Andes. Tem missão garantida no México. Há muita reportagem lá para se fazer. Assuntos palpitantes ou oportunos. Entrevista com a irmã do Prestes, para citar um. Já leva encargo daqui.
— Será que publicam?
— Não tenho a menor dúvida. Quem mandou, pode...
— O Antenor Palmeiro ainda está no México, não está?
— Está. Vão formar um belo par.
— Não. O Antenor é vivo, mas não é trampolineiro.
— Concordo, concordo... Mas a hora é de aproximações...

4 de setembro

Belo par fazemos eu e Júlia junto à chopiniana estátua de Chopin, inaugurada há dias na praia Vermelha, presente da colônia polonesa à cidade, em romântica postura, sobrecasaca ao vento e dando as costas para os Retirantes de Laguna, que ficam ao centro da nova praça.

— O plano da mazorca de 1935 está muito mudado... Um outro cenário, cenário que Mário Mora não assinaria de jeito nenhum... Ali era o quartel do famoso III Regimento — e apontava a pequena e curva praia. — Foi demolido... Também ficara em pandarecos com o bombardeio e o incêndio, e o povo ganhou uma praia, pois até então esta era privativa do quartel, um balneário para a soldadesca...

— Não conheci. Em 1935 era uma fedelha, e para sair do Engenho de Dentro era um caro custo.

— Pois com a sua decantada precocidade devia ter conhecido o quartel, conhecido o comandante, conhecido o major, pegado uma carona no automóvel do capitão...

— Saliente!...

— Um desabafo necessário.

— Bah!

Sentamo-nos na areia grossa, a noite esconde o mar, há casais aproveitando os recantos mais escuros, o vendedor ambulante empurra a carrocinha com a lamparina de carbureto.

— Compre pipocas, vamos!

— Não acha que embucha um pouco?

— Que nada! Compre.

Pipoca sabe-me às matinês tijucanas com Carlitos, Chico Boia e...

5 de setembro

Sedan, Dinant, Liège, Ostende... mais nomes antigos, novamente em foco, grãos com que os Aliados vão enchendo o papo na sua avançada para a Linha Siegfried, já próxima.

6 de setembro

Morte de seu Camilo — câncer da laringe. Altamirano de Azevedo deitou artigo no jornal de Godofredo Simas: "O Educador." Um pretexto para falar na sua vida escolar, que terminou rigorosamente no terceiro ano primário. O artigo veio às minhas mãos e foi uma pequena batalha acertar a pontuação.

7 de setembro

Mais uma Semana da Pátria, querida Pátria minha, se comemorou no verde-amarelo, suburbano e caserneiro estilo do Estado Novo!
Inaugurada a avenida Presidente Vargas, iniciativa do prefeitoide — a mais larga do mundo! e também a mais desprovida de árvores... No estádio vascaíno, Getúlio fala para imensa multidão, nitidamente compulsória — continua virando a quina do barco... embora, em evidente contrassenso, os seus asseclas e esbirros, mais realistas que o rei, estejam, nestes últimos dias, intensificando a espionagem, a delação, a prisão e o sádico castigo corporal, em vista de certas esperanças democráticas que brotam aqui e ali bafejadas pela própria voz do chefe da nação. Há revoada de pombos e um programa orfeônico executado por 30 mil escolares, mestre Villa-Lobos na regência, com pijama de seda de perigoso corte russo. Encontrava-me no meio do campo, por imposição de Lúcio, que não entrava no coral, em palanque especial, cujo ingresso foi uma delicadeza de Godofredo Simas. Sabem de uma coisa? Emociona! Volto com o *Canto do Pajé* martelando na minha cabeça.

8 de setembro

Repasso a emoção de ontem — foi legítima. E isso é grave. Denota a receptividade do coração mais avisado para as festas populares de caráter místico-patrioteiro, como se não morressem jamais nele as disponibilidades pueris para o compasso marcial e a banda de música; demonstra a eficiência com que os regimes de força anestesiam as massas, cercando-as deliberadamente de fanfarras, cantorias e bandeiras. É grave e não encontro antídoto.

9 de setembro

— A Argentina é sede do movimento fascista no hemisfério, área de perturbação e boato. (Cordell Hull.)
— Só que a denúncia veio tarde... Debaixo desse angu tem carne... (Cléber Da Veiga.)

10 de setembro

Felicidade em pânico — distribuem-se cartões para o racionamento da carne. E, portanto, mais presuntada (americana) na mesa...

11 de setembro

— Vale champanha, meu povo! — grita Gasparini, empunhando uma garrafa de Veuve Clicquot. — As tropas aliadas já estão combatendo em território alemão.
— Ainda é cedo. Guarde a champanha para Berlim.
— Que cedo! Entraram no território alemão, não entraram? Então, considero que estão em Berlim. E vamos bebemorar!
— No fundo o que você quer é beber...
— E não está mal alvitrado... Avante!
Pum! — e a rolha bateu no teto como um besouro. O "povo" que Gasparini convocava para a comemoração constituía-se de Luísa e eu, e assim ele praticamente enxugou a garrafa, repimpado na minha poltrona. Mas como gosto de saber coisas, pergunto:
— Onde você arrumou esta champanha?
— Gentileza duma cliente francesa.
— Logo vi.
— Logo viu o quê?! Então eu não posso comprar uma champanha francesa para comemorar um acontecimento histórico?

— Poder, pode, mas não tem coragem. Você é um bebedor barato...
— Perdi a conta das que comprei! Perdi!
— Infelizmente não estava presente a nenhuma das vezes para poder atestar.
— Luísa, minha nega, seu marido é realmente um perfeito idiota!

12 de setembro

Gasparini é um verdadeiro mão-aberta, esquece de cobrar à clientela, gasta o que tem e até o que não tem com a maior serenidade, como se não existisse o dia de amanhã, assevera que "a economia é a base da porcaria"! Mas se lhe pedem um cigarro, fica possesso:
— É um desaforo! Fumar é um vício absolutamente privado. Como escova de dentes, que cada um usa a sua. Quem fuma tem que trazer sempre cigarro no bolso! Cigarro e fósforos!
Creio que peguei isso dele.

13 de setembro

Francisco Amaro agradece a remessa dos três caixotes de livros, que chegaram com presteza rodoviária bem pouco comum — "você se livrou de muita baboseira e muito equívoco, que só servem para encher estante, e que cumprirão aqui o seu atulhante destino, mas despojou-se outrossim de muitas obras sérias, boas e úteis cá em favor do alunato guarapirano, porém desconfio que serão pouco lidas, pois verifico, amargurado e desconsolado, que a mocidade de agora é um bocado indiferente à leitura, talvez mais do que indiferente, contentando-se, no campo do ficcionismo, com as criminosas histórias em quadrinhos, que grassam a olhos vistos..." —, e anuncia que, em justa retribuição, a biblioteca ginasial terá o nome do seu benfeitor em letras de metal na porta, o que já foi decidido em sessão do grêmio escolar: Francisco Amaro não faz *blague* e é uma sensação esquisita pela novidade — imagino o envaidecedor letreiro, confundindo-o com inscrição tumular.

14 de setembro

Logo à primeira tentativa, e por significativa maioria no primeiro escrutínio, à qual a mitra cardinalícia não fora estranha, Martins Procópio se viu admitido no imortal convívio, barrando as pretensões dum engomado genro de ministro, que se considerava eleito e já enfatuadamente prometia votos futuros; e tal resultado, mais uma ponte entre a literatura viva e a colenda casa oficial das letras, surpreendeu alguns observadores e constituiu bola branca para o procedimento acadêmico, que aprecia as reincidências e a derrota de certos valores. Um velho e espartilhado cortesão da Academia, muito cioso sempre da importância do votinho, sigiloso ou não, conforme a conveniência, abria o seu:

— Como poderia votar no moço se nem o sogro se interessou pela eleição? Um sogro tem que se mexer! — aduzia, decepcionado e indignado.

O discurso de posse, nada extenso, fez sensação no arraial dos fardões — tinha ousadias, punha pontos em muitos iii, oxigenava o gênero! afirmavam certos votantes, satisfeitos com o acertado da escolha. Entre flores, contados decotes, casacas, batinas e espadins, o novo imortal esboçou o traço cartográfico do arquipélago do pensamento brasileiro, composto de ilhas regionais com própria vegetação e configuração, cuja unidade era um dos milagres nacionais, milagre logrado pelo Império, que foi um longo mas necessário artifício; ditou cautelosos procedimentos, contrariando a sua impetuosa juventude e suas campanhas de toda hora; rememorou movimentos renovadores da Pindorama, literopolíticos todos, em muitos dos quais ele mesmo sem se penitenciar se destacara, e que nem sempre receberam, embora tardiamente, a compreensão acadêmica; convocou ex-comparsas de rebeldia para a calma luz da prudência literária e da ordem estética, que os anos nem sempre trazem, luz tão construtiva quanto as chamas das rebeliões; citou Valéry e Joyce, não a propósito do finado a quem sucedia e cujo elogio foi módico como convinha; e tudo em termos habilmente encastoados e escolhidos, pronunciadamente diverso, portanto, do seu estilo direto e correntio, como se o módulo academicial já o tivesse atingido com o seu ritmo cansado e impessoal. Um sucesso!

Encontrei-o, hoje, no largo de São Francisco, vinha eu duma estopada horrivelmente matinal, saía ele duma missa de defunto parcamente concorrida. Eufórico, mais obeso, mais ruivo, me abraçou com ruído, o que me surpreendeu, pois andávamos esquivos, devolvendo cumprimentos distantes:

— Quero vê-lo lá! Quero vê-lo lá! É o fim de todos nós.

— O fim de todos nós é o cemitério, Martins Procópio.

— É o seio de Deus! — corrigiu alegremente. — Quero vê-lo lá!

— No seio de Deus? — ri.

— Também!

— Com a condição de você me receber com um discurso bem caprichado... Como o da posse... — gracejei.

— Feito! E no céu *idem*...

— Não! Não há possibilidade. Irei na sua frente...

Martins Procópio mostra todos os bons dentes. Mais velho dezesseis anos, parece mais moço, mais lépido — uma saúde de ferro!

Paramos no Java para um cafezinho sem pressa, o cego toca a sua rabeca, descemos a rua do Ouvidor, cuja graça estreita e imorredoura, impregnada de amor, é refrigério e alívio, passado e certeza, futuro e esperança, eternidade e futilidade. Os passos, nas calçadas de cerâmica, são musicais e alegres, alegres e musicais são as vozes dos que passam. Das lojas vêm perfumes de tecidos, de couros, de luxos, de sedutoras bugigangas femininas. A sombria livraria, de armação antiga, expele o cheiro bom e cativante da tinta e das encadernações. Há vitrinas de joias que são cavernas de Ali Babá. Martins Procópio não escapou à magia:

— O caminho do paraíso deve ser assim. Ou é esse!

As duas religiosas o cumprimentaram, e ele:

— Sem irmãs de caridade...
Despeço-me afetuosamente do batalhador e vitorioso nortista. Não é possível, vou pensando, falar-se em radicalização no Brasil pelos tempos mais próximos. As nossas mais feras disputas acabam por se transformar em amuos. O milagre da unidade nacional, de cimentação imperial, que Martins Procópio arguta e convenientemente debulhou no seu discurso, se deve, palpito, à capacidade brasileira de não guardar muito tempo a animosidade — não perdoar, mas passar uma esponja... — e menos para falta de caráter do que por uma instintiva e tropical graça de viver, sábia defesa contra a natureza e o clima, que gera um jeitinho de agir e conviver, dá um polimento ao trato e faz quase esquecer a nossa rude estrutura feudal.

15 de setembro

Cá temos a cabeça de Violeta no Salão! Do barro, Pérsio, em segredo, extraiu amor. Mas não conseguiu o Prêmio de Viagem. Ganhou-o um idiota.

16 de setembro

As crianças tiveram que sair mais cedo, vou almoçar sozinho e faço o ligeiro cardápio:
— Picadinho e pirão de farinha com bastante salsa, nada mais. Não quero fruta hoje. Quero goiabada.
— 'cabou, seu doutor...
— Acabou?!... Ontem estava pela metade.
— O Lúcio comeu tudinho...
— Ahn!... — Pensei em Julião Tavares que, enquanto malhava com dedos de ferrabraz um artigo, sempre longo, na máquina, dava cabo duma lata de goiabada; mas, dispensando seguida e tranquilamente a sobremesa, insisti nela: — Que é que você pode fazer rapidamente de sobremesa, Felicidade?
— Sonhos, banana frita, ovos nevados...

— Faça sonhos, Felicidade. Muitos sonhos! Precisamos de muitos sonhos.

18 de setembro

Contabilidade de Loureiro:
— Se emprego um milhão, tenho que gannar dez. Se ganho nove e meio, considero prejuízo!
Contabilidade de Martins Procópio:
— Quando me saía bem duma campanha, de um concurso, duma obra, de qualquer coisa que considerasse importante, recebia, no máximo, uns três abraços na rua, um ou dois comentários. Quando fui eleito para a Academia, recebi, só de telegramas, mais de trezentos! De toda parte e das pessoas mais estranhas! É uma coisa que tem que ser olhada...
Contabilidade de Júlia:
— Tive vinte e sete namorados, só faço caso de um!
Contabilidade própria:
— De cada página que publico, faço de quatro a oito versões. Mesmo a definitiva não ficará...

19 de setembro

Euloro Filho me abomina, mas fala comigo como se me estimasse, chegando frequentemente a confidências. Não o detesto tanto. Há elevadores no Instituto, mas estão eternamente em conserto. Subimos a marmórea escada, continuando a conversa sobre romance — tinha a sua receita como a de um bolo da vovó e cada ano cobre os balcões das livrarias com o mesmo manjar sob rótulos diversos. No topo do último lance suponho, pelo sorriso ofegante e desgraçado, que Euloro compreendeu que envelhecia. Eu já o sabia por outra escada — a das ideias, que aliás já sempre fora nele parca de degraus.

20 de setembro

As tropas brasileiras ocuparam uma pequena cidade. É a segunda que tomam.

23 de setembro

Orquestra tão reles quanto a melodia de Tchaikovski. Altamirano inunda a frisa com os lucros da banha, a esposa ao lado, absorta, de azul *pervanche*, com uma portentosa gargantilha de pérolas. No calor absurdo, a assistência delira com os malabarismos circenses do passo clássico — bravo! bravíssimo!! — e até Luísa se entusiasma:

— Bate palmas, seu moço. Não seja enjoado. Você está gostando...

Mário Mora invade os bastidores, Délio Porciúncula me esclarece no corredor, onde Vivi Taveira — olá! — exibe metade dos seios róseos de maquilagem, que a plateia brasileira era a mais exigente do mundo. Ele mesmo, na sua mocidade, tinha pateado a Boldrini, na *Traviata*!

24 de setembro

A base é tudo — engraxe os sapatos e pise com altivez!

25 de setembro

Homem fenomenal este sociólogo de curtas suíças, bigode à inglesa, dicção de Oxford! Sempre pondo o conhecimento a serviço fulminante da oportunidade. E a oportunidade nada esquiva, o estilo candente, o ar de mão beijada.

— Qual é a sua opinião sobre a obra de Capistrano?
— Há duas? — responde, despeitado, o doxomaníaco.

26 de setembro

Se Helmar Feitosa fosse um corno de visão estaria rico, milionário. São ridículos, por exemplo, os proveitos que tira da atual situação: uma bicicleta, uma barraca de praia (usada), um fim de semana em Petrópolis, porque mesmo na viagem em trio, a Bariloche, muitos extraordinários correram por sua conta. E Baby Feitosa cada dia mais sofisticada, mais enfeitando as reuniões sociais de alto bordo.

27 de setembro

Programa de segunda-feira: Pagar o colégio e a prestação dos discos; fazer o exame de saúde para renovação do empréstimo na Caixa Econômica; comprar pasta de dentes, lâminas gilete, passes de bonde para as crianças, tinta para pintar a mesa da varanda, alimento nº 1 para os peixinhos; vender os bônus de guerra; passar um telegrama de felicitações nupciais para uma das cinquenta primas de Francisco Amaro; reclamar o reestofamento da poltrona, que ficou uma porqueira!
Para isso é que vive um homem.

28 de setembro

"A menos que toda a resistência organizada alemã entre em colapso neste futuro mais próximo, novas e enormes forças americanas terão que ser lançadas à luta final" — diz Churchill.
"Ele sabe..." — diz Adonias.

29 de setembro

Os brasileiros avançam no seu setor da Linha Gótica. — Falta farinha de trigo...

30 de setembro

Roosevelt denuncia: "Tenho acompanhado de perto e com inquietude a situação da Argentina nesses últimos meses. Esta situação apresenta um extraordinário paradoxo: o do crescimento da influência nazifascista e da crescente aplicação de métodos nazifascistas, ao mesmo tempo que essas forças de agressão e opressão se aproximam da hora da derrota final na Europa e nas outras partes do mundo..."

Gasparini sibila: "Não há nada como se mandar uma tropazinha expedicionária para se passar pelo que não é..."

1º de outubro

Gasparini graceja, mas é divulgada hoje mais uma proeza dos pracinhas — "A cobra está fumando!" — Tenho uma certa ojeriza a essa coisa de chamarem nossos soldados de pracinhas, mas sou arrastado pela onda. Pegou, porém não me convence.

2 de outubro

Paro, apreensivo, diante da simples e luminosa marinha de Pancetti. Vera foi comprar óleo gomenolado na farmácia, pois os jornais falam num surto de difteria e a hora é de desabalado trânsito. Eis umas das marcas, que debalde procuro vencer e poucas vezes consigo, legadas por Mariquinhas — nunca pensou ela senão em catástrofes, na iminência do mal e da desgraça. Se Madalena ia comprar pão na padaria do Aragão, onde outrora houvera um sino, levava tantas recomendações contra perigos reais ou imaginários que tornavam atrozes os minutos de espera, um pânico de tragédia ficava suspenso no ar e somente dissipado quando da sua volta, incólume e risonha, com um riso que parecia dizer: — Veja, Mariquinhas, aqui estou como saí. E não obedeci a nenhuma das suas recomendações.

3 de outubro

— Nosso América hoje fez bonito! — regozija-se Luísa estendendo a toalha na mesa para o concorrido jantar domingueiro.

Gasparini apreciou o possessivo e repetiu-o:

— Nosso América é de briga! A turma do pé de chumbo entrou na lenha que foi um gosto...

Desnecessário é dizer que foi ao jogo e que por pé de chumbo designa o quadro da Cruz de Malta.

— Mas campeonato, que é bom, não tira.

O torcedor revira os olhos, meio desconsolado:

— Você acha tão importante assim tirar campeonatos?

— Acho.

— Pois é contraditório para quem não acha importante entrar para a Academia...

— A Academia não é um campeonato, este é o seu engano. Mas, pensando com isenção, talvez seja importante forçar a sua porta.

— Você é uma ventoinha!

— Não, minha consciência está fechada aos dogmas.

Mário Mora folheia o álbum de Carpaccio com aquele interesse que põe nas mínimas coisas do conhecimento humano e que aos tontos pode parecer indiferença ou descaso. Gasparini desvia a conversa, sem sair do assunto:

— Por que você não gosta de futebol, Mário Mora?

— Mulher joga?

— Não.

Acomprida a beiçola, faz um olhar magano:

— E então?...

Todos riem. Aldir toma o álbum para vê-lo pela décima vez:

— Que tratamento luminoso ele dá ao espaço, hem!

— Um mestre!

— Como adoça a tonalidade, como funde as cores quentes...

— E o senso do narrativo! — suspira Mário Mora.

Gasparini sente que sobra, remexe-se na cadeira, achego-me:
— Não pense que não dei importância à vitória de hoje. Arrebatou-me! — O rosto se iluminou:
— Você é maluco! Se não for sífilis cerebral, macacos me mordam!

4 de outubro

A vitória de Nicolau: seus defeitos têm mais fulgor do que as suas qualidades.

6 de outubro

Quando esperava por Loureiro, que cada dia liga menos a relógio, encontrei-me com Manduca. Está com o ar muito grave, graves óculos de tartaruga, um grave prenúncio de calvície, bem diferente do pai. Dedicou-se à parasitologia, trabalha em Manguinhos e andou fazendo pesquisas no interior do Brasil sobre os helmintos mais encontradiços. E casou-se? Não — sorriu. Ainda é cedo, os tempos não estão para casamento... Pergunto por dona Sinhá. Estava forte, sempre animosa, fora há um mês para Assunção fazer companhia a Lina, que ia ter um bebê (*sic*). Lina desmanchara o noivado com o naval — Ah, é?! — e casara-se com um médico paraguaio que viera se especializar no Rio, um rapaz muito bom e muito talentoso, de que ele, Manduca, se tornara grande amigo.
— E continuas muito getulista?
— Cada vez mais! É o maior dos brasileiros!

7 de outubro

Hoje faz um calor que anuncia verão. Cheguei em casa, pus-me a ler, mas o pensamento fugia para o Trapicheiro. A janela ficara inadvertidamente aberta e Lina passeava nua no quarto. Deu comigo apreciando o maravilhoso espetáculo. Mostrou-se seca muito tempo.

8 de outubro

Esquina. A teia de aranha é o único elemento vivo.

9 de outubro

A vida de caso pensado, tal como Maria Berlini, Julião Tavares, Ribamar Lasotti, Marcos Eusébio, tantos outros, a maioria. Poderia agitar a benévola campainha que atrai as admirações para a porta da barraca e empurrar nos basbaques o meu Anel Magnético ou meu frasco de Elixir da Longa Vida. Uso, porém, o chocalho crotálico (lembrança de uma tarde em Butantã, com Odete, tão bela, tão estúpida, coitada! submersa num incomensurável capote de nútria, enojada com os ofídios), chocalho que afugenta apenas as medrosas simpatias.

11 de outubro

Por força duma obrigação, passei hoje pela velha casa, a casa que foi nossa. Está caiada de novo, de um branco demasiado branco, as esquadrias de um azul demasiado azul, entre fachadas que foram azuis, verdes e amarelas e que trazem agora a fatigada melancolia das cores desbotadas pela chuva. O caramanchão já não existe, as roseiras e as azáleas morreram ou foram cortadas, as últimas mangueiras debruçam-se com mais galhuda ousadia sobre os últimos quintais vizinhos. No suave telhado o musgo cobriu todas as telhas, deu-lhe um tom venerando que briga com a novidade da pintura. Quebrou-se a bola de vidro vermelho que havia no alpendre, mas os leões de pedra, mutilados pelo vento e pelo granizo, fiéis como cães, continuam montando guarda no portão alto, de ferro, que papai às nove horas vinha fechar com cadeado, cuja chave, enorme como a de um castelo, ficava pendurada num prego do corredor com claraboia.

Emanuel, imitando Pinga-Fogo, tinha criação de ratos brancos no porão, onde escondia também tesouros de coleções de cromos de chocolate e de figurinhas dos cigarros marca Veado. Madalena ficou sozinha no quarto grande da frente, depois que numa tarde muito límpida Cristininha partiu num caixãozinho azul.

Eram quatro horas, exatamente a hora em que, esfomeado, eu voltava do colégio na rua Bom Pastor, e a rua tinha a mesma ensolarada solidão de antigamente, tão igual, tão igual, que, se alguém tivesse chegado à janela, eu teria gritado: — Mamãe!

12 de outubro

Quando tudo parecia ser melodia extinta, eis que volta a velha música do coração. É a mesma, a mesma melodia antiga, onde a par de algumas notas sombrias corre um largo e alegre sopro de primavera. Se é a mesma, o coração é outro, envelhecido, sacudido, cético — gasta caixa sonora que reproduz mal os sons antigos, que os deforma, que os desafina, que os enxota como sons perturbadores e importunos.

13 de outubro

Dos inventários possivelmente sentimentais: Nunca maltratei uma árvore ou flor, nunca aprisionei um pássaro, jamais cacei um bicho, defendo as aranhas, amo as lagartixas quase com superstição.

14 de outubro

Devemos realmente amar as criaturas como elas são?

15 de outubro

Chegam à Itália mais soldados do Brasil — é a manchete do *Diário de Notícias* em letras garrafais, e, folheando-o, o redatorzinho, de cara de fuinha, com a maior candura cata assunto para a sua seção. Para a operação e pergunta-me:

— É o segundo ou o terceiro contingente?
— Não sei.
Na verdade não sabia, e me afundo na revisão de um monte de originais, bem pouco originais. Antes, porém, limpo a mesa da poeira, que me enerva. E o redatorzinho, palitando os dentes com um fósforo:
— Você sabe se o pagamento sai hoje?
— Não. Não sei. (O meu dinheirinho já estava no bolso.)
— Duas quinzenas atrasadas! Ando num miserê louco! Felizmente que não sou casado... — Fez uma pausa: — O nosso Godofredo é um cabra da peste! Mete tudo no jogo! e nas coxas da Neusa Amarante! E nós ficamos chuchando o dedo... — Faz outra pausa: — E o meu emprego público que não sai... Tenho me virado, chefe... Tenho me virado!

16 de outubro

Em mercenário artiguete, o sociólogo firmou valentemente mais uma definitiva opinião sobre assunto que não entende.

17 de outubro

Entendo do meu ofício — escrever! — exercendo-o com a severa paixão de um sacerdócio e jamais respaldado no vivíssimo adágio da falecida Mariquinhas, que a terra lhe seja leve: em país de cegos quem tem um olho é rei — absolutamente não! Ofício torturante e mal remunerado, escravizador dos dias e das noites, pois quando a caneta não me tenta a mente porfia, incessante, que escrever é coisa mental, eterno e traiçoeiro atoleiro para cada passo, inglório afã, de entendimento escassamente discernido no aluvião da concorrência, entendo do meu ofício em segredo vos digo, confissão impossível de se arrancar da minha boca mortal, e espontânea agora e aqui por que resvalante razão não saberia explicar! Mas se buscasse o verídico cristal do velho espelho, manchado da ferrugem do tempo num e noutro canto, porém nunca caduco — e ponho todo o empenho em não enfrentá-lo em campo aberto — talvez ouvisse soprar-me, zombeteiro como moleque carioca: — Por esta página está se vendo...

18 de outubro

Maria Berlini retorna da sua triunfal e relativamente demorada temporada gaúcha. Sei-o pelos jornais, muito interessados na radiofonia e que gastam clichês com a recém-vinda.
— Maria Berlini voltou — caí na asneira de comentar.
— É, a canastrona voltou e não fazia falta. Poderia ficar lá o resto da vida! — replicou Júlia.
— Mais respeito! Trata-se de uma figura nacional das copas e das cozinhas! — ri.
— Mas você andou com ela, não andou?
— Eu não!
— Para que negar? Qualquer gato ou sapato sabe disto. Como pôde!... Um cacareco daqueles!...
Traz Maria Berlini na marcação, tal como sempre o fizera Catarina, por ciúmes póstumos. É preciso defender os ausentes que estimamos:
— Quem dera que todo mundo tivesse o coração de Maria Berlini!
— Não duvido. O único defeito dela mesmo é ser puta.
— Não lhe calham bem certas formas de linguagem realística. Você não é personagem de Antenor Palmeiro.
— Já sei! Denuncia a capadócia, não é?
— Não! Denuncia a despeitada...
— Despeitada, eu?!... Você não se enxerga!
— Felizmente uso óculos para fora e para dentro.
— Como você defende esta coroca! É quase uma afronta.
— Não. Defendo a você. Para todos a vida pode acabar por ser a mesma coisa e você se esquece disso. Esquece-se ou não sabe.
— Você gosta muito de me atirar na cara a minha ignorância...
— Vamos parar?
— Foi você quem começou.

20 de outubro

O general Mac Arthur anuncia, oficialmente, a invasão das Filipinas. E chega notícia dos primeiros brasileiros mortos... Não dão nem os nomes nem o número. Penso em dona Idalina.

21 de outubro

Pipoca sabe-me às matinês tijucanas, quintas e domingos, domingos em que o América não jogava no seu campo, é claro, com Carlitos, Chico Boia, Eddie Polo, mais conhecido por Rolleaux, e a loura Elisabete. Madalena e Emanuel eram também frequentadores assíduos do tremido cinematógrafo da praça Saens Peña, ninho de pulgas que a creolina semanal não se fazia bastante para debelar. Ele, porém, ia sozinho, com o seu terninho de sarjão, sentando-se nas últimas filas, donde dizia que via melhor sem ficar com os olhos ardendo, o que devia ser verdade, e ela grudava-se a uma das raras amigas, Natalina no mais das vezes, amigas que aliás confessava detestar!

Elisabete não gostava de mariola — muito dura; não gostava de biscoito sinhá — agarram na garganta da gente; não gostava de banana cristalizada — muito doce — e que Mariquinhas chamava de banana glacê; não gostava de algodão de açúcar — parece feito com querosene; gostava era de pipocas, com sal ou com mel, indiferentemente. Apanhava-a na porta de casa, íamos de mãos dadas, ela, de saiazinha muito curta, as pernas muito alvas, cheirando a sabonete inglês, que era como um anúncio de frescal limpeza. Longo trajeto o nosso, parando às sombras das árvores, devassando jardins, espiando vitrinas e, na infinidade dos objetos expostos, inventando compras que nunca faríamos. Madalena ridicularizava com uma ponta de maldade:

— Os dois pombinhos...

Elisabete não compreendia bem e adaptava uma melodia de *nursery*:

— *Two little pigeons...*
Mas não se lembrava da Inglaterra, para a qual o pai estava sempre ameaçado de voltar, e acabou subitamente voltando.

22 de outubro

Foi de uma hora para outra que Elisabete partiu. Ordens britânicas são ordens britânicas. Alto, seco como um arenque, sapatos irrepreensivelmente engraxados, cachimbo permanente, o pai trabalhava num banco inglês, e vários havia gozando distinguida preferência, foi mandado voltar e voltou no primeiro navio com bandeira de Sua Majestade que passou pelo porto, carregando um mundo de malas de fino couro, sobraçando raquetes dentro de prensas e levando, como única recordação brasileira, um enorme samburá. A mãe, rosada como um pálido coral, pupilas de pervinca, pronunciadamente ossuda, não se despediu de ninguém na vizinhança, e mamãe reclamou a incivilidade:
— Que gente!
Papai troçou sem que ela compreendesse:
— Somos coloniais, Lena. Somos coloniais...
Mas o reproche materno não atingia Elisabete. Viera lanchar conosco no sábado, e embarcara no domingo de sol, trouxera uma caixa de sabonetes, redondos como bolas, pretos, de inefável fragrância, com que regalara mamãe, e essa não se conteve na imediata retribuição e lá se foi o brochezinho de crisólitos, saldo de coqueteria mageense, que se encontrava no cofrezinho de charão.
Mariquinhas torceu a bicanca para a sentimental liberalidade:
— Quem dá o que tem a pedir vem...
— Mas a menina foi tão gentil!... — defendeu-se mamãe.
— Poderia ter dado outra coisa qualquer — contestou a prima. — Logo o brochezinho que pertenceu à baronesa é que você foi dar... É insensato!
— Perdão! — e mamãe abespinhou-se. — Não pertenceu à baronesa coisa nenhuma! Foi de mamãe! E o que é meu, eu te-

nho o direito de dispor como bem entender! E foi dado de todo o coração!

Mariquinhas ainda fez menção de discutir, mas papai entrou em cena resolutamente:

— Você fez muito bem, Lena. Muito bem! Elisabete é uma menina encantadora. Mereceu muito a lembrança. Quando for mocinha vai se orgulhar muitíssimo do seu brochezinho brasileiro.

Mariquinhas enfiou a viola no saco e mamãe comentou:

— Que mania tem Mariquinhas de meter o bedelho na vida dos outros! Já tem levado boas por isto e não se emenda!

Madalena delirou:

— O broche era lindo, mas fiquei felicíssima por ver Mariquinhas arreliada! Papai tapou a latrina da danada! — Repuxou a boca como quem sente nojo: — Que petulante!

26 de outubro

Hoje estou refeito. Senti-me tão mal, chegando a um ameaço de delíquio, que chamei Gasparini com urgência. Por sorte encontrava-se em casa e veio logo. Foram três dias de molho, consumindo farmácia, humilde ao tratamento.

— Que pode ter sido? — quis saber.

Nunca se sabe se um médico está mentindo:

— Um disturbiozinho cardiovascular passageiro. O quadro é feio, mas não tem maior importância. Repouso, velhinho! — Olhou para o teto: — Cada vez acredito mais no agente psicossomático...

27 de outubro

Esmagadora derrota da esquadra nipônica e com ela, segundo Godofredo Simas, o mar do Japão está aberto para a invasão, porque vão invadir o Japão, garante — no duro! — E Stalin anuncia a invasão da Noruega — apesar de todos os desastres os alemães ainda não tinham de lá arredado o pé...

28 de outubro

Tentando forçar a solidariedade americana, a Argentina solicitou inesperadamente a convocação de uma conferência de ministros do Exterior. E cria um problema para Godofredo Simas na redação:
— Retrato de quem vamos botar nesta notícia?
— Ponha o de San Martin — salta um gaiato no fundo da sala.
— Vá lamber sabão!
Fico duas horas vespertinas na redação, remendando a prosa dos outros — redatores ou colaboradores —, infausto trabalho que me cansa mais do que carregar pedras. Mas atendi ao pedido de Godofredo, que me paga razoavelmente, pois os meus orçamentos estavam precisando de uma meia sola. Tal tarefa é chamada pernosticamente de *copy-desk*.

29 de outubro

Júlia se queixa de que a impossibilidade de saber notícias deixava-a no ar, apreensiva, infeliz, diminuída — uma situação insuportável!
— Eu telefonei...
— Não é o bastante!
— Devemos nos contentar com o pássaro na mão...
— Você não é pássaro!
— Talvez seja uma cutia...
— E eu uma zebra!
— Não faça cinema...
Deu dois passos, agitando a bolsa:
— Afinal, que é que você teve?
Repito as informações telefônicas, sintético, evitando pormenores. E ela, imitando o tom de Francisco Amaro:
— Você inventa doenças.
— É difícil contestar. Só o próprio pode saber precisamente das suas imperfeições.

— E inventa mesmo! Não adianta vir com filosofias...
Encolho a vontade de lhe dar um soco:
— Vamos mudar de assunto? Este está ficando arriscado.
Contra toda expectativa, mudou:
— Tenho que ir à costureira. Quer me acompanhar?
— Perfeitamente. Onde é?
— Na rua Uruguai.
— Tão fora de mão?
— É uma prima minha. Prima remota. Ficou viúva, deu para a agulha e a linha.
— Você conhece o apólogo de Machado, "A agulha e a linha"?
— Não.
— Precisava conhecer.
— Farei a sua vontade. Me dá que eu leio.
— Vou te dar. E a prima costura bem?
— Mais ou menos. Debaixo de briga, vai acertando. Como meu corpo não é de espantalho...
— É escolha do ramo caritativo, não é? Ficam-lhe muito bem estes sentimentos...
— Engana-se. É do ramo econômico. Faz preço barato, preço de prima, e eu ainda posso espetar.
— É a primeira vez que eu vejo você falar em economia!
Riu:
— Estou aprendendo.
— Então, para aprender mais vamos de bonde.
— É um castigo, não é lição.
Mas de bonde fomos. Ficava num prédio de apartamentos triste como necrotério, do lado do morro, lado agora edificado e que no meu tempo de criança era bosque fechado, campo de correrias, de caça às parasitas, de empinações de papagaios.
— Quer que espere?
— Quero. Não vou demorar nada.
Demorou quase uma hora. Devassei o palco antigo. O colégio dos protestantes construiu mais um pavilhão. A casa do médico de crianças, de grande nome no bairro, já não existe mais. Nem ele.

30 de outubro

Mais um frasco! e releio a bula, em papel brilhante, que é literatura para os crédulos:

Metioctenilamino-dimetilaminofenil-
dimetilpirazona cinamílica 3g
Ácido cítrico 0,02
Água destilada q.b.p 10cm3

Lamentável falta de conhecimentos farmacoquímicos — que troço é metioctenilamino-dimetilaminofenildimetilpirazona cinamílica?

31 de outubro

Loureiro e Ricardo falam muito em incorporações. Incorporei à minha vida dois ou três momentos de sofrimento e angústia, que eu mesmo infligi a Laura.

1º de novembro

Ontem, novos feitos da FEB, hoje, renovados sintomas de taquicardia e tonteira; no bonde vi tudo rodando, e agarrei-me fortemente ao banco, na redação com dificuldade dei conta dos meus encargos. Espacei os cafezinhos e diminuí o cigarro por espontânea precaução, mas, de noite, fumei mais que do costume... Piedade, portanto, para os bêbados!

2 de novembro

Adonias convocou-me para acompanhá-lo na vistoria de Finados, que só gosta de fazer com acólitos, como se sozinho não se sentisse à vontade ou como se não pudesse ver passar sem testemunhas a sua pontual e reverenciosa perambulação. A visita, que eu pretendera ser rápida, limitada ao jazigo familiar, condicionada ao meu lamentável estado de corpo e espírito, teria de ser demorada, na esteira palradora e janota de Adonias, que caprichava na inspeção, fazendo da rugosa seara de túmulos o seu pomar ou o seu jardim; mas não havia como despachá-lo — está bem! — e pousei o fone — que chatura!

— Os mortos não têm idade, não têm. São os incólumes. Um ano ou um século, tanto faz... Tudo é eternidade! — foi o que ele disse, um pouco declaradamente, na aleia principal, que vai dar, reta, à capela mortuária, enquanto as transversais são como braços abertos para receber amigos e inimigos, diante do vermelhaço monólito que não transmitia nenhuma saudade, apesar do adjutório subliterário de tanta letra gravada.

— Muito brilhante!... Será um trecho do próximo romance?
— Saiu sem querer... — riu. — Levemente idiota, não é?
— Levemente?
— Não exagere!

Um teimoso e esverdeado líquen apagava apagados nomes e datas. Do alto fuste da árvore esguia o pássaro pipilou e fugiu, perdeu-se entre o branquejar de cruzes, cantou mais longe, se não foi outro que o fez, irmão daquele. Livrou-se do galho espinhoso:

— O mal dos cemitérios é a segurança dos seus habitantes, livres de todo o mal. Só a inquietação, o temor do desconhecido é capaz de produzir...

— Você hoje está impossível!
— Vejo que não estou agradando...
— Bem, o Délio Porciúncula consegue ser mais asnático.
— Tem visto este ornamento do Direito?
— Deus me livre!
— E o digno sogro?
— Estou em falta com o Saulo.
— Sempre estamos em falta.

Há povo de mais. A criança chora, arrastada, birrenta e a mãe se descabela, deixa cair as flores no chão. Adonias é um cavalheiro — apanha-as, devolve-as à dama aflita. E depois:

— Para que trazer criança ao cemitério? É o povo, meu velho, é o povo... Não tem conserto.
As minhas costas doem, vem uma sensação de tonteira, que consigo dominar. O encarquilhado militar faz um rasgado cumprimento, que respondemos ao mesmo tempo.
— Quem é, hem?
— Sei lá! Não conheço.
— Nem eu.
— Você já reparou como aumenta o número de pessoas que não conhecemos?
— A cidade cresce, Adonias. Você não desconfia? Que romancista você é? perguntaria se já não soubesse...
— Cresce e fica pior. Acabamos sobrando. É melancólico.
Vem uma mútua e calada saudade de outros tempos, tão sepultados quanto os mortos daquele campo sôfrego. Piso a areenta ruela, lá acima, em alcatifado cômoro, brota outra plantação de túmulos.
— Devia haver cemitérios também para os aborrecimentos e para as decepções, não acha?
— E o nosso peito, o que é que é?

3 de novembro

— E o nosso peito, o que é que é? — perguntamos ao espelho.
— Varia... O seu é o seu calcanhar de aquiles. Em todos os sentidos...

4 de novembro

Gasparini prescreveu outro remédio, em elegantes e coloridas drágeas, que tomo como se tomasse confetes medicamentosos. Mais literatura de bula, que guardo para o fino Mário Mora saborear:
"Na dependência estreita do sistema neurovegetativo os fenômenos vitais como a regulação térmica, as funções cardiocirculatórias e respiratórias, a pilomotricidade, a vasomotricidade, a sudorese, as atividades metabólicas e endócrinas, o papel dos hormônios, das vi-

taminas, etc., condicionam-se à harmonia funcional, até certo ponto oposta, mas equilibrada, entre o ortossimpático e o parassimpático. Resultam as impressões cinestésicas normais, ou o equilíbrio de função dos diferentes órgãos, da equivalente excitabilidade desses dois grandes setores componentes do holossimpático. Mas, da hiperexcitabilidade ortossimpática ou do parassimpático e da consequente inibição do antagonista decorrem as discinestesias, ou então certas alterações orgânicas, cuja exteriorização subjetiva pode ser rica ou múltipla, segundo a espécie ou a causa da holossimpática-astenia. Sensações incômodas oriundas de manifestações normais dos órgãos (hipercinestesias), ou de alterações dinâmicas dos diferentes aparelhos, podem resultar, pois, de desequilíbrios neurovegetativos e, entre eles, registram-se as palpitações, a opressão respiratória, o peso epigástrico pós-alimentar, a aerogastria, a aerocolia, o fogacho, o resfriamento das extremidades, etc., que desaparecem quando se restabelecer a harmonia funcional de todo o sistema simpático. Uma sábia associação de atropina, papaverina, luminal e *leptolobium elegans* proporciona um completo bem-estar, já que a atropina secciona farmacologicamente o parassimpático, inibe o efeito da inervação vagal, suprime o reflexo oculocardíaco, impede a broncoconstrição, evita os espasmos da musculatura lisa, determina o relaxamento dos esfíncteres, reduz a secreção salivar, sudoral, gástrica e intestinal, modera a hipertonia extrapiramidal, etc.; a papaverina reduz a hiperexcitabilidade do ortossimpático, corrige a constrição vascular, melhora o hiperperistaltismo intestinal, coordena a disquinesia gastrocólica, melhora a exaltação da sensibilidade do centro respiratório bulbar, etc.; o luminal atua como sedativo dos centros nervosos corticais e diencefálicos, age sobre os reinos da vida vegetativa, logo, sobre o simpático e sobre o parassimpático, reduz a excitabilidade exagerada dos nervos motores, combate os espasmos esfincterianos e vesiculares, regulariza as alterações do sono, e o *leptolobium elegans* acalma todo o sistema nervoso central e periférico, inclusive o sistema autônomo. Esta admirável associação corrige o eretismo cardíaco, as palpitações, a taquicardia, a labilidade vasomotora, as vertigens, as tonteiras de causa espasmódica, os acessos de asma brônquica, a angústia ou dispneia neurológica, a tosse por hiperexcitabilidade vagal primária, as celialgias primitivas (solarites) ou secundárias (gastralgias, enteralgias), a cólica hepática, a hipersecreção gástrica (hiperquilia) ou intestinal (diarreias funcionais), o estado nauseoso, o vômito, o meteorismo gástrico (aerogastria) ou cólico (aerocolia), os espasmos dos colíticos e dos constipados crônicos, as simpatoses em suas diferentes modalidades, a hipersimpaticoestenia, a hipervagoestenia e inclusive a anfro-neuro-hiperestesia, além das palpitações, ruborização fácil, palidez espasmódica, angústia respiratória, dispneia subjetiva, estados asmatiformes, sensação de frio inexplicado, onda de calor na face, formigamento nas extremidades, angústias noturnas, insônias rebeldes, enxaquecas e enjoo dos viajantes."

5 de novembro

A FAB em ação. A Holanda já não tem mais nazistas. Júlia mudou mais uma vez de penteado, quando poderia mudar algumas ideias.

6 de novembro

Pérsio veio comunicar, um pouco ressabiado, a sua mudança amanhã, logo cedo. Alugara uma casinha no Rio Comprido, em cujo quintal levantará um ateliê ao seu gosto. Tivera sorte — encontrara-a por acaso, era jeitosa, bem localizada, uma pechincha! Violeta mora no Rio Comprido. Não houve surpresa.
— Homem ao mar! — gritou José Nicácio, quando ele saiu atarantado para embalar coisas ainda.
— Já estava afogado — disse Aldir.
— Vai ser feliz no casamento — profetizou Luísa com ternura. — Há pessoas que a gente sente que nasceram para ser felizes no casamento. Pérsio é uma delas.
Mas o enlace ainda não está marcado ou, se está, não foi dito.

7 de novembro

Conversa instrutiva com Martinho Pacheco, que está um caco — será renhido o pleito, hoje, nos Estados Unidos. Cinquenta milhões de eleitores — e Martinho dá ênfase aos cinquenta — decidirão entre Roosevelt e Dewey. Os republicanos, que nunca engoliram o New Deal, mais do que nunca aspiram ao poder, agora que a vitória sobre a Alemanha é fava contada — tirarão os mais altos dividendos dos despojos... Dewey é um intelectual, mas Roosevelt vencerá — termina o jornalista radiofônico e discreto sustentáculo do Estado Novo.

— E quando nós teremos eleições, mesmo com uns dois milhões de eleitores só? — motejo para chatear.

— Breve... Breve... As coisas estão se esclarecendo.

— Se esclarecendo com uma lâmpada de cinco velas, não é?

Faz um gesto de quem abençoa:

— Você sempre pessimista, sempre do contra...

. . . .

Morreu Alexis Carrel. *O homem, esse desconhecido* fez furor em tradução portuguesa. Cléber Da Veiga após lê-lo considera-se um fisiologista. E Godofredo Simas me extorquiu:

— Faça um trecho puxado sobre ele, ouviu? É um favor que lhe peço. Não tenho confiança nestes cabras! Viu o que fizeram? Está uma frouxeza, uma insignificância! E o homem era grande!

Não consigo tirar o corpo fora:

— Está bem. Vou tentar.

— Que tentar! Com você é ali na batata!

Há mortos que nos embatucam. Fico com a caneta-tinteiro no ar uma porção de tempo, me amaldiçoando — o jornalista, esse desconhecido... Afinal, o necrológio sai de um jato, com uma subsequente gota militar — e é asneira grossa! Mas ninguém reparará — jornal goza dessas imunidades.

8 de novembro

— Graças a Deus que Roosevelt foi reeleito! E esmagadoramente. (Saulo Pontes.)
— Graças a Deus! (Délio Porciúncula.)
— E você tinha dúvidas?! (Lucas Barros.)
— Com as suas pernas trôpegas é um titã! A entrada dos Estados Unidos na guerra só ele sabe o trabalho que deu! (Jacobo de Giorgio.)
— Seria o isolacionismo um suicídio... (Saulo Pontes.)
— O racismo também é e não cede um palmo... (Jacobo de Giorgio.)
— ...mas tinha força, força gigantesca! O que não fizeram para ficar de fora da hecatombe... (Saulo Pontes.)
— O mesmo se deu na outra guerra. (Jacobo de Giorgio.)
— Está muito alquebrado. Vocês têm visto as recentes fotografias dele? São impressionantes! (Lucas Barros.)

9 de novembro

Mário Mora, que não tem aparecido, absorvido de corpo e alma por um novo caso, que me parece material fraco, indigno de maior atenção, apareceu hoje, elegante como um manequim.
— Tenho uma joia para você...
— Imagino o valor...
Dou-lhe a bula para ler. Estende a mão gorda:
— Vamos a ela.
Tem um frouxo de riso, sustém a leitura a cada linha, a face congestiona-se, quase perde o fôlego. O riso contagia-me e não paro mais. Luísa se diverte:
— Que malucos!
Mário Mora desaba na poltrona:
— É sublime! Parece um quadro do Marcos Eusébio!
Por fim, sossegamos, exaustos. Mário Mora pede-me a bula — que preciosidade. Faço um gesto magnífico:

— É sua!

— É um remédio miraculoso, cuja bula ainda serve para o tratamento da gaguez.

— Seus alunos estariam necessitando bastante... Dose cavalar...

— E precisamos passá-la ao Luís Pinheiro, urgentemente... Você viu como este nosso caro amigo está ficando gago?

— Não. Não é gago, é gagá. Gagá de fazer pipi nas calças!

— Protesto. Gago e gagá...

— Vá lá!...

— E a seguir passaremos ao general Marco Aurélio.

— Não, este não é gagá, é paspalhão mesmo. Paspalhão de gaiola! Mas ainda vai fazer o diabo cá na taba. Observe o seu silêncio. É de mau agouro. Quando está calado, está tramando.

— Quando vocês se juntam, ninguém escapa — é o comentário de Luísa. — O malho canta!

— Você está muito enganada — retruca Mário Mora. — É a crítica serena e forte!

— Somos dois críticos incorruptíveis!

Luísa vai buscar o café:

— Pobrezinhos dos que são criticados por vocês...

— Continuam vivendo, minha filha... — responde Mário Mora. — Vivendo e obrando...

11 de novembro

— Vê lá as legendas para os clichês da Escola Militar! — adverte Godofredo Simas ao repórter de bigodinho, a imagem do subnutrido, e que comandara os trabalhos de reportagem na inauguração em Agulhas Negras.

— Já estão prontas.

— Mas quero coisa condigna!

— Estão a preceito — responde o rapaz imitando pronúncia de português.

— É monumental! Enquanto isto as escolas de Engenharia, Química, Direito, Odontologia, Medicina, todas em suma, não são

nada monumentais... — comenta o secretário dando uma olhada nas cópias fotográficas.
— Que sutileza... — resmunga o repórter.
— Para os milicos o nosso Getúlio faz tudo — volta o secretário.
— Qual o presidente que não fez? — retruca o repórter.
— Você está com a razão. Com carradas de razão! Eles têm privilégios, prerrogativas, vantagens, tiram partido de todas as situações... e ai de quem lhes fizer a menor restrição! A farda é intocável... São os donos da República! — Deu uma tragada: — Bem, o melhor é calar a boquinha... Paisano não forma!
— É. Em boca fechada não entra mosquito. Mosquito, não, espada.

12 de novembro

Adonias traz bombons de licor e a novidade:
— Comprei uma vitrola automática! O homenzinho me aporrinhou tanto, que comprei. — Fez uma careta: — Imitação de mogno... Você precisa ver.
— É? Qualquer dia vou.
— Você anda muito rogado, mas de joelhos não peço.
— Não. Ando deprimido. Dando trabalho ao Gasparini.
— Gasparini não cura ninguém. É um onagro. Tem aparecido?
— Tem. Hoje mesmo ficou de vir cá. E é boa?
— É boa, mas era muito complicada. Modernismos... Americanices... Mas comigo as coisas fiam mais fino, não vou na onda não. Arranquei a torpe aparelhagem e só utilizo o manual. Ficou uma máquina verdadeiramente prática e decente.
Luísa soltou uma gargalhada:
— E desfez-se daquela lata velha?
— Eu?! Você está doida, doida varrida! Continua no mesmo lugar. Ainda vai prestar muito serviço. Aquela história de mudar a agulha é que é reconhecidamente um pouco pau. A nova tem agulha permanente. Pelo menos é o que o homenzinho diz. Vamos provar...

— Pelo que posso constatar, a agulha da velha sempre foi para você bastante permanente...
— Esquecimentos... Esquecimentos...

13 de novembro

De amor também se morre, calcado num romance imensamente medíocre, de Margareth Kennedy, *A ninfa constante*, cuja tradução anda por aí, é o melífluo e lacrimogêneo cinemático, que tanto êxito alcança, que arrebatou a oca Waldete. E Júlia impõe-me o sacrifício, alegando que andar na chuva é chato. Como estávamos num bar, protesto:
— Perdão! Aqui não chove...
— É uma maneira de dizer... — ri, estorcendo-se na cadeira numa ondulação de cobrinha grimpadora.
— Com tal hermenêutica acaba sendo impossível entendê-la...
— Que é hermenêutica?
— Para que te dei um dicionário?
— Não vai querer que eu vá em casa vê-lo, pois está! Não seja enjoado. Vamos.
— Dois cinemas numa semana você não acha que é dose para cavalo?
— Serve para matar o tempo.
— E o que estamos fazendo aqui?
— Matando o tempo... Mas se ficar aqui, vou encher a caveira. Depois, você fica danado.
— Há outras maneiras de emburrecer, sei, mas, igual a cinema, nenhuma! É burra, comercial, deformadora, aniquilante! Nunca usaram contra o povo, em tempo algum, veneno tão poderosamente destruidor. É como vitríolo! Queima qualquer sensibilidade, cega os melhores olhos.
— Exagerado!...
— Antes fosse!
— Implicância, então. Você bem que gosta de um *western*...
— Não gosto, tolero. É um pouco diferente...

— A diferença me escapa...
— Só te escapa o que não te convém... Para o resto é muito fina.
— Mais discussão?
— Por que cargas d'água todas as minhas opiniões são tachadas de discussão? Não calcula como me entediam as discussões.
— Por isso está sempre discutindo... Mas, afinal, vamos?
— Vamos, pistola! Você é um caso perdido como a mulher do piolho... Quanto a mim, fecho os olhos. É a precaução mais prática para escapar à dissoluta influência...

A verdade é que não os fechei — suportei toda aquela falsidão visual, arrumadinha, que anestesiava Júlia como cocaína, e na qual a suave beleza da atriz, pelo menos, era um consolo. Saí infeliz da sala escura e lotada para a rua escura e povoada. O mundo é todo treva, que adianta a minha parca candeia?

Júlia é toda zombaria:
— Por sua cara patibular estou vendo que não gostou...
— Uma estopada!
— Você não sabe como eu gosto de ver você com uma cara assim...

14 de novembro

Hoje, como se tivesse matutado longamente, Júlia quis saber:
— Sem rir, sem chorar, por que razão você não gosta de cinema?
— Sem rir, sem chorar, porque os maquinismos maravilhosos sempre caem nas mãos dos mais refinados idiotas. Olhe o rádio...

15 de novembro

"Sem rir, sem chorar" era brincadeira infantil do Trapicheiro. Que Júlia não o saiba por minha boca para não se decepcionar — também a mocidade muito orgulhosa da mocidade gasta velharias, brincadeira que ela aprenderá a seu tempo.

17 de novembro

— Que bom! Achei cem mil-réis! — vem Luísa, radiante, me interromper a leitura do jornal, gomoso e enquadrado na ditadura. Conheço bem esses achados:
— Onde?
— No bolso do casaquinho verde. Tinha me esquecido. Parece que foi no dia da feira... Estava fresco, chuviscando...
— Lembra-se do estado do tempo uma semana depois... Você está melhorando muito da memória, querida!
— Zomba de mim, zomba...
— Quem sou eu para zombar de quem quer que seja!

18 de novembro

§ Seis grandes exércitos lançados contra a Alemanha por Eisenhower, numa extensão de 600 quilômetros. Aldir tem um mapa da frente ocidental pregado na parede do escritório, onde faço hora para me encontrar com Júlia, que vai sair mais tarde do trabalho — raros cavacos do seu folgado ofício; alfinetes de cabeça vivamente colorida demarcam situações com a máxima atualidade. Na prancheta mais um belo projeto rechaçado e, portanto, mais um invisível cravo no coração do conformado arquiteto.
— Mais do que daqui a São Paulo, não é? — pergunto por perguntar.
— Mais. Um pouco mais. Precisamente...

§ Perdura o mistério sobre o paradeiro de Hitler. Estaria no Japão? Estaria em Madri? Estaria em Lisboa? Deixou proclamação na qual ferozmente incita o povo a lutar até a morte...

§ Encontro no sebo um romance de Camilo com a assinatura floreadíssima do seu homônimo, o Educador! É *O livro negro do padre Diniz* em encadernação de couro cru. Não deve ter lido a moxinifada que cheira a Eugênio Sue — se tinha livros era simplesmente para impressionar. Mas nem bem passaram dois meses que seu Camilo Barbosa bateu a bota e a pressurosa família já torrou todo o cenário cultural do pedagogo...

20 de novembro

Júlia tem a sua rede de espionagem:
— Quem era a ruiva com quem você estava ontem, muito animado, na Confeitaria Colombo?
— Tomando chá?
— Sei lá se estava tomando chá!
— Era minha mãe...

21 de novembro

Era Dagmar. Rebolativa, esvoaçante, os cabelos tingidos de cobre, as pernas perfeitas, o vestido provocantemente justo, o busto provocantemente seminu, era Dagmar, em linho azul, a meio da rua Gonçalves Dias.
— Oh, você! — meteu um travão, acendeu o perolino sorriso, estendeu a mão de dedos moles onde cintilava a aliança de platina e brilhantes. — Há quanto tempo, manganão!
— Até as pedras preciosas se encontram!... — abracei-a, e o corpo era queimoso, macio, remembrante.
Não entendeu, e sorriu mais:
— Você não muda!
— O mesmo lhe digo eu! Eternamente jovem e bela! — E como houve sempre um voluptuoso prazer em lhe dizer besteiras: — O tempo passa por você como sobre as estátuas gregas. Sem tocar...
Deu resultado:
— Que poético! que lisonjeiro... Não muda mesmo! É o que eu sempre digo aos meus botões quando vejo os seus retratos nos jornais. Importante, hem!...
— Que importante, Dagmar! um pobre pica-fumo.
— Sabe? eu leio sempre o que você escreve. Sempre!
— Pois então não deve ler muito...
Tornou a não entender, e prosseguiu:

— Acho você formidável! Sempre achei, aliás... Malicioso, malicioso... E tenho uma amiga que é louca por você. Loura, louca! Tem todos os seus livros. Todos!

— Uma heroína! Preciso conhecê-la urgentemente.

Parecia uma comédia barata:

— Jamais! Jamais de la vie! Você é um camarada perigoso... Ela é uma moça séria. Séria e casada! Muito bem casada... — e sentia-se espirituosíssima.

Desguiei:

— E você, tem?

— Tem o quê?

— Os meus livros.

Novo cascalhar de sorrisos:

— Por acaso você me deu algum?

— Falta de endereço... Mera falta de endereço...

— Essa não pega!

— Medo do seu marido...

— Ah! não é ciumento. E o falecido também não era...

— Pois parecia um dragão...

— Uma pomba! Uma pomba sem fel, coitado!

Donde estávamos à Confeitaria Colombo, forrada de espelhos, distavam dois passos. Convidei-a querendo varrer a lembrança do desastrado militar, querendo prender por mais tempo aquela vulnerável carne antiga:

— Aceita?

— Encantada! Com este calor um sorvetezinho viria mesmo na hora!

— Não lhe parece que sorvete é guloseima de petizes?

— Mais uma razão para estar para nós!

Sorvete de bacuri, escolheu — é uma delícia! acrescentou —, na falta, por certo, do de mandrágora, erva feiticeira com cuja infusão deve ter sido amamentada.

22 de novembro

Os imensos espelhos me mostravam dezenas de Dagmares — de frente, de lado, de costas, todas resplendentes. Mas eram seus olhos, de pálpebras levemente arroxeadas, que centripetamente me arrastavam, avivando a desterrada fascinação.

— Precisamos nos ver com mais frequência e não por acaso. Não sabe a alegria que me dá. Por que não vai lá em casa? É muito convidativa, muito acolhedora, será muito bem recebido.

— Eu quase não visito ninguém, Dagmar. Meio bicho do mato.

— Pois não era. Era bem sapeca! E eu não sou ninguém, quero crer...

— Você é um sonho, Dagmar! Um sonho inesquecível!

— Gostaria de acreditar...

— Não gosto de jurar. Minha palavra vale sem juramentos. Para que muletas?

Suspirou, remexeu a colherzinha, deixou-se arrastar pelo velho sentimentalismo de folhetim:

— Eu sei... Nunca me esqueci de você, acredite. Você foi uma coisa maravilhosa na minha vida!

— A mocidade é que é sempre maravilhosa, Dagmar. Foi isso.

— Os pais se metem demasiado na vida dos filhos...

Fiz com que mudasse de direção:

— Como vão os seus pais? Nunca mais soube deles.

— Envelhecendo... Papai com sintomas de adiantada arteriosclerose. Muito adiantada mesmo.

— Moram na mesma casa?

— Morrerão ali.

— Uma casa magnífica.

— Muito grande para eles hoje. Já fizemos tudo para que a vendessem e fossem morar num apartamento que lhes desse menos despesas e trabalho. O terreno é vasto, como você deve lembrar, a zona está valorizadíssima. Mas não querem.

— Talvez tenham razão.

— Não sei. Sozinhos... É assunto que me preocupa deveras.

Terminou o sorvete, refez a pintura dos lábios:
— Sempre quis te perguntar uma coisa e nunca houve ocasião. Por que Catarina me detestava?
— Não sei bem o que você chama de ocasião... Mas, quanto a Catarina, tanto não te detestava que se dava com você com a maior intimidade. Viviam mesmo uma na casa da outra, foi *demoiselle d'honneur* no seu casamento...

Veio uma resposta que poderia ser de Madalena:
— Detestamos muita gente com a qual privamos dia e noite. São as nossas inimigas íntimas...

Renovo a negativa:
— Ela não te detestava. Pelo contrário, gostava muito de você. Era o jeitão dela. Esquisito...

Cravou-me os olhos como se pretendesse extrair de mim uma verdade fugidia, lançou o puçá no mar:
— Foi longo o seu romance com ela, não foi?

O siri é sagaz:
— Os mortos devem ficar mortos, Dagmar.
— Me desculpe.
— Não é caso para pedir desculpas. Você é cá do peito. Tem entrada franca pela porta da frente e pela porta de serviço. Pode mexer nos armários e nas gavetas. Mas há certas gavetas... você compreende... melhor é deixá-las fechadas.
— Muito cavalheiresco de sua parte. Os homens não são muito cavalheiros. Batem com a língua nos dentes demais...
— Já vão me faltando os dentes...

Pareceu refletir, o que lhe dava um ar artificial como se usasse uma máscara:
— Você é feliz?
— Não sou infeliz. Já é bastante.
— Bem, eu também não sou. Aparentemente tenho tudo o que quero, o que uma mulher comum deseja. Mas a verdade é que não sou compreendida por meu marido. Não sou.
— Incompreendida de corpo ou de alma?
— Mais do corpo.

— Há recursos extras.
— Não tenho coragem. Nunca terei!
— Pois é para duvidar. Sempre foi uma espécie de amazona. Sem cavalo.
— Você me ofende!
— Toca a minha vez de pedir desculpas.
— Está desculpado. De coração. Mas o que passou, passou. Não pense que eu tenha continuado a mesma maluquinha. Não!
Procurei ser galante:
— O que é realmente para lastimar.
— Bobão! — riu.

23 de novembro

A agência internacional envia os telegramas da tarde: a esquadra japonesa sumiu, sumido anda Hitler, Metz em poder dos americanos...
— Metz em português não é Mogúncia? — pergunta o novato, encarregado da seleção, esganiçado, da sua banca no fundo da sala.
— Ponha Metz mesmo e deixe de flosô! — grita o secretário, que não sabia.
— Devemos honrar o vernáculo, mestre! — volta, gaiato, o rapaz, que tivera a sua prática num jornal do Recife.
— Vá honrar o cu da avó!
Há a risada colegial da turma toda. O calor insidioso pesa sobre a redação, o fumo azula o ar sem viração, o novato datilografa, veloz, com um dedo só.
— Você leu a entrevista do Marcos Rebich?
Marcos Rebich mandara do México uma entrevista com a irmã de Luís Carlos Prestes. Interesse mesmo não tem, apesar do esperto repórter que ele é, mas agita a opinião ao focalizar o líder comunista, é o prato do dia nas conversas. Godofredo Simas extravasa o arrependimento:
— Eu devia ter ficado com a reportagem do Marcos. Me ofereceu em primeira mão. Nem respondi... Sou uma besta! Você viu

a sorte que está dando? — Coçou a cabeça: — Mas eu fiquei temeroso de mexer neste negócio de Prestes... Comunismo ainda dá cana!
— E foi um jornal reacionário que publicou...
— Veja! Vá lá se entender esta geringonça...

25 de novembro

Júlia volta à carga com lança de pau:
— Como pode ser... Uma ruiva muito micha!
— Acho bom parar...
Não parou:
— Acho que devia ter vergonha... Tanta gente, você tão conhecido e ostentando aquele estrepe...
Apelei para a bastarda ironia como último recurso para evitar mais um atrito:
— Nunca, nunca ela usou vestido cor de coral, posso garantir!
Felizmente deu certo:
— Essa é forte. Entrego os pontos.

26 de novembro

— Bobão! — riu.
Riu e fitou-me provocante — era a mesma Dagmar de antigamente. Consoante, acudiu-me um dito do passado:
— Você é uma uva!
Adiantou a mão, apertou a minha ousadamente por sobre a mesa:
— Não muda nada...
O movimento era intenso, os garções se desdobram equilibrando agilmente as fornidas bandejas, os crônicos velhotes, alvo de tanta sátira, montam guarda às portas da confeitaria com a sua caquética galantaria, da estreita rua vinha o calcorrear dos passantes.

27 de novembro

Dos telegramas:
Estrasburgo libertada pelo exército francês... — há exército francês!
Os aviadores brasileiros bombardearam Munique e Salzburgo... — e penso no galho stendhaliano.

28 de novembro

— Não muda nada...
— Gostaria que assim fosse.
Não retraiu a mãozinha atrevida, ofídica, mordente:
— Tem dúvidas? Experimente...
Mas, imediatamente, compôs-se e muito teatral:
— Não interprete mal a minha efusão... — e, sem esperar resposta, mudou de rumo: — A conversa está muito boa, você é um anjo, mas preciso ir ao dentista. Marcar hora só. Não é para mim, graças a Deus. É para as crianças. Trata-se de um tirano que nunca tem hora vaga... Tem que se marcar com uma bruta antecedência. Quer me acompanhar? É ali pertinho...
— Fosse no inferno...
— E não seria mais quente. Que calor está fazendo, não é?

29 de novembro

Telefonada, surpreendente e um tanto madrugadora, de Ribamar Lasotti. Por acaso me pegou de pé. Preparava-me para fazer a barba, o pincel em riste, o rosto pela metade ensaboado, e tardei um pouco para atendê-lo — que diabo seria?
— Olá, estava dormindo? Me desculpe...
— Não. Estava lendo. É preciso ler... — menti, certo de que o atingiria, ele que se recolhe cedo, acorda com as galinhas, sai logo de casa, passa o dia inteiro na rua e assim não se sabe a que horas possa ler.

Apanhado, engrolou:

— É preciso ler... É preciso ler...

Mas refez-se pronto e passou à ação. Sondava-me se aderira a um Congresso de Escritores — o nosso primeiro congresso de escritores...

— Já ouvi uns zunzuns a respeito... — e era outra mentira — mas tão no charco encontrasse meu mísero esqueleto e tão nas nuvens o meu opilado bestunto, que não cutuquei a questão como deveria. Claro, porém, que apoio. Por menos importância que tenha, contem comigo. Para fazer número sempre sirvo.

— Macanudo! — e satisfeito com a rapidez da adesão, que naturalmente pensara ser difícil, rogada ou negativa, conheço bem esses cágados! procurou ser eficiente: — Precisamos então conversar. Acertar detalhes. Há muita coisa a ser estabelecida concretamente, arquitetada, sugerida. Estamos ainda muito no ar. Quanto mais opiniões ouvirmos, tanto melhor.

— Opiniões não tenho, posso antecipar. Isso para facilitar e não perderem tempo. Nunca participei de nenhum congresso. Com o que fizerem, concordarei de cruz.

— Não me diga isso! Suas sugestões serão preciosas. Você é um bamba para simplificar as coisas burocráticas. — E num dispensável salamaleque: — Olhe o que fez na tesouraria da nossa ABDE...

— Fiz o que qualquer um de bom senso faria.

— Qual o quê! Você é um homem de ideias. Um crânio, como dizem os militares. Poderá cranir medidas ótimas!

— A experiência me diz que todas as minhas ideias são combatidas, negadas, reduzidas a zero...

Ribamar engasgou, vim em seu socorro, que o sabão secava na cara, repuxando a pele:

— Bem, para o que puder estarei no jornal, boa vontade não me faltará, as debilidades serão compreendidas. Estou sempre na redação de tarde. Você sabe, não é? É melhor para você. Moro longe e no alto. Sempre no alto! — o que era uma boa fisgada. E marcar encontro na cidade, claro que estaria às ordens, mas pode te atrapalhar. Assim fica melhor para ambos. No dia que você quiser é só dar um pulo lá.

Ficou combinado que passaria o mais depressa possível, o tempo urgia:

— Já que está de acordo, é meio caminho andado. Vá bolando expedientes.

— Bolarei... Bolarei...

— Obrigado por mim e pela turma. Até!

A turma...

30 de novembro

Hesitei, hesitei, acabei telefonando para Dagmar. A campainha tocou repetidamente, pensei que não houvesse ninguém, mas fiquei de fone no ouvido numa esperança de namorado, e foi ela quem atendeu, a empregada fora fazer umas compras, estava saindo do banho — que agradável surpresa! nem acreditava... Queria vê-la, disse-o sem rebuços — se pegasse... Não teve meias medidas — que fosse naquela tarde mesmo, às duas, era uma hora ótima. Com o coração aos pulos, fui. Recebeu-me de roupão, roupão azul sobre a pele, logo se via contra a luz da porta se abrindo:

— Deixou de ser bicho do mato?

— Quem resiste ao seu encanto?

Ofereceu-me a face impregnada de suave perfume:

— A casa é sua...

— E as crianças?

— Estão no colégio, só voltam às cinco. Teremos sossego. São uns diabretes! Preciso dizer, porém, que são aplicadíssimos, têm notas esplêndidas! — sou muito coruja!... Mas chegarão a tempo de vê-las. Estão dois verdadeiros amores!

Aliviado, rodei os olhos — estávamos em pleno bazar, havia de tudo. Estatuetas, de relance, contei umas dez. Bibelôs, calculei uns cem. Pelas paredes cor de chumbo terminando em floridas sancas, pratos chineses, pratos japoneses, pratos de Saxe, pratos, pratos e o supremo lixo da pintura. A mobília da sala era doura-

da, a prataria intensa, os lustres de cristal, os tapetes terrivelmente persas. Manobrou como conhecedora do campo:
— Vem. Por aqui. Tenho um aposento privado. Um cantinho só meu. O meu santuário... Ficaremos melhor.
O santuário ostentava um soberbo divã coberto de almofadas multicores. Ao lado, sobre a mesinha baixa e de curvos pés, um cinzeiro de jaspe e um perfumador de bronze.
— Haja incenso!
— Foi presente... Lindo, não é?
— Esmagadoramente lindo!
— Quer que acenda?
— Não. Assim está bem.
Dagmar sentou-se arrebanhando as abas do roupão em gesto cândido e só então notei as chinelinhas prateadas. O tempo é breve, ó insensatos! As cortinas de *reps* baloiçavam à cariciosa brisa do mar. Não esperei pelas crianças. Seria constrangedor.

1º de dezembro

Um apanhado de rosas para o bazar da Urca, com balcão sobre a enseada serena e salgada como uma imensa lágrima. Mal desabrochadas rosas vermelhas com mais espinhos, por certo, e menos perfume que as imarcescíveis rosas do Trapicheiro.

2 de dezembro

Dagmar frouxamente relutava, tão sabida:
— Não faça falar o meu instinto!
O instinto é tagarela. Leva-nos para o vórtice refeito, envoltos nas dobras do roupão mais azul do que o céu. As carminadas unhas crispam, querem estraçalhar as almofadas, a carne, o forro do divã:
— Você é horrível, bem!

3 de dezembro

E são prenúncios do Carnaval:

*Fala, fala, fala, tagarela,
que eu vou fingindo que não é comigo...*

4 de dezembro

A pressa de Ribamar era *pro forma*, ou a importância da minha adesão, tão prontamente conseguida, de evidente segunda ordem, conforme com modéstia lhe aduzira? Ficará à escolha do freguês. Certo, somente hoje apareceu. Apareceu, de ponto em branco, recendendo a loção de barbeiro, o cabelo empastado de fixador como Mário Mora, tratou Godofredo Simas com uma frialdade risível, e foi demorado como se nada mais tivesse de fazer, demora que me atrasou todo o expediente redatorial e me obrigou a telefonar para Júlia rogando uma moratória para o encontro marcado, falta que abomino nos outros e não perdoo a mim.

— Como é, bolou alguma coisa?

Nem pensara em tal, dominado pelo inesperado acontecimento Dagmar, e o recurso era recorrer à galhofa:

— Bolei a letra de um hino, mas não sei quem se encarregará de compor a música... O Antônio Augusto não teria peito. Fica modestamente no samba.

— É boa! — riu. — Você sempre com as suas piadas...

— Ajudam a viver...

— Se ajudam!... — Puxou a desconjuntada cadeira: — Sabe do Adonias? Não consegui encontrar o distinto em casa por mais que telefonasse.

— Foi azar. Está parasitando por aí mesmo.

— Acha que ele topará o congresso?

— Difícil. É um reimoso. Mas não será contrário, o que honra os seus méritos.

— Lógico! Só os calhordas resistem, se opõem. Mas é uma lástima que não possamos contar com a presença de Adonias. A independência, a estatura moral dele exigiria. (Sorri.) Felizmente que a receptividade tem sido magnífica! Muito acima da expectativa.

— Sim, tenho ouvido falar.

Piscou o olho:

— Vai dar o que falar...

A ideia do congresso, como maneira sutil de fustigar e solapar a ditadura, partindo da liberdade de expressão artística inerente à condição humana, nascera na seção baiana da ABDE, tomou corpo, porém, prevaleceu a realização dele no Rio ou em São Paulo, transferência que não melindrou os idealizadores. Pela dificuldade e preço dos transportes — carrear congressistas de todo o Brasil não era uma bagatela! — seria inexequível em Salvador, sem grandes possibilidades de sangrias oficiais e privadas e onde havia ainda, pela falta de hotéis, o problema das acomodações condignas, mormente para os convidados especiais, sejam os escritores estrangeiros e os representantes de instituições culturais e profissionais, embora se pudesse apelar para a hospitalidade de particulares e a dos baianos era tradicional. Mesmo assim... Acabaram por decidir pela Pauliceia, onde a ABDE, mais organizada, de cofre mais provido, com uma diretoria muito operosa, poderia oferecer melhores condições de planejamento e ação e vantajosamente angariar vultosas ajudas financeiras.

— A sacola há de correr como bandeja de igreja!

— Vai consumir uns bons cobres — comentou Godofredo Simas.

— Valerá a pena gastá-lo — retrucou, seco, o romancista, como se o dinheiro saísse da sua carteira.

Godofredo não se deu por achado:

— Se não der galho...

— Se der, logo se vê.

A bem dizer não haveria eleições para a formação das delegações estaduais. Sairiam duma espécie de escolha, sufragada pelas diretorias regionais e em acordo com a diretoria federal, toda-poderosa, o que seria uma maneira de evitar certas intromissões perniciosas — o deletério, não! E assim procedendo as delegações não tinham número certo de membros, algumas forçosamente teriam que ser bem restritas — impossível conduzir muita gente do Extremo Norte, dado o preço do avião e a via marítima impraticável. E vários participantes, compreendendo perfeitamente as dificuldades, já se tinham prontificado a vir por conta própria, o que era auspiciosamente sintomático. E como no Rio e em São Paulo é que se encontrava o grosso dos escritores militantes e de significação para o conclave, seriam deslocados muitos deles para as representações dos seus estados de origem, fortalecendo-as com expoências nacionais ao mesmo tempo que barateavam passagens e abriam preciosas vagas nas delegações carioca e paulista, que já seriam as mais numerosas, mas cujo número, afinal, por tantas e compreensíveis razões, não poderia ser demasiado elevado. Ele, Ribamar, por exemplo, viria integrando a representação minúscula do seu estado. Antenor Palmeiro, *idem*...

— Mas Antenor Palmeiro virá?

— Já está a caminho. Praticamente virá do México para São Paulo, onde cuidará de importantíssimos contatos. Será o chefe da delegação do seu pequeno estado. Aliás, os chefes de delegação, ficou expressamente deliberado, serão sempre os presidentes dos núcleos regionais da ABDE.

— Irá brilhar intensamente!

Ribamar sentiu-se ameaçado, usurpado:

— Veremos. Nós estamos dando o duro aqui, organizando a coisa, vencendo os obstáculos, que são tremendos, não iremos deixar ninguém comer o prato feito. Uma banana!

— Lembre-se de que o Julião Tavares tem a boca larga... Vai engolir vocês.

Deviam estar aliados:

— Tem se portado exemplarmente. Se mexido como um azougue! Sua capacidade de ação, aliás, é irrefutável. Um dínamo!

Godofredo enfastiara-se com a lengalenga, no fundo temeroso de ser envolvido naquela maluquice, retirou-se para a sua banca diretora, separada da redação por frágil tabique:

— Os literatos fiquem à vontade... — Mas, num inopinado ato de coragem ou remorso, voltou-se da porta: — Se precisar das colunas cá do jornaleco para o noticiário, Ribamar, é só mandar. Publicarei tudo com muito gosto.

Ribamar não diminuiu a secura:

— Obrigado. O Eduardo cuidará disso.

A porta fechou-se sobre o diretor, Ribamar expectorou:

— Que fístula!

E atacou a questão da suplência. Haveria suplentes para cobrir os eventuais impedimentos, que palpitava serem muitos:

— Você sabe, energúmenos não faltam...

— Acho que o número de suplentes do Rio, São Paulo e Minas — aventurei — não devia se restringir a cinco, como me informou, mas pelo menos a dez. Aos do Rio e Minas, que teriam que se locomover, seriam garantidas as passagens e acomodações como se efetivos fossem. No caso de ausência dos efetivos, muita vez se verificando em cima da hora, seriam convocados pela ordem, é claro, porém já estariam lá. E a presença de todos, mesmo sem voto em plenário, se impunha, como uma delicadeza, tanto mais que a suplência irá recair naturalmente sobre escritores mais jovens, como uma prova de consideração e por dar mais concorrência e força ao Congresso.

— Muito boa ideia! Deixe tomar nota. Vou propô-la imediatamente ao comitê organizador.

E foi a única contribuição minha para o Congresso e que não valia um caracol mas, ao despedir-se, e o trabalho acumulara-se ingloriamente na minha mesa, afirmou:

— Pois é, conversando é que nos entendemos. Foi imensamente útil o nosso bate-papo. Levo muitas coisas para ruminar.

Quais, não sabia eu, nem ousei perguntar.

5 de dezembro

Mensagem a Garcia: "Admitindo que você, varão impoluto e permanentemente informado de todas as minudências universais, já tenha cabal conhecimento do Congresso de Escritores, que está airosamente congregando as figuras mais disparatadas da fauna literária e subliterária, com as suas mais diversificadas paixões, estou pedindo que veja aí, usando a máxima presteza e devoção, se o simpático pessoal do Bar do Ponto, a quem envio meus saudares, entre uma cerveja e um conhaque para reforçar, se lembrou do conterrâneo Francisco Amaro para a delegação que comparecerá ao conclave carregando a estafada responsabilidade dos ideais libertários da Conjuração Mineira. Conheço bem o que é a memória humana, mesmo regada pela cordialidade da cerveja e do conhaque quando não se está perto... Ora, a progressista e chatíssima Guarapira dista dezenas de léguas do divertido Bar do Ponto e o nome do nosso Francisco Amaro, por tudo quanto vale e merece, não poderia faltar numa ínclita delegação de Inconfidentes, orgulhosos do seu *Libertas quae sera tamen*. A bom entendedor poucas palavras bastam e as minhas já somam muitas; o resto, como a farinha do Modesto, eu deixo inteiramente ao seu sábio e resoluto cuidado."

6 de dezembro

Júlia capta um estado d'alma:
— Está muito alegrinho hoje... Que aconteceu?
— Vi passarinho verde...
Na verdade vira muitos bichos. Dagmar — o ocasional contraveneno para os distúrbios julianos! — achava que o Jardim Zoológico era um lugar discreto para passear, devanear, ir juvenilmente de mãos dadas. Tentei escapar:
— Não é imprudência? Olhe lá...
— Não — responde, categórica, como pessoa que sabe por larga e comprovada experiência.

O ursinho preto lambe a grade. As araras atordoam. A macaca cata pulgas. O brilhante faisão asiático demonstra infatigavelmente a sua capacidade amorosa. Zurrar é próprio das zebras? Não sei. Sei que o hipopótamo é irredutível e o único animal realmente feroz é o cachorrinho preso no cercado.

Dagmar sacode pulseiras:

— Meu faisãozinho dourado...

7 de dezembro

Conversas da redação:

— Faz programas de rádio. Acredita-se um intelectual! (O revisor, muito jovial.)

— Eu queria ter a profundeza de um crítico de cinema! (O crítico literário.)

— Não sei que é que tem um general na cabeça! Soube que os nossos pracinhas chegaram à Itália sem roupa de inverno. Se não fosse o socorro dos americanos, morreriam todos de frio. A Itália é fria agora. Mormente nos Apeninos. Só os nossos generais não sabem disso... (Godofredo Simas.)

— Estava com um emprego garantido no Ministério do Trabalho. Entrou areia! Deram o lugar a um outro! (O redatorzinho.)

— Que lugar era? (O repórter esportivo, que também anda à cata de um.)

— Redator do Serviço de Recreação Operária. (O redatorzinho.)

— Existe isso?! (O repórter esportivo.)

— Existe! Preciso ir aos Barbadinhos, com mil ferros! (O redatorzinho.)

8 de dezembro

Atacados pelos mosquitos, e os sorrateiros borrachudos são terríveis, vamos por pouco frequentadas curvas e redondéis do Jardim Botânico, excursão que Dagmar, tão imprudentemente de braços nus, alvitrara gastando o entusiasmo de quem amasse avassaladoramente a Natureza e não pudesse dispensá-la como cenário de um episódio da sua aventura, que nem por um instante considerava adulterina, falando do marido com desenvoltura e lenidade como se fosse a mais honrada e zelosa das esposas. Incapaz de parar diante de uma corola por mais exótica ou pura que seja, agredindo-as com o químico e impertinente perfume parisiense, por alto preço e malabarismo conseguido nas mãos do contrabando, e que me seja perdoada a estultícia do buquê de rosas vermelhas, incapaz de reconhecer uma única planta, de agradecer às copas a doçura da sua sombra, passando por elas como se nem existissem, fala, fala muito, misturando fala com riso, mas do inconsequente tagarelar não se aproveita uma palavra sequer. É congenitamente sujeita a esses ataques palrantes, que tanto serviam de deboche a Catarina, e não tem nada na cabeça — nada! Pode ser que isso seja um dos seus excitantes encantos — ó desatino das armas feminis! — mas acabará por determinar um insuportável cansaço.

9 de dezembro

Telegrama de Garcia: "Francisco Amaro escolhido unânime primeira reunião." E se relembra o dizer de Mariquinhas — "é o fim do resto da farinha do Modesto" — sem as dificuldades que pessimistamente sugeria.

Comunicado da FAB: Dois aviadores não voltaram do voo de reconhecimento.

10 de dezembro

Ligação exasperante, com três impacientes reclamações e a telefonista de voz de ventríloquo invariavelmente respondendo que "aguardasse um momento, estava providenciando". Por fim foi feita, quando Francisco Amaro já ia para a cama.

— Tudo bem aí?

— Naquela toada...
— É o que serve. — E passei a falar-lhe do Congresso. Ele se encontrava a par pelos jornais, mas não demonstrava especial entusiasmo e alcance:
— Foi uma coisa assim de repente, não foi?
— Não, as coisas têm seu tempo. Estava madurando... Você irá pela delegação mineira, meu velho. Ficou assentado.
— Quem sou eu?!...
— É um chato, mas vai. Já está escolhido. Unanimemente. A gloriosa Minas Gerais, que verga mas não quebra, estará brilhantemente representada...
— Mas esse Congresso está me cheirando a político...
— Exato, caboclo! Você anda muito arguto... Descobriu a pólvora...
— É, mas eu não me meto em política, você sabe... Meu gênio não combina...
— De certo jeito, o meu também não. Mas não se meter em política agora é a maneira mais cômoda de coonestar a ditadura, pense bem. A liberdade faz falta... — e nem me passou pela cabeça que pudesse haver alguém policialmente na escuta.
— Compreendo. Está certo, irei. Pelo cabresto, mas irei.
— Ótimo!
— Vem cá, você acha que eu precise apresentar uma tese? Não tenho a mínima ideia, nem jeito, nem vontade, nem tempo...
— Que tese! Não precisa de tese nenhuma! Venha, isso é o que queremos. O importante é a sua presença.
— Estou imaginando...
— Um fino ornamento... Não pode roer a corda.
— Mas, afinal, quando é isso? Só sei que será em São Paulo.
— Para os fins de janeiro. Tem tempo de sobra. Queria é te amarrar no assunto. Vou te escrever com mais calma explicando tudo.
— Fico esperando. Você me arranja cada uma...

11 de dezembro

Vivemos arranjando complicações extras... E a turma anda agitadíssima com o conclave. Julião Tavares mais que ninguém. E age, trama, intriga com a infatigabilidade de quem vê chegada a sua hora e não pode perdê-la, como que ilustrando o conceito do finado Zé Bernardo: — "Mineiro não perde trem; chega cedo na estação..."

— Assistimos ao nascimento de um político e político feroz. A raia está vazia... Getúlio encarregou-se obtusamente de esvaziá-la.

Ao externar tal impressão, Gasparini debica:

— Pura farolagem. Julião lá tem fôlego para isso! É corredor de cem metros e sem barreiras!

Mário Mota discorda mansamente:

— Tem fôlego para maratona. — E por serem escassos os seus conhecimentos de atletismo: — Quantos quilômetros tem uma maratona, Aldir?

— Quarenta e dois quilômetros, setecentos e cinquenta metros.

O pintor se espanta:

— Tudo isso?!

— Nem menos um centímetro.

Gasparini ri:

— Acha que o bicho tem patas para tanta corrida? Um pangaré!

— Não subestime, caro colega — intervém José Carlos de Oliveira. — Você não entende níquel de corrida de cavalos.

12 de dezembro

Jacobo de Giorgio, nada supérfluo, e cabalmente expositivo, dá-me a mão para não me perder na enleante floresta espiritualista, e reaposso-me de Rilke. É que, bailando em outros salões espirituais, pusera-o de banda, numa espécie de quarentena ou hibernação, tanto faz, precaução que costumo cultivar de modo a não me deixar envolver escravamente por nenhum estro e guardar das impressões mais penetrantes uma admiração duradoura, e até perturbante, mas nunca submissa.

Na realização do Congresso não toquei — Jacobo de Giorgio não foi convidado a participar. Para os rafeiros, que roíam tanto osso na Embaixada nazista, agora redimidos e democraticamente excitados, é uma excrescência — polé com ele! Já do sociólogo, saudoso cronista da senzala e do tronco, não se esqueceram, porém, fez ouvidos de mercador.

13 de dezembro

— Você sabia que o uniforme de campanha dos pracinhas era igualzinho ao do exército alemão? Não? Pois era! Tal qual... Resta saber se por falta de imaginação, ou por obra do subconsciente... De qualquer maneira, deu no princípio uma confusão cachorra na Itália! (Godofredo Simas.)

14 de dezembro

Longa carta matinal a Francisco Amaro explicando tudo, como prometera e assim cumprindo o dever de conspícuo congressista. Ao revisá-la para evitar certas monstruosidades datilográficas — e o tempo não melhora minha pouca aptidão para o teclado — vi que não explicara nada, verificação que não impediu de pô-la no correio. E, de tarde, Júlia pediu-me duas ou três explicações, que rigorosamente se resumiam numa só e venenosa. Poderia mandá-la plantar batatas, mas não o fiz — dei-as. Dei-as e fui menos confuso do que quando escrevi a Francisco Amaro — é que a verdade nunca se faz nimiamente clara; quanto à mentira podemos vesti-la com persuasivas roupagens.

15 de dezembro

O preclaro jurisconsulto, na bica para o Supremo, mas sempre preterido, e que já tivera uma erupção poética, algo cabalística, com epígrafes maiores do que os poemas, enveredou-se pelo romance, algo místico, com epígrafes maiores do que os capítulos e um semnúmero de notas de pé de página, como se estivesse comentando um texto legal. Lucas Barros, no famigerado rodapé, não o poupou, carregando na mão um tanto desnecessariamente, pois o homem é inofensivo e até simpático como perdoável pabola e divertido como insanávelególatra. Daí o diálogo telefônico:

— É Lucas?
— Sim.
— É *Clarêncio Bastos*! (E a voz é de baixo profundo.)
— Ah! como vai o senhor?
— *Vou maravilhosamente!*
— Folgo sabê-lo. Não o supunha de volta.
— Cheguei ontem, incógnito para evitar explorações da imprensa. Passei ainda em La Paz. Fui pressionado para um parecer sobre uma reforma do Código Civil... Não queria dá-lo. Mas puseram-me contra a parede — ou eu dava ou a Bolívia ficaria sem Código Civil.
— Magnífico. E que tal as conferências? (O jurista fora fazer um ciclo de conferências sobre Direito Positivo no Peru.)
— Tiveram repercussão enorme! Sacudi o continente! Jurídico, bem-entendido.
— Ótimo! Que manda?
— Não mando, constato. *Li* o seu artigo sobre o *meu romance*. Ridículo! Simplesmente ridículo!
— Não me leve a mal. Foi o que pude fazer.
— Não me admira. Você vai ficar na história literária como Saint Beuve para Balzac. Sem tirar nem pôr.
— Não fico em má companhia, mestre...
— *Tenho pena de você, menino!* Você precisa conhecer o mundo. Viajar, ver, comparar. O mundo não se resume a esta aldeia aqui não. É muito maior!

— Não tenho os seus méritos para receber convites, ilustre amigo. Sou um joão-ninguém...

— Mas muito atrevido, querido. Muitíssimo atrevido!

E atrevidíssimo foi Clarêncio Bastos, quando lhe apresentaram a Constituição do Estado Novo para a sua acatada consideração:

— É um sarrabulho ignóbil!

João Herculano meteu a bandarilha de dúbia coloração:

— É dor de corno por não ter sido chamado para fazê-la. Viu a obra já feita...

Pedro Morais é equânime:

— Conhece a sua mercadoria como a palma das mãos. Sempre que se recorre a ele, temos pelo menos uma orientação segura. Seus comentários são de primeira água, seus pareceres são lúcidos. Ele próprio é que não é tão claro quanto o nome sugere...

E bom professor era, afirmavam os meus colegas, dado que jamais pus o pé em aula dele na faculdade e, franzindo o cenho, estranhou ao me ver em prova parcial sentado logo na primeira fila:

— O jovem aí é meu aluno? Não me lembro de tê-lo visto antes...

— Sou muito ocupado, professor... Trabalho de dia...

— Eu também. De dia e de noite. Muito prazer em conhecê-lo...

16 de dezembro

Credite-se a Clarêncio Bastos não ter abaixado a nota da prova por meu menoscabo às suas exibições professorais, dado haver casos de lentes suscetíveis, rancorosos, que não podiam admitir escapatória às suas parlendas. Talvez nem a tenha lido, como era também frequente no magistério superior — que custa dar um "plenamente" e com ele não comprometer a média que livrará tanto o aluno quanto o mestre da tediosa oral? Minha ausência não era somente à sua cátedra, me seja levado em conta. A quantas aulas assisti em todo o curso? Praticamente a nenhuma, danando-me para os professores crentes, o que não aumentou a minha inópia jurídica — as mandarinices processuais me exasperam, as leis me entediam, a mim que as cumpro humildemente, religiosamente — e cegas ou erradas, quantas?

17 de dezembro

Dagmar... Hoje não a achei tão bela.

18 de dezembro

Bela é a noite com seu estrelado chorão — ó insondável viúva! Bela é a prosa renaniana com que enchumacei as horas de habitual vigília. Bela é a aurora, agora, descerrada pelo bico dos pássaros.

19 de dezembro

Bela, muito bela estava Violeta vestida de noiva, o longo véu arrastando, o lírio na mão enluvada, altiva no calor de estufa. Pérsio Dias, compenetrado, de jaquetão, gravata prateada, inquieto na sacristia, com imensa arca de vinhático e lavorada pia de mármore, transpirando muito, fumando sem cessar — marcada a cerimônia para as cinco, faltava pouco para as seis, e remotamente trovejava, quando ela apareceu, radiosa de rendas e frufru, no iluminado coche alvamente forrado de cetim e pespontado de botões de laranjeira. Embora pequena, e tão linda com os seus velhos dourados imperiais e seus adornos barrocos, a igreja não se enchera e Violeta, pisando o tapete grená, deslizou para o altar angelicalmente decorado, pelo braço do pai, em moroso, ensaiado passo, a mimosa grinalda coroando-lhe a cabeça, e o canto de poucas vozes despencando, afinado, do coro.

— O cardápio do coral não foi feito pelo próprio. Foi escolhido a dedo por Pérsio. Note que começa com Victoria. O resto será do mesmo quilate. Teremos um casório-concerto — comentou Aldir.

— É um requintado.
— É um coerente, antes de mais nada.
— E a vida costuma ser ingrata com os coerentes...
— Bastante filosófico.
— Bastante coerente...
— Quem são os padrinhos? — cutucou-me Adonias.
— Nunca os vi mais gordos.
— Estão graves como se funcionassem num enterro.
— É um enterro a seu modo...
— O que não impede dos defuntos continuarem vivendo... São os mortos vivos...

Nicolau, pouco à vontade na farpela mescla, o suor escorrendo das têmporas, sem saber o que fazer das mãos, era o padrinho; a mulher, repolhuda, simpática, em vertiginoso tafetá, equilibrava uma pirâmide de flores no chapéu.

O criticador Adonias cutucou-me outra vez:
— Trata-se duma floral e patusca descomposição... O marido gasta tanto a regra de ouro que ela não chega para o consumo da cara-metade...
— Casa de ferreiro, espeto de pau...
— Lembro-me daquela frase de Courbet diante da carga de lanceiros de um colega: "Tudo de aço, menos as couraças..." É engraçada, não é?

A imagem de Nossa Senhora, no altar-mor, é fascinante, condigna patrona do enlace de um escultor limpo e decente.
— Você imagina aquela belezinha lá em sua casa, Adonias?
— Cala a boca, sacrílego!
— Mas imagina?
Adonias ri:
— Divina!

E o ossudo reverendo, partes iguais de benignidade e sandice, que batizara Violeta e assistira à sua primeira comunhão, estava com a corda toda e caprichava em extensão e metáforas sobre a responsabilidade do sacramento e os sacrossantos deveres dos esposos cristãos.

— Com este sacerdotal boquirroto lá se foi toda a coerência...
— Seu reino não é deste mundo...

20 de dezembro

— Ora viva! Nem parece que eu existo — reprochou Júlia, vestido de alça, desvendando no colo, nos braços, nas costas, a marca provocadora de sol e praia.
— Não somos deste mundo — retorqui, lembrando-me de Adonias, que alguma serventia tem a memória ou a memória dos amigos.
— É o que pensa, nobre cavalheiro! Faço questão de ser e sou. Questão fechada. Acho-o muito bom!
— Vê-se pelo queimado do corpo... Mais um pouco e seria um tição.
— Também gosto da lua, bem que sabe. Banho de lua refresca o coração. Minha alma é seresteira...
— É o que pensa, nobre dama!... Não se pode gostar de coisas contrárias. Quem gosta de ficar esticado, esturricando ao sol, é jacaré, lagarto, bichos assim.
— Não há nada de contraditório. É o ecletismo. Você quer é confusão. Eu te conheço! Comigo não, violão!
— Esta é velha...
— Esqueceu de botar a Sé de Braga no meio... — casquinou.
— Se sente falta, ponha.

21 de dezembro

— Como é possível falar em cultura num país com este calor! Quando vem um colega estrangeiro aqui, eu fico com vergonha! (Aldir Tolentino.)
— Se a água é escassa, grande felizmente é a produção de cerveja... É a lei das compensações... Anda, querida Luísa, vá buscar outra garrafa. (Gasparini.)

— Com este calor você não acha que beber tanto faz mal? (Luísa.)

— Com este calor, meu anjo, só duas coisas fazem bem: cerveja e chuveiro. Ajudam a lavar a vergonha de que fala o ilustre Aldir e com a qual eu concordo em número e grau. (Gasparini.)

— Por que número e grau?

— Sei lá! (Gasparini.)

— O chuveiro está às suas ordens... (Luísa.)

— Lá irei, samaritana... Lá irei... (Gasparini.)

— Muita construção e pouca casa para morar... Donde se conclui que o homem, apesar de toda a sua estupenda suficiência, é inferior ao caracol. (Aldir Tolentino.)

— Isso tem extraordinário valor na boca de um arquiteto.

— Pode botar fracassado que eu não me incomodo. (Aldir Tolentino.)

— Precária é a veridicidade das estatísticas. Confundem muito os pobres de espírito. Requer tato e discernimento basear-se nelas, pois funcionam com a periculosidade da propaganda, outra satânica invenção dos nossos dias ultratécnicos. Mas há que acreditar em algumas. Os cariocas, por exemplo, segundo dados oficiais, são minoritários em sua cidade. Não vão além de 43% da população... e olhe lá! (Saulo Pontes.)

— Não é sem razão que existe no Rio um Centro Carioca, parece-me que caso único no mundo. (Adonias Ferraz.)

— Há um espírito carioca, isso há. (Saulo Pontes.)

— É o que o salva, está visto. (Adonias Ferraz.)

— A turma do Congresso de Escritores está se virando. Se a canoa não virar... (Aldir Tolentino.)

— Poderíamos chamar isso de anacoluto? (Gasparini.)

— Que disparate! (José Carlos de Oliveira.)

— Estou perguntando, que diacho! Nunca tive vergonha de não saber as coisas. (Gasparini.)

— E não é pouco o que não sabe... (José Nicácio.)

— Essa foi forte... (Mário Mora.)

— *Ladra o cão e a carruagem passa...* (Gasparini cantarola, muito desafinado, a marchinha carnavalesca.)
— Arrancaram uns cobres de Loureiro e até que não foi pouco, se acreditarmos na palavra de Julião Tavares, que comanda a subscrição. Loureiro é um vigarista. Acende uma vela a Deus, outra ao Diabo. Mas que é simpático, lá isso é. (José Nicácio.)
— Se os vigaristas não tivessem encanto pessoal, acha que encontrariam em quem passar a perna? (Saulo Pontes.)
— E o nosso Marcos Rebich morreria de fome...
— E o Altamirano assinou? (Mário Mora.)
— Que esperança! Aquilo é bananeira que não dá cacho... Se comparecer é de graça. Aliás, duvido muito que compareça. (José Nicácio.)

22 de dezembro

Na calçada do Café Nice, ponto de compositores, músicos e cantores de rádio, Antônio Augusto, com sensível bafo de cachaça, está tomado da maior indignação:
— Sabe quanto me pediram para gravar a minha batucada? Dez mil mangos! Antigamente pagavam a gente, agora querem que a gente pague... É de fufa! Vão achacar outro! Não sou otário.
— Vai ver que pediram barato...
— Ainda por cima você está me gozando? Ou será que você paga também para publicar seus livros?
O parceiro, crioulo de cabelo esticado a ferro e fogo, entrou manso:
— Você quis bancar o sabido. Os tempos mudaram, como é? A gente tem que se ajeitar com o fogo do fogão, do contrário não cozinha o feijão. É rima e é verdade. Por que você não largou o samba para a Neusa Amarante?
— Largar uma tatana! Aquela vaca só queria dar três mil, ora!
— Acaba não vendo um tusta. Nem eu!
— Pois faça você um sozinho e venda. Eu não! Não nasci ontem.
— Mas tem de viver o dia de hoje...

O crioulo era apaziguador:

— É isso mesmo, amigo. Eles estão com tudo. Não adianta estrilar, mano. Malandro não estrila. Tem de entregar o cu à seringa, como é? Deixa de bronca, se quiser levar algum. Aliás, não seria a primeira vez que você vendia samba seu para sair com nome de outro... Sempre foi assim... Quem é pequeno, morre pequeno...

— Mas agora está de encher o saco. Encostam a faca na barriga da gente. Ou dá, ou desce. Não! não desço.

— Não sou tão orgulhoso. Muito orgulho é besteira. Tudo que cai na rede é peixe. Cocoroca peixe é.

A cara de Antônio Augusto era de quem ia soltar uma das suas rachadas quando a negra passou e ele, incontinenti, encompridou o olhar e mudou o tom da voz:

— Menino, que rabo!... É de xurupito! Há muito tempo que uma cabrocha assim não cai nas minhas unhas... Aliviava a alma!
— Fez uma pausa: — O calorzinho de hoje está merecendo umas cachaças.

— Já mereceu algumas, pelo visto...

— Sim, meti umas batidas de limão para levantar a moral.

E, maciamente: — Você não tem uns níqueis sobrando cá para abonar o velho amigo, Edu?

— Que é que você chama de níqueis?

— Uns duzentos — disse quase melífluo.

— Leve cem.

— Está conforme. — E numa gargalhadinha: — Fica me devendo os outros cem.

— Vá esperando! Quero ficar vacinado pelo menos por seis meses.

— E se a vacina não pegar? — e Antônio Augusto enfiou a pelega no bolso.

O crioulo mostrou a canjica:

— Quem tem padrinho não morre pagão.

— O Edu é cá do peito! — E elucidou o parceiro: — Amizade antiga. Servimos juntos no exército. Tirei muito serviço por ele.

— Que me lembre, nenhum.

Antônio Augusto riu:

— Deixe de se fazer de esquecido.

— Não me faço não. Tenho boa memória. Mas venha aqui: como é o título da batucada?

— *Leite de Onça.*

— Mude para "Leite de Pato..."

— Tirou o dia pra me gozar, hem! Você não era assim não. Agora que está nas alturas...

— Você é que é o esquecido, Antônio Augusto.

23 de dezembro

Que seria de nós se não nos fizéssemos de esquecidos?

24 de dezembro

E há o esquecimento em bronze... Descerrado, em ato solene, o busto de seu Camilo (de óculos) na castigada grama do jardim da Glória, obra que com proposta, subscrição, confecção e inauguração foi levada a cabo em tempo recorde no país! A bandeira nacional o envolvia... A família, que vendera num átimo a pobre livralhada do finado, perfilava-se completa e comovida. Oração para lá de funérea de Altamirano de Azevedo, em apropriada voz sepulcral, com a inevitável reprise de vários trechos do seu necrológio. Ficamos inteirados de que o poeta devia ao educador a sua formação humanística e moral!

25 de dezembro

A turma, não aquela de que o agitante Ribamar Lasotti se arvorou em intérprete de dispensáveis e duvidosos agradecimentos, mas a outra, que Júlia, tão pouco conhecendo, cordialmente detesta, vendo indisfarçavelmente nela uma mais extensa ameaça à já precária exclusividade de minha pessoa — figurinha difícil, como é do seu falar —, a turma, desfalcada apenas, e desculpavelmente, de Pérsio Dias, preso às exigências do contraído lar, e do superveniente Adonias, que não falta ao hipócrita beija-mãos da tia em Petrópolis, compareceu pejada de presentes às natalinas rabanadas — Papai Noel ficou maluco! gritou Mário Mora na entrada, carregando um número sem conta de caprichados e multicores pacotes — rabanadas cuja demorada preparação requer de Felicidade mais panelas, leite fervendo, macetes e pachorra do que é usual para rabanadas menos ambiciosas, doce que os componentes nortistas do amical conjunto chamam de fatias de parida, positivamente um nome de mau gosto para o tradicional manjar, tal como a canja, jamais omitido nas consoadas do Trapicheiro, com presépio e algum sentimentalismo, quando Mariquinhas milagrosamente perdia ou atenuava a virulência, e que se elevavam ao alvoroço quase histérico se Madalena encontrava amêndoas gêmeas — filipinas! filipinas! —, motivo para o venturoso achador formular quiméricos pedidos com a certeza de integral realização.

— Você tem mãos de fada! — é o elogio que a obtusa confeiteira, envergando vestido novo, espera de Gasparini, capaz de devorar, de uma arrancada, metade da respeitável travessa de louça da Índia, preciosidade restante do nobre trivial mageense, que Mariquinhas não se cansava de decantar, com o pertinaz propósito de provar a superioridade de outros tempos e de outras instituições, no que talvez tivesse a sua pitada de razão. Espera e ele vem, só que doutra forma este ano:

— Que anjo te ensinou a fazer rabanadas assim?
— Foi vovó — informa sem precisar qual.
Gasparini nem dá conta da imprecisão:
— Sua avó deve estar no céu!

Se há céu, claro que está repleto de ancestrais maternos e paternos da negra, premiados pelo martírio terrestre dos açoites, do tronco, do pelourinho, de quanta queimadura sádica, e não seria lenda que uma sinhá ciumenta, e de pouca formosura, furara com garfo de prata o olho duma tia bisavó banto de Felicidade, flor esplendorosa de senzala, com coxas de seda e cheiro de goiaba, que endoidara o sinhô, alucinado rabicho muito além das habituais relações amorosas entre casa-grande e negrinhas, cujo resultado foi casa montada, nas imediações de Matacavalos, para a comborça, embora zarolha, e mais um ramo espúrio e pigmentado da família senhorial, com o sobrenome imperial de Alcântara, ramo aliás superiormente dotado, tanto que um dos seus frutos foi médico famoso e esmoler, outro, constitucionalista de nomeada e denodado abolicionista, chegou a uma senatoria republicana, e ainda um mais, boêmio inveterado, na flor da idade vítima do cólera-morbo, deixou antológicos sonetos parnasianos. E com um bisneto postiço do garfo criminoso, Gasparini fisga mais uma rabanada melosa e amorenada de canela:

— É a última, Luísa do coração. Não precisa fazer esta cara... Vai sobrar para todos.

Luísa não fizera outra cara que não a da nunca escondida admiração pela voracidade gaspariniana, e não foi a última em absoluto — volta e meia lá estava o comilão diminuindo a altura da provisão, assim como fazia descer o nível da garrafaria, muito preferencialmente do garrafão de vinho verde, envolvido em trama de palha, que ele mesmo trouxera com a peremptória declaração de que era uma especialidade, e estalara a língua, sublimidade ratificada por Aldir, repetindo o estalo lingual, e não comprovada por mim, desafeto dos vinhos em geral e dos tintos em particular, cujo simples aroma me causa arrepios e internos desconjuntamentos.

Ameaçando a integridade das bolas de vidro na arvorezinha com seu estabanamento, ele intima:

— Prove, homem de Deus! É um néctar!

— Acredito, mas não me assenta bem, você está farto de saber.

— Exatamente por esta razão. É preciso ir se acostumando com pequenas doses... Doses homeopáticas... Um recomendabilíssimo tratamento antialérgico...

— Ficará para outra ocasião. Não arrisquemos. Poderá estragar a festa.

Gasparini nem se lembrou do fiasco que fizera eu, numa bacalhoada de confraternização, ao ter tentado ingerir um trago de alvaralhão — caíra da cadeira, duro, lívido, no chão, como um defunto, acabando com a reunião e deixando-o cheio de cuidados. Quando o álcool lhe subia à cabeça, com o abrandamento das incômodas disposições belicosas, atacava-lhe ultimamente uma crescente amnésia. E balangou os ombros:

— Você não sabe o que perde.

— Mais ficará para quem aprecia.

— Lá isto é uma verdade — concorda, servindo-se de outro copázio da rascante vinhaça. — Uma grande verdade!

Há outras verdades iguais ou maiores, mas a ocasião não seria a adequada para formulá-las ou avivá-las; judiciosamente pensando, nenhuma ocasião é suficientemente adequada. Que cargas de verdades carregam os corações sem explodir!

E Gasparini é quem explode:

— Ponha uma música aí na vitrola, anfitrião! Não nos encontramos num velório.

— Há músicas de velório, se me permite alertá-lo.

— Mas não estamos num! Estamos festejando.

— Você é quem manda. Que músicas você quer?

— Alegres, que pergunta! Nada dessas xaropadas que você gosta de empurrar na gente. Hoje, não! Dê uma folga. O Jacobo de Giorgio não está presente... Meta uns sambas, umas marchinhas. Honre o que é nosso!

— O que é nosso, meu querido nacionalista, quase nunca é nosso. Mas eu quero agradar. Vamos aos sambas e marchinhas.

26 de dezembro

Ao febricitante compasso de sambas e marchinhas, que desciam tantas vezes à funda cacimba da ladrona, deslavada e comercial vulgaridade, não raro forçando letras de duplo sentido ou propositando homofonias obscenas e escatológicas de absoluta consumação popular, partido que Antônio Augusto jamais aplicou, com cantoria e dançação o entremez natalino se escoou e nado era o sol, algazarrentos os pardais e morna a bafagem do novo dia, quando os figurantes levantaram acampamento, Gasparini, José Nicácio e

José Carlos, adernados, mal se sustendo nas pernas, Mário Mora, esverdeado, suando frio, prestes a vomitar as tripas, como era o inevitável epílogo de todas as suas farras, Aldir, os olhos que nem duas postas de sangue, mas fagueiro ainda, arrotando capacidade para dobrar a parada dos comes e bebes, e muito zeloso com os frouxos e necessitados parceiros de libação:

— Olhe o degrau! Segure no meu braço, que é braço de macho... Quem veio de chapéu, vai de chapéu!

Abusadamente superlotado, o elevador levou-os todos de uma só viagem, quais sardinhas em lata, bulhentas e desbocadas sardinhas, que amaldiçoavam os tropeções, pisadelas e desequilíbrios:

— Chegue pra lá!
— O de baixo é meu, porra!
— Olhe as famílias!
— De madrugada não há famílias!
— São uns patuscos... Estão que nem se lambem!... — e Luísa cerrou a porta, quando percebeu que o elevador, sem novidades, chegara ao térreo. Depois rodopiou o olhar pela sala, com uma pontinha mais de cansaço que de desconsolo — era como se tivera havido uma encarniçada batalha. Paciente, decidida, encetou a limpeza: — Ao batente!

— Não acha tarde?

— Cedo não é, mas assim é que não pode ficar, meu filho. Não conseguiria dormir direito. Está um chiqueiro. Veja o tapete! Recebeu migalhas de empada por todos os cantos. Nossos amigos têm mão furada... Mas Felicidade também é culpada. Para essas ocasiões não é bom fazer empadas de massa podre. Diabo, que são as de que Gasparini e Adonias mais gostam!... — Abaixou-se, catou no chão, ao lado do sofá, uma meia dúzia de copos: — Claro que não vou limpar tudo. Vou dar um jeito assim por alto. Felicidade amanhã cedo fará o resto mais pesado. — E, seguida por Doroteia, que livre de fiscalização não se fartara de lambiscar fora da dieta toda a santa noite, foi buscar a vassourinha e a pá de lixo.

— Divertido, Eduardo? — perguntou o espelho, sem palavras, muito teso na sua moldura.

— A alegria sempre suja um pouco, tredo amigo — responde-lhe da mesma forma. — Quase tanto quanto a tristeza — acrescentou.

27 de dezembro

Ao se levantar, o rosto marcado pelo bordado rococó e agressivo da fronha, requintado suplício que não custou barato e felizmente só de uso festivo ou domingueiro, Luísa encontrou já restabelecida a ordem doméstica, que lhe é tão cara, mas que não estende até seus armários e gavetas em constante, gentil e perfumada moxinifada. (— Que bagunça! — é a frequente reclamação. — Ninguém vê — defende-se, confessa, risonha, incapaz de se corrigir. — E Deus? Deus vê... — e Eduardo sabe que, Deus havido, com o onipresente olho divino, veria também corações, as bem mais complicadas e atulhadas gavetas da desarrumada e bem menos gentil alma humana, pródiga em roupa suja, e ao seu nunca pôde impor uma ordem decente.) Felicidade madruga e, parca em abluções mas vaidosamente cônscia dos deveres funcionais, atacara a anarquia encontrada com gestos de abantesma — e ela própria um trasgo! — para não despertar ninguém, nem mesmo Doroteia — a chata! como cariciosamente a trata — que, no cantinho do corredor, rabo encolhido contra a barriguinha, protegendo-o de eventuais pisadas, pauta seu sono maior pelo dos donos; e, rematada a faxina, se foi à igreja, fiel ao sincretismo; se não estivesse fechado o comércio, teria feito o matinal recorrido pelos fornecedores com os quais mantém as mais amistosas relações, malgrado os bate-bocas a propósito da roubalheira nos preços, e graças a elas amantética do fuxico, se põe a par de vizinhos caloteiros, ou maus pagadores, e os de soberba ostentação à custa de míseras limitações do estômago — o major do 54, removido para onde Judas perdeu as botas, passou o beiço bonito em seu Elias quitandeiro, a madama do 87 está pendurada em 22 contos na peixaria, a dona do 16 bota muita banca, mas passa é o talharim na manteiga no almoço e no jantar, e olhe lá!

Eduardo levanta-se um pouco depois de Luísa — quer encontrar o caminho desobstruído... As crianças estão brincando na rua, o calor promete e é caricato o algodão distribuído na arvorezinha para imitar neve. A leitura perfunctória do jornal é mero automatismo, espécie de diário enciclopedismo do inútil saber, após café pequeno e cigarrinho — e como deliciosa é a primeira tragada do dia! — na varandinha de amável ventilação e acalmante paisagem, como se a contemplação da variegada vegetação fosse o prosseguimento do sono de olhos abertos. O odor inseticida errava no ar — mosca é assunto que não permite, caçando-as com fúria, o que a alguns provoca chacota e riso, entre eles talvez o espelho, indiferente às sujidadezinhas que elas sem a menor cerimônia depositam na sua face, e Felicidade cumpre com rigor e desperdício o ucasse da permanente perseguição, baldado tendo sido o esforço de ensiná-la a manejar eficaz e economicamente a bomba fumigadora.

28 de dezembro

Assim como Felicidade é impenetrável a tantas ensinanças da tecnologia moderna, notadamente exuberante em aparelhagem eletrodoméstica, que, sob a capa de economia e simplificação da labuta caseira, gera um estendal de novas exigências, complicações e despesas, cada um de nós impenetrável é a tantas ensinanças da vida sempre a mesma — cabeçudos que somos!

Júlia é material mais difícil de manejar do que uma bomba fumigadora, e bomba é de alto poder explosivo e de conveniente ação retardada. Explodiu! Foi em plena rua abrasadora, prenunciando temporal, num temporal de gestos desabridos e chulas expressões recalcadas, alheia ao olhar curioso ou divertido dos transeuntes, inda bem que poucos àquela hora, quando as primeiras lâmpadas se acendiam e as últimas lojas cerravam suas portas; de nada valeram os prospectos sobre defesa passiva, obrigatoriamente compulsados, só fumegantes ruínas deixou do amoroso quarteirão, como se ele fosse construído de simples e combustível taipa, e até a inocente Maria Berlini — aquela pelancuda! aquele bofe! — despedaçada ficou entre os escombros, menos funestamente que os mal-aventurados amantes Glenda e Emanuel sob os tijolos, ladrilhos e retorcidos ferros de Liverpool.

29 de dezembro

O enxofre da fumarada permanecia vivo e irritante nas narinas afeitas aos pravos cheiros do passado. E era como se se alongasse diante dele, a perder de vista, um calcinado deserto, coivara um tanto devida à sua foice, e que precisasse urgentemente replantar. Contemplou o cartapácio sobre a mesa das vigílias, muralha chinesa que ia levantando, adobe a adobe, com indenunciada paciência, e ficou mais uma vez picado pela dúvida da sua qualidade — era muito escrever! Muito! Mas...

31 de dezembro

Sob o reflexo conivente do espelho, que tanta coisa já viu na sua longa penduração, tudo mágica e mansamente se apazigua e se renova com o dedilhado *Impromptu* schubertiano nesta tarde terminal de mais um desgastante ano — é a nossa música, Luísa!

— Maravilhosa! — diz como se sinuosamente quisesse estender a adjetivação à vida.

O disco chia um pouco pelo uso, pela má qualidade que a guerra vem obrigatoriamente imprimindo à manufatura de certos objetos, e da cozinha, onde Felicidade afanosamente apresta a ceia amiga, avança o pacífico cheiro a cebola refogada que completa a melodia.

Nota da editora

Planejado, em princípio, para sete volumes, o ciclo romanesco *O espelho partido* foi interrompido pela morte de Marques Rebelo, em 1973.

Cada volume abrange três anos: *O trapicheiro* (1936-1938), de 1959, *A mudança* (1939-1941), publicado em 1962 e, em 1968, o último livro, *A guerra está em nós* (1942-1944).

Os títulos *A paz não é branca*, *No meio do caminho*, *A tempestade* e *Por um olhar de ternura* já haviam sido definidos pelo autor. Certamente, Marques Rebelo manteria a mesma integridade que caracteriza cada um dos livros da trilogia publicada.

A seguir, o início de *A paz não é branca*, que comporia o quarto volume, compreendendo o período de 3 a 30 de janeiro de 1945.

"A memória de todo homem
é um espelho de mulheres mortas."

> GEORGE MOORE
> *Memórias da minha vida morta*

A PAZ
NÃO É BRANCA

1945

"Num espelho sobrenatural,
No infinito (e esse espelho é o infinito?...)
Vejo-te nua..."

Manuel Bandeira
O ritmo dissoluto

1945

3 de janeiro

Aceleram-se os preparativos para o Congresso de Escritores com um afã, uma diligência, um alarido como se se tratasse de reabrir o próprio Congresso Nacional, fechado para um balanço que se prolonga por quase oito aninhos, quando há milhões de saudosistas sinceros ou oportunos espalhados por aí. A secretaria do certame, instalada na exígua e atravancada sede da ABDE, e sob a supervisão de Nicanor de Almeida, que aparece sempre na hora propícia, vive o nervoso movimento de caixa de teatro em noite de estreia — e espetáculo parece que vamos ter, com alguns artistas brilhando muito e a ventriloquia funcionando abertamente. Helena traz os dedos inchados de tanto batucar na máquina, datilógrafa improvisada mas infatigável, Ribamar Lasotti apõe o rebuscado jamegão em centenas de papéis por dia, depois que Gustavo Orlando, com o maior desprezo e a maior perseverança — que cambada de analfas! —, escoimou a sintaxe dos escritos. Julião Tavares, que achou jeito de se eximir ao serviço militar, transformou-se em grande general. Traça planos e mapas para o combate, junta e divide pelotões para melhor comandar, quase não dorme, esvai-se em providências. Seus piquetes severamente instruídos varejam todas as possibilidades de ajuda financeira, que é preciso dinheiro, e grosso — correm listas de donativos, achacam-se potentados patronais oscilantes entre a cruz e a caldeirinha, empresas, instituições e até entidades oficiais, conseguem passagens aéreas, rodoviárias e ferroviárias. Já chegou uma apreciável quantidade de teses e moções de apoio, quantas outras são esperadas, há adesões entusiásticas Brasil afora, mas há também escusas e desistências mais ou menos previstas, pela razão de terem transparecido, como era impossível deixar de acontecer, as intenções bem pouco literárias da reunião — flechadas na ditadura periclitante — e seguro morreu de velho é ditado posto em prática pelos cautelosos.

Que lá irei fazer se tenho como bem único, e consolação de um caminho escolhido e difícil, a literatura, que resiste, dentro de nós, a todas as agressões, opressões e restrições políticas? Contudo irei, pois é preciso pagar o tributo da coragem pessoal e de algumas ideias libertárias, embora confusas, carregarei Francisco Amaro, que necessita sair do buraco e mostrar o que vale, e soube, sem que reclamasse avião como outros o fizeram, sentindo-se desprestigiados, que nos caberá passagens de trem diurno — uma esfrega! Se as coisas saírem mal... Bem, alinham-se corajosos em demasia — é a opinião de Adonias, que não comparecerá — para que o quarto prometa ser tão escuro.

4 de janeiro

"Quarto escuro" era promessa materna, nunca cumprida, aliás, para a punição de travessuras da pequena tribo no Trapicheiro. Quarto escuro, corte de sobremesa, puxão de orelhas — tudo requintes de educação francesa, suponho. Atualmente a educação se americaniza — embalamo-nos na era das rédeas soltas, da conversa de pai para filho...

E de sol anda hoje o dia cheio. Avante, astro radioso, fonte de calor e vida, cautério de tanta gangrena terrenal, inunde de luz meus torvos labirintos!

5 de janeiro

Funerais de Romain Rolland num pequeno cemitério de Clemency, orlado de choupos. Lá nasceu, lá desejava ser sepultado — a volta ao ovo. A obra, que fez furor, traduzida em todas as línguas da Terra, já estava um pouco enterrada sob a areia de um tempo convulso e antigermânico, em que se confunde germanismo e nazismo.

Jean-Christophe me apanhou desprevenido, senti-o maravilhoso, mas após o terceiro volume o interesse decaiu. Adonias zombava naquele tempo juvenil:
— É um lambão!
E ainda hoje zomba, com as primeiras cãs ignobilmente disfarçadas por tinturas que provocam alergias:
— Pacifista com açúcar-cande.
— Já sei onde quer chegar. Guerra é necessário. Guerra mata gente. Há gente demais no mundo.
— És muito sutil...
— Malthusiano de meia-tigela!
Romain Rolland... Ainda folheio o seu Beethoven, embora ouça o grande surdo com alguma parcimônia.

6 de janeiro

— A literatura é um prolongamento escrito de nós mesmos. Nela se refletem as nossas falhas e atavismos, nossos defeitos capitais e veniais, nossas incompreensões e frustrações, apesar do empenho que temos de encobri-los, disfarçá-los, atenuá-los. Refletem-se, aliás, tão ponderavelmente quanto as nossas qualidades... E se estas não são em mim muito fortes nem numerosas, você sabe, como não desconfiar angustiosamente do meu caso literário, no qual o suor do desmedido esforço escorre nas noites mais frias?
— A maioria dos seus colegas de escrevinhação não cuida que assim seja — consola-me o espelho com surpreendente vontade de me agradar.
— Quando se escreve uma coisa, deve-se dar tudo nela, tudo, tudo, como se fosse a última que escrevêssemos. Dar tudo, não economizar nada, não guardar nada. Assim deve ser, no entanto, acho que não obedeço à regra de ouro, peco por ser somítico cuidando ser enxuto.
— Somítegas, faz favor.
— Não seja parvo com estes pruridos puristas!
— É precisamente como se revoltam os que não sabem...

7 de janeiro

Montgomery, agora marechal, é o artigo do dia nas manchetes. Tem pescoço de galinha pelada, usa boina e investe Alemanha adentro com aquela pertinácia britânica, parenta dos buldogues, que já evidenciara na África, onde levou algumas rabiçadas sem perder a cabeça. Por outro lado, o general Patton — o das mandíbulas quadradas — dá duro nos nazistas para forçá-los a recuar e nos seus ianques para forçá-los a avançar, e o murro nas ventas de subalternos faz parte dos seus másculos métodos de persuasão guerreira.

Cléber Da Veiga não poderia perder tão admirável ocasião de exibir profissão de fé e aprontou tese para o Congresso de Escritores: "O apolitismo dos intelectuais." Incontido, serve antecipadas e fartas fatias do bolo aos frequentadores da livraria Olimpo, mais movimentada nestes dias de expectativa congressional. Dá gosto ouvi-lo: "O apolitismo dos intelectuais é apenas uma posição conformista, fuga a um dever elementar de cidadania..." E mais gosto ainda vê-lo pontuar a prosa partidária, cristalina e democrática, com pattonianos murros iniludivelmente endereçados aos vermes apolíticos da grei literária, à qual se adere insolitamente como ostra em casco de navio.

Para toda espécie de mistificação, adesão e truísmo há aplausos:

— Muito bem! Quem quiser que ponha a carapuça...

Animado, o cristão-novo prossegue antecipando mais tiradas da metafórica distribuição de carapuças. Adonias foi ouvinte de algumas:

— É um asno incomparável! Nunca me enganou. Vai longe...

8 de janeiro

— Estranho ladrão!

Luís Cruz está inconsolável. Foi roubado o seu querido exemplar de *Cattleya labiata autumnalis,* que trouxera do Norte e já florira uma vez esplendorosamente em acetinado róseo, o labelo matizado de púrpura, as margens franjadas e crespadas.

— Sabia o que levava, meu caro. Sabia... Foi a única coisa que surrupiou, o miserável! — E desconfia com justos fundamentos: — E frequentador cá de casa e amante de orquídeas. Precisamos averiguar... Não há gatuno que não deixe pista...

Quando roubaram os alfinetes de gravata de Adonias, somente os alfinetes, quando havia tanta coisa à mão para carregar, ele nem se queixou à polícia. Falou com um investigador, velho conhecido, muito devotado a Helena, a quem de princípio acampanara, quando lotado na Delegacia de Ordem Política e Social, que o aconselhou a ter calma e estivesse certo de que o roubo fora praticado por algum familiar, conhecedor da coleção e do escaninho em que ela se encontrava. Para começo de conversa, iria farejar os intrujões mais manjados e dar uma batida em certo café da praça Tiradentes, onde se reuniam vendedores de joias, traficantes de muambas e conhecidos meliantes.

— Vamos juntos?

Foram. Sentaram-se, pediram cafezinho; na mesinha ao lado um sujeito com cara de fuinha exibia a outro um reluzente mostruário. O inacreditável acontece! Adonias, de relance, reconhece os alfinetes:

— São aqueles, Batista!

— Você tem pelo! É o "Mão de Gato", bicho conhecido.

O investigador botou a unha no homenzinho:

— Vem cá, ilustre cavalheiro, me mostre aí a sua bonita mercadoria.

O malandro não titubeou — deu o lenço e dentro dele os alfinetes de gravata de Adonias, sem faltar nenhum.

— Agora vamos explicar muito direitinho como esta beleza chegou às suas mãos.

Adonias, porém, não quis saber de mais nada. Já estava satisfeito em reaver os preciosos guardados:

— Deixe o homem. Eu sei o que é um processo em delegacia... Não vamos criar mais cabelos brancos...

Batista riu:

— Você está com sorte, "Mão de Gato". Escapou de mais uma entrada. Vá pirando, antes que eu discorde cá do amigo.

— Compreendo... Podia a meada ter a pontinha num parente próximo, não é? — E muito sério: — Parente é uma merda! Quando não suja na entrada, suja na saída.

Adonias sabia que não se tratava de parente próximo.

9 de janeiro

— Parentes são os dentes! (Mariquinhas, a que, muito cedo, usara dentadura.)

10 de janeiro

Iniciada a batalha decisiva das Filipinas, quando os americanos sentem ter na mão um bocado de trunfos, que a princípio lhes fugiam, imprevista deficiência que os humilhava — oh, aqueles amarelos! Vera aprendeu o jogo da batalha, com algumas imperfeições substituídas por manhosas empulhações, e surra desalmadamente Lúcio, que não demonstra a mínima propensão para baralho. José Carlos de Oliveira, cuja vocação é congênita, afunda-se presentemente no pife-pafe, intensifica as deprimentes transações com os agiotas e consta que passou uma boa série de cheques sem fundo. Jogar é exercício importante. Na falta de parceiro, apliquemo-nos às paciências, de infinita variedade e inimagináveis dificuldades — é a luta mano a mano com o sortilégio do destino!

11 de janeiro

Escrever é também uma paciência, paciência sem cartas. Anda, escreve, mão delicada, pequenina, insatisfeita! Que importa se o produto não tenha imediato consumo nos balcões de livraria! O tempo é balcão de uma livraria maior (o espelho sorri) — avante!

12 de janeiro

Avante, exército das lembranças! Avante, tormentos do presente!

14 de janeiro

Dagmar vai para Petrópolis, fugindo à canícula:
— Não há tatu que resista!... como você diz.
Agradeço o abano. Que frescos ares a levem e a conservem — o seu ardor extenua!

Júlia sumiu no calor da própria cidade, grande bastante para que tal suceda, tanto mais que nossas ocupações e horários favorecem o desencontro. É bom que seja assim — como o alívio de quem se livra de um sapato apertado.

16 de janeiro

Sinal dos tempos: carne podre nos açougues, leite com água nas leiterias, gás de precária combustão para arreliar Felicidade.

O telefone vai para 50 cruzeiros. Conservo pristina aversão por telefone. Só serviria se fosse mudo. Como um adorno.

17 de janeiro

Doroteia entrou a se coçar desesperadamente, coisa que irritava quase tanto quanto atemorizava Luísa, e ainda exalando uma morrinha que envergonhava quase tanto quanto nos aflige. José Nicácio, com a proverbial desenvoltura, não se contivera:
— A nossa amiguinha está um peido ambulante!

Luísa achou graça, mas logo abaixou a cabeça, mordeu o lábio inferior e Moacir Trindade foi requisitado. Antes já o fora, mas se encontrava ausente, no sítio, para os lados de Sacra Família, que é uma das suas conquistas e orgulho. Confabulamos, porém, não apelamos para outro profissional — temos as nossas fidelidades.

— Não é nada importante — diagnosticou num relancim, indiferente ao escândalo da cachorrinha, que o conhece às léguas e que foi arrancada com mãos de aço de debaixo da cama onde se metera.

Prescreveu um dessensibilizante, comida sem gordura e sem sal — sal nestes casos é de morte! —, banho ainda mais espaçado:

— Deixe-a fazer concorrência aos porcos...
Depois do que, aceitando o cafezinho, que ele reputava o melhor da clientela, ficou de cavaco mais de uma hora. Apura-se que não se formara errado, pois sua vocação era a veterinária, maluco que era por bicho, tinha uma dúzia deles em casa e da mais diversificada fauna — macaco, papagaio, cachorro, gato, passarinhos, todos na maior harmonia —, mas que seu ideal não foi realizado. O atraso e forretismo campesino e fazendeiro não admitiam veterinários que não os funcionários públicos — ninguém tem jeito nem peito para pagá-los particularmente. Ora, não quis se submeter à mixaria que percebe um veterinário federal ou estadual. Preferiu ficar na cidade para atender aos lulus e bichanos das madames. Tinha a vida mais folgada e independente, já adquirira apartamento, pequeno mas decente, já conseguira um pedaço de terra. Lá, com poucos bois e cavalos, ia fazendo os seus ensaios. Talvez tentasse, mais tarde, uma livre-docência. Estava pensando se valia.

18 de janeiro

Paro na banca de jornais. É o gosto pelas frases: "Aberto aos russos o caminho para o coração da Alemanha."
— Bom mesmo é corpo fechado... — assevera Antônio Augusto, que acredita piamente em trabalhos de macumba.
Já fez samba a respeito — não rendeu dois vinténs furados!

19 de janeiro

Moacir Trindade acertou na mosca — Doroteia já não se coça mais, além da dose que é própria dos cachorros. Gasparini, que perdeu a fé na terapêutica, não tem cabal razão — há medicamentos que atuam, nem tudo será comércio científico explorando a credulice dos humanos. Perda de fé, convenhamos, que não impede de encher receitas para cada cliente que o consulta, eu inclusive.

20 de janeiro

O sensível Francisco Amaro chegou e, impenetrável a certas peculiaridades da natureza humana, ainda uma vez me irritou não querendo se hospedar comigo, alegando tão inconsistentes quão teimosas razões.

— Dou a minha palavra de honra que não há percevejos na cama, nem sofremos de moléstia contagiosa, como também forneceremos a sua habitual beberagem inglesa em vez de café. Intragável, por sinal!

Não lhe causou mossa o desabafo e gastou a medular modéstia, por vezes exasperante:

— Você me metendo nestas embrulhadas. Quem sou eu!

— Os acontecimentos estão tomando um caminho decisivo, velho urso. Vai sair mel daquele pau, mel talvez histórico. Você precisaria estar presente. Testemunha ocular e participante condigno. É mais importante do que presenciar a fabricação de pregos e morim.

— Deve ser gozado — concordou.

— Ponha no superlativo.

21 de janeiro

A longa viagem de ida!

— Vão madrugar na estação — motejou Luísa, sonolenta, acompanhando-me no cafezinho, que ela mesmo coara, pois Felicidade fora papar a sua missa com véu preto sobre a carapinha.

— Mas jamais perderei um trem, um avião, a condução que for! Não é da minha religião.

— E eu perdi algum, por acaso?

— Você, por acaso, já viajou sem mim? Só se foi em sonho.

— Vamos com calma! Fui uma vez a Campo Belo. Perfeitamente acordada.

— Com dez anos.

— Doze! — riu.

Levantei-me da mesa:

— Volte para os lençóis. Você está morrendo de sono.
— Vou voltar. Dormi ontem muito tarde. Levou tudo direitinho, não se esqueceu de nada?
— Claro! fui eu que fiz a mala...

Às cinco horas, em ponto, Francisco Amaro passou de táxi na minha porta, as luzes ainda estavam acesas. Já lá me encontrava eu, maleta na calçada, fumando, apreciando os primeiros movimentos do dia nascente, e, a certos instantes, parece que madrugadas da infância vêm a mim trazidas pelo frescor do alvorecer, madrugadas de embarque algumas, como aquela em que papai nos levou a Mendes — a minha iniciação ferroviária, com matalotagem de galinha assada, e Emanuel engasgou-se com a farofa, não parava mais de tossir.

— Só esta maleta?
— Dá de sobra, ué! Não vou para ficar...
— Tardava a piada... — e mostrando a avantajada mala de couro ao lado do motorista: — Acho que levo tralha demais.
— Roupa em excesso também tem suas vantagens. Pode haver uma greve de lavadeiras.
— Outra! Acordou com boa disposição...
— Ótima! E parece incrível que você não tenha ainda desconfiado de que não gosto de carregar mala grande. É o amor pela previdência. Imagina se falta carregador... Pegar peso é chato! Nem posso pegar muito peso.
— Molengão!
— Prescrição médica.
— Quando você perde esta mania de doença? Parece um nosocômio.

Chegamos cedo à estação com cheiro de fumaça, raros se adiantaram a nós, nem a composição havia encostado, mas, pouco a pouco, a plataforma se encheu. O trem aumentado de três vagões especiais, que sairia às seis, saiu às sete, e sem carro-restaurante. Choveram reclamações, como pingaram conciliações e ditinhos:

— Bonita perspectiva!
— Vão ser umas dezoito horas de viagem. Não há rabo que aguente!

— Se o Gérson Macário fosse, aguentaria...
— Tu te preocupas muito com o Gérson...
— Temos que sofrer! Enquanto outros vão no macio...
— É preciso olhar as coisas com *fair play*.
— Não me venha com *fair play*! Velhacaria da grossa!
A direção da Central fez isso de caso pensado. Para desancar mesmo a negrada. Sabe que este não é o rápido, sabe? É um expresso. Chamam-no de "Expresso da Morte"... Vai em passo de cágado, parando em todas as bibocas!
— Cavalo dado não se olha o dente, minha gente!
— Você forçou a rima, mas que é uma desconsideração, é! Veja ali aquele velho. É um escritor refugiado, vítima do nazismo. Tem 80 anos. Enquanto uns folgados ficam em casa para ver em que dá a coisa e depois aderir, ele aqui está rente como pão quente.
— É capaz de morrer no caminho...
— O europeu é duro na queda. Tem consciência dos deveres. Por isto é que há maquis.

O trem põe-se em marcha, afinal, num moroso desfile de subúrbios cariocas ainda com chácaras e quintais, latifúndios da minha ternura.

Houve uma agitação de conversas, iam de banco em banco, sentavam-se nos duros braços de madeira, desfiavam comentários e anedotas:

— A minha tese é apenas uma manifestação de apoio e uma forma de definição. Não tem outro valor.
— Modéstia. Seu mal é a modéstia...
— A panela vai ferver! Muita gente vai dançar o miudinho.
— Eu vi uns caras conhecidos. São tiras. Vão nos seguindo.
— E tu pensavas que iríamos em branca nuvem? Tem graça!
— Alguém viu o Martinho Pacheco? Jurou que vinha.
— E veio.
— Duvido!
— Não sou cego. Está no outro vagão.
— Então está bêbado. Conheço aquela bisca.
— Vocês ouviram a rádio de Berlim, ontem?
— Não ouço tal imundície!

— Pois devia ouvir. Devemos estar informados de tudo. De um lado e de outro. Estão se rebolando!

— Estão pela bola sete!

— Lá e cá...

Mas sobreveio o cansaço, alguns voltando aos seus lugares, mergulharam na leitura de jornais e somente o velho escritor exilado trazia um livro, outros mergulharam no sono interrompido, mal acomodados nos bancos, a cabeça contra a vidraça. E o trem ia se arrastando. O calor entrou em ação, o pó penetrava pelas janelinhas imprudentemente abertas, os ventiladores não funcionavam, no Túnel Grande quase ia morrendo gente sufocada. E faltou água logo nos bebedouros — a cada parada, havia a corrida aos botequins à cata de água mineral, quente no mais das vezes e mais cara do que gasolina. Francisco Amaro, que detesta água mineral, atirava-se para as bicas, bebia a valer. Nas alturas de Guaratinguetá, bebeu a água mais imunda que já se viu sair de uma torneira.

— Isso é bebedouro de animais!

— Vai de qualquer maneira.

— Só de ver dá cólicas!

— Você não tem medo de apanhar uma doença, Francisco Amaro? Tifo não é brincadeira! — e Natércio Soledade estava sinceramente impressionado com a insensatez.

— Medo de quê?!

— É a corajosa irresponsabilidade...

— Não seja maricas!

Resplendente ao sol, o Paraíba mostrava as suas águas, outrora navegáveis, cada ano mais baixas, capadas pelas hidrelétricas e pelo criminoso desflorestamento. Peguei um jornal desgarrado, fui direto à página de esportes:

— Hoje os brasileiros estreiam em Santiago. Contra a Colômbia. É a primeira vez que se encontram.

— É uma notícia muito importante...

— Futebol é importante, Francisco Amaro. Importantíssimo. Você um dia reconhecerá, mesmo não gostando. — E retornei à leitura, enquanto ele, começando a cabecear, acabou cochilando, acordando sobressaltado a um maior solavanco do trem.

— Não foi descarrilhamento, Chico. Não precisa ficar assustado. "Dorme que eu velo, sedutora imagem..."

A fome bateu em cheio, não havia porcaria em tabuleiro de estação que não fosse vorazmente consumida. Para distrair o estômago, o literato baiano enxugou uma garrafa inteira de parati e caiu num pifão doido. A comunistazinha veio oferecer sanduíches de queijo. Francisco Amaro aceitou, eu não — queijo nem em estado de inanição! E ficou proseando, proseando, os seios pequeninos e duros, os dedinhos sujos de nicotina — a conquista das lideranças sindicais era o forte da sua conversa politizada. Afinal se foi, requebrando-se pelo corredor atravancado de malas.

— Um alfenim, não é?
— Gostou? Há quem goste de ossos.
— Casada com quem?
— Usa aliança como as freiras... É casada com a massa operária, camponesa e estudantil.
— Não!
— Dá em cima, que ela cai, Chico. Não faz outra coisa na vida partidária. Não desconfiou que vir oferecer sanduíches foi um pretexto para te cantar? Há "galinhas-verdes"... Esta é vermelha...

Francisco Amaro espreguiçou-se:
— Estou dormente.
— Vai ficar pior. Ainda não estamos na metade, sabia?
— Você é que é o culpado, ora essa! Podíamos estar em casa bem descansados.
— Valerá o sacrifício. Garanto que vai ser uma boa experiência. Para você, entenda-se.
— Não sei por que para mim!
— Mas eu sei.
— Você é um animal!

Era perto de meia-noite quando chegamos a São Paulo — fábricas! fábricas! fábricas! Infectos, caindo aos pedaços, apeamos. Uma comissão nos aguardava para as boas-vindas e para encaminhar-nos aos hotéis. Mário de Andrade, no meio, chapéu desabado na frente, abraçando muito e sendo muito abraçado. O velho escritor exilado, como um grou vestido, chegara vivo e lá ia levando o livro no sovaco — Montaigne!

22 de janeiro

O primeiro cuidado de Francisco Amaro, de manhãzinha, foi passar telegrama para Turquinha, nada econômico, comunicando que chegara bem.

Guardo comigo, como dádiva às vezes conseguida, o quanto é saudável e maravilhoso, por céleres dias ou breves momentos, ver cortadas as amarras sentimentais, caminhar livre e longínquo de qualquer compromisso. E espero, com um sorriso velhaco, que ele expeça a desvelada mensagem:

— Dinheiro posto fora, Chico. Se houvesse um desastre, saberiam imediatamente. Os infortúnios voam rápidos como o vento, as venturas é que têm chumbo nos pés.

— Animal!

— Deu seu endereço aqui? — e paro diante do sinal, que o encapotado grilo comanda com porte estrangeiro.

— Não — responde, vexado.

— Pois é... Seria importante... Olvida que as desgraças podem ser bilaterais... E marchemos para a sede da gloriosa ABDE. Vai haver encontro preparatório.

Fomos e havia, concorridíssimo. Chico não conhecia quase ninguém — ia apresentando-lhe gente.

— É no que dá ser bicho do mato. As relações humanas são necessárias, velho. O círculo familiar não é tudo, nem o bastante. O mundo é maior... Veja como você é conhecido de nome sem o saber. Contatos, meu caro...

Francisco Amaro balanga os ombros, com descrédito:

— Conhecidíssimo!

— Só um besta casmurro não reconhece isto, Chico! O que você fez na sua cidadezinha, repercute. Não adianta essa cara de asno.

Às dezesseis horas um solzinho europeu e tristonho empurrava os congressistas para a sessão inaugural no Teatro Municipal, que

é pobre demais para tanto orgulho paulistano. Há mais gente do que supunha e menos do que pretendiam. A ecolalia é substância básica das conversas como o foi dos discursos. Notam-se roupas de caroá, algumas calças listradas, o chapéu de Gina Feijó, tão convicta da sua participação, tem a sensacional dimensão de um guarda-sol de praia, e há os que, com vocação de bedel, contam os faltosos:
— Ele garantiu que viria.
— Que esperança! É o cauteloso pouco a pouco...
Cléber Da Veiga não perdoa:
— Acomodado é o que ele é!
Francisco Amaro continua a desconhecer os seus pares:
— Quem é este?
— Como você acabou de ouvir, é uma besta.
Paulo Emiliano passeia as pernas de cegonha e o cigarrinho de palha — dá-me notícias de Garcia. Tarso Mendes lembra bastante Mário de Andrade pelas grossas linhas do rosto combinando com as grossas lentes — tão míope! E Mário de Andrade gasta chapelão desabado e boca mole para falar:
— Que gostosura!
É um ídolo, e sob a sua asa polimorfa maitacam os impunes provincianos deslumbrados — alguns o viam pela primeira vez, conquanto nas remotas gavetas guardassem dezenas de cartas íntimas dele — e a turiferação entra pela madrugada entre chopes do Bar Franciscano.
Zagalo ofereceu recepção em sua residência, em cujas paredes só se penduram quadros pintados por ele.
— Está cercado dos seus artistas prediletos — moteja o pintor carioca, que compareceu ao farrancho representando os artistas plásticos da metrópole.
Que bela mansão! Os altos muros escondem no parque a glória das zínias de múltipla coloração, em contraste com o verde maciço dos ciprestes e das casuarinas que ultrapassam a vedação. Marcelo Feijó não aguentou três uísques do anfitrião — já vinha com mais de vinte no pandulho e desabou na sala, foi carregado para um aposento privado e precisou de socorro médico, acidente que incomodou claramente o dono da casa.

— Como bebe! — comentou Francisco Amaro.
— Hoje até que está sóbrio...
Sou um pobre soldado em que se não pode ter confiança. Um general da altura moral de um Julião Tavares não se deixa enganar, mas também não vai ao extremo de perder um voluntário. Descarrega o golpe estratégico:
— É meu candidato à Comissão de Direitos Autorais!
A unânime aclamação é risível — pobres-diabos! E Tarso Mendes e Francisco Amaro vêm me fazer companhia... Bem pouca importância têm para o conclave as questões de direitos autorais — pouquíssimos escritores podem se dar ao luxo de viver deles, e a culpa nem cabe aos editores, devotados até num país de intenso analfabetismo. Mas com tal comissão se fica livre de alguns impertinentes ou duvidosos, rebanho aquele de excessivas ovelhas negras e certamente de olheiros da polícia. Quem representa papel proeminente é a Comissão de Assuntos Políticos, cujos membros já estavam na algibeira dos promotores — ó falaz Democracia!
Volta-se ao hotel trazendo em todo o corpo o peso do agitado dia. O grupinho esquerdista não tem preconceitos burgueses — a esposa de A dorme com B, a esposa de B dorme com C, a companheira de C dorme com D, que é solteiro, a esposa de F dorme com quantos pode.
— Está vendo, Chico, como é a coisa em que não queria acreditar?
Francisco Amaro é um pouco como São Tomé:
— Com esses olhos que a terra há de comer!

23 de janeiro

Cá temos a Comissão de Direitos Autorais em plena função — pura galhofa! A presidência, que me fora dada, troquei-a pelo secretariado com Tarso Mendes, autor de obras sobre a embaralhada questão, e assim os trabalhos marginais do conclave andarão em melhor passo. Por incrível que pareça há teses, muitas teses, e algumas sensatas. Gina Feijó, que não almeja a tanto, apresentou a sua e rondou a reunião na evidente intenção de impressionar e pressionar com a presença em festivo vestido — providências severíssimas, inadiáveis para as emissoras que radiofonizavam seus contos e novelas, especialmente os de caráter histórico, sem o menor respeito aos originais e sem uma chelpa sequer de direitos! O meditabundo representante do Espírito Santo, juiz aposentado e poeta de água doce, foi relator conspícuo, muito soprado pela interessada, e a tese foi aprovada — acautelem-se, ó radialistas!

Em salão contíguo, fervia a Comissão de Assuntos Políticos como cauim em taba timbira. O vozerio redentor e antropofágico atravessava as paredes permeáveis — fervor democrático em forma de fero radicalismo. E a noite desceu com chuvinha rala. Saímos. Afinal não se perdeu o dia — levo pelo braço Tarso Mendes. É um camarada simpático, versátil, compenetrado, muito seguro do que diz, e jovial, aparentemente sisudo. Foi outro chutado para a Comissão de Direitos Autorais por medida de precaução.

— Serve como parada de valores.
— E de antivalores!
— De ambições políticas frustradas, não devemos nos esquecer.
— Cortadas seria mais próprio dizer.
— Sim, seria.

Francisco Amaro leva a sério a missão de ler teses e tem pressa de ir para o hotel debulhar o monte delas que puseram em seu lombo.

— Não exagere os escrúpulos.
— Se temos de fazer, façamos hoje.
— Não lhe gabo o gosto...
— Não quer antes beber uns chopes no Franciscano? Lá o chope é ótimo! — tentou Tarso Mendes.

Francisco Amaro resistiu bravamente à sedução. Paramos na banca de jornais. A *Gazeta Esportiva* está aberta sensacionalmente: Brasil 3, Colômbia 0. São as vitórias!... E Francisco Amaro sorri desdenhoso para os comentários que, a propósito, trocamos eu e Tarso Mendes.

24 de janeiro

Segunda sessão plenária no Centro do Professorado Paulista, algo monacal. Julião Tavares é um pseudópode.
— Cinco gigantescos exércitos marcham aceleradamente sobre Berlim. (Natércio Soledade, meio apagado na reunião.)
— Lavra o pânico entre os berlinenses. (Um congressista desconhecido.)
— Vão ver que pimenta no cu dos outros também arde! (Cléber Da Veiga, muito indócil.)
— Como você sabe que são gigantescos, Natércio? (José Nicácio, pausadamente.)
Compro um presente para Luísa.

25 de janeiro

Mais sessão plenária, agitadíssima. Oswald de Andrade brilha como um sol, Ribamar Lasotti como um pobre vaga-lume. Cléber Da Veiga especializa-se em apartes, cabíveis ou não.
As teses são translúcidas:
"O Estado totalitário e a vida intelectual."
"O escritor e a luta contra o fascismo."
"O intelectual em face do problema da liberdade."
"Democratização da cultura."

26 de janeiro

Os tiras estão na sombra, pisando macio, obedecendo a ordens superiores de deixar correr o marfim, não ponhamos dúvida. Respira-se uma efervescente e embriagadora atmosfera de liberdade há muito não usufruída — enchamos os pulmões!

27 de janeiro

Foi ouvida de pé a Declaração de Princípios do I Congresso Brasileiro de Escritores:

> Os escritores brasileiros, conscientes da sua responsabilidade na interpretação e defesa das aspirações do povo brasileiro, e considerando necessária uma definição do seu pensamento e de sua atitude em relação às questões políticas básicas do Brasil, neste momento histórico, declaram e adotam os seguintes princípios:
> Primeiro — A legalidade democrática como garantia da completa liberdade de expressão de pensamento, da liberdade de culto, da segurança contra o temor da violência e do direito a uma existência digna.
> Segundo — O sistema de governo eleito pelo povo mediante sufrágio universal, direto e secreto.
> Terceiro — Só o pleno exercício da soberania popular em todas as nações torna possível a paz e a cooperação internacional, assim como a independência econômica dos povos.
> Conclusão — O Congresso considera urgente a necessidade de ajustar-se a organização política do Brasil aos princípios aqui enumerados, que são aqueles pelos quais se batem as forças armadas do Brasil e das Nações Unidas.

29 de janeiro

Volto na tarde mormacenta. A mesma porta envernizada me esperava, e tudo o que ela fecha de sagrado e de profano.

30 de janeiro

O sonho se faz realidade: tudo está perdido no campo militar para a Alemanha. Hitler partiu para a frente oriental — foi observar por si mesmo a crítica situação reinante. Vai adiantar muito.

Este livro foi impresso nas oficinas da
DISTRIBUIDORA RECORD DE SERVIÇOS DE IMPRENSA S.A.
Rua Argentina, 171 – Rio de Janeiro, RJ
para a EDITORA JOSÉ OLYMPIO LTDA.
em agosto de 2009

*

77º aniversário desta Casa de livros, fundada em 29.11.1931